Der Wo

JOHN Katzenbach

DER WOLF

Psychothriller

Aus dem Amerikanischen
von Anke und Eberhard Kreutzer

Weltbild

Die amerikanische Originalausgabe erschien 2012 unter dem Titel
Red 123 bei Mysterious Press, New York.

Besuchen Sie uns im Internet:
www.weltbild.de

Genehmigte Lizenzausgabe für Verlagsgruppe Weltbild GmbH,
Steinerne Furt, 86167 Augsburg

Übersetzung: Anke und Eberhard Kreutzer
Umschlaggestaltung: JARZINA kommunikations-design, Holzkirchen
Umschlagmotiv: www.istockphoto.com
Gesamtherstellung: CPI – Clausen & Bosse, Leck
Printed in the EU
ISBN 978-3-86365-244-9

2016 2015 2014 2013
Die letzte Jahreszahl gibt die aktuelle Lizenzausgabe an.

Den Lehrern am English Department
des Bard College, 1968 – 1972,
in Dankbarkeit

Prolog

Rote Eins stand da und sah hilflos einem Mann beim Sterben zu, als ihr Brief an ihrem abgelegenen Wohnsitz auf dem Lande eintraf.

Rote Zwei war von Medikamenten, Alkohol und Verzweiflung wie benommen, als ihr Brief durch den Türschlitz ihres bescheidenen Vorstadtreihenhauses fiel.

Rote Drei starrte gerade auf einen Misserfolg und dachte darüber nach, dass ihr weitere, noch schlimmere Fehlschläge bevorstanden, während ihr Brief in dem Postfach direkt unter ihrem Zimmer im Wohnheim des Internats auf sie wartete.

Die drei Frauen waren zwischen siebzehn und einundfünfzig Jahre alt. Obwohl sie nur wenige Meilen voneinander entfernt wohnten, kannten sie sich nicht. Eine war Internistin; eine war Lehrerin an einer Mittelschule gewesen; eine war Schülerin an einer Prepschool. Sie hatten wenig miteinander gemein, bis auf ein unübersehbares Merkmal: ihr rotes Haar. Im glatten, kastanienbraunen Haar der Ärztin zeigten sich die ersten grauen Strähnen, und sie trug es streng aus dem Gesicht gekämmt. Bei der Arbeit band sie es immer zusammen. Die Lehrerin hatte üppige, leuchtend kupferfarbene Locken, die ihr wie elektrisch aufgeladen, dank ihres mangelnden Geschicks, zerzaust vom Kopf abstanden und auf die Schulter fielen. Die Schülerin war mit einem etwas helleren, verführerischen Blondrot gesegnet, einem unwiderstehlichen Rot, hätte es nicht ein Gesicht gerahmt, das jeden Tag ein wenig bleicher und zerfurchter schien, als schulterte das Mädchen eine Last, die für ihr Alter viel zu schwer wog. Die drei Frauen ahnten nicht, dass sie abgesehen von dem ins Auge springenden roten Haar weit mehr miteinander verband. Sie waren – jede auf ihre Weise – schutzlos und verwundbar.

Von außen waren die Briefe unauffällig: blickdichte, selbstklebende, weiße Umschläge, wie man sie in jeder Schreibwarenabteilung kaufen kann, und abgestempelt in New York. Die Mitteilung, die sie enthielten, war auf handelsüblichem Achtzig-Gramm-Papier mit demselben Computer gedruckt. Keine der Empfängerinnen verfügte über die forensischen Fachkenntnisse, die ihnen sagten, dass an diesen Briefen weder Fingerabdrücke noch sonst irgendwelche verräterischen DNA-Partikel, etwa von Spucke, einem Haar oder von Hautschuppen, zu finden waren, die wiederum einem versierten Ermittler mit Zugang zu einem modernen Labor Aufschluss darüber gegeben hätten, wer die Briefe abgeschickt hatte – vorausgesetzt, der Absender war in einer landesweiten DNA-Datenbank erfasst. Was der Absender nicht war. Kurz gesagt, die Briefe waren in einer Zeit des Instant Messaging, der E-Mail, des Mobilfunks und der SMS so antiquiert wie Rauchzeichen, Brieftauben oder die Morsetelegrafie. Die drei Briefe enthielten eine identische, scheinbar willkürliche Botschaft.

Dabei hielt sich der Schreiber nicht mit einer Anrede oder Einleitung auf:

Eines schönen Morgens nahm Rotkäppchen einen Korb mit allerlei Leckereien und machte sich auf den Weg zu ihrer Großmutter, die auf der anderen Seite des tiefen dunklen Waldes in einer Hütte wohnte …
Zweifellos habt ihr die Geschichte vor vielen Jahren als Kinder gehört. Allerdings haben sie euch vermutlich die bereinigte Version erzählt – wo sich die Großmutter in ihrer Kammer versteckt und Rotkäppchen dank dem wackeren Jägersmann mit seinem Messer nicht selbst zum Fraß des Bösen Wolfs wird. Diese Fassung hat einen glücklichen Ausgang, und wenn sie nicht gestorben sind, dann leben sie noch heute. Doch das ist nicht das ursprüngliche Märchen, das ein anderes, düsteres Ende nimmt und über die Jahre die unterschiedlichsten psychologischen Deutungen erfahren hat.
Es wäre ratsam, das in den kommenden Wochen zu beherzigen.
Ihr kennt mich nicht, aber ich kenne euch.
Es gibt drei von euch. Ich habe beschlossen, euch
Rote Eins
Rote Zwei
Rote Drei
zu nennen.
Ich weiß, dass sich jede von euch im Wald verirrt hat.
Und genauso wie das kleine Mädchen im Märchen seid ihr auserwählt zu sterben.

I

Der Böse Wolf

Auf die erste Seite schrieb er:

Kapitel 1: Auswahl

Er legte eine Pause ein, klimperte wie ein Magier bei einem Zaubertrick mit den Fingern über der Tastatur und beugte sich dann vor, um weiterzuschreiben.

Die erste – und in vielen Fällen entscheidende – Frage ist die Wahl des Opfers. Hier begehen die Gedankenlosen, die Ungeduldigen und die reinen Amateure die meisten ihrer idiotischen Fehler.

Er hasste es, in Vergessenheit zu geraten.

Es war fast fünfzehn Jahre her, seit er das letzte druckreife Wort geschrieben oder einen unschuldigen Menschen getötet hatte, und der erzwungene Ruhestand war ihm ein Greuel.

Nächstes Jahr würde er fünfundsechzig, und er rechnete nicht damit, noch allzu lange zu leben. Der Realist in ihm rief sich ins Gedächtnis, dass ein hohes Alter nicht in seinen Genen lag, auch wenn er äußerlich in bester Form war. Seine beiden Eltern waren mit Anfang sechzig an Karzinomen gestorben, seine Großmutter mütterlicherseits im selben Alter an Herzversagen, und so stand zu vermuten, dass auch ihm nicht mehr viel Zeit blieb. Obwohl er schon seit Jahren nicht mehr beim Arzt gewesen war, registrierte er seltsame Dauerbeschwerden, kurze, stechende, unerklärliche Schmerzen und eine seltsame Erschöpfung im ganzen Körper – klare Indizien seines Alterns und mögliche Hinweise darauf, dass in ihm etwas weit Schlimmeres heranwuchs. Vor vielen Monaten hatte er alles gelesen, was der berühmte Schriftsteller Anthony Burgess in jenem überaus produktiven Jahr zu Papier gebracht hatte, in dem man bei ihm – irrtümlicherweise – einen inoperablen, bösartigen Hirntumor festgestellt hatte. Auch ohne die Bescheinigung durch einen Arzt glaubte er, dass er in einer ähnlichen Situation stecken könnte, nur dass es bei ihm keine Fehldiagnose gab. Woran auch immer er litt, es war tödlich.

Und so war sein Entschluss gereift, in der ihm verbleibenden Zeit – seien es zwanzig Tage, zwanzig Wochen oder zwanzig Monate – etwas absolut Bedeutsames zu hinterlassen. Er musste etwas so Denkwürdiges, so Unvergessliches vollbringen, von dem man noch sprach, wenn er längst von dieser Erde abgetreten war und in der Hölle schmorte, falls es sie denn gab. Mit einem gewissen Stolz ging er fest davon aus, dass er unter den Verdammten einen Ehrenplatz einnehmen würde.

Und so fühlte er sich an dem Abend, an dem er seinen letzten Geniestreich als krönenden Abschluss in Angriff nahm, nach langer Zeit endlich einmal wieder so aufgeregt wie ein Kind vor Weihnachten. Nach der langen, erzwungenen Abstinenz eine letzte Runde zu spielen und sich mit seinem Meisterwerk ein Denkmal zu setzen, erfüllte ihn mit tiefer Befriedigung.

Perfekte Verbrechen gab es selten, doch sie kamen vor. Gewöhnlich waren sie weniger dem Genie der Kriminellen geschuldet als der zuverlässigen Inkompetenz der Ermittlungsbehörden, und normalerweise lief es auf die banale Frage hinaus, ob der Täter damit durchkam oder nicht. *Zufällig* perfekte Morde wäre wohl die angemessenere Bezeichnung, denn mit einem Mord ungeschoren davonzukommen, war eigentlich keine allzu große Herausforderung. Echte perfekte Verbrechen dagegen bildeten eine Klasse für sich, und er hegte keinen Zweifel daran, dass er sich auf dem besten Wege dahin befand. Sein ausgeklügelter Plan würde ihm auf vielfältige Weise Befriedigung verschaffen.

Wenn dir das gelingt, dachte er genüsslich, wirst du Schulstoff. Sie diskutieren in Fernsehrunden darüber. Sie drehen Filme über dich. In hundert Jahren bist du so bekannt wie Billy the Kid oder Jack the Ripper. Vielleicht singt sogar irgendjemand ein Lied über dich. Keinen eingängigen, melodiösen Folksong. Eher Heavy Metal.

Mehr als irgendetwas sonst hasste er es, sich durchschnittlich zu fühlen.

Er hatte ein dringendes Verlangen nach unsterblichem Ruhm. Wann immer er im Lauf seines Lebens für kurze Zeit in den Genuss mäßiger Berühmtheit gelangt war, hatte er sich wie im Rausch gefühlt, nur dass auf jedes High die drückende Alltagsroutine gefolgt war. Er konnte sich genau erinnern, fast fünfzig Jahre war das jetzt her, wie er an der Highschool beim Football in einem Endrundenspiel im entscheidenden Moment den Ball erobert hatte. In den folgenden Tagen war er im Sportteil der Zeitung aus der Anonymität des Abwehrspielers zu plötzlichem Heldenstatus aufgestiegen und hatte eine Woche lang in den trostlosen Korridoren der Schule neidische Blicke und anerkennendes Schulterklopfen auf sich gelenkt – bis die Mannschaft am folgenden Freitagabend verlor. Später dann gewann er während seines vierjährigen, halbherzigen Studiums in einem Essaywettbewerb, der am College ausgetragen wurde, einen mit fünfhundert Dollar dotierten Preis. Sein Thema war: Wieso Kafka heute wichtiger ist denn je. Als er das Semester mit Bestnote abschloss, wurde er vom Direktor des Anglistik-Instituts besonders gewürdigt. »Scharfsinnige Argumentation und eloquenter Ausdruck«, sagte der Mann. Doch dann kamen ein neues Semester und ein Wettbewerb, den er nicht gewann, und es war vorbei. Später, nach vielen Jahren am Redaktionstisch einer Reihe von mittelgroßen Zeitungen, wo er nachts wie am Fließband die Grammatikfehler nachlässiger Reporter korrigierte, hatte ihn die Zusage eines angesehenen Verlags, seinen ersten Roman zu veröffentlichen, wie ein Stromschlag durchzuckt. Das Buch war unter einem Tusch recht positiver Rezensionen erschienen. *Ein Naturtalent*, hatte ein Kritiker kommentiert. Und nachdem er bei der Zeitung gekündigt hatte, um weitere Bücher zu schreiben, war er mit dem einen oder anderen Interview in einer Literaturzeitschrift oder im Feuilleton der Lokalzeitungen erschienen. Einmal hatte ein lokaler Fernsehsender einen kleinen Beitrag über ihn gebracht, als einer seiner vier Thriller zur Verfilmung vorgeschlagen wurde – auch wenn am Ende aus dem Drehbuch, das sich irgendein obskurer Autor an der Westküste aus den Fingern gesogen hatte, nichts wurde.

Doch schneller als erwartet gingen die Verkaufszahlen zurück, und selbst diese bescheidenen Erfolge verliefen im

Sande, als er mit dem Schreiben ganz aufhörte. In den Buchläden, sogar auf den Ramschtischen für Restexemplare und Lagerbestände suchte er vergeblich nach seinen Romanen. Und während er unerbittlich älter wurde, nannte ihn niemand mehr scharfsinnig oder ein Naturtalent.

Selbst das Morden hatte seinen Glanz für ihn verloren.

Die Tage schriller Schlagzeilen, das Trommelfeuer wochenlanger Zeitungskommentare voller Spekulationen war längst verstummt. Der Tod – selbst ein willkürlicher, brutaler Mord – hatte im Nachrichtengeschäft, so schien es ihm, sein Gütesiegel eingebüßt. Und der Stern des erbarmungslosen Einzeltäters war verblasst. Amokläufe irrer Psychoten, die in wildem Wahn wahllos um sich schossen, zogen die Presse immer noch magisch an. Auf das Blutbad in einem Drogenkrieg richteten sich nach wie vor die Fernsehkameras. Wenn jemand in einem Büro aus heiterem Himmel eine Schar von Kollegen niederschoss, verbreitete sich auch eine solche Heldentat in kürzester Zeit über alle Stationen. In einer Welt der kurzlebigen Sensationslust war fur beharrliche, umsichtige Planung jedoch kein Platz – und so fühlte er sich zunehmend isoliert, nutzlos und ausgestoßen. Er hatte ein in Leder gebundenes Album angelegt, um die Rezensionen seiner Bücher und die Zeitungsausschnitte zu seinen vier Morden darin aufzubewahren. Vier Bücher. Vier Morde. Während er in früheren Tagen jeden Absatz genüsslich immer wieder gelesen hatte, war es ihm inzwischen zuwider, das Album auch nur aufzuschlagen. Sosehr ihn diese Morde und die Bücher, die er geschrieben hatte, einmal mit Stolz und Befriedigung erfüllt hatten, so sehr stießen sie ihm heute nur noch sauer auf.

Es nagte jede Stunde des Tages an ihm und erfüllte ihn mit zunehmender Frustration, es quälte ihn nachts mit

Träumen, aus denen er schweißgebadet erwachte, dass er für seine beiden Berufungen keine stetige und größere Anerkennung geerntet hatte. In seinen Augen konnte er jedem Stephen King oder Ted Bundy das Wasser reichen, doch niemand schien das zu sehen. Die einzigen wahren Leidenschaften, die ihm blieben, waren Wut und Hass – was einer unheilbaren Krankheit recht nahekam, nur dass es hierfür keine Pille oder Spritze und keinen operativen Eingriff gab, nicht einmal die Möglichkeit einer klaren Diagnose durch Röntgen oder Kernspintomografie. So war er im Lauf des letzten Jahres, in dem er seinen ultimativen Coup akribisch vorbereitet hatte, zu der Erkenntnisse gelangt, dass ihm kein anderer Ausweg blieb. Wollte er in den Jahren, die ihm blieben, in der Lage sein, lauthals über einen Witz zu lachen oder einen guten Wein zu einem exquisiten Essen zu genießen, bei einer Sportmeisterschaft mit einer Mannschaft mitzufiebern oder auch nur mit einem gewissen Optimismus einen Politiker zu wählen, dann blieb ihm gar nichts anderes übrig, als einen wahrhaft denkwürdigen Mord zu inszenieren. Nur so konnte er hoffen, seine letzten Tage mit Sinn und Leben zu erfüllen. Es würde ihm Gewicht verleihen, ihn bereichern – in jeder Hinsicht.

Planen. Ausführen. Entkommen.

Er schmunzelte bei dem Gedanken, dass dies die Heilige Dreifaltigkeit des Serienmörders war. Er war selbst ein wenig überrascht, dass er so viele Jahre gebraucht hatte, um zu erkennen, dass in dieser Gleichung ein viertes Element fehlte: darüber schreiben.

Er hämmerte energisch in die Computertastatur und stellte sich dabei vor, er säße am Schlagzeug einer Rockband – der Herzschlag der Musik.

Auch wenn ein plötzlicher, willkürlicher Mord, bei dem man einem geeigneten Opfer rein zufällig über den Weg läuft und dem Impuls folgt, durchaus etwas Bewundernswertes hat, bringen diese Taten letztlich keine wahre Befriedigung. Sie werden lediglich zu einer Art Sprungbrett, wecken den Wunsch nach mehr, werden irgendwann zum Zwang, sodass man aus Mordlust nicht mehr klar denken und planerisch vorgehen kann: der sichere Weg, sich zu verraten. Solche Taten sind unbeholfen, plump, und früher oder später klopft ein Polizist mit gezückter Waffe an deine Tür. Der beste, befriedigendste Mord ist eine Verbindung von intensiver, gründlicher Recherche, Hingabe und schließlich auch Begierde. Die Droge der Wahl ist hier die Kontrolle über die Situation. Denke weiter als die anderen, dränge deine Gegner ins Abseits, sei findiger und besser als sie – und du begehst einen in jeder Hinsicht außergewöhnlichen Mord. Du wirst deine finstersten Bedürfnisse zufriedenstellen. Genau dies habe ich mit meinen drei Rotkäppchen vor.

An dem Abend, als er die Briefe aufgab, kaufte er sich an einem kleinen Kiosk in der Nähe der Fußgängerbrücke, die an der 42. Straße in den Bahnhof Grand Central führt, ein altbackenes Croissant mit undefinierbarem Käse sowie einen Plastikbecher bitteren, brühend heißen Kaffee und bezahlte in bar. Er hatte sich eine dunkle Lederaktentasche an einem Schulterriemen umgehängt und trug einen schiefergrauen Wollmantel über seinem dunkelblauen Anzug. Sein graumeliertes, dunkles Haar hatte er aschblond getönt. Ergänzt wurde die Verkleidung durch eine dunkel umrandete Brille sowie einen falschen Lippen- und Kinnbart, beide aus einem Laden, der die Film- und Theaterindustrie mit Kostümen und Masken versorgte. Zusätzlich hatte er sich eine Schirmmütze aus Tweed tief in die Stirn gezogen. Er war davon überzeugt, dass er genug getan hatte, um jeder Gesichterkennungssoftware ein Schnippchen zu schlagen, auch wenn er ohnehin nicht damit rechnen musste, dass irgendein rühriger Ermittler darauf zurückgreifen würde.

Der Kaffee stieg ihm wohlig warm in die Nase, und er begab sich in die riesige Gewölbehalle des Bahnhofs. Die mattblaue Decke reflektierte gelbliches Licht, und er tauchte in die stetige Geräuschkulisse ein. Das Dröhnen ein- und ausfahrender Züge wirkte auf ihn wie Musikberieselung. Das Klicken seiner Schuhe auf dem blank gescheuerten Boden erinnerte ihn an einen Stepptänzer oder auch an eine Marschkolonne im präzisen Gleichschritt.

Es war der Höhepunkt der Rushhour, als er an seinem Croissant kaute und sich unter die Heerscharen der Berufspendler mischte, die mehr oder weniger alle so aussahen wie er. Auf seinem Weg zu einem Briefkasten direkt vor dem Bahnsteigeingang zu einem Pendlerzug nach New Jersey kam er an zwei gelangweilten New Yorker Polizisten vorbei. In diesem Moment hätte er sich am liebsten zu ihnen umgedreht und gerufen: »Ich bin ein Mörder!«, nur um ihre Reaktion zu sehen, doch er wusste sich zu beherrschen. *Wenn die wüssten, wie nahe sie gerade einem Kapitalverbrecher waren …* Bei der Vorstellung musste er unwillkürlich grinsen, denn diese Art von Ironie war Teil des ganzen Theaters. Er nahm sich vor, am Abend diese Überlegungen und Gefühle in seine Prosa aufzunehmen.

Er trug OP-Latexhandschuhe – es amüsierte ihn, dass offenbar keiner der beiden Cops dieses verräterische Detail bemerkt hatte. *Wahrscheinlich haben sie mich einfach für einen Paranoiden mit Bakterienphobie gehalten.* Er blieb vor einem Abfalleimer stehen, um die Reste seines Croissants und Kaffees zu entsorgen. In einer selbstverständlichen Bewegung, die er zu Hause eingeübt hatte, zog er die Tasche von der Schulter und holte drei Umschläge heraus, die er in der Hand hielt, während er sich vom Strom der Pendler zum Briefkasten treiben ließ. Mit gesenktem Kopf – er rechnete mit Kameras, die gegen potenzielle Terroristen an uneinsehbaren Stellen installiert sein mochten – schob er die drei Briefe schnell durch den schmalen Schlitz, über dem ein Schild davor warnte, gefährliche Materialien einzuwerfen. Auch darüber hätte er lauthals lachen können. Unter *gefährlich* verstand die Post der Vereinigten Staaten Drogen, Gift oder Flüssigkeiten, die zur Herstellung von Bomben dienten. Dabei wusste er, dass sorgfältig gewählte Worte weitaus gefährlicher sein konnten.

Manchmal, musste er denken, sind die Witze, die außer einem selbst niemand hören kann, die besten. Die drei Briefe befanden sich nun in einem der größten – und zuverlassigsten – Postverarbeitungssysteme der Vereinigten Staaten. Aus lauter Vorfreude hätte er am liebsten einen Jubelschrei ausgestoßen oder einen fernen Mond angeheult, der sich irgendwo über dem hohen Gewölbe des Grand Central verbarg. Er merkte, wie ihm das Blut in den Adern pochte und das Getöse der Züge und der Menschenmenge in den Hintergrund trat, während ihn eine eigene, wohlige Stille einhüllte. Es war, als tauche er ein in die glasklare Karibische See und betrachte die Lichtstrahlen, die diese azurblaue Welt durchzogen.

Wie der Taucher, als der er sich sah, atmete er langsam aus, während er unaufhaltsam wieder an die Oberfläche stieg.

Es geht also los, dachte er.

Dann ließ er sich von der anonymen Masse in einen vollbesetzten Pendelzug schieben. Es war ihm egal, wohin er fuhr, denn sein eigentliches Ziel lag ohnehin woanders.

2

Die drei Roten

Der Tag, an dem sie zu Rote Eins wurde, war für Dr. Karen Jayson hart genug.

Zunächst hatte sie an diesem Morgen einer Frau mittleren Alters sagen müssen, dass sie ihren Testergebnissen nach an Eierstockkrebs litt; mittags hatte sie durch einen Anruf der örtlichen Notaufnahme erfahren, dass einer ihrer langjährigen Patienten bei einem Autounfall schwer verletzt worden war; gleichzeitig hatte sie einen anderen Patienten mit einem Nierenstein ins Krankenhaus einweisen müssen, weil in diesem schweren Fall die übliche Schmerztherapie nicht griff. Anschließend hatte sie sich fast eine Stunde lang am Telefon mit einem Versicherungsangestellten herumgeschlagen, um diese ärztliche Entscheidung zu rechtfertigen. Unterdessen hatte sich ihr Wartezimmer mit Patienten gefüllt – von der Routineuntersuchung über die Mandelentzündung bis zur Grippe war alles dabei, und die Patienten, die mehr oder weniger frustriert und leidend ihre Zeit absaßen, steckten sich derweil munter gegenseitig an.

Am späten Nachmittag eines in ihren Augen ohnehin mühseligen Tags war sie in den Hospiztrakt des Altenheims »Schattenhain« gerufen worden – einer Einrichtung unweit ihrer Praxis, die weder an einem Hain lag noch besonderen Schatten bot –, um einem Sterbenden, den sie kaum kannte, letzten Beistand zu leisten. Der über neunzig Jahre alte Mann, von dem außer der Trichterbrust, den eingesunkenen Augen und einem flackernden Rest von Bewusstsein kaum etwas übrig war, klammerte sich mit der Zähigkeit eines Pitbulls ans Leben. Im Lauf ihres Berufslebens hatte Karen viele Menschen sterben sehen; für eine Internistin mit einer Zusatzausbildung in Gerontologie war das unvermeidlich. Doch auch nach so vielen Jahren Erfahrung mit dieser Situation hatte sie sich nie ganz daran gewöhnt, und obwohl sie nur neben dem Bett des Mannes stand und gelegentlich seine Tropfinfusion anpasste, war sie aufgewühlt und von ihren Gefühlen hin und her geworfen wie ein Baum im eisigen Wind. Sie wünschte sich, die Hospizschwestern hätten sie nicht gerufen, sondern diesen Todesfall alleine bewältigt. Doch sie hatten es getan, und sie war gekommen.

Das Zimmer wirkte abweisend und kalt, obwohl die altmodischen Heizkörper auf Hochtouren liefen. Es herrschte trübes Licht, als verschaffte ein abgedunkeltes Zimmer dem Tod leichteren Zugang. Ein paar Apparate, ein verriegeltes Fenster, eine alte Nachttischlampe, zerwühlte, weiße Laken und ein schwacher Abfallgeruch waren alles, was den alten Mann umgab. Nicht einmal ein billiges, aber farbenfrohes Gemälde hing an einer der Wände, um die Trostlosigkeit des Zimmers aufzulockern. Es war kein guter Ort zum Sterben. Zum Teufel mit den Dichtern, dachte sie, Sterben hat nicht den leisesten Hauch von Romantik, schon gar nicht in einem Altenpflegeheim, das bessere Tage gesehen hat.

»Er ist tot«, sagte die diensthabende Schwester.

Karen hatte in den letzten Sekunden dasselbe gehört: ein langsames Ausatmen, als entweiche das letzte bisschen Luft aus einem undichten Ballon, gefolgt von einem schrillen Signalton des Herzmonitors, wie man ihn aus den Ärzteserien im Fernsehen kannte. Sie beugte sich vor und schaltete nach einem prüfenden Blick auf die leuchtende grüne Linie den Apparat aus; auch die vermeintliche dramatische Spannung, konstatierte sie, ging dem routinemäßigen Sterben ab. Es erinnerte sie eher daran, wie in einem großen Zuschauerraum, nachdem das Publikum gegangen war, die Lichterreihen ausgeschaltet wurden, bis alle verloschen waren und nur noch Dunkelheit herrschte. Sie seufzte bei der Erkenntnis, dass selbst dieses Bild zu poetisch war, und flüchtete sich in die eingespielten nächsten Schritte. Auf der Suche nach einem Puls in der Carotis legte sie dem alten Mann die Finger an den Hals. Seine Haut fühlte sich wie Seidenpapier an, und ihr kam der seltsame Gedanke, dass schon die zarteste Berührung verräterische Narben hinterlassen würde.

»Todeseintritt 16 Uhr 44«, sagte sie.

Zahlen hatten mit ihrer mathematischen Verlässlichkeit etwas Befriedigendes, wie Puzzleteile, die man passgenau ineinanderfügt. Sie warf einen Blick auf die Patientenverfügung des Toten und spähte zur Schwester hinüber, die damit begonnen hatte, die Kabelanschlüsse von seiner Brust zu entfernen. »Wenn Sie mit Mister …«, sie wandte sich wieder dem Formular zu, »Wilsons Papieren fertig sind, bringen Sie mir sicher alles zur Unterschrift rüber?«

Karen schämte sich ein wenig dafür, dass ihr der Name des alten Mannes entfallen war. Ganz so anonym sollte der Tod nicht sein. Wie nicht anders zu erwarten, sah das Gesicht des Verstorbenen friedlich aus. Tod und Klischees, dachte sie, gehören einfach zusammen. Einen Moment lang fragte sie sich, was für ein Mensch Mister Wilson wohl gewesen war – eine Menge Hoffnungen, Träume, Erinnerungen und

Erfahrungen, die um 16 Uhr 44 erloschen waren. Was hatte er erlebt? Familie? Schule? Krieg? Liebe? Trauer? Freude? In seinen letzten Augenblicken verriet nichts in diesem Raum, wer er gewesen war. Karen fühlte Wut in sich aufsteigen darüber, dass der Tod eine solche Anonymität mit sich brachte. Die Hospizschwester musste etwas von ihren Gefühlen bemerkt haben, denn sie beeilte sich, dem drückenden Schweigen ein Ende zu setzen.

»Schon traurig«, sagte die Schwester. »Mister Wilson war ein liebenswürdiger alter Herr. Wussten Sie, dass er nichts so sehr liebte wie Dudelsackmusik? Dabei war er kein Schotte. Ich glaube, er stammte irgendwo aus dem Mittleren Westen. Iowa oder Idaho. Schon seltsam.«

Karen vermutete, dass es zu dieser Liebe eine Vorgeschichte gab, doch die war nun unwiederbringlich verloren. »Wissen Sie von Angehörigen, die ich benachrichtigen sollte?«, fragte sie.

Die Schwester schüttelte den Kopf, sagte jedoch: »Ich muss noch mal in seinen Einweisungspapieren nachsehen. Ich weiß nur, dass wir niemanden angerufen haben, als er ins Hospiz kam.«

Die Schwester war bereits von der einen Routine – der Betreuung eines über Neunzigjährigen an der Schwelle zum Jenseits – zur nächsten Pflicht übergegangen, der ordnungsgemäßen, bürokratischen Abwicklung des Todes.

»Ich geh kurz raus, während Sie die Formulare zusammenstellen.«

Die Schwester nickte kaum merklich. Sie war mit Dr. Jaysons Gewohnheiten nach einem Todesfall vertraut: Nach einer heimlichen Zigarettenpause in der hintersten Ecke des Parkplatzes, wo die Ärztin sich – irrtümlicherweise – unbeobachtet glaubte, würde sie wieder hereinkommen, um im

Hauptbüro, in dem ihr ein eigener Schreibtisch zur Verfügung stand, Kranken- und Pflegeformulare auszufüllen und anschließend mit ihrer Unterschrift unter den staatlich vorgeschriebenen Totenschein das unvermeidliche Ende eines Aufenthalts im Heim zu besiegeln. Das Altenheim lag nur wenige Blocks von dem quadratischen roten Ziegelbau des Ärztehauses entfernt, in dem Karen neben einem Dutzend anderer Kollegen der unterschiedlichsten Fachrichtungen von Psychiatrie bis Kardiologie ihre kleine Internistenpraxis betrieb. Die Schwester wusste, dass die Ärztin genau eine halbe Zigarette rauchen würde, bevor sie wieder hereinkam, um Mister Wilsons Papiere auszufüllen. In der Packung Marlboros, die Karen, wie jeder, der im Hospiztrakt arbeitete, wusste, in ihrer obersten Schreibtischschublade versteckte, hatte sie jede Zigarette sorgfältig und präzise abgemessen und die Mitte mit rotem Kugelschreiber markiert. Außerdem wusste die Schwester, dass Karen sich keinen Mantel überziehen würde, selbst wenn es in West Massachusetts in Strömen goss oder klirrend kalt war. Die Schwester vermutete, dass es für sie eine Art Bußübung war, sich den Launen des Wetters auszusetzen, eine selbst auferlegte Strafe für ihre abstoßende Sucht, mit der sie sich sehenden Auges früher oder später ins Grab bringen würde und für die praktisch jeder im Gesundheitswesen, zu dem die Ärztin gehörte, nur Verachtung übrig hatte.

Es war später Abend, lange nach der üblichen Essenszeit, als Karen in die Kieseinfahrt zu ihrem Haus einbog und an dem zerbeulten, alten Briefkasten am Straßenrand hielt. Sie lebte in einem ländlichen Teil des County, in dem die etwas teureren Eigenheime ein gutes Stück von der Straße zurückgesetzt lagen und viele davon Aussicht auf die fernen Berge boten. Wenn sich im Herbst das Laub färbte, war der

Blick spektakulär, doch diese Jahreszeit war vorbei, und es herrschte kalter, nackter, nasser Winter.

Im Haus brannten sämtliche Lichter, allerdings nicht, weil jemand da war, um sie zu begrüßen; vielmehr hatte sie, da sie allein lebte und an traurigen Abenden wie diesem nicht in ein dunkles Haus zurückkommen wollte, eine Zeitschaltuhr eingerichtet. Es war zwar nicht dasselbe wie der Empfang durch eine Familie, doch gestaltete es die Heimkehr ein wenig behaglicher.

Sie hatte zwei Katzen – Martin und Lewis –, doch der arttypische Enthusiasmus, der ihr beim Nachhausekommen entgegenschlug, hielt sich, wie sie einräumen musste, in Grenzen. Bei der Wahl ihrer Haustiere hatte sie gemischte Gefühle gehegt. Sie hätte lieber einen Hund gehabt, einen Golden Retriever, der schwanzwedelnd an ihr hochsprang und seinen bescheidenen Verstand durch das Ungestüm wettmachte, mit dem er ihr seine Gefühle zeigte, doch da sie so lange arbeitete, hätte sie ein schlechtes Gewissen gehabt, besonders bei einer Hunderasse, die menschliche Gesellschaft brauchte. Die Katzen eigneten sich mit ihrer stolzen Unabhängigkeit und ihrer abgehobenen Lebenseinstellung besser für die Isolation von Karens Alltag.

Dass sie allein und weit weg von den Lichtern und dem Puls der Stadt lebte, hatte sich über die Jahre ergeben. Sie war einmal verheiratet gewesen. Es hatte nicht funktioniert. Sie hatte einen Liebhaber gehabt. Es hatte nicht funktioniert. Sie war eine Beziehung mit einer Frau eingegangen. Es hatte nicht funktioniert. Schließlich hatte sie auch One-Night-Stands mit Barbekanntschaften aufgegeben und wenig später den Internet-Vermittlungsdiensten den Rücken gekehrt, die einem mithilfe eines ausführlichen Fragebogens die perfekte Partnerschaft versprachen und damit lockten, dass die Liebe gleich um die Ecke auf sie wartete. Auch das hatte nicht funktioniert.

Was ihr blieb, waren ihr Beruf und ein Hobby, das sie vor den Kollegen verbarg: Sie war passionierte Komikerin, wenn auch blutige Amateurin. Einmal im Monat fuhr sie zu einem der vielleicht zehn Comedyclubs im gesamten Bundesstaat, die »Open-Mike-Abende« veranstalteten, und probierte verschiedene Nummern aus. Es war vollkommen unvorhersehbar, ob das Publikum johlen und lachen würde oder mit versteinernter Miene und verächtlich geschürzten Lippen vor ihr säße, bevor die unvermeidlichen Buhrufe ertönten und sie im gnadenlosen Scheinwerferkegel die Flucht ergreifen müsste. Karen liebte es, die Leute zum Lachen zu bringen, und sogar die peinliche Situation, von der Bühne gepfiffen zu werden, hatte für sie ihren eigenen Reiz. Beides erinnerte sie an die Brüchigkeit und Unwägbarkeit des Lebens.

Sie besaß einen kleinen Apple Laptop mit einigen wenigen Anwendungsprogrammen, auf dem sie ihre Comedynummern schrieb und neue Witze ausprobierte. Ihr normaler Computer war voll mit Patientenakten, medizinischen Daten und dem üblichen elektronischen Kleinkram eines beschäftigten Berufstätigen. Den kleineren hielt sie vor den Kollegen, ihren wenigen Freunden und entfernten Verwandten geheim wie ihr Hobby selbst. Ihr Alter Ego als Comedian war, wie das Rauchen, eine Sucht, von der niemand wissen musste.

Die Briefkastenklappe stand der schlechten Gewohnheit des Briefträgers gemäß ein wenig offen, was oft dazu geführt hatte, dass ihre Post Schnee und Regen ausgesetzt gewesen war. Sie stieg aus, lief hinüber und nahm mit einem Griff alles heraus, ohne einen Blick darauf zu werfen. Inzwischen nieselte es, und ein paar eisige Tropfen erwischten sie im Nacken, sodass sie fröstelte. Mit ein paar eiligen Schritten war sie wieder hinterm Lenkrad, und sie fuhr energisch an, sodass unter den Rädern der Kies und das erste Eis, das sich in der Einfahrt gebildet hatte, aufspritzten.

Wie meist, wenn sie einen Totenschein unterschrieben hatte, musste sie immer wieder an den alten Menschen denken, der an diesem Tag gestorben war. Es war, als hätte er eine Art Vakuum bei ihr hinterlassen, das sie mit den spärlichen Informationen füllen musste. Dudelsack. Iowa. Sie hatte keine Ahnung, wie das zusammenpasste. Er war unter Fremden gestorben, wie freundlich die Hospizschwestern auch waren oder wie einfühlsam sie selbst gewesen sein mochte. Sie gab der Versuchung nach, zu spekulieren und sich eine Geschichte auszudenken, die ihre Neugier befriedigte.

Den Dudelsack hatte er zum ersten Mal in seiner Kindheit gehört, als ein neuer Nachbar aus Glasgow in das verwitterte Haus nebenan zog. Der Mann trank schon mal ein wenig über den Durst, und dann packte ihn das Heimweh. Wenn ihn die Sehnsucht erwischte, holte er sein Instrument aus einem Wandschrank und spielte es in der Abenddämmerung, während über dem flachen Horizont von Iowa die Sonne unterging. Der Mann vermisste die grünen Hügel und Täler seiner Heimat. Mister Wilson – der natürlich noch nicht Mister Wilson war – lag derweil in seinem Kinderzimmer und lauschte den vollen Klängen, die durch das geöffnete Fenster drangen. »Scotland the Brave« oder »Blue Bonnet«. Daher rührte Mister Wilsons Faszination. Gut möglich, dass es so gewesen war, befand Karen.

Sie überlegte. Gab das etwas für eine Nummer her? *Ich habe also einen sterbenden alten Mann begleitet, der Dudel-*

sackmusik liebte … könnte sie es so drehen, dass ihm die eigentümlichen Klänge des Instruments den Tod gebracht hatten und nicht die Gesetzmäßigkeiten des Alters?

Der Wagen kam knirschend vor der Haustür zum Stehen. Sie schnappte sich Aktentasche, Mantel sowie die Post und eilte voll bepackt durch die trübe Dunkelheit des nasskalten Abends zu ihrem Haus.

Die beiden Katzen kamen ihr zur Begrüßung gemächlich entgegen, wohl halb aus Neugier, halb aus Fressgier. Karen ging sofort in die Küche, um ihnen den Napf mit frischem Trockenfutter zu füllen, sich ein Glas Weißwein einzugießen und dann zu sehen, welche Reste im Kühlschrank nicht so lebensbedrohlich verdorben waren, dass sie sich davon etwas zum Abendessen aufwärmen konnte. Sie interessierte sich nicht sehr fürs Essen, was dabei half, drahtig zu bleiben, obwohl sie die fünfzig überschritten hatte. Sie ließ den Mantel auf eine Bank fallen und stellte ihre Aktentasche daneben. Dann lief sie zum Mülleimer, um die Post auszusortieren. Der Brief, der durch nichts weiter gekennzeichnet war als den New Yorker Poststempel, steckte zwischen einer Strom- und einer Telefonrechnung, zwei Werbebriefen für Kreditkarten, die sie nicht brauchte oder wollte, sowie Spendenaufrufen der Demokraten, der Ärzte ohne Grenzen und von Greenpeace.

Karen legte die Rechnungen auf eine Arbeitsplatte, warf die Werbung in den Papiermüll und riss den anonymen Umschlag auf.

Als sie die Nachricht las, zuckten ihre Finger, und sie schnappte laut nach Luft.

Dabei war sie von dem, was sie las, nicht einmal richtig schockiert.

Auch wenn sie wusste, dass sie allen Grund dazu hatte.

Als sie zu Rote Zwei wurde, war Sarah Locksley gerade nackt. Sie hatte zuerst die Hose ausgezogen, dann den Pullover und beides neben sich auf den Boden geworfen. Von ihrem gewohnten nachmittäglichen Cocktail aus Wodka und Barbituraten war sie ein wenig betrunken und betäubt, als der Briefträger ihr die Post durch den Schlitz in ihrer Haustür warf. Sie hörte, wie der Stapel Briefe in der Diele auf den Holzboden klatschte, und wusste, dass auf den meisten *Zweite Mahnung* oder *Letzte Mahnung* stand.

Dieser täglichen Flut an Zahlungs- und anderen Aufforderungen schenkte sie nicht die geringste Beachtung. Als sie aufstand, erhaschte sie einen Blick auf ihr Spiegelbild im Fernsehbildschirm und kam zu dem Schluss, keine halben Sachen zu machen. Also streifte sie den BH ab, schlüpfte aus dem Höschen und warf alles schwungvoll auf das Sofa in ihrer Nähe. Dann drehte sie sich vor dem Bildschirm nach links und nach rechts, um festzustellen, wie wenig von ihr übrig geblieben war. Sie fühlte sich dürr und ausgemergelt, entschieden zu dünn, und zwar nicht von einem besessenen Aerobictraining im Fitnessclub oder regelmäßigen Marathonläufen. Sie wusste, dass sie einmal sexy gewesen war und dass sie nur aus Verzweiflung so stark abgenommen hatte.

Sarah schaltete den Fernseher ein, und im selben Moment wich ihr eigenes Bild auf der Mattscheibe den vertrauten Figuren in einer Nachmittagsserie. Sie fand die Stummschaltung auf der Fernbedienung und setzte dem übertrieben rührseligen Dialog ein Ende.

Sie hatte es sich angewöhnt, zu den Bildern jeder Serie ihre eigene Geschichte zu erfinden. Sie ersetzte die Texte der Drehbuchautoren durch Worte, die ihrer Meinung nach besser angebracht waren. Für Sarah machte das die

Geschichten wesentlich spannender und interessanter. Allerdings rechnete sie nicht damit, noch lange dazu in der Lage zu sein – die Big-Box-Filiale, in der sie den Apparat per Ratenzahlung gekauft hatte, würde ihn in den nächsten Wochen zurückverlangen. Dasselbe galt für die Möbel, ihren Wagen und vermutlich auch für das Haus.

Ihre Worte schienen im Raum widerzuhallen – ein wenig unscharf wie verwackelte Fotos.

Ach, Denise, ich liebe dich so …

Ja, Doktor Smith, ich liebe dich auch. Schließ mich in die Arme und zaubere mich fort von hier …

Auf dem Bildschirm hielt ein strammer, dunkelhaariger Bursche, der eher an ein männliches Model als einen Herzchirurgen erinnerte, eine Blondine umschlungen, die mit ihrer Superfigur so aussah, als hätte sie noch nie an einer schwereren Krankheit als einem abgebrochenen Fingernagel oder Schnupfen gelitten und außer zu ihren Brustimplantationen nie einen Arzt aufgesucht. Während sie die Lippen bewegte, steuerte Sarah weiter den Dialog bei.

Ja, Liebling, das werde ich … allerdings sind deine Untersuchungsergebnisse vom Labor zurückgekommen, und … ich weiß nicht, wie ich es dir sagen soll, aber dir bleibt nicht mehr viel Zeit …

Unsere Liebe ist stärker als jede Krankheit …

Hah!, dachte Sarah. Träum weiter.

Dann dachte sie: Ich werde die reizende Denise und den gut aussehenden Doktor Smith wohl aus meinem Leben streichen.

Bei dem Gedanken stieß sie ein selbstzufriedenes Lachen aus. Mit Sicherheit war ihr Dialog wesentlich banaler und daher weitaus besser als das, was sie wirklich sagten.

Als der Abspann über den Bildschirm lief, erhob sie sich

und trat ans Fenster zur Straße. Eine Weile stand sie, die Arme über dem Kopf verschränkt, völlig entblößt da und hoffte fast, einer ihrer neugierigen Nachbarn oder – besser noch – der gelbe Schulbus von der Mittelschule käme mit Schülern beladen vorbei und sie könnte der pubertierenden Schar eine richtig gute Darbietung liefern. Eine Handvoll der Kids würden sie noch aus dem Klassenzimmer kennen. Fünftes Schuljahr. Mrs Locksley.

Sie schloss die Augen. Seht mich an, dachte sie. Worauf wartet ihr, verdammt, seht mich an!

Sie merkte, wie ihr die Tränen in die Augen stiegen und ihr, ohne dass sie etwas dagegen machen konnte, heiß die Wangen herunterliefen. Das war sie gewöhnt.

Bis zu dem Moment, in dem sie den Dienst quittierte, war Sarah eine beliebte Lehrerin gewesen. Falls sie einer ihrer ehemaligen Schüler heute so splitternackt am Fenster ihres Wohnzimmers sehen konnte, umso besser.

Sie hatte vor etwas mehr als einem Jahr gekündigt, an einem der letzten Tage vor Beginn der Sommerferien. Es war ein Montag, zwei Tage nach jenem strahlend warmen Morgen, an dem ihr Mann ihre dreijährige Tochter zu einer der harmlosesten Samstagserledigungen mitgenommen hatte – einer Einkaufsfahrt in den Supermarkt, um Milch und Müsli zu kaufen – und nie zurückgekehrt war.

Sarah wandte sich vom Fenster ab und starrte durchs Wohnzimmer zur Haustür, wo der Stapel Post auf dem Boden lag. Geh niemals an die Tür, dachte sie. Auch nicht, wenn es klingelt oder jemand dagegendonnert. Geh nicht ans Telefon, wenn der Anruf von einem Unbekannten kommt. Bleib einfach, wo du bist, denn es könnte ein junger Polizist sein, der seinen Smokey-Bear-Hut verlegen in der Hand hält, während er dir stockend die Nachricht überbringt. »Es hat einen Unfall gegeben, und es tut mir furchtbar leid, Ihnen das zu sagen, Mrs Locksley …«

Manchmal fragte sie sich, wieso ihr Leben an einem so strahlend schönen Tag zerstört worden war. Es hätte Graupel oder Schneematsch herrschen müssen, eine trübe, trostlose Mischung wie heute. Stattdessen hatte an einem klaren, blauen Himmel die Sonne geschienen, und so hatte sie, als sie an jenem Morgen zu Boden fiel, den Himmel über sich abgesucht nach einer noch so kleinen, vorüberziehenden Wolke, um den Blick an irgendetwas heften zu können. Sarah zuckte angesichts der Ungerechtigkeit die Achseln.

Sie blickte aus dem Fenster. Niemand kam vorbei. Also keine kleine Nacktdarbietung. Sie strich sich mit den Händen durch die rote Mähne und überlegte, wann sie das letzte Mal geduscht oder das zerzauste Haar durchgekämmt hatte. Ein paar Tage war es her, mindestens. Ich war mal schön. Ich war mal glücklich. Ich hatte das Leben, das ich mir wünschte. Vorbei.

Sie wandte sich dem Stapel Briefen an ihrer Haustür zu. Die Wirklichkeit holt mich ein, stellte sie fest. Sie wünschte sich, betrunkener oder betäubter zu sein, doch sie fühlte sich vollkommen nüchtern.

Also trat sie an den Haufen Mahnbriefe heran. Ihr könnt alles haben, sagte sie. Ich will nichts davon behalten.

Der unauffällige Brief mit dem New Yorker Poststempel lag zuoberst. Sie konnte nicht sagen, wieso er ihr ins Auge sprang.

Sarah bückte sich und hob ihn auf. Zuerst hielt sie ihn für eine wirklich clevere Masche, die sich ein Gläubiger hatte einfallen lassen, damit sie reagierte. Der Stempel »Zweite Mahnung« in großen roten Lettern auf dem Umschlag bewirkte tatsächlich nur, dass sie die Forderung ignorierte.

Aber gar nichts zu vermerken – also, das war geschickt. Ihre Neugier war geweckt. Paradoxe Psychologie.

Na schön, räumte sie ein, während sie träge den Umschlag aufriss. So viel muss man dir lassen. Die Runde geht an dich. Ich lese deinen Drohbrief, in dem du mich aufforderst, für etwas, das ich nicht mehr will oder brauche, Geld zu bezahlen, das ich nicht habe.

Sie las, und mit jedem Satz wurde ihr klar, dass sie an diesem Tag weder genug getrunken noch genug Pillen genommen hatte.

Als sie fertiggelesen hatte, fühlte sie sich zum ersten Mal richtig nackt.

Kurz nach der letzten Unterrichtsstunde am Vormittag wurde Jordan Ellis zu Rote Drei, und ihr war absolut elend zumute. Sie begriff ihre neue Rolle nicht sofort, da sie gerade dabei war, in einer Serie von Misserfolgen, die sich nun schon seit einem Jahr aneinanderreihten, den neuesten wegzustecken, diesmal in amerikanischer Geschichte. Sie starrte auf ihren Aufsatz, den die knappe Randbemerkung des Lehrers zierte: »Kommen Sie in meine Sprechstunde«, darunter eine schwache Vier. Sie knüllte die Blätter in der Faust zusammen, stieß einen tiefen Seufzer aus und strich sie wieder glatt. Die Note sagte wenig über ihre Fähigkeiten, so viel wusste sie. Worte, Sprache, Ideen, Sinn fürs Detail – das alles lag ihr im Blut. Vor nicht allzu langer Zeit war sie noch eine Einser-Schülerin gewesen, doch jetzt konnte sie nicht sagen, ob sie sich das für alle Ewigkeit abschminken musste. Jordan merkte, wie die Wut in ihr hochstieg. Sie wusste, dass dies kein Einzelfall war, und dabei kam es jetzt darauf an. In Französisch würde sie durchfallen, nur mit Ach und Krach Geschichte schaffen, in Mathematik und Naturwissenschaft hoffentlich gerade noch mit einem blauen Auge davonkommen und sich in Literatur einigermaßen durchschleppen – während die Collegebewerbung wie ein Damoklesschwert über ihrem Kopf hing. Dabei war sie an dieser Anhäufung akademischer Desaster nicht schuld. Früher war ihr alles leichtgefallen. Jetzt erschienen ihr die Hürden unüberwindbar. Sie konnte sich nicht mehr konzentrieren. Sie schaffte die Arbeit nicht mehr, die ihr einmal Spaß gemacht hatte und so mühelos von der Hand gegangen war. Vor einer Woche hatte die Schulpsychologin ihr gegenübergesessen und ihr auf den Kopf zugesagt, sie verhalte sich aus Trotz selbstzerstörerisch, um Aufmerksamkeit auf sich zu lenken. Jede schlechte Note fasste sie in der einfachsten Gleichung zusammen: »Es hat Sie hart getroffen, Jordan, als Ihre Eltern Ihnen sagten, sie wollten sich scheiden lassen. Jetzt kommen Sie bitte darüber hinweg.«

Dabei war es nicht annähernd so einfach. Sie hasste Schwarz-Weiß-Psychologie. Im Weltbild der Schulpsychologin war das Leben offenbar eine Art Drahtseilakt über einem Abgrund, und Jordan war ein bisschen aus dem Tritt geraten.

Wenn sie dagegen die Landschaft ihres letzten Jahres an der Schule betrachtete, dann blickte sie inmitten von Lehm und Schlamm auf nichts als Steine und zerklüftetes Gelände. Jungen, mit denen sie einmal unbekümmert ihre ersten sexuellen Erfahrungen gemacht hatte, zogen jetzt über sie her. Mädchen, die sie einmal für Freundinnen gehalten hatte, tratschten unentwegt hinter ihrem Rücken. Die Lehrer, die sie früher wegen ihres Fleißes, ihrer Intuition und guten Arbeit gelobt hatten, behandelten sie jetzt, als wäre sie mit einem Schlag verblödet. Ihr Leben war so kompliziert, so verworren, dass sie nicht mehr weiterwusste. Ein ganz normaler Tag in Jordans Leben, sagte sie sich: am Morgen eine schlechte Note in der Klausur; beim Basketballtraining am Nachmittag den Ball so oft verfehlt, dass der Trainer dich anbrüllt und vor der nächsten Runde aus der Aufstellung nimmt; ein einsames Abendessen im Speisesaal, weil sich niemand zu dir setzen will. Wenn sie vor dem Schlafengehen keine Zahnpasta mehr hätte, würde ihr wahrscheinlich niemand auch nur einen Spritzer spendieren; und wenn es Zeit war zu schlafen, wälzte sie sich schlaflos im Bett hin und her, während sich ihr unter der Last all der Probleme die Brust zuschnürte wie bei einem Asthmaanfall. Am liebsten hätte sie sich irgendwo versteckt, aber nicht einmal das war möglich. Mit ihrem verdammten roten Haar – wie sie es hasste – stach sie aus jeder Menschentraube heraus, wo sie doch in der Anonymität untergehen wollte. Manchmal stopfte sie es sich sogar unter eine Skimütze, doch selbst das nützte nicht viel.

Sie lief mit gesenktem Kopf, zerknautschtem Parka und einem Rucksack, der ihr vom Gewicht der Bücher an den Schultern zerrte, den Fußweg zwischen dem Werkraum und den Laborräumen entlang. Der Regen war kalt und tropfte vom Efeu, der an ihrer exklusiven Privatschule die Wohngebäude der Schüler bedeckte. Wenigstens, dachte sie, passt das Wetter zu meiner Stimmung. Normalerweise waren die Gehwege Treffpunkte – die Schüler grüßten sich, blieben stehen, um über Lehrer und andere Schüler zu tratschen oder über Sport zu diskutieren. Jordan stapfte voran und war froh, dass das Wetter auch alle anderen zügig über das Netz aus geteerten Pfaden trieb, das den Campus durchzog. Es war früher Nachmittag, auch wenn der graue Himmel den Eindruck erweckte, als stünde der Einbruch der Nacht unmittelbar bevor. Statt mit den anderen zu Mittag zu essen, war sie nur kurz in die Cafeteria gehuscht, um sich eine Orange, ein Stück Weißbrot und eine kleine Milchtüte zu holen, alles in die Parkataschen zu stopfen und später ungestört in ihrem Zimmer zu essen.

Als Oberstufenschülerin hatte sie sich in einem der kleineren, umgebauten Häuser am Rande des Campus ein Einzelzimmer ohne Mitbewohner ergattert. Von außen war es mit seinem breiten Eingangsportal und der vornehmen Mahagonitreppe in der Mitte ein für Neuengland typisches, etwa hundert Jahre altes Schindelhaus. Früher einmal hatte hier der Kaplan der Lehranstalt gewohnt, und beim Betreten strömte einem ein süßlicher, sakraler Geruch entgegen. Heute hatten hier sechs Mädchen aus der Oberstufe ihre Zimmer, außerdem die Lacrosse-Trainerin der Schülerinnen und die Spanischlehrerin, eine gewisse Miss Gonzales, die auch als Heimmutter und Vertrauensperson fungieren sollte, jedoch den größten Teil ihrer Freizeit mit dem jungen Assistenten des Fußballtrainers zubrachte, einem verheirateten Mann und Vater zweier kleiner Kinder. Ihre ungezügelten – und in den Ohren der Mädchen sportlichen – Laute der Leidenschaft drangen durch die Wände sämtlicher Zimmer. Diese ekstatische Geräuschkulisse gab den Mädchen im Haus Anlass zum Lachen und zu heimlichem Neid.

Jordan schmunzelte über das ehebrecherische Stöhnen und die spitzen Schreie, die aus Miss Gonzales' Apartment drangen. Es musste toll sein, sich so zu vergessen, ein himmelweiter Unterschied zu ihren eigenen tastenden, verlegenen Experimenten mit Jungen.

Sie schüttelte den Kopf, und langsam kehrten all die Sorgen und Probleme zurück, sodass es sich anfühlte, als hingen ihr nicht nur die Bücher im Rucksack an den Schultern. Zum ersten Mal, seit die Eltern ihr mit ihrer Nachricht einen solchen Schlag versetzt hatten, fragte sie sich ernsthaft, ob es überhaupt einen Sinn hatte weiterzumachen. Sie wusste, dass sie keine Schuld an der ganzen Misere hatte, und trotzdem kam es ihr so vor, als läge alles an ihr.

Aufgewühlt vom Chaos in ihrem Leben, betrat Jordan die Eingangshalle. Sie schüttelte sich den Kopf ein wenig ab und strich sich über den nassen Parka. Dann zog sie die Skimütze aus und ließ, weil niemand in der Nähe war, ihre Haare herunterfallen. Alle waren beim Mittagessen, und es blieb noch etwas Zeit, bevor die Sportaktivitäten am Nachmittag sie in den Schulalltag zurückbeorderten. Die Ruhe tat ihr gut, und sie trat zu dem Tisch, auf dem die Post des Wohnheims in sechs verschiedenen Ablagekästen sortiert war. Sie stellte fest, dass sich in ihrem drei Briefe befanden.

Die ersten beiden erkannte sie auf Anhieb an der Handschrift: das enge, kaum leserliche Gekritzel ihres Vaters und die schwungvollere, ausladendere Schrift ihrer Mutter. Es erschien Jordan geradezu zwingend, dass die beiden Briefe gleichzeitig eintrafen. Wieder einmal gab es einen völlig überzogenen Streit um irgendeinen dramatisierten Zankapfel zwischen den beiden. Sie lagen sich endlos in den Haaren und erlaubten ihren Anwälten, sich mit Drohungen aufzuspielen. Das entscheidende emotionale Schlachtfeld ihrer Eltern, das Waterloo, das sie wie Bonaparte und Wellington umkämpften, war Jordan. Sie brauchte die Briefe nicht zu öffnen, um zu wissen, was sie finden würde: eine Erklärung für die jeweilige nicht verhandelbare Position und die unschlagbaren Gründe, die dafür sprachen, dass Jordan sich der eigenen Auslegung der Ereignisse anschließen sollte. »Würdest du nicht viel lieber bei mir leben, Liebling, statt bei deinem Vater?« Oder: »Du weißt schon, dass im Denken deiner Mutter nur Platz für sie selber ist, nicht wahr, Schatz?«

Erst seit Kurzem hatten ihre Eltern sich angewöhnt, förmlich über die Post mit ihr zu kommunizieren, nachdem beide festgestellt hatten, dass sie E-Mails ignorierte und ihr Handy, sobald die jeweilige Nummer erschien, auf Mailbox schaltete. Die taktile Präsenz des geschriebenen Wortes auf dem zartrosa gefärbten, teuren Briefpapier ihrer Mutter dagegen oder auch das gediegen schwere Geschäftspapier ihres Vaters konnte sie nicht so leicht beiseiteschieben. Aber, dachte sie, ich lerne dazu.

Sie steckte die beiden Briefe in den Rucksack. Es gab ihr ein kurzes Gefühl der Befriedigung, den ach so wichtigen Streitpunkt zwischen ihren Eltern zu ignorieren.

Der dritte Brief kam überraschend. Abgesehen von ihrem Namen und dem New Yorker Stempel gab er nichts preis. Zuerst vermutete sie dahinter einen der vielen Anwälte, die mit der Scheidung beauftragt waren, doch dann dachte sie daran, dass diese Typen grundsätzlich exklusives Briefpapier benutzten, auf dem ihr Name und ihre Adresse prangten und somit auf den ersten Blick klar war, worum es ging. Dieser Brief hier war dünn. Während sie zu ihrem Zimmer lief, die Tür öffnete und eintrat, wendete sie den Umschlag drei Mal in der Hand und sah ihn sich genau an. Sie war nicht scharf auf Post. Es waren ohnehin nie gute Neuigkeiten.

Sie ließ ihren Mantel auf den Boden fallen und warf den Rucksack aufs Bett. Dann nahm sie die Orange heraus und machte sich daran, sie zu schälen, hörte aber mittendrin auf und öffnete achselzuckend den Umschlag.

Sie las die Botschaft langsam, dann ein zweites Mal.

Als sie fertig war, sah Jordan auf, als hätte jemand mit ihr zusammen den Raum betreten. Ihre Unterlippe zitterte.

Das soll doch wohl ein Witz sein, dachte sie. Jemand

spielt mir da einen üblen Streich. Das kann nicht ernst gemeint sein.

Es war die einzige nachvollziehbare Erklärung, auch wenn ihr in einem Winkel ihres Bewusstseins schwante, dass es dem Verfasser dieses Briefs nicht darum ging, etwas Nachvollziehbares zu tun.

An diesem Morgen hatte sie noch gedacht, dass man sich einsamer nicht fühlen konnte, doch jetzt wusste sie, dass das ein Irrtum gewesen war.

3

Panik Eins.
Panik Zwei.
Panik Drei.

Nach der Lektüre der Briefe geriet jede der drei Roten auf ihre eigene Weise in Panik. Sie alle wiegten sich in der Illusion, über ihre Emotionen, die plötzlich zu explodieren schienen, die Kontrolle zu bewahren. Jede von ihnen glaubte, angemessen auf die Drohungen zu reagieren, die richtigen Schritte zu unternehmen. Jede hatte das Gefühl, sie – und niemand sonst – könne für die eigene Sicherheit sorgen, falls sie überhaupt nach Sicherheit strebte. Jede versuchte die Bedrohung richtig einzuschätzen, und alle drei gelangten zu grundverschiedenen Schlüssen. Jede der drei war unsicher, ob sie in realer Gefahr schwebte oder einfach nur wütend sein sollte, auch wenn es weder für das eine noch das andere eine Erklärung zu geben schien. Jede hatte ihre liebe Not damit, zu begreifen, dass die Sache ernst war, und empfand nichts als Ratlosigkeit. Jede geriet in einen Zustand der Verwirrung, ohne es zu merken.

Keine von ihnen schätzte ihre Lage annähernd richtig ein.

Als Karen Jayson nach der Lektüre der Botschaft den ersten Schock überwunden hatte, war ihr spontaner Impuls, bei der Polizei anzurufen.

Sarah Locksleys instinktive Reaktion war, die Pistole zu holen, die ihr verstorbener Mann in einer Stahlschatulle auf dem obersten Regal in seinem kleinen Arbeitszimmers aufbewahrt hatte.

Jordan Ellis sackte einfach nur auf ihr Bett und rollte sich wie unter Übelkeit und Bauchschmerzen ein, während sie überlegte, an wen sie sich in einer Welt, in der ihr niemand zuhören wollte, um Hilfe wenden konnte.

Karens Gespräch mit dem Detective verlief höchst unangenehm. Sie hatte den Brief zwei Mal gründlich gelesen und ihn dann wütend auf den Küchentisch geknallt, bevor sie das Telefon aus dem Sockel an der Wand nahm. Ihr schwirrte der Kopf, und sie konnte ihre Empörung kaum unterdrücken. Sie war es nicht gewöhnt, bedroht zu werden. Die alberne Märchenanspielung in dem Brief war ihr zuwider, und so gewann die effiziente, entschlossene, gebildete Frau in ihr die Oberhand: Ich habe nichts und niemanden zu fürchten. Und wer bist du? Der Böse Wolf? Wollen doch mal sehen. Ohne zu überlegen, was sie sagen sollte, wählte sie den Notruf.

Sie rechnete damit, dass der Mann in der Leitstelle sich bemühen würde, ihr zu helfen. Da lag sie falsch.

»Polizei, Feuerwehr, Notrufzentrale«, sagte er.

Selbst für eine solche Kurzmeldung, fand sie, klang die Stimme sehr jung.

»Hier spricht Doktor Karen Jayson, Marigold Road. Ich glaube, Sie verbinden mich am besten mit jemandem von der Kripo.«

»Um was für einen Notfall handelt es sich, Ma'am?«

»Doktor«, korrigierte sie ihn. Und bereute es augenblicklich.

»Verstehe«, hörte sie am anderen Ende. »Um was für einen Notfall handelt es sich, Frau Doktor?« Aus der Art, wie er das Wort betonte, hörte sie die Erschöpfung einer langen Arbeitsschicht heraus.

»Einen Drohbrief«, antwortete sie.

»Von wem?«

»Keine Ahnung. Er war nicht unterschrieben.«

»Ein anonymer Drohbrief?«

»Ja, genau.«

»Also, da sprechen Sie wohl am besten mit jemandem von der Kripo«, sagte der Beamte.

Mein Reden, dachte Karen, verkniff sich jedoch die Bemerkung.

Sie wartete darauf, durchgestellt zu werden. Die örtliche Polizei war klein und in einem wuchtigen roten Klinkerbau im Zentrum der nächstgelegenen Stadt untergebracht, direkt neben der Notaufnahme und Feuerwehr und gegenüber dem bescheidenen Rathaus. Sie wohnte gut fünf Meilen entfernt auf dem Lande und kam nur samstagmorgens an der Wache vorbei, wenn sie im unweit gelegenen Biomarkt einkaufte.

Vermutlich bestand die Hauptaufgabe der Ordnungshüter darin, die Geschwindigkeitsübertretungen gelangweilter Teenager auf den Highways zu ahnden, bei Handgreiflichkeiten zwischen Eheleuten einzuschreiten und mit den Drogendezernaten der größeren Städte zusammenzuarbeiten, da viele Dealer begriffen hatten, dass sie draußen auf dem Lande in aller Ruhe ihr Crystal Meth zusammenbrauen oder ihr Crack klein schnibbeln konnten, um es dann an den einschlägigen Straßen in der Stadt oder an den nahe gelegenen Colleges zu verhökern. Karen bezweifelte, dass in ihrer Kleinstadt zu irgendeinem Zeitpunkt mehr als zehn

Polizisten Dienst hatten oder einer darunter eine nennenswerte Ausbildung genossen hatte.

»Hier spricht Detective Clark«, meldete sich eine kräftige, nüchterne Stimme am Telefon. Mit Erleichterung stellte sie fest, dass dieser Beamte immerhin älter klang.

Sie nannte ihren Namen und erklärte dem Detective, sie habe einen Drohbrief erhalten. Sie wunderte sich, dass er sie nicht aufforderte, ihn vorzulesen, sondern eine Salve an Fragen abfeuerte, die nächstliegende zuerst.

»Haben Sie eine Vermutung, wer Ihnen den Brief geschickt haben könnte?«

»Nein.«

»Können Sie irgendwelche besonderen Merkmale entdecken, von denen Sie auf den …?«

»Nein«, fiel sie ihm ins Wort. »Einen New Yorker Poststempel, das ist alles.«

»Sie haben also keine Ahnung, um wen es sich bei dem Absender handeln könnte?«

»Nicht den leisesten Schimmer.«

»Also, hatten Sie in letzter Zeit irgendwelche Beziehungsprobleme?«

»Nein. Seit Jahren nicht.«

»Haben Sie sich beruflich Feinde gemacht?«

»Nein.«

»Mussten Sie in jüngster Zeit einem Mitarbeiter kündigen?«

»Nein.«

»Hatten Sie Streitigkeiten mit Nachbarn? Zum Beispiel eine üble Auseinandersetzung über eine Grundstücksgrenze, oder Ihr Hund ist ausgebüxt und hat eine Katze gejagt, so was in der Art?«

»Nein, ich habe keinen Hund.«

»Ist Ihnen in den letzten Tagen oder Wochen etwas Ungewöhnliches aufgefallen, zum Beispiel anonyme Anrufe oder Fahrzeuge, die Ihnen auf dem Weg zur oder von der Arbeit gefolgt sind?«

»Nein.«

»Hat es in letzter Zeit bei Ihnen zu Hause oder im Büro Diebstähle oder Einbrüche gegeben?«

»Nein.«

»Haben Sie Ihre Brieftasche oder Kreditkarte oder sonst etwas verloren, anhand dessen man Sie identifizieren könnte?«

»Nein.«

»Wie steht es mit dem Internet? Ein Identitätsdiebstahl oder …«

»Nein.«

»Fällt Ihnen irgendjemand ein, der Ihnen aus irgendeinem Grund schaden will?«

»Nein.«

Der Detective seufzte, was Karen unprofessionell fand. Doch auch diesmal sagte sie nichts.

»Kommen Sie, Doktor, es muss da draußen irgendjemanden geben, dem Sie, vielleicht sogar ohne es zu merken, auf die Füße getreten sind. Haben Sie je einen Patienten falsch diagnostiziert? Oder jemandem eine medizinische Leistung vorenthalten, und derjenige wurde krank oder verstarb sogar? Hat Sie schon mal ein unzufriedener Patient verklagt?«

»Nein.«

»Ihnen fällt also absolut niemand ein …?«

»Nein, sag ich Ja, nein.«

Der Detective schwieg einen Moment, bevor er fortfuhr. »Und könnte es sein, dass Ihnen jemand einfach einen Streich spielen will?«

Das bezweifelte Karen. Ein paar der Comedians, die sie in den Clubs traf, hatten zwar einen etwas schrägen Sinn für Humor, und es konnte vorkommen, dass über die Konkurrenten mit Witzeleien hergezogen wurde, die durchaus etwas Sadistisches hatten und verletzten – doch ein Brief wie der auf dem Küchentisch ging entschieden über jeden Spaß hinaus, den sich selbst der schrillste Vogel einfallen lassen würde. »Nein. Und ich finde die Sache auch nicht besonders komisch.«

Sie sah im Geiste vor sich, wie der Detective am anderen Ende der Leitung die Achseln zuckte. »Also, ich fürchte, im Moment können wir da nicht allzu viel tun. Ich kann dafür sorgen, dass die Streifenwagen routinemäßig ein bisschen häufiger Ihre Straße abfahren. Ich werde die Angelegenheit bei unserer Tagesbesprechung erwähnen. Aber solange es keine offenkundige Tat gibt …«

Der Polizist sprach den Satz nicht zu Ende.

»Der Brief ist keine offenkundige Tat?«

»Ja und nein.«

»Wie soll ich das verstehen?«

»Na ja«, fuhr der Detective in einem Ton fort, der nach einem Vortrag vor einer Highschoolklasse über die Polizeiarbeit klang, »eine schriftliche Drohung stellt eine Straftat zweiten Grades dar. Aber Sie sagen, Sie haben keine Feinde – jedenfalls nicht, dass Sie wüssten –, und Sie haben nichts getan, das eine solche Drohung erklären könnte. Und es ist nichts weiter passiert – außer diesem Belästigungsbrief …«

»Meinen Sie nicht, Detective Clark, dass es mehr als eine Belästigung ist, wenn Ihnen jemand sagt, Sie seien ausgewählt worden zu sterben?«

Karen wusste, dass sie übertrieben steif und gestelzt

klang. Sie hoffte, den Polizisten damit ein bisschen auf Trab zu bringen, doch es hatte die gegenteilige Wirkung.

»Doktor, ich würde das eher als einen bizarren Vorfall verbuchen oder jemandem mit einem lausigen Sinn für Humor zuschreiben, irgendwem, der Ihnen aus welchem Grund auch immer ein kleines bisschen Angst einjagen möchte, und die Sache vergessen, bis tatsächlich etwas passiert. Es sei denn, Sie sehen, wie Ihnen jemand folgt, oder Sie stellen fest, dass Ihr Bankkonto geplündert wurde oder so was in der Art. Oder jemand fordert Geld von Ihnen. In so einem Fall ...«

Er zögerte, bevor er fortfuhr. »Bei den Fällen von Bedrohung, die wir zu sehen bekommen, handelt es sich meistens um einen Stalker. Jemanden mit einer Obsession für einen Lehrer oder einen Kollegen, den früheren Freund beziehungsweise die Freundin. Aber es ist immer eine Person, mit der man in Beziehung gestanden hat. Die Drohung ist im größeren Zusammenhang eines zwanghaften Verhaltens zu sehen. Aber davon kann hier offenbar nicht die Rede sein, oder? Haben Sie das Gefühl, dass Sie jemand verfolgt?«

»Nein, jedenfalls nicht, dass ich wüsste.«

»Also, überlegen Sie mal. Ist bei Ihnen sonst irgendetwas Ungewöhnliches vorgefallen?«

»Nein.«

»Sehen Sie.«

»Sie meinen, ich kann absolut nichts dagegen tun?«

»Nein. Ich meine, es gibt nichts, was *wir* tun können. Selbstverständlich sollten Sie Vorsichtsmaßnahmen ergreifen. Haben Sie eine Alarmanlage im Haus? Falls nicht, legen Sie sich lieber eine zu. Vielleicht schaffen Sie sich einen großen Hund an. Halten ein wachsames Auge auf die Leute, mit denen Sie in den letzten Monaten in Kontakt gekommen sind. Stellen Sie eine Liste von allen zusammen, denen Sie möglicherweise auf den Schlips getreten sind oder die einen Groll gegen Sie hegen könnten. Kann auch nicht schaden, mal Ihre Patienten unter die Lupe zu nehmen und deren Familien mit einzubeziehen. Vielleicht hat jemand, den Sie nicht allzu erfolgreich behandelt haben, einen psychotischen Schwager oder Cousin, der gerade aus dem Knast entlassen wurde. Denken Sie einfach nach. Normalerweise sieht der Bedrohte nicht, wer ihm das antut, obwohl er ihn vor der Nase hat; weil er ihm so was einfach nicht zutraut. Sie könnten sich natürlich auch einen Privatdetektiv nehmen und sehen, ob sich der Brief zurückverfolgen lässt – ist allerdings verdammt schwierig. Eine E-Mail – das eher. Aber ein altmodischer Brief? Selbst das FBI kommt da schon mal ins Schleudern. Erinnern Sie sich an diese Anthrax-Briefe? Oder den Unabomber? Das hat denen mächtig zu schaffen gemacht, trotz der modernsten technischen Mittel. Und hier in unserer kleinen Stadt haben wir natürlich nicht mal einen Bruchteil von deren Ressourcen und Personal. Was sag ich, nicht mal die Staatspolizei. Aber ich an Ihrer Stelle würde als Erstes diese Liste machen von Leuten, die vielleicht aus irgendeinem Grund sauer auf Sie sind, denn da könnte einer dabei sein, von dem Sie einfach keine Ahnung haben. Höchstwahrscheinlich läuft es darauf hinaus. Wenn Sie mir einen Namen geben, von mir aus auch zehn, also, ich hab kein Problem damit, da mal vorbeizuschauen und Klartext mit denen zu reden. Ihnen so richtig Feuer unterm Hintern zu machen, im Namen des Bundesstaates Massachusetts. Bis dahin …«

»Sie meinen, die Drohung, jemanden umzubringen, ist kein Verbrechen, das Sie aufklären wollen?«

»Ich werde einen Bericht schreiben, damit Ihre Meldung aktenkundig wird. Aber ehrlich gesagt, Frau Doktor, sind leere Drohungen an der Tagesordnung.«

»In diesem Fall wirkt es nicht wie eine leere Drohung.«

»Nein, aber wer kann das schon sagen? Wahrscheinlich ist es nichts.«

»Ja«, sagte Karen. »Wahrscheinlich.«

Sie legte auf. Oder doch, fügte sie stumm hinzu.

Sarah Locksley zitterte, als sie langsam das kleine Büro ihres toten Mannes betrat. Es war ein schmaler Raum mit einem einzigen Fenster, an dem die Jalousien geschlossen waren, und einem verkratzten alten Eichenschreibtisch mit einem veralteten Computer darauf. Hier hatte er ihre Steuererklärung gemacht, ihre Rechnungen bezahlt und ab und zu an seinen Memoiren über die gefährlichen Monate zu Beginn des Irakkriegs geschrieben, in denen er Versorgungslaster und Schwermaschinen vom Flughafen nach Bagdad und zurück gefahren hatte. Von Anfang an hatten sie geplant, es in ein zweites Kinderzimmer umzufunktionieren, wenn sie wieder schwanger würde.

An den Wänden hingen Hochzeitsfotos von ihnen beiden, spätere zu dritt oder von Sarah mit ihrer Tochter. Dann dieser Red-Sox-Wimpel, den mehrere Spieler nach der Meisterschaft von 2004 signiert hatten, und ein Bild von ihrem Mann mit seiner Einheit bei der Nationalgarde, das aus der Zeit seines Auslandseinsatzes stammte. Es gab noch ein paar Erinnerungsstücke und Fotos und diesen albernen Krimskrams, den man sammelt, weil man etwas Besonderes damit verbindet – eine rosa orange bemalte Muschel mit einem großen Herzen in der Mitte, die sie ihm einmal als Scherz zum Valentinstag gekauft hatte; die Attrappe einer Fischtrophäe, die in blechernem Ton *Take Me to the River* sang und die vor ein paar Jahren ein Renner gewesen war; das maßstabsgetreue Modell eines schwarzen Turbo-Porsche auf dem Schreibtisch. Der war ein Geburtstagsgeschenk gewesen. Eines Nachts hatte ihr erschöpfter Mann, nachdem sie sich beide stundenlang mit den Koliken ihres neugeborenen Babys abgequält hatten, Witze darüber gerissen, dass er in seinem Leben statt der typischen Utensilien väterlicher Fürsorge etwas völlig Unnützes, Verwegenes brauche – weshalb er sich einen Sportwagen kaufen müsse, vorzugsweise den teuersten und schnellsten auf dem Markt.

Als er Monate später das Spielzeugauto aus dem bunten Geschenkpapier wickelte, hatte er gebrüllt vor Lachen.

Seit dem Unfall, bei dem ihre Familie ums Leben kam, hatte sie den Raum nur zwei, drei Mal betreten und auch nicht darin verweilt, sondern nur schnell geholt, was sie brauchte, und die Tür hinter sich zugezogen. Dasselbe galt für das Zimmer ihrer Tochter direkt daneben. Beide Räume waren seit dem Tag, an dem sie starben, unverändert. Sarah wusste, dass trauernde Menschen das häufig machten, doch sie hatte regelrecht Angst davor, eines der Zimmer zu betreten, weil sie sich einbildete, die Stimme ihrer Tochter oder ihres Mannes in den dunklen Winkeln zu hören oder ihre Berührung auf der Haut zu spüren. Es war, als weinten sie beide um sie, und dieses unheimliche Gefühl ihrer Nähe führte dazu, dass sie schluchzend zusammenbrach.

Immer wieder hatte er ihr versprochen, den Revolver aus dem Haus zu schaffen. Er hatte keine Zeit mehr dazu gehabt. Natürlich, dachte sie, als sie in der Tür stand und Angst hatte, auch nur Licht zu machen, hatten sie für keinen ihrer Pläne mehr Zeit gehabt. Die Reise zum Grand Canyon. Nach Europa. Das größere Haus in einer schöneren Gegend. Ein neues Auto. Und sie hatten es nicht gewusst, denn sonst wäre natürlich alles anders gewesen. Zumindest nahm sie das an, doch sie konnte nicht sicher sein.

Sie blickte zu einem Bücherregal hinüber, das neben einigen Memoiren aus dem Zweiten Weltkrieg und aus Vietnam, die ihr Mann gelesen hatte, während er an den eigenen arbeitete, mit seinen Lieblingskrimis und -thrillern vollgestopft war. Auf dem obersten Regalfach war hinter abgegriffenen Romanen von Val McDermid und James Hall sowie John Grisham ein alter olivgrauer Munitionskasten aus Metall mit einem Kombinationsschloss versteckt. Den wollte sie holen.

Sie kannte die Kombination. Es war der Geburtstag ihrer Tochter.

»Tut mir leid«, sagte sie laut und vernehmlich, als wollte sie sich bei den beiden Geistern entschuldigen, die sie beobachteten. »Ich brauche die Waffe.«

Ihr Mann war Leutnant bei der örtlichen Feuerwehr gewesen. Sie unterrichtete Kinder. Er löschte Brände. Sie korrigierte Rechtschreibtests. Er fuhr mit heulenden Sirenen in einem roten Löschzug. Es wäre nie ein Leben mit exotischen Ferienhäusern und einem großen, schwarzen Mercedes geworden. Glamour war nicht zu erwarten, doch es wäre immer ein gutes, solides, amerikanisches Leben gewesen. Sie wären liberale, geachtete Bürger der Mittelschicht gewesen. Sie kauften ihre Kleidung in der nächsten Mall und sahen abends nach dem Essen zusammen fern. Sie gehörten zur Fangemeinde sämtlicher Profi-Sportvereine Neuenglands und gönnten sich ab und zu den Luxus eines Ausflugs zu einem Spiel im Fenway Park oder im Gillette Stadion. Sie waren in der Gewerkschaft und stolz darauf. Sie stöhnten über die Steuer und machten gelegentlich unbezahlte Überstunden, weil sie ihre Arbeit liebten. Und es gab keinen Abend, an dem sie beide, wenn sie sich im Bett müde in die Arme sanken, nicht zuversichtlich dem nächsten Morgen entgegengesehen hätten.

Das galt selbst für den letzten Tag ihres Lebens, den Tag, an dem Ted die kleine Brittany mit Schwung über den Kopf hob, um sie so lange zu kitzeln, bis sie vor Lachen ein rotes Gesicht bekam. Dann hatte er sie sorgfältig im Fond ihres sechs Jahre alten Volvos auf dem Kindersitz festgeschnallt. Sarah hatte noch gesehen, wie er den eigenen Gurt anlegte, bevor er ihr mit einem übermütigen Grinsen zuwinkte und Gas gab.

Neun Blocks. Supermarkt. Der Tod.

Mit dieser Gleichung hätte niemand rechnen können. Keine ausgeklügelte Statistik, kein Algorithmus hätte vorauszusagen vermocht, dass dieser Heizöl-Tankwagen bei Rot über die Ampel fahren und in sie hineinrasen würde. Dieser Umstand war ihr von Anfang an besonders verhasst gewesen. Es war Sommer. Es herrschten milde Temperaturen. In ganz Neuengland war niemand mehr auf seine Ölheizung angewiesen. Dieser Tanklaster hatte auf der Straße gar nichts zu suchen.

Sie waren ordentlich angeschnallt. Die Airbags entfalteten sich auf der Stelle. Die Karosserie des Volvos aus torsionssteifem Stahl hatte sich entsprechend dem Sicherheitskonzept zum Schutz der Insassen zusammengeknautscht.

Nur dass all das nichts genutzt hatte, denn sie waren beide tot.

Sarah stand noch unschlüssig in der Tür. »Hör mal, Teddy«, sagte sie, »jemand schreibt, er will mich töten. Ich verspreche dir, dass ich sie nicht gegen mich selber richte.

Auch wenn ich das am liebsten täte, aber ich verspreche dir, ich tu's nicht. Jedenfalls noch nicht.«

Fast kam es ihr so vor, als bräuchte sie seine Einwilligung, um den Munitionskasten zu suchen und die Waffe zu holen. Sie waren beide streng katholisch erzogen worden, und Selbstmord war ein Tabu. In ihren Augen eine Sünde. Die vernünftigste, logischste Sünde, die sie sich denken konnte, aber trotzdem eine Sünde.

Sie hatte sich, dachte sie, auf so vielfältige Weise als Feigling erwiesen. Mit ein bisschen Mut hätte sie beschließen können, ihrem Leben ein Ende zu setzen. Oder sie hätte sich aufraffen können, ihr Leben in den Griff zu bekommen, statt es in die Brüche gehen zu lassen. Mit ein bisschen Mut hätte sie sich einer sinnvollen Aufgabe gewidmet, zum Beispiel an der Sonderschule im Stadtzentrum zu unterrichten oder im Gedenken an ihren toten Mann und ihr totes Kind ehrenamtliche Arbeit zu leisten und in den Sudan zu gehen, um Aids-Waisen zu helfen.

»Aber ich bin nicht mutig«, sagte sie. Manchmal konnte sie nicht sagen, ob sie laute Selbstgespräche führte oder etwas nur dachte. Und manchmal redete sie lange und ausgiebig mit sich und platzte zum Schluss mit irgendeinem Satz heraus, der nur für sie selbst Sinn ergab. »Eindeutig nicht mutig.«

Trotzdem, dachte sie, brauche ich die Waffe.

Wahrscheinlich war das noch ein letztes, kümmerliches Gen aus der Pionierzeit, das in ihr schlummerte. Jemand bedrohte sie, und wie ein Cowboy in einem Western griff sie nach der Waffe.

Sie hielt noch einen Moment in der Tür inne und ließ den Blick durchs Zimmer schweifen – dann trat sie entschlossen vor, um es möglichst schnell hinter sich zu bringen. Es war, als ob sie, indem sie sich hier umsah, mit jedem Gegenstand, auf den ihr Blick fiel, eine Erinnerung heraufbeschwor, die sie ein weiteres Mal zu strafen schien. Sie war mit wenigen Schritten am Bücherregal, schob die Romane beiseite, holte den verstaubten Kasten herunter, der dahinter zum Vorschein kam, und trat so schnell wie möglich den Rückzug an. Erleichtert knallte sie die Tür hinter sich zu.

»Tut mir leid, Teddy, Liebling, aber ich halte es da drinnen einfach nicht aus.«

Sie wusste, dass sie halb gedacht, halb geflüstert hatte.

Den olivgrauen Munitionskasten unter dem Arm, hielt sie sich die andere Hand seitlich ans Gesicht, um nicht in das Zimmer ihrer toten Tochter sehen zu müssen. Noch eine Unterhaltung mit einem Geist hätte sie an diesem Tag nicht verkraftet, und so huschte sie durch den Flur zurück in die Küche.

Sie war immer noch nackt. Doch seit sie die Waffe in der Hand hielt und seit ihr die Worte des Drohbriefs im Kopf herumschwirrten, empfand sie plötzlich Scham. Sie hob ihre Kleider vom Boden auf und schlüpfte wieder hinein.

Dann nahm sie den Brief und legte ihn neben dem Munitionskasten auf einen Beistelltisch im Wohnzimmer. Sie öffnete den Kasten mit der Kombination und griff hinein. Neben einer Schachtel mit Hohlspitzgeschossen lag ein kalter, schwarzer Colt Python .357 Magnum.

Sie holte den Revolver heraus und nestelte einen Moment daran herum, bis die Kammer aufsprang und sie sich davon überzeugen konnte, dass das Ding nicht geladen war. Vorsichtig legte sie sechs scharfe Patronen in den Zylinder ein. Die Waffe erschien ihr unglaublich schwer, und sie fragte sich, wie irgendjemand die Kraft aufbringen konnte, sie hochzuheben, anzulegen und damit zu schießen. Sie benutzte beide Hände und nahm die Schießstellung ein, wie sie es aus Fernsehmelodramen kannte. Es half zwar, die Waffe mit beiden Händen zu halten, war aber trotzdem schwierig.

Eine Männerknarre, dachte sie. Teddy hätte sich nie mit etwas anderem zufriedengegeben. Ein Handtaschenpistölchen wäre nichts für ihn gewesen.

Bei dem Gedanken musste sie schmunzeln.

Sie senkte den Blick auf den Brief.

Du wurdest auserwählt zu sterben.

Sarah legte die Waffe auf das Blatt.

Mag ja sein, antwortete sie dem Fremden da draußen, der vorhatte, sie zu töten, aber ich bin ohnehin halb tot, und bei mir kriegst du es mit einem Rotkäppchen zu tun, das sich wehrt. Ich schlage zurück. Also, worauf wartest du? Versuch's nur, wir werden ja sehen.

Sarah staunte selbst über ihre Reaktion – das genaue Gegenteil von dem, was sie typischerweise von sich erwartet hätte. Die Logik sagte ihr, dass sie, da sie sowieso sterben wollte, gar nichts unternehmen und dem Bösen Wolf einfach die Tür öffnen würde, damit er sie tötete und aus ihrem Elend befreite.

Doch stattdessen drehte sie den Zylinder der Waffe, der mit einem klickenden Geräusch zum Stillstand kam.

Also, dann ziehen wir mal Bilanz. Ich mag zwar allein sein, aber ich bin es nicht wirklich. Es wäre ihr nicht im Traum eingefallen, ihre alten Eltern um Hilfe zu bitten, die im Osten des Bundesstaates lebten, oder auch jemanden von den Leuten, die sie einmal als ihre Freunde betrachtet hatte und jetzt ignorierte. Sie wollte auch nicht die Polizei anrufen oder einen Anwalt oder Nachbarn. Nein, sie würde sich demjenigen, der sie zu seiner Zielscheibe machte, alleine stellen. Das mag verrückt sein, räumte sie in Gedanken ein, aber es liegt in deiner Hand, es ist deine Entscheidung. Und dann mag geschehen, was will.

Und seltsamerweise tat ihr der Gedanke gut, denn einen flüchtigen Moment lang hatte sie das Gefühl, ihr toter Mann und ihre tote Tochter wären vielleicht ein wenig stolz auf sie.

Jordan lag eingerollt auf ihrem Bett und war wie erstarrt. Es schien ihr fraglich, ob sie sich je wieder rühren würde. Doch als sich die Sekunden zu Minuten dehnten und sie hörte, wie einige der anderen Mädchen vom Essen kamen – erhobene Stimmen, krachende Türen, plötzliches lautes Gelächter und ein aufgesetztes Jammern, mit dem sich jemand über den Kummer einer anderen lustig machte –, löste sich die Starre. Nach einer Weile richtete sie sich auf und setzte sich auf den Bettrand. Dann nahm sie den Brief und las ihn erneut.

Fast hätte sie gelacht.

Glaubst du etwa, du wärst der einzige Böse Wolf in meinem Leben?

Stell dich hinten an, dachte sie. Alle anderen – von ihren ständig streitenden Eltern bis zu den Lehrern am College und ihren ehemaligen Freunden, die sie ausnahmslos im Stich gelassen hatten – waren ohnehin schon dabei, ihr den Garaus zu machen. Und jetzt kam ein anonymer Witzbold dazu.

Plötzlich spürte sie, wie sie aufbegehrte, rebellierte. Sie ging davon aus, dass der Verfasser dieses Briefs sie nur aufziehen wollte. Internatsschüler konnten unglaublich erfinderisch und unglaublich grausam sein. Jemand wollte, dass sie auf eine Art und Weise reagierte, die ihm Vergnügen bereitete. Oder auch ihr. Sie beschloss, Mädchen nicht von vornherein auszuschließen, nur weil der Verfasser ihr Gewalt androhte. Einige ihrer Klassenkameradinnen konnten ganz schön Schläge austeilen.

Leck mich, dachte sie, egal wer du bist.

Jordan hielt den Brief in der Hand und ging ihn langsam noch einmal durch, so wie sie es früher getan hatte, um eine detaillierte Frage oder eine schwierige Klausuraufgabe zu verstehen.

Die Worte auf dem Blatt schienen ihr ins Gesicht zu springen. Der Briefschreiber klang nicht jung. Der Ton war durchdacht und ausgefeilt, wie sie es keinem ihrer Klassenkameraden zutrauen würde. Andererseits wusste Jordan, dass sie besser keine vorschnellen Schlüsse zog. Nur weil es nicht so klang, als hätte es ein Jugendlicher geschrieben, schloss das diese Möglichkeit noch lange nicht aus. Wie Jordan hatten auch andere im Englischunterricht die Sprache von Hemingway und Faulkner, Proust und Tolstoi verinnerlicht. Manche von ihnen waren durchaus zu einer ausgefeilten Prosa fähig.

Sie trat durch das Zimmer zu ihrem kleinen Arbeitsplatz. Schreibtisch. Laptop. Ein Becher mit Bleistiften und Kugelschreibern, ein Stapel unbenutzter linierter Blöcke. In einer der oberen Schubladen fand sie einen beigefarbenen Ordner, in dem sie vereinzelte Notizen aus dem Unterricht sammelte. Sie packte den Brief hinein.

Und nun? Wie geht's jetzt weiter?

Jordan fröstelte plötzlich. Ihr wurde bewusst, dass sie wenig machen konnte oder sollte, ein Satz aus dem Brief aber stach ihr ins Auge: »Es wäre ratsam, das zu beherzigen …«

Sie nickte. *Na schön. Du willst, dass ich die ursprüngliche*

Geschichte von Rotkäppchen kennenlerne? Wieso nicht, das lässt sich machen.

Es war Zeit fürs Basketballtraining. Sie wusste, dass ihr, wenn sie sich auf dem Spielfeld abgerackert und eine Dusche genommen hatte, genügend Zeit blieb, in die Schulbibliothek zu gehen und sich die Gebrüder Grimm vorzunehmen. Da sie sowieso dabei war, alles zu vermasseln, sprach in ihren Augen nichts dagegen, ihre Zeit mit der Analyse eines jahrhundertealten Märchens zu verbringen, weil sie von einem durchgeknallten Mörder verfolgt wurde oder irgendein Klassenkamerad es lustig fand, ihr einen ausgeklügelten Streich zu spielen.

4

Zu schade, dachte der Böse Wolf, dass er nicht dabei sein und seine Rotkäppchen beobachten konnte, wenn sie seine Botschaft lasen. Es blieb ihm nichts anderes übrig, als sich ihre Reaktionen auszumalen – sich jede von ihnen vor Augen zu führen und die emotionalen Achterbahnfahrten durchzuspielen, die sie erleben würde.

Rote Eins ist wütend.

Rote Zwei ist verwirrt.

Rote Drei hat Angst.

Er nahm sich einen Moment Zeit und betrachtete die etwas verwackelten Fotos der drei Frauen, die er mit Teleobjektiv aufgenommen hatte. An der Wand über seinem Computer hingen mindestens ein Dutzend Bilder von jeder Roten, dazu Karteikarten mit Informationen. Monate der Observierung – aus der Distanz und doch hautnah – waren dort dokumentiert. Details aus ihrer Vergangenheit, Vorfälle aus ihrem Leben, die er bei seinen Nachforschungen zusammengetragen hatte, verdichteten sich zu einer Notiz auf einem Kärtchen oder zu Farbfotos auf Hochglanzpapier. Rote Eins hatte er beim Rauchen festgehalten. Eine gefährliche schlechte Angewohnheit, dachte er. Rote Drei saß allein unter einem Baum auf dem Campus. Immer einsam, rief er sich ins Gedächtnis. Rote Zwei kam auf einem Schnappschuss voll bepackt aus einer Spirituosenhandlung. Du bist so schwach, flüsterte er. Dieses Foto hatte er über einem Zeitungsausschnitt plaziert, der bereits vergilbte. Die Schlagzeile lautete: *Feuerwehrmann und Tochter, 3, bei Autounfall getötet.*

Auch bei der Kripo gab es solche Pinnwände, die den Beamten als visuelle Stütze dienten, um die Ermittlungsfortschritte in einem Fall zu verfolgen. Sie gehörten zu den klassischen Einstellungen in Hunderten von Filmen – nicht zu Unrecht, da sie tatsächlich weit verbreitet waren. Allerdings gab es einen entscheidenden Unterschied: Die Polizei heftete Tatortfotos mit den Opfern von Tötungsdelikten an die Wand, weil sie Antworten auf ihre Fragen suchte. Bei ihm hingegen hingen die dem Tode geweihten Lebenden, zu denen die meisten Fragen bereits beantwortet waren.

Er wusste, dass jede Rote unterschiedlich auf den Brief reagieren würde, denn er wusste auch, dass jeder Mensch anders mit Angst umging. Schließlich hatte er beträchtliche Zeit auf die Lektüre verschiedener literarischer und wissenschaftlicher Werke verwendet, die sich mit dem menschlichen Verhalten unter dem Eindruck einer unmittelbaren Bedrohung auseinandersetzten. Trotz einiger universeller Reaktionen – so wie beispielsweise beim Anblick einer Haifischflosse der Herzschlag einen Moment aussetzte – war der Böse Wolf instinktiv davon überzeugt, dass echte Ängste ganz unterschiedlich verarbeitet wurden. Wenn etwa ein Flugzeug unversehens in Turbulenzen geriet und durch den Himmel zu taumeln schien, dann schrie der Passagier auf Sitz 10A und klammerte sich so fest an die Armlehnen, dass er weiße Fingerknöchel bekam, während der Fluggast auf 10B die Achseln zuckte und sich wieder seiner Lektüre zuwandte. Diese Dinge faszinierten ihn. Sowohl in seiner Laufbahn als Romanschriftsteller als auch als Mörder war er diesen Dingen auf den Grund gegangen, und er wäre der Letzte, der die Wechselwirkung von Angst und Kreativität unterschätzen würde.

Er rechnete damit, dass eine Reihe von Dingen passieren würde, wenn sie seinen Brief gelesen hätten. Außerdem versuchte er, sich die Gefühle auszumalen, die er auslösen würde. Sie werden stolpern und fallen, dachte er. Sie werden vor Angst schlottern. Erst kürzlich hatte er auf dem Geschichtskanal eine Fernsehsendung gesehen, in der berühmte Scharfschützen interviewt wurden. Mit den neuesten technischen Mitteln wurden einige bemerkenswerte Attentate nachgestellt, die sie ausgeführt hatten, sei es in Korea, in Vietnam oder im Irak. Am meisten beeindruckte ihn neben der außergewöhnlichen Kompetenz der Schützen, die ihre Opfer als *Ziel* bezeichneten, als besäßen sie nicht mehr Persönlichkeit als die schwarze Mitte einer Zielscheibe, die emotionale Distanz, die sie an den Tag legten. Die Franzosen nannten das *sang-froid*. Nicht die leiseste Neigung zu Alpträumen, nachdem der Auftrag erledigt war. Er war sich nicht sicher, ob er das glauben sollte, denn seiner eigenen Erfahrung als Mörder nach zählte nicht nur, dass man jemandem das Leben nahm, sondern auch, was man hinterher empfand. Der eigentliche Reiz lag darin, das Erlebte im Geiste wieder und wieder durchzuspielen. Er begrüßte die Alpträume und vermutete, dass es den Killern beim Militär nicht anders ging. Sie gaben es nur vor laufender Kamera nicht zu.

Auch hier war er anders. Er dokumentierte alles.

Er fand das geradezu unwiderstehlich: Taten und Gedanken, der ganze Hexenkessel des Todes. In seinem Kopf überschlugen sich die Worte, und er tippte wie besessen in die Tasten.

Eine von ihnen – mindestens eine, aber nicht alle – wird die Polizei rufen. Damit ist zu rechnen, doch die Kripo wird genauso ratlos sein wie sie. Eine Straftat zu vereiteln ist genau das, wozu die Polizei nicht ausgebildet ist. Mag sein, dass sie rauskriegen, wer einen Mord begangen hat, nachdem er passiert ist – doch sie sind nicht besonders gut darin, einen zu verhindern. Der Secret Service beschützt den Präsidenten, und sie verwenden Tausende von Arbeits- und Computerstunden, intensive psychologische Analyse und ausführliche akademische Studien auf die Sicherheit eines einzigen Mannes. Und trotzdem versagen sie. Immer wieder.

Niemand beschützt die Roten.

Eine – vielleicht irgendwann auch alle drei – wird versuchen, sich vor mir zu verstecken. Man braucht nur daran zu denken, wie Kinder Verstecken spielen. Der Suchende ist immer in der überlegenen Position: Er kennt seine Beute. Er weiß, was den anderen dazu treibt, sich zu verkriechen. Und wahrscheinlich kennt er auch den Ort, an dem sich sein Opfer versteckt.

Eine – mit Sicherheit mindestens eine – wird nicht wahrhaben wollen, dass sie von meiner Hand sterben wird. Manche Menschen treibt die Angst in den Untergrund. Aber bei manchen führt sie zu beharrlicher Leugnung der Gefahr. Es ist viel leichter zu glauben, dass schon nichts passieren wird, als sich vor Augen zu führen, dass jeder Atemzug dein letzter sein kann.

Eine – vielleicht auch alle drei – wird zu dem Schluss kommen, dass sie jemanden um Hilfe bitten muss, nur welche Art von Hilfe, wird sie nicht sagen können. Ihre Unsicherheit wird sie lähmen. Und selbst wenn sie sich bei jemandem Rat einholt – na ja, derjenige wird die Gefahr eher herunterspielen, als sie zu bestätigen. Wir wollen nicht an die Willkür des Lebens glauben. Wir glauben nicht, dass der Blitz einschlägt oder dass wir einen Unfall haben könnten. Wir wollen nicht daran denken, dass wir Gejagte sind, dabei sind wir es zeit unseres Lebens. Und so wird jeder, an den sie sich wendet, meine Rote beruhigen und ihr versichern, alles würde gut, wo das genaue Gegenteil der Fall ist.

Mit welchen Herausforderungen habe ich zu rechnen? Meine Roten werden versuchen, sich auf jede erdenkliche Weise zu schützen. Naturgemäß besteht meine Aufgabe darin, sicherzustellen, dass ihnen das nicht gelingt. Dazu muss ich in ihrer Nähe sein, um jeden erbärmlichen Schritt, den sie unternehmen, vorauszusehen. Gleichzeitig bin ich natürlich darauf angewiesen, meine Anonymität zu wahren. Nahe dran, aber aus dem Hinterhalt – darauf läuft es hinaus.

Er hielt einen Moment inne. Es war bald Zeit fürs Abendessen. Seine Finger flogen über die Tastatur. Er wollte mit einigen seiner Überlegungen fertig sein, bevor er eine Pause einlegte und zu Tisch ging.

Niemand hat je getan, was ich vorhabe.
Drei völlig unterschiedliche Opfer.
An drei völlig verschiedenen Orten.
Drei verschiedene Todesarten.
Alle am selben Tag. Binnen weniger Stunden. Vielleicht sogar Minuten. Ein Tod, der wie ein fallender Dominostein den nächsten mitreißt. Klick. Klick. Klick.

Er machte Schluss. Der Vergleich war gut.

Schon möglich, dass einer von diesen Scharfschützen mehrere Zielpersonen an einem Tag getötet hatte oder auch innerhalb einer Stunde oder Minute, dachte er. Doch sie brauchten sich nur auf einen einzigen Feind zu konzentrieren, der ihnen dumm und gedankenlos direkt in die Schusslinie lief. Er hatte sich auch mit Morden beschäftigt, bei denen in kürzester Zeit mehrere Menschen getötet worden waren. Doch hier handelte es sich um willkürliche Taten – knall einen da ab, lauf ein Stück durch die Stadt und erschieß noch einen. Der Heckenschütze von Washington. Der Son of Sam. Der Zodiac-Killer. Es gab mehr von der Sorte. Aber keiner davon hatte sich etwas so Ausgefallenes ausgedacht wie er. Tatsächlich hatte noch niemand jemals etwas Ähnliches versucht. Reif fürs Guinness-Buch der Rekorde. Vor Aufregung konnte er sich kaum beherrschen. Nähe, schärfte er sich noch einmal ein. Du musst näher an sie ran. Und mit der Zeit werden alle Fragen beantwortet.

Das tat der Böse Wolf im Märchen. Und genau das hatte auch er vor.

5

Im Freiwurfraum zögerte Jordan, dann drehte sie sich nach rechts und stellte einen Block für die Flügelspielerin. Das Spiel hatte gerade erst begonnen und war auf einen leichten Korbleger durch die Gasse angelegt. Doch jedes Mal, wenn sie es beim Training gelaufen waren, hatte es eine Panne gegeben, weil das Mädchen, das seine Abwehrspielerin zu Jordan treiben sollte, auf einmal langsamer wurde und der gegnerischen Spielerin die Möglichkeit gab, sich in die kleine Lücke der Unentschlossenheit zu schieben. Das Zeichen war eine mit der Ziffer Drei beginnende Zahl, und es gab Abwandlungen, die sie eingeübt hatten, bei denen Jordan zum Beispiel den Block, den sie zum Korb gestellt hatte, zu Ende brachte oder die Flügelspielerin einen zweiten Block für die wurfstarke Aufbauspielerin stellte, doch auch diese Taktiken fielen in sich zusammen, wenn das andere Mädchen nicht fest entschlossen die Abwehrspielerin Jordan entgegentrieb. Alles hing von diesem Vorstoß ab.

Jordan hasste diese Abfolgen, weil es immer ihr in die Schuhe geschoben wurde, wenn es nicht gelang, die Abwehrspielerin zu blockieren, während sie gezwungen war, sich nicht von ihrer Position zu rühren, und als Einzige auf dem Spielfeld sehen konnte, was für einen schlechten Winkel ihre Mannschaftskameradin ein ums andere Mal nahm und wie zögerlich sie dafür sorgte, dass die beiden Spielerinnen aufeinanderprallten. Das Mädchen schien Angst zu haben, jemand könnte sich wehtun – dabei führte es nur dazu, dass alle anderen Mädchen dachten, Jordan sei zu schwach und zaghaft, wobei sie in Wahrheit nichts so sehr liebte wie diesen physischen Zusammenstoß.

Kurze Gefahrenmomente und der Nervenkitzel, sich verletzen zu können – Jordan lebte dafür.

Sie machte einen einzigen Schritt und blieb stehen, während sie die Arme dicht an den Körper presste, sodass sie wie eine Säule auf dem Platz stand. Sie wusste, dass die Aufbauspielerin vielleicht drei Meter hinter ihr dribbelte. Ein stetiger Lärmpegel lag über dem Spielfeld; das unablässige Quietschen der Basketballschuhe auf dem polierten Holz vermischte sich mit den Rufen und Anfeuerungen der Leute auf der engen, überdachten Tribüne.

Jordan sah, wie ihre Mannschaftskameradin an der Grundlinie täuschte, sich umwandte und heftig mit den Ellbogen ausholte – und zwar genau an der Stelle, an der die Freiwurflinie endete und an der Jordan wartete. Sie sah, wie die Abwehrspielerin aus Leibeskräften rannte, um Schritt zu halten, und im selben Moment erkannte sie, dass ihre Kameradin wie erwartet nicht den richtigen Winkel genommen hatte. Sie war dicht dran, aber nicht dicht genug. Das passierte jedes Mal, und wegen dieser kaum merklichen Bewegung, dieser Angst vor dem physischen Kontakt, war das Spiel zum Scheitern verurteilt.

Auf einem Basketballfeld geht alles blitzschnell. Die Bewegungen sind nicht nur durch die Geschwindigkeit, sondern auch durch die Aufstellung definiert. Die Winkel der Spieler zueinander sind entscheidend. Jordan liebte den Aufbau des Spiels, bei dem jedes kleine Detail zu einer Gleichung passte, die am Ende erfolgreich war. Für den Mangel an Einsatz, den sie bei einigen ihrer Kameradinnen sah, die nur mechanisch spielten, während Jordan in der Zeit auf dem Feld alles vergaß und mit ganzer Hingabe bei der Sache war, hatte sie nur Verachtung übrig. Kaum fing das Spiel an, gab es für Jordan nichts anderes mehr. Sie stellte sich vor, dass sich für jemanden, der religiös war, die Ekstase des Gebets so anfühlte wie das, was mit ihr beim Spiel geschah.

Sie dachte: Ich bin eine Nonne auf dem Spielfeld.

Sie beugte sich in der Taille vor und spannte die Muskeln an. *Aber so unschuldig dann doch nicht.*

Sie wusste, dass ihr Vorhaben den Spielregeln widersprach, doch sie rief sich ins Gedächtnis, dass ein großer Journalist einmal geschrieben hatte, Basketball sei ein Spiel der kleinen Regelübertretungen, und so beschloss sie kurzerhand, dass dies der richtige Moment war, eine zu riskieren.

Jordan sah, dass die Abwehrspielerin schnell auf jene Lücke zwischen ihr und ihrer Mannschaftskameradin zusteuerte, die da eigentlich nicht hingehörte. Und so senkte sie genau in dem Moment, als sie alle drei aufeinandertrafen, ein wenig die Schulter und bewegte sich in der Sekunde des Aufpralls ein paar Zentimeter nach vorn. Es war eine subtile Bewegung, die Jordan an die zärtliche Geste eines hingebungsvollen Liebhabers erinnerte. Nur dass es hier gewalttätiger zuging.

Das Mädchen der anderen Mannschaft bekam Jordans Schulter mit voller Wucht in die Brust. Jordan hörte, wie ihr die Luft wegblieb, dann ein Stöhnen und leichtes Keuchen bei ihrer unfreiwilligen Umarmung. Unterdessen schlüpfte ihre eigene Kameradin an dem Knäuel von Spielerinnen, das sich für einen Moment bildete, vorbei und nahm auf der anderen Seite ungehindert den Pass an. Ein leichter Zweier, dachte Jordan, während sie sich Richtung Korb abrollte; auch wenn sie nicht mit einem Rebound rechnete, ging sie, so wie man es ihr beigebracht hatte und wie es ihr der Instinkt diktierte, in Stellung.

Sie erwartete jeden Moment die Trillerpfeife der Schiedsrichterin. *Foul, Nummer 23!*

Sie hörte die Beifallsrufe von der Zuschauertribüne.

Sie hörte, wie die gegnerische Trainerin aus Leibeskräften schrie: »Irregulärer Block! Irregulärer Block!«

Da liegst du verdammt richtig, gute Frau, dachte sie.

Neben ihr zischte die gegnerische Spielerin, als sie wieder Luft bekam: »Miststück!«

Ich kann dir nicht widersprechen, dachte sie im Stillen und lief zurück auf ihre Position als Verteidigerin, wobei sie nach einem Ellbogen, der auf ihre Wange zielte, oder einer Faust, die sich ihr außer Sichtweite der Trainerin in den Rücken rammte, Ausschau hielt. Basketball war auch ein Spiel heimlicher Racheakte, und sie wusste, dass sie mit mindestens einem rechnen musste.

Der Lärm aus den Zuschauerrängen nahm mit der Spannung zu und erfüllte die Halle – es ging aufs Ende zu, und der Spielstand war knapp. Jordan wusste, dass jede Aktion in den verbleibenden Sekunden darüber entscheiden konnte, wer gewann und wer verlor. Die letzten Momente eines Basketballspiels erforderten äußerste Konzentration. Doch plötzlich schob sich ein anderer Gedanke dazwischen. Der Böse Wolf trickst Rotkäppchen auf Schritt und Tritt aus und lockt sie in die Falle. Niemand kommt ihr zu Hilfe. Niemand rettet sie. Sie ist völlig allein im Wald und kann nichts tun, um das Unvermeidliche zu verhindern. Sie stirbt. Nein, schlimmer: Sie wird bei lebendigem Leibe gefressen.

Jordan versuchte, ihre Recherchen vom Vorabend abzuschütteln. Sie hatte zwei Stunden in der Bibliothek zugebracht und Grimms Märchen gelesen, um sich noch einmal anderthalb Stunden lang psychologische Deutungen der Geschichte im Internet anzusehen.

Alles, was sie dabei erfuhr, hatte sie zugleich erschreckt und fasziniert – eine furchtbare Mischung aus Gefühlen.

Sie hörte, wie eine ihrer Teamkameradinnen brüllte: »Pass auf! Pass auf!« Und als ihre Gegnerin Stellung bezog, schob Jordan dem Mädchen die Schulter in den Rücken, um ihr zu sagen: Hallo, ich bin hier. Sie hörte warnende Rufe. »Block im Rücken! Abschirmung aufgepasst!« Organisiertes Chaos, musste Jordan denken. Diesen Abschnitt des Spiels liebte sie besonders.

Ein Mädchen des gegnerischen Teams versuchte einen unbedachten Drei-Punkte-Feldkorb. Überhastet, im Bewusstsein, dass ihr nur Sekunden blieben und der Spielstand denkbar knapp war, ließ sie sich von den anfeuernden Rufen mitreißen und verfehlte den Korb. Jordan sprang, erwischte den Rebound in der Luft und fuchtelte wild mit den Ellbogen, um die anderen davon abzuhalten, ihn ihr streitig zu machen. Eine Sekunde lang hatte sie das Gefühl, ganz allein zu sein, während sie sich wie ein Engel in die Höhe schwang. Dann prallte sie wieder auf den Hartholzboden. Sie spürte die raue Oberfläche des Synthetikleders in ihren verschwitzten Händen. Ihr war danach, jemandem ein übles Foul zu verpassen, doch sie tat es nicht. Stattdessen gab sie den Ball aus dem Handgelenk heraus an eine Verteidigerin ab und dachte, jetzt werden wir gewinnen, auch wenn ihr gleichzeitig dämmerte, dass in dem Märchen die Unschuld unweigerlich auf der Strecke blieb und der Böse Wolf und die unerbittliche Macht des Bösen, für die er stand, am Ende siegten. Kein Wunder, dass sie die Geschichte abgeändert haben, dachte sie. Die ursprüngliche Version war ein Alptraum.

Die Pfeife ertönte. Jemand hatte eine ihrer Kameradinnen gefoult. Das gegnerische Team versuchte mit aller Macht, wieder zum Zuge zu kommen. Träumt weiter, dachte Jordan. Die meinen wohl, wir vermasseln unsere Freiwürfe. Können sie lange hoffen.

Doch sie glaubte nicht, dass sie an diesem Abend irgendetwas gewonnen hatte. Das Spiel vielleicht. Aber sonst nichts.

Auf der Tribüne schlagen in den Sekunden nach dem Abpfiff, besonders bei einem knappen Ausgang, Wogen der Erleichterung gegen ebenso hohe Wellen der Enttäuschung. Hochgefühl und Niedergeschlagenheit sind wie Strudel und Strömungen in einem engen Kanal zu Beginn des Gezeitenwechsels. Genauso wie das Meer von der Natur in unterschiedliche Richtungen gelenkt wird, so werden die Emotionen hin und her geworfen. Der Böse Wolf genoss die Spannung, die rings um ihn mit Händen zu greifen war. Erleichterung und Frustration kämpften in der abgestandenen Luft der Sporthalle um die Oberhand. Gewinner und Verlierer.

Er war unglaublich stolz auf Rote Drei. Es war wunderbar gewesen, ihr dabei zuzusehen, wie sie kämpfte und sich jeden Fehler ihrer Gegenspielerin zunutze machte. Wie ihr die Mähne am Kopf klebte und die Stirn glänzte. Sie spielt mit Haut und Haaren, dachte er. Zuneigung und Bewunderung verstärkten nur seinen Wunsch, sie zu töten. Er fühlte sich zu ihr hingezogen, als verströmte sie eine magnetische Kraft, die er allein spürte.

Wie all die Eltern und anderen Zuschauer auf der Tribüne brüllte er laut: »Ja! Toll gemacht!«

Er schloss sein Notizbuch und steckte einen Drehbleistift in eine Jackentasche. Später würde er ungestört in seinem Arbeitszimmer nachlesen, was er sich an Beobachtungen aufgeschrieben hatte. Wie bei einem Journalisten waren die rasch hingekritzelten Notizen des Bösen Wolfs ein wenig kryptisch: In einzelne Stichworte wie *geschmeidig, gemein, zäh* oder *wild entschlossen* mischten sich ausführlichere Beschreibungen. *Scheint vom Spiel wie besessen, redet auf dem Spielfeld offenbar mit niemandem, weder mit ihren Teamkameradinnen noch den Gegnerinnen. Kein unnützes Gequatsche und keine ermunternden Zurufe. Kein Abklatschen mit den Kameradinnen. Keine Provokationen, kein Triumphgeschrei gegenüber dem Gegner. Kein selbstgefälliges Gehabe für die Zuschauerränge. Einfach nur volle Aufmerksamkeit und Intensität, die in jeder Minute des Spiels die der anderen neun Spieler auf dem Feld übertrifft.*

Und noch eine verführerische Beobachtung: *Mit ihrem Haar sieht Rote Drei so aus, als stünde sie in Flammen.*

Nur mit Mühe riss sich der Böse Wolf vom Anblick des Mädchens los, doch ihm war bewusst, dass er hier wie auf einer Bühne stand, und so zwang er sich, den Blick abzuwenden und ein paar andere Spielerinnen zu verfolgen. Es tat ihm fast physisch weh. Auch wenn er wusste, dass ihn niemand beobachtete, liebte er die Vorstellung, dass man ihn unablässig im Auge hatte. Folglich hatte er sich genau an die Regieanweisungen und seinen Text zu halten, um sich in nichts von den anderen Besuchern zu unterscheiden, die auf den hölzernen Tribünenreihen eingepfercht waren.

Um ihn herum standen die Leute auf und streckten die Glieder, bevor sie sich ihre Jacken und Mäntel griffen, oder, im Falle der Schüler, ihre Büchertaschen und Rucksäcke zusammenkramten. Während er in seine Jacke schlüpfte, warf er einen letzten verstohlenen Blick über die Schulter und beobachtete, wie die Mannschaft – mit Rote Drei als Schlusslicht – im Laufschritt das Feld verließ. In zwanzig Minuten sollte das Spiel der Jungen vom College beginnen, und so gab es ein Geschiebe zwischen den Leuten, die ihre Plätze verließen, und den Neuankömmlingen, die in die Halle drängten. Er setzte sich die Baseballkappe mit dem Namen der Schule auf. Er war davon überzeugt, dass er sich in nichts von einem Vater, Freund, Lehrer oder auch Ortsansässigen unterschied, der einfach nur gerne Schüler-Basketball sah. Auch hatte sicher niemand bemerkt, dass er sich Notizen gemacht hatte; es gab zu viele College-Scouts und lokale Sportreporter, die bei solchen Spielen ihre Schreibblöcke füllten, als dass sich irgendjemand über sein besonderes Interesse wundern würde.

Genau das liebte der Böse Wolf: wie ein gewöhnlicher Mensch auszusehen, obwohl er alles andere war. Er merkte, dass sich sein Puls beschleunigte. Er beobachtete die Leute in seiner Umgebung, die nach draußen drängten. Hat jemand von euch auch nur die geringste Ahnung, wer ich wirklich bin?, dachte er. Mit einem letzten Blick zur Tür der Umkleidekabinen sah er, wie das Haar von Rote Drei verschwand. Hast du eine Ahnung, wie nahe ich dir heute war?, hätte er ihr am liebsten ins Ohr geflüstert.

Auch wenn sie es nicht weiß, stehen wir uns näher als ein Liebespaar.

Der Böse Wolf begab sich in die Menschentraube, die aus der Turnhalle strebte. Er hatte viel zu tun, sowohl was das Schreiben anging als auch die Planung, und er wollte möglichst schnell in sein Arbeitszimmer, um beides in Angriff zu nehmen. Er überlegte, ob das, was er an diesem Tag gesehen hatte, genügend Stoff hergab, um ein neues Kapitel in seinem Buch zu beginnen, und dachte über einen guten Anfang nach. Im Geist schrieb er: *Rote Drei stand wilde Entschlossenheit ins Gesicht geschrieben, als sie sich mit aller Kraft den Rebound in der Luft fing. Ich glaube, sie hörte nicht einmal den Jubel, der ihr entgegenschlug. Obwohl sie wusste, dass ihr der Tod bevorstand, ließ sie sich davon nicht ablenken.*

Ja. Das gefiel ihm.

Plötzlich hörte er eine leise, fröhliche Stimme neben sich.

»Bist du absolut sicher, dass du dir nicht auch noch das Spiel der Jungen ansehen willst?«

Er zögerte einen Moment, bevor er sich zu Mrs Böser Wolf umsah. Auch sie hatte sich eine abgewetzte Baseballkappe mit dem Namen der Schule aufgesetzt.

»Nein, Schatz«, antwortete er mit einem Schmunzeln. Wie ein Teenager, der zum ersten Mal verliebt ist, nahm er seine Frau bei der Hand. »Ich denke, für heute habe ich mehr als genug gesehen.«

Tritt aus der Tür. Drücke einfach auf die Klinke und geh durch die Tür. Du weißt, du schaffst das.

Sarah Locksley zuckte vor Anspannung, als sie in der schmalen Diele ihres Hauses stand. Sie trug braune Lederstiefel, enge Jeans und einen langen hellbraunen Wintermantel. Sie hatte geduscht und sich die Haare gebürstet, sogar Augen und Wangen dezent geschminkt. Sie hatte sich ihre große, bunte Handtasche über die Schulter gehängt und das Gefühl, als zöge das Gewicht der geladenen .357 Magnum an ihr wie ein Ziegelstein. Sie wusste, dass sie eine gepflegte, präsentable Erscheinung war und jeder Fremde, der sie im Vorbeigehen wahrnahm, sie für eine ganz normale junge Frau von Anfang dreißig halten würde, die auf dem Weg zum Einkaufen oder einer anderen Erledigung war und Mann und Kind zu Hause ließ. Vielleicht ein kurzer Ausflug zur Mall oder zu einem Treffen mit Freundinnen auf ein paar Snacks und kalorienarme Salate vor irgendeiner romantischen Komödie im Multiplexkino. Dass Sarah vor Verzweiflung wie gelähmt war, sah ihr niemand an. Sie brauchte nur durch die Tür ihres Hauses in das blasse Licht des Spätnachmittags zu treten, die paar Schritte zu ihrem Wagen zu gehen, den Motor anzuwerfen, den Gang einzulegen und loszufahren wie jeder normale Mensch, der an einem Wochenendabend etwas vorhatte.

Doch sie wusste, dass sie kein normaler Mensch war. Sie zitterte, als wäre ihr kalt. *Nicht die Spur von normal. Nicht mehr.*

Sarah spukten seltsame, widersprüchliche Gedanken durch den Kopf: Er ist irgendwo hier draußen. Er wird mich umbringen, bevor ich auch nur die Chance habe, Teds Waffe rauszuholen. Aber wenigstens sehe ich heute nett aus. Falls ich in der nächsten Minute sterbe, wird der Notarzt und danach der Gerichtsmediziner, der meine Leiche untersucht, mich für einen sauberen, gut organisierten Menschen halten und nicht für das, was ich in Wahrheit bin. Wieso aber sollte das wichtig sein?

Sie wusste keine Antwort darauf, doch es war wichtig, so viel stand fest.

Er ist nicht da draußen. Noch nicht. Der Böse Wolf handelt nicht überstürzt. Vielmehr stellt er Rotkäppchen nach.

Ein Teil von ihr hätte sich am liebsten im Haus verschanzt und dort gewartet, bis der Böse Wolf auftauchte, hustete und pustete und das Haus umpustete. Allerdings ist das das falsche Märchen, rief sie sich kopfschüttelnd ins Gedächtnis. Ich bin nicht eins der drei Schweinchen. Mein Haus mag zwar aus Stroh sein, aber es ist trotzdem die falsche Geschichte.

Wieder zögerte sie, als sie die Hand um die Klinke legte. Sie hatte nicht wirklich Angst – ein Teil von ihr sehnte den Tod herbei. Das Problem war eher die Ungewissheit. Sie hatte das Gefühl, in einen Strudel, einen Mahlstrom geraten zu sein, der sie herumwirbelte und unter die dunklen Wellen zu drücken drohte. Sie hörte ihr rasselndes Keuchen – nahm ihre eigene Kurzatmigkeit aber nicht wahr. Fast schienen die Geräusche von jemand anderem zu kommen.

Sie schloss die Augen.

Na schön. Sollte es das gewesen sein, dann geht es wenigstens schnell.

Genau wie bei Ted und Brittany. Sie haben den Laster nicht einmal kommen sehen. Eben noch waren sie am Leben, haben gelacht und ihren Spaß gehabt, und im nächsten Moment waren sie tot. Vielleicht wird es bei mir genauso sein. *Also dann, Böser Wolf. Erschieß mich am besten gleich!*

Mit einer ungestümen Bewegung zog sie an der Klinke und stand in der offenen Tür.

Schieß schon, verdammt!

Sie schloss die Augen. Wartete.

Nichts.

Die abendlichen Temperaturen kühlten sie ab, und sie merkte erst jetzt, dass sie schwitzte, als käme sie vom Sport.

Sie zwinkerte.

Ihre Straße lag vor ihr wie immer – ruhig, menschenleer.

Sie holte einmal tief Luft und trat nach draußen. Vielleicht hat er in meinem Wagen eine Bombe installiert, und wenn ich den Motor anwerfe, explodiert sie wie in einem Gangsterstreifen aus Hollywood.

Sie setzte sich ans Lenkrad und drehte, ohne zu zögern, den Zündschlüssel im Schloss. Der Motor sprang an und schnurrte wie eine Katze beim Streicheln.

Vielleicht lässt der Böse Wolf ja auch einen großen Lkw in meinen Wagen rasen, und ich kann sterben wie Ted und Brittany.

Sie fuhr auf die Straße und hielt an. Wieder schloss sie die Augen. *Breitseite. Mit fünfzig, vielleicht sechzig Stundenkilometern. Genau wie der Öllaster. Komm schon, ich warte. Ich bin bereit.*

Erneut kniff Sarah die Augen fest zu.

Jetzt kann es jeden Moment passieren, dachte sie.

Die Hupe schien nur Zentimeter von ihrem linken Ohr entfernt zu dröhnen. Das Geräusch drang wie eine Explosion in die Stille.

Sie schnappte nach Luft und hielt unwillkürlich den Arm hoch, als wollte sie sich vor dem Aufprall schützen. Sie riss die Augen auf und stieß einen Laut, halb Schrei, halb Schluchzen, aus.

Es hupte noch einmal.

Nur dass es diesmal lächerlich harmlos klang, als käme es von einem Spielzeug.

Sie drehte sich zur Seite und stellte fest, dass sie einem Paar in einem japanischen Kleinwagen den Weg versperrte. Der Mann am Lenkrad, vielleicht Anfang sechzig, und seine Frau, die noch dunkle Haare hatte und ein wenig jünger schien, winkten in ihre Richtung, aber nicht einmal in unfreundlicher Absicht. Eher schienen sie ratlos, besorgt.

Sarah starrte die beiden an und versuchte, ihre Gedanken zu ordnen. Ich blockiere die Straße. Sie wollen an mir vorbei. Die Frau auf dem Beifahrersitz kurbelte die Scheibe herunter. Aus vielleicht drei Metern Entfernung rief sie ihr in fragendem Ton zu: »Alles in Ordnung bei Ihnen?«

Ja. Nein. Ja. Nein. Sarah antwortete, indem sie zur Entschuldigung stumm die Hand hob, ohne etwas zu erklären. Sie hantierte am Schaltknüppel, um den Vorwärtsgang einzulegen. Dann trat sie aufs Gas und fuhr, ohne sich noch einmal umzusehen, zügig weg. Sie hatte keine klare Vorstellung davon, wohin sie wollte, doch egal wohin, sie war in Eile und atmete schwer, wie ein Schwimmer, der vor dem Sprung in unbekannte Gewässer auf den Startschuss zum Wettkampf wartet.

»Seltsam«, sagte Mrs Böser Wolf.

»Vielleicht hat die junge Dame einen Anruf auf dem Handy bekommen, oder ihr ist eingefallen, dass sie etwas vergessen hat. Trotzdem sollte man nicht mitten auf der Straße stehen bleiben«, antwortete der Böse Wolf. »Das ist wirklich gefährlich.«

»Gut, dass du so schnell reagiert hast«, sagte seine Frau. »Es gibt schon wirklich seltsame Menschen.«

»Kann man wohl sagen«, antwortete er, während er langsam weiterfuhr. »Wollen uns ja nicht verspäten.« Er lächelte. »Soll ich das Radio anmachen?«, fragte er freundlich und drückte so lange auf die Skala, bis er den Sender mit klassischer Musik gefunden hatte. Er *hasste* klassische Musik, hatte seiner Frau aber stets erzählt, er liebe sie.

Karen Jayson saß, ein elektronisches Notebook für Ärzte vor sich, an ihrem Schreibtisch und stützte den Kopf auf die Hände. Der Tag ging dem Ende zu – er war lang, aber nicht übermäßig anstrengend gewesen –, und es gab eigentlich keinen Grund, sich so erschöpft zu fühlen.

Wenn sie sich ihrer Sache auch nicht immer sicher war, so war sie doch generell eine zuversichtliche Frau. Der Brief vom Bösen Wolf aber hatte ihr Gemüt in Aufruhr gebracht. Nach dem Gespräch mit Detective Clark hatte sie den Brief zur Seite gelegt und beschlossen, ihn zu vergessen. Dann hatte sie ihn wieder hervorgeholt und sich gesagt: Du musst was unternehmen. Was genau, konnte sie allerdings nicht sagen. Sie musste die Initiative ergreifen, aber die Initiative wozu?

Sie hatte alles getan, was Detective Clark ihr geraten hatte. Sie hatte einen Sicherheitsdienst angerufen, der am folgenden Tag eine Alarmanlage in ihrem Haus installieren würde. Sie war auf der Suche nach irgendeinem Kunstfehler, der den Drohbrief ausgelöst haben mochte, ihre Patientenakten durchgegangen. Sie hatte sich das Hirn zermartert, um sich an irgendeine Kränkung zu erinnern, die den Satz erklärte, *du wurdest auserwählt zu sterben.* Sie hatte sogar auf der Website des nächstgelegenen Tierheims nachgesehen, ob sie nicht vielleicht einen großen, bissigen Hund zu vergeben hatten. Anschließend hatte sie sich die Nummern einiger Privatdetektive notiert und bei den Verbraucherbewertungen überprüft, wer die besten Beurteilungen bekam, um am Ende die Telefonnummern zweier Männer anzukreuzen. Eine davon hatte sie zur Hälfte gewählt, schließlich aber doch aufgelegt.

Wenn Karen eines hasste, dann Panik. Schon den Anschein von Panik.

Während der Praktika im Rahmen ihres Studiums hatte sie ernsthaft in Erwägung gezogen, Unfallärztin zu werden, denn selbst wenn das Blut spritzte, wenn die Schmerzensschreie unerträglich schienen und schnelles Handeln erforderlich war, um Leben zu retten, hatte sie festgestellt, dass sie in fast übermenschlichem Maße die Ruhe bewahrte. Je schlimmer das Chaos um sich griff, desto langsamer wurde ihr Puls. Sie war der Meinung, dass sie auf den Drohbrief genauso reagieren sollte wie auf das Eintreffen eines übel zugerichteten Unfallopfers, das mit dem Tode rang.

Sie betrachtete sich, ungeachtet ihrer komödiantischen Seite, als zutiefst rationalen Menschen. Doch seit sie den Brief erhalten hatte, lag ihr jeder Gedanke an eine Comedynummer fern. Kein Witz, kein Sarkasmus, kein Wortspiel oder satirischer politischer Kommentar – nichts von dem, womit sie gewöhnlich ihre Auftritte bestritt – war ihr eingefallen. Nachts hatten sie Alpträume gequält, sodass sie tagsüber müde und gereizt war.

Sie lehnte sich zurück und wippte auf ihrem Schreibtischstuhl.

Karen wollte handeln, sah jedoch nicht, wie sie sich am besten wehren konnte. Es war ein schreckliches Gefühl: kaum zu ertragen, wenn man den richtigen Augenblick abpassen wollte, aber nicht wusste, wie.

Sie schüttelte mehrfach den Kopf, als sei sie mit ihren eigenen Überlegungen nicht einverstanden. In dem Moment ging die Tür zu ihrem Sprechzimmer auf.

»Entschuldigen Sie, Doktor, ich wollte nicht stören …«

»Nein, nein, kein Problem. Ich war nur ein bisschen in Gedanken.«

Karen sah ihre Assistentin an. Sie waren nur zu dritt in ihrer kleinen Praxis: Eine junge Krankenschwester, die das College erst seit zwei Jahren hinter sich hatte; sie trug ein Tattoo mit einer aufgehenden Sonne im Nacken und hatte Karen erst kürzlich verlegen gefragt, wie man es entfernen lassen könne. Und ihre langjährige Rezeptionistin, eine ältere Frau, die viele der Patienten und ihre Leiden weit besser kannte als Karen.

»Letzte Patientin für heute«, sagte die Schwester. »Sie wartet schon seit ein paar Minuten in der Zwei und …«

Sie brach den Satz ab, bevor ihr auch nur der Anflug eines Vorwurfs über die Lippen kam. Karen begriff zweierlei: Die Schwester wollte nach Hause zu ihrem Freund, dem Notarzt, und sie sollte die letzte Patientin des Tages nicht warten lassen, egal wie durcheinander sie war.

Karen holte tief Luft und sprang vom Stuhl. Sie wechselte in den Modus der aufmerksamen Ärztin.

»Es ist nur eine routinemäßige Nachuntersuchung«, erklärte die Schwester, »sie war bereits bei ihrem Kardiologen. Sie finden seinen Bericht in der Akte. Ihr geht es gut. Reine Vorsichtsmaßnahme, nichts Besonderes.«

Damit reichte sie Karen das Klemmbrett mit den Unterlagen. Karen erhob sich vom Schreibtisch und warf nicht einmal einen Blick auf die Akte, da sie sich dafür schämte, eine Patientin unnötig warten zu lassen. Sie strich sich den weißen Kittel glatt und eilte den Flur entlang zum Untersuchungszimmer.

Die Patientin saß in einem OP-Kittel auf der Untersuchungsliege und lächelte ihr entgegen.

»Hallo, Doktor«, sagte sie.

»Hallo, Mrs …« Karen warf einen verstohlenen Blick auf den Aktendeckel mit dem Namen der Frau. Sie nannte ihn ein wenig überhastet, um zu überspielen, dass sie die Frau nicht wie gewohnt so begrüßte, als hätte sie den ganzen Tag mit den gesundheitlichen Problemen dieses einen Patienten verbracht.

Das gab ihr zu denken. Normalerweise fiel es ihr leicht,

sich die Namen ihrer Patienten zu merken, und im Stillen haderte sie mit sich. Sie wusste, dass Stress zuweilen Erinnerungslücken verursachte. Die Vorstellung, dass eine anonyme Drohung ihren Alltag derart beeinträchtigen konnte, war ihr zuwider.

Sie hatte nicht die leiseste Ahnung, dass sie die Frau passender mit »Hallo, Mrs Böser Wolf« hätte begrüßen sollen.

Ebenso wenig ahnte sie, dass in ihrem kleinen Wartezimmer, mit einer alten Ausgabe des *New Yorker*, der Mann saß, der sich insgeheim einen Blick auf die Ärztin erhoffte, die er als *Rote Eins* bezeichnete.

6

Der Tod ist das große Spiel, das jeder spielt und jeder beim Abpfiff verliert. Mord dagegen ist etwas anderes, denn er ähnelt eher jenem Moment innerhalb eines Spiels, in dem sich der Ausgang entscheidet. Wir sitzen auf der Tribüne, ohne zu wissen, wann diese Sekunde gekommen ist. Ist es dieses Tor oder jener Freiwurf oder der Augenblick, in dem der Abwehrspieler sein Tackling nicht schafft? Vielleicht ist es der Moment, in dem der Schiedsrichter in seine Trillerpfeife bläst und auf den Elfmeterpunkt zeigt. Mord hat mehr mit Sport gemein, als sich die Menschen träumen lassen. Mord hat seine eigene Stoppuhr und seine eigenen Regeln. Wie beim Sport geht es um Vorbereitung und Zielstrebigkeit. Es geht darum, Hindernisse zu überwinden. Einer will leben. Einer will töten. Das ist das Spielfeld.

Er betrachtete die Worte auf dem Computerbildschirm. Gut, dachte er, wenn jemand das liest, wird es ihm dämmern.

Karen wachte zur gewohnten Zeit, kurz bevor der Wecker klingelte, um sechs Uhr früh nach einer Nacht unruhiger Träume auf. Sie hatte schon immer diese innere Uhr gehabt, die ihr sagte, wann sie aus den Federn musste, und es war immer kurz vor dem Weckdienst des Hotels oder dem Schrillen des Weckers. Gewöhnlich drehte sie sich auf die Seite, stellte den Wecker ab, setzte sich unter der handgenähten Steppdecke, die sie vor einigen Jahren auf einem Kunstgewerbemarkt erstanden hatte, auf und ging zu einer rosafarbenen Gymnastikmatte, die in der Schlafzimmerecke auf sie wartete. Nach genau einer Viertelstunde Yogaübungen nahm sie eine Dusche, während in der Küche bereits der Kaffee durch den Automaten sickerte. Die Kleider für den Tag hatte sie nach einem Blick auf den Wetterbericht bereits am Vorabend herausgelegt. Routine, davon war sie überzeugt, verschaffte ihr Spielraum, auch wenn ihr an dem einen oder anderen Morgen Zweifel kamen, ob die Devise stimmte.

Manchmal hatte sie das Gefühl, als stünde ihre Welt auf dem Kopf oder sei auf links gedreht. Ihr Organisationstalent widmete sie ganz ihrer ärztlichen Tätigkeit, während sie ihr komödiantisches Hobby als Befreiung empfand. Zwei Karens, dachte sie, die sich vielleicht nicht mal erkennen würden, falls sie sich über den Weg liefen. Die Komikerin, die kreativ, spontan und schlagfertig war, und die Internistin, die sich ihrer Arbeit und den Patienten widmete, indem sie zuverlässig, gut organisiert und so präzise arbeitete, wie es die jeweilige Krankheit erlaubte. Ihre beiden Seiten schienen wenig gemein zu haben, waren aber über die Jahre recht gut miteinander zurechtgekommen.

An diesem Morgen fragte sie sich, ob sie vielleicht eine dritte Karen brauchte.

Statt sofort aufzustehen, legte sie sich unentschlossen noch einmal auf den Rücken. Die beiden Katzen, die zugunsten von Karens Steppdecke oft ihr eigenes Lager verschmähten, schienen sie argwöhnisch zu beäugen, da sie es gewöhnt waren, dass Karen zügig aus dem Bett sprang.

Sie spähte zu dem Bedienungsfeld der Alarmanlage hoch, das zwei Tage nach Erhalt des Drohbriefs vom Bösen Wolf an der Schlafzimmerwand installiert worden war. Es blinkte rot und zeigte damit an, dass die Anlage eingeschaltet war und funktionierte. Sie fühlte sich seltsam unbehaglich. Sie musste aufstehen und sie ausschalten, damit die Bewegungsmelder, die sich in sämtlichen Ecken und Winkeln des Hauses befanden, nicht sie selbst erfassten statt des fiktiven Bösewichts, den sie mit ihrem Alarmsignal verraten sollte. Es war Zeit, den Tag anzugehen, doch stattdessen blieb sie liegen.

Berechenbarkeit ist mein Feind, dachte sie.

Ein Unbekannter schickt dir einen Drohbrief, und du tust haargenau das, was dir jedes Buch, jede Website raten würde, um dich zu schützen. Die naheliegenden Dinge. Eine Checkliste. Ein Anruf bei der Polizei. Die Bitte an die Nachbarn, die Augen offen zu halten – die einsame Lage ihres Hauses erwies sich als hinderlich, doch pflichtbewusst hatte sie bei den nächsten Nachbarn angerufen.

Kurze Telefonate, in denen sie geradewegs zur Sache gekommen war.

»Hi, hier ist Karen Jayson vom Ende der Straße. Ich wollte Ihnen nur sagen, dass ich eine anonyme Drohung erhalten habe. Nein … Nein, die Polizei glaubt nicht, dass etwas Ernstes dahintersteckt, ich wollte nur den einen oder anderen Nachbarn bitten, die Augen offen zu halten, falls Ihnen etwas Ungewöhnliches auffällt. Zum Beispiel fremde Autos, die an der Straße parken oder so. Danke …«

Sie war auf Anteilnahme und Hilfsbereitschaft gestoßen. Und *natürlich* würden sie auf verdächtige Dinge achten. Die Familien mit kleinen Kindern hatten mit Sorge reagiert und überlegt, ob sie die Kinder im Haus halten sollten, bis sich diese unsichtbare Bedrohung wie ein Ölteppich auf dem Ozean wieder verflüchtigt hatte. Bei dem lausigen Wetter bezweifelte Karen ohnehin, dass es die Kinder nach draußen drängte.

Ihr nächster Anruf hatte dem Hersteller der Alarmanlagen gegolten, der prompt einen übereifrigen Handwerker schickte. Dieser Mann hatte während der Installationsarbeit unablässig in unheilvollem Ton darüber schwadroniert, dass man gar nicht genug auf seine Sicherheit achten könne und die meisten keine Ahnung hätten, welche Gefahren da draußen lauerten, bis es ihm schließlich gelang, Karen ein noch sichereres Modell zu verkaufen, dessen monatliche Gebühr von ihrer Kreditkarte abgebucht würde.

Danach war sie sämtliche Empfehlungen des Polizisten im Einzelnen durchgegangen: Einen Hund anschaffen. Nein, das hatte sie nicht getan, doch sie zog es in Erwägung. Eine Schusswaffe besorgen. Nein, auch das hatte sie nicht – noch nicht – getan, doch sie dachte darüber nach. Einen Privatdetektiv einschalten. Hatte sie noch nicht getan, doch sie spielte mit dem Gedanken. Tatsächlich, wurde ihr jetzt bewusst, zog sie alle möglichen Schritte in Erwägung, ohne sie zu unternehmen.

Wie sollen diese Maßnahmen dafür sorgen, dass ich am Leben bleibe? Lag es nicht nahe, dass der Böse Wolf genau dieselben Ratgeberseiten angeklickt, dass er dieselben Worte gelesen und zu denselben Schlüssen gelangt war?

War er nicht bestens darüber im Bilde, wozu sämtliche Fachleute rieten?

Wie intelligent war er?

Diese – und die anderen Fragen – beantwortete sie sich lieber nicht.

Stattdessen zwang sie sich mit weitaus größerer Überwindung als gewöhnlich aus dem Bett und durchquerte das Schlafzimmer, um die Alarmanlage auszuschalten. Sie hatte schwere Beine und einen steifen Nacken. Sie fühlte sich, als hätte sie am Vortag bei einem Autounfall jede Menge blaue Flecken abbekommen.

In den zwei Tagen, seit die Alarmanlage in Funktion war, hatten die Katzen sie schon zwei Mal ausgelöst, was bedeutete, dass Karen sich entweder von Martin und Lewis trennen oder sie gegen Katzen weniger störanfällig machen musste, ein scheinbar unlösbares Problem. Die Sache machte ihr so zu schaffen, dass sie zum ersten Mal seit Jahren an ihrer Trainingsmatte vorbei direkt ins Bad lief.

Sie genoss das warme Wasser und den Schaum, der ihr über den Körper lief.

Sie wusch sich gründlich und seifte jede Stelle, die sie erreichen konnte, ein Mal, zwei Mal und schließlich ein drittes Mal ein, als könnte Seife die anhaltende Erschöpfung nach der unruhigen Nacht wegspülen. Mit einer Hand stützte sie sich an der Fliesenwand ab, um im kräftigen Wasserstrahl das Gleichgewicht zu wahren. Ihr war ein wenig schwindelig.

Sie hatte die Augen geschlossen, als ein Geräusch sie aufschreckte.

Es war kein Geräusch, das sie zuordnen konnte, nichts Eindeutiges wie das Schlagen einer Autotür oder ein Radio, das eingeschaltet wurde. Es war nicht laut – kein Krachen oder Scheppern. Eher wie das erste, leise Pfeifen eines Wasserkessels oder ein Windstoß in den Zweigen eines Baums.

Sie riss die Augen auf und blieb reglos stehen. Der Adrenalinstoß war so heftig, dass sie innerlich in rasender Geschwindigkeit herumzuwirbeln schien, während sie äußerlich wie gelähmt war. Der Dampf hüllte sie in Nebel, und sie konnte keinen klaren Gedanken fassen. Der Wasserstrahl war zu laut, als dass sie etwas hören konnte. Sie reckte den Kopf nach vorn und horchte.

Doch außer der prasselnden Brause nahm sie nichts wahr. Sie streckte die Hand nach dem Griff aus, um sie abzustellen, zögerte jedoch.

Was war das? Was hast du gehört?

Ihre Finger umklammerten den Griff.

Im selben Moment war sie sich ihrer Nacktheit bewusst – triefend nass, ausgeliefert.

Sie spitzte die Ohren, versuchte, das Geräusch einzuordnen.

Es war nichts. Nichts. Du bist allein und nervös.

Außer dir ist kein Mensch im Haus. Wie immer. Nur zwei Katzen. Vielleicht haben die das Geräusch gemacht. Vielleicht haben sie eine Lampe oder einen Bücherstapel umgestoßen. Wäre nicht das erste Mal.

Sie glaubte kein Wort von dem, was sie sich einzureden versuchte.

Obwohl sie in einer Dampfwolke stand, schien das Wasser nicht länger warm, sondern plötzlich eiskalt zu sein. Sie holte tief Luft und schaltete die Dusche aus. Reglos stand sie in der Kabine und lauschte.

In ihrem Kopf überschlugen sich die widersprüchlichsten Gedanken.

Es war nur ihre Angst. Da war nichts.

Reiß dich zusammen. Geh da raus. Benimm dich wie ein erwachsener Mensch und nicht wie ein kleines Kind.

Das ist ein Klischee. Wie in einem schlechten Horrorfilm. Fehlt nur noch die unheilvolle Hintergrundmusik, so was in der Art von John Williams im Weißen Hai.

Dann ein komplizierterer Gedanke: Hast du die Alarmanlage richtig ausgeschaltet?

Sie konnte die Frage nicht beantworten, auch wenn sie vor ihrem geistigen Auge noch einmal jeden Schritt durchging, jede Taste des Sicherheitscodes drückte und sah, wie die Leuchtdiode von Rot auf Grün wechselte. Hatte sie das? Die Unsicherheit schnürte ihr den Hals zu. Sie hörte das Echo ihrer eigenen Stimme, die ihr Ratschläge zubrüllte und ihr wütend vorwarf, sich wie ein Esel zu benehmen. Raus mit dir. Zieh dich an. Sieh zu, dass du fertig wirst.

Doch einen Moment lang blieb sie stocksteif stehen.

Das Geräusch kam, nachdem ich die Alarmanlage ausgeschaltet hatte, dachte sie. Hat jemand darauf gewartet, dass diese Kontrollleuchten die Farbe wechseln?

Diese Vorstellung machte ihr zusätzlich Angst. Ihr eigener, flacher Atem kam ihr laut vor, wie ein Krächzen, das die leiseren Geräusche eines anderen im Haus übertönte, so verzweifelt sie auch lauschte.

Doch außer sich selbst hörte sie nur die Stille.

Es kostete Karen einen gewaltigen Willensakt, aus der Dusche zu treten und sich ein Badetuch vom Haken an der Tür zu holen. Sie wickelte sich ein und lauschte erneut. Sie konnte immer noch nichts ausmachen.

Trockne dich ab. Hol deine Kleider. Leg ein bisschen Make-up auf. Komm schon, so wie an jedem anderen Tag auch. Du bildest dir das ein. Deine Nervosität ist unbegründet. Das heißt, es gibt einen Grund, aber keinen realen.

Sie wollte nicht im selben Moment aus der Dusche treten, in dem sie sich innerlich anherrschte, endlich aus der verdammten Dusche zu treten. Alles schien plötzlich voller Widersprüche zu sein.

Das Wasser sammelte sich unter ihren Füßen zu einer Lache, und in einer gewaltigen Willensanstrengung, von der sie laut keuchte, trocknete sie sich zügig ab und fuhr sich mit einer kräftigen Bürste so schnell durchs zerzauste Haar, dass sie in einer normalen Situation vor Schmerz aufgeschrien hätte. Sie hörte auf.

Das ist verrückt. Wieso kämme ich mir die Haare, wenn da draußen jemand darauf wartet, mich umzubringen? Sie packte den Griff der Bürste, als wäre er ein Messerknauf, und hielt ihn wie eine Waffe fest. Dann trat sie hastig an die Badezimmertür. Sie konnte kaum der Versuchung widerstehen, einfach die Tür abzuschließen und zu warten, doch es war ein lächerlich schwaches Schloss, nur ein Verriegelungsknopf am Griff, der nicht einmal den schwächsten, dilettantischsten Eindringling abgehalten hätte.

Bei der Erkenntnis erschrak sie.

Sie wusste nicht, ob der Wolf ein raffinierter, mit allen Wassern gewaschener Krimineller war. Nachdem sie den Brief gelesen hatte, war sie davon ausgegangen, doch letztlich wusste sie es nicht.

Karen konnte die Vorstellung nicht abschütteln, dass er hinter der Tür auf sie wartete und genauso wie sie angestrengt daran horchte.

Eine konkrete Person konnte sie sich nicht ausmalen, nur gebleckte, leuchtend weiße Zähne. Ein Bild aus einem Märchen.

Es ist eine Pattsituation, dachte sie.

Im nächsten Moment wurde ihr klar, wie lächerlich sie sich benahm. *Es ist niemand da. Du spielst nur verrückt.*

Dennoch – trotz der Ermahnung an die eigene Adresse kostete es sie einen zweiten inneren Anlauf, die Tür zu öffnen und ins Schlafzimmer zu treten.

Abgesehen von den beiden Katzen, die gelangweilt auf dem Bett ausgestreckt lagen, war niemand da.

Sie horchte erneut. Nichts.

So schnell und geräuschlos sie konnte, griff sie nach ihren Sachen und zog sich an. Slip. BH. Hose. Pullover. Sie schlüpfte in die Schuhe und stand auf. Angezogen fühlte sie sich schon besser.

Sie trat an die Schlafzimmertür. Wieder blieb sie stehen, um zu horchen. Stille.

Ihr drangen mehrere leise Laute ans Ohr: eine tickende Uhr; ein leises Kratzen, als eine der Katzen auf dem Bett die Stellung wechselte; ein fernes, mechanisches Geräusch, als die Heizung anging.

Ihr eigener keuchender Atem.

Sie stellte sich vor, dass völlige Lautlosigkeit irgendwie schlimmer gewesen wäre, auch wenn der Gedanke bei näherer Betrachtung absurd schien. Vollkommen absurd.

Es ist verdammt noch mal mein Haus. Hol mich der Teufel, wenn ich …

Sie führte den Gedanken nicht zu Ende, sondern nahm ihr Handy von der Kommode, klappte es auf und wählte die 911. Ihr Finger schwebte über der Anruftaste.

Auf diese Weise fühlte sie sich bewaffnet, und sie machte sich – das Handy gezückt – langsam auf den Weg durchs Haus. Küche – niemand. Diele – niemand. Wohnzimmer – niemand. Fernsehzimmer – niemand. So ging sie von einem Zimmer zum anderen, und obwohl es sie jedes Mal beruhigte, keinen Eindringling vorzufinden, wurde sie auch mit jedem Raum nervöser. Zuerst brachte sie es nicht über sich, Schranktüren aufzumachen. In einem Winkel ihres Bewusstseins rechnete sie damit, dass jemand herausspringen würde. Ihr Verstand wehrte sich gegen dieses Gefühl, und so riss sie in einer weiteren gewaltigen Willensanstrengung jeden Schrank auf, stieß aber nur auf Kleider, Mäntel und stapelweise ungeordnete Papiere.

Sie versuchte, einem Geräusch auf die Spur zu kommen, eine rationale Erklärung für die Angst zu finden, die ihr in die Glieder gefahren war.

Sie fand nichts. Irgendwie war das schlimmer.

Als sie sich schließlich einigermaßen davon überzeugt hatte, dass sie allein war, kehrte sie in die Küche zurück und goss sich eine Tasse heißen Kaffee ein. Ihre Hand zitterte ein wenig. Was hast du gehört?

Nichts. Vielleicht aber auch alles.

Sie trank ihren Kaffee in großen Schlucken und ließ das Adrenalin, das ihr in den Ohren rauschte, allmählich verebben. Kann ein Brief ein Geräusch verursachen?, musste sie plötzlich denken. Eine anonyme Drohung?

Es hätte sie nicht gewundert.

In einem Aufruhr der Gefühle nahm Karen ihren Mantel und ging zum Wagen, um zur Arbeit zu fahren. In ihrer Angst und Ratlosigkeit vergaß sie das erste Mal, Katzenfutter nachzufüllen.

7

Jordan lief im ersten abendlichen Dämmerlicht über den Campus zur Bibliothek, einem roten Backsteinbau, dessen große Flachglasfenster helle Lichtkegel über den Rasen warfen. Die mächtigen Eichen und Pappeln, die über das ganze Gelände verstreut waren, wiegten sich in den plötzlichen Böen, Vorboten eines Wetterumschwungs, auch wenn man nicht sagen konnte, ob es besser oder schlechter werden würde.

Wie die meisten Schüler, die nach Einbruch der Dunkelheit noch unterwegs waren, lief sie zügig und beugte sich gegen den Wind ein wenig nach vorne, während sie von einer hell erleuchteten Stelle zur nächsten eilte, als lauerte auf den dunklen Pfaden dazwischen die Gefahr. Sie ertappte sich dabei, wie sie dachte, wahrscheinlich ist dem auch so. Trotzdem verlangsamte sie ihr Tempo, wie eine Maschine, die kaum noch Brennstoff hatte, und schließlich blieb sie stehen, drehte sich um die eigene Achse und sah sich um.

Es war alles ganz und gar vertraut und fremd zugleich.

Obwohl sie seit fast vier Jahren auf dem Campus lebte, fühlte sie sich hier nicht zu Hause.

Es brannte Licht in den Wohnheimen – die sie alle namentlich aufzählen konnte. Durch die Fenster sah sie Schüler über ihre Lehrbücher gebeugt oder in Gespräche vertieft, die sie draußen nicht hören konnte. Sie erkannte Gesichter. Einzelne Gestalten. Hier und da eine laute Stimme, die scheinbar aus dem Nichts herüberhallte, in Wahrheit aber aus einem der Wohnheime durch das Rauschen der Bäume drang; die Stimme klang vertraut, auch wenn sie kein Gesicht damit verband. Auf den Wegen in ihrer Nähe waren Schritte zu hören, und sie konnte schemenhaft die dunklen Gestalten anderer Schüler sehen, die durch die abendliche Dunkelheit eilten. Einige der Büsche und Bäume schienen das Licht, das aus dem Hauptgebäude oder dem Bau mit den Kunsträumen kam, mit ihren wogenden Ästen und Zweigen aufzufangen, um es im nächsten Moment aufs Geratewohl über den Rasen zu werfen, als wollten sie Jordan mit ihren unvorhersehbaren Schatten foppen.

Sie dachte an das ursprüngliche Märchen, in dem der Böse Wolf Rotkäppchen durch den Wald folgte.

Er schleicht ihr gnadenlos nach, sieht jeden ihrer Schritte voraus. Er ist im Wald zu Hause, während sie zu dem einzigen sicheren Ort eilt, den sie kennt. Doch der Wolf nimmt ihr die einzige Hoffnung auf Rettung, indem er ihr im Haus ihrer Großmutter auflauert und sich als genau die Person ausgibt, der zuliebe sie sich in die Wildnis vorgewagt hat.

Was sagt dir das?

Sie stellte sich vor, dass der Mann, der sie zum Sterben ausersehen hatte, in jedem Schatten lauern konnte. Er konnte hinter jedem Baum stehen, er konnte sie von jedem dunklen Winkel aus oder im Schutz eines geschlossenen Fensters beobachten.

Jordan lief hastig auf die Lichter der Bibliothek zu, während ihr die Angst wie Stromstöße durch den Körper fuhr.

Dann blieb sie abrupt stehen.

Wieder sah sie sich langsam um. Einerseits redete sie sich –

wie im Refrain eines Kinderlieds – immer wieder ein, der Brief und die Drohung, die er enthielt, seien ein Streich, den ihr jemand spielte. Wenn dich so viele Leute hassen, ist das die logischste Erklärung. Schüler drangsalieren am liebsten diejenigen, die besonders verwundbar sind. Trotz all der gut gemeinten Mobbingverbote und der ständigen Ermahnung zu freundlichem Umgang seitens der Schule herrschte unter der Oberfläche – dem idyllischen Bild fleißig lernender, Sport treibender, Theater spielender, Französisch oder Latein büffelnder Schüler, die auch noch Zeit für Naturerfahrungen oder den Filmklub fanden oder an den Wochenenden mit benachteiligten Kindern in Förderprogrammen arbeiteten – stets eine deutlich spürbare Spannung. Eifersucht, Wut, sexuelle Ausbeutung, Alkohol- und Drogenkonsum – all die Dinge, die Eltern Sorgen machten und sie dazu brachten, ihre Kinder hierher zu schicken, weil sie glaubten, hier wären sie davor sicher, gab es auch an ihrem Internat.

Wieso dann nicht auch Mord?

Jordan rührte sich nicht vom Fleck. Sie spähte in die sie umgebenden düsteren Winkel. Sie versuchte, Formen und Gegenstände auszumachen, doch im Dunkeln wirkten sie wie ungeordnete Puzzleteile. Jedes Teil besaß ein eindeutiges Gegenstück, jedes ergab zusammen mit anderen ein klares Bild, doch so waren sie ein heilloses Durcheinander.

Eine Woge der Panik warf Jordan wie an Deck eines sturmumtosten Schiffs heftig hin und her. Der kalte Angstschweiß stand ihr auf der Stirn.

Dann atmete sie langsam tief durch.

Wie ein Tier, das fremde Witterung aufnimmt, hob sie den Kopf.

Allein sein ist gut, hörte sie eine beharrliche innere Stimme. Auch wenn es gegen jede Vernunft zu sprechen schien, hielt sie daran fest. Sie redete sich innerlich gut zu, als unterhielte sich die Jordan, die durch die Dunkelheit lief, mit jener Jordan voller Angst und Zweifel.

Wenn du es jemandem sagen, wenn du irgendwem von der Drohung erzählen würdest, bekämst du von ihnen lediglich zu hören, was sie an deiner Stelle machen würden. Dabei haben sie nicht die leiseste Ahnung, was richtig ist oder falsch. Und genau das will der Wolf vermutlich. Er will, dass du auf andere hörst – einen Freund, auch wenn du keinen hast, einen Lehrer, auch wenn du keinem traust, jemand von der Schulleitung, der sich mehr um das Ansehen der Schule als um dein Leben sorgen wird, oder deine Eltern, die nur für sich selbst Zeit haben und im Grunde fein raus wären, wenn der Wolf seine Drohung wahr machte und die Schlacht, die sie um dich führen, sich von selbst erledigt hätte.

Tatsächlich huschte Jordan bei dem Gedanken ein gequältes Grinsen über die Lippen. Sie ließ den Blick schweifen und suchte jeden Winkel ab, sah bei jedem schemenhaften Umriss genauer hin. Allein im Wald, dachte sie. Nun ja, da liegst du richtig.

Langsam setzte sie sich wieder in Bewegung, während ihr ein Gedanke im Kopf widerhallte: Nur allein kannst du gewinnen.

Ohne im Geringsten sicher zu sein, ob sie sich die These abkaufen sollte oder nicht, eilte Jordan auf die Lichter der Bibliothek zu. Sie hatte vor, an diesem Abend noch einiges nachzulesen. Nicht über Geschichte oder Physik oder Chemie, auch nicht Fremdsprachen wie all die anderen Schüler. Jordan hatte beschlossen, sich über Mord kundig zu machen. Es war ihr Glück, dachte sie, dass sie eine schnelle Auffassungsgabe besaß, und sie machte sich klar, dass sie in diesem Fach nicht versagen durfte.

Der Böse Wolf war an diesem Morgen früh aufgestanden, um in den letzten Minuten, bevor die aufgehende Sonne in sein kleines Büro schien, noch ein wenig Arbeit zu erledigen. Dies war eine produktive Zeit. Die meisten Menschen, so glaubte er, erwachten lustlos und genervt von dem Gedanken an einen weiteren Tag seelenloser Routine und brauchten ein, zwei Tassen Kaffee, um die Dunstschleier in ihrem Kopf aufzulösen.

Er nicht.

Der Wolf sah dem neuen Tag mit Vorfreude entgegen, da er etwas geplant hatte, was in seinen Augen wahrhaft originell und verstörend war. Er fühlte sich energiegeladen und stellte sich vor, dass sich ein Sportler beim Warten auf den Anpfiff zu einem großen Spiel so fühlen musste. Mord inspirierte, wie er bereits angemerkt hatte, zu Sportmetaphern. Er hatte einen dichtbeschriebenen Bildschirm vor sich und war hoch konzentriert.

Wie immer verbrachte er ein paar Minuten damit, seine Stellung in der Welt des gewaltsamen Todes zu reflektieren.

Während er rasant in die Tasten hämmerte – fast einen Bewusstseinsstrom, auch wenn er diese Art zu schreiben verachtete, da er sie als faul und nachlässig empfand –, fühlte er sich wie eine Art existenzialistischer Held.

Grendel, dachte er. Hannibal Lecter. Raskolnikow. Meursault.

Ich entspreche nicht dem landläufigen Bild des Attentäters, auch wenn wir viele Eigenschaften miteinander teilen. Bei einem Attentäter steht ein gewisses Maß an politischem Zorn hinter seiner Tat. Ob es nun John Wilkes Booth ist, der vom Balkon auf die Bühne springt und »Sic semper tyrannis!« schreit, oder ob in Sarajevo ein Anarchist auf den Erzherzog zielt, oder ob es sich um ein Komplott der Borgia handelt, bei denen der Tod die probate Methode war, die Macht zu sichern. Für einen Attentäter heiligt das Ziel die Mittel. Das mag auch auf mich und meine drei Roten zutreffen, und auf viele andere Mörder – der Unterschied liegt allerdings in der praktischen Ausführung. Der Attentäter richtet sich im Schulbuchdepot auf dem sechsten Stock ein und zielt mit dem Lauf seines Karabiners Carcano 6,5 auf den Kopf des Präsidenten; während er langsam abdrückt, erinnert er sich an seine Ausbildung im Marine Corps. »Red Mist« nennen sie einen solchen Kopfschuss heute in Schützenkreisen. Für mich dagegen ist das der leichteste Moment. Die Vorarbeit ist der aufregende Teil, bis man am Ende die Früchte erntet. Ich kann mir nicht vorstellen, dass einem Attentäter die Planung der Tat so viel Freude bereitet wie mir. Vielleicht ist es der Unterschied zwischen Vorspiel und Orgasmus, zwischen einem einfühlsamen Liebhaber und einem, der nur zum Höhepunkt kommen will. Vielleicht.

Der entscheidende Unterschied zwischen einem Attentäter und mir ist jedoch meine intime Vertrautheit mit den Opfern. Wir mögen beide unsere Zielperson genau beobachtet haben, doch der Attentäter hasst, was er töten will, er will eine vermeintlich wichtige Botschaft vermitteln. Alles, was er tut, zielt auf diesen Moment. Ein Tod wird geplant, um ein Vakuum zu schaffen, das danach im Sinne des Attentäters gefüllt werden soll. Dieser Ansatz engt ein. Meine Vorgehensweise bei den drei Roten ist weitaus radikaler. Mein Plan kennt keine politische Beschränkung. Was ich schaffe, hat mehr mit Kunst als mit Politik zu tun. Auch ich will der Welt wichtige Einsichten vermitteln, doch eher mit ein paar kräftigen Pinselstrichen als mit vielen Worten.

Jedenfalls werde ich von keinem Balkon springen und brüllen: »Der Süden ist gerächt!«
Doch in nicht allzu weiter Ferne werde ich ebenso berühmt sein.
Für mich geht es nicht um Hass. Vielmehr bin ich in meine drei Roten verliebt.
Dabei ist jede Liebe anders.
Und jede von ihnen wird anders sterben müssen.

Ein kräftiger Duft nach Speck strömte ins Arbeitszimmer. Der Böse Wolf reckte den Kopf und hörte das Brutzeln aus der Küche. Gleich würde das leisere Geräusch vom Rühren und Braten der Eier dazukommen, wenig später das Klicken, wenn der Toaster die fertigen Scheiben auswarf, wahrscheinlich Sauerteigbrot, das Mrs Böser Wolf in ihrem elektrischen Backautomaten machte und das, wie sie wusste, sein Lieblingsbrot war.

Mrs Böser Wolf liebte es, ein großes Frühstück zuzubereiten. Die wichtigste Mahlzeit am Tag. Die Formulierung hatte er aus dem Film *Eine ganz normale Familie* in Erinnerung. Wann war der noch gleich in die Kinos gekommen? Vor zwanzig Jahren? Dreißig? Donald Sutherland saß in dieser Villa Grosse Point dem jungen Timothy Hutton gegenüber und versuchte verzweifelt, seinem Sohn über den Kummer und die Ratlosigkeit hinwegzuhelfen, indem er ganz normale Alltagsroutinen aufrechterhielt. Allerdings ging der Versuch daneben, als Hutton zögerte und Mary Tyler Moore in der Rolle der kalten, zerrütteten Mutter, ihrem Sohn das Frühstück wegnahm und in den Mülleimer kippte.

Der Wolf hatte die Szene vor Augen. Es waren Pfannkuchen, dachte er. Die Schauspielerin hatte Pfannkuchen gemacht. Vielleicht auch Arme Ritter. Jede Wette. Dann kamen ihm Zweifel. Es könnten auch Waffeln gewesen sein.

Pfannkuchen mochte er nicht besonders. Sie bereiteten ihm ein Völlegefühl und machten ihn träge, es sei denn, es gab echten Ahornsirup aus Vermont dazu, den man nur im Delikatessengeschäft bekam. Das gepanschte, süße Zeug, das die Supermarktketten führten, war ihm zuwider. Es schmeckte irgendwie nach Öl.

Wieder schmunzelte der Wolf. Ich bin ein Frühstücksgourmet und ein Mordconnaisseur.

Seine Frau rief nach ihm. Er verschlüsselte die letzten Dateien und fuhr den Computer herunter. Selbst die größten Mörder müssen essen, sagte er sich und stand auf. Auch wenn sie nicht nur von Speck und Rührei und frisch gebackenem Sauerteigbrot leben.

Diese Bemerkung gehörte in sein Manuskript, stellte er fest, doch das konnte warten. Auch musste er sich ein paar Ausreden gegenüber seiner Frau einfallen lassen. Er hatte einige Fahrten und Erledigungen auf dem Programm und konnte keine lästigen Fragen gebrauchen. Das machte für ihn einen besonderen Reiz aus: so normal wie möglich zu wirken, während große Dinge vor sich gingen. Die Hintergrundmusik zu meinem Leben, dachte er, ist eine einfache Sologeige. Keine mächtigen symphonischen Akkorde, die Aufmerksamkeit erregen. Er schmunzelte. Ebenso wenig kreischende Heavy-Metal-Gitarren.

Durch den Flur hörte er ein fröhliches: »Essen auf dem Tisch, Speck mit Eiern.«

»Komm gleich, Liebling«, rief er Mrs Böser Wolf in freundlichem Ton zu, während er dem neuen Tag mit Spannung entgegensah.

8

Mrs Böser Wolf deckte den Tisch ab und kippte die Essensreste in die Müllpresse, bevor sie Messer, Gabeln, Teller und Tassen in den Geschirrspülautomaten lud. Wie immer hatte ihr Mann an seinem Toast die Rinden säuberlich abgeschnitten. Seit fünfzehn Jahren sah sie diese traurigen Überbleibsel auf seinem Frühstücksteller, und obwohl sie das für Verschwendung hielt, sagte sie kein Wort zu seiner Extravaganz. Umgekehrt hatte sie die Rinden nie für ihn abgeschnitten, bevor sie ihm das Essen servierte, auch wenn sie wusste, dass er von seiner Gewohnheit keine Ausnahme machte.

An diesem Morgen war sie für die Arbeit, der sie mehr aus Pflicht als aus Neigung nachging, ein wenig spät dran, und sie wusste, dass auf sie ein Schreibtisch voller banaler Tätigkeiten wartete, die sich bis zum Feierabend hinziehen würden. Sie schätzte, dass sich die Aufgabenliste, die ihren Terminkalender füllte, im Lauf eines Achtstundentags nur geringfügig lichten würde. Sie beneidete ihren Mann. Ihr Berufsleben schien sich in einer Häufung der immer gleichen Pflichten zu erschöpfen, derselben Tretmühle tagein, tagaus. Er dagegen war der Kreative in ihrer Beziehung. Er war der Schriftsteller; er war etwas Besonderes. Er war anders als alle Männer, die sie je gekannt hatte, weshalb sie ihn geheiratet hatte. Er brachte Farbe in ihre graue Welt, und sie genoss es jedes Mal aufs Neue, ihn ihren Kollegen vorzustellen und zu sagen: »Das ist mein Mann. Er ist Schriftsteller.« Manchmal machte sie sich Vorwürfe, wenn sie daran dachte, dass sie zu ihrer Beziehung nichts weiter beitrug als eine solide Krankenversicherung und ein regelmäßiges Einkommen sowie ein gelegentliches Intermezzo im Bett, doch dann verwarf sie den schrecklichen Gedanken und sagte sich, dass jeder große Schriftsteller, auch wenn es nach einem Klischee klang, eine Muse brauchte, und mit Sicherheit war sie das für ihn. Der Gedanke erfüllte sie mit Stolz.

Manchmal stellte sie sich vor, sie wäre gertenschlank und in zarten Tüll gekleidet – so wie ein Maler vermutlich die *Inspiration* eines Schriftstellers darstellen würde. Dass sie klein und untersetzt war, mit mausbraunem Haar und einem Lächeln, das immer ein wenig schief geriet, egal wie viel Freude sie auszudrücken versuchte, hatte nichts zu besagen. Innerlich war sie schön, das wusste sie. Wieso hätten sie sich sonst ineinander verliebt und geheiratet?

Und dass er es nach so vielen unproduktiven Jahren, so vielen literarischen Versuchen und Enttäuschungen in letzter Zeit kaum abwarten konnte, sich in das Zimmer, das er sich als Schreibstudio eingerichtet hatte, einzuschließen, versüßte ihr den Tag und erleichterte es ihr, zur Arbeit aufzubrechen. Vor ihrem geistigen Auge sah sie, wie neben dem Drucker der Stapel mit vollbeschriebenen Seiten Tag für Tag wuchs.

Mrs Böser Wolf wünschte sich oft, sie hätte so viel Fantasie wie er.

Es wäre schön, dachte sie, in selbst erschaffenen Welten zu leben, in denen man bestimmte, was aus den Charakteren wurde. Man entschied, wer sich in wen verliebte. Man ließ jemanden sterben, wenn es einem passte. Man verteilte nach Belieben Erfolg und Misserfolg, Trauer und Glück. Was für ein wunderbarer Luxus.

Sie stand am Spülstein und hielt in der Arbeit inne. Ihr lief das Wasser über die Hände, und sie wusste, dass sie das Geschirrspülmittel einfüllen und die Maschine anwerfen sollte, bevor sie zur Arbeit fuhr, doch in diesem Moment, in dem sie der Neid überkam, spürte sie auf der linken Seite, direkt unter der Brust, einen Stich. Die Empfindung, für die das Wort »Schmerz« zu stark war, versetzte sie in Panik, und als ihr schwindelig wurde, hielt sie sich an der Kante der Arbeitsplatte fest. Einen Augenblick lang war ihr heiß, als hätte jemand in ihrem Körper eine Ofentür geöffnet, und sie schnappte nach Luft.

Sie konnte nur einen einzigen Gedanken fassen: Nicht schon wieder.

Sie atmete bewusst langsam, um ihren Puls zu normalisieren. Sie schloss die Augen und versuchte, ihre körperliche Verfassung einzuordnen. Ein wenig fühlte sie sich wie ein Mechaniker, der über einem Motor mit einem rätselhaften Defekt brütet.

Sie rief sich ins Gedächtnis, dass sie gerade erst bei ihrer Ärztin gewesen war, die ihr eine rundum gute Gesundheit bescheinigt hatte. Sie hatte sich dem routinemäßigen Abtasten und -klopfen unterzogen, Fragen beantwortet, den Mund weit geöffnet, sich die EKG-Kontakte an den Körper heften lassen und gewartet, bis der Apparat eine Beurteilung ausspuckte. Als ihre Ärztin sie dann lächelnd beruhigte, war es Musik in ihren Ohren gewesen, auch wenn ein Rest von Zweifeln blieb.

Keinerlei Anzeichen.

Fast hätte sie es laut gesagt.

Das war das Problem, wenn man einen Herzfehler hatte. Man bildete sich ein, jeder kleine Stich und jeder unregelmäßige Schlag könnte das Ende signalisieren.

Sie sagte sich, dass ihr Leben eigentlich nicht interessant genug war, um so paranoid zu sein.

Mrs Böser Wolf beugte sich über den Abtropfständer, auf den sie ein paar größere Bräter gelegt hatte, die nicht in die Spülmaschine passten. Sie griff nach einer großen Pfanne aus Edelstahl und hielt sie in die Höhe. In dem sauber geschrubbten Metall konnte sie sich spiegeln, nur dass ihr Gesicht darin ein wenig verzerrt erschien.

Sie sagte sich: Du warst mal schön. Doch sie wusste, dass es nicht stimmte.

Dann suchte sie nach Anzeichen von Schmerz. Nichts in den Augen; auch um die Mundwinkel nichts. Nicht die Spur in der schlaffen, fülligen Kinnpartie.

Sie machte weiter. Keinerlei Anzeichen in den Füßen, in den Beinen, im Bauch.

Sie hielt den Finger hoch und wackelte damit.

Nichts. Kein plötzliches Brennen oder Stechen im Handgelenk.

Als beträte sie ein gefährliches Minenfeld, wandte sie sich ihrer Brust zu. Sie atmete langsam ein und aus, während sie unverwandt ihr Gesicht im Stahl betrachtete, als handelte es sich dabei um eine andere Person, die ihr irgendwelche alarmierenden Anhaltspunkte verraten würde. Es gab Experten, die den Gesichtsausdruck von Menschen studierten, und Ermittler, die glaubten, jemandem vom Gesicht ablesen zu können, wann er log oder betrog oder auch nur eine Krankheit verbarg. Sie hatte Sendungen mit solchen Leuten gesehen.

Doch ihr Atem war ruhig, ihr Herzschlag regelmäßig. Sie

hielt sich die Finger an den Brustkorb und pochte sich gegen die Rippen. Nichts.

Ihre Miene blieb ungerührt. Wie eine Pokerspielerin, dachte sie.

Schließlich legte sie die Pfanne langsam zurück auf den Ständer.

Nein. Es ist nichts, alles in Ordnung. Leichte Verdauungsstörungen. Dein Herz bleibt heute nicht stehen.

Sie ermahnte sich, allmählich, nein, schnellstens zur Arbeit aufzubrechen und die Minuten wiedergutzumachen, die sie mit ihren Todesängsten verloren hatte.

»Ich bin dann mal weg«, rief sie.

Es folgte kurzes Schweigen, darauf eine gedämpfte Antwort aus dem abgeschlossenen Arbeitszimmer.

»Kann sein, dass es bei mir ein bisschen später wird, bin zu Recherchen unterwegs, möglich, dass ich es nicht zum Abendessen schaffe.«

Sie lächelte. Das Wort *Recherchen* munterte sie auf. Dann machte er wohl wirklich Fortschritte, und sie war klug genug, nichts zu tun, was diese prekäre Situation stören könnte.

»In Ordnung, Schatz, dann weiß ich Bescheid. Ich stell dir einen Teller in die Mikrowelle, wenn du später heimkommst.«

Mrs Böser Wolf wartete keine Antwort ab, sondern war glücklich. Dies klang nach dem alltäglichsten Wortwechsel zwischen Eheleuten. Es war so normal, dass es ihr guttat. Der Schriftsteller war bei der Arbeit; und sie, die sich als Arbeitsbiene verstand, machte sich auf den Weg zu ihrem Dienst. In einer so ganz und gar normalen Welt war für einen Herzinfarkt einfach kein Platz.

Sie fuhr zwei Mal den Personalparkplatz ab, bevor sie

eine Lücke am hinteren Ende fand, auch wenn das fünfzig Meter Fußweg durch den eisigen Regen bedeutete. Das war nicht zu ändern, und so manövrierte Mrs Böser Wolf ihren Wagen zwischen zwei Autos, griff nach ihrer Tasche und versuchte, einen kleinen Schirm zu öffnen, bevor sie durchnässt war.

Im nächsten Moment trat sie in eine Pfütze und fluchte. Dann eilte sie mit gesenktem Kopf zum Verwaltungstrakt des Internats.

Sie hängte ihren nassen Mantel an einen Haken neben der Tür und setzte sich in der Hoffnung, dass der Direktor die kleine Verspätung nicht bemerkt hatte, hinter ihren Schreibtisch.

Er kam aus seinem Büro – über dessen Zugang sie an ihrem Schreibtisch wachte – und schüttelte den Kopf, allerdings nicht über ihr unpünktliches Erscheinen oder das lausige Wetter, in dem die Schule trübe und öde wirkte. Vielmehr hatte er eine Akte in der Hand und schien darüber ungehalten.

»Können Sie Miss Jordan Ellis eine Nachricht schicken?«, fragte er. »Sie soll heute Nachmittag in einer Freistunde zu mir kommen oder vielleicht nach ihrem Basketballtraining?«

»Selbstverständlich«, antwortete Mrs Böser Wolf. »Ist es dringend?«

»Immer das gleiche Lied«, antwortete der Direktor betrübt. »Sie ist in sämtlichen Fächern abgesackt, und jetzt wollen Mr und Mrs Ellis mich zum Schiedsrichter in ihrem Kampf ums Sorgerecht machen, was die Situation nur verschlimmern wird.« Er lächelte müde. »Wäre es nicht schön, wenn einige dieser Eltern ihre Kinder einfach in Ruhe ließen, damit wir uns um sie kümmern können?«

Die Klage hörte sie nicht zum ersten Mal, doch sein Stoßgebet war nie erhört worden.

»Ich kümmere mich drum, dass sie heute zu Ihnen kommt«, erwiderte Mrs Böser Wolf.

Der Direktor nickte. »Danke«, sagte er. Er warf noch einen Blick auf das Papierbündel in seiner Hand und zuckte die Achseln. »Ist es nicht furchtbar, wenn die jungen Leute ihre Zukunft wegschmeißen?«, fragte er. Es war eine rhetorische Frage, und Mrs Böser Wolf wusste, dass keine Antwort von ihr erwartet wurde. Selbstverständlich fand es jeder schlimm, wenn Schüler kurz vor dem Abschluss in ihren Leistungen nachließen. Sie taten sich am College schwer und landeten an den schlechteren Unis, was die Ivy-League-Statistik ihrer Schule negativ beeinflusste. Sie sah ihm hinterher, als er wieder in seinem Büro verschwand. Die Akte mit all dem vertraulichen Material, die er in der Hand hielt, würde früher oder später auf ihrem Schreibtisch landen, damit sie die darin enthaltenen Papiere in einem großen schwarzen Stahlschrank in der Ecke ihres Büros unterbrachte. Er war mit einem Zahlenkombinationsschloss gesichert. 8-17-96. Ihr Hochzeitstag.

9

Sarah Locksley rutschte nervös auf ihrem Stuhl hin und her. Sie war benommen, zappelig, erschöpft und energiegeladen zugleich, als wäre sie in der besonderen Lage, die beiden entgegengesetzten Zustände in Einklang zu bringen. Jede Sekunde, die verging, war langweilig und aufregend zugleich. Sie hatte das Gefühl, dass etwas Entscheidendes passieren würde. Sei es, dass sie für vierundzwanzig Stunden in Ohnmacht fiele oder auf den erstbesten Menschen, der vor ihrer Tür stünde und klopfte – was seit Wochen keiner mehr getan hatte –, anlegen und schießen würde.

In den letzten Tagen hatte sie sich von rezeptfreien Aufputschpillen, Stolichnaya-Wodka und frisch gepresstem Orangensaft sowie einem großen Vorrat an Schokoriegeln, eingeschweißten Donuts, Gebäckteilchen und hier und da einer mit Erdnussbutter bestrichenen Banane ernährt. Dickmacher, Kalorienbomben, doch sie hatte den Eindruck, als hätte sie kein Gramm zugenommen.

Sie hatte einen Stuhl an eine Stelle gerückt, von der aus sie sowohl die Straße vor dem Haus als auch den Kücheneingang an der Rückseite im Blickfeld hatte, und sich außerdem aus ein paar Kissen und einem alten Schlafsack ein Lager hergerichtet, sodass sie, wenn sie der Schlaf übermannte und sie sich wenigstens nachts ein paar Stunden gönnte, trotz Tabletten und Alkohol hinübertaumeln konnte. Um ihr Schlafzimmer machte sie einen großen Bogen. Es ängstigte sie, sich in einem Zimmer zu verstecken, das sie mit ihrem Mann geteilt hatte. Mit einem Mal erschien es ihr wie ein Gefängnis, und sie war entschlossen, sich nicht an einem Ort umbringen zu lassen, an dem sie einmal so viel Glück erlebt hatte.

Sie wusste, wie verrückt das war, doch es machte ihr nichts aus, verrückt zu sein.

Sie hatte eine selbst gebastelte Alarmanlage an der Küchentür installiert, indem sie eine Schnur quer über den Eingang gespannt und leere Dosen und Töpfe daran befestigt hatte, sodass jeder, der dort einbrach, sich mit scheppperndem Getöse ankündigen würde. Direkt unter den Fensterbänken hatte sie Glasscherben von leeren Spirituosenflaschen verstreut, sodass sich jemand – nein, korrigierte sie sich, sodass sich ein Böser Wolf – Hände und Füße zerschneiden würde, wenn er versuchte, durch ein Fenster ins Haus einzusteigen. An der Treppe zu dem kleinen Keller hatte sie ein paar Zentimeter über jeder Stufe Draht gespannt, sodass der Wolf, falls er diesen Zugang benutzte, darüber stolpern musste. Darüber hinaus hatte sie auf dem Kellerboden alte Kugellager und Murmeln verstreut und die Glühbirne herausgedreht, damit der Raum stockdunkel war und ein Eindringling leicht zu Fall kam. Sie hatte die Waffe ihres toten Mannes immer in ihrer Nähe und überprüfte in regelmäßigen Abständen, ob sie geladen und schussbereit war, auch wenn sie wusste, dass sie schon hundertmal nachgesehen hatte. Rings um ihren Beobachtungsposten türmten sich leere Plastiktüten, Styroporbecher und Flaschen. Mit einem tiefen Seufzer trat Sarah einen Teil des Mülls, der sich zu ihren nackten Füßen türmte, zur Seite.

Das funktioniert nie im Leben, verdammt noch mal.

Ihr Verteidigungssystem schien eine direkte Anleihe aus *Kevin allein zu Haus* zu sein und hatte mehr von einer Komödie als von einer wirksamen Strategie gegen einen Mörder, der sich unbemerkt ins Haus schleichen mochte, um sie abzuschlachten. Sie wusste, dass sie sich kaum noch wach halten konnte, und wenn die Erschöpfung erst siegte, würde sie kein Klappern und Scheppern wecken. Mit dem Nebeldunst von Alkohol und Narkotika kannte sie sich aus.

Vor allem aber war der Böse Wolf zweifellos ein versierter Mörder, ein Profikiller. Auch wenn es dafür keinen Beweis gab, glaubte sie daran. Instinkt. Sechster Sinn. Eine Vorahnung. Sie war sicher, dass er den richtigen Moment abpassen würde, genau den Moment, in dem sie ihm schutzlos ausgeliefert wäre.

Schutzlos. Was für ein erbärmliches, unangemessenes Wort, dachte sie. Höchstwahrscheinlich traf es auf jeden Tag und jede Nacht zu, auf jede Sekunde, ob sie nun schlief oder, die Waffe in der Hand, an der Haustür saß und wartete.

Sie sah sich um. Sie hatte einen steifen Rücken. Ihr tat der Kopf weh.

Alles, was sie zu ihrer Verteidigung unternommen hatte, passte in das Aktionsmuster einer Mittelschullehrerin. Schere, Kleber und bunter Bastelkarton – wie eine Aufgabe im Kunstunterricht. Nur ohne die munter schnatternden Kinder aus der fünften Klasse.

Vor ihrem geistigen Auge sah sie sich kräftig in die Hände klatschen, um die Aufmerksamkeit auf sich zu ziehen. *Alle mal herhören! Mrs Lockley muss sich vor einem psychopathischen Mörder schützen. Jetzt bringen bitte alle ihre Lieb-*

lingsmaterialien in die Mitte, und wir bauen eine Mauer, um sie zu beschützen!

Lächerlich, so viel war ihr klar. Sie wusste nur nicht, was sie sonst tun sollte. Wenn man von der Pistole absah, die sie in der rechten Hand hielt.

Vielleicht ist es das Beste, wenn ich das Versprechen gegenüber meinem Mann nicht halte, dachte sie, und kurz bevor der Böse Wolf vor der Tür steht, die Waffe gegen mich selber richte.

Ihr war klar, dass sie sich diese Frage ständig stellte, wenn auch vielleicht nicht laut oder in klar formulierten Worten. So oder so würde sie bald eine Antwort darauf finden müssen.

Sarah brach in bitteres Lachen aus, plötzlich und unerwartet. Also, das wäre wirklich urkomisch, dachte sie, wenn sich der Böse Wolf ins Haus schleicht, um mich zu töten, und feststellt, dass ich ihm zuvorgekommen bin. Was soll er machen? Ein Mörder ohne Opfer. Dann steht er ganz schön dumm da. Nur dass ich es nicht mehr sehen könnte, weil ich schon tot bin.

Der Text eines Songs geisterte ihr durch den Kopf: *»Nur keine Angst«, sprach der Dieb und fasste sich ans Herz. »Wie viele von uns glauben, ist das Leben sowieso ein Scherz.«*

Sie hörte den Gitarren-Riff, als spielte jemand in der Ferne. Sie hörte die raue Stimme. Es leuchtete ihr ein. Nur keine Angst.

Sie seufzte tief, doch der Laut ging in einen Schrei über, als sie ein plötzliches Geräusch an der Haustür hörte. Zuerst taumelte sie zur Seite, als könnte sie sich verstecken, dann stolperte sie mit ausgestreckter, schussbereiter Waffe nach vorn. Sie glaubte, dass sie ein paar unartikulierte Schreie von sich gab, doch dann wurde ihr klar, dass all diese Geräusche nur in ihrem Kopf existierten.

Es gibt nichts Schlimmeres, dachte Karen Jayson, als das Getöse der Stille.

Es war egal, sagte sie sich, ob sie auf der Bühne stand, in ihrer Praxis bei der Arbeit war oder allein zu Hause.

Sie befand sich auf dem Heimweg von der Arbeit. Sie nahm sich jetzt aus Vorsicht reichlich Zeit dafür. Wenn sie vom Highway auf die ruhigeren Landstraßen in Richtung ihres abgelegenen Hauses abgebogen war, fuhr sie rechts heran, sobald sie jemanden hinter sich im Rückspiegel bemerkte, ob Pkw oder Laster oder was auch immer. Erst wenn der andere vorbei war, setzte sie ihren Weg fort. Sie würde darauf achten, dass ihr niemand folgte. Dieses ständige Anhalten, Warten, Weiterfahren sorgte dafür, dass sie nur sehr langsam vorankam, beruhigte sie aber ein wenig. Sie hatte es nicht eilig, nach Hause zu kommen. Es war kein sicherer Hort mehr.

Das Problem war, dass sie mit einem beklommenen Gefühl zu Hause eintraf, auch wenn sie sich immer wieder gut zuredete, dazu gebe es keinen Grund.

Sie blieb an der Einfahrt zu ihrem Grundstück stehen. Durch das Geäst der Bäume konnte sie nur so eben die Umrisse ihres Hauses erkennen, auch wenn die meisten um diese Jahreszeit kein Laub mehr trugen. Dunkle Kiefern und tiefbraune Eichen, die sich wie Wachposten aneinanderreihten, verstellten ihr die Sicht. Sie warf einen kurzen Blick nach hinten, um sicherzugehen, dass ihr niemand folgte, und bog in die Einfahrt. Wie immer hielt sie am Briefkasten an.

Doch dann zögerte sie.

Wie albern von dir. Hol die Post raus.

Sie wollte nicht aussteigen. Sie wollte den Kasten nicht öffnen. Es war fast so, als rechnete sie damit, dass eine Bombe explodierte, sobald sie es tat.

Es gab keinen Grund anzunehmen, dass der Böse Wolf ein zweites Mal durch die Post mit ihr in Verbindung trat. Aber auch keinen Grund, die Möglichkeit auszuschließen.

Sie versuchte, mit dem Verstand Herr über ihre Gefühle zu werden. Die Disziplin in der Facharztausbildung, erinnerte sie sich, die endlosen Schichten und die zermürbende Erschöpfung, all das hatte sie irgendwie gemeistert.

Na los, steig aus. Hol die Post. Zum Teufel mit ihm. Du kannst einem anonymen Witzbold nicht erlauben, dein Leben derart auf den Kopf zu stellen.

Doch dann fragte sie sich, ob das richtig war. Vielleicht war es ja gerade sinnvoll, ihr Leben von ihm durcheinanderbringen zu lassen.

Karen blieb reglos hinter dem Lenkrad sitzen. Sie sah die Schatten, die wie dunkle Schwerthiebe durch die Bäume schnitten.

Sie war im Zwiespalt zwischen dem Normalen, Gewohnten – der banalen Aufgabe, jeden Tag die Rechnungen, Kataloge und Werbeflyer ins Haus zu holen – und dem Irrationalen. Vielleicht ein zweiter Brief.

Karen nahm den Gang heraus und wartete.

Immer und immer wieder hielt sie sich vor, wie unsäglich albern ihr Verhalten war. Wenn ihr jemand dabei zusähe, wie sie zögerte, einfach nur die tägliche Post hereinzuholen, wäre es ihr zweifellos peinlich.

Der Gedanke half herzlich wenig.

In diesem Moment hätte sie zu gern mit jemandem gesprochen. Plötzlich hasste sie es, allein zu leben, dabei war ihr gerade das so viele Jahre lang besonders wichtig gewesen.

Mit einem letzten Blick in beide Richtungen der Straße

stieg sie aus und murmelte vor sich hin, dass sie sich paranoid benehme und ihre Angst unbegründet sei. Dennoch öffnete sie den Kasten sehr behutsam, als erwarte sie, dass sich eine giftige Schlange darin eingerollt habe.

Das Erste, was sie sah, war der weiße Brief, der auf einem leuchtend bunten Modekatalog lag.

Ihre Hand zuckte zurück, als wäre es tatsächlich eine Schlange, bereit zuzubeißen.

»Jordan, ich mache mir solche Sorgen«, sagte der Direktor in angemessen gewichtigem, ernstem Ton. »Alle Lehrer überrascht Ihr plötzlicher Leistungsabfall. Wir verstehen den Druck, unter dem Sie wegen Ihrer familiären Situation stehen. Aber Sie müssen verstehen, wie wichtig dieses Jahr für Ihre Zukunft ist. Der Wechsel ans College steht an, und wir fürchten, dass Sie Ihre Chancen an den besseren Universitäten verspielen, wenn Sie Ihre Noten nicht schnellstens wieder auf Vordermann bringen.«

Der Direktor klang in Jordans Ohren unglaublich salbungsvoll. Andererseits gehörte die tägliche Dosis an Aufgeblasenheit zur Daseinsberechtigung eines jeden Direktors, und es war ihm letztlich kein Vorwurf zu machen, wenn er sich so verhielt, wie man es von ihm erwartete.

Wenn dich ein tollwütiger Hund beißt, ist das Tier daran schuld? Wenn ein Kaninchen vor einem davonläuft, verhält es sich dann dumm? Wenn dich ein Mörder töten will, kommt das wirklich überraschend?

Jordan war wohl dabei, zur Philosophin zu werden. Sie hörte nur halb hin, als der Direktor fortfuhr, seine Kritik mit Ermutigung garnierte und davon auszugehen schien, dass die richtige Mischung aus Zuspruch und Sympathie mit dem Ausblick auf eine selbst verschuldete düstere Zukunft sie dazu bewegen würde, sich zusammenzureißen und ihr Leben wieder auf Kurs zu bringen.

Wieder auf Kurs. Diese und ähnliche Phrasen hatte sie in der letzten Zeit oft zu hören bekommen. Anfangen konnte sie damit herzlich wenig.

Sie sah sich im Büro um. Es gab ein Eichenregal mit Büchern, der braune Schreibtisch passte dazu. An einer Wand hingen neben Kinderzeichnungen, die dem Raum ein paar Farbtupfer verliehen, gerahmte Diplome. Auf einem Foto lächelte der Direktor im Kreis seiner glücklichen Familie bei einer Kanufahrt, auf einem zweiten posierten sie Arm in Arm vor dem Grand Canyon; das letzte war eine Montage, der sie auf dem Gipfel eines Berges zeigte. Eine aktive, unternehmungsfreudige, harmonische Familie. Das Gegenteil von ihrer eigenen. Ihre Familie ging gerade in die Brüche.

Etwas, das er sagte, riss sie aus ihren Gedanken.

»Was kann ich tun, um Ihnen zu helfen, Jordan?«, fragte der Direktor.

Erst jetzt merkte Jordan, dass sie auf ihrem Stuhl ein wenig vorgebeugt saß und die Arme eng an den Bauch gedrückt hielt, als hätte sie Schmerzen. Bedächtig wechselte sie die Stellung, um nicht so schwach zu wirken.

»Ich werde mich mehr anstrengen«, sagte sie.

Der Direktor zögerte. »Ich weiß nicht, ob es darum geht, sich mehr anzustrengen. Ich denke, es geht darum, sich wieder auf den eigenen Werdegang zu konzentrieren.«

»Ich werde mich besser konzentrieren«, sagte sie.

Er schüttelte den Kopf, wenn auch kaum merklich.

»Sie müssen versuchen, zu einigen Dingen, die Sie ablenken und belasten, Abstand zu gewinnen und sich auf das zu konzentrieren, was für Sie selbst wichtig ist.«

»Ich werd's versuchen«, antwortete sie. Und verkniff sich die Frage: Glauben Sie nicht, verflucht noch mal, dass für mich vor allem wichtig ist, am Leben zu bleiben?

»Wir wollen Ihnen alle helfen, Jordan, weil es von entscheidender Bedeutung für Ihre Zukunft ist, diese schwierige Zeit zu überstehen.«

Vielleicht habe ich keine Zukunft.

Sie holte tief Luft und riss sich zusammen.

Der Direktor war eigentlich ganz in Ordnung. Er meinte es gut mit ihr. Sie spürte einen Anflug von Neid. Sie glaubte nicht, dass ihre Eltern an irgendeiner Wand Bilder von ihr oder einer gemeinsamen Unternehmung aus glücklicheren Zeiten hängen hatten.

Sie dachte nach. Ihr war klar, dass dies – wenn überhaupt – der Moment war, den Bösen Wolf zur Sprache zu bringen. *Du meinst, ich bin nur wegen der Schlammschlacht meiner Eltern so am Arsch? Von wegen. Die können mich mal. Aber da draußen läuft ein Kerl herum, der mich für Rotkäppchen hält und mich fressen will. Nicht im wörtlichen Sinne. Er wird mich nur töten. Läuft aufs Gleiche hinaus.*

Doch sie sagte es nicht. Es klang einfach zu irre.

Eine Stimme in ihrem Kopf brüllte: Ihr wollt mir alle helfen? Gut, dann besorgt mir eine Knarre. Einen Bodyguard. Holt die verdammten Marines zu Hilfe. Vielleicht können die mich ja beschützen!

Keiner dieser wütenden Gedanken kam ihr über die Lippen. Stattdessen erwiderte sie ruhig: »Ich werde mir Mühe geben.«

Sie sprach in gedämpftem Ton, fast wie im Beichtstuhl, dachte sie, nur dass sie noch nie in einem Beichtstuhl gesessen hatte und auch nicht die Absicht hegte, daran in nächster Zukunft etwas zu ändern.

Es war nicht die richtige Antwort, und sie sah die Enttäuschung in den Augen des Direktors. Das gefiel ihr. Wenigstens war er nicht verlogen.

Sie machte den Mund wieder auf, um das, was sich an Unglück zusammengebraut hatte – über ihre Eltern, über ihr Versagen, über ihre Isolation und schließlich ihre Angst, verfolgt zu werden und auf einer Todesliste zu stehen, ohne etwas dagegen tun zu können –, doch noch loszuwerden. Sie hatte schon die ersten Worte auf den Lippen, als sie es sich anders überlegte.

Fast hätte sie laut aufgeschluchzt.

Wenn ich ihm von diesem Irren erzähle, dann schnappt sich der Wolf vielleicht ihn zuerst.

Sie sah sich noch einmal um. Glückliche Familienfotos. Sie konnte die Leute nicht der Gefahr aussetzen.

Sie sah, wie sich der Direktor zu ihr vorbeugte. Die meisten Menschen hätten darin eine Geste der Besorgnis gesehen. In ihren Augen hatte es etwas Raubtierartiges.

Womöglich ist er selbst der Wolf, musste sie plötzlich denken.

Sie merkte, wie sich ihr der Magen zusammenzog. Sie presste die Lippen aufeinander und behielt ihre Geheimnisse für sich.

Der Direktor schwieg, bis die Stille das Zimmer füllte wie beißender Rauch. Nach einer halben Ewigkeit sagte er: »Also gut, Jordan. Sie wissen, dass Sie jederzeit kommen und mit mir reden können, wenn Sie das Bedürfnis haben. Und ich denke, es wäre gut, wenn Sie wieder zur Schulpsychologin gehen würden. Wenn Sie wollen und wenn Sie meinen, es könnte Ihnen helfen, mache ich gerne einen Termin für Sie aus …«

Eine Psychologin mit einer großen gottverdammten

Knarre, dachte sie. Das könnte helfen. Oder vielleicht eine Psychologin, die im Nebenjob als Jägerin fungiert und Rotkäppchen mit ihrem Messer rettet. Nur dass dies nicht das Ende ist, das der Böse Wolf für seine Inszenierung vorgesehen hat, nicht wahr?

Sie ersparte sich die Antwort auf ihre eigene Frage.

Stattdessen stand sie auf und nickte, auch wenn das Nicken schnell in ein Kopfschütteln überging. Dann verließ sie das Büro des Direktors, lief zügig an seiner Sekretärin vorbei, die halb freundlich lächelnd, halb missbilligend in ihre Richtung blickte, eine breite Treppe hinunter zu den Türen, die auf das Schulgelände führten.

Die Luft war eisig, aber frisch, und sie hatte das Bedürfnis, ein paar Stücke von der Kälte abzubeißen und zu kauen. Am liebsten wäre sie sofort zur Turnhalle gegangen, um mit dem Training zu beginnen und schneller zu laufen als jedes andere Mädchen in der Mannschaft. Sie wollte schwitzen, sie wollte sich mit Wucht gegen andere Körper werfen. Falls sie einen Ellbogen an die Lippe bekäme und blutete, wäre ihr das egal. Falls sie umgekehrt eine Teamkameradin verletzte, würde ihr das ebenso wenig Kopfzerbrechen bereiten. Sie lief ein Stück Richtung Wohnheim, wo sie ihre Bücher aufs Bett werfen wollte, um gleich darauf zu den Trainingsplätzen zu gehen, als ihr ein entmutigender Gedanke in den Kopf schoss: Wenn ich im Wohnheim ankomme, liefern sie gerade die Post aus.

Sie wusste nicht, dass sie ein weiterer Brief vom Wolf erwartete, doch die Panik, die sie elektrisierte und unkontrollierbar durchzuckte, sagte ihr, dass es so war. Sie hasste das Gefühl, etwas zu wissen, das eigentlich nicht sein konnte, aber trotzdem *stimmte*. Und so blieb sie abrupt in der Kälte stehen. Es wird ein zweiter Brief da sein, dachte sie. Keine Ahnung, woher ich das weiß, aber ich weiß es.

Natürlich lag sie teilweise richtig.

Wie beim ersten Mal wartete je ein Umschlag auf Rote Eins, Rote Zwei und Rote Drei.

Doch diesmal steckte kein Brief darin.

Vielmehr enthielt jeder Umschlag ein Blatt mit nur einer einzelnen Zeile.

Karen Jayson bekam:

http://Youtube.com / watch?v=wsxtyxl:Red1

Sarah Locksley erhielt:

http://Youtube.com / watch?v=wftgh1xl:Red2

Und auf Jordan Ellis wartete:

http://Youtube.com / watch?v=hgtsv1xl:Red3

Jedes Blatt war mit den Initialen BW gezeichnet.

10

Das größte Dilemma des Mörders besteht darin, den richtigen Grad an Nähe zu ermitteln. Man muss dem Opfer nahe sein, aber nicht zu nah. Die Gefahr lässt sich am besten mit einem alten Klischee beschreiben: Wie die Motte zur Flamme, so zieht es einen zu seinem künftigen Opfer hin. Verbrenne dich nicht. Andererseits ist die Interaktion ein unverzichtbares Element des Todestanzes. Der Wunsch zu hören, zu berühren, zu riechen ist übermächtig. Schmerzensschreie sind wie Musik. Das Gefühl der Nähe, wenn der Mord vollzogen wird, ist berauschend. Man denke nur an alle Zutaten zu einer Gourmetmahlzeit, und wie die ganze Mischung, wie jedes Gewürz, jede Geschmacksnuance und jedes Lebensmittel, das Verwendung findet, sich zu einem Erlebnis vereinen. Ein Fünf-Sterne-Essen hinzuzaubern unterscheidet sich in nichts von der einfallsreichen Gestaltung eines perfekten Mords.

Im Märchen verfolgt der Wolf Rotkäppchen nicht nur durch den Wald. Diese Interpretation wäre viel zu simpel. Er ist dort zu Hause. Er verfügt über doppelt, vielleicht dreimal so viele Ressourcen wie das Mädchen. Er hat schärfere Augen, einen unendlich überlegenen Geruchssinn. Er kann schneller laufen als sie. Er ist ihr im Denken voraus. Er ist in seinem Element, mit jedem Baum, mit jedem moosbewachsenen Stein vertraut. Sie dagegen ist nur ein verängstigter Eindringling, allein und überfordert. Sie ist jung und naiv. Er ist älter, klüger und weitaus raffinierter. In Wahrheit könnte der Wolf sie, während sie hilflos durch das Dornengestrüpp und dunkle Dickicht stolpert, jederzeit töten. Doch das wäre viel zu einfach. Es würde das Töten zu einer Alltäglichkeit machen. Banal. Er muss sich heranschleichen. Er muss vor dem Mord die unmittelbare Kommunikation suchen. Das sind die Momente, in denen die Erfahrung des Tötens so lebendig wird. Ohren. Augen. Nase. Zähne. Er will das Zittern der Ungewissheit in ihrer Stimme hören und das Herzrasen spüren. Er will sehen, wie sich ihr Gesicht in Panik verzerrt, als sie langsam begreift, was passieren wird. Er will ihre Angst riechen. Und zuletzt will er all die Intimität in den Klauen halten … bevor er schmeckt, wovon er geträumt hat, und die Zähne fletscht.

Er hatte schnell getippt, doch als er das Wort *Zähne* schrieb, rutschte er abrupt auf seinem Bürostuhl zurück und beugte sich ein wenig vor. Er rieb die Handflächen fest an seiner alten Cordhose, spürte die abgewetzten Rippen des weichen Stoffs unter der Haut und erzeugte auf dieselbe Weise Wärme, wie man eine Flamme entzündet, indem man Stöckchen aneinanderreibt. Er wünschte, er könnte in diesem Moment unmittelbar neben jeder Roten stehen und die Wirkung seines zweiten Briefs mit eigenen Augen verfolgen. Der Wunsch war so stark, dass es ihn nicht mehr auf seinem Stuhl hielt. Wie ein Boxer, der seinen Gegner verletzt hat, im selben Moment dessen nachlassende Widerstandskraft wittert und daraufhin unablässig nachsetzt, ohne das Getöse aus den Zuschauerreihen und das Läuten der Rundenglocke zu hören, schlug er eine Reihe schneller, kurzer Hiebe in die Luft.

Keine der drei Roten wandte sich sofort dem YouTube-Link zu, der mit der Post gekommen war. Jede starrte auf den Umschlag und riss ihn erst auf, als die Unentschlossenheit wie ein Schrei, der ihnen im Halse stecken blieb, nicht mehr auszuhalten war. Jede von ihnen starrte auf den Brief und die Zahlenhieroglyphen in der Mitte des jeweiligen Blatts. Aus einer Minute wurden zwei, aus zwei wurden zehn.

Jede Rote hatte das Gefühl, endgültig die Kontrolle zu verlieren.

Karen Jayson ließ das Blatt in den Schoß sinken. Sie war zurück in den Wagen gestiegen, hatte die Türen verriegelt und eine ganze Weile starr dagesessen, bis sie den Mut fand, den Umschlag zu öffnen und das Blatt aufzufalten, das eine einzige Zeile enthielt. Dann hatte sie das Lenkrad so fest umkrallt, dass sich die Finger verkrampften. Vor Angst verlor sie jedes Zeitgefühl, fast so, als sei sie ohnmächtig geworden oder in eine Art Wachkoma gefallen. Sie starrte durch die Windschutzscheibe die Einfahrt hinauf, konnte jedoch die Bäume, den gewundenen Kiesweg und die Silhouette ihres Hauses dahinter nicht mehr sehen. Sie taumelte an einem anderen Ort am Abgrund der Panik. Als sie sich schließlich in einem qualvollen Willensakt in die Welt zurückhangelte, wurde ihr bewusst, dass der Wolf ihr mit dem, was sie sich ansehen sollte, in Kürze einen weiteren Schlag versetzen würde.

Sie konnte weder ihre Gefühle noch ihre Gedanken ordnen. Für eine Frau, die sich etwas darauf zugutehielt, einer Situation mit profundem Wissen und mit Fakten zu begegnen, konnte kaum etwas beängstigender sein. Sie glaubte, sie würde das Lenkrad mit den Händen zerbrechen, doch dann legte sie mit Wucht den Gang ein, stampfte aufs Gaspedal und ließ den Kies in alle Richtungen spritzen, als sie mit durchdrehenden Reifen losfuhr, als könnte sie so ihren Gefühlen entfliehen.

Sarah Locksley versteckte sich im Badezimmer.

Sie schloss die Tür hinter sich ab, schleppte sich zum Waschbecken, wo sie kaltes Wasser einlaufen ließ und sich ins Gesicht spritzte, das sich mit ihren Tränen vermischte.

Der Atem drang keuchend aus der Brust. Ihre Hände am kalten Porzellan fühlten sich klamm an. Sie merkte, wie ihr Griff nachließ und ihr schwindelig wurde. Das muss von dem Fusel und den Pillen kommen, versuchte sie sich einzureden, obwohl sie wusste, dass die Angst daran schuld war. Ganz allmählich verlor sie das Gleichgewicht, als sickerte das, was sie aufrecht hielt, wie Blut aus einer Wunde.

Sie blickte auf das Blatt Papier. Am liebsten hätte sie es zusammengeknüllt, in die Toilette geworfen und wie ein Stück Klopapier hinuntergespült. Doch so verlockend der Gedanke war, wusste sie, dass sie ihn nicht in die Tat umsetzen würde.

Jedenfalls nicht, bevor sie gesehen hatte, was der Wolf ihr zeigen wollte.

Dabei wollte sie es nicht sehen. Sie wollte nicht wissen, worum es ging, doch ihr war klar, dass ihr nichts anderes übrig blieb.

Sie hielt den Brief in der Hand, und als sie plötzlich eine Woge der Übelkeit erfasste, wirbelte sie zur Toilettenschüssel herum, in die sie sich heftig übergab.

Jordan Ellis rollte sich, den Brief in der Hand, auf ihrem Bett ein, als fühlte sie sich mit einem Schlag sehr krank. So verharrte sie fast eine Viertelstunde lang. Sie sah sich die Botschaft kein zweites Mal an. Stattdessen starrte sie durch ihr kleines Zimmer zum Schreibtisch, auf dem der geöffnete Laptop stand.

Es kostete sie eine gewaltige Überwindung, die Beine von der Matratze zu schwingen und sich aufzusetzen. Aufzustehen und einen zögerlichen Schritt Richtung Computer zu machen war ein weiterer Kraftakt. Und als sie schließlich auf den Bürostuhl sackte, musste sie sich noch mehr zusammenreißen, um die Hände zur Tastatur zu heben und die ersten Buchstaben der Webadresse einzutippen, die BW ihr geschickt hatte.

Jeder Buchstabe, jede Zahl und jedes Zeichen drangen ihr wie ein Nadelstich ins Fleisch. Als sie den Link vollständig eingegeben hatte, schrak sie davor zurück, die Eingabetaste zu drücken, die sie in jene Welt katapultieren würde, in der BW sie haben wollte.

Jordan hielt inne. Sie versuchte sich vorzustellen, was mit ihr passieren würde, wenn sie diese letzte Taste tippte, und welche Bedeutung es für ihren Widersacher hatte. Sie fragte sich, ob es ihrer Sache diente oder eher schadete. Ein dumpfes Gefühl sagte ihr, dass sie sich in eine gefährliche Arena begab, in der ein tödliches Spiel ausgetragen wurde, zu dem sie weder die Regeln kannte noch die nötige Ausrüstung besaß; sie war von Anfang an aufgeschmissen und hatte nicht die geringste Chance zu gewinnen.

Ich bin keine schlechte Spielerin, dachte sie und versuchte, so gut es ging, sich Mut zu machen. Ich schlage mich fast immer recht gut, besser, als er glaubt.

Dennoch zögerte sie. Sie biss sich auf die Lippe, bis es

wehtat, dachte schließlich, scheiß drauf!, und haute mit einer wilden Entschlossenheit auf die Taste, dass sie über sich selbst erschrak.

Auf dem Bildschirm erschien das vertraute Logo und die Eingangsseite von YouTube. Auf dem Standfoto des Videos, das sie vor sich hatte, konnte sie nur die Nahaufnahme eines entblätterten, kahlen Baums vor einem bedeckten Himmel erkennen.

Sie hatte keinen Schimmer, worum es ging, und in ihrem Kopf machten sich verworrene Gedanken breit. Was zum Teufel …

Sie bewegte den Cursor zu dem Pfeil »Video abspielen« und klickte.

In dem Fenster auf dem Bildschirm erwachten Bilder zum Leben.

Sie beugte sich vor und sah genau hin.

Zuerst war das Bild verwackelt, als ob es einem Amateur nicht gelungen wäre, die Kamera ruhig zu halten. Dann machte sie einen rasanten Schwenk, und Jordan begriff, dass es ein Wald war. Sie sah Blätter am Boden, dunkle Stämme, die sich zu einem undurchdringlichen Dickicht vereinten, Gebüsch und umgefallene Stümpfe. Doch die Kamera schien sich jetzt schwerelos zwischen den Hindernissen hindurchzubewegen. Hier und da drangen schwache Sonnenstrahlen in die dämmrige Umgebung. Jordan schätzte, dass die Aufnahmen gegen Ende eines bewölkten Tages gemacht worden waren.

Fasziniert starrte sie auf den Film. Offenbar hatte die Person hinter der Kamera keine Mühe, dem eingeschlagenen Weg zu folgen.

Doch Jordan erkannte nichts. Die Aufnahmen mochten in jedem beliebigen Wald entstanden sein.

Plötzlich blieb die Kamera stehen. Ein greller Lichtblitz legte sich über das Bild, und Jordan zuckte zurück, als hätte man ihr eine Ohrfeige versetzt.

Es folgte ein Moment mit körnigen, verwackelten Bildern, bis Jordan erkannte, dass in der Ferne jemand durch den späten Nachmittag lief.

Sie sah das rote Haar.

Sie sah die Fußwege ihrer Schule.

Sie sah sich selbst. Allein.

Sie glaubte, laut losschreien zu müssen. Ihr Mund öffnete sich weit, doch sie brachte keinen Laut hervor.

Die Kamera verweilte auf ihrer Gestalt, bis sie im Wohnheim verschwand. Sie beobachtete, wie die Eingangstür hinter ihr zufiel.

Dann war das Videofenster schwarz.

11

Karen bemühte sich am Telefon um einen unbekümmerten, natürlichen Ton. Sie hatte die Nummer der Apple-Filiale in einer Einkaufspassage in etwa vierzig Meilen Entfernung gewählt und war mit einem jungen Mann an der »Genius Bar« verbunden worden, der sich ihr als Kyle vorstellte.

»Ich habe eine Computerfrage«, sagte Karen, die versuchte, ihr Anliegen so knapp wie möglich zu formulieren.

»Klar. Schießen Sie los«, antwortete Kyle, ohne darauf hinzuweisen, dass das ziemlich offensichtlich war.

Im Hintergrund hörte sie die Antworten anderer Apple-Genies, die sich um Bytes und Downloads und Speicherkapazität drehten.

»Ist es möglich, etwas anonym bei YouTube einzustellen? Wir haben uns zum Geburtstag meines Mannes etwas Besonderes einfallen lassen, die Kinder und ich wollten ihn gerne mit einem Video, das wir gedreht haben, überraschen. Er ist bei der Army, in Übersee, wissen Sie, und es gehört zur Überraschung, es so zu machen, dass er es nicht zurückverfolgen kann, weil wir nicht die zweite Überraschung verraten wollen, die bei seiner Rückkehr auf ihn wartet …«

Sie hielt in ihrer Geschichte inne. Das Lügenmärchen strotzte nicht gerade vor Logik, doch sie hoffte, dass es genügte, um aus dem Genie Kyle herauszulocken, was sie wissen musste.

»Ah, sicher. Anonym posten? Kein Problem. Ist keine große Sache«, sagte er.

»Ich meine, wirklich so, dass es kein Mensch zurückverfolgen kann.«

»Genau«, bekräftigte er.

»Und wie würde ich es anstellen, wenn ich selbst so etwas zurückverfolgen wollte?«

»Leicht einzustellen, schwer zu verfolgen«, sagte Kyle schlicht.

»Können Sie mir das ein bisschen erklären?«, fragte Karen. Sie hoffte, dass ihr Ton die Spannung nicht verriet, unter der sie stand.

»Also, das sind eigentlich zwei verschiedene Fragen«, antwortete er. »Zunächst geht es darum, etwas anonym zu posten. Das ist nicht allzu schwer. Dazu müssen Sie Ihren Laptop nur zu irgendeinem öffentlichen Server mitnehmen, zum Beispiel einem Coffeeshop oder einer Bibliothek. Dann richten Sie mithilfe einer Website wie zum Beispiel TOR ein Proxy-Account ein, wo Sie ein Programm bekommen, das Anonymität garantiert. Wenn Sie jetzt etwas auf YouTube einstellen, kann man Sie über den Server nicht identifizieren, und auch die Website verbirgt sämtliche wichtigen Computerdaten, sodass es selbst für den Fall, dass einer bis dahin vordringt, nicht mehr weitergeht.«

»Klingt nach einer Menge Arbeit.«

»Nein, eigentlich nicht. Eine kurze Fahrt zu einem Internetcafé, ein Becher überteuerter Kaffee und ein paar diskrete Klicks. Für absolute Geheimhaltung eigentlich ein geringer Aufwand.«

Kyle schien von der Frage ein wenig gelangweilt.

»Aber die Cops …«

»Ach was«, unterbrach er sie und war plötzlich deutlich mehr bei der Sache, »keine Chance, ganz bestimmt nicht. Die rennen gegen dieselbe elektronische Wand. Und vorausgesetzt, in der Bibliothek oder dem Coffeeshop gibt es keine Überwachungskameras … Sie verstehen, was ich meine? Ihr Post ist raus, Sie melden sich bei TOR ab oder wo auch immer, und schon sind Sie verschwunden.«

Der Böse Wolf kannte sich zweifellos mit Überwachungskameras aus. Gar nicht anders denkbar. Dasselbe galt für Computer. Er wusste mit Sicherheit von Websites, mit deren Hilfe man anonym bleiben konnte. Plötzlich drängte sich ihr der Gedanke auf, dass er sich in *allem* auskannte, so absurd die Vorstellung war.

»Und wie ist es mit dem Zurückverfolgen …«

»Sie meinen, falls jemand anonym mit Ihnen macht, was Sie mit Ihrem Mann vorhaben, und Sie ihn aufspüren wollen?« Es lag ein leicht spöttischer Ton in Kyles Frage, als habe er begriffen, dass sie nicht wirklich von einem Ehemann sprach, er aber bereit war mitzuspielen.

Genau das wollte sie wissen. Sie hatte das Gefühl, als bliebe ihr die Luft weg, wie in einer zu engen Umarmung. Sie merkte, wie ihr der Schweiß in die Achseln trat, und mahnte sich, den lockeren Ton beizubehalten, auch wenn das fast unmöglich schien.

Der Stimme nach war Kyle jung, wahrscheinlich Anfang zwanzig, ihr an Computererfahrung allerdings um Jahre voraus. »Genau«, sagte sie.

»Also, ich glaube, YouTube ist gesetzlich verpflichtet, bestimmte Informationen bereitzuhalten, für den Fall, dass die Cops sich bei ihnen melden oder ein Anwalt mit einer Verfügung. Die nehmen Internet-Schikanen und Einschüchterungen wirklich ernst, weil einfach so viel passiert. Die kriegen 'ne Menge schlechte Publicity, wenn irgend so ein Miststück an der Highschool etwas einstellt, um den oder die Ex zu demütigen. Ist bei Facebook nicht anders. Aber wenn die versuchen, so einer Sache auf den Grund zu gehen, sehen sie sich denselben Problemen gegenüber. Wie das bei der Army ist oder bei der CIA, kann ich nicht sagen. Sie wissen schon, Spione. Die haben ein paar richtig coole, topgeheime Tools, um den Bösen auf die Spur zu kommen, so wie im Irak. Aber auf jeden Experten beim Verfassungsschutz kommen ein Dutzend oder eine Million Computerprofis, die sich alle Mühe geben, das System auszuhebeln. Und die Jungs, die nicht vom Staat bezahlt werden, sind meistens um einiges gewiefter.«

Karen wusste nicht, was sie als Nächstes fragen sollte, doch Kyle war ohnehin in Fahrt geraten.

»Es ist so wie im Kino oder Fernsehen«, sagte er. »Es gibt immer diese Szene, in der die Guten oder die Bösen sich irgendwo einhacken und mit einer superwichtigen Information über irgendeinen Typen oder eine Verschwörung aufwarten, irgendetwas Cooles, das da draußen im Cyberspace herumschwirrt, und es erscheint einem völlig logisch, sodass man es ihnen abnimmt?«

»Ja?«, fragte Karen. Nichts von dem, was Kyle ihr erzählte, trug zu ihrer Beruhigung bei. Vielmehr verstärkte es ihr mulmiges Gefühl.

»Na ja, das liegt daran, dass es meistens tatsächlich logisch ist.«

»Danke, Kyle«, sagte Karen. »Kann sein, dass ich Sie noch einmal anrufen muss.«

»Jederzeit zu Diensten, Doktor«, sagte er und legte auf.

Sie brauchte einen Moment, bis ihr klar wurde, dass sie

sich ihm nicht vorgestellt hatte. Und ihren Titel hatte sie Kyle auch nicht genannt. Anruferkennung, dachte sie. Einen Moment lang starrte sie auf den schwarzen Hörer in ihrer Hand. Was verriet ihr Telefon ihm noch? Privatnummer, Netzanschluss, Handy, Geschäftsanschluss. Wo blieb ihre Privatsphäre? Es machte ihr Angst.

Schließlich wandte sie sich wieder dem Computerbildschirm zu. Der machte ihr noch mehr Angst.

Sarahs Tränen waren getrocknet.

Irgendwann waren einfach keine mehr da. Sie fühlte sich, als liefe sie blindlings in ein dunkles Zimmer, obwohl sie wusste, dass sich irgendwo im Boden eine Falltür befand, durch die sie in die Unendlichkeit stürzen würde. Egal wie vorsichtig sie sich vorantastete und wie behutsam sie auftrat, klaffte irgendwo vor ihr dieses Loch, und sie würde unweigerlich hineintappen.

Einen Moment lang starrte sie auf ihren Computerbildschirm und sah sich den YouTube-Clip des Bösen Wolfs zum dritten oder vierten Mal an. Vielleicht auch zum fünften Mal. Sie hatte den Überblick verloren.

Mit plötzlicher Entschlossenheit streckte sie die Hand aus und packte den Revolver ihres Mannes, der neben ihr auf dem Tisch lag. Bevor sie richtig begriffen hatte, was sie tat, entsicherte sie die Waffe, stand auf und stürmte durchs Haus in die Eingangsdiele. Ohne zu zögern, riss sie die Haustür auf und trat auf die Veranda, wo sie den Revolver nach links und nach rechts schwenkte, den Finger fest am Abzug, bereit, augenblicklich abzudrücken.

Komm schon! Verdammt! Komm schon, ich warte!

Sie glaubte zu brüllen, doch dann wurde ihr klar, dass ihr die Worte nur durch den Kopf hallten und dass sie die

Zähne so fest zusammenbiss, bis ihr die Kinnlade wehtat. Sie wirbelte ein zweites Mal nach rechts und nach links, ein wenig wie ein Kreisel auf einer Tischplatte.

Schließlich senkte Sarah den Revolver und sicherte ihn wieder. Sie atmete langsam aus und schmeckte die frische Luft. Sie fragte sich, ob sie für Sekunden oder sogar eine Minute den Atem angehalten hatte – womöglich hatte sie den ganzen Tag die Luft angehalten, auch wenn das unmöglich war. Die Waffe fühlte sich plötzlich schwer an, als sie gegen ihre Hüfte schlug.

Eigentlich war die Situation zum Lachen.

Weit und breit niemand zu sehen. Niemand, der von links oder von rechts auf ihr Haus zukam. Keine Autos, die langsam vorbeifuhren. Überhaupt keine Menschenseele, so weit das Auge reichte.

Die konnten alle von Glück sagen, dachte sie. All die Nachbarn, die sich nicht mehr bei ihr blicken ließen. All die Fremden, die theoretisch in diesem Augenblick an ihrem Haus hätten vorbeischlendern können.

Sie alle hatten Glück, dass sie noch am Leben waren. Es hätte keinen Unterschied gemacht, ob einer von ihnen der Böse Wolf war oder nicht.

Sie seufzte und kehrte ins Haus zurück. Sarah kam der Gedanke, dass sie in ihrem Viertel vollkommen vergessen worden war. Niemand wollte sich den Virus der Verzweiflung einfangen, an dem sie litt. Niemand nahm ihre Existenz zur Kenntnis. Nicht mehr.

Ich kann nackt an meinem Fenster stehen. Ich könnte nackt, die Waffe in der Hand, die Straße entlangmarschieren. Ich könnte nackt mitten auf dem Zebrastreifen tanzen und um mich ballern, und niemand würde mir Beachtung schenken. Ich bin unsichtbar geworden.

Der Gedanke, die Probe aufs Exempel zu machen, hatte einen gewissen Reiz, doch stattdessen schloss sie, kaum dass sie im Haus war, die Tür hinter sich ab, hängte ihre dürftige, selbst gemachte Alarmanlage aus Dosen und Flaschen davor und begab sich erneut an den Computer.

Ein zweiter Gedanke huschte ihr durch den Kopf: Ich bin für jeden unsichtbar – außer für einen.

Sie hörte ihren eigenen keuchenden, gequälten Atem.

Sarah beugte sich vor und drückte mit dem Lauf ihrer Waffe den »Play«-Pfeil. Ein weiteres Mal sah sie sich den kurzen Film an.

Doch sie hob den Revolver und zielte auf die Bilder vor ihren Augen.

Das YouTube-Video von Rote Eins begann genauso wie das von Rote Drei – mit einem schnellen Kameraschwenk durch eine Gruppe von Bäumen; die Filmsequenz erinnerte an ein Tier, das sich zügig durch vertrautes Gelände bewegte. Als Rote Eins dies zum ersten Mal sah, glaubte sie, dass es sich um das Wäldchen hinter ihrem Garten handelte. Das musste er sein, dachte sie. Ein erschreckender Gedanke. Dann ging das Video in eine Totalaufnahme von ihr selbst auf dem Hospizparkplatz über, wie sie nach einem Todesfall eine Zigarette rauchte und naiverweise glaubte, sie frönte ihrem gefährlichen Laster unbeobachtet und allein.

Das YouTube-Video von Rote Zwei entsprach mit der schnellen Filmsequenz im Wald denen der anderen beiden. Ihres hingegen ging in eine Aufnahme durch ein Autofenster über, die auf dem Parkplatz eines großen Spirituosenladens entstanden war. Es war die örtliche Filiale einer großen Kette, die Rote Zwei nur zu gut kannte. Die Kamera blieb eine halbe Ewigkeit auf dieselbe Stelle gerichtet, bis Rote Zwei voll beladen mit Schnapsflaschen aus der breiten Glastür trat. Sie folgte ihr bis zu dem Moment, als sie in den Wagen stieg und auf einer vertrauten Straße schlingernd davonfuhr.

Genau wie das Video von Rote Drei waren auch die beiden anderen Kurzfilme irgendwann im Laufe der letzten Monate entstanden. Das Wetter auf den Aufnahmen entsprach nicht dem trüben Frühwinter, in dem die drei Roten jetzt in der Falle saßen. Auf den Videos trugen die Bäume noch dichtes Laub. Auch die Kleidung kündete von einer anderen Jahreszeit.

Am Ende verweilte jeder Kurzfilm in einem letzten Bild. Rote Eins erstarrte im Zigarettenrauch über ihrem Kopf. Rote Drei verschwand im Wohnheim, als würde sie von den abendlichen Schatten verschluckt. Rote Zwei jedoch bekam als Zugabe noch eine kleine Grausamkeit serviert. Nachdem ihr Wagen den Parkplatz der Spirituosenhandlung verlassen hatte, ging das Bild in ein anderes über, bei dessen Anblick Rote Zwei einen unartikulierten Klagelaut ausstieß: ein Friedhof, ein Grabstein. Zwei Namen, gefolgt vom selben Datum. Geliebter Ehemann. Geliebtes Kind. Tot.

12

Es kostete Jordan große Kraft, sich den ganzen Nachmittag über auf das Basketballtraining zu konzentrieren. Bei jedem Rebound, bei jedem Block, bei jedem Wurf hatte sie das Gefühl, dass es ihr missriet. Als sie einen leichten Korbleger vermasselte, ertönte das übliche Geheule ihrer Mannschaftskameraden und die kurze Mahnung des Kotrainers: »Lass dir Zeit, Jordan, und dann rein!« Und obwohl die Tribüne vollkommen leer war, bildete sie sich ein, dass sie noch jemand beobachtete und dass selbst der kleine Ausrutscher eines verfehlten Wurfs bei einem reinen Übungsspiel weiter reichende Konsequenzen hatte.

Instinktiv beschloss sie, sich äußerlich keine Blöße zu geben. Nicht die kleinste Nachlässigkeit. Jede Schwäche konnte dem Bösen Wolf dabei helfen, sie zu erwischen. Irgendwie schien es ihr, als müsse sie – auch wenn sie wusste, dass sie weit davon entfernt war – in jeder Hinsicht perfekt rüberkommen, um sich den Bösen Wolf vom Hals zu halten. So absurd das klingen mochte, lastete ihr die Verantwortung wie ein Bleigewicht auf den Schultern. Sie fragte sich, ob der Böse Wolf sie daran hinderte, sich einen Ball zu schnappen. Vielleicht konnte er selbst dann, wenn er nicht in der Nähe war, ihre Sprungkraft lähmen, indem er ihr einfach nur diese Befürchtung einimpfte.

Dicht dran, aber nicht zu dicht. Nahe, aber nicht zu nah. Jordan ballte die Hände zu Fäusten.

Ihr kam eine Idee. Sie sprintete über das Spielfeld – das mörderische Pflichtpensum am Ende des Trainings –, als ihr klar wurde, was sie machen musste. Grundlinie bis zur Freiwurflinie und zurück, Grundlinie bis zur Mittellinie und zurück, Grundlinie bis zur gegnerischen Freiwurflinie und zurück, von Grundlinie zu Grundlinie und Endspurt – alle hassten die Konditionsläufe, auch wenn sie wussten, wie wichtig sie waren.

Wie meistens hatte Jordan sie als Erste absolviert, und sie war stolz darauf, die Disziplin für diese zusätzliche Anstrengung aufgebracht zu haben. Eigentlich hätte die Anstrengung jeden anderen Gedanken vertreiben und außer den schmerzenden Gliedern und dem keuchenden Atem alles andere vergessen lassen müssen, doch als sie sich bückte, um die gegnerische Freiwurflinie zu berühren, erkannte sie, dass sie einen Weg finden musste, mit den anderen beiden Roten Verbindung aufzunehmen, selbst auf die Gefahr hin, dass dies genau den Wünschen des Wolfs entsprach, und sie hatte auch schon eine Vorstellung davon, wie sie es anstellen konnte.

Sie wusste nicht, ob an der Klischeevorstellung *Gemeinsam sind wir stark* etwas dran war. Sie hegte ihre Zweifel.

Jordan wartete bis zum späten Abend, bevor sie das YouTube-Video startete, auf dem sie zu ihrem Wohnheim lief. Die meisten ihrer Hausaufgaben hatte sie ignoriert; stattdessen hatte sie stundenlang auf den Bildschirmhintergrund gestarrt, eine Aufnahme von der Erde aus dem All, bis es schließlich kurz vor Mitternacht war. Sie sagte sich, dass selbst der Böse Wolf irgendwann schlafen musste, und was konnte ihn schon wach halten? Sie und die anderen beiden

Roten hatten Anlass zu schlaflosen Nächten. Der Wolf dagegen schlief vermutlich tief und fest.

In einer Ecke des Bildschirms befand sich der Aufrufzähler. Er war bei 5 stehen geblieben – so oft hatte sie selbst sich das Video angesehen. Sie starrte auf diese Zahl. »Fünf, fünf, fünf«, murmelte sie.

Sie holte tief Luft. Mit dem Gefühl, unbekanntes Terrain zu betreten, beugte sich Jordan über die Tastatur und fing an, rasant zu tippen. Zuerst unternahm sie eine kurze Suche: Ähnliche Videos, als Suchwort gab sie das Wort *Rote* ein. Auf ihrem Bildschirm erschien ein Menü, jeweils mit einem Standbild und einer YouTube-Adresse. Es gab eine Punkband mit Nietenlederjacken und Tattoos, außerdem so etwas wie einen Familienurlaub, einen aufgeblasen wirkenden Avantgardekünstler vor einem leuchtend roten Gemälde von irgendetwas Undefinierbarem. Doch in der Liste befanden sich auch zwei Videos, auf deren Standbild – genau wie bei ihrem – nichts weiter zu sehen war als Wald.

Sie öffnete beide und sah sie sich an. Das erste begann im Wald und ging dann zu einer Frau in der Ferne über, die einen weißen Arztkittel trug und in der Ecke eines Parkplatzes rauchte. Die Frau schien etwa im Alter ihrer Mutter zu sein. Jordan wartete, bis das Video zu Ende war. Es war kurz, so kurz wie ihres. Dann klickte sie das zweite an und sah, wie dieselbe schnelle Sequenz durch den Wald zu einer jüngeren Frau wechselte, die aus einem Spirituosenladen kam. Diese Frau schien irgendwie geistesabwesend zu sein. Sie beobachtete, wie die Frau in ihr Auto stieg. Jordans Finger schwebten über der Tastatur, um das Video anzuhalten, als auf dem YouTube-Bildschirm eine neue Sequenz erschien. Das Bild war ein wenig verwackelt, doch sie sah zwei Namen auf einem Grabstein.

Sie griff zu Stift und Papier und schrieb alles auf, was sie erkennen konnte, bevor das Bild verschwand. Dann spielte sie das Video ein zweites und drittes Mal ab, um sicherzugehen, dass sie alle Informationen von dem Grab notiert hatte. Zwei Namen. Ein Datum. Das sagte eine Menge.

Dann sah sie sich noch einmal die Frau in dem weißen Kittel an, um ein Straßenschild oder ein Geschäft auszumachen, irgendetwas, das ihr als Anhaltspunkt dienen konnte. Doch eine weiß bekittelte Frau, die auf einem Parkplatz raucht, konnte jede x-beliebige Person an einem x-beliebigen Ort sein. Sie brauchte die Webadressen nicht zu lesen, um zu wissen, dass sie Rote Eins und Rote Zwei vor sich hatte. Das sagte ihr schon das rote Haar.

Ihr erster Impuls war, dem Bildschirm zuzuflüstern: »Ich bin hier! Ich bin ja hier!«

Ihre Gedanken rasten.

Zum ersten Mal war ihr wirklich klar: Ich bin nicht allein.

Bis jetzt war es nur ein abstrakter Gedanke gewesen. Zwei weitere Frauen?

Wo? Und wer?

Aber jetzt konnte sie die anderen beiden sehen und diese, falls sie es versuchten, sie.

Sie gab sich Mühe, des Ansturms ihrer Gedanken Herr zu werden. Einen Moment hielt sie sich vor Augen, dass, egal wie sehr ihr ganzes Leben durchgewirbelt wurde und wie es ihr entglitt – das Einzige, was im Moment zählte, war das hier; und falls sie sonst nichts ändern konnte, wusste sie zumindest ganz sicher, dass sie in dieser einen Sache diszipliniert und klug vorgehen musste. Es gibt nur eine Schule, eine Familie, eine Welt, sagte sie sich. Der Böse Wolf und du und du und ich. Er wird wissen, was wir gerade tun. Er beobachtet uns, so viel ist sicher.

Sie minimierte das YouTube-Fenster und öffnete Gmail. Sie brauchte ein paar Minuten, um ein neues Konto mit einer neuen E-Mail-Adresse einzurichten: *Rote3@gmail.com.*

Dann kehrte sie zu YouTube zurück und postete diese Adresse und eine Nachricht unter jedem Video: Ich bin Rote Drei. Wir müssen reden.

Sie hoffte, dass Rote Eins und Rote Zwei sahen, was sie getan hatte, und ihrem Beispiel folgten. Sie versuchte, den zwei Frauen mentale Botschaften zuzusenden: Der Böse Wolf wird das hier sehen. Gebt euch keinen Moment der Illusion hin, dass er sich nicht selbst immer wieder diese Videos ansicht, sie jede Minute überwacht und mit dem, was wir tun, gerechnet hat.

Sie versuchte, sich Mut zu machen, fragte sich aber, ob sie gerade eine Tür aufstieß, hinter die sie lieber nicht blicken sollte. Schatten, dachte sie. Eine Welt aus Schatten.

Dann wartete sie auf eine Antwort. Es dauerte nicht lange. Der Zähler auf ihrem Video wechselte auf 6.

Sie hielt den Atem an, zählte die Sekunden, die jemand brauchen würde, um das für sie bestimmte Video zu sehen. Dann ertönte das helle Klingen, das den Eingang einer neuen E-Mail ankündigte.

Karen Jayson sah sich das Video an.

Sie schnappte nach Luft, als die verwackelte Sequenz aus dem Wald endete und die Kamera sich auf eine ferne Gestalt richtete. »Aber die ist doch noch ein Kind!«, flüsterte sie, als wäre allein schon das Alter von Rote Drei ein schreiendes Unrecht, auch wenn sie sich ins Gedächtnis rief, dass Rotkäppchen im Märchen noch jünger war.

Sie mahnte sich zur Vorsicht, da die Sache eine Falle sein

konnte, doch noch während sie sich diese Möglichkeit vor Augen hielt, flogen ihre Finger über die Tastatur und tippten eine Nachricht. Für die Antwort benutzte sie ihren Comedycomputer. Sie glaubte zwar nicht wirklich, dass ihr der Wechsel des Computers Sicherheit bot, doch sie bewahrte sich die Illusion, dass der Böse Wolf von ihrem Alter Ego nichts wusste.

Sie folgte dem Beispiel der anderen und richtete eine neue E-Mail-Adresse ein.

Rote1@gmail.com

Dann schrieb sie: Wer sind Sie? Und wer ist Rote Zwei?

13

Der Böse Wolf wählte seine Kleidung mit Bedacht. Blaues, am Kragen und an den Manschetten leicht abgewetztes Hemd. Zerknitterte gestreifte Krawatte. Leicht verblichene khakifarbene Hose, abgestoßene braune Schuhe. Er steckte ein funkelnagelneues, schmales Hightech-Aufnahmegerät sowie ein kleines Notizbuch in eine alte Leinen-Schultertasche, dazu eine Handvoll billige Stifte und ein Exemplar seines letzten Buchs. Auf dem Einband in Silber und Schwarz prangte ein Messer mit blutiger, gezackter Schneide, obwohl es auf keiner Seite des Romans eine Figur gab, die ein solches Messer benutzte. Er zögerte einen Moment und drehte sich zum Spiegel, um den Knoten der Krawatte bis an den Hals zu schieben, während er sich erinnerte, wie er seinem damaligen Verleger Vorhaltungen gemacht und auf diese Diskrepanz hingewiesen hatte. »Der verdammte Grafiker hat kein einziges Wort von dem gelesen, was ich geschrieben habe! Der könnte doch die simpelsten Fragen über das Buch nicht beantworten!« Überschäumende Empörung und Beleidigung, die er in wutschnaubendem, kompromisslosem Ton zum Ausdruck brachte und die man schlichtweg ignorierte. Ein paar unaufrichtige Erklärungen, die eine äußerst dürftige Entschuldigung hergaben. Offenbar waren sie nicht bereit, die Kosten für einen neuen Entwurf aufzubringen. Bei der Erinnerung kam ihm noch jetzt die Galle hoch, und er lief rot an, als läge der Affront nicht fünfzehn Jahre zurück, sondern ein paar Stunden. Bei seinem neuen Buch, dachte er, würden sie nicht so knausern.

Der Böse Wolf schnappte nach Luft und wartete, bis sein Puls sich normalisierte.

Er überprüfte seine Erscheinung im Standspiegel seiner Frau, indem er sich wie ein Teenager vor dem Abschlussball ein paar Mal hin und her wendete. Schließlich rundete er das Ganze mit einer Hornbrille ab, die er sich auf die Nasenspitze setzte, sowie einem alten, beigefarbenen Trenchcoat, der ihm unförmig am Körper hing und bei jedem Schritt flatterte. Durch das Schlafzimmerfenster konnte er sehen, dass es ein feuchter, unwirtlicher Tag war, und er überlegte, ob er einen Schirm mitnehmen sollte, kam aber zu dem Schluss, dass es dem von ihm beabsichtigten Erscheinungsbild noch besser entsprechen würde, wenn sein schütteres Haar von ein paar Regentropfen und einer Brise ein wenig zerzaust wäre.

Ein Mann, für den Präzision das oberste Gebot war und der dennoch auf einen Beobachter den Eindruck eines etwas chaotischen, harmlos-weltfremden Träumers machte.

Er merkte sich vor, in dem Buch, an dem er schrieb, einen Abschnitt auf das Thema zu verwenden, unter der Überschrift *Wie man vermeidet, aufzufallen.*

Wenn man etwas Besonderes war, wenn man wirklich einmalig war, so viel wusste er, dann musste man alles daransetzen, es zu verbergen.

Er konzentrierte sich auf sein Vorhaben, sah auf die Armbanduhr und beschloss, noch einmal kurz in sein Arbeitszimmer zurückzukehren, bevor er das Haus verließ.

Er drückte auf den Lichtschalter an der Tür, und die Deckenlampe tauchte sein Schreibzimmer, das sonst fast im Dunkel lag, in helles Licht. Bei der Arbeit genügten ihm normalerweise der Schimmer des Computermonitors und eine schwache Schreibtischlampe. Es gab nur ein einziges Fenster, das er zweifach verriegelte und hinter einer Jalousie verbarg. Er ließ den Blick über den Schreibtisch, über die Bücherregale, die Papierstapel schweifen, bis er an der Schautafel hängen blieb, an der er im Stil der Polizei die Fotos der drei Roten befestigt hatte. Er sah sich jede in Ruhe an, als könnte er mit ihnen kommunizieren, und schwelgte in seinen Fantasien.

Er versuchte, sich den Ton ihrer Stimmen vorzustellen. *Ob sie Angst haben?* Er stellte sich vor, wie er ihre Haut mit den Fingern berührte. *Gänsehaut.* Er ließ sich für jede Rote Zeit, als könnte er sich etwas einverleiben, das er ihnen gestohlen hatte.

Schließlich trat er zurück, gierig wie vor einem Schluck Wasser an einem heißen Tag. Seine Stimme war laut und klang, als lese er aus einem Kinderbuch vor. Er sah Rote Eins, Rote Zwei und Rote Drei an.

Schrill und schluchzend: »Ach, was hast du für große Augen, Großmutter …«

Feste, tiefe, grollende und gebieterische Stimme: »Ja, damit ich dich besser sehen kann, meine Liebe. Und dich, meine Liebe. Und dich auch, meine Liebe.« Bei jeder Wiederholung blickte er einer der drei Frauen auf den Bildern in die Augen.

Dann prustete er los, als hätte er ihnen den größten Brüller, den köstlichsten Schenkelklopfer erzählt, machte abrupt kehrt, überprüfte zwei Mal, ob sein Arbeitszimmer ordentlich abgeschlossen war, und verließ das Haus. Der Böse

Wolf hatte das Gefühl, als hörte er hinter sich Gelächter. Er lief zügig zu seinem Wagen, und das Lachen verebbte. Er wollte sich zu seiner Verabredung nicht verspäten.

Vor dem Polizeirevier herrschte Nieselregen. Stark genug, dass ihm die Kälte klamm unter die Haut kroch. Er schlug den Mantelkragen hoch und eilte über den Parkplatz.

Das Revier war ein moderner Bau, das genaue Gegenteil der stattlichen, viktorianischen Häuser, in denen seit Jahrzehnten die anderen städtischen Behörden untergebracht waren. Seine Stadt – etwas zu klein für eine »City«, doch größer als eine Dorfidylle – war wie viele Gemeinden in Neuengland ein Mischmasch aus Altem und Neuem. Es gab Alleen von ausgesuchter Schönheit, an denen sich Altbauten aneinanderreihten, neben Neubaugebieten, die nach dem Krieg in einem hastig lieblosen Einerlei aus Rechtecken und Quadraten hochgezogen worden waren.

Zwei große Eichen hielten vor dem Fußweg zum Eingang des Polizeireviers Wache. Sie hatten gerade ihr Laub verloren und sahen wie Zwillingsskelette aus. Dahinter befand sich eine Betontreppe, die zu einer breiten Glastür hinaufführte. Dahinter hatte er seinen Termin.

Hinter einer kugelsicheren Trennwand aus Glas, die der Böse Wolf ein wenig übertrieben fand, saß ein grauhaariger uniformierter Polizist. Es war höchst unwahrscheinlich, dass ein waffenstrotzender Schurke hier einzudringen versuchte. Das Revier war für eine Stadt dieser Größe typisch. Es verfügte über eine dreiköpfige Kripoabteilung und einen Streifendienst. Es beschäftigte Spezialisten für häusliche Übergriffe und Vergewaltigung sowie ein Verkehrsdezernat, das dank den Bußgeldbescheiden für Geschwindigkeitsübertretungen alljährlich viel Geld in den Stadtsäckel spülte. Es konnte sich sogar eines kleinen Betrugsdezernats rühmen, das im Wesentlichen damit beschäftigt war, die Anrufe älterer Bewohner entgegenzunehmen, die wissen wollten, ob die E-Mail, die sie mit der Bitte um einen Geldbetrag von einem nigerianischen Prinzen bekommen hatten, seriös sei. Wie jedes moderne, gut strukturierte Revier waren die einzelnen Abteilungen ausgeschildert, und hilfreiche Wegweiser an den Wänden führten ihn sicher durch das Labyrinth der Polizeiarbeit.

Der Böse Wolf brauchte nicht lange, um Detective Moyer zu finden, der hinter einem überladenen Schreibtisch saß und auf dessen Computermonitor gerade Suchmeldungen des FBI angezeigt waren. Moyer war ein großer, fülliger Mann mit einem fröhlichen Gesicht, das eher zu einem Kaufhausweihnachtsmann zu passen schien als zu einem Ermittler, der Schwerverbrechen aufklärte. Er schüttelte dem Wolf mit einer Verve die Hand, die zu seiner Statur passte.

»Freut mich, Sie kennenzulernen«, dröhnte der Detective. »Mann, das ist mal eine ungewöhnliche Bitte. Ich meine, normalerweise meldet sich jemand bei uns, weil er will, dass wir seinen Schwager beschatten, weil der angeblich mit Drogen dealt oder seine Frau betrügt oder so was in der Art. Aber Sie sind Schriftsteller, ja? Hat mir jedenfalls der PR-Mann gesagt.«

»Ja, richtig«, antwortete der Böse Wolf. Er kramte in seiner Schultertasche und zog das Taschenbuch mit dem blutigen Messer hervor. »Hier«, sagte er mit einem freundlichen Grinsen. »Der Beweis. Und ein Geschenk.«

Der Detective nahm es entgegen und starrte auf den Umschlag.

»Toll«, sagte er. »Ich lese kaum Krimis. Meistens Bücher über Sport, wissen Sie, zum Beispiel über die besten Basketballmannschaften oder berühmte Trainer oder Leute, die den Meilen-Rekord von vier Minuten brechen. Aber der Mann meiner Schwester, der ist geradezu süchtig nach so was. Dem werde ich Ihren Roman schenken ...«

»Ich kann es für ihn signieren«, erbot sich der Böse Wolf und holte einen Stift hervor.

»Das wird er richtig cool finden«, erwiderte der Detective. Der Böse Wolf setzte einen eleganten Schnörkel unter seinen Namenszug. Dann holte er das kleine digitale Aufnahmegerät heraus. »Sie haben doch nichts dagegen?«, fragte er.

»Nee«, antwortete Detective Moyer.

Der Böse Wolf dankte es ihm mit einem Lächeln. »Ich lege Wert auf saubere Recherchen«, sagte er. »Man will wirklich hinterher im Text keine Fehler haben. Die Leser merken das sofort. Die reiben Ihnen einen Fehler unter die Nase, bevor ...«

Er sprach den Satz nicht zu Ende. Detective Moyer nickte. »Also, das ist bei uns doch keinen Deut anders. Wir werden andauernd bekrittelt. Nur dass es bei uns real ist, nicht erfunden.«

»Das ist mein Luxus«, witzelte der Böse Wolf. Die Männer lächelten sich verschwörerisch an.

Der Böse Wolf zückte Notizbuch und Stift. Beides war nur Staffage, mit deren Hilfe er nach Belieben Augenkontakt vermeiden konnte. Das digitale Aufnahmegerät würde jedes Wort festhalten.

»Manchmal ist es wirklich hilfreich, sowohl Notizen als auch den genauen Wortlaut zu haben«, fügte er hinzu.

»Eine Art redundante Anlage«, kommentierte der Ermittler. »Wie beim Flugzeug.«

»Genau«, bekräftigte der Böse Wolf.

»Was möchten Sie denn gerne wissen?«, fragte der Detective.

»Ja, wissen Sie …« Der Böse Wolf fing langsam an, als suchte er nach Worten, bevor er seine Fragen stellte. »In meinem neuen Buch gibt es eine Figur, die eine Person aus der Ferne beschattet. Er möchte näher an sie heran, will aber natürlich nichts tun, was die Aufmerksamkeit der Polizei erregen könnte. Es soll sozusagen ein Duell sein, wenn Sie verstehen, was ich meine. Und er will seine Pläne umsetzen, bevor die Polizei dazwischenfunkt.«

Der Kripobeamte nickte. »Klingt spannend.«

»Genau darum geht es natürlich«, antwortete der Böse Wolf. »Dem Leser soll die Luft wegbleiben.« Mit einem Lächeln schaltete er das Aufnahmegerät ein und beugte sich über sein Notizbuch. Der Detective wippte auf seinem Bürostuhl, bevor er ihm in freundlichem Ton sehr detailliert beschrieb, wozu die Polizei in der Lage war – und wozu nicht.

In der Regel nahm sich Mrs Böser Wolf eine ganze Stunde Mittagspause, bevor sie an ihren Schreibtisch im Büro des Direktors zurückkehrte.

Bei gutem Wetter aß sie nur schnell einen Salat oder ein Sandwich in der Schulkantine und ging dann hinaus, um unter den Bäumen zu sitzen, wo sie allein sein und die vorbeikommenden Schüler beobachten konnte. Bei schlechtem Wetter wie an diesem Tag suchte sie sich mit ihrer Mahlzeit irgendwo innen ein stilles, ungestörtes Fleckchen; eine Nische in der Kunstgalerie, eine Bank im Bürotrakt des englischen Instituts.

Diesmal hockte sie sich in einen leeren Hörsaal. Jemand hatte an die Tafel geschrieben: »Worum geht es Márquez?« Leistungskurs Spanisch, so viel war klar, doch ob es um *Hundert Jahre Einsamkeit* ging, konnte sie nur raten. Mit ihrem Imbiss war sie schnell fertig, dann lehnte sie sich auf dem Stuhl zurück und schlug das letzte Buch ihres Mannes auf. Den Roman mit dem Sägemesser auf dem Cover. Sie hatte das Buch mindestens vier Mal gelesen und kannte inzwischen einige Passagen auswendig. Sie hatte ihm das nie verraten – es gehörte zu den kleinen Liebesbeweisen, die sie für sich behielt.

Ebenso wenig wusste er, dass sie, kurz nachdem sie von seiner Beschwerde über die Einbandgestaltung erfahren hatte, dem Verleger einen wütenden Brief geschrieben hatte, in dem sie dieses Problem unterstrich. Sie waren kaum ein Jahr verheiratet gewesen, doch Loyalität war ihrer Meinung nach ein unverzichtbarer Aspekt aufrichtiger Liebe. Sie hatte dem Mann die Leviten gelesen und ihm erklärt, das Motiv sei unpassend und irreführend und sie werde nie wieder ein von ihm verlegtes Buch kaufen. Entgegen ihrer Art hatte sie sich in dem Brief in heftigen Drohungen und üblen Beschimpfungen ergangen.

Sosehr sie sich auch mitreißen ließ, war sie zumindest so klug gewesen, den Brief nicht mit einem Absender zu versehen.

Es war warm im Hörsaal. Sie schloss einen Moment die Augen.

Wenn sie sich Tagträumen hingab, versetzte sie sich oft in einen öffentlichen Rahmen – ein Restaurant, ein Kino oder auch eine Buchhandlung –, wo sie dem Verleger, allen Verlegern, die das Genie ihre Mannes verkannten, ihre Empörung ins Gesicht schleudern konnte. In ihrer Fantasie zitierte sie all diese verblendeten Menschen zu sich, einschließlich der Filmproduzenten, der Zeitungskritiker und des einen oder anderen Internetbloggers, jeden, der ihm die verdiente Anerkennung vorenthalten oder sich abfällig über ihn geäußert hatte.

Vor ihrem inneren Auge wanden sich die Männer – allesamt klein, mit Hühnerbrust und schütterem Haar – unter ihrer vernichtenden Kritik und räumten zerknirscht ihre Fehler ein. Diese Vorstellung erfüllte sie mit tiefer Befriedigung.

Zweifellos, so dachte sie, empfand jede Ehefrau eines Schriftstellers ähnlich, es war ihre Pflicht.

Mrs Böser Wolf öffnete die Augen und richtete den Blick auf das Buch in ihrem Schoß. Mit dem Finger tippte sie unter eine Zeile mitten in einem Absatz, in dem der Anfang einer rasanten Verfolgungsjagd mit dem Auto beschrieben wurde. Der Böse entwischt, entsann sie sich. Es war sehr spannend.

Als Kind war sie in der Schule nicht sehr beliebt gewesen, und so hatte sie bei Büchern Zuflucht genommen. Pferdebücher. Hundebücher. *Betty und ihre Schwestern* und später *Jane Eyre*. Auch als sie längst erwachsen war, blieben Bücher und Romanfiguren ihre verlässlichsten Freunde.

Ab und zu regte sich in ihr der Wunsch, selbst mit dem richtigen Blick und der nötigen sprachlichen Begabung einer Schriftstellerin gesegnet zu sein. Sie sehnte sich nach Kreativität. Am College hatte sie Schreibkurse, Kunstkurse, Fotografiekurse, sogar Poesiekurse belegt und Ballettunterricht genommen – und in allen mittelmäßig abgeschnitten. Es machte sie traurig, dass ihr jegliche Erfindungsgabe abging. Immerhin musste man ihr lassen, das Nächstbeste erreicht zu haben: ein Leben an der Seite eines Mannes, der diese Kunst beherrschte.

Sie unterbrach die Lektüre. Sie spürte innerlich ein leichtes Kribbeln. Was sie in Händen hielt, war schön – aber nicht neu. Sie ließ das Buch aufgeschlagen auf dem Schoß, lehnte sich zurück und schloss ein zweites Mal die Lider, als könnte sie vor ihrem geistigen Auge ein Bild von der neuen Geschichte heraufbeschwören, die ihr Mann gerade schrieb. Es würde einen erbarmungslosen Mörder geben, so viel war klar, und einen klugen Ermittler, der ihn jagte. Es gäbe eine Frau in Bedrängnis. Wahrscheinlich eine ziemlich schöne Frau, auch wenn sie hoffte, dass – abgesehen von den großen Brüsten und den langen Beinen – sie selbst für die Figur Pate stehen würde. Die Geschichte würde sich entfalten, voller unerwarteter, überraschender Drehungen und Wendungen, die, egal wie obskur, unweigerlich auf die dramatische Konfrontation zusteuerten. Sie kannte sämtliche erforderlichen Elemente eines modernen Krimis.

Mit geschlossenen Augen streckte sie die Hände aus, als könnte sie die Worte berühren, die in greifbarer Nähe zu Papier gebracht wurden.

Mrs Böser Wolf spürte nur leere Luft unter den Fingerspitzen.

Nach einer Weile fröstelte sie ein wenig, als sei plötzlich alle Wärme aus dem Raum entwichen. Sie stieß einen Seufzer aus, packte ihr Taschenbuch sowie die Überreste ihres Mittagessens zusammen und warf einen kurzen Blick auf die Uhr. Ihre Pause war fast um, es wurde Zeit, zur Arbeit zurückzukehren. An diesem Nachmittag fand eine Fachbereichssitzung statt, an der ihr Chef, der Direktor, mit Sicherheit teilnehmen würde. Vielleicht konnte sie sich, wenn er nicht in seinem Büro war, ein bisschen Zeit nehmen und ein paar Passagen lesen.

14

Als sich die kalte Nacht über den Campus senkte, schlüpfte Jordan in ihre zerrissene Jeans, die alten Joggingschuhe und den schwarzen Parka und fand außerdem eine abgewetzte marineblaue Wollmütze, die sie sich so eng wie möglich über die Haare zog. Sie wartete im Zimmer, bis sie hörte, wie sich ein paar der anderen Mädchen aus dem Wohnheim versammelten, um zu einem Vortrag zu gehen – die Schule lud ständig Schriftsteller, Künstler, Filmemacher, Geschäftsleute und Wissenschaftler ein, um zwanglos vor den Schülern aus den gehobenen Kreisen zu sprechen. Jordan wusste, dass die anderen sich in der Eingangshalle des umfunktionierten Hauses versammeln und dann in einer kichernden kleinen Schar hinübergehen würden. Teenager haben einen starken Herdentrieb, dachte sie. Auch Wölfe traten meist im Rudel auf, allerdings wohl nicht jenes Exemplar, das ihr zu schaffen machte.

»Einsamer Wolf« traf es vermutlich eher. Bei dem Ausdruck schauderte sie.

Jordan verließ ihr Zimmer und wartete oben an der Treppe, bis sie vier Mädchen hörte, die sich laut lachend und mit einigem Getöse durch die Eingangstür nach draußen drängten.

Zwei Stufen auf einmal nehmend, folgte sie ihnen die

Treppe hinunter und sprintete hinter ihnen hinaus, damit es so wirkte, als gehörte sie zu dieser Gruppe, ohne dass sie ihnen so nahe kam, dass sie sich nach ihr umdrehten und sie bemerkten. Wer sie beobachtete, sollte denken, dass sie ihren Freunden hinterherlief, um sie einzuholen.

Sie hielt sich ein paar Meter hinter den anderen, doch als die nach links zu den Vortragsräumen schwenkten, duckte sie sich schnell in den ersten tiefen Schatten, den sie finden konnte, und drückte sich an die Wand eines alten roten Backsteinbaus, sodass ihr die knorrigen, verknoteten Zweige des Efeus in den Rücken stachen wie Kinder, die um Aufmerksamkeit heischten.

Jordan wartete.

Sie horchte auf die Geräusche ihrer Schulkameraden, die in den Abend verschwanden, und wartete darauf, dass sich ihre Augen an die Nacht gewöhnten. Im Stillen zählte sie die Sekunden ab – eins, zwei, drei. Sie wusste nicht, ob ihr jemand folgte, nahm es jedoch an, auch wenn der Verstand ihr sagte, dass auch der cleverste, besessenste Wolf nicht in der Lage war, die ganze Zeit vor ihrem Wohnheimzimmer Wache zu halten, bis sie herauskäme.

Sie sagte sich das immer wieder und wusste nicht, ob sie sich nur Mut zusprach oder belog. Beides schien gleichermaßen möglich.

Er lauert da. Er lauert nicht da.

Sie fragte sich, ob sie Angst haben sollte, und merkte, dass sich allein schon von dem Gedanken die Muskeln verspannten und der Atem flacher wurde. Es war kalt, doch ihr war warm. Es war dunkel, doch sie fühlte sich wie in einem Scheinwerferkegel. Sie war jung, doch sie fühlte sich alt und verletzlich.

Jordan drückte sich noch fester an die Mauer des Gebäudes. Sie fühlte die Präsenz des Wolfs, fast so, als stünde er neben ihr an den Efeuzweigen und sie spüre seinen warmen Atem im Nacken. Sie rechnete damit, sein Flüstern im Ohr zu hören: Hier bin ich. Sie schnappte nach Luft, und das Geräusch kam ihr so laut vor wie eine Pfeife. Sie biss die Zähne zusammen.

Als wieder Stille herrschte – oder zumindest annähernde Stille, denn sie hörte immer noch die fernen Stimmen anderer Schüler über die Innenhöfe des Campus hallen und irgendwo aus einem Wohnheim einen Winterpills-Song, den sie wirklich mochte –, trat sie aus dem Schatten. Sie zog die Schultern gegen die Kälte ein und lief mit gesenktem Kopf zügig los; sie überquerte den Campus im Zickzackkurs, machte um sämtliche Lichter einen großen Bogen, lief erst einen dunklen Pfad entlang, wechselte dann quer über den Rasen zu einem anderen, kehrte auf den richtigen Weg zurück, eilte im Laufschritt in ein Wohnheim und trat durch einen Hinterausgang wieder in die Nacht hinaus. Als sie endlich davon überzeugt war, dass nicht einmal der Böse Wolf ihrer Fährte folgen konnte, sprintete sie durch das hohe, zweiflügelige, schmiedeeiserne Schultor hinaus. So schnell sie konnte, huschte sie in eine Seitenstraße, die in tiefem Dunkel lag. Auf dem Weg zum Zentrum der kleinen Stadt ging sie in einen gemächlicheren Laufschritt über. Ein wenig kam sie sich so vor wie eine Figur in einem Spionagefilm aus Hollywood. Es war so kalt, dass sie ihren Atem sah.

Antonio's Pizza war hell erleuchtet. Grelle Lampen und bunte Neonschilder. Ein halbes Dutzend Schulkameraden drängten sich um die Edelstahltheke vor dem Ofen und warteten auf ein Stück Pizza. Sie sah zu, wie zwei Männer in weißen Jacken und Schürzen die Gäste bedienten. Sie arbeiteten mit geübtem Schwung und schoben zwischendurch die frischen Pizzen auf großen Holzschaufeln in den Ofen, um sie wenig später wieder herauszuholen.

Von ihrem Posten auf der Straße aus konnte sich Jordan die fröhlichen Stimmen und das Klirren der Kasse ausmalen. In der Pizzeria hätte man Mühe, deprimiert oder in sich gekehrt zu sein. Drinnen würden ihr jetzt übermütiges Geschnatter, Lachen und laute Rufe entgegenschlagen, und mit jedem Mal, das ein Stück Pizza aus dem Ofen hervorgeholt wurde, würde ihr der verführerische Duft von gebratenem Fleisch und Gewürzen in die Nase steigen.

Während sie draußen wartete, überkam sie plötzlich der Appetit, und sie hätte sich mit heißer Pizza vollstopfen können, wäre ihr nicht jedes Mal, wenn sie an den Wolf dachte, der Hunger vergangen und einem nagenden Gefühl im Magen gewichen. Angst gegen Essen. Ein unfairer Kampf.

Über dem Bürgersteig rüttelte der eisige Wind an der Markise eines Antiquitätengeschäfts, das schon geschlossen hatte. Jordan wollte gerade auf die Uhr sehen, als es am Rathausturm sieben schlug.

Ihr Blick fiel auf einen Kombi, der vor der Pizzeria an den Bordstein fuhr. Sie duckte sich wieder in den Schatten und wartete.

Pünktlicher geht's nicht. Sie wusste nicht, ob das ein gutes oder schlechtes Zeichen war.

Der Wagen blendete auf und tauchte den Bürgersteig in gelbliches Licht.

Sie sah, wie sich die Silhouette des Fahrers nach vorne beugte und angestrengt in die Pizzeria starrte.

Jordan hatte geschrieben, sie sei dort drinnen.

Stattdessen lauerte sie ein Stück entfernt an einem Beobachtungsposten zwischen zwei Gebäuden, von wo aus sie sehen konnte, ohne gesehen zu werden.

Jordan hielt den Atem an.

Sie sah, wie die Gestalt im Kombi sich aufrichtete und den Sicherheitsgurt löste. Dann öffnete sie die Tür, stieg halb aus und starrte weiter auf die Gruppe Jugendlicher im Restaurant.

Es war dunkel, und das Neonlicht aus den wenigen Läden, die noch geöffnet hatten, legte Regenbogenfarben über den glitzernden Asphalt. Das gelbliche Licht der Straßenlaternen warf fahle Schatten. Es war ein verwirrendes Farbspiel; Grau und Schwarz, Rot, Grün und Weiß vermengten sich und verfälschten die Realität: Ein grüner Wagen erschien blau. Ein weinroter Parka wirkte braun.

Jordan konnte nicht mit Sicherheit sagen, ob die Person rote Haare hatte. Sie biss sich auf die Lippen und kam zu dem Schluss, dass sie das Risiko eingehen musste.

Sie trat aus dem Schatten und lief zügig hinüber. Sie sah, wie sich die Frau überrascht zu ihr umdrehte. Ihr schien der Schrecken in die Glieder gefahren zu sein, als hielte Jordan ein Messer in der Hand.

»Rote Eins?«, fragte Jordan. Sie hatte sich um einen festen, selbstbewussten Ton bemüht, hörte ihre eigene Stimme jedoch krächzen und knirschen wie eine Eisfläche unter zu hohem Gewicht.

Die Frau nickte. Ihr Gesicht schien sich zu entspannen.

»Hi. Ich bin Rote Drei.«

»Kommen Sie, steigen Sie ein«, antwortete Karen und deutete auf den Beifahrersitz. Sie versuchte, so zu tun, als sei dies die natürlichste Begegnung der Welt.

Jordan zögerte, und Karen sagte: »Ich bin nicht er, versprochen.«

Sie beobachtete, wie die jüngere Frau Vertrauen fasste und zögernd in den Wagen stieg. Karen blieben nur wenige Sekunden, um ihrerseits Jordan zu mustern, besonders die wenigen Strähnen des roten Haars, die unter der engen Strickmütze hervorgerutscht waren. Sie ist so jung, dachte Karen, als sie sich wieder ans Lenkrad setzte.

»Ich heiße Jordan«, sagte das Mädchen leise.

»Und ich Karen«, erwiderte die Ältere.

Jordan nickte.

»Wo fahren wir hin?«, fragte Karen.

»Egal«, antwortete Jordan, während sie auf ihrem Sitz hinunterrutschte, als könnte sie sich so klein machen, dass sie unsichtbar war. »Wo auch immer Sie glauben, dass wir sicher sind.«

Sie legte eine Pause ein und fügte leise hinzu: »Nein. Wo Sie verdammt noch mal wissen, dass wir sicher sind.«

Ohne es zu wissen, folgte Karen, kaum dass sie sich in Bewegung setzten, demselben Verhaltensmuster wie Jordan beim Verlassen des Schulgeländes, wo sie mit ihrem Zickzackkurs und ihren Täuschungsmanövern dafür gesorgt hatte, einen möglichen Verfolger abzuschütteln. Sie gab Gas, bog dann plötzlich mit quietschenden Reifen in eine Nebenstraße ab, setzte in einen schmalen Durchgang zurück und fuhr am Ende in die entgegengesetzte Richtung weiter. Eine Meile außerhalb der Stadt lag ein bescheidenes Einkaufszentrum. Karen fuhr durch den Drive-in eines McDonald's, bevor sie das Gelände wiederum in eine andere Richtung verließ. Sie steuerte den Interstate Highway an, fuhr ein paar Meilen in hohem Tempo, bog dann auf einen Rastplatz ab und blieb dort stehen, während sie unentwegt in den Rückspiegel starrte, um sich davon zu überzeugen, dass ihnen niemand folgte. Als sie schließlich ein paar Minuten lang nichts als Dunkelheit gesehen hatte, fuhr sie zügig weiter an einen Ort, der dem, was Rote Drei unter sicher verstand, entsprach.

Während der ganzen Fahrt gab Jordan keinen Ton von sich, nicht einmal, wenn Karen wie wild die Kurven nahm und Jordan hin und her geworfen wurde. Vielleicht war Karens Fahrgast an wilde Spritztouren gewöhnt.

»Dieser Fahrstil wird mir gerade zur Gewohnheit«, sagte Karen in bemüht forschem Ton. Sie hoffte, dass ein unbeschwerter Wortwechsel ihnen dabei helfen würde, miteinander vertraut zu werden. Doch ihre Mitfahrerin schwieg sich weiter aus, als hinge sie ihren eigenen Gedanken nach. Karen spähte immer wieder zu der jungen Frau hinüber. Rote Drei kam ihr außergewöhnlich ruhig vor.

Der Krankenhauskomplex lag, besonders im Bereich der Notaufnahme, in hellem Scheinwerferlicht. An der Zufahrt zum Ärzteparkplatz kamen sie an ein kleines weißes Wärterhäuschen mit einem gelangweilten Wachmann. Karen nannte dem Mann ihren Namen und einen fünfstelligen Zahlencode, den er an seinem Computer überprüfte. Dann winkte er sie wortlos durch.

Karen fand eine versteckte Parklücke im hinteren Bereich des Platzes.

»Gehen wir rein«, sagte sie. »Hier lang.«

Ohne ihr Schweigen zu brechen, folgte Jordan der Aufforderung.

Die beiden Frauen liefen zügig über den Platz. Sie traten aus dem Schatten in die bleichen Lichtkegel der Leuchtstofflampen, in denen ihre Haut kränklich fahl erschien. Beide hatten sie denselben Gedanken: Selbst wenn ihnen ein Wolf gefolgt war, müssten sie ihn mit ihren Vorsichtsmaßnahmen abgeschüttelt haben.

Keine von beiden war davon wirklich überzeugt.

Dennoch hasteten sie dicht nebeneinander ins Krankenhaus. In dem hell erleuchteten Wartebereich vor der Notaufnahme saß eine Nachtschwester am Empfangstisch, die mit einem daseinsmüden Blick zu ihnen aufsah. In einer Ecke stand ein Wasserspender, und nicht weit entfernt erzählten sich zwei Staatspolizisten in ihren graublauen Uniformen und drei Rettungssanitäter in marinefarbenen Overalls einen Witz. Die drei Männer und zwei Frauen brachen in schallendes Gelächter aus. Jordan warf einen verstohlenen Blick auf die Leute, die auf unbequemen Formstühlen aus Plastik saßen. Ein alter Mann verschwand fast in mehreren Lagen Winterjacken und einem Mantel. Zwischen einem jungen Latinopaar saß ein Kind in einem rosa Parka, die Frau hielt ein Baby in den Armen. Zwei Jungen im Collegealter – von denen einer sowohl betrunken als auch krank aussah – hockten in einer Ecke und schienen sich selbst im Sitzen kaum aufrecht halten zu können.

Hier lauert kein Wolf auf mich, dachte sie.

Oder auf uns.

Karen kramte in ihrer übergroßen Lederhandtasche, holte einen Dienstausweis heraus und hielt ihn der Nachtschwester hin, die ihrerseits auf den Einlassknopf drückte. Als sich die automatische Flügeltür öffnete, signalisierte Karen Jordan mit einer stummen Geste, ihr zu folgen. Im eigentlichen Notaufnahmebereich mit den Behandlungsräumen wartete sie, bis sich die Tür mit einem elektronischen Schnapplaut wieder schloss. Jordan im Schlepptau, ging sie an den Vorhängen der Untersuchungskabinen vorbei und blieb nur einmal kurz stehen, um einen Arzt zu grüßen, den sie zu kennen schien, bevor sie den Bereich durch eine andere Tür verließ und am Ende eines langen, sterilen Korridors in eine Cafeteria trat.

»Wollen Sie was essen?«, fragte sie. »Oder einen Kaffee?«

»Nur Kaffee«, erwiderte Jordan. »Mit Sahne und Zucker.«

Sie setzte sich an einen Ecktisch in sicherer Entfernung von einigen Assistenzärzten und Medizinern in der Facharztausbildung, die an ihren weißen Kitteln oder der grünen OP-Kleidung zu erkennen waren, während Karen zur Theke ging und zwei dampfende Becher Kaffee besorgte.

Jordan nickte kaum merklich und dachte: Das ist wirklich ein gottverdammt guter Ort. Falls der Wolf tatsächlich hier hereinkäme, fiele er ohne OP-Kleidung auf. Als Karen an den Tisch zurückkam, warf sie ihr ein schüchternes Lächeln zu.

Die jüngere und die ältere Frau saßen einander gegenüber, nippten an ihrem Kaffee und sagten eine Weile nichts. Jordan brach das Schweigen als Erste.

»Ich vermute mal«, sagte sie, »Sie sind Ärztin.«

»Internistin.«

Jordan schüttelte den Kopf. »Ich hatte gehofft, Sie wären Seelenklempner.«

»Wieso?«, fragte Karen.

»Weil Sie sich dann vielleicht mit abnormer Psychologie auskennen würden, und das könnte hilfreich sein«, antwortete Jordan.

Karen nickte. Sie war von der klaren Logik, die aus Jordans Bemerkung sprach, verblüfft.

»Ich bin noch Schülerin«, fuhr Jordan fort. »Und in letzter Zeit keine besonders gute.«

Karen nickte. »Aber jetzt sind wir beide plötzlich was anderes. Zumindest sieht es ganz danach aus.«

»Kann man so sagen«, antwortete das junge Mädchen in

einem plötzlichen Anflug von Bitterkeit. »Jetzt sind wir Verfolgte. Es ist, als hätte uns jemand Zielscheiben auf den Rücken gemalt. Vielleicht sind wir auch baldige Todesopfer. Oder eine Kombination aus beidem.«

Karen schüttelte den Kopf.

»Das wissen wir nicht. Wir können nicht …« Sie brach mitten im Satz ab. Sie blickte in die grellen Deckenleuchten der Cafeteria und suchte nach etwas Tröstlichem, das sie dem Mädchen erwidern konnte. Dann ließ sie den Gedanken fallen.

Sie holte tief Luft. »Was wissen wir?«, fragte sie.

Jordan ließ sich mit der Antwort Zeit. »Beschissen wenig.«

Das derbe Wort kam ihr locker über die Lippen. Normalerweise benutzte sie gegenüber älteren Personen keine Flüche oder Obszönitäten, wie sie unter ihren Klassenkameraden selbstverständlich waren. Dieser kleine Tabubruch gegenüber Karen hatte etwas Befreiendes.

»Nein«, korrigierte Karen sie leise, »ein paar Dinge wissen wir schon. Zum Beispiel, dass wir drei sind. Und er einer …«

»Das wissen wir nicht«, fiel ihr Jordan augenblicklich ins Wort. Sie hatte ein mulmiges Gefühl im Magen, weil ihr nächster Gedanke – den sie schon auf der Zunge hatte – ihr selbst gerade erst gekommen war. Der einsame Wolf. Woher wissen wir das? »Es sieht so aus, als gäbe es nur diesen einen Kerl, der uns drei jagt. Weil es im Märchen nur den einen bösen Wolf gibt. Aber wir können nicht sicher sein, dass da draußen nicht vielleicht zwei oder drei Kerle sind, wie ein kleiner Klub. Vielleicht sind sie so was wie die Kolumbusritter oder so eine Art Football-Club, nur dass sie eben töten. Und vielleicht hängen sie alle im Hobbykeller von einem ab, kippen ein Bier nach dem anderen runter und mampfen Chips, während sie über ihre Pläne feixen, bis sie dann Ernst machen und uns töten.«

Wieder war Karen verblüfft. Der Gedanke war ihr nicht gekommen. Innerlich fröstelte sie, wie unter einer Eisschicht. Die beiden Botschaften vom Wolf hatten sie automatisch zu bestimmten Annahmen verleitet. Sie sah zu Jordan auf. Da musste erst ein Kind daherkommen und ihr klarmachen, dass gar nichts klar war.

Karen musste ihren Kaffee mit beiden Händen festhalten, um nichts zu verschütten.

»Sie haben recht«, sagte sie bedächtig. »Vorerst wissen wir gar nichts.«

Die beiden Frauen sahen sich an, und zwischen ihnen trat Stille ein. Dann schüttelte Jordan den Kopf und lächelte schwach.

»Nein«, antwortete sie. »Ich denke, etwas wissen wir schon. Und wir müssen ein paar Entscheidungen treffen. Sonst irren wir tatsächlich allein durch den Wald, wie er behauptet.«

»Einverstanden«, sagte Karen und dehnte jede Silbe. »Was meinen Sie ...«

»Ich glaube, wir brauchen Rote Zwei«, sagte Jordan wie aus der Pistole geschossen. »Das ist mal das Wichtigste, finden wir Rote Zwei.«

»Das leuchtet ein.«

»Es sei denn, Rote Zwei ist der Wolf«, fügte Jordan hinzu.

Karen schwirrte der Kopf. Das schien unmöglich, andererseits, so unheimlich der Gedanke auch war, nicht auszuschließen. Im Moment jedenfalls nicht.

Sie sah, wie das junge Mädchen die Achseln zuckte. »Wir

sollten besser nicht spekulieren. Finden wir sie, und dann können wir zu dritt weiterplanen.«

Karen nickte, auch wenn sie ungläubig staunte. Sie hatte angenommen, es würde an ihr liegen, dem Teenager zu sagen, wie es weitergehen sollte, und nicht umgekehrt, auch wenn sie angesichts ihrer Situation ratlos war.

»Gut, wie …«

»Ich weiß, wie ich sie finden kann«, sagte Jordan. »Das übernehme ich.«

Karen atmete langsam aus. Übers Internet, nahm sie an, auch wenn sie keine Ahnung hatte, wie. Überlasse das getrost dem jungen Mädchen, dachte sie. Wenn Jugendliche uns irgendwo voraus sind, dann rund um den Computer. Sie bückte sich nach ihrer Tasche. »Hier«, sagte sie und holte drei Prepaid-Handys heraus. »Die habe ich heute Morgen gekauft. Eins für dich … sagen wir du, einverstanden? Eins für dich, eins für Rote Zwei, falls wir sie finden, und eins für mich. Auf diese Weise können wir uns gegenseitig erreichen, ohne dass er es mitbekommt.«

Jordan grinste. »Das ist clever.«

»Ich bin nicht völlig unterbelichtet«, sagte Karen, auch wenn sie sich im Moment ein bisschen so fühlte. »Ich werde versuchen, noch ein paar sichere Orte zu finden, an denen wir uns, wenn nötig, alle treffen können«, sagte Karen. Sie deutete auf die Cafeteria.

»In Ordnung, das ist auch eine gute Idee.«

»Ja«, sagte Karen, »aber damit bin ich mit meinen guten Ideen auch schon ziemlich am Ende.«

»Also«, fing Jordan an und schüttelte den Kopf. »Ich hab nachgedacht. Und ich glaube, die Sache ist ziemlich einfach.«

»Einfach?«

»Ja. Wir müssen ihn finden, bevor er uns findet.«

»Und was machen wir …«

Wieder sprach Karen langsam. Das junge Mädchen vor ihr schien ihr einerseits so vertraut, als würden sie sich seit Jahren kennen, und zugleich vollkommen fremd.

»Du weißt, was wir dann machen«, antwortete Jordan.

»Nein, weiß ich nicht«, erwiderte Karen.

Doch es stimmte nicht. Sie wusste es, bevor Jordan das Schweigen brach.

»Wir bringen ihn zuerst um«, sagte Jordan.

Ganz sachlich, so als klatschte sie eine Mücke tot, die auf ihrem Arm gelandet war.

Das Mädchen lehnte sich zurück. Sie war über ihre eigenen Worte verblüfft. Sie wusste nicht genau, wie sie auf den Gedanken gekommen war, doch sie ahnte, dass er unter all ihren Ängsten geschlummert und nur auf diese hell erleuchtete, übertrieben saubere Umgebung gewartet hatte, um an die Oberfläche zu kommen. Doch im selben Moment war sie mit sich zufrieden. Zum ersten Mal seit Tagen, vielleicht sogar Monaten, gefiel ihr die Richtung, die sie einschlug. Kaltblütig und entschlossen. Sie merkte, wie sich ihr Puls beschleunigte. Es war ein bisschen wie beim Sprung zum Korb, wie beim Abwurf des Balls, wenn sie merkte, dass sie mit den Fingerspitzen den Ring von unten berührt hatte. Jungen, dachte sie, träumen von hochfliegenden Volltreffern, damit sie sich für ihre Bravourleistung auf die Brust schlagen können. Ich stecke meine Ziele bescheidener. Ich will nur das Tor machen und dabei den Korb berühren.

15

Rote Zwei spähte aus der zweifelhaften Geborgenheit ihres Hauses zu dem Wagen hinüber, der auf der gegenüberliegenden Straßenseite parkte. Das erste Mal hatte sie ihn vor vielleicht einer Viertelstunde bemerkt, als sie, den Revolver in der einen Hand, ein paar Tabletten in der anderen, ziellos durch ihr Wohnzimmer tappte und nicht recht wusste, wovon sie zuerst Gebrauch machen sollte. Normalerweise hätte sie einem unauffälligen Pkw, der außerhalb des von einer Straßenlaterne ausgeleuchteten Bereichs am Rinnstein stand, keine Beachtung geschenkt. Jemand, der nach einer Adresse suchte. Jemand, der angehalten hatte, um mit dem Handy zu telefonieren. Jemand, der sich verfahren hatte und sich zu orientieren versuchte. Bei der letzten Variante schickte Sarah den Gedanken hinterher: vielleicht jemand wie ich.

Doch Sarah Locksley hegte den Verdacht, dass in ihrem Leben nichts mehr normal war, und obwohl sich gerade die Nacht wie ein dichter, grauer Schleier über die Szene legte, konnte sie gerade noch erkennen, dass jemand in dem Auto saß. Mann oder Frau? Es mochte beides sein. Eine Weile beobachtete sie das Auto und wartete darauf, dass jemand ausstieg und zu einem der Nachbarhäuser lief. Eine Lampe würde angehen, eine Tür geöffnet, bei der Begrüßung würden sich Stimmen erheben, bevor man sich die Hände schüttelte oder umarmte.

So hat vor nicht allzu langer Zeit auch mein Leben ausgesehen.

Sie wartete weiter und zählte die Sekunden, bis sie jeden anderen Gedanken außer der unablässigen Aneinanderreihung von Zahlen aus dem Kopf verbannen konnte.

Das erwartete Szenario blieb aus, und als sie bei sechzig war und die Person immer noch im Auto saß, klopfte ihr das Herz bis zum Hals. Wie bei einem Bild, das langsam an Schärfe gewann, brachte sie Ordnung in ihre Gedanken und gelangte zu einer Reihe von Schlussfolgerungen: Ich bin allein und warte auf einen Mörder. Es ist fast dunkel. Am Bürgersteig gegenüber parkt ein Auto. Jemand, der darin sitzt, beobachtet mich. Er ist nicht hier, um die Nachbarn zu besuchen. Er ist wegen mir da. Als sie die Situation auf diese Formel gebracht hatte, duckte sie sich weg, sodass derjenige da draußen, der sie mit absoluter Sicherheit in mörderischer Absicht angestarrt hatte, sie nicht mehr sehen konnte. Sarah drückte sich keuchend an die Wand und schlich ein kleines Stück zur Seite, um die verschlissene Chintzgardine anzuheben, und spähte erneut zu dem Wagen hinaus. Inzwischen war es so düster, dass sie nicht mehr klar sehen konnte.

Schatten schnitten wie Rasierklingen quer durch ihre Blickachsen. Wieder wich sie zurück, als könnte sie sich verstecken, dabei kam ihr ein grauenhafter Gedanke: Er kann mich sehen, aber ich umgekehrt nicht ihn.

Sarah zuckte, sie zitterte. Sie dachte: Es ist so weit. Mit dem Daumen zog sie den Hahn an ihrer Waffe zurück. Mit einem unheilvollen klickenden Geräusch schnappte er ein.

In einem Winkel ihres Bewusstseins, in den sich ihr logisches Denken zurückgezogen hatte, begriff sie, dass sich kein Mörder so verhalten würde. Vielmehr wäre er auf der Hut, hätte alles akribisch geplant und führte es präzise aus. Der Moment, in dem sie merkte, dass er neben ihr stand, wäre auch ihr letzter. Der Wolf würde nicht vor ihrem Haus parken und ihr genügend Zeit lassen, sich ordentlich fertig zu machen, um schließlich an ihre Haustür zu klopfen und zu verkünden: Hi! Ich bin der Böse Wolf und bin gekommen, um dich zu töten.

Doch Logik schien eine schwer fassbare Angelegenheit zu sein und ihr aus den Händen zu gleiten, sodass sie alle Muskeln anspannen und schweißgebadet so viel davon festhalten musste, wie ihre Vorstellungskraft hergab.

Moment mal, wandte sie gegen ihre eigenen Argumente ein, genau das tut er doch im Märchen. Rotkäppchen hat ihn direkt vor sich, und sie erkennt nur, dass seine Augen, seine Ohren, seine Nase und schließlich seine Zähne irgendwie anders sind.

Sie reckte den Hals noch einmal vor und warf einen verstohlenen Blick auf den Wagen.

Er war leer.

Die Gestalt war verschwunden.

Wieder zuckte sie zurück. Die Wände kamen auf sie zu und drohten, sie zu zerquetschen. Eine Stimme in ihr, die in Panik war – sie wusste, es kam von den Medikamenten und dem Alkohol und der Verzweiflung –, brüllte sie an: Lauf weg! Jetzt! Sie schaute sich hektisch nach einem Fluchtweg um, auch wenn sie wusste, dass es keinen gab. Einen kurzen Moment lang sah sie es vor sich:

Sarah reißt die Hintertür auf.

Sarah rennt, so schnell sie kann, über den Rasen und setzt mit einem hohen Sprung über den Gartenzaun.

Sarah flieht zwischen den Häusern hindurch. Nachbarn hören ihre verzweifelten Schritte und schreien vor Angst. Jemand holt die Polizei. Mit heulenden Sirenen trifft sie im allerletzten Moment ein.

Sarah ist gerettet.

Sie sog die Luft ein und hielt den Atem an. Die Bilder verblassten.

Sie wusste: Es gibt keinen Fluchtweg. Nicht zur Hintertür, nicht zur Haustür hinaus. Ich kann auch nicht durch die Decke fliegen. Ich kann mich nicht im Keller vergraben. Ich kann mich nicht unsichtbar machen. Sie hatte einen trockenen Mund und Mühe, einen Gegenstand zu fokussieren, als hätten sich ihre Augen selbstständig gemacht. Die Pillen fielen ihr aus der Hand und sprangen über den Boden. Die andere Hand mit dem Revolver schien sie nach unten zu ziehen, als hätte das Gewicht der Waffe plötzlich um ein Zehnfaches zugenommen. Die Ängste und Zweifel zuckten wie Stromstöße durch ihren Körper, und sie konnte nicht sagen, ob sie die Kraft aufbringen würde, die Waffe zu heben und abzudrücken, wenn es so weit war und sie dem Wolf gegenüberstand.

Doch im nächsten Moment sah sie, wie sie die Waffe mit beiden Händen vor sich hielt und dabei eine gebückte Schießposition einnahm.

Eine Sekunde lang fragte sich Sarah, ob eine andere Person die Waffe führte und sie nur als Randfigur danebenstand. Wann hatte sie zuletzt geatmet? Ihre Lungen schienen zu platzen, und wie eine Schwimmerin, die an die Oberfläche taucht, schnappte sie nach Luft.

Bizarre, widersprüchliche Gedanken jagten ihr durch den Kopf: Ich nehm's mit dir auf. Ich werde gleich sterben.

Sie wollte etwas Mutiges, Trotziges sagen, doch als sie zu

brüllen versuchte: »Komm schon, verdammt, ich warte …«, brachte sie nur ein kaum verständliches Krächzen heraus. Es läutete an der Tür.

Drei fröhliche Klingeltöne, auf die sie sich keinen Reim machen konnte.

Ein Mörder klingelt an der Haustür?

Sie merkte, wie sie seitlich, fast im Krebsgang hüpfte, als sie, immer noch mit schussbereiter Waffe, das Wohnzimmer durchquerte. An der Haustür blieb sie stehen.

Es klingelte wieder.

Wieso sollte er auch nicht klingeln? Oder klopfen. Oder sie einfach nur beim Namen rufen, um ihr anzukündigen, dass er da war. Hallo-o-o, Sarah! Der Böse Wolf ist da. Ich komme, um dich zu töten …

Plötzlich hatte sie keine Ahnung, was ein Wolf machen würde. Alles, was mit ihr passierte, war ihr ein vollkommenes Rätsel. Wie in *Alice im Wunderland* war oben unten, vorne war hinten, hoch war tief.

Sie merkte, wie sie den Finger fester um den Abzug legte. Ihr kam der Gedanke, einfach zu feuern. Die Kugel dringt durchs Holz und tötet ihn da, wo er steht.

Eigentlich eine gute Idee. Eine richtig gute Idee. Beinahe plausibel.

Sie musste sich zusammenreißen, um nicht loszuprusten. Was für ein Witz, dachte sie. So urkomisch, dass man sich vor Lachen in die Hose machen konnte. Ich erschieß ihn einfach durch die Tür.

Sie zielte genau auf die Stelle, wo sie die Brust des Wolfs vermutete. Dabei ging sie im Kopf die Möglichkeiten durch: Ist er groß? Klein? Wollen ja nicht danebenschießen.

Der Revolver zitterte, krängte hin und her wie ein kleines Boot, das hilflos auf den Wellen tanzt.

Sie sah, wie sie mit der linken Hand nach dem Knauf griff und einen überaus guten Plan zunichtemachte, um etwas überaus Dummes zu tun. Es fühlte sich an, als ließe sie den Tod herein.

Mit einem kräftigen Ruck riss sie die Tür weit auf. Im gleichen Augenblick ließ sie den Knauf los und nahm die Linke zu Hilfe, um den Revolver fest zu packen. Schussbereit beugte sie sich ein wenig vor.

Ihr Finger am Abzug erstarrte.

Von draußen starrten ihr zwei Frauen entgegen. Unter dem fahlen Licht der Eingangslampe sah sie zwei erschrockene Gesichter. Jemand schnappte nach Luft, doch Sarah war nicht sicher, ob es eine der beiden Frauen war oder sie selbst. Beide rührten sich nicht vom Fleck und gaben keinen Laut von sich. Auch wenn Sarah darin über keine einschlägige Erfahrung verfügte, so wirkte sich die klaffende Mündung eines Revolvers mit gespanntem Hahn auf eine normale Konversation eher erschwerend aus.

Die können nicht der Wolf sein, dachte Sarah. Zwei Wölfe? Doch ihr Finger streichelte den Abzug. Irgendwo in ihrem Kopf wusste sie, dass sich beim leichtesten Druck ein Schuss lösen würde.

Nachdem Sarah einen Herzschlag lang mit dem Knall eines Schusses gerechnet hatte, der eine der späten Besucherinnen töten würde, sah sie sprachlos zu, wie sich eine der Frauen langsam die marineblaue Wollmütze vom Kopf zog und ihr gewelltes, kupferfarbenes Haar ausschüttelte, ohne Sarah und die Waffe auch nur eine Sekunde aus den Augen zu lassen.

Dann folgte wie in einer Runde von Kartenspielern die andere, eine ältere Frau mit Sorgenfalten im Gesicht, diesem Beispiel, griff sich ins Haar und zog die Nadeln heraus, sodass es ihr in einer Farbe wie verlöschende Glut glatt und gerade auf die Schulter fiel.

»Hallo, Rote Zwei«, sagte die ältere Frau. »Sie sehen, wer wir sind. Bitte töten Sie uns nicht.«

Sarah schämte sich dafür, wie es im Haus aussah.

Seit Tagen wurde ihr zum ersten Mal bewusst, wie viel Abfall, wie viele leere Schnapsflaschen und Verpackungen von Fertiggerichten, Schokoladenpapierchen und Chipstüten sich angesammelt hatten. Ebenso peinlich war ihr das Kevin-allein-zu-Haus-Alarmsystem unter den Fenstern und vor den Türen. Am liebsten hätte sie sich bei den zwei Frauen dafür entschuldigt und ihnen erklärt, dass das eigentlich nicht ihre Art sei, doch das wäre eine Lüge gewesen, und sie wollte ihre Bekanntschaft mit Rote Eins und Rote Drei nicht mit einer so offensichtlichen Unaufrichtigkeit beginnen. Also hielt sie den Mund und beobachtete die Reaktion der beiden Frauen auf den Anblick dieser Wüste der Verzweiflung.

Rote Drei ergriff als Erste das Wort.

»Ich bin Jordan«, sagte sie. »Haben Sie ein Foto von Ihrem Mann und Ihrer Tochter? Ich meine, die gestorben sind?«

Sarah war irritiert. Die Frage schien so aufdringlich, als habe man sie gebeten, sich nackt auszuziehen.

»Sicher, aber …«, stammelte sie und wusste nicht weiter.

Sie trat an ein Bücherregal in der Ecke und holte ein Bild von ihnen zu dritt heraus, das einen Monat vor dem Unfall entstanden war. Wortlos reichte sie es Jordan, die es aufmerksam betrachtete und dann an Karen Jayson weiterreichte. Auch sie sah sich das Foto genau an.

Es herrschte kurzes Schweigen. Normalerweise, überlegte Sarah, würde man einen Schnappschuss wie den von ihrem Kind, ihrem Mann und ihr selbst an einem Sommertag am Strand kommentieren. *Ach, wie schön!* Oder: *Wie hübsch sie alle sind.* Doch ihr wurde klar, dass solche Bemerkungen den Lebenden vorbehalten waren. Plötzlich war sie nicht direkt wütend, aber aufgewühlt und verlegen, und sie griff nach dem Foto.

»Wonach suchen Sie?«, fragte Sarah.

»Nach einem Grund«, erwiderte Karen.

Sarah brauchte ein paar Sekunden, bis sie begriff, dass Rote Eins nicht davon sprach, wieso ihr Mann und ihre Tochter umgekommen waren. Sie wollte nichts von einem außer Kontrolle geratenen Öllaster und der Willkür des Schicksals wissen.

»Vielleicht auch nach einer Erklärung«, fügte Jordan hinzu. Auch sie meinte nicht den Unfall.

»Wie haben Sie mich gefunden?«, fing Sarah an.

Karen sah Jordan an. Das junge Mädchen zuckte die Achseln. »Ihr Video auf YouTube. Es endete mit einem Bild von einem Grabstein. Ich hab mich an den Computer gesetzt und die beiden Namen zurückverfolgt.«

Sarah nickte. Das leuchtete auf seltsame, fast mysteriöse Weise ein.

»Hat nicht allzu lange gedauert«, fuhr Jordan fort. »In der Lokalzeitung war ein Artikel über einen Gedenkgottesdienst auf der Feuerwache. Da war auch ein Farbfoto. Sie waren drauf. Mit diesem …« Jordan deutete auf Sarahs Haar. Sie dachte daran, wie das Haar von Rote Zwei über dem Schwarz der Trauer geleuchtet hatte.

Sarah hatte das Gefühl, dass sie etwas sagen sollte, blieb jedoch stumm. Nach einem Augenblick verlegener Stille meldete sich Karen zu Wort. »Wir sollten nicht länger hier bleiben«, sagte sie. »Wir müssen an einen sicheren Ort, um zu reden.«

Sarah wollte etwas erwidern, doch Karen kam ihr zuvor.

»Hören Sie, als Jordan und ich uns gestern kennengelernt haben, ist uns eines sehr schnell klar geworden: Wenn wir drei zusammen sind, bieten wir noch mehr Angriffsfläche. Zu dritt am selben Ort sind wir für ihn eine wunderbare Zielscheibe.«

»Dann würden wir genau das tun, was er will. Er braucht nur noch eine Handgranate nach uns zu werfen«, sagte Jordan. »Und bumm! Rote Eins, Rote Zwei und Rote Drei, alle auf einen Streich.« In ihrem Ton mischte sich der Zynismus mit der Angst. Karen verkniff sich eine Bemerkung zu der Idee mit der Handgranate; schließlich war sie nicht mehr und nicht weniger absurd als alles, was mit ihnen geschah.

Nichts von alledem ergibt einen Sinn. Oder aber alles. Sie war nicht sicher, was.

»Aber wir müssen trotzdem reden, uns überlegen, was wir machen sollen …«

»Ich weiß, was wir tun müssen«, murmelte Jordan leise. Karen ignorierte die Bemerkung der Jüngsten in ihrem Trio und konzentrierte sich auf Sarah.

»Wir müssen irgendwohin, wo wir gemeinsam planen können, ohne dass uns jemand sieht oder hört.«

Dabei huschte ihr Blick einen Moment zu dem großen Wohnzimmerfenster hinüber.

»Man kann nie wissen«, sagte sie, »man kann nie wissen, ob er nicht da draußen lauert …«

Sarah schwirrte der Kopf. Es gab tausend Dinge, die sie sagen wollte, doch ihr kam nichts über die Lippen.

So sagte sie nur: »Ich hol meinen Mantel.«

»Hey«, sagte Jordan schnell, »und nehmen Sie die Waffe mit.«

16

Ein Mord umfasst drei Stadien, schrieb der Wolf, als er nach einem langen Interview mit dem Kripobeamten in sein Büro zurückgekehrt war, die Tür hinter sich abgeschlossen hatte und ungestört in seinen Überlegungen schwelgte.

Planung. Ausführung. Nachspiel.
Wird man in nur einer dieser drei Phasen nachlässig, ist das Scheitern vorprogrammiert. Der Schlüssel zum Erfolg liegt darin, sich selbst zu fordern. So ist es von entscheidender Bedeutung, dass man nach Abschluss der zweiten Phase, so gefühlsbetont und befriedigend sie auch sein mag und mit welcher Sorgfalt man auf diesen Moment auch hingearbeitet hat, nicht vergisst, dass weitere Schritte folgen müssen. Oder einfach gesagt: Es ist noch nicht vorbei. Es hat gerade erst begonnen. Ich glaube, es ist ein bisschen so wie bei Soldaten, die aus dem Krieg heimkehren und versuchen, sich nach Monaten der Angst und Entbehrung in einem Fastfood-Restaurant zurechtzufinden. Oder auch wie bei einem Astronauten, der von einer längeren Mission im All zurückkehrt und sein Auto ummelden muss; bevor man zu einem normalen Leben zurückkehrt, muss man den Druck ablassen, es bedarf einer Zeit, in der man kürzertritt, in der die Leiden-

schaft und Erregung der Jagd und des Tötens allmählich verebben und in kostbare, liebgewonnene Erinnerungen münden kann. Die Voraussetzungen für den nachhaltigen Genuss herzustellen erfordert ebenso viel sorgfältige Planung wie der Mord selbst. An dieser Stelle versagen die unbeholfenen Amateure und die unvorbereiteten Möchtegernkiller kläglich: Sie haben den Tod, den sie sich ausgedacht haben, herbeigeführt und wissen nicht, wie sie den Moment auskosten sollen. Man muss sich klarmachen, dass es unweigerlich zu Frustration und Ratlosigkeit führt – und zu Fehlern bei den ersten beiden Phasen –, wenn man die Erfordernisse dieser letzten Stufe nicht beachtet. Es liegt eine große Gefahr darin, sich nicht auf den Genuss post mortem vorzubereiten.
Wenn man etwas Außergewöhnliches vollbracht hat, ist großer Mut, Konzentration und Charakterfestigkeit gefragt, um äußerlich wieder den ganz gewöhnlichen Menschen zu mimen, obwohl man weiß, dass diese Person, die man anderen vorgaukelt, eine einzige Lüge ist.

Wie immer überstürzten sich die Worte im Kopf des Wolfs. Seine Finger schienen über der Computertastatur zu tanzen, während er sich mit Hingabe den Erkenntnissen widmete, die vor seinen Augen Gestalt annahmen. Er fühlte sich kraftvoll und entspannt, wie ein Athlet, der beim Langstreckenlauf mit jedem Schritt über den Boden fliegt, oder der Ruderer, der mit jedem kräftigen Schlag spürt, wie das Wasser unter ihm nach hinten weicht, und dabei das Gefühl hat, als helfe jemand in seinem Rücken nach. Er hielt einen Moment im Schreiben inne, um jeder Roten einen Gedanken zu widmen, und wusste, dass es bald so weit war, mit den praktischen Vorbereitungen für die drei auf sein jeweiliges Opfer abgestimmten Morde zu beginnen.

Rote Eins ist etwas Besonderes, weil sie dem Tod schon so oft mit unübertroffener Professionalität begegnet ist und sich jetzt einer Todesart stellen muss, für die es keine Diagnose gibt. Rote Zwei ist einmalig, weil sie es gar nicht abwarten kann zu sterben und jetzt der Tatsache gegenübersteht, dass ihre geheimsten Wünsche in Erfüllung gehen, nur nicht so, wie sie es sich vorgestellt hat. Rote Drei sticht heraus, weil sie so viel getan hat, um sich die Zukunft zu verderben, und sich jetzt mit jemandem konfrontiert sieht, der ihr das bisschen, was von dieser Zukunft übrig ist, nimmt. Er schüttelte den Kopf und seufzte laut. Vorspeise. Hauptgericht. Dessert. Jede Phase hat ihren eigenen Geschmack. Er schrieb:

Ich möchte jeder Phase ihren Lauf lassen.

Der Wolf war sich sehr bewusst, dass Mord – wie jede andere Beziehung auch – einen Menschen auf unterschiedlichen Ebenen befriedigen musste. Wie aus einem Maschinengewehr sprangen ihm einzelne Worte entgegen: Bedrohung. Angst. Methode. Der Moment. Die Nachbereitung. Die Erinnerung.

Schenkte man nicht jedem dieser Aspekte die nötige Sorgfalt und Aufmerksamkeit, litt die gesamte Erfahrung darunter.

Wieder legte er eine kurze Pause ein, um seine letzten Ausführungen auf dem Bildschirm zu überfliegen. Wie schreibt man ein wirklich erfolgreiches Buch?, fragte er sich plötzlich. Der Text muss sich auf Risiken einlassen. Die Geschichte muss den Leser in ihren Bann ziehen. Jede Figur muss auf unterschiedliche Weise faszinieren. Man darf dem Leser gar keine andere Wahl lassen, als weiterzublättern. Egal ob Sittenroman oder Science-Fiction-Thriller. Fürs

Schreiben gelten dieselben Regeln wie für das Morden. Was bringt es, eine Geschichte zu erzählen, die nicht nachhallt, wenn man die letzte Seite gelesen hat? Sieht sich der Mörder nicht derselben Frage gegenüber? Autor und Mörder schaffen beide etwas von Bestand. Der Autor will, dass der Leser sich noch lange nach der Lektüre an seine Worte erinnert. Der Mörder erstrebt eine möglichst nachhaltige Wirkung des Todes. Nicht nur für ihn, sondern auch für alle anderen, die von diesem Tod mitbetroffen sind.

Bei Mord geht es nicht nur darum, einen einzelnen Menschen zu töten. Der Mord soll Wellen schlagen; die Kräusel sollen das Leben vieler Menschen berühren.

Er trommelte mit den Fingern auf die Schreibtischplatte, als könnte der Tusch dabei helfen, seine Gedanken noch schneller in Worte zu fassen und niederzuschreiben. Einen Moment lang beneidete er Künstler, die einfach eine Linie auf eine leere, weiße Leinwand malen und mit diesem knappen Akt alles definieren, was folgt. Malen, dachte er, das ist leicht. Natürlich bestand die Ähnlichkeit zwischen einem Mörder und einem Künstler darin, dass beide schon bei den ersten skizzenhaften Linien, die sie ziehen, ein klar umrissenes Bild von dem vor Augen haben, was am Ende herauskommen soll. Bei dem Gedanken musste er schmunzeln.

Dann fing er eine neue Seite an und schrieb:

Warum ich jede Rote liebe.

Der Wolf seufzte. Es genügte nicht, den Lesern zu sagen, wie man den Tod herbeiführen wollte. Man musste auch erklären, wieso. Im Märchen ist der Wolf nicht nur auf eine gute Mahlzeit aus, als er Rotkäppchen durch den Wald folgt. Seinen Hunger könnte er jederzeit stillen. Nein, sein eigentlicher Hunger ist von ganz anderer Natur, und wahrlich nicht so leicht zu befriedigen.

Wieder stockte er. Draußen war es bereits dunkel. Es wurde Abend, und er rechnete jeden Moment mit der Heimkehr von Mrs Böser Wolf. Jeden Tag um kurz vor sechs das gleiche Ritual. »Ich bin da, Liebling …«, rief sie, sobald sie zur Haustür hereinkam. Der Wolf ließ sich mit der Antwort immer ein bisschen Zeit. Sollte sie ruhig zuerst seinen Mantel am gewohnten Haken sehen, seinen Schirm im Ständer in der Eingangsdiele, dann seine Schuhe, die er rücksichtsvoll neben der Tür zum Wohnzimmer ausgezogen hatte, um sie gegen die Lederpantoffeln zu tauschen. Dort würde ihr Paar, passend zu seinem, auf sie warten. Dann würde sie, selbst wenn sie Einkaufstüten dabeihatte und ein bisschen Hilfe hätte brauchen können, auf Zehenspitzen an seiner Bürotür vorbeischleichen. Er wusste, dass sie sich sofort in die Küche begeben würde, um das Abendessen zu richten. Mrs Böser Wolf war der festen Überzeugung, dass es seinem Schreibfluss diente, wenn sie ihn überfütterte. Er sah keinen Grund, ihr zu widersprechen.

Und so rief er, sobald er das verheißungsvolle Scheppern von Töpfen und Pfannen in der Küche hörte, seine Antwort, als bekäme er erst jetzt mit, dass sie zu Hause war.

»Hey, Schatz! Ich komm gleich!«

Er wusste, dass seine Frau sich über den Gruß durch die verschlossene Bürotür freute, und so rief er seinen Spruch, egal in welcher Stimmung er war oder was auf der Seite vor ihm passierte. Ob er über etwas Banales wie das Wetter schrieb oder die elektrisierende Frage, wie er sein Opfer zu töten beabsichtigte – immer erhob er seine Stimme, damit sie ihn hören konnte. Jeden Tag sangen sie dieselben Duette: Wie war dein Tag?

Wie läuft's denn so in der Schule?
Hast du ordentlich was geschafft?
Bist du schon dazu gekommen, die Stromrechnung zu bezahlen?
Im Garten sind ein paar Arbeiten zu erledigen.
Zum Abendessen morgen mal Lust auf chinesisch?
Was meinst du? Gucken wir uns noch einen Film im Fernsehen an, oder bist du zu müde?
Vielleicht sollten wir dieses Jahr mal eine Kreuzfahrt machen. Im Moment gibt es tolle Sonderangebote für die Karibik. Wir haben schon seit Monaten keinen richtigen Urlaub mehr gemacht. Was hältst du davon, was zu buchen und dann darauf zu sparen?

Der Böse Wolf hörte etwas rasseln. Das konnte nur die Haustür sein. Er wartete und hörte den Gruß, mit dem er gerechnet hatte. Dies war für ihn das Zeichen, alle Dateien und Internetseiten zu schließen und seine Texte zu verschlüsseln. Eigentlich war das alles nicht nötig. Die Wand mit den Fotos genügte, um ihn zu belasten – wie der Mann von der Kripo in ihrem Gespräch gesagt hatte. »Mörder – diejenigen, die ihre Taten planen, nicht der kleine Gangster, der den nächstbesten Minimarkt ausraubt oder die Konkurrenz im Drogenhandel mit einer Salve aus dem Maschinengewehr kaltmacht –, also die Strategen bewahren ein Souvenir auf«, hatte der Polizist ihm in besserwisserischem, selbstgefälligem Ton anvertraut. Als ob er den Durchblick hätte, dachte der Wolf im Stillen. Der Cop war sehr hilfsbereit gewesen und hatte alle seine Fragen beantwortet, auch wenn er manchmal wie ein Lehrer klang, der einer zappeligen Grundschulklasse etwas erklärte.
Dennoch gab es dem Wolf das Gefühl, seine Privatsphä-

re zu schützen, wenn er seinen Computer herunterfuhr. Er schaltete die Maschine aus und gleichzeitig seine Fantasie ein, da ihm jede Rote für den Rest des stumpfsinnigen Abends, der ihn erwartete, in seinem Kopf verführerisch nahe bleiben würde. Er hatte nicht das Geringste gegen die biedere Fassade einzuwenden. Im Gegenteil – er sollte ein Kapitel über die Notwendigkeit schreiben, den Schein des Alltäglichen, Banalen, Unspektakulären zu wahren, um das Außergewöhnliche zu verbergen.

Der Klempner achte darauf, stets sein Werkzeug bei sich zu tragen. Der Handelsvertreter denke daran, sein aalglattes, joviales Gehabe an den Tag zu legen. Und der Schriftsteller vergesse nicht, Fragen zu stellen, als suche er nach Ideen für sein Werk.

»Ich komme!«, rief er wie jeden Abend und in genau jenem Ton, den sie erwartete. »Bin gleich so weit!«

Hackbraten, dachte er. Das wär jetzt was. Mit Soße und Kartoffelbrei.

Und dann, falls seine Frau nicht zu müde war, nach dem Tischabdecken und dem Abwasch, ein Film. Sie gingen nur noch selten ins Kino und machten es sich lieber vor dem Breitbildfernseher gemütlich. Der Wolf vergaß nie, dass Mrs Böser Wolf hart arbeitete und dass ihre feste Stelle für ihrer beider Leben von zentraler Bedeutung war – sie kam für die Hypothek auf und hielt dem Wolf den Rücken frei –, und angesichts ihrer Herzprobleme in der Vergangenheit wollte er jeden Stress vermeiden, auch wenn ihr gerade erst eine gute Gesundheit bescheinigt worden war. Er belohnte sie mit Loyalität und einem angenehmen, friedlichen Privatleben.

Das war das Mindeste, was er tun konnte. Gelegentlich, wenn er das Gefühl hatte, dass sie Abwechslung brauchte, überraschte er sie mit einem Besuch in einem netten Restaurant oder Karten in der ersten Reihe für eine *Macbeth*-Aufführung der örtlichen Schauspieltruppe. Diese Ausflüge entschädigten sie für die unvermeidliche Enttäuschung, die er ihr von den Augen ablesen konnte, wenn er von Zeit zu Zeit ankündigte, er müsse »zu Recherchen« allein irgendwohin.

Er nahm sich vor, an diesem Abend das TV-Wunschprogramm durchzusehen und etwas Lustiges, Romantisches, nicht allzu Modernes auszusuchen. Was neuerdings an Filmen produziert wurde, bei denen Situationskomik durch widerliche Geschmacklosigkeiten ersetzt wurde, gefiel ihm nicht. Er zog die Klassiker vor. Von den Marx Brothers über Jack Lemmon und Walter Matthau bis zu Steve Martin und Elaine May. Er kannte Judd Apatow und seine ordinäre Masche, konnte aber beim besten Willen nicht nachvollziehen, was die jungen Leute an derartiger Comedy fanden. Er und seine Frau würden sich auf einen der Sender einigen, die alte Filme brachten, bevor er es sich in seinem Liegesessel bequem machte und sie auf dem Zweiersofa daneben. Unmittelbar, bevor der Film losginge, würde sie ihnen beiden eine Schale Vanilleeis mit Schokostreuseln servieren. Sie würden miteinander lachen und dann nach oben gehen.

Ins Bett.

Wahrscheinlich liebte er seine Frau tatsächlich. Er genoss es immer noch, von Zeit zu Zeit mit ihr zu schlafen – auch wenn er sich in den letzten Monaten vorgestellt hatte, eine der drei Roten unter sich zu haben, wenn er auf seiner Frau lag. Er glaubte nicht, dass sie diese Geistesabwesenheit je bemerkt hatte – falls es das überhaupt war. Vielleicht, überlegte er, bin ich dadurch leidenschaftlicher. Zugleich war er sich bewusst, dass sie, seit sie krank geworden war und eine Reihe Ärzte in ihr Leben getreten waren, seltener Geschlechtsverkehr miteinander hatten. Es belief sich auf ein, zwei Mal im Monat, wenn's hochkam.

Dabei war seine Libido ungebrochen, und er war durchaus stolz darauf, dass er, obwohl er in die Jahre kam, nicht auf die kleine blaue Pille angewiesen war. Doch nie war es dem Wolf in den Sinn gekommen, außerhalb seiner Ehe nach Sex zu suchen.

Natürlich ging er fremd. Aber nur in seiner Fantasie.

Der Wolf blickte auf den Bildschirm und die Seite mit der neuen Kapitelüberschrift. Im Flüsterton las er sie vor: »Warum ich jede Rote liebe.«

Und beantwortete die Frage ebenso leise.

»Für das, was sie mir geben.«

Wahre Leidenschaft, dachte er. Diese Intensität musste er auf den Seiten seines Buchs einfangen.

Vermutlich hatte die Art und Weise, wie er ihnen heimlich folgte und ihren Tod plante, etwas von einer Affäre. Doch es kam ihm nicht so vor, als betröge er seine Frau.

Sicher, sie waren wie Geliebte, die geduldig auf ihn warteten. Doch jede auf ihre Weise waren sie auch wie treue Ehefrauen.

17

Karen fuhr zum größten örtlichen Einkaufszentrum, wo sie Jordan am Ostausgang neben Sears absetzte, bevor sie eine Weile herumfuhr und Sarah am Westeingang unweit Best Buy rausließ. Nachdem sie ein paar Minuten gewartet hatte, steuerte Karen die oberste Ebene der Parkgarage neben der Mall an. Sie wendete, um zu sehen, ob ihr ein Wagen bis zum leeren obersten Stockwerk folgte. Sie schaltete den Motor und die Scheinwerfer aus, dann wartete sie siebzehn Minuten. Der Vorteil dieses Parkhauses bestand darin, dass es über getrennte Rampen nach oben und nach unten verfügte. Als auf die Sekunde genau siebzehn Minuten vergangen waren, ließ sie den Motor aufheulen und raste mit quietschenden Reifen die kreisförmige Rampe hinunter. Auf den leeren Parkflächen Richtung Nordausgang des Einkaufszentrums gab sie Gas. »Dann folge mir mal«, murmelte sie leise. Ist mir scheißegal, für wie clever du dich hältst, Mister Wolf.

An diesem Abend war in der Mall nicht viel los. Jede Menge Parklücken. Karen suchte nach irgendeinem Anzeichen dafür, dass der Wolf in der Nähe war.

Wie schon beim ersten Treffen mit Rote Drei sagte ihr der Instinkt, dass es wichtig war, jede Möglichkeit der Verfolgung zu vereiteln, auch wenn sie nicht genau sagen konnte, wieso. Einerseits kam sie sich dabei vollkommen lächerlich vor. Auf ihrer täglichen Heimfahrt von der Arbeit hatte sie sich Manöver angewöhnt, die einen Verfolger abschütteln mussten. Auch als sie Rote Drei abholte, war sie wie eine Irre gefahren. Jetzt hielt sie sich an dasselbe unberechenbare Muster – und war sich ziemlich sicher, dass die anderen beiden Roten dasselbe taten –, ohne dass sie die entscheidende Frage beantworten konnte: Wieso tust du das? Wenn wir drei uns in irgendein Café setzen, wird er kaum hereinstürmen und uns alle auf einmal mit dem Maschinengewehr abknallen.

Plötzlich erschien ihr dieses Szenario nicht mehr ganz so unmöglich, und sie schnappte nach Luft, als sei im Wagen mit einem Schlag kein Sauerstoff mehr.

Du hast keine Ahnung, wie er dich töten wird.

Die Ärztin in ihr diagnostizierte die Paranoia. Sie versuchte, sich an die kurze Zeit zu erinnern, die sie als Medizinstudentin in der Psychiatrie eines großen staatlichen Krankenhauses gearbeitet hatte, doch was sie in jenen Wochen gelernt hatte, war im Lauf der Jahre als Internistin verloren gegangen. *Mein – nein, unser – ganzes Verhalten ist von Angst geprägt.*

Sie kniff die Augen zu.

Versuche, es wenigstens beim Namen zu nennen, befahl sie sich. Unmöglich. Sie tastete sich heran: Höhenangst. Das war Akrophobie. Spinnenangst? Arachnophobie. Todesangst? Thanatophobie.

Was sie empfand, fühlte sich wie eine Kombination dieser Varianten und jeder anderen Form von Angst an, die sie kannte.

Gib ihr einen Namen, wiederholte sie streng.

Leichter gesagt als getan.

Karen versuchte, verschiedene Todesvisionen, die sich plötzlich vor die Augen schoben, zu verbannen und stattdessen nach den anderen beiden Roten Ausschau zu halten. Schusswaffen, Messer, Gift, Blut, Ersticken: Sie sah Dutzende Varianten, einen Menschen zu ermorden, wie auf einem Buffet vor sich ausgebreitet, und in diesem Alptraum war sie gezwungen, sich eine davon auszusuchen. Das Problem war, dass es ihr kaum gelang, aus diesem Alptraum zu erwachen. Sie wischte sich mit der Hand übers Gesicht. Sie spürte den Schweiß in den Achseln. Ihr Atem ging kurz und stockend. Sie sah sich um. Es gab keinen augenfälligen Grund, in Panik zu sein. Nirgends lauerte eine Gestalt im Schatten und starrte zu ihr herüber. Ebenso wenig stürzte ein Mann auf sie zu und schwang eine Waffe. Keine Autoscheinwerfer bohrten sich in ihr Heck.

Dennoch war das alles Realität, auch wenn es nicht in diesem Augenblick passierte.

Sie suchte den Platz vor dem Einkaufszentrum ab.

»Macht schon«, flüsterte sie. »Nichts wie weg hier.«

Binnen weniger Sekunden nach Karens Ankunft kamen Rote Zwei und Rote Drei durch die breiten Eingangstüren der Mall und näherten sich zügig ihrem Wagen. Jede von ihnen war willkürlich zwischen den Geschäften herumgelaufen, in den Gängen auf und ab geeilt, hatte sich in einer Toilette versteckt, um anschließend denselben Weg zurückzugehen, war in den Aufzügen hinauf- und hinuntergefahren, hatte den Weg der anderen zwei Mal gekreuzt, bis sie schließlich gemeinsam das Einkaufszentrum verlassen hatten. Trotz der spärlichen Besucherzahlen in dem riesigen Gebäude wäre es schwergefallen, ihnen zu folgen.

»Meint ihr, das reicht?«, fragte Sarah keuchend, während sie hastig einstieg.

»Klar«, erwiderte Jordan zuversichtlich vom Rücksitz aus. »Wieso nicht? Er kann nicht an drei Orten gleichzeitig sein.«

Die anderen beiden nickten stumm, auch wenn Rote Eins und Rote Zwei im Stillen dachten: Da wäre ich mir nicht so sicher.

Karen sah, wie ein zartes Grinsen um Jordans Mundwinkel spielte, und die Ärztin in ihr fragte sich, ob der Teenager die Situation genoss. Dann sah sie, wie sich Rote Drei auf ihrem Sitz umdrehte und zum Heckfenster hinaussah, um sich noch einmal zu vergewissern, dass ihnen niemand folgte. Nervöse Energie, dachte sie. Nein, es ist die Angst. Nur dass sie sich bei jeder von uns ein wenig anders äußert.

Rote Zwei stellte die nächste Frage. »Und wo geht's jetzt hin?«

Mit einem trockenen Lächeln antwortete Karen: »Gestern hat Jordan mich gebeten, mir Treffpunkte einfallen zu lassen, wo wir verdammt noch mal sicher sind. Ich weiß einen richtig guten.«

The Moan and Dove war eine altmodische, schummrige Bar mit dunklem Holz, die diverse Single-Malt-Whiskys und über siebzig Sorten Bier führte. Die Drinks wurden an einer langen, auf Hochglanz polierten Theke serviert, die bis zu einer kleinen Bühne mit einem zerschlissenen schwarzen Vorhang im Hintergrund reichte. Darüber hinaus gab es Platz für etwa zwei Dutzend kleine Tische. An den meisten Abenden drängten sich hier Studenten der Universität, es war laut und ein wenig zu ausgelassen. Dienstags traten Folksänger aus der Umgebung auf – Möchtegern-Joni-Mitchells und -Bob-Dylans –, und samstags standen gelegentlich Laien-Comedyshows auf dem Programm. So hatte Karen die Bar kennengelernt. Doch donnerstags, wie an diesem

Abend, hatte sie nur für lesbische Frauen geöffnet, denen eine »Ladies Only«-Nacht gewidmet wurde. So traten die drei Roten in eine laute, voll besetzte Bar – weit und breit kein einziger Mann. Selbst die Barkeeper – normalerweise Kerle, die Gewichte stemmten, um mit den Flegeln vom College fertig zu werden – wurden an diesem Tag von dünnen, jungen Punk-Rock-Frauen mit Nasenpiercings vertreten, die Lisbeth Salander nachzueifern schienen. Die Gäste an der Bar reichten von taffen Motorradbräuten in engen, schwarzen Jeans zur Lederjacke, die einen Kurzen kippten, bis zu verspäteten Hippie-Blumenkindern, die süße Cocktails mit bunten Papierschirmchen schlürften und in ihren Unterhaltungen ihrem Enthusiasmus in höchsten Tönen Ausdruck verliehen.

Rote Zwei und Rote Drei traten neben Karen und ließen vom Eingang aus die Szene auf sich wirken. Karen grinste: »Wär gerne ein Mäuschen, wenn der Wolf hier reinspaziert. Der wäre schneller wieder draußen, als er sich umschauen kann.«

Sarah lachte laut; die Absurdität dieser Vorstellung schien ihrer ganzen Lebenssituation zu entsprechen. Zu schön, dachte sie. Der Wolf stolpert mitten in eine Lesbenbar, ich brauche nur mit dem Finger auf ihn zu zeigen und zu sagen: »Da ist ein Mann, der Frauen umbringt!«, die Racheweiber reißen ihn augenblicklich in Stücke, und wir können mit dem, was von unserem Leben noch übrig ist, unbehelligt weitermachen.

Jordan wirkte ein wenig nervös. »Ich bin noch nicht volljährig«, flüsterte sie Karen zu. »Falls meine Schule davon Wind bekommt, dass ich hier bin, flieg ich raus.«

»Dann sorgen wir eben dafür, dass sie keinen Wind davon bekommt«, erwiderte Karen, auch wenn der selbstbewusste

Ton die Tatsache überspielte, dass sie keine Ahnung hatte, wie sie ihr Versprechen halten sollte.

Jordan nickte. Sie sah sich grinsend um. »Wisst ihr, die Hockeytrainerin könnte hier irgendwo sein …« Doch dann zuckte sie die Achseln und sagte: »Vielleicht setzen wir uns einfach in eine lauschige Ecke.«

Sie fanden einen freien Tisch in der Nähe der Bühne, der zusätzlich den Vorteil bot, dass sie von dort aus den Eingang im Auge hatten, auch wenn keine der drei Roten ernsthaft davon ausging, dass irgendein Wolf den Mut oder die Dämlichkeit besaß, ihnen hier herein zu folgen. Eine tätowierte Kellnerin in eng anliegendem, schwarzem T-Shirt kam an ihren Tisch, um die Bestellung aufzunehmen. Sie sah Jordan mit einem fragenden Blick an und schien sie nach einem Ausweis fragen zu wollen, als Karen sagte: »Meine Tochter nimmt einen Softdrink.« Jordan nickte und fügte hinzu: »Ein Ginger-Ale.« Karen bestellte ein Bier und Sarah zunächst einen Wodka pur, doch dann kamen ihr Bedenken, und sie entschied sich ebenfalls für ein Ginger-Ale.

Die Gothic-Schönheit verdrehte die Augen. »Ladys, das hier ist eine Bar«, sagte sie patzig.

»Na schön«, erwiderte Sarah, »dann geben Sie eine Scheibe Zitrone ins Glas, damit es wie ein richtiger Drink aussieht.« Darüber mussten die anderen beiden Roten schmunzeln, während die Kellnerin mit säuerlicher Mine von dannen zog. Es war kein toller Witz, dachte Sarah, aber immerhin der Versuch, ein bisschen Humor ins Spiel zu bringen, was ihr seit Monaten nicht mehr gelungen war.

Einen Moment lang schwiegen alle drei, während sie auf die Kellnerin mit ihren Drinks warteten. Die Jüngste im Trio meldete sich als Erste zu Wort.

»Da wären wir also. Und was nun?«

Wieder trat kurzes Schweigen ein, bevor Karen die naheliegende Frage stellte: »Glaubt eine von euch, dass uns hier jemand nur einen blöden Streich spielt? Ich meine, dass alles nur ein Spiel ist und jemand uns in einem grottenschlechten Scherz zur Zielscheibe macht, ohne dass tatsächlich was passiert?«

Sowohl Sarah als auch Jordan wussten, dass jede von ihnen für sich über diese Frage nachgedacht und die Möglichkeit verworfen hatte, doch beide zögerten, es auszusprechen.

In einem Satz fasste Sarah all den Schmerz, der sie zerfraß, zusammen. »Ich glaube nicht«, sagte sie, »dass ich so viel Glück habe.«

Alle schwiegen beklommen. Keine von ihnen hatte das Gefühl, so viel Glück zu haben.

»Demnach ...«, fing Karen an und stockte. Es schnürte ihr plötzlich die Kehle zu, ein bisschen wie bei Lampenfieber. Als sie wieder sprechen konnte, klang ihre Stimme spröde wie trockenes Leder. »Wir müssen irgendwie versuchen, uns auf diese ganze Sache einen Reim zu machen.«

Jordan meldete sich zu Wort, auch wenn sie den Eindruck nicht abschütteln konnte, als spräche jemand anderes an ihrer Stelle. »Wie meinst du das? Uns einen Reim darauf machen? Irgend so ein Irrer will uns töten, weil wir rote Haare haben. Der Kerl ist von Rotkäppchen besessen, und wir müssen uns überlegen, was wir dagegen unternehmen. Ich meine, wie in aller Welt soll man verstehen, was in diesem kranken Hirn abgeht? Während wir versuchen, irgendeinen Sinn in dem Schwachsinn zu erkennen, lauert er vielleicht schon irgendwo und reiht uns wie am Schießstand auf, um nur noch abzudrücken. Peng, peng, peng, ihr seid alle mausetot.«

Mit jedem Wort war sie zunehmend in Rage geraten, obwohl sie beinahe im Flüsterton sprach.

»Wir müssen schneller sein als er, wir müssen schneller sein als er, wir müssen gottverdammt schneller sein als er«, fügte sie im Stakkato hinzu, als müsste sie jede von ihnen dreien eigens davon überzeugen.

Karen zuckte zurück. Als Jordan zum ersten Mal davon gesprochen hatte, ihren Verfolger zu töten, hatte sie es ignoriert. Doch nachdem sie nun zu dritt um den Tisch versammelt waren, konnte sie es nicht einfach übergehen.

Sie wusste nicht, wieso sie das nicht als praktikable Lösung ansah. Sie hörte sich antworten, doch ihre eigenen Worte klangen ihr seltsam hohl in den Ohren.

»Sieh mal, Jordan, wir sind keine Mörder. Wir wüssten gar nicht, wie man das macht. Und wir können nicht zu jedem Mittel greifen …«

Sie sprach nicht weiter, weil sie sich albern vorkam und weil sie sah, wie das junge Mädchen energisch den Kopf schüttelte.

Nervös rutschte sie auf dem Stuhl herum. Argumentiere logisch!, meldete sich lautstark eine Stimme in ihr. Doch es kostete sie Kraft, diesem Vorsatz nachzukommen. Sie merkte, wie sich ihr die Kehle zuschnürte und der Mund trocken wurde. Sie leckte sich über die Lippen und nahm einen Schluck Bier.

»Also, zunächst mal«, fing sie an, »gibt es etwas, das uns miteinander verbindet.« Sie sprach langsam und mit Bedacht. »Wir müssen rausfinden, was.«

»Klar doch, rote Haare«, fiel ihr Jordan ins Wort.

»Nein. Da muss noch mehr sein.«

»Worauf willst du hinaus?«, hakte Sarah nach. Sie fühlte sich von den anderen beiden ein wenig eingeschüchtert; sie schienen sich viel besser unter Kontrolle zu haben und viel mehr beizusteuern als sie, auch wenn die Idee, ihren Verfolger zu töten, Sarah ins Gedächtnis rief, dass sie offenbar als Einzige eine Waffe besaß.

»Er musste uns erst finden, demnach liegt es nahe, dass wir noch mehr gemeinsam haben. Das kann nicht blanker Zufall sein.«

»Und wieso nicht?«, fragte Jordan.

Die drei Frauen sahen einander an. Jede hatte denselben Gedanken. Jede von ihnen fand, dass die anderen beiden ihr kaum weniger ähnlich sein konnten. Abgesehen von ihrer Haarfarbe sprang keine Gemeinsamkeit ins Auge.

Wieder herrschte Schweigen, während alle drei Frauen ihren eigenen Gedanken nachhingen.

Und wieder brach die jüngste das Schweigen.

»Kann schon sein, aber selbst wenn wir es rausbekommen, was dann? Gehen wir zur Polizei?«

»Das hab ich schon versucht«, sagte Karen. »Falls wir rausfinden würden, wer uns verfolgt, könnten wir natürlich mit dem Namen zur Polizei gehen, und vielleicht konnten die dann etwas tun ...«

Sie zögerte. Dieser logischste Weg schien der unsinnigste zu sein. Wenn du mit dem Irrsinn konfrontiert warst, wie sollte da Logik weiterhelfen?

Sie sackte auf ihrem Stuhl zusammen. Ihr ganzes Erwachsenenleben lang hatte sie sich vom Verstand leiten lassen. Es war nicht viel anders, als eine Diagnose zu stellen: Teste dies, teste jenes, ziehe dieses Symptom in Betracht, kombiniere Fachwissen und Erfahrung, und stelle eine Diagnose. Eine plausible Diagnose. Vielleicht keine angenehme Diagnose, aber besser als nichts. Sie schüttelte den Kopf.

Jordan merkte nur allzu deutlich, dass Karen sich in ihren Überlegungen an einem Abgrund bewegte. Sie betrachtete die Frau und sah in ihr den Inbegriff eines respektablen, gebildeten, verantwortungsvollen und reifen Menschen. Sie hatte gehofft, dass Karen ihnen sagen würde, wo es langging und was genau sie zu tun und zu lassen hätten, weil sie der Typ war, der so etwas wusste. Sie war eine Frau, die einem Teenager als Vorbild hingehalten wurde: jemand, der hart arbeitete und auf den Verlass war. Es machte ihr Angst, als sie bei Rote Eins dieselbe Ratlosigkeit und dieselben nagenden Zweifel sah, die ihr vermutlich selbst ins Gesicht geschrieben standen. Sie drehte sich zu Sarah, um zu sehen, ob diese Gefühle auch in deren Augen zu erkennen waren, doch die Dritte im Bunde lehnte sich zurück und starrte zur Decke, als erhoffte sie sich von dort einen Geistesblitz, eine Eingebung des Himmels, die ihr einen Ausweg wiese. Es ist, als triebe man mit zwei Fremden auf dem offenen Meer, dachte Jordan.

Doch das behielt sie für sich. Stattdessen platzte sie heraus: »Es gibt nur eine Möglichkeit, uns zu schützen.«

»Und die wäre?«, fragte Sarah und senkte den Blick, als rutsche sie langsam die Himmelsleiter herunter auf den Boden der Tatsachen zurück.

»Der Wolf ist gegenüber Rotkäppchen in jeder Hinsicht im Vorteil«, sagte Jordan, »mit einer Ausnahme.«

»Nämlich?«

»Er ist ein Gefangener«, antwortete sie.

»Was?«, stöhnte Karen.

»Er ist in der Gewalt seiner Wünsche.«

»Ich kann dir nicht folgen«, sagte Sarah.

»Worüber stolpert er? Über seine eigenen Begierden.«

Sarah und Karen starrten Jordan an.

»Ich hab das Märchen gelesen«, fügte sie rasch hinzu. »Ich hab einen Abend in der Bibliothek verbracht. Ich hab sämtliche Fassungen gelesen.«

»Verstehe«, sagte Karen enttäuscht. »Aber das ist ein Märchen …«

Jordan ließ sich nicht aus der Fassung bringen, sondern beugte sich vor, während sie schnell weitersprach, als könne sie so den Lärm der Bar besser übertönen. Sie ignorierte Karens skeptischen Einwand. »Und die einzige Version, in der Rotkäppchen am Ende gerettet wird, ist die beschönigte, politisch korrekte, die Mütter ihren Töchtern erzählen. So was wie die verkitschte Disney-Version. Im ursprünglichen Märchen …«

Sie stockte, als sie die Zweifel in den Gesichtern der anderen sah.

Jordan nickte. »Schon klar«, sagte sie, obwohl keine der beiden Frauen etwas entgegnet hatte. Sie war sich bewusst, dass sie jung war, vielleicht auch unreif klang, doch mit jugendlichem Elan fuhr sie fort. »Aber das ist unsere einzige Chance. Dafür zu sorgen, dass aus der alten Fassung die neue wird. Die Geschichte, in der er uns alle bei lebendigem Leibe frisst, muss in die Version umgewandelt werden, in der wir gerettet werden.«

»Klingt gut«, sagte Sarah mit einem sarkastischen Unterton, den sie nicht beabsichtigt hatte und der nicht hilfreich war. »Bestimmt wartet irgendwo ein wackerer Jäger mit einem scharfen Messer nur darauf, uns zu Hilfe zu eilen …«

Jordan hielt die Hand hoch. Wenigstens kennt Rote Zwei die Geschichte, dachte sie.

»Wir müssen uns selber retten«, erwiderte sie bitter, »das ist unsere einzige Chance.«

»Okay«, meldete sich Karen, »und wie stellen wir das an?«

»So genau weiß ich das auch nicht«, räumte Jordan ein.

»Jedenfalls hab ich das Gefühl, dass wir uns keinen Gefallen tun, wenn wir nur rumsitzen und warten, bis der Wolf uns tötet. Ich meine, wenn er uns auflauern kann, wieso dann nicht umgekehrt auch wir ihm?«

»Verlockender Gedanke, aber wie?«, fragte Sarah.

Darauf wusste Jordan keine Antwort, Karen schon. »Da, wo wir eben stehen geblieben waren. Wir finden raus, was uns miteinander verbindet. Wir haben etwas gemein. Über das Offensichtliche hinaus.« Sie strich sich mit der Hand übers Haar. »Da fangen wir an. Und wenn wir das rausgekriegt haben, na ja …«

An dieser Stelle wusste sie nicht weiter. Sie ließ ihre letzten Worte im Stimmengewirr der Bar verhallen.

»Wir brauchen einen Plan«, sagte sie schließlich.

Jordan nickte.

Karen spürte einen Funken Hoffnung. »Jede von uns muss etwas tun. Das, worin sie am besten ist, egal was. Und dann tun wir uns zusammen. Dann haben wir es wenigstens versucht.«

Alle drei wussten sie, wie schwach diese letzten Worte klangen, doch keine sprach es laut aus.

»Und noch etwas«, sagte Karen, deren Stimme sich etwas erholte. »Verhalten wir uns normal …«

»Normal!«, rief Sarah dazwischen. »Ich meine, wie zum Teufel …«

Sie führte die Frage nicht zu Ende.

»Niemand sollte etwas tun, das aus dem Rahmen fällt«, erklärte Karen. »Haltet euch an die Routine, tut alles pünktlich und zur selben Zeit wie immer. Nur das sollte der Wolf mitbekommen.«

»Das ist mir zu hoch«, sagte Sarah.

Karen schloss einen Moment die Augen. Sie konnte selbst

nicht fassen, was ihr über die Lippen kam. »Früher oder später«, sagte sie bedächtig, »müssen wir ihn in unsere Nähe locken. Nahe genug, um zu sehen, mit wem wir es zu tun haben.«

Fast hätte ihr der Atem gestockt. Dieser Gedanke war entsetzlich. Sie versteckte die Hände unter der Tischplatte, weil sie fürchtete, dass sie zitterten.

Doch Jordan lächelte. »Großmutter, was hast du für ein entsetzlich großes Maul?«, sagte sie. »Leuchtet mir ein.« Eine Weile verfielen die drei Roten in Schweigen. Jede von ihnen stürzte in ihren eigenen Abgrund. Jede war davon überzeugt, die anderen niemals genug verstehen zu können, um mit vereinten Kräften aus der Höhle des Wolfs herauszufinden.

»Was glaubt ihr, wie viel Zeit uns bleibt?«, fragte Sarah.

Die Frage traf jede Rote wie ein Schlag in die Magengrube. Ein Tag. Eine Woche. Ein Monat. Ein Jahr. Woher sollten sie das wissen?

Die drei Frauen starrten einander an. Eine Ärztin mit einem Doppelleben als Comedian in einer Welt, in der nichts mehr komisch war, eine Witwe ohne Ausweg aus der gnadenlosen Trauer, ein Teenager im Teufelskreis der Schicksalsschläge und des eigenen Versagens. Keine von ihnen sah, worin sie sich ähnlich waren, doch jede wusste, dass sie es schnell herausfinden mussten.

»Ich will nicht sterben«, sagte Sarah unvermittelt. Sie war von ihren Worten selbst überrascht, denn bis zu diesem Moment hatte sie geglaubt, sich im Grunde nichts sehnlicher zu wünschen als das.

18

Eine überaus glückliche Fügung, stellte der Wolf am nächsten Tag fest, wollte es, dass er eine Massenmail vom Verband der Krimiautoren Neuenglands mit einer Einladung zu einer Veranstaltung mit dem wichtigsten Forensiker der Staatspolizei von Massachusetts bekam. Obwohl er der Organisation kurz nach der Veröffentlichung seines ersten Buchs beigetreten war und seitdem pünktlich seine Beiträge zahlte, war er noch nie zu einem der Vorträge gegangen, die der Verband organisierte. Sie dienten dazu, den Mitgliedern bei schwierigen Fragen weiterzuhelfen, die sich im Lauf des Schreibens stellten. Er stand, so hatte er es zu Recht von Anfang an empfunden, über diesen Gebrauchsanweisungswochenenden und zog es vor, auf eigene Faust zu recherchieren. Die örtliche Polizei war immer gern zu Diensten, und auch die Strafverteidiger gaben ihre Expertise weiter, sei es im Sammeln von Beweismaterial oder in der Kunst, Schwachstellen in einer scheinbar wasserdichten Anklage aufzutun. Es gefiel ihnen, mit einem echten Schriftsteller zu reden. Manchmal fragte er sich, ob sie genauso scharf darauf wären, mit einem echten Mörder zu reden.

Doch diese E-Mail spielte ihm in die Hände, und so meldete er sich an, bezahlte die fünfzig Dollar Seminargebühr mit seiner Kreditkarte und lud sich die Wegbeschreibung zu dem Hotel herunter, in dem die Veranstaltung stattfinden sollte. Es war eine zweistündige Fahrt bis zum Stadtrand von Boston – doch er schätzte, dass sich die Fahrt rentieren würde. Es machte dem Wolf Spaß, stets auf der Suche nach dieser oder jener Information zu sein. Kleine kriminalistische Details machten seine Texte lebendig, und vermutlich dachten andere Krimiautoren in dieser Hinsicht genau wie er.

Allein der Gedanke, sich dem Rudel anzuschließen, amüsierte ihn.

Schließlich hab ich es nicht nötig, wie die anderen Schreiberlinge mit ihren Romanreihen rund um eine Ermittlerfigur bei einem guten Agenten mit den Füßen zu scharren, während sie davon träumen, dass irgendein Verlag ihr vermeintliches Genie erkennt oder gar ein Filmvertrag winkt. Er hätte brüllen können vor Lachen, doch er beherrschte sich.

Der Vortrag war auf den Abend angesetzt – was ihm nicht recht war. Er fuhr nicht mehr gerne im Dunkeln. Zwar hatte er noch recht gute Augen, doch unter der schleichend einsetzenden Abenddämmerung um diese Jahreszeit schienen seine Reaktionen zu leiden, sodass er ängstlicher fuhr. Dieses Bewusstsein der Schwäche oder, wenn man so wollte, der Sterblichkeit – wie er das hasste – rief ihm ins Gedächtnis, dass er unaufhaltsam älter wurde. Andererseits erfüllte ihn der Gedanke mit umso mehr Energie, wenn er an die drei Roten dachte.

Töten kehrt die innere Jugend nach außen.
Erinnerst du dich an das Gefühl beim ersten Kuss? Wie du zum ersten Mal die Brust eines Mädchens berührt hast? Wie du das erste Mal mit dem Daumen sacht eine Messer-

klinge gestreichelt hast, sodass eine feine Linie Blut auf deiner Haut erschien? Erinnerst du dich an den Geschmack? Oder wie es war, als du zum ersten Mal eine geladene Pistole in Händen hieltst? Wie du abgedrückt hast und wusstest, dass du mit einer leichten Bewegung deines Zeigefingers unendliche Kräfte freisetzt?

Perfektion, dachte er.

Diese Art von Leidenschaft muss man immer wieder aufs Neue entfachen.

Widerstrebend löste sich der Wolf aus seinen Überlegungen über das Morden und widmete sich eine Weile der sauren Pflicht, einige Fragen an den Vortragenden aufzuschreiben und sich auszumalen, wie der Mann sie beantworten würde. Dabei stellte er sich vor, er sei ein fleißiger Doktorand, der sich auf die mündliche Abschlussprüfung vorbereitet – die letzte Hürde, die er nehmen müsste, bevor er den ersehnten Titel bekäme. Bei der Vorstellung musste er grinsen. Ein akademischer Grad in der Wissenschaft des Tötens. So oder so hielt er es für angebracht, sich auf die Veranstaltung vorzubereiten. Er wollte zeigen, dass er etwas von der Materie verstand, um dem Experten entsprechend detailliertes Fachwissen zu entlocken. Es war, als bäte man um Einlass an der Tür eines exklusiven Klubs mit handverlesener Mitgliedschaft.

Eine Bemerkung fügte er dem Kapitel, an dem er schrieb, allerdings noch hinzu.

Um ein erfolgreicher Mörder zu sein, muss man immer darauf aus sein, dazuzulernen. Allzu viele Kandidaten im Todestrakt starren durch die Eisenstäbe und warten bang auf das letzte Wort des Wärters, während sie sich fragen, wann genau alles aus dem Ruder lief. »Tut mir leid. Ihre Berufungsanträge wurden abgewiesen. Hätten Sie gerne einen Priester? Und zu Ihrer letzten Mahlzeit Hühnchen oder Steak?« Wenn man sich nicht ständig weiter über den Tod schult, dann erteilt einem früher oder später der Tod selbst seine Lehre. Und die Lektion erspart man sich besser.

Eigentlich sollte dieser Gedanke für jeden Leser auf der Hand liegen, trotzdem verdiente er es, einmal in klarer, prägnanter Prosa festgehalten zu werden.

Manchmal, so seine Erkenntnis, musste man schonungslos deutlich sein. Drastisch bis zur Obszönität. Im Wort wie in der – mörderischen – Tat.

Jordan zählte stumm. Ein Schritt. Zwei. Zwanzig, fünfundzwanzig, dreißig. Sie lief diagonal über den offenen Innenhof und nahm sorgfältig Maß, ohne auf die anderen Schüler zu achten, die zu ihren letzten Unterrichtsstunden eilten. Sie hielt eine kleine Videokamera in der Hand.

Es war eine Leihgabe eines der Mädchen in ihrem Wohnheim, das ein wenig jünger war als sie und weniger darauf erpicht, wahlweise gnadenlos gegen sie zu sticheln oder sie zu schneiden. Zwar hätte Jordan sie nicht als Freundin bezeichnet, doch zumindest war sie jemand, der ihr widerstrebend für kurze Zeit eine Kamera lieh. Jordan vermutete, dass sie dem Mädchen in erster Linie dazu diente, verbotene Freizeitvergnügungen festzuhalten – vielleicht von anderen Mädchen, die mit Jungs aus der Footballmannschaft herummachten oder sich auf wilden Partys betranken und gegen die Schulregeln verstießen. Was auch immer, Jordan war es egal, wozu die Kamera normalerweise diente. Sie brauchte sie für einen ganz bestimmten Zweck.

So lief sie über den Campus und hob in regelmäßigen Abständen die Kamera hoch, um durch die Linse zurückzuschauen.

Als sie den richtigen Abstand hatte, blieb sie stehen und sah durch den Sucher. Dann lächelte sie.

Rasch blickte sie sich um.

»Hier hast du also gestanden«, flüsterte sie. Sie hob die Hand ein wenig, als wollte sie jemandem die Stelle zeigen.

Jordan hatte die erste Aufnahme nachgestellt, die der Wolf von ihr gemacht und in seinem YouTube-Video vorgeführt hatte. Die Entfernung war etwa gleich. Auch der Winkel passte. Sie hatte sich bemüht, das Licht abzuschätzen und so auf die Tageszeit zu schließen.

Sie stand kurz vor einem schmalen Durchgang zwischen dem naturwissenschaftlichen Labor und einem Wohnheim der Jungen. Es war eine Sackgasse, höchstens drei Meter lang und vier Meter breit, die am hinteren Ende an einer grauen, scheinbar überflüssigen Verbindungsmauer der beiden Gebäude endete. Hier standen mehrere Mülltonnen, und die Mauer war mit Graffiti beschmiert – Obszönitäten und angedeutete pornografische Zeichnungen, Telefonnummern und Bekenntnisse unsterblicher Liebe oder Versprechen von oralem Sex. Darin glich sie der typischen Kabinenwand einer öffentlichen Toilette an einer Busstation.

Beide Gebäude waren im allgegenwärtigen, klassischen Schul- und Collegestil in rotem Backstein gebaut und mit knorrigem Efeu bewachsen. Die Stelle hatte etwas von einer Höhle. Für Müllcontainer, stellte Jordan fest, war sie schlecht geeignet, als vorübergehendes Versteck, während man ein Video dreht, umso besser.

Sie stellte sich vor, wie es hier ausgesehen hatte, als das Video entstanden war. Muss im letzten Frühling gewesen sein. Die Bäume rundum saftig grün. Und in der Abenddämmerung lag die Gasse noch mehr im Schatten, während ich in den letzten Sonnenstrahlen auf dem Hof deutlich zu erkennen war.

Sie biss sich auf die Lippe. Es war eine schlaue Wahl für eine heimliche Videoaufnahme.

Jordan trat ein wenig zurück und blickte erst nach rechts, dann nach links. *Niemand konnte sehen, was du machst, es sei denn, irgendein Schüler wäre zufällig in dem Moment vorbeigekommen und hätte direkt zu dir hinübergeschaut.*

In Gedanken redete sie mit dem Wolf – als sollte er ruhig hören, wie viel sie über ihn herausgefunden hatte. Sie starrte auf die Stelle, an der er vermutlich gestanden hatte. Am liebsten hätte sie etwas Trotziges geflüstert, doch ihr fiel nichts ein. Sie sah ihn vor sich, eine lauernde, dunkle Gestalt, halb Tier, halb Mann, fast eine Cartoonzeichnung, wie er die Kamera sinken ließ und mit gebleckten Wolfszähnen zufrieden grinste. Wieder schweifte ihr Blick über die nähere Umgebung. *Reichlich Gelegenheit zum Parken in der Nebenstraße, gerade mal zwanzig Meter entfernt. Ein paar Schritte nur, und du warst verschwunden. Niemand konnte ahnen, wozu du hergekommen warst, du hast dich vermutlich ziemlich sicher gefühlt.*

Jordan bemühte sich, den Moment der Filmaufnahme minutiös zu rekonstruieren.

Du konntest hier nicht stundenlang warten, bis ich zufällig vorbeikomme und du auf die Aufnahmetaste drücken kannst. Damit hättest du dich viel zu verdächtig gemacht. Jemand hätte dich entdecken und vielleicht den Wachdienst rufen können. Niemand darf einfach so auf dem Schulgelän-

de rumhängen. Das hättest du nicht riskiert. Der kluge Wolf ist auf der Hut, hab ich recht?

Sie hatte eine trockene Kehle und räusperte sich.

Folglich hast du gewusst, wann ich vorbeikomme. Vielleicht nicht genau, aber verdammt nah dran. Du kennst dich mit den Zeiten aus. Meinen Zeiten. Der verschlagene Wolf weiß genau, wann er mich, ohne sich in Schwierigkeiten zu bringen, ausspionieren kann.

Diese Erkenntnis war aufschlussreich.

Das Gleiche gilt folglich für Rote Eins und Rote Zwei.

Sie hob die Videokamera ans Auge, ohne zu filmen. Sie hatte genug gesehen.

Obwohl es kalt war, erfasste Jordan eine heiße Woge. Hier hat der Kampf begonnen, führte sie sich noch einmal vor Augen. Kein Grund zur Panik. Genau hier hat er gestanden. Was kannst du daraus noch schließen?

Eines hatte sie schon vorher gewusst, und sie sprach es aus: »Er hat uns alle schon seit Monaten im Visier.«

Das Video, daran bestand kein Zweifel, war die Ausbeute vieler Stunden. Es war kein spontaner Einfall.

Die Vorstellung erschien ihr vollkommen unfair. Es war wie eine nicht angekündigte Klassenarbeit zu einem Stoff, den sie nicht gelernt hatte. Nur dass es hier, wenn sie scheiterte, um einiges mehr ging als eine miese Note.

Sie streckte die Hand aus und strich mit dem Finger über den rauen Backstein des Physik- und Chemiegebäudes, als hätte der alte Stein ihr etwas zu erzählen, als könne die Berührung ihr Antworten geben, die ihr bis jetzt entgangen waren. Hin- und hergerissen zwischen dem Fluchtinstinkt und dem Bedürfnis zu bleiben und sich hier bei den Mülleimern genauer umzusehen, weil sie auf etwas stoßen könnte, das ihr weiterhalf, wirbelte sie herum. Einen Moment lang starrte sie auf die graue Betonwand hinter den Abfalltonnen und überflog die verblassten Graffiti mit ihren Rechtschreibfehlern.

Kathy blest gut. Ruf sie an unter 555-1729.
Scheis auf Jahrgang 2009. Alles Aschlöcher.
Ich liebe S. In alle Ewigkeit.

Sie wollte sich gerade umdrehen, als ihr Blick auf die Zeichnung eines kleinen Herzens fiel. Darin waren Buchstaben zu erkennen:

RD & BW

Jordan starrte auf die Zeichnung, als müsste der Sinn der Kritzelei unter dem Brennglas ihrer Konzentration wie Rauch aufsteigen.

RD, dachte sie, das kann doch nicht etwa Rote Drei sein.

BW steht unmöglich für Böser Wolf.

Sie schüttelte den Kopf. Nein. Sie kramte in ihrem Gedächtnis. Gab es in diesem Jungenwohnheim nicht einen Robbie Downsend? War der letztes Jahr nicht in Betty Williams verknallt?

Das muss es sein.

Doch sie wusste, dass sie sich mit dieser harmlosen Erklärung etwas vorzumachen versuchte. Sie fröstelte, drehte sich um und machte sich zügig auf den Weg zu ihrem Wohnheim. Mit einem Schlag schien sie den Wolf im Nacken zu spüren, als verstecke er sich hinter irgendeinem Mauervorsprung, um sie wieder zu filmen, als sei er in dem Moment aus dem Nichts aufgetaucht, als sie ihm den Rücken kehrte. So absurd die Vorstellung auch war, sie fühlte sich ihr machtlos ausgeliefert. Die Woge der Panik, die über sie hinwegspülte, brachte sie fast dazu, loszurennen. Stattdessen zwang Jordan sich zu langsamen, gleichmäßigen Schritten. Immer einen Fuß vor den anderen, hämmerte sie sich ein. Wie ein Soldat hätte sie am liebsten ein grobschlächtiges Marschlied angestimmt. Doch es reichte gerade mal für ein Flüstern. »Eskimos, wie man hört, haben Schwänze, dass man friert. Links, rechts, links, rechts …« Sie hoffte, dass ihr Gang so selbstbewusst war wie die Worte, die ihr über die Lippen kamen.

Benimm dich ganz normal.

Sarah Locksley musste beinahe lachen, als sie sich klarmachte, dass sie sich zu diesem Zweck ein paar Pillen einschmeißen und mit Wodka herunterspülen müsste. Das wäre in den letzten Monaten für mich normal gewesen.

Stattdessen hatte sie den größten Teil des Tages damit zugebracht, wild entschlossen ihr Haus auf Vordermann zu bringen. Sie sammelte die Abfälle ein und entsorgte leere Schnapsflaschen in Glascontainern. Die Waschmaschine lief stundenlang fast ununterbrochen, und jede fertige Ladung wurde sorgfältig gefaltet und in Schubladen verstaut. Sie schrubbte jede Arbeitsplatte in der Küche und stellte die Selbstreinigungsvorrichtung im Herd an. Der Kühlschrank war ein hartes Stück Arbeit, doch am Ende war jeder Milchfleck weggeschabt. Verdorbene Lebensmittel kamen in einem gesonderten Müllbeutel vor das Haus. Die Badezimmer nahm sie mit Bürste, Allzweckreiniger und militärischer Präzision in Angriff und machte dabei so lange den Rücken krumm, bis er sich mit heftigen Schmerzen beschwerte, doch Porzellan und Edelstahl erstrahlten in altem

Glanz. Und in einem Impuls, der in ihren eigenen Augen an Idiotie nicht zu überbieten war, ging sie mit zwei Plastiksäcken von Fenster zu Fenster, Tür zu Tür und räumte ihr Kevin-allein-zu-Haus-Bollwerk ab. Die Scherben und Splitter unter jedem Zugang klirrten und knirschten bei ihrer Entsorgung mit Schaufel und Besen.

Die Fenster zu öffnen und das Haus zu lüften überstieg ihre Kräfte – auch wenn sie wusste, wie nötig das gewesen wäre. Ein offenes Fenster erschien ihr wie eine Einladung an kalte Luft, an Probleme und womöglich Schlimmeres.

Ebenso wenig schaffte es Sarah, mit dem Staubwedel in das Arbeitszimmer ihres Mannes oder das Zimmer ihrer Tochter zu gehen. Die blieben geschlossen.

Normal hatte seine Grenzen.

Als sie ihr Zuhause in einen einigermaßen vernünftigen Zustand versetzt hatte, trat Sarah unter die Dusche und genoss das dampfend heiße Wasser, bis ihr die Wärme wohlig in die verspannten Muskeln drang. Unfähig, sich zu rühren, stand sie fast wie eine Statue unter dem Strahl, weniger von der Erschöpfung als dem Aufruhr in ihrem Kopf gelähmt. Als sie sich Haar und Körper einschäumte, schienen ihre Hände über die Haut einer Fremden zu streichen. Nichts war ihr vertraut – weder die Form ihrer Brüste noch die Länge ihrer Beine oder ihre verfilzten Locken. Danach stellte sie sich nackt vor den Spiegel und hatte das Gefühl, ihr blicke ein eineiiger Zwilling entgegen, dem sie, von Geburt an getrennt, nie zuvor begegnet war und der erst vor wenigen Sekunden plötzlich wieder in ihr Leben getreten war.

Ihre Kleidung wählte sie mit Bedacht unter den Sachen aus, die sie früher einmal zur Arbeit an der Grundschule getragen hatte – eine schlichte Hose zum Pulli. Als sie noch einen Beruf, einen Ehemann und eine Familie besessen hatte, waren sie bequem gewesen. Jetzt, da all das verloren und sie aufgrund ihrer Depressionen abgemagert war, schlabberten sie ihr am Körper, und sie fragte sich, ob sie je wieder hineinwachsen würde.

Sie holte ihren Mantel, bürstete ein paar Flusen ab und suchte nach ihrer Schultertasche. Sie sah zwei Mal nach, um sich zu vergewissern, dass der Revolver ihres Mannes darin war. »Normal zu sein heißt noch lange nicht, dämlich zu sein«, sagte sie laut.

Dabei war sie nicht ganz sicher, ob die These stimmte.

Sarah trat in die schwache Nachmittagssonne. Sie merkte, wie ihr die Hände zuckten und die Angst in ihr hochkroch. Es drängte sie, stehen zu bleiben, die Straße in beiden Richtungen nach dem kleinsten Hinweis dafür abzusuchen, dass der Wolf in der Nähe war. Als sie dem Drang widerstand, fühlte sie sich vollkommen ausgeliefert.

Wer normal ist, machte sie sich klar, braucht sich nicht ständig nervös umzusehen und bei jedem Schritt zu zögern.

Als ihr die Idee kam, dass ihr Mann nur einmal kurz in die richtige Richtung hätte sehen müssen, um die Tragödie vielleicht noch zu verhindern, fuhr es ihr eiskalt über den Rücken. Schnell blockte sie den Gedanken an eine mögliche Mitschuld ab.

Stattdessen lief sie zügig zu ihrem Wagen und setzte sich wie jeder andere normale Mensch, der etwas zu erledigen hatte, ans Lenkrad.

Sie hatte etwas zu erledigen. Doch mit Routine hatte diese Fahrt wenig zu tun. Vielmehr würde sie das Banale mit dem traurigsten Ziel verbinden, das es für sie geben konnte.

Die erste Etappe war denkbar alltäglich: der Lebensmittelladen um die Ecke. Sie besorgte sich einen Einkaufswagen und füllte ihn mit Salaten, Obst, magerem Fleisch und Fisch. Sie kaufte Mineralwasser und Säfte. In den Gängen mit den gesunden Lebensmitteln fühlte sich Sarah ein wenig fremd. Es war schon lange her, dass sie das letzte Mal etwas Nahrhaftes zu essen gekauft hatte.

In der Blumenabteilung suchte sie zwei preiswerte, bunte Sträuße aus.

Die Kassiererin nahm Sarahs Kreditkarte und zog sie durch den Apparat, während Sarah verlegen dabeistand, weil sie sicher war, dass sie längst das Limit erreicht hatte. Als die Abbuchung reibungslos funktionierte, war sie erstaunt.

Sie schob den Einkaufswagen zum Auto und achtete darauf, sich ganz auf das Umladen der Lebensmittel zu konzentrieren und nicht durch nervöse Blicke Aufmerksamkeit zu erregen. Sie fühlte sich wie ein wildes Tier. Der Instinkt der Wachsamkeit gegenüber einer Bedrohung war übermächtig. Zu deinem nächsten Ziel wird der Wolf dir bestimmt nicht folgen, dachte sie. Und was würde er schon erfahren, selbst wenn er es täte?

Nichts, was er nicht längst weiß.

Während sie sich einschärfte, jede Angst im Keim zu ersticken, verfrachtete Sarah ihre Einkäufe im Kofferraum. Dann stieg sie ein, holte tief Luft und fuhr vom Parkplatz auf die Straße.

Im Berufsverkehr wechselten die Autos unablässig die Fahrbahn und fuhren zu dicht auf. Zu Stoßzeiten herrschte auf den Straßen eine gereizte Energie. So viele Menschen, die möglichst schnell nach Hause wollten und damit den Verkehr nur noch mehr ins Stocken brachten. Kontraproduktiv. Sie rief sich ins Gedächtnis, dass sie sich früher einmal am Ende eines Schultags genauso verhalten hatte. Kaum hatte sie alle ihre Schulsachen eingepackt, konnte sie nicht schnell genug nach Hause kommen, wo sich ihr eigentliches Leben abspielte, oder das, was sie für ihr eigentliches Leben hielt. Ihre Tochter von der Kita abholen, Abendessen machen, darauf warten, dass ihr Mann von der Feuerwehr nach Hause kam.

Hinter ihr hupte jemand. Sie trat aufs Gas, obwohl sie wusste, dass sie denjenigen auch so nicht davon abbringen konnte, sich rüde zu benehmen.

Für die Strecke zum Friedhof brauchte sie fast eine halbe Stunde. Er lag in der Nähe eines großen Parks, die letzten Ausläufer der Stadt wirkten hier beinahe ländlich.

Die Gräber lagen ein wenig zurückgesetzt an einem kleinen Hang mit Bäumen. Die befahrbaren Wege schlängelten sich ohne erkennbare Ordnung zwischen den grauen Grabsteinen hindurch. Es gab Fußwege, die zu aufwendig verzierten Familiengrüften und im Schatten wachenden Engelsstatuen führten. Es herrschte nur noch Dämmerlicht, und von den Eichen, die überall auf dem Gelände wuchsen, schienen sich dunkle Schleier herabzusenken. In einer Ecke, in der er leicht zu übersehen war, stand ein bescheidener Bau mit einem kleinen Bagger und Schaufeln.

Sie war allein.

Auf einigen Gräbern welkten Blumen vor sich hin. Andere waren mit fadenscheinigen, zerfetzten amerikanischen Fahnen geschmückt. Auf einigen war die Erde frisch umgegraben. Andere waren über die Jahre verwittert. Die Grabsteine trugen Namen, Daten sowie kurz gefasste Gefühle – *geliebter, treu sorgender …* Stumm reihten sich vor ihr die Abschiede von Jahrzehnten aneinander.

Sarah hielt an und griff nach den beiden Blumensträußen.

Lange her, seit du das letzte Mal hier warst, stellte sie fest. *Reiß dich zusammen.*

Sie konnte nicht sagen, ob diese Aufforderung sich auf den Wolf oder die beiden Menschen bezog, die ihr genommen worden waren. Sie wünschte sich, ihr Mann oder ihre Tochter würden ihr etwas zuflüstern, doch es herrschte nichts als Friedhofsstille.

Ein wenig unsicher lief sie an zwei Schutzengeln mit Posaunen vorbei, denen die steinernen Gestalten, so fest sie auch hineinbliesen, keinen Ton entlockten, dann folgte sie den Reihen einfacher, grauer Ruhestätten. Sie hörte ihre Sohlen bei jedem Schritt auf dem schwarzen Asphalt klackern. Einerseits wünschte sie sich in diesem Moment, betrunken zu sein, andererseits wusste sie nur zu gut, dass kein Alkohol der Welt den niederschmetternden Ernst des Augenblicks ertränken könnte. Die unterschiedlichsten Emotionen bestürmten sie gleichzeitig, und sie hatte das Gefühl, als säße sie in einer Achterbahn, die aus der Spur rast.

Sie legte sich zurecht, was sie zu ihrer getöteten Familie sagen sollte.

Worte wie *Es tut mir leid* oder *Ich bin auf eure Hilfe angewiesen, um das durchzustehen,* lagen ihr auf der Zunge, und sie packte die Sträuße beinahe so fest wie kurz zuvor den Revolver.

Sarah wusste, wie viele Schritte es bis zu den Gräbern waren. Sie hielt den Kopf gesenkt und den Blick auf den Weg gerichtet, als hätte sie Angst, die Namen auf dem grauen Marmorgrabstein zu lesen, die auf sie warteten. Als sie wusste, dass sie da war, blieb sie stehen, atmete einmal tief ein und hob den Blick.

»Ihr fehlt mir so sehr, und jetzt will mich jemand töten …«, platzte sie, ohne nachzudenken, heraus.

Doch als hätte ihr jemand mit einer Rasierklinge quer über die Zunge geschnitten, verstummte die dürftige Botschaft an ihren Mann und ihre Tochter.

Sie starrte durch die Dämmerung auf den Grabstein.

Zuerst konnte sie nur den Gedanken fassen: Hier stimmt etwas nicht.

Angestrengt fixierte sie den granitfarbenen Stein.

Graffiti, dachte sie zuerst. Eine Woge der Empörung erfasste sie.

Das ist entsetzlich, dachte sie. Was für widerliche, gedankenlose, hirnverbrannte Jugendliche schnappen sich eine Sprühdose und verunstalten ein Grab? Ist denen nicht klar, dass sie jemandem das Herz brechen?

Sie trat einen Schritt näher heran und sah genauer hin.

Das ist es nicht.

Sie merkte, dass sie in kurzen, flachen Zügen gegen das Dunkel anatmete. Statt der eckigen Symbole von Teenager-Gangs oder eines Spitznamens in verknäulter Schrift hatte sie etwas ganz anderes vor sich. Es waren auch nicht die üblichen, hastig über den Stein gesprühten Obszönitäten voller Rechtschreibfehler. Sarah trat vor, wie hypnotisiert von den Zeichen.

Sie waren weiß. Sie verliefen schräg über den Stein, quer über beide Namen und das Todesdatum.

Es waren vier.

Sarah hatte nie den Pfotenabdruck eines Wolfs gesehen, doch sie wusste, was sie vor sich hatte.

Sie ließ die Blumen auf den Fußweg fallen und rannte.

19

Der Barkeeper des *Sir Laughs-A-Lot*, der heute verantwortlich für den Ablauf der Comedyshow war, winkte hektisch in Karens Richtung und zeigte auf den ausgefransten schwarzen Vorhang, hinter dem sich der Eingang zur Bühne befand, als sie plötzlich das Handy in ihrer Handtasche klingeln hörte. Ihr erster Gedanke war: ein medizinischer Notfall, der keinen Aufschub duldet. Ohne Rücksicht auf den Mann, der ihr eindringlich zuflüsterte: »Worauf warten Sie, Doc. Sie sind dran, Hals- und Beinbruch, reißen Sie die vom Hocker!«, griff sie nach ihrer Tasche.

Als sie sah, dass es nicht ihr normales Handy war, sondern ihr Prepaid-Handy, das gleiche, das sie auch für Rote Zwei und Rote Drei gekauft hatte, zögerte sie.

Die Anruferkennung lautete: Sarah.

Karen streckte schon die Hand nach dem Telefon aus, als sie hörte, wie der Angestellte zu ihr sagte: »Hoffe, es geht da um Leben und Tod. Wir haben nämlich ein voll besetztes Haus, und die Leute werden schon unruhig.«

Als Karen den Kopf hob, sah sie, dass er mit einer Hand den Vorhang aufhielt und sie mit der anderen auf die Bühne komplimentierte. Hinter ihm im Scheinwerferlicht konnte sie den Klubbesitzer erkennen, der ihren Auftritt ankündigte.

»Begrüßen Sie mit mir Doktor K.!«, sagte er gerade, während er von einem Standmikrofon zurücktrat und in ihre Richtung zeigte.

Sie warf einen kurzen Blick auf das Handy, das in diesem Moment verstummte. Auf dem Display stand: *1 neue Nachricht.*

Für Sekunden war sie hin- und hergerissen. Sie hörte das Flüstern des Mannes, der sie zum Auftritt drängte. Gleichzeitig verlangte das Handy ihre Aufmerksamkeit.

Nach Sekunden der Unentschlossenheit ließ sie es in ihre Tasche fallen und schnappte sich die Flasche Wasser, die ihr der Mann entgegenhielt. *The Show must go on*, dachte sie, auch wenn das vielleicht eine Täuschung war. Karen trat ins Rampenlicht.

Passend zu einer schwarz gerahmten Brille und der albernen gekräuselten Frisur setzte sie ein breites, etwas einfältiges Grinsen auf und winkte ins Publikum. Sie trug ihr übliches Comedykostüm aus roten Knöchelturnschuhen, einem schwarzen Rollkragenpullover zur Jeans, einem weißen Arztkittel und einem alten, nicht mehr funktionstüchtigen Stethoskop, das ihr wie eine Schlinge um den Hals hing.

In diesem winzigen, alternativen Klub bedeutete »volles Haus« ein Publikum von etwa fünfzig Leuten. Zwar konnte sie jenseits des Scheinwerferlichts nichts erkennen, aber sie wusste, dass sich Paare und Vierergruppen über den höhlenartigen, schummrigen Raum verteilten. Sie saßen an Tischen, und die bedrängten Kellnerinnen hatten ihre liebe Not damit, Bier und Burger zu servieren und alle neuen Bestellungen aufzunehmen, bevor die nächste Nummer begann. Sie roch Fritten und hörte von ferne das Brutzeln aus der kleinen Küche.

Sie wurde mit zaghaftem Applaus begrüßt, für den sie sich mit einer übertriebenen Verbeugung bedankte.

»Wissen Sie, was mir wirklich stinkt?«, sagte sie in trällerndem Tonfall. »Wenn du ein Rezept ausstellst und draufschreibst ›2 x täglich‹, und die Patienten gehen automatisch auf die doppelte Dosis, weil ... wenn es ihnen von zwei Tabletten besser geht, was bringen dann erst vier!!«

Sie legte eine Pause ein, sah durch das blendende Licht in Richtung Publikum und lächelte.

»Von Ihnen macht das natürlich keiner ...«

Ihr schwappte eine Welle leises, schuldbewusstes Lachen entgegen.

»Ich meine, nicht jeder von uns ist scharf darauf, ein Tablettenjunkie zu werden.«

Diese Beleidigung wurde mit einer etwas lauteren Reaktion belohnt. Hier und da ertönte ein leiser Zwischenruf, »Klar, wieso nicht!« oder »Und ob!«, aus dem Publikum.

»Da fällt mir natürlich dieser Suchtpatient ein ...«, fuhr sie fort.

Sich über Drogen lustig zu machen und sich ein bisschen naiv über die Bedürfnisse von Patienten auszulassen gehörte zu ihrer Masche. Immer wenn sie unsicher war, wie ihr Humor ankommen würde, riss sie Witze über Dinge, die alles andere als witzig waren. Dafür hatte sich noch jedes Publikum erwärmt. Sie erinnerte sich, wie vor Jahren, als sie ihre ersten Nummern ausprobierte, ein Comedianveteran sie zur Seite genommen und gesagt hatte: »Wissen Sie, was nicht komisch ist? Ein Mann mit Gipsbein an Krücken. Und wissen Sie, was ein richtiger Brüller ist? Ein Mann mit Gipsbein an Krücken, der auf dem vereisten Bürgersteig ausrutscht und sich ein paar Mal überschlägt. Nichts lieben die Leute so sehr wie das richtig üble Missgeschick anderer. Daran sollten Sie immer denken, wenn Sie da oben stehen.« Und sie nahm sich den Rat zu Herzen. In ihren Auftritten machte sie sich über Herzinfarkte, Krebs und Ebolafieber lustig. Meistens ging die Rechnung auf.

»Fragt mich dieser Kerl doch glatt: Was haben Sie gegen Drogen, Doc? Und ich so zu ihm: Nun ja, aber Beruhigungspillen für Hunde? Grinst der mich an und sagt: Na ja, ich und mein Hund, wir sind uns ziemlich ähnlich ...«

Karen legte eine Pause ein. »Ich daraufhin zu ihm: Mag ja sein, schnupfen Sie das Zeug nur weiter, und Sie wedeln bald nicht mehr mit dem Schwanz ...« Bei dem Wort Schwanz griff sie sich in den Schritt, um einen masturbierenden Mann zu imitieren.

Sie erntete brüllendes Gelächter und einigen Applaus. Das Feedback genügte Karen, um sich zu entspannen. Sie hatte das Publikum genug für sich eingenommen, um einen gelungenen Abgang hinzukriegen. Sie wusste auch schon, mit welchem Witz. Ein Teil des Reizes beim Auftritt bestand für sie darin, in den Minuten auf der Bühne ihre Gedanken in verschiedenen Schubfächern zu ordnen wie in einem Apothekerschrank.

Sie kehrte zu ihrem imaginären Junkie zurück. »Und ich dann: Wissen Sie was? Kann Ihnen glatt passieren, dass Sie das Bein zur falschen Zeit heben ...«

Die nächste Lachsalve ging durch die Reihen. Es war wichtig, dass die Leute in diesem abgedunkelten Raum buchstäblich sahen, wie sich ein Mann in einen Hund verwandelte.

»Andererseits, sagt der Kerl zu mir, kann ich dann vielleicht besser riechen, wenn eine so richtig heiß ist.«

Sie wusste, dass bei dieser Zeile die Männer im Raum klatschen würden. Was sie auch taten.

Karen hatte sich warmgelaufen, war zuversichtlich und hatte die unvermutete Nachricht auf ihrem Handy, die sie bis auf die Bühne verfolgt hatte, in den hintersten Winkel ihres Bewusstseins verdrängt. Sie genoss den Applaus. Eine Streicheleinheit, dachte sie, und es tat gut.

Doch dann übertönte ein einsamer Ruf den Lärm.

Es war ein schriller, durchdringender Laut.

Sie war solche Reaktionen durchaus gewöhnt; bei anderen Auftritten hatte sie so etwas entweder ignoriert oder sich darüber lustig gemacht.

Doch dieser Ruf war anders – der Ton schwoll an und fiel dann plötzlich ab. Er erwischte sie eiskalt, denn er klang wie das Heulen eines Wolfs.

Sie wechselte die Stellung und nahm einen großen Schluck aus der Wasserflasche. Ihr fiel nichts ein – sie wusste, dass die nächste Pointe fällig war, doch ihr Denken setzte aus.

Jede Frau hat solche Rufe oder Pfiffe schon mal gehört. Das ist nichts weiter als ein etwas primitives Kompliment. Gibt es seit je.

Bis vor Kurzem hatte sie sich nichts dabei gedacht. Jetzt schon.

Sie versuchte, sich zu fassen. *Es ist nichts.*

Eine Stimme in ihr schrie: Lügnerin!

Karen versuchte mit aller Macht, an den letzten Witz anzuknüpfen.

»Natürlich«, sagte sie, »verschwenden die Pharmakonzerne ihre Zeit und ihr Geld an die falschen Probleme. Ich meine, sie versuchen, Herpes und Erkältungen in den Griff zu kriegen. Aber wo bleibt, bitte schön, die Pille, die Frauen beim Einparken hilft?«

Prompt folgte prustendes Gelächter aus der Dunkelheit.

»Oder das lang ersehnte Mittel gegen die Footballsucht der Männer? Ladys, das könnten wir einfach unbemerkt in die Salsa und den Nacho-Dip mischen, und spätestens wenn das Spiel vom Bildschirm verschwindet und er auf die neueste Verfilmung von *Stolz und Vorurteil* wechselt, wüssten wir, es hat gewirkt …«

Noch mehr Kichern und Gejohle.

Karen entspannte sich allmählich wieder und redete sich ein, das Wolfsgeheul sei kein Wolfsgeheul gewesen, als es im allgemeinen Gelächter zum zweiten Mal ertönte.

Ist es doch, ist es nicht, versuchte sie, sich auf diesen Laut einen Reim zu machen. Sie hielt sich die Hand über die Augen, um an den Scheinwerfern vorbei das Publikum zu erkennen, doch vor ihr lag nichts weiter als eine dunkle Höhle, in der sie bestenfalls vage Silhouetten ausmachen konnte. Und dann fiel es ihr plötzlich wie Schuppen von den Augen: der Anruf von Rote Zwei. Das war eine Warnung.

Er ist hier. Er ist genau da drüben hinter den blendenden Scheinwerfern. Er ist zum Greifen nahe.

Ich bin für ihn zum Greifen nahe.

Karen kämpfte gegen die Panik an. Sie setzte alles daran, mit dem Comedian-Geplapper fortzufahren. Innerlich forderte sie sich auf: Mach einen Witz. Sag: »Jemand scheint sich verliebt zu haben …« oder sonst irgendeinen Blödsinn. Tu so, als wäre dieser Ruf harmlos und normal.

Es gelang ihr nicht. Der Gedanke an Mord war stärker.

Ist es jetzt so weit? In diesem Moment? Wird er mich vor all diesen Leuten umbringen?

Ihr zuckten die Hände. Noch einmal setzte sie gierig die Wasserflasche an den Mund, doch sie war leer.

Sie stand auf der Bühne. Sie konnte sich nirgends verstecken. Die Scheinwerfer verfolgten jede ihrer Bewegungen. Es drängte sie, etwas zu sagen, das ihr einen einigermaßen würdigen Abgang vom Podium verschaffen würde, so etwas wie: »Also, ich muss los, die Notaufnahme wartet.« Andererseits mochte so etwas den Wolf erst recht zum Handeln provozieren. Würde er sie auf der Stelle erschießen, falls sie zu fliehen versuchte? Würde er wie ein geistesgestörter John Wilkes Booth mit einem Messer oder einer Knarre auf die Bühne springen?

Sie schloss die Augen. Sie war zwischen zwei gegensätzlichen irrationalen Ängsten hin- und hergeworfen. Da war die Angst davor, sich vor dem Publikum zu blamieren, und die Angst vor dem Wolf.

Bei der Frage, ob sie nur noch Sekunden zu leben hatte, schluckte sie mühsam.

»Also«, sagte sie ins Publikum und zwang sich zu einem Grinsen, »das war's dann für heute Abend von mir. Nehmen Sie zwei Aspirin und rufen Sie mich morgen früh in der Sprechstunde an.«

Der Schuss würde im Applaus untergehen. Und der Schütze im Schummerlicht des Lokals. Es würden Panik und Chaos herrschen. Jemand würde rufen: »Schnell, einen Arzt!« Dabei war sie natürlich die einzige Ärztin im Klub, und sie würde auf der Bühne sterben. In dem Wirrwarr aus bitterer Ironie und der Fassungslosigkeit über den Mord würde der Wolf entwischen. So viel stand für sie fest: Er hatte seine Flucht gut geplant und wäre im Nu bei Rote Zwei und Rote Drei.

Es sei denn, er hatte sie schon getötet.

Vielleicht war das der Anruf, dachte Karen. Auf dem Display stand »Sarah«, und dann kam die neue Nachricht. Vielleicht lautete sie: »Ich bin tot.«

Karen sah die zwei Leichen deutlich vor sich. Rote Zwei und Rote Drei, blutverschmiert, mit verrenkten Gliedern, abgeschlachtet. Fast hatte sie das Gefühl, über ihre Leichen treten zu müssen, als sie die Bühne verließ.

Sie stolperte zum Vorhang. Sie wusste, dass sie noch einmal ins Publikum winken sollte, das immer noch klatschte, doch sie schaffte es nicht zurückzublicken. Jeder Schritt konnte ihr letzter sein. Ihre Beine fühlten sich wie Watte an. Jede Sekunde rechnete sie mit dem Knall, dem letzten Laut, den sie je hören würde.

Als sie den Vorhang erreicht hatte und hinter sich zufallen ließ, kam es ihr so vor, als hätte sie noch nie eine derart weite Strecke zu Fuß zurückgelegt.

Einen Moment lang sog sie gierig die abgestandene Luft in der Kulisse ein. Am liebsten hätte sie sich in einen dunklen Winkel gekauert. Im selben Moment rief sie sich zur Ordnung: Du musst nachsehen!

Sie warf ihre Bühnenbrille und das Stethoskop auf ihre Tasche, schlüpfte aus dem weißen Kittel und rannte an dem erstaunten Barkeeper, dem ebenso verblüfften Klubbesitzer und einem jungen Mann in Tweedjackett und khakifarbener Hose vorbei, der an diesem Abend auf ihre Vorstellung folgte. Sie lief zum Seiteneingang des Klubs, der in den Gastraum führte. Ein Schild warnte *Beim Öffnen wird Alarm ausgelöst*, doch die Anlage war abgeschaltet.

Karen stürmte durch die Tür.

Im Klub waren ein paar Lampen angegangen – es war gerade eben hell genug, um die Gesichter im Publikum abzusuchen. Doch sie wusste nicht, wonach sie suchte. Nach einem Mann ohne Begleitung? Einem Wolfsgebiss? Wie sollte sie in einer Schar von Leuten den Mörder ausfindig machen?

Was sie sah, erwies sich als bemerkenswert normal. Eine neue Runde Bier und Burger wurde gebracht. Voll besetzte Tische, zumeist mit Paaren. Ihr schlugen lautes Gelächter und fröhlich erhobene Stimmen entgegen.

Systematisch ließ sie den Blick von links nach rechts durch die Tischreihen wandern.

Am liebsten hätte sie geschrien: »Wo steckst du?«

»Hey, Doc, alles in Ordnung?«

Sie zuckte so heftig zusammen, dass sie beinahe in die Luft gesprungen wäre.

Die Frage kam vom Klubbesitzer.

Karen atmete langsam durch.

»Ja, schon gut«, antwortete sie.

»Ich meine, Sie sehen aus, als hätten Sie ein Gespenst gesehen.«

Gut möglich, dachte sie, vielleicht hab ich auch nur eins gehört.

»Nein, mir fehlt nichts«, sagte sie. »Hatte nur den Eindruck, ich hätte jemanden wiedererkannt.«

»Offenbar jemanden, den Sie lieber nicht sehen möchten«, sagte der Klubbesitzer. »Wenn Sie wollen, kann ich Sam bitten, Sie zu Ihrem Wagen zu begleiten, sobald der Typ nach Ihnen fertig ist.«

Sam war der stämmige Barkeeper. Hinter dem Angebot steckte zweifellos die Vermutung, dass es um einen lästigen, abgeblitzten Liebhaber oder Exmann ging.

»Das wäre nett«, sagte sie ohne eine weitere Erklärung.

»Ausgezeichnet. Lust auf einen Drink, um die Nerven zu beruhigen? Übrigens, Ihre Nummer, die lief toll heute Abend. Hat den Leuten offenbar gefallen.« Der Besitzer winkte eine Kellnerin heran.

»Danke«, antwortete Karen. »Einen Scotch. Pur. Einen doppelten, und ein Bier dazu.«

»Aufs Haus«, fügte der Besitzer hinzu, während er Karen zurück in die Kulisse führte.

Es dauerte eine Weile, bis Karen wieder allein war. Sam

stand am Vorhang, der Besitzer auf dem Podium, um die nächste Darbietung anzukündigen, während der Collegejunge es eilig hatte loszulegen. Die Kellnerin kam und brachte ihr die Getränke und war schnell wieder verschwunden, um dahin zurückzukehren, wo Trinkgeld zu holen war. Karen kippte den Scotch hinunter und genoss, wie er ihr in der Kehle brannte. Für einen Moment war sie ein wenig benommen und wippte vor und zurück, als wäre sie schon betrunken. Sie musste ihre ganze Kraft zusammennehmen und sich wie ein Mantra immer wieder einhämmern, jetzt kann mir nichts mehr passieren, jetzt kann mir nichts mehr passieren, bevor sie es schaffte, das Handy aus der Tasche zu holen. Ein paar Sekunden lang starrte sie auf das Display. Hinter sich hörte sie, wie der Collegejunge derbe Witze riss und das Publikum johlte. Der ist gut, dachte sie, besser als ich.

Sie drückte ein paar Tasten und hielt das Handy ans Ohr.

Die Worte schlugen ihr im Stakkato entgegen, mal hastig, mal stockend, dann fast gekreischt.

Karen konnte nur *Grab* und *Pfotenabdrücke* heraushören.

Und den hysterischen Anfall. Schluchzen, Stöhnen – Panik. Das war nicht zu überhören.

20

Zunächst hielt Sarah in der Menge nach Karen Ausschau, doch plötzlich zögerte sie, weil sich in ihrem Kopf ein verrückter Gedanke breitmachte. Wenn sie Rote Eins entdeckte, dann täte es womöglich auch der Wolf. Es war, als säße er neben ihr und brauchte nur ihrer Blickrichtung zu folgen, damit er sie beide vor aller Augen töten könnte. Also zwang sie sich, nach vorne oder auf den Boden zu starren und möglichst selten Rote Drei zu beobachten. Sie fixierte eine Spielerin der gegnerischen Mannschaft, deren Namen sie auf den Flyern fand, die auf den überdachten Zuschauerbänken verstreut lagen, und tat so, als hätte sie etwas mit diesem schlaksigen Mädchen zu tun, das sie noch nie im Leben gesehen hatte.

Auch diesmal hatte sie vor dem Schritt in die Öffentlichkeit sorgfältige Vorbereitungen getroffen, allerdings einmal ganz anders.

Sie hatte eine billige, pechschwarze Perücke gefunden, die von einer Halloween-Party aus glücklicheren Tagen stammte. Sie hatte sich damals als Uma Thurman aus *Pulp Fiction* kostümiert, während ihr Mann im schwarzen Anzug zur schmalen Krawatte John Travolta als Auftragskiller Vincent gemimt hatte. Sie erinnerte sich, mit welchem Vergnügen sie auf der Tanzfläche die quälend langsamen, aufreizenden Bewegungen imitiert hatten, mit denen das Filmpaar das Publikum gefesselt hatte. Sie hatte eine der abgewetzten Baseballkappen ihres Mannes auf die Perücke gestülpt, damit sie nicht verrutschte.

Dann hatte sie so lange in ihren Schränken gewühlt, bis sie ein paar ihrer alten Umstandskleider in einem Karton gefunden hatte, und sich mit einem Sofakissen und Paketklebeband in eine Schwangere etwa im fünften Monat verwandelt. Eine Sonnenbrille sowie ein zu großer, aus der Mode gekommener brauner Mantel rundeten die Verkleidung ab. Besser würde es auf die Schnelle nicht klappen.

Sarah war nicht stolz auf ihr Werk und konnte beim besten Willen nicht sagen, ob der Wolf sie – insbesondere in einer Menschenmenge – erkennen würde. Wahrscheinlich würde er ihre Fährte aufnehmen, egal wie sehr sie ihr Äußeres veränderte. Sie traute dem Wolf einen übermenschlichen Spürsinn zu. Obwohl sie das Haus durch die Gartentür verlassen hatte und – um ihre falsche Schwangerschaft zu verstecken – geduckt wie ein Soldat im Kugelhagel zur Garagenfront gehuscht und ins Auto gestiegen war, vermutete sie, dass er sie dabei beobachtet hatte. Den Mantel hatte sie in einem Müllbeutel mitgenommen, um ihn erst anzuziehen, wenn sie am Sportplatz war. Als sie mit quietschenden Reifen aus der Einfahrt gerast war, hatte sie in ihrer Straße keine verdächtigen Fahrzeuge entdecken können, und auf ihrer weiteren Fahrt hatte sie mit den üblichen Manövern alles darangesetzt, einen etwaigen Verfolger abzuschütteln.

Im Grunde war sie der Überzeugung, dass alle diese Tricks albern und vergeblich waren. Jeder Versuch, diesem Mann auszuweichen, war illusorisch. Der Wolf war überall zugleich.

Während sie auf das Spielfeld starrte und bei jedem Treffer einen Jubelschrei simulierte, hatte Sarah in Wahrheit nur eines vor Augen: die Wolfsspur auf dem Grabstein.

Sie hatte krampfhaft überlegt, was diese Pfoten zu bedeuten hatten, doch das war schwer zu sagen. Es schien, als lauerte der Wolf an der Peripherie ihrer Existenz und wartete nur den richtigen Moment ab.

Den richtigen Moment, dachte sie. Was ist für ihn der richtige Moment?

Bei der Antwort auf diese Frage hoffte sie auf die Hilfe von Rote Eins und Rote Drei.

Sie suchte sich einen Sitzplatz zwischen zwei Paaren und verwickelte ihre Nachbarn in ein Geplänkel über die Mannschaften und das Spiel, damit jeder, der sie beobachtete, davon ausgehen musste, dass sie zusammen gekommen waren. Es war nicht schwer, diesen Eindruck zu erwecken.

Sarah atmete tief ein und wartete, dass der Zeiger der Uhr weiterrückte und das Spiel endete. Sie machte einen Moment die Augen zu und ging die nächsten Schritte durch. Es war kein ausgefeilter Plan, den sie in den Telefonaten mit Rote Eins und Rote Drei ausgeheckt hatte, doch das Gebot der Eile saß ihnen genauso im Nacken wie der Wolf selbst.

Als das Schlusssignal ertönte, brach die Zuschauermenge in ein geteiltes Echo aus Jubelrufen und enttäuschten Kommentaren aus, während sich alle von den Plätzen erhoben und die Glieder streckten.

Sarah sah, wie die beiden Mannschaften in zwei Reihen in Stellung gingen, um sich die Hände zu schütteln. Jede Mannschaft spendete dem Gegner einen höflichen Applaus, doch Sarah achtete nicht mehr darauf, denn sie bahnte sich bereits einen Weg durch die Fans und Eltern, die Gänge und Bankreihen versperrten. Sie hielt den Blick gesenkt, während sie gegen Besucher stieß, die ihre Jacken anzogen und sich über das Spiel unterhielten. Sie hoffte, dass Rote Eins nicht weit von ihr dasselbe tat.

Mit einem unauffälligen Blick über die Schulter schlich sich Sarah eine Treppe hinunter, die zu den Umkleidekabinen führte. Mit einem zweiten Blick vergewisserte sie sich, dass sie alleine war. Sie horchte, doch hinter ihr waren keine Schritte zu hören. Irgendwo in der Ferne ertönte das Gelächter junger Leute – eine harmlose Geräuschkulisse. Rote Drei hatte ihr erklärt, am Ende des Flurs befinde sich eine Tür mit der Aufschrift *Damentoilette*. Dorthin führte sie ihr Weg, und als sie beim Betreten sah, dass sie allein war, stieß sie einen erleichterten Seufzer aus.

Kein Wolf würde mir hierher folgen, stellte sie mit Genugtuung fest.

Natürlich war ihr im selben Moment bewusst, dass dies barer Unsinn war, denn ein Killer, der einen Mord begehen wollte, machte nicht aus Sitte und Anstand vor einer Damentoilette halt. Dennoch fühlte sie sich sicher.

Rechts von ihr befanden sich gegenüber der Wand mit den Waschbecken drei Kabinen. Sie betrat die hinterste. Sarah schloss die Tür ab und setzte sich zum Warten auf den Klodeckel. Eine Viertelstunde, hatte Rote Drei gesagt.

Sie sah auf die Armbanduhr. Die Zeit schien aus dem Takt zu geraten, als hätten sich in jede Minute statt der sechzig eine unberechenbare Zahl an Sekunden eingeschlichen.

Karen kauerte in ihrem Wagen und wartete, bis die ersten Besuchertrauben durch die Türen der Sporthalle ins Freie strömten. Ihr Haar hatte sie streng zurückgesteckt, und sie trug flache Schuhe; sie hatte nichts getan, um sich zu verkleiden.

Vielmehr war sie, kaum dass sie auf dem Parkplatz vor der Turnhalle eintraf, ausgestiegen und hatte die Reihen der Fahrzeuge abgeschritten, um sich zu vergewissern, dass alle leer waren. Auch wenn ihr Verhalten idiotisch wirken musste, hatte sie sich besser gefühlt, als sie wieder einstieg.

Dann hatte sie ihre Scheibe heruntergekurbelt, um anhand der gedämpft herüberklingenden Jubelrufe den Verlauf des Spiels zu verfolgen. Als sie den Signalton hörte, der das Ende anzeigte, hatte sie nur noch ein paar Minuten warten müssen. Als Erstes drängten Schüler durch die Tür. Sie hörte ihr unbeschwertes Lachen, als sie sich in der abendlichen Dunkelheit zerstreuten. Wenig später folgte ein gleichmäßigerer Menschenstrom aus Jugendlichen, Erwachsenen und sogar ein paar Kleinkindern.

Das war für sie das Zeichen, sich auf den Weg zu machen.

Wie ein Fisch, der gegen den Strom schwimmt, senkte sie den Kopf und schlängelte sich durch die Menge. Während alle ins Freie strebten, war sie die einzige Person, die sich in die Halle kämpfte.

Das war ihr ganzer Plan. Falls der Wolf sie verfolgte, würde er genauso für Unruhe sorgen wie sie selbst und nicht unbemerkt bleiben. Immer wieder warf sie einen verstohlenen Blick über die Schulter, um festzustellen, ob ihr jemand durch die Menschenknäuel folgte.

Offenbar nicht.

Karen steuerte dieselbe Treppe an, die Sarah kurz zuvor hinuntergegangen war und auf der zwar ein paar Schüler in beide Richtungen liefen, aber kein Wolf.

Sie fand die Damentoilette ebenso schnell wie Sarah. Genau wie Rote Zwei sah sie nach links und rechts, um sich zu vergewissern, dass sie allein war. Dann huschte sie hinein.

Ein, zwei Sekunden lang herrschte Stille, bevor sie laut flüsterte: »Sarah?«

»Hier«, kam die Antwort aus der Kabine.

Sarah öffnete die Tür, und die beiden Frauen begrüßten sich mit einer verlegenen Umarmung.

Karen trat zurück, musterte die falsche Schwangerschaft sowie die schwarze Kurzhaarperücke und schmunzelte.

»Du musst ja …«, sagte Karen bei dem Gedanken an die Pfotenabdrücke auf dem Grabstein, doch dann wusste sie nicht weiter. Erschrocken? Verstört? In Panik gewesen sein? »Ich bin völlig ausgerastet«, antwortete Sarah grimmig, auch wenn ihre Wortwahl lässig war. »Als ich dich angerufen habe, war ich in Panik. Aber ich hab mich wieder im Griff. So halbwegs. Und du?«

Karen wollte beschreiben, wie sie auf der Bühne gestanden und plötzlich dieses Jaulen gehört hatte, das nach einem Wolf klang – das nach *dem* Wolf klang, doch sie überlegte es sich anders. Es war wenig hilfreich, Sarahs ohnehin labilen Gemütszustand noch mehr zu belasten. Du musst stark sein, befahl sie sich, eine Haltung, die teils dem Drill als Ärztin geschuldet war, teils dem Bewusstsein, dass ihr nichts anderes übrig blieb.

»Hast du die Zeit im Auge behalten?«, fragte sie.

Sarah nickte. »Fünfzehn Minuten, ziemlich genau.«

»Gut, dann mal los.«

Die beiden Frauen traten aus der Damentoilette in den Flur. Sie waren allein, doch wie zuvor hörten sie aus nicht allzu weiter Entfernung die lauten Stimmen junger Mädchen.

»Hier lang und dann rechts, hat Jordan gesagt«, erklärte Sarah.

Sie warteten noch einen Moment und blickten sich ein

paar Mal um. Schon merkwürdig, musste Karen denken, wie es ihnen allen zur zweiten Natur geworden war, permanent nachzuschauen, ob ihnen auch niemand folgte. Die Vorstellung, in diesem hell erleuchteten Korridor allein zu sein, war nicht eben beruhigend.

Sie erreichten den Umkleideraum der Mädchen so, wie Jordan es ihnen beschrieben hatte. Vor der Tür standen zwei Mädchen und plauderten mit zwei Jungen. Die Mädchen, die Sarah vom Spiel wiedererkannte, hatten feuchtes Haar und ein rotes Gesicht. Sie traten zur Seite, als die beiden Frauen an ihnen vorbei in die Umkleide strebten.

Dort schlug ihnen ein Schwall warmer, feuchter Luft entgegen. Aus den Duschkabinen war prasselndes, spritzendes Wasser zu hören, und von den weiß gefliesten Wänden hallte lautes Gelächter wider.

»Geht doch nichts über ein gewonnenes Spiel«, sagte Sarah. »Darüber verschwinden andere Probleme.«

»Schön wär's«, sagte Jordan, und die beiden anderen Frauen zuckten zusammen.

»Jedenfalls nicht *unser* Problem«, fügte Jordan leise hinzu und schüttelte den Kopf.

Sie war noch nicht fertig angezogen und trug nur ein knappes weißes T-Shirt zu einem schwarzen Slip. Sie hatte eine Haarbürste in der Hand und wie die anderen Mädchen vom Duschen noch feuchtes Haar. Beide ältere Frauen überkam angesichts der durchtrainierten Figur des jungen Mädchens ein Anflug von Neid. Muskeln, flacher Bauch, schmale Hüften und lange Beine, an denen die letzten Wassertropfen glänzten. Jordan war genau in dem Alter, in dem es keine Mühe machte, rank und schlank zu sein, und in dem die Haut, wie nach dem Rubbeln mit einem Handtuch, einen ganz natürlichen rosigen Schimmer hat.

Sie grinste, als sie Sarah sah. »Coole Verkleidung. Schwanger, ja?«

Sarah nickte und zog ihren Pullover hoch, um ihr das Kissen zu zeigen, das sie sich mit dem Klebeband am Bauch befestigt hatte.

»Spitze. In New York oder Boston stünde in der U-Bahn glatt jemand für dich auf«, kommentierte Jordan.

Sie lief an Sarah und Karen vorbei zu ihrem Spind und schlüpfte in eine ausgeblichene Jeans, bevor sie sich ein blaues Kapuzensweatshirt mit dem Logo des Middlebury College überzog. Sie grinste und zeigte auf den Namen. »Spitzencollege«, sagte sie. »Noch vor einem Jahr hätten die mich mit Kusshand genommen. Jetzt im Traum nicht mehr.«

»Verkauf dich nicht unter Wert«, sagte Karen mit einem mütterlichen Lächeln.

»Tu ich nicht«, erwiderte Jordan. »Ich bin nur Realistin.«

Kein Teenager ist Realist, dachte Karen, doch sie verkniff sich die Bemerkung.

Die drei Frauen saßen nebeneinander auf einer Holzbank, während Jordan sich Socken und Schuhe anzog. Ohne aufzublicken, band sie die Schnürsenkel zu einem Doppelknoten und fragte die beiden anderen Roten: »Und? Was machen wir jetzt?«

Sarah reagierte als Erste. Sie zeigte auf die Perücke und das Kissen. »Uns verstecken?« Es klang wie eine Frage und eine Antwort zugleich.

»Du meinst davonlaufen«, sagte Jordan.

»Ja. Genau.«

Alle drei Frauen schwiegen einen Moment, als dächten sie über die Möglichkeit nach.

»Wenn ich einfach nach Hause gehen würde – und so, wie

die Situation im Moment ist, kann ich das knicken –, aber nur mal angenommen: Wer sagt uns, dass der Wolf nicht damit rechnet? Ich meine, wir wissen, dass er uns schon eine ganze Weile im Visier hat. Vielleicht hat er mich auch schon nach Hause verfolgt, und er rechnet damit, weil es logisch für mich wäre, zu meinen Eltern zu gehen. Jag der Kleinen nur ordentlich Angst ein …«, Jordan deutete mit dem Finger auf sich, »… und die Kleine kann gar nicht schnell genug zu Mama und Papa laufen. Nur dass das bei mir nicht geht, weil meine Mama und mein Papa derzeit bis zum Hals in der Scheiße stecken.«

Karen schüttelte den Kopf und machte einen anderen Vorschlag. »Vielleicht kann jede von uns Freunde besuchen …«

»Und woher sollen wir wissen, für wie lange?«, fragte Jordan. »Ich meine, der Wolf scheint es nicht eilig zu haben. Wahrscheinlich hat er einen Zeitplan, aber wir haben nicht den blassesten Schimmer, wie der aussieht. Also kommen wir früher oder später hierher zurück, immerhin gehe ich hier zur Schule, und ihr beide seid hier zu Hause, und zack!, fängt die ganze Sache von vorne an. Vielleicht hat er das längst einkalkuliert. Oder er will sogar, dass wir die Flucht ergreifen. Je mehr wir uns isolieren, desto leichter machen wir es ihm. Oder aber …«

Jordan verstummte.

Karen und Sarah starrten sie durchdringend an, und sie lächelte zaghaft. »Ich hab eine Menge über Mörder nachgelesen«, sagte sie. »Statt Hausaufgaben zu machen. Ich hab mich in die Bibliothek gesetzt und die Psyche von Mördern studiert.«

»Und was hast du gelernt?«, fragte Sarah.

»Dass wir keine Chance haben«, erwiderte Jordan in

nüchternem Ton, als sei das die einfachste Sache der Welt und kein Grund, sich künstlich aufzuregen.

Wieder verfielen die drei Roten in Schweigen, bis Karen einen Versuch unternahm, die Stimmung in eine andere Richtung zu lenken.

»Ich kann sowieso nicht sang- und klanglos verschwinden«, sagte sie. »Ich hab auf Monate im Voraus Patiententermine, ich kann die Leute nicht hängen lassen.«

Sarah schloss die Augen und wippte kaum merklich vor und zurück. »Ich könnte weggehen. Wär vielleicht das Beste. Irgendwo ganz neu anfangen. Mir einen anderen Namen zulegen, einen Job finden und einfach jemand anders werden. Vielleicht könnte ich wirklich weglaufen und mich verstecken. Möglicherweise würde es funktionieren.«

Sie hatte das Gefühl, als hörte sie jemand anderem zu. Wieso sollte es nicht klappen? Der Gedanke allerdings, dass sie die beiden Särge für immer hinter sich lassen sollte, tat fast so weh wie die Erinnerung an ihren Verlust.

Karen musste ihr etwas von diesen Gefühlen an den Augen abgelesen haben.

»Das ist das Klischee, das uns vorgegaukelt wird«, sagte sie. »Neuanfang. Aber so einfach ist das nicht. Und du würdest es nicht fertigbringen.«

Sarah nickte. »Nein. In Wahrheit geht es darum, weiterzumachen. Und wenn man lange genug weitermacht, wird es vielleicht irgendwann ein Neuanfang.«

Jordan meldete sich zu Wort. »Bringt uns sowieso nichts«, sagte sie. »Wir haben keine Ahnung, wozu der Wolf fähig ist und wozu nicht. Theoretisch könnte er dir also folgen, selbst wenn du versuchst, heimlich zu verschwinden und neu anzufangen. Du wüsstest nie, ob du in Sicherheit bist oder nicht.«

Bei der Vorstellung, den Rest ihres Lebens über die Schulter zu sehen und bei jedem ungewöhnlichen Geräusch zusammenzuzucken, verstummten alle drei.

»Ich glaube, wir sind alle dazu verdonnert, hierzubleiben, ob uns das passt oder nicht«, fasste Jordan die Stimmung zusammen. »Und ich schätze mal, das weiß der Wolf, und das hat eine Rolle gespielt, als er uns herausgepickt hat. Folglich gibt es nur eine Antwort.«

»Und die wäre?«, fragte Sarah.

»Wir müssen ihn finden, bevor er zuschlägt.«

»Na schön, aber ...«

»Und noch etwas. Wir müssen uns danebenbenehmen.« Bei diesen Worten horchten die beiden älteren Frauen verwundert auf.

»Wie meinst du das?«

»Wir dürfen uns eben *nicht* normal verhalten.«

Karen und Sarah wollten beide protestieren, doch Jordan hob die Hand.

»Ich weiß, ihr wart der Meinung, genau das sollten wir machen, aber überlegt doch mal. Bringt uns das wirklich was? Nein.«

Sie zögerte, bevor sie fortfuhr.

»Was sind wir?«, fragte sie und gab die Antwort selbst. »Wir sind Gewohnheitstiere. Wann fühlen wir uns ein kleines bisschen sicherer? Wenn wir Umwege fahren und uns verkleiden und irgendwie hoffen, den Wolf auszutricksen. Selbst wenn wir wissen, dass uns das letztlich nicht gelingt, fühlen wir uns trotzdem besser. Ich will damit sagen, jede von uns muss versuchen, anders zu sein, als sie ist, denn der Wolf kennt uns, er ist uns gefolgt, und dieses verdammte kleine Rotkäppchen hat keine Lust, blind in die Falle zu tappen, die er ihr gestellt hat.«

Bei den letzten Worten pochte sich Jordan im Takt mit dem Zeigefinger energisch an die Brust.

Karen war von der mühsam beherrschten Wut des Mädchens überrascht. Und von der Intelligenz ihrer Überlegungen verblüfft.

»Wenn der Wolf uns im Wald auflauert, dann weiß er …«, fing sie an, doch Jordan fiel ihr ins Wort und führte ihren Satz zu Ende.

»… dann sollten wir auf einem anderen Weg zur Großmutter gehen.«

»Das ist leichter gesagt als getan«, wandte Sarah ein. »Wir sind, wer wir sind, und können nicht von heute auf morgen alles anders machen, oder hast du vor, morgen einfach mal so ein Basketballspiel zu schwänzen? Karen, du hast all diese Patienten erwähnt. Du hast Termine. Wahrscheinlich hat auch der Wolf den Termin festgelegt hat, wann wir sterben sollen. Wie willst du das, was du bist und was du tust, von einer Sekunde zur anderen über den Haufen schmeißen, um seine Pläne zu durchkreuzen?«

Karen nickte. »Schon klar. Ich weiß auch nicht, ob das geht, aber wir können es zumindest versuchen. Oder hat jemand eine bessere Idee?«

Jordan deutete mit einer ausladenden Bewegung auf die Wände des Umkleideraums. Während sie sich leise unterhalten hatten, waren die anderen Mädchen der Mannschaft aus den Duschen gekommen, hatten sich angezogen und waren gegangen, sodass sie jetzt allein vor den Reihen der Stahlspinde hockten. Die feuchte Hitze im Raum begann sich langsam zu verziehen.

»Was?«, fragte Sarah.

»Warst du schon mal an meiner Schule?«, fragte Jordan.

»Nein.«

»Und du, Karen?«

»Nein.«

»Also, ich war noch nie an der Schule, an der du unterrichtet hast, Sarah«, fuhr Jordan fort. »Und ich gehe auch zu keinem Arzt, dort, wo du deine Praxis hast, Karen. Es scheint, als ob der Wolf sich willkürlich drei rothaarige Frauen ausgesucht und dann seine Pläne geschmiedet hat. Also, mal ganz ehrlich, falls es so ist, dann sind wir, glaube ich, geliefert. Dann können wir uns nur ein paar Knarren mehr kaufen und abwarten. Dann ist es der blanke Irrsinn. Aber vielleicht ist es ja doch kein Zufall.«

Sie wollte fortfahren, wusste aber plötzlich nicht mehr, was sie sagen wollte.

Karen dagegen schien tief in Gedanken, und Sarah fing wieder zu wippen an.

Die drei Frauen schwiegen. In der angrenzenden Nasszelle hörten sie eine Dusche laufen, die eine Spielerin nicht richtig abgedreht hatte.

»Wir sind ein Dreieck«, sagte Jordan. »Wenn wir die richtigen Schenkel finden, sehen wir, was uns verbindet.«

»Und was dann?«, fragte Karen.

»Ich glaube, es gibt nur eine Antwort«, erwiderte Jordan.

»Ich dachte, wir hätten keine Antworten«, warf Sarah düster ein.

»Ich glaube, wir haben die Sache falsch angepackt«, sagte Jordan. »Den Fehler macht praktisch jedes Stalking-Opfer.«

»Nämlich?«, hakte Karen nach, obwohl sie bereits wusste, was das junge Mädchen vorzuschlagen hatte.

»Statt ihm auszuweichen, müssen wir ihn anlocken. Wir müssen dafür sorgen, dass er uns nahe genug kommt, um zu sehen, mit wem wir es zu tun haben. ›Ei, Großmutter, was hast du für große Ohren … Was hast du für große Augen, was für ein entsetzliche großes Maul …‹«

Jordan schlug sich mit der Faust in die offene Hand.

»Das ist Rotkäppchens Rettung …«

»Sicher, in der harmlosen Fassung«, murmelte Sarah.

Jordan überhörte sie. »Wir wissen, dass der Wolf uns kriegen will. Wir müssen dafür sorgen, dass er an nichts anderes mehr denken kann, dass er es nicht abwarten kann und einen Fehler macht.«

Jordan musterte die beiden anderen Roten. Sie hielt sie für reife, intelligente, gestandene Frauen, all das, was sie selbst einmal werden wollte. Falls ihr die Zeit dazu bliebe.

»Was würden wir machen, um einen Wolf zu jagen?«

»Uns erst mal nahe genug heranpirschen, um ihn zu sehen«, sagte Karen.

»Genau, und dann?«, fragte Jordan weiter. Die Situation war seltsam: Sie übernahm die Rolle des Lehrers, während die anderen beiden wie Schüler reagierten.

Weder Karen noch Sarah schien dazu etwas einzufallen, und so beantwortete sie ihre eigene Frage mit einem einzigen Wort.

»Hinterhalt.«

Sarah zitterte einen Moment, doch dann zuckte sie die Achseln. Warum nicht?, dachte sie. Ich bin sowieso schon halb tot.

Ohne zu wissen, wieso, brach sie in ein schrilles, trockenes Lachen aus, als hätte sie allein einen etwas verfänglichen Witz gehört, der zugleich lustig und anrüchig war. Sie stand auf, griff sich unter den Pullover, befreite sich von dem Kissen und warf das Klebeband, mit dem sie es festgebunden hatte, in einen Abfalleimer in der Nähe. Dann nahm sie die

Nadeln heraus, mit denen sie die Perücke festgesteckt hatte, und schüttelte ihr eigenes Haar, sodass es wie glühende Lava an einem Berghang herunterfiel.

Fast im selben Moment stand der Böse Wolf neben seinem Auto und starrte auf einen fast platten Reifen. Er befand sich direkt vor seinem Haus und hatte eine Aktentasche mit seinem Aufnahmegerät und seinem Notizbuch dabei, in dem er die Fragen für den abendlichen Vortrag des Forensikexperten vor dem Verband der Krimiautoren aufgeschrieben hatte. Es wurde bereits dunkel, und sein erster Gedanke war, dass er wegen dieses banalen Missgeschicks den Vortrag verpassen würde. Frustriert trat er gegen den Reifen. Er bückte sich und suchte nach dem Nagel, der irgendwo im Gummi stecken musste und vermutlich für eine kleine, undichte Stelle verantwortlich war, doch er konnte nichts entdecken. Womöglich war er auch in eines der in Neuengland allgegenwärtigen Schlaglöcher gefahren, sodass sich der innere Reifenrand verzogen und den Platten verursacht hatte. Er musste den Pannendienst anrufen, damit sie den Reifen wechselten, womit bestenfalls am nächsten Tag zu rechnen war, und all das würde ihn von seinem eigentlichen Vorhaben abhalten – sich den drei Roten an die Fersen zu heften.

Er wollte gerade ins Haus zurückkehren, als er Mrs Böser Wolf im Eingang stehen sah.

»Was ist, Schatz?«, fragte sie.

»Hab einen Platten. Ich muss die Werkstatt anrufen und …«

Mit einem Lächeln fiel sie ihm ins Wort. »Nimm einfach meinen Wagen. Ich ruf den Automobilklub an. Die schicken mit Sicherheit noch heute jemanden vorbei. Macht mir wirklich nichts aus, und du schaffst es immer noch zu deinem Autorenseminar.«

»Bist du dir ganz sicher?«, fragte der Böse Wolf und strahlte über das verlockende Angebot. »Ich weiß, wie lästig das Ganze ist …«

»Kein bisschen. Ich wollte sowieso nur fernsehen, während du weg bist. Macht mir nichts aus, vor der Glotze zu sitzen und auf den Mechaniker zu warten.«

Sie reichte ihm ihre Wagenschlüssel. »Aber pass gut auf mein Baby auf«, sagte sie im Spaß. »Du weißt, dass er auf der Autobahn nicht gerne rast.«

Der Böse Wolf sah auf die Uhr. Er hatte reichlich Zeit.

»Also dann, Liebling«, sagte er beschwingt. »Danke. Bis später. Lass einfach eine Lampe an, dann wecke ich dich nicht, wenn ich nach Hause komme.«

»Kannst du ruhig, kein Problem«, antwortete sie.

Was konnte alltäglicher, normaler sein als der Wortwechsel zwischen dem Bösen Wolf und seiner Frau, der sich so oder so ähnlich jeden Tag millionenfach abspielte.

»Hier«, fügte der Böse Wolf hinzu. »Nimm meine Schlüssel, für den Fall, dass der Kerl vom Automobilklub den Motor anlassen muss.«

Ohne weiter darüber nachzudenken, reichte er den Schlüsselbund seiner Frau und setzte sich ans Steuer ihres kleinen Wagens. Auf dem Weg aus der Einfahrt winkte er ihr noch einmal fröhlich zu.

21

Mrs Böser Wolf stand auf der bescheidenen, kleinen Vorstadtstraße und sah ihrem Wagen nach. Bevor das Fahrzeug in der letzten Abenddämmerung um die Ecke bog, leuchteten einen Moment die Bremslichter auf. Als es aus ihrem Blickfeld verschwand, hob sie die Hand und winkte ihm scheu hinterher, auch wenn sie wusste, dass ihr Mann sich nicht noch einmal zu ihr umsehen würde. Sie freute sich, dass er – mit ihrer Hilfe – nun doch fahren konnte. Mit einem Seufzer kehrte sie ins Haus zurück, ging sofort in die Küche und rief pflichtbewusst den Automobilklub an, so wie sie es ihm versprochen hatte. Von der Zentrale erfuhr sie, dass ein Abschleppwagen mit einem Mechaniker, der den Reifen wechseln konnte, in etwa dreißig bis vierzig Minuten eintreffen würde. Sie legte auf. Im Wohnzimmer lief bereits der Fernseher. Sie hörte das Konservenlachen und die vertrauten Stimmen einer Sitcom. Sie legte die Autoschlüssel auf die Arbeitsplatte und wollte gerade den Figuren aus *Dunder Mifflin* oder der *Big Bang Theory* Gesellschaft leisten, als sie abrupt stehen blieb. Sie drehte sich zur Arbeitsplatte um, wo das Schlüsselbund lag.

Ein schwarzer elektronischer Autoschlüssel mit rotem Alarmmelder. Der Hausschlüssel an einem separaten Ring. Den kannte sie. Daneben ein dritter Schlüssel.

Der zum Arbeitszimmer ihres Mannes.

Sie starrte auf diesen Schlüssel und machte sich bewusst, dass sie ihn noch kein einziges Mal in Händen gehalten hatte. Sie konnte sich nicht einmal erinnern, ihn überhaupt je gesehen zu haben, außer vielleicht für einen flüchtigen Moment, wenn ihr Mann gerade aus seinem Büro kam. Im ganzen Haus gab es keine weitere Tür mit einem solch stabilen Schloss, dieser Schlüssel konnte nur zu jener besonderen Tür gehören. Vielleicht hatte er einen Ersatzschlüssel irgendwo im hintersten Winkel einer Schublade versteckt oder hinter einen Spiegel geklebt, doch sie hatte nicht die geringste Ahnung, wo.

Trotz ihrer anhaltenden Neugier, was genau in diesem Zimmer vor sich ging, wenn er an der Arbeit saß, hatte sie nie nach dem Schlüssel gesucht. Mehrfach blickte sie zwischen Schlüsselbund und Bürotür hin und her, als folgte sie dem Ball bei einem Tennismatch. Es war nichts Besonderes an diesem Schlüssel – ein unscheinbares Ding aus silbern schimmerndem Metall, passend zu dem Riegelschloss, das ihr Mann bereits eine Woche nach ihrer Hochzeit angebracht hatte.

»Das Zimmer, in dem ich schreibe, muss ich ganz für mich haben«, hatte er ihr erklärt.

Damals, vor fünfzehn Jahren, besonders in den ersten aufregenden Wochen ihrer Ehe, hatte ihr diese beiläufige, sachliche Bemerkung vollkommen eingeleuchtet. Was war schon dabei, wenn er absolut ungestört sein wollte, um Handlungsstränge, Szenen und Charaktere zu erfinden?

Sie sah ihn noch vor sich, wie er, einen Bohrer und Metallteile neben sich auf dem Boden ausgebreitet, vor dieser Tür kniete – ein Heimwerker der Heimlichkeiten. Es hatte ihr nicht das Geringste ausgemacht. Schließlich behalten wir alle das eine oder andere für uns, dachte sie, als sie sich an jene ersten berauschenden Tage erinnerte.

Nur dass ihr, als sie in diesem Moment auf den Schlüssel zu seinem Arbeitszimmer starrte, auf Anhieb kein einziges Geheimnis einfiel, das sie selbst vor ihm bewahrte. Dann sagte sie sich wiederum: Mach dir nichts vor, natürlich sagst du ihm nicht alles. Zum Beispiel, als es dir so schlecht ging und du dachtest, du würdest es nicht überleben, da hast du ihm verschwiegen, welche Angst du hattest und was für Schmerzen. Waren das etwa keine Geheimnisse?

Nur dass er es auch so die ganze Zeit gewusst hatte. Doch jetzt kamen ihr Bedenken. Wirklich?

Auf jeden Fall! Sie wischte vehement jeden Zweifel vom Tisch. Weißt du nicht mehr, wie fürsorglich er war? Wie besorgt? Weißt du nicht mehr, wie er dir ins Krankenhaus Blumen mitgebracht hat? Wie wir Händchen gehalten haben? Und wie er dir in diesem sanften, beruhigenden Ton gut zugeredet hat? Er war so liebevoll.

Aus dem Wohnzimmer schallte die nächste Salve herüber. Brüllendes Gelächter. Prustendes, glucksendes Gelächter. Und zweifellos nichts weiter als das künstliche, genau kalkulierte Produkt einer Maschine.

Ohne sich die entscheidende Frage zu stellen, antwortete sie laut: »Das geht nicht. Das geht einfach nicht.«

Es folgte ein heftiger Widerstreit der Gefühle.

Es ist sein ureigenster Bereich.

Er wird es ja nie erfahren.

Du kannst sein Vertrauen nicht missbrauchen.

Was soll daran so schlimm sein? Ihr beide teilt doch alles miteinander. Du tust nichts weiter, als ein paar Zeilen in dem Buch zu lesen, das er da drinnen schreibt – für dich! Nur ein paar Worte, einfach nur, um ein Gefühl dafür zu be-

kommen, worum es geht. Etwas, wovon du träumen kannst, während er so hart arbeitet, um es zu Ende zu bringen.

Mrs Böser Wolf ließ kein Für und Wider aus. Dabei schienen Privatsphäre oder Neugier gar nicht mal das Entscheidende zu sein. Für sie ging es um das, was die Liebe gebot, doch am Ende war ihre Neugier stärker: *Ich weiß, dass er es gerne sehen würde, wenn ich ein paar Seiten lese. Ich weiß es einfach. Eigentlich wundert es mich, dass er mir nicht längst ein paar Kostproben vorgelesen hat.*

Dass dies schlicht und ergreifend falsch war und sie das in irgendeinem Winkel ihres Unterbewusstseins auch wusste, focht Mrs Böser Wolf nicht an. Als Lügnerin fühlte sie sich trotzdem nicht, eher als waghalsig und etwas verwegen, wie ein Kind, das dem Reiz des aus unerfindlichen Gründen Verbotenen nicht widerstehen kann und heimlich durchs Badezimmerschlüsselloch späht, um in einer Mischung aus Faszination und schlechtem Gewissen den nackten Körper eines nichtsahnenden Erwachsenen zu sehen.

Sie nahm den Schlüssel und zitterte auf ihrem Weg zur Arbeitszimmertür ein wenig, da sie tief im Innern wusste, dass sie etwas ganz und gar Unrechtes tat, aber einfach nicht anders konnte.

Der Schlüssel passte mühelos in das Riegelschloss.

Mit einem leisen Klicken schnappte es auf.

Sie öffnete die Tür und blieb an der Schwelle stehen. Aus der Küche und dem Wohnzimmer hinter ihr sickerte Licht in das stockdunkle Arbeitszimmer. Sie befahl sich weiterzugehen und knipste die Deckenlampe an.

Als es plötzlich hell wurde, schloss sie einen Moment die Augen. Eine Stimme in ihr, die es offenbar besser wusste, mahnte sie eindringlich, das Licht auszuknipsen, zurückzutreten und die Augen erst wieder aufzumachen, wenn sie die Tür zugeschlagen hatte, dann abzuschließen und wie angekündigt fernzusehen.

Sie spürte eine Woge der Gefahr, einer prickelnden Gefahr, in die sich mindestens ebenso viel Abenteuerlust mischte. Nur ein bisschen erfahren. *Das bleibt dein süßes Geheimnis.* Mit einem Lächeln öffnete sie die Augen.

Als Erstes blickte sie auf eine Wand mit unterschiedlich großen Fotos. Unter den Bildern hingen jeweils linierte Karteikarten in grellen Farben – Lindgrün, Flieder, Gelb – mit Daten sowie kurzen Orts- und Zeitangaben. Das Ganze wirkte erschreckend gut organisiert und gleichzeitig irritierend abstrus.

Sie trat an die Wand. Ihr Blick blieb an einem Bild hängen. Sie sah rotes Haar.

»Aber das ist ja Doktor Jayson«, flüsterte sie.

Dann trat sie noch näher heran und betrachtete ein anderes Foto. Wieder rote Haare.

»Jordan?«, fragte sie, auch wenn die Antwort offensichtlich war.

Wie eine Blinde tastete sie nach einem der Fotos.

»Und wer bist du?«, fragte sie die dritte Frau. Es war eine rothaarige Frau, die an einem Sommernachmittag auf einem leeren Parkplatz stand. Sie konnte ihr Gesicht nicht sehen, denn die Frau hielt sich die Hände davor.

Sie bemerkte linierte Blätter mit den Worten *Rote Eins, Rote Zwei* und *Rote Drei* und so etwas wie Zeitplänen darunter: *Geschichtsunterricht, Lehrgebäude Nr. 2, MoDiMiDoFr.* Sie wandte sich um und las: *Sprechstunde 8:30 – 12:30, 60 Min. Pause. Mittagessen häufig im Ace Diner, Subway oder Fresh Side Salad Store. Rückkehr 13:00. Sprechstunde.*

Ein weiteres Blatt Papier war in drei Abschnitte gegliedert. Unter *Rote Eins* kam eine Liste mit *Lieblingsorten* wie

Adressen von Geschäften oder Nachtklubs. Eine ähnliche Liste – wenn auch kürzer – gab es für Rote Zwei. Unter einem Bild von Jordan und der Kennzeichnung als Rote Drei folgte ein Terminplan mit Basketballspielen.

Mrs Böser Wolf trat zurück.

Sie wusste nicht, ob sie es laut aussprach oder nicht, doch die Worte *Was soll das?* schienen in dem kleinen Raum widerzuhallen.

Es folgte eine deutliche, leise Bemerkung: »Ich versteh das nicht.« Die Fotos erschienen ihr unwirklich und rätselhaft. Ihr fiel kein vernünftiger Grund ein, was sie dort zu suchen hatten. Ihr geisterte der lahme Satz durch den Kopf: Es muss eine harmlose Erklärung dafür geben.

Sie zermarterte sich das Hirn: eine klare schriftstellerische Vorstellung davon, wie man eine Geschichte aufrollt, ein zentraler Aspekt jenes geheimnisvollen, schöpferischen Prozesses, den sie nicht verstand, der dagegen einem anderen Autor vollkommen plausibel erscheinen mochte. Offenbar gingen seine fiktiven Figuren auf reale Personen zurück. Das muss es sein, hämmerte sich Mrs Böser Wolf ein. Das ist dir nur zu hoch. Du gehörst nicht zu diesen kreativen Menschen, die solche komplexen Zusammenhänge verstehen. Vielleicht würden einem anderen Schriftsteller all diese Fotos und die Notizen dazu vollkommen logisch erscheinen.

Andererseits waren sie für ihren Geschmack viel zu direkt und zu provokativ. Während sie auf die Fotos starrte, wurde ihr klar, dass sie alle von einem Versteck aus aufgenommen worden waren. Vielleicht im Schutz eines Baums. Oder durch die heruntergekurbelte Scheibe eines Autos. Vielleicht auch an einer Mauerecke. Aus dem Fenster im Obergeschoss eines Bürogebäudes. Auf keinem der Bilder schien die Abgebildete die leiseste Ahnung zu haben, dass gerade ein Foto von ihr entstand.

Ein Stalker würde solche Aufnahmen machen. Ein besessener Verehrer oder geistesgestörter Liebhaber mochte eine solche Wand wie eine Art Schrein in seinem Zimmer haben. Doch diese Überlegungen huschten ihr nur schemenhaft durch den Kopf, während das gleißende Licht und schrille Kreischen in ihrem Inneren den Verstand ausblendeten.

Nein, nein, nein, dachte Mrs Böser Wolf. Die mechanische Wiederholung dieses Worts beruhigte sie ein wenig.

Sie taumelte zurück, versuchte sich jedoch zu fassen und wandte sich trotzig dem Computer zu. Auf dem Schreibtisch neben dem Drucker lag in einem DIN-A4-Ablagekorb mit der beschriebenen Seite nach unten ein Stapel Papiere. Er roch geradezu nach einem Roman!

Mrs Böser Wolf drehte das oberste Blatt um.

Sie las eine einzige Zeile am Anfang der Seite.

Nur ein Narr denkt an das Ende. Dabei bereitet das Töten selbst die größte Lust. Wie sehr ich diesen Augenblick herbeisehne!

Mit zitternder Hand legte sie das Blatt auf den Stapel zurück.

Zum ersten Mal in ihrer Ehe hatte sie nicht das Bedürfnis weiterzulesen.

Innerlich schien sie in eine Art Vakuum hinübergeglitten zu sein, einen Zustand, in dem ihr Gehirn sich weigerte, irgendeine Information zu verarbeiten, vor allem das, was sie vor Augen hatte. Durch ihren Kopf geisterten Ideen, Gedanken, Vermutungen und schrien danach, ernst genommen zu werden, doch sie überhörte den Tumult.

»Ich versteh das nicht«, sagte sie laut. Im selben Moment ergriff sie die Angst, dass ihre hilflose Bemerkung in diesem Raum unauslöschliche Spuren hinterlassen könnte.

»Das darf alles nicht wahr sein«, flüsterte sie, ohne dass sie sagen konnte, was sie unter »wahr« verstand.

Sie wandte sich dem Computer zu. Mit bebenden Fingern bewegte sie die Maus. Auf dem Bildschirm erschien die Aufforderung zur Passworteingabe.

Mrs Böser Wolf trat zurück. Einerseits war sie sich ziemlich sicher, dass sie das Passwort herausbekommen konnte – vielleicht ist es ja mein Name –, doch eine lautere Stimme brüllte in ihrem Kopf, dass sie es lieber nicht versuchen sollte, weil sie gar nicht wissen wollte, was sie dort erwartete.

Sorgfältig stellte sie den Ruhemodus wieder her. Sie hatte deutlich das Gefühl, dass sie eine Grenze überschritten hatte. Tausend Gedanken bestürmten sie, sie verstieg sich zu Spekulationen, die ihr nicht weiterhalfen. Ein bisschen war es so, als sei sie auf eine geheime Datei mit äußerst fragwürdigen pornografischen Bildern gestoßen. Bildern von Kindern. Nur dass es hier gar nicht um schmutzige, illegale Bilder ging.

Sie hatten etwas anderes zu bedeuten.

Noch einmal betrachtete sie die Wand mit den Fotos, doch bevor sie sich ernsthaft darauf konzentrieren konnte, was sie zu bedeuten hatten, schloss sie die Augen. Falls es etwas zu sehen gab, dann sah sie es lieber nicht.

Sie hatte nur noch den Wunsch, langsam und vorsichtig den Rückzug anzutreten, und zwar so, dass sie nichts durcheinanderbrachte, was verriet, dass sie heimlich hier eingedrungen war. Verschwinde aus diesem Zimmer, und alles wird wieder so sein wie noch vor ein paar Minuten, redete sie sich gut zu. Doch in dem Moment fiel ihr Blick auf ein großes, in rotes Leder gebundenes Album, das die Taschenbuchausgaben der Romane ihres Mannes sowie populärer Sachbücher zu spektakulären Verbrechen in der jüngeren Kriminalgeschichte, mit denen es das Regalfach teilte, überragte.

Genau das gleiche Album hatte sie auf ihrem Schreibtisch liegen. Ihres enthielt Hochzeitsfotos und eine Einladungskarte zu dem bescheidenen Empfang in dem kleinen Country-Club, einschließlich der Speisenfolge ihres Dinners. Auf einmal entsann sie sich, wie ihr Mann auf der kurzen Hochzeitsreise die beiden Alben in einem Lederwarengeschäft erstanden hatte. Eins hatte er ihr geschenkt, das andere selbst behalten.

Fotos von unserer Hochzeit.

Zwischen Hoffen und Bangen fühlte sie sich davon angezogen.

Sie sah, wie ihre Hand nach dem Album ihres Mannes griff, war sich aber einen Moment lang nicht sicher, ob es ihre eigene Hand war.

Das Album fiel vor ihren Augen auf.

Der erste Blick war beruhigend. Zwar keine Fotos von ihrer Hochzeit, stattdessen eine Sammlung von Zeitungskritiken. Sicher, dachte sie, warum nicht? Vollkommen logisch. Sie atmete langsam aus.

Dann sah sie etwas genauer hin. Zwischen den Kritiken entdeckte sie seltsame Zeitungsausschnitte über aufsehenerregende Morde.

Sie wollte erneut die Achseln zucken – auch das war nur natürlich.

Schließlich muss er recherchieren.

Doch diese Artikel schienen dafür nicht viel herzugeben. Sie konnte zwischen den Buchbesprechungen und den scheinbar wahllos zusammengewürfelten Morden keine Verbindung erkennen. Es muss aber eine geben, du siehst sie nur nicht, beharrte sie. Sie überflog ein paar grausige Schlagzeilen in großen Lettern über körnigen Fotos von Streifenwagen. Namen und Daten sprangen ihr ins Auge. Noch einmal schloss sie für Sekunden die Lider. Als sie wagte, sie wieder zu öffnen, fürchtete sie, dass ihr die Tränen in die Augen steigen würden.

Es war ein wenig, als starrte sie auf eine Darstellung, die sich in einem dieser vielfarbigen Kunstwerke aus geometrischen Formen und Mustern verbarg, wie sie in den 1980er-Jahren so populär gewesen waren. Ein Trompe-l'Œil. Vor ihren Augen versteckte sich irgendein Bild, auch wenn sie es im Moment noch nicht erkennen konnte.

Vor vielen Jahren hatte Mrs Böser Wolf sich ab und zu eine rasante, unbekümmerte Fahrweise erlaubt. Das war lange her, doch genau so fühlte sie sich jetzt – außer Kontrolle, mit ausbrechendem Heck und Reifen, die beängstigend auf dem nassen Straßenbelag quietschten. Sie griff nach einer leeren Karteikarte und einem Bleistift, die sie auf dem Schreibtisch ihres Mannes fand, und notierte sich rasch die Daten und Ortsangaben sowie die Namen der Opfer, die ihr aus den Schlagzeilen entgegensprangen. Die Karte steckte sie sich in den Ausschnitt ihrer Bluse, wo sie sich so klamm wie die Berührung mit etwas Totem anfühlte.

Ihr war speiübel.

Wenngleich sich ihr im Kopf alles drehte und die Hände zitterten, schob sie das Album wieder in die Lücke im Regal. Den Bleistift legte sie genau an dieselbe Stelle auf dem Schreibtisch zurück. Sie sah sich noch einmal um, weil sie plötzlich Angst hatte, etwas berührt oder verlegt und damit eine verräterische Spur hinterlassen zu haben. Einen Moment lang überkam sie bei dem Gedanken, dass der Duft ihres Parfüms in diesem geschlossenen kleinen Raum noch länger in der Luft hängen mochte, eine Woge der Panik. Auf dem Rückzug zur Tür wedelte sie wild mit den Händen, um jeden Geruch zu zerstreuen.

Sie warf einen letzten Blick auf den Raum und prägte sich das Bild mit allen Einzelheiten ein, bevor sie das Licht ausknipste und die Tür hinter sich zuzog. Unbeholfen mühte sie sich mit dem Schloss ab, als sie von einem lauten, durchdringenden Geräusch irgendwo in der Nähe, doch wie aus einer anderen Welt so heftig erschrak, dass sie beinahe in Ohnmacht fiel.

Sie schnappte nach Luft. Wie unter Strom zuckte sie zusammen. Sie ließ die Schlüssel fallen und taumelte zurück, als hätte ein Schuss oder ein Schlag sie ins Gesicht getroffen. Im letzten Moment hielt sie sich an der Arbeitsplatte fest. Ihr stand der Schweiß auf der Stirn, und sie stieß einen leisen, gurgelnden Laut aus.

Das Geräusch ertönte noch einmal.

Eine laute Hupe.

Wie versprochen war der Mann vom Pannendienst pünktlich gekommen.

22

Jordan bahnte sich in der Schulbibliothek ihren Weg zwischen den Reihen abgegriffener Bücher. Sie stieß auf eine Fülle von Titeln zum Aufstieg des Osmanischen Reichs oder über die Ursachen des Ersten Weltkriegs. Mehrere Regale waren der Reformation gewidmet, und der Fundus über die Gründerväter oder die Wirtschaftskrise war schier unerschöpflich.

Darüber, wie man vermeiden konnte, zum Mordopfer zu werden, fand sie praktisch nichts.

Sie kam sich ein wenig verrückt vor, wie sie die Regale abschritt und nach ermutigenden Titeln Ausschau hielt, etwas wie: *Du willst kein Mordopfer werden? Zwölf Schritte für den Hausgebrauch, um nicht in die Statistik einzugehen.*

Ein Mordverhütungsmittel, so etwas in der Art.

Bis jetzt hatte sie bei ihren Nachforschungen in erster Linie versucht, berühmte Verbrechen zu verstehen, um den einen oder anderen Hinweis zu entnehmen. Dabei folgte sie einer einfachen Logik: Wenn sie verstand, was die Bösen taten, konnte sie vielleicht die Fehler ihrer Opfer vermeiden. Sie hatte über die Unschuld von Sacco und Vanzetti und den Bankraub gelesen, ebenso über die Serienverbrechen von John Dillinger. Billy the Kid und die einundzwanzig Kerben an seinem Colt hatten ihre Aufmerksamkeit gefesselt, ebenso Charles Manson, der womöglich niemanden eigenhändig getötet hatte, aber als ruchloser Mörder in die Geschichte eingegangen war. Sie hatte auch in den Regalen mit Kriminalgeschichten und Thrillern gestöbert und war dabei auf ein paar Agatha Christies gestoßen, die sie skurril und altmodisch fand; auf John le Carré, der ihr eigentlich nur das Gefühl gab, wie ein Spion in einer Schattenwelt zu operieren, ohne dass ihr seine Bücher wirklich weiterhalfen. Elmore Leonard und vielleicht auch George Higgins hätten sich als nützlicher erwiesen, wäre es darin nicht größtenteils um Gangster in Florida und Boston gegangen, was sie nicht wirklich interessierte, da der Böse Wolf kein Mafioso oder kleiner Ganove war. Es gab sogar ein ganzes Regalfach mit Büchern, in denen das Wort »Opfer« in ungenierter Sensationsgier auf jeder Titelseite prangte, und obwohl es ihr darum ging, dieses Schicksal zu vermeiden, glaubte sie nicht, dass sie aus diesen Machwerken viel lernen konnte.

Sie zog sich mit ihrem Laptop in eine Ecke der Bibliothek zurück, in der kleine, abgeschlossene Kabinen den Schülern die Möglichkeit gaben, ungestört an einer Facharbeit zu schreiben oder für einen Englisch-Aufsatz zu recherchieren. Sie googelte »Stalking« und hatte in weniger als einer Sekunde vierzig Millionen Treffer. Einige davon schienen von der Polizei oder anderen staatlichen Behörden zu stammen. Doch auch sie halfen ihr nicht wirklich weiter.

Jeder fing mit der ach so weisen Mahnung an, »den Kontakt mit der obsessiven Person einzuschränken«.

Ihr erstes Problem war, dass jede Verbindung zwischen ihr und dem Bösen Wolf grundsätzlich von ihm ausgegangen war. Ihre Herausforderung lag nun einmal nicht auf derselben Linie wie ein verflossener Freund, ein durchgeknallter Klassenkamerad oder Kollege. Einerseits war der Böse

Wolf vollkommen anonym, während er ihr andererseits so nahe kam, dass sie fast seinen Atem im Nacken spürte.

Und wie schon bei den Büchern über Mord fand sie auch im Internet keinen einzigen brauchbaren Vorschlag, was sie als Nächstes machen sollte.

Einerseits bist du vollkommen auf dich gestellt, dachte Jordan, andererseits auch wieder nicht, denn immerhin gibt es noch Rote Eins und Rote Zwei. Auf keinen Fall darfst du nur einen Moment länger das sein, was der Böse Wolf von dir erwartet.

Sie sah auf und warf einen Blick durch die Bibliothek. Am Schreibtisch in der Ecke saß eine Aufsichtsperson, während vielleicht ein halbes Dutzend anderer Schüler die Gänge zwischen den Regalen abschritten oder mit einem Stapel von Texten in einer der Kabinen hockten. Die Bibliotheksangestellte war eine Frau in mittleren Jahren, die sich wie gebannt über ein *Cosmopolitan*-Heft beugte und offenbar die letzten Minuten absaß, bevor sie die Schüler aus ihrer Lektüre reißen und abschließen konnte. Bei den anderen Schülern handelte es sich um die klassischen Bücherwürmer, die sich geschämt hätten, in ihrer Hausarbeit irgendeine Wikipedia-Information ohne Quellenangabe zu verwenden – was die Lehrer ungern sahen, jedoch fast alle Schüler fleißig praktizierten. Jordan lehnte sich zurück und kippelte mit dem Stuhl. Sie sah sich um und musterte jeden in ihrem Blickfeld. Dabei wusste sie, dass der Wolf in diesem Moment nicht da war. Es machte jedoch keinen Unterschied. Er hatte bei ihr den Eindruck erweckt, immer in ihrer Nähe zu sein, fast, als säße er in der Kabine nebenan und verstecke sein Grinsen hinter einem Stapel Forschungsmaterial. Dieses ständige Gefühl, unter Beobachtung zu stehen, nagte an allen drei Roten.

Innerlich stellte sie sich die bohrende Frage: Woher soll ich wissen, wann ich in Sicherheit bin und wann nicht? Du siehst dich um und kannst niemanden entdecken, aber das heißt noch nichts, oder?

Diese Fragen gingen ihr unentwegt durch den Kopf. Schließlich stand sie abrupt auf, schob die Bücher zur Seite, schnappte sich ihren Laptop, steckte ihn in den Rucksack und verließ mit zügigen Schritten die Bibliothek. Draußen auf der Eingangstreppe wurde ihr bewusst, dass der Wolf dort irgendwo lauern mochte – oder auch nicht.

Wann immer sie sich sagte, er sei nicht da, folgte der Gedanke: Vielleicht doch. Die Ungewissheit verfolgte sie auf Schritt und Tritt.

Sie zog fröstelnd die Schultern ein und lief so schnell wie möglich zu ihrem Wohnheim. Wieder erwartete sie ein Abend, an dem sie ihre Hausaufgaben vernachlässigte, und eine Nacht, in der sie sich ruhelos hin und her warf.

Der nasskalte Abend war nichts im Vergleich zu der eiskalten Erkenntnis: Ich kann nicht weg. Ich kann mich nicht verstecken. Im Gegenteil: Ich muss so nahe wie möglich an ihn heran, um ihn deutlich zu erkennen.

Die entscheidende Frage blieb, wie sie das anstellen sollte. Es war nicht nur schwierig, sondern äußerst gefährlich.

Sie war so darin vertieft, eine Antwort zu finden, dass sie erst nach einer Weile das Handy in ihrem Rucksack klingeln hörte.

Auch Sarah war in der Abenddämmerung draußen, um von der kalten Luft einen freien Kopf zu bekommen. Die Kälte spürte sie kaum. Schon merkwürdig, dachte sie, wie warm einen ein bisschen Todesangst hält.

Es hatte sie nicht im Haus gehalten. Auch die Glotze, die

immer im Hintergrund lief, hatte sie nicht ablenken können. Erinnerungen und Ängste hatten sich zu einer diffusen Beklommenheit verdichtet; sie hatte gewusst, dass sie etwas unternehmen musste, nur nicht, was.

Ins Kino gehen? Lächerlich.

Alleine essen gehen? Was Blöderes fällt dir wohl nicht ein!

Die nächstbeste Bar ansteuern und was trinken? Geniale Idee!

Sie hörte förmlich das Echo ihres Sarkasmus im Kopf widerhallen.

Und da ihr nichts anderes eingefallen war, hatte sie sich ein Paar Joggingschuhe angezogen und war zu einem Spaziergang aufgebrochen, auch wenn ihr bewusst war, welche Angriffsfläche sie damit bot.

War sie eine Straße entlanggegangen, kehrte sie auf der Parallelstraße zurück und wanderte so ziel- und planlos wie möglich durch ihr Viertel. Als sie an einigen Häusern von Freunden und Nachbarn vorbeikam, bei denen sie früher ein und aus gegangen war, lief sie zielstrebig weiter. Ein paarmal war sie anderen Leuten begegnet, vor allem Hundebesitzern beim letzten Gang um den Block, doch sie hatte hinter ihrem Mantelkragen den Kopf eingezogen und gezielt an den Leuten vorbeigeschaut. Zwar hielt sie es für unwahrscheinlich, dass sich irgendjemand, der gerade aus dem Büro nach Hause gekommen war und mit Fido oder Spot für das abendliche Geschäft und ein bisschen Auslauf unterwegs war, als Böser Wolf entpuppte, andererseits kam ihr zu Bewusstsein, dass dieses Szenario nicht wesentlich unwahrscheinlicher war als jede andere Befürchtung. Wieso soll ein Typ, der seinen Köter ausführt, kein Killer sein? Die einzigen Hundehalter, die sie sicher ausschließen konnte, waren diejenigen, deren Lieblinge allzu aufdringlich waren und sich nicht davon abbringen ließen, jeden Fremden auf der Straße schwanzwedelnd zu beschnüffeln. Doch nachdem sie den dritten Hund dieser Sorte, der sie trotz der verlegenen Entschuldigungen und Ermahnungen seines Besitzers belästigte, hinter den Ohren und am Hals gekrault hatte, schoss ihr die Frage durch den Kopf: Was spricht dagegen, dass ein Mörder einen freundlichen Hund hat?

Einerseits hoffte sie, dass sie in der einbrechenden Dunkelheit nur schwer zu erkennen wäre, andererseits schlich sich auch der Gedanke ein, es könnte das Beste sein, wenn der Böse Wolf die Gelegenheit nutzte und die Sache schnell zu Ende brachte. Fast schien es ihr wichtiger, dass die schreckliche Ungewissheit ein Ende nahm, als dass sie am Leben blieb. Als ihr diese Gefühle zu Bewusstsein kamen, machte sie sich klar, dass sie sich fast schon geschlagen gab. »Mag ja sein«, murmelte sie, »vielleicht aber auch nicht.«

Sie hätte nicht sagen können, wie lange sie schon unterwegs war. Die Straßenzüge schienen sich meilenweit vor ihr auszubreiten, sie wanderte von einem Viertel ins nächste. Mal ging sie nach rechts, mal nach links. Schließlich humpelte sie mit Blasen an den Füßen heim. Als sie endlich vor ihrer Haustür stand, keuchte sie vor Erschöpfung, worin sie ein gutes Zeichen sah. Ein wenig taten ihr die Knie weh, und zum ersten Mal war ihr kalt.

Sie ging nicht sofort ins Haus, sondern stand, den Schlüssel in der Hand, eine Weile unter der Eingangslampe. Vielleicht ist er eingebrochen, während ich unterwegs war, dachte sie, genau wie der Wolf bei Rotkäppchens Großmutter, und jetzt sitzt er gemütlich da drinnen und wartet.

Sie zuckte die Achseln. Irgendwie hatte sie das Gefühl,

alle Angst erschöpft zu haben, so wie man irgendwann nicht mehr weinen kann, egal wie traurig man ist.

Gerade als sie den Schlüssel in die Haustür steckte, hörte sie drinnen das Telefon klingeln.

Karen war lange nach der Sprechstunde in der Praxis geblieben. Sie hatte registriert, wie ihre Assistentin und dann ihre Sprechstundenhilfe nach Hause gegangen waren und wie der Hausmeister der Spätschicht hereingeschaut und die Abfälle mitgenommen hatte.

Im Warteraum surrten ein paar Lampen. Eine einsame Tischlampe warf Schatten an die Wände ihres Arbeitszimmers.

Während ihr zusammenhangslose Gedanken durch den Kopf jagten, saß sie an ihrem Schreibtisch und versuchte, der Situation irgendeine Logik abzugewinnen, wenn auch – wie die anderen beiden Roten – vergeblich.

Die ständige Angst war eine Tatsache, Punkt. Aber wie viel Angst war vertretbar? Sie hätte gerne eine Art Skala dafür zur Verfügung gehabt, wie jene Schmerzskala, die in ihrem Sprechzimmer an der Wand hing. Im Moment, schätzte sie, bin ich bei acht. Im Comedyclub war ich bei neun. Wie fühlt sich wohl zehn an? Die Antwort ersparte sie sich.

Stattdessen wiederholte sie mit leiser, heiserer Stimme, die nach einer aufkommenden Erkältung klang, in Wahrheit aber von der Anspannung kam, in einer Art Singsang: »Rote Eins, Rote Eins, Rote Eins.«

Sie blickte zur Decke und registrierte, dass ihr Mantra sie plötzlich unheilvoll an »Der weiße Engel, der weiße Engel, der weiße Engel« in John Schlesingers *Marathon-Mann* erinnerte. Also versuchte sie, beides zusammen zu wiederholen: »Weißer Engel, Rote Eins …«

An der Decke stand kein Weisheitsspruch mit der Lösung zu ihrem Problem.

Karen gab sich einen Ruck, wollte ihre geschwächten Muskeln und verkrampften Sehnen anspannen, um aufzustehen und nach Hause zu fahren, als auf ihrem Schreibtisch das Telefon klingelte.

Zunächst wollte sie es ignorieren. Der Patient, der jetzt noch mit einem Anliegen kam, würde vom Anrufbeantworter hören, dass er bei einem lebensbedrohlichen Problem den Notruf wählen oder sich andernfalls zu den regulären Praxiszeiten noch einmal melden sollte.

Egal, schließlich bist du noch da, sagte sie sich. Es ist deine Pflicht. Jemand ist krank. Geh gefälligst ran und biete deine Hilfe an. Sie griff nach dem Hörer und meldete sich: »Internistische Praxis, Doktor Jayson am Apparat.«

Am anderen Ende ertönte nur Schweigen.

Stille kann weitaus schlimmer sein als ein Schrei.

Rote Eins erstarrte an ihrem Schreibtisch.

Rote Zwei verlor beinahe das Gleichgewicht und musste sich an der Wand festhalten, um nicht hinzufallen.

Rote Drei stand reglos in der Dunkelheit.

In den ersten Sekunden hörte jede von ihnen nur leises Atmen. Sie alle konnten nur mühsam den Drang beherrschen, aufzulegen oder das Telefon an der Wand zu zertrümmern oder die Schnur herauszureißen oder das Handy in die Nacht zu schleudern. Sie taten nichts dergleichen, auch wenn Rote Drei schon den Arm anwinkelte und zum Wurf ausholte, bevor sie das Handy langsam wieder ans Ohr hielt. Jede Rote wartete darauf, dass der Anrufer etwas sagte oder die Verbindung trennte. Die Zeit, die verstrich, war unerträglich, gnadenlos.

Jede rechnete mit etwas, das sie in vollkommene Panik versetzen würde, zum Beispiel einer geisterhaften, kalten Stimme, die sagte, »Bald«, oder »Ich krieg dich«, oder auch nur einem diabolischen Lachen wie aus einem schlechten Hollywoodfilm.

Doch nichts dergleichen geschah. Stattdessen blieb es am anderen Ende stumm, und die Stille schien immer lauter und schriller zu werden, bis sie sich wie ein Orchester kurz vor dem symphonischen Schlussakkord zu einem letzten Crescendo steigerte.

Dann, ganz plötzlich, war es vorbei.

Rote Eins legte den Hörer langsam wieder auf die Gabel; das Gleiche tat Rote Zwei. Drei steckte ihr Handy in den Rucksack. Doch bevor sie aufstanden oder zurücktraten oder weitergingen, taten sie alle dasselbe: Sie überprüften die Rufnummer auf ihrem Display. Dabei hegte keine von ihnen auch nur die leiseste Hoffnung, dass sie auf diese Weise dem Bösen Wolf auf die Schliche kommen könnte.

23

Mrs Böser Wolf lag wie ein zerknülltes, weggeworfenes Blatt Papier im Bett. Es war kurz nach Sonnenaufgang, und sie starrte über das verkrumpelte Bettzeug hinweg zu ihrem Mann, der neben ihr fest schlief. Sie horchte auf seinen friedlichen, ebenmäßigen Atem und wusste aus langjähriger Erfahrung, dass er genau in dem Moment die Augen aufschlagen würde, wenn die Uhr auf der Kommode auf sieben sprang. In ihrer ganzen Ehe war er immer zur gleichen Zeit aufgewacht, egal wie spät er am Abend zuvor in die Federn gesunken war. Sie wusste, dass er sich auf der Bettkante räkeln, mit den Händen durchs schüttere Haar streichen und sich wie ein fauler Hund, den man weckt, ein wenig schütteln würde, bevor er ins Bad ging. Sie konnte die Sekunden zählen, bevor sie das Wasser in der Dusche und die Klospülung hörte.

Auch heute Morgen würde sich an alledem nichts ändern.

Nur dass alles anders war.

Mrs Böser Wolf musterte jede Falte im Gesicht ihres schlafenden Mannes, zählte die dunkelbraunen Altersflecken und die grauen Haare in seinen buschigen Augenbrauen. In der Bestandsaufnahme ihres Ehemannes schien alles so vertraut wie das blasse Licht der aufgehenden Sonne.

Sie merkte, dass ein Widerstreit der Gefühle in ihr brodelte.

Du kennst diesen Mann besser als irgendjemand anderen außer dir selbst ... aber wer ist er wirklich?

Sie hatte nur ein paar Stunden geschlafen und fühlte sich, nachdem sie sich bis in die frühen Morgenstunden hin und her gewälzt hatte, wie gerädert. Als sie endlich eingeschlafen war, hatten sie schreckliche Alpträume wie in ihrer Kindheit heimgesucht.

Seit ihren Herzproblemen und den Ängsten, die sie in jener Zeit nachts quälten, hatte sie so etwas nicht mehr erlebt. Ein Teil von ihr hatte nur den Wunsch, Ruhe zu finden und alles zu vergessen, während der andere sie mit Fragen quälte, die sie nicht laut zu stellen wagte.

Nachdem sie am Vorabend in den Arbeitsbereich ihres Mannes eingedrungen war, hatte sie sich mit leerem Blick eine Lieblingssendung nach der anderen angesehen, ohne dass es sie auch nur im Mindesten beruhigen konnte. Schließlich hatte sie den Fernseher abgeschaltet, sämtliche Lichter ausgeknipst und im Stockdunkeln auf ihrem gewohnten Platz gesessen, bis die Scheinwerfer ihres Wagens über die weißen Wände des Wohnzimmers huschten und sie wusste, dass der Böse Wolf in die Straße einbog, in der sie wohnten. Im selben Moment war sie aufgesprungen und hastig nach oben geeilt, um sich schlafen zu legen. Normalerweise wäre sie aufgeblieben, um ihn nach dem Forensikvortrag zu fragen. Nicht an diesem Abend. Als er leise ins Schlafzimmer schlich und sich neben sie ins Bett legte, hatte sie sich schlafend gestellt. Bei dem Gedanken, dass sich gerade ein Fremder neben sie legte, hatte sie gefröstelt. Vor einer halben Ewigkeit hätte er ihr vielleicht den Arm oder die Brust gestreichelt, um sie aus Verlangen zu wecken, doch das war Vergangenheit.

Was hast du in seinem Arbeitszimmer gesehen?

Diese Frage hallte seit Stunden in ihr nach. Im Dunkeln der Nacht hatte sie laut gedröhnt und war erst ein wenig abgeklungen, als durchs Fenster der Morgen einsickerte.

Ich weiß es nicht.

Ist das gelogen? Vielleicht weiß ich es ja doch.

Einfache, harmlose Antworten lagen mit düsteren, entsetzlichen Erklärungen im Widerstreit. Sie fühlte sich, als stünde sie in einem fremden Land auf einem unbekannten Platz und suche verzweifelt nach einer Wegbeschreibung. Die Schrift auf den Straßenschildern konnte sie nicht lesen, die Sprache der Passanten verstand sie nicht.

»Hey, guten Morgen!«

Der Böse Wolf wachte auf.

Sie fürchtete, dass ihre Stimme zittern würde, doch zu ihrer Erleichterung klang sie ganz normal. Frag ihn das Naheliegende, befahl sie sich.

»Wie war der Vortrag? Ich wollte auf dich warten, aber ich war zu kaputt …«

»Ach so, ja, faszinierend. Der Kerl von der Staatspolizei hatte wirklich 'ne Menge drauf; er war witzig und verdammt gewieft. Hab 'ne Menge dazugelernt. Kam allerdings ein bisschen zu spät.«

Und was hast du gelernt?

Diese Frage machte ihr Angst.

Sie sah zu, wie er sich vom Bett wälzte und durch das Zimmer tappte.

»Übrigens ist die Zahnpasta fast alle«, sagte er.

Normal, dachte sie. Alles ist wie immer.

Dieser Selbstbetrug tat ungeheuer gut. Sie beschloss zu überlegen, was sie zum Frühstück machen sollte, statt sich mit der Frage zu quälen, ob sie gegen ihren Willen auf ein grässliches Geheimnis gestoßen war. Sie hegte wenig Hoffnung, dass die Entscheidung, ob sie Eier oder Pfannkuchen machen sollte, sie lange von der Frage ablenken konnte: *Ist dein Mann ein Mörder?*

Als sie im Büro eintraf, war sich Mrs Böser Wolf nicht mehr sicher, ob sie auf die Fragen, die ihre Grenzüberschreitung aufgeworfen hatte, tatsächlich Antworten hören wollte. Am liebsten hätte sie die Zeit bis zu dem Moment zurückgespult, an dem sie gemerkt hatte, dass sie den Schlüssel zum Arbeitszimmer ihres Mannes in der Hand hielt, und beschlossen hatte, heimlich hineinzugehen. Einerseits schämte sie sich dafür, dass sie ihn hintergangen hatte, andererseits war sie einfach verwirrt.

Als Erstes trat sie an den schwarzen Aktenschrank mit sämtlichen Schülerakten und zog die von Jordan heraus.

Innen auf dem Aktendeckel klebte das offizielle Schulfoto des Mädchens, das vom Anfang des Herbstsemesters stammte und dem weitere folgten. Irgendwie fühlte sich Mrs Böser Wolf an Polizeifotos erinnert: Frontalansicht. Rechte Profilansicht. Linke Profilansicht – fehlte nur das Schild mit der Aktennummer unter dem Kinn.

Mrs Böser Wolf übersprang die Bilder und vertiefte sich in die Informationen, die in der Akte festgehalten waren. Eigentlich war ihr nichts daran neu: der plötzliche Absturz der guten Noten; die Probleme im Unterricht; das Gutachten der Psychologin über Jordans Belastung durch den heftig ausgetragenen Scheidungskrieg der Eltern; die frustrierte Einschätzung der Beratungslehrerin, dass Jordan dabei war, ihre Zukunftschancen zu verspielen; ein Vermerk mehrerer Lehrer sowie ihres Basketballtrainers über Jordans zunehmende Entfremdung gegenüber den anderen Schülern.

Mrs Böser Wolf war lange genug Sekretärin an der Privatschule, um das klassische Muster zu erkennen, das diese Schülerakte dokumentierte. Es ödete sie an, wie ein Fall dem anderen glich. Die bilden sich immer ein, nur sie allein hätten diese Probleme, stellte Mrs Böser Wolf fest. Und genau da irren sie sich gewaltig. Andererseits wusste sie, dass Jordan – wie so vielen anderen Kindern, die in ihrem Alter ähnliche Krisen durchgemacht hatten – das Schlimmste noch bevorstand.

Wie geht es weiter?, überlegte sie. Jordan experimentiert mit Sex. Jordan fängt an, Gras zu rauchen oder das verschreibungspflichtige Ritalin einer Klassenkameradin zu missbrauchen. Jordan verstößt eklatant gegen eine Vorschrift und fliegt von der Schule.

Dagegen war ihr absolut rätselhaft, was in aller Welt Jordan mit ihrem Mann in Verbindung brachte.

Vor allem: Wieso ausgerechnet sie? Was hatte ihn dazu bewogen, sich Jordan herauszupicken – ob als Mordopfer oder als Vorlage für eine Figur in einem Buch?

Solche und ähnliche Gedanken jagten Mrs Böser Wolf zwanghaft und quälend durch den Kopf.

Sie merkte, dass sie beim Blättern in Jordans umfangreicher Akte die blanke Wut wie heiße Wogen erfasste.

Was ist an dir so Besonderes, dass mein Mann dein Scheißfoto an der Wand hängen hat?, schrie sie innerlich.

Und im selben Moment wurde ihr bewusst, dass sie Jordan hasste.

Es war ein tiefer, glühender, eifersüchtiger Hass. Sie hätte weder sagen können, wieso sie ihn empfand, noch, wie sie dagegen angehen konnte.

Mit einem hörbaren Knall klappte Mrs Böser Wolf die Akte des jungen Mädchens auf ihrem Schreibtisch zu.

Blieben noch die Ärztin und eine andere, ihr unbekannte Frau. *Wie kommt er auf die?*

Sie bückte sich nach ihrer Handtasche und zog einen Zettel heraus, auf dem sie die Namen und Daten zu den Büchern ihres Mannes und die scheinbar zusammenhangslose Liste mit Mordfällen festgehalten hatte, zu denen er Zeitungsartikel ausgeschnitten und in seinem Lederalbum aufbewahrt hatte. Ihr wurde klar, dass einige Recherchen anstanden. Sie wusste nicht, wie viel Zeit sie dafür hatte, nur dass sie sich beeilen sollte.

In seinem Arbeitszimmer fasste der Böse Wolf zufrieden seine Notizen über den Vortrag in einer Computerdatei zusammen. Auch die Anrufe, die er am Vortag gemacht hatte, trugen zu seiner guten Stimmung bei. Er schrieb:

> Manchmal ist der lauteste Lärm, den man machen kann, besonders leise.

Das Handy, von dem aus er jede der drei Roten angerufen hatte, stammte aus einem kleinen Elektronikgeschäft – einem Laden ohne Überwachungskameras –, und er hatte es bar bezahlt. Er war auf einen Rastplatz an der Autobahn gefahren, hatte die Anrufe gemacht, sämtliche Speicherchips entfernt und das Handy mit dem Absatz zertreten. Das Gehäuse hatte er ein Stück von der Raststätte entfernt in einer Mülltonne entsorgt, die Speicherkarten in der Nähe des Autorenmeetings in einen kleinen Fluss geworfen. Kaum etwas bereitete dem Bösen Wolf an der systematischen Planung und Durchführung eines Mords so viel Vergnügen wie die kleinen Vorbereitungsschritte, bei denen er sich das baldige Sterben in jeder Einzelheit ausmalen konnte.

Vor allem,

tippte er mit Verve in die Tasten,

muss man das richtige Maß an Furcht erzeugen. Die Panik in den letzten paar Sekunden, in denen die Opfer begreifen, was mit ihnen geschieht, oder auch die langsame Steigerung lähmender Angst verleitet sie unweigerlich zu gravierenden Fehlern, die ihrerseits die Vorfreude und Erregung des Mörders steigern. Sie versuchen zu entkommen oder sich zu verstecken und stolpern bei jedem Schritt über die eigenen Füße, sodass sie umso leichtere Beute sind.
So ist es immer. Schon mal einen dieser Teeny-Slasher-Filme gesehen? Egal wohin sie sich wenden, Jason oder Freddy Krueger oder der Typ aus Texas mit der Gesichtsmaske und der Kettensäge hat ihren Schachzug längst durchschaut und wartet schon auf sie. Die Opfer kapieren einfach nicht, dass sie sich durch angstgeleitete Entscheidungen umso mehr in Gefahr begeben. Sobald sie blindlings die Flucht ergreifen, laufen sie jemandem, der das Terrain besser kennt, geradewegs in die Arme. So verruckt es klingen mag, trifft der Film *Freitag der 13.* den Nagel auf den Kopf. Denken wir an Rotkäppchen: Der Wolf kennt die Umgebung wie im Schlaf. Das ist in diesen Filmen nicht anders. Sobald sich die oder der Gejagte eine Blöße gibt, nutzt der versierte Mörder diese Schwäche zu seinen Gunsten. Diese kurzen Momente, in denen das Opfer ihm schutzlos ausgeliefert ist, gehören zu den kostbarsten Erfahrungen beim Töten.
Da ist jede Sekunde von unschätzbarem Wert.
Der beste Mörder holt aus einem einzigen Augenblick alles heraus.

Für eine Weile schwebten die Finger des Wolfs über der Tastatur. Die Worte, die wie von selbst den Bildschirm füllten, sowie der wachsende Stapel im Ablagekorb neben ihm kündeten davon, dass die Dinge unaufhaltsam dem Ende zugingen.

Waffen, überlegte er. Es war an der Zeit, sich für die jeweils richtige Waffe zu entscheiden.

Rote Eins würde nicht so sterben wie Rote Zwei. Und bei Roter Drei wäre es wieder ganz anders.

Drei willkürliche Morde, die nicht miteinander in Verbindung gebracht werden könnten.

Alles, was er aus den Gesprächen mit den Cops, aus dem Vortrag gestern Abend, aus den Auskünften von Strafverteidigern und Staatsanwälten gelernt hatte, die er unter dem Deckmantel der Recherche befragt hatte, wie auch aus der einschlägigen Unterhaltungsliteratur und dem populären Sachbuch, hatte ihm bestätigt, dass an dem Tag, an dem die drei Roten sterben würden, alles so aussehen musste, als handle es sich bei dem zeitlichen Zusammentreffen um einen tragischen Zufall. Dadurch würden in unterschiedlichen Teilen des Regierungsbezirks drei separate Ermittlungsteams unabhängig voneinander an drei offensichtlich vollkommen verschiedenen Tötungsdelikten arbeiten. Falls sich die Beamten überhaupt die Zeit nahmen, miteinander zu sprechen, würden ihnen nur die vielen Unterschiede ins Auge springen und den Gedanken an einen Serienmörder von vornherein ausschließen. Jedes Verbrechen würde seine eigenen, unverwechselbaren Fragen nach dem Täter aufwerfen.

Dies würde, daran bestand für ihn kein Zweifel, die Faszination des Lesepublikums ins Unermessliche steigern, wenn wenig später sein Buch in die Läden käme und wahre

Details zur Motivation, zur Planung und Durchführung der Morde durch einen genialen Verbrecher ausbreitete.

Sobald auf diese Weise ans Licht käme, wie die Polizei auf der ganzen Linie versagt hatte, würde es das Buch in null Komma nichts an die Spitze der Bestsellerlisten schaffen, so viel stand fest.

Die drei Roten würden nicht nur seinen mörderischen Drang einschließlich der intellektuellen Herausforderung befriedigen, sondern ihm außerdem ungeahnten Reichtum bescheren.

Messer. Pistolen, Rasierklingen. Stricke. Seine bloßen Hände.

Die Auswahl war unerschöpflich. Es ging nur darum, die jeweils passende Methode für jede der Roten zu finden.

Das ist, stellte er fest, für einen Thrillerautor nichts Neues, sondern gehört selbstverständlich zur Gestaltung der Figuren und des Plots. Er grinste und musste sogar einen Moment laut lachen, bevor er sich wieder an seine Entwürfe machte, die ihn so in ihren Bann zogen. Er hatte etwas von einem Architekten. Jede Linie, die er zeichnete, war gerade und präzise.

24

Erstaunlicherweise nahm Rote Zwei den stummen Anruf mit der größten Gelassenheit auf. Sarah war verblüfft. Jede andere Konfrontation mit dem Bösen Wolf hatte sie in panische Angst versetzt und einen blindwütigen Abwehrinstinkt geweckt, und sie hatte wild mit ihrer Waffe herumgefuchtelt, doch so unheimlich und bedrohlich das Schweigen am anderen Ende der Leitung gewesen war, kam dabei eine Seite an ihr zum Vorschein, mit der sie selbst nicht gerechnet hatte. Sie war plötzlich ganz kühl, und es war nicht die Angst, die ihr eiskalt den Rücken herunterlief; vielmehr hatte es mit der Entscheidung zu tun, die ihr unvermutet klar vor Augen stand. Von einer Sekunde zur anderen wusste sie genau, was sie zu tun hatte. Die Gewissheit bereitete ihr beinahe eine wohlige Wärme.

Rote Eins dagegen war in Tränen ausgebrochen.

Das Schweigen führte ihr mit aller Brutalität ihre Ohnmacht vor Augen. Ihr Leben lang hatte sie sich komplizierten Fragen gestellt und Lösungen erarbeitet, doch jetzt fiel ihr, so verzweifelt sie danach suchte, keine Antwort ein. Ihm Schimpfwörter entgegenbrüllen? Etwas Trotziges in den Hörer schreien? Eine Show abziehen, als ließe sie das Ganze kalt? Und so hatte sie in dem Moment, als der Böse

Wolf aus den dunklen Tiefen der Leitung verschwand, den Hörer aufgelegt und losgeheult. Unter heftigem Schluchzen und verzweifeltem Stöhnen waren ihr die Tränen die Wangen heruntergelaufen. Diesmal hatte Karen nicht versucht, ihre Emotionen zu bändigen, sondern hatte sich von ihnen überrollen lassen. Die Arme fest um den Leib geschlungen, saß sie mit bebender Brust am Schreibtisch und wippte in unerträglicher Qual vor und zurück. Doch wie bei einem kleinen Kind, das um ein vermisstes Haustier weint, versiegten die Tränen irgendwann, und sie atmete wieder tief durch, auch wenn sie nicht den blassesten Schimmer hatte, was sie als Nächstes unternehmen sollte. Sie hatte nur den einen Wunsch, mit den anderen zwei Roten zu sprechen, denn sie wusste, dass die beiden Frauen, sosehr sie sich auch voneinander unterschieden, auf der ganzen Welt die einzigen Menschen waren, die das, was sie durchmachte, nachfühlen konnten. Und natürlich, fügte sie in Gedanken hinzu, der Böse Wolf.

Rote Drei hatte die blanke Wut gepackt.

Nach dem Anruf war an Schlaf nicht zu denken gewesen, und so hatte sie einen guten Teil der Nacht damit zugebracht, sich das YouTube-Video des Bösen Wolfs immer wieder anzusehen, um irgendeinen versteckten Hinweis darin aufzuspüren, der ihr dabei helfen würde, sich zu wehren. Doch vergeblich. Um drei Uhr morgens war sie schließlich ins Bett gekrochen und hatte sich, wie ein kleines Kind, das Angst vor der Dunkelheit hat, die Decke über den Kopf gezogen. Unter der Decke hatte sie schweißgebadet und mit zusammengebissenen Zähnen dagelegen. Irgendwann hatte sie das Bettzeug von sich geworfen, war starr wie eine Leiche auf dem Rücken liegen geblieben und hatte an die Decke gestarrt. Als der Wecker klingelte und sie aufstand, hatte sie sich schmutzig gefühlt, woran auch das heiße Wasser und der Seifenschaum auf der Haut nichts ändern konnten, und als Jordan an diesem Morgen zum Unterricht ging, wäre sie an der Stelle, an der sie am Abend den stummen Anruf auf dem Handy empfangen hatte, beinahe gestolpert und hingefallen. Es schien, als hätte ihr die Erinnerung ein Bein gestellt, und sie trat wütend mit dem Fuß gegen die Steine auf dem Weg, als seien sie daran schuld.

In der ersten Stunde an diesem Morgen hatte sie Leistungskurs Spanisch.

Die Lehrerin, Mrs Garcia, eine Frau um die vierzig, war in Barcelona aufgewachsen und hatte dort Englisch studiert, sodass es für sie keine allzu große Herausforderung darstellte, umgekehrt Highschool-Kids in den USA ihre eigene Sprache beizubringen. Die stämmige, dunkelhaarige Frau mit dem glucksenden Lachen gewann unbeirrbar allem, was auch nur vage mit ihrem Heimatland verbunden war, etwas Positives ab. Mit unverhohlenem Enthusiasmus führte sie Filme wie *Pans Labyrinth* oder *In ihren Augen* vor und gab ihnen als Hausaufgabe Klassiker von Cervantes bis García Márquez zu lesen, auch wenn sie bezweifelte, dass die Schüler viel davon verstanden. Fiel im Unterricht das Stichwort »Kunst«, war sie nicht mehr zu bremsen und beschrieb in höchsten Tönen den Prado in Madrid mit seinen berühmten Gemälden von Goya bis Hieronymus Bosch. Mit ihrem überschäumenden Temperament war sie an der Schule sehr beliebt, wobei ihre großzügige Benotung von Klausuren und Hausaufgaben ein Übriges tat. Obwohl Jordan den Kurs nur mit knapper Not schaffte, hatte Mrs Garcia sich geweigert, sie auf ein niedrigeres

Niveau herabzustufen, und ihr mehr als einmal versichert, früher oder später würde sie an ihre früheren Leistungen anknüpfen. Jordan wusste, dass sie damit ihre Anteilnahme an der schwierigen Familiensituation zum Ausdruck bringen wollte. Sie fragte sich, ob Mrs Garcia ähnliche Sympathie für sie hegen würde, wenn sie vom Bösen Wolf erführe.

Jedenfalls gehörte Mrs Garcia zu Jordans Lieblingslehrern, schon weil sie weder erziehungsberechtigt war noch zum festen Lehrkörper gehörte und nicht so tat, als hätte sie sämtliche Antworten auf Jordans Probleme parat.

An diesem Morgen setzte sich Jordan auf ihren angestammten Platz im hinteren Teil der Klasse neben dem Fenster, damit sie hinaussehen und in einem wenige Meter entfernten Baum die Amseln beobachten konnte. Sie war völlig geistesabwesend und ging in Gedanken noch einmal jeden Aspekt des stummen Anrufs durch. Wäre auch nur ein Wort gefallen, hätte sie so etwas wie kehlige Laute gehört, vielleicht auch heftiges Atmen oder pfeifende Laute eines Mannes, der sich selbst befriedigte, hätte sie sich ein Bild machen können, doch diese radikale Stille beschwor in ihrer Vorstellung nur eine leere Leinwand herauf.

Sie ballte die Hände zu Fäusten, presste sie unterhalb der Brust zusammen, als kämpfe sie gegen sich selbst.

»Jordan?«

Ihre Knöchel wurden weiß. Sie hatte das Bedürfnis zuzuschlagen.

»Señorita Jordan?«

Vor Wut erstarrte ihr Gesicht zur Maske.

»Señorita Jordan, qué pasa?«

Das Kichern der anderen Schüler holte sie in die Gegenwart des Klassenzimmers zurück. Völlig verwirrt sah sie sich um, blickte in die grinsenden Gesichter und registrierte das hämische Gelächter. Sie hatte keine Ahnung, was los war, bis sie nach vorne schaute, wo Mrs Garcia an der Wandtafel stand und sie durchdringend ansah. Im selben Moment dämmerte Jordan, dass ihr eine Frage gestellt worden war und sie nicht geantwortet hatte.

»Tut mir leid …«, stammelte sie.

»En español, por favor, Jordan.«

»Ich weiß nicht …«

»No estabas escuchando?«

»Doch, ich habe zugehört, ich war nur …« Sie führte die Lüge nicht zu Ende.

»Te pasa algo?«

»Nein, Mrs Garcia, alles bestens.« Das war eine zweite Lüge, und sie wusste, dass die Lehrerin wie die Schüler sie durchschauten.

»Bueno. En español, por favor, Jordan«, wiederholte Mrs Garcia. »Cuál es el problema?«

»Es gibt kein Problem, ich war nur …« Sie stockte, als sie merkte, dass sie kurz davor war, sich zu widersprechen. Ihr war klar, dass sie auf Spanisch antworten sollte, und die richtigen Worte lagen ihr auf der Zunge. Redewendungen, Sätze, Passagen aus Büchern, Dialoge aus Filmen machten sich in Jordans Kopf breit, und sie suchte verzweifelt nach der richtigen Kombination, um die Fragen ihrer Lehrerin zu beantworten.

Mrs Garcia stand vor der Klasse und schwieg. In diese Stille hinein flüsterten sich ein paar andere Mädchen etwas zu. Jordan konnte nicht ganz verstehen, was sie sagten, wusste aber, dass es etwas Bissiges war.

Sie kam nicht dagegen an.

Sie sprang auf und fuhr zu den Mädchen herum. Sie sah das höhnische Grinsen in ihren Gesichtern. Sie fauchte das Mädchen an, das ihr am nächsten saß. »Pinche puta idiota!«

Die Beschimpfte zuckte zurück. Jordan fragte sich, ob sie je in irgendeiner Sprache als miese dämliche Schlampe beschimpft worden war.

»Jordan!«, schaltete sich Mrs Garcia ein.

Doch ungerührt ließ Jordan ihrer tagelang angestauten Wut freien Lauf. »Besa mi culo, puta!« Leck mich am Arsch, Miststück, beleidigte sie das andere Mädchen.

Einer der Jungen in der Klasse stand auf, als wollte er dem Mädchen Beistand leisten, doch zur Krönung kramte Jordan die geläufigste aller spanischen Beschimpfungen hervor, die auch der Junge mit Sicherheit kannte. Die mit Sicherheit alle kannten.

»Chinga tu madre!«, platzte Jordan heraus und zeigte mit dem Finger auf ihn.

»Jordan, es reicht!« Mrs Garcia war in wütendes Englisch gewechselt, was nur selten vorkam.

Jordan spürte alle Augen auf sich gerichtet. Sie warf trotzig den Kopf zurück und hatte schon die nächste Beschimpfung für die Klasse auf den Lippen. Ihr kam eine alte Beleidigung aus einem der Bücher, das sie in diesem Semester gelesen hatten, in den Sinn: El burro sabe más que tú. Ein Esel weiß mehr als du. Sie wollte den Satz ihren Klassenkameraden entgegenbrüllen, zögerte jedoch.

»Du kannst entweder gehen oder bleiben, das liegt ganz bei dir, Jordan«, sagte Mrs Garcia betont langsam in beherrscht wütendem Ton. »Doch so oder so ist mit diesem Benehmen augenblicklich Schluss.«

Nach dieser Mahnung herrschte Schweigen in der Klasse.

Flüstern, heimliches Kichern und gedämpfte Schimpfwörter verstummten.

Jordan bückte sich und packte ihre Sachen. Es war zu verlockend, hinauszumarschieren und an der Tür allen noch einmal den Stinkefinger zu zeigen, bevor sie irgendein abgelegenes, idyllisches Fleckchen fand, wo sie geduldig darauf warten konnte, dass ihr Mörder sie entdeckte und dem Ganzen ein Ende machte. Doch auf halbem Wege scheute sie vor dem dramatischen Abgang zurück. Sie sah Mrs Garcia an, deren hochrotes Gesicht wieder eine normale Farbe angenommen hatte und einfach nur noch traurig wirkte.

Jordan holte tief Luft.

»No«, sagte sie plötzlich. »Esta es mi clase favorita.« Abrupt setzte sie sich wieder hin.

Erwartungsvolles Schweigen legte sich über die Klasse. Nach einer langen Pause räusperte sich Mrs Garcia, warf Jordan einen letzten besorgten Blick zu und murmelte »Bueno«, bevor sie mit der Unterrichtsstunde fortfuhr.

Jordan lehnte sich zurück und starrte erneut aus dem Fenster. Ihr war nicht danach, den Blicken ihrer Mitschüler zu begegnen.

Stattdessen dachte sie nach.

Böse – das hieß *malo.*

Wolf – das hieß *lobo.*

Malo lobo, wiederholte sie im Kopf, das hatte einen schönen Klang. Das war so im Spanischen, jeder Satz war so melodisch, als gehöre er zu einem Song. Jordan seufzte und saß stocksteif da, um jeden Blickkontakt mit den anderen Schülern zu vermeiden. Sie fühlte sich wie radioaktiver Abfall: Sie glühte gefährlich, und die anderen kamen ihr besser nicht zu nahe.

Am Ende der Stunde wartete Jordan, bis die anderen gegangen waren. Mrs Garcia hatte sich an ihren Tisch gesetzt. Sie winkte Jordan nach vorne.

»Es tut mir leid, Mrs G«, sagte Jordan.

Die Frau nickte. »Ich weiß, dass du im Moment viel durchmachst, Jordan. Kann ich irgendwie helfen?«

Haben Sie eine Knarre? Können Sie einen sauberen Schuss abgeben?

»Nein, aber trotzdem, danke.«

Die Lehrerin wirkte enttäuscht, brachte jedoch ein zartes Lächeln zustande. »Wenn du es dir anders überlegst, lass es mich wissen. Selbst wenn du nur einen Menschen zum Reden brauchst. Jederzeit. Sieben Tage die Woche. Egal aus welchem Grund. Okay?«

Sind Sie eine Killerin oder nur eine Spanischlehrerin? Können Sie einen Mann zur Strecke bringen, der es auf mein Leben abgesehen hat?

»In Ordnung, Mrs G. Danke.«

Jordan schlang sich ihren Rucksack über die Schulter und verließ den Klassenraum. Sie war noch nicht weit gekommen, als sie ein Summen hörte, das von ihrem Prepaid-Handy kam. Sie huschte in die Damentoilette und schloss sich in eine freie Kabine ein, bevor sie das Handy herauszog und auf das Display starrte.

Es war eine SMS von Rote Zwei.

Treffen heute Abend. Müssen reden. Wichtig.

Sie wollte gerade darauf antworten, als eine zweite Nachricht eintraf, diesmal von Rote Eins.

Pizzaservice 19:00.

Sie antwortete beiden mit einem O. K.

Es juckte ihr in den Fingern, hinzuzufügen: *Falls wir um sieben noch am Leben sind.* Doch sie tat es nicht.

Anschließend musste Jordan zum Englischunterricht. Ihre Hausaufgabe war die Lektüre von Hemingways *Ein sauberes, gut beleuchtetes Café.* Sie hatte die Geschichte zwei Mal gelesen, sich aber für den Fall, dass die Lehrerin ihr dazu eine Frage stellte, vorgenommen, so zu tun, als hätte sie das Buch nicht einmal aufgeschlagen.

Am besten hatte ihr in der Kurzgeschichte der spanische Kellner gefallen – der ältere, der bereit war, das Café für den einsamen, greisen Mann erst später zu schließen, nicht der jüngere, der möglichst schnell zu seiner Frau nach Hause wollte.

Nada y pues nada y pues nada.

Sie verstand genau, was der Kellner mit diesen wenigen Worten meinte, auch ohne Übersetzung.

25

Das war das Beste, was ich auf die Schnelle finden konnte«, sagte Rote Eins. »Denke, hier sind wir sicher.«

Nun war *sicher* ein Begriff, der ihnen ziemlich fremd geworden war; zugleich schien die Bedrohung, wenn sie alle drei beisammen waren, sich irgendwie zu teilen und dadurch zu verringern: Angst geteilt durch drei ist …?

Die drei Roten standen im Lichtkegel vor der Eingangstür von *The Goddess Bookshop* in einer dunklen, schmalen Nebenstraße, in einiger Entfernung von den belebteren Vierteln der kleinen Stadt. Ein stetiger Kundenstrom, fast ausschließlich Frauen – aller Altersstufen und mit unterschiedlichstem Erscheinungsbild, darunter auch einige mit einem Kleinkind an der Hand oder im Buggy –, ging in dem Laden ein und aus. Ins Auge fielen besonders die Regale mit New-Age-Romanen, Abhandlungen über Geisterbeschwörung sowie zum Thema Frauengesundheit, dazu der eine oder andere Band über Tarot oder astrologische Voraussagungen der Zukunft.

An diesem Abend sollte eine Autorin für einen Vortrag und eine Fragestunde zu ihrem neuesten Buch anreisen, weshalb dicht bis an das kleine Podium am vorderen Ende Klappstühle aufgestellt waren. An einer Wand hing ein großes Poster der Frau, deren Alter irgendwo zwischen Roter Eins und Roter Zwei lag und die ihr langes, schwarzes Haar vampirhaft, wie Jordan fand, glatt herabhängen ließ und darunter einen Teil ihres Gesichts verbarg, um geheimnisvoll, wenn auch nicht besonders subtil auszusehen. Passend dazu hatte sich die Schriftstellerin – von den Stiefeln über die Hose bis zur Seidenbluse und dem dicken Wollumhang – ganz in Schwarz gewandet. Nur die Halskette mit einem schweren, mystischen Amulett, an dem bunte Steine funkelten, hob sich davon ab. Direkt hinter der Eingangstür lag stapelweise ihr neuestes Buch aus. Dem Poster war zu entnehmen, dass es zu einer Serie gehörte. Besagte Neuerscheinung trug auf dem Schutzumschlag unter dem Titel *Die Mörderin kehrt zurück* eine schrille Zeichnung von einer Walküre, die ihr blitzendes Schwert gegen eine Horde Muskelprotze mit gehörnten Wikingerhelmen, ihr offenbar nicht gewachsene Gegner, erhob, während Drachen den Hintergrund des Umschlagbildes bevölkerten.

Karen führte die anderen beiden Roten zu ein paar Stühlen an der gegenüberliegenden Seite, von wo aus sie sowohl die Rednerin als auch die Besucher im Auge hatten. Sie ließen sich auf den unbequemen Stahlrohrstühlen nieder und musterten jeden, der zu der Veranstaltung hereinkam. Sie studierten die Gesichter an der Tür, jede für sich, und alle drei hatten die gleichen Gedanken: Wer bist du? Bist du ein Mörder?

Insgesamt saßen nur vier Männer im Publikum, die sich – jeder auf seine Weise – nicht ganz wohlzufühlen schienen. Die drei Frauen beäugten sie unauffällig, um irgendein verräterisches Zeichen an ihnen zu entdecken, das auf den Bösen Wolf schließen ließ.

Ein kleiner, drahtiger Mann erinnerte mit seinen schnellen, verstohlenen Blicken durch den Raum irgendwie an eine Maus – doch er war mit einer Frau gekommen, die etwa doppelt so groß war wie er, und einer etwa sechsjährigen Tochter, die er ständig ermahnte, nicht auf ihrem Stuhl herumzuhampeln. Dann war da dieser bullige, bärtige Kerl, der ein bisschen den Männern auf dem Schutzumschlag des Walküren-Buchs ähnelte. Zu seiner Holzfällerstatur passte die rotkarierte Wolljacke, die er trug. Doch er war in Begleitung einer jungen Frau mit rosa gefärbten Haaren und zahlreichen Piercings gekommen, deren exzentrische Kleidung dem Outfit der Autorin nachempfunden schien, und sie hatte ihm einen Stapel Bücher in die Arme gedrückt, die offenbar zur selben Serie der Autorin gehörten und die er vermutlich für seine Begleiterin signieren lassen sollte. Sein Gesichtsausdruck hatte etwas von einem geprügelten Hund. Die anderen beiden Männer wirkten mit dicker Brille und Tweedjackett zur Cordhose eher akademisch, und beide verrieten mit ihrer verdrehten Körpersprache – den über der Brust verschränkten Armen und der gebeugten Sitzhaltung sowie dem gelangweilten Blick – ihr Unbehagen, während ihre Partnerinnen mit leuchtenden Augen auf der Stuhlkante saßen und dem Vortrag entgegenfieberten.

Keiner dieser Männer entsprach auch nur annähernd dem Bild, das man sich von einem Mörder machte. Die drei Roten beeindruckte das wenig. Sie waren auf jede Möglichkeit gefasst. Ich kann vielleicht eine tödliche Krankheit erkennen, dachte Karen. Ich sehe sie bei einem Bluttest oder auf einem Röntgenbild. Ob ich einen Mörder ausmachen kann, weiß ich nicht.

Jordans Blick bohrte sich in jeden der vier Männer im Publikum. Sie war sich einigermaßen sicher. Falls du hier bist, sagte sie im Stillen zu dem Bild vom Bösen Wolf, das sich ihr im Kopf eingenistet hatte, dann krieg ich das raus.

Sie war zu jung, um sich die quälende Frage zu stellen, wie. Mit festem Blick fixierte sie jeden der Männer, doch so unwohl die sich fühlen mochten, schienen sie sich dennoch mehr für die Vorgänge auf dem Podium zu interessieren.

Sarah dagegen richtete den Blick zwischen den Männern hindurch nach vorn. Sie traute sich nicht zu, ihren Erzfeind zu erkennen, selbst wenn er mit einem blutigen Messer in der Hand und einem großen Schild um den Hals neben ihr stünde. Sie lächelte. Für sie spielte das jetzt keine Rolle mehr.

Wie Wachposten ließen alle drei die Blicke unablässig über das Publikum schweifen, während die Ladeninhaberin in sprudelnden Worten die Autorin vorstellte, die nunmehr unter stürmischem Applaus ihren Platz einnahm.

»Die Ermächtigung der Frau ist das zentrale Thema aller meiner Bücher«, fing die Schriftstellerin erwartungsgemäß an.

An dieser Stelle schalteten die drei Roten ab und bekamen von den weiteren Ausführungen nicht das Geringste mit. Sarah kommentierte stumm: Wahre Kraft kommt von innen. Man muss sie nur finden.

Die Schriftstellerin erging sich weiter in ihren langatmigen Erörterungen, während die drei Roten warteten.

Der Vortrag dauerte knapp eine Stunde, auf die eine Reihe vorhersagbare Fragen folgte – von den besonderen mörderischen Vorlieben einer bestimmten Kriegerin bis hin zu allgemeinen Themen wie der mangelnden Bereitschaft etablierter Verlage, sich auf Bücher zu »Frauenthemen« einzulassen. Der Runde mangelte es an jeglichem Humor.

Besonders Karen konnte das Ende der Veranstaltung kaum erwarten. Unruhig wechselte sie auf ihrem Stahlrohrstuhl immer wieder die Stellung und hatte nur den einen

Wunsch, sich zu Rote Zwei umzudrehen und sie zu fragen, was so dringend war, dass sie sich noch an diesem Abend mit ihnen treffen musste. Was war passiert?

Abgesehen von dem Anruf, fügte sie hinzu. Das war ihnen allen passiert. Karen war wütend. Sie war von der Qual der ständigen Angst und der Ungewissheit zermürbt und wollte nur, dass der ganze Spuk endlich vorbei war. Dabei ließ sie den naheliegenden Gedanken nicht zu, dass es auch dann vorbei sein würde, wenn der Böse Wolf seine Absicht in die Tat umgesetzt hätte.

Die Schriftstellerin kam zum Schluss und sonnte sich im Applaus.

Für einen Moment herrschte rege Betriebsamkeit seitens des Ladenpersonals, dann setzte sich die Autorin an einen Schreibtisch, zückte schwungvoll einen großen Stift und machte sich daran, Bücher zu signieren. Auf einem anderen Tisch standen für diejenigen Zuhörer, die sich nicht in die Schlange stellten, um die Autorin zu umschwärmen, Schokoladen-Brownies, Hummus und Chips sowie kleine weiße Plastikbecher mit sehr billigem Weiß- und Rotwein bereit.

Sarah deutete auf diesen Tisch. Sie nahm sich einen altbackenen Brownie und machte Karen und Jordan Zeichen, sie an die andere Seite des Ladens zu begleiten, wo sie vom Signieren und von der Ladenkasse und dem Buffet weit genug entfernt waren und ungestört reden konnten. Inmitten der Menschen waren die drei Roten allein.

Sie standen vor einer Regalwand mit Titeln zu Frauenthemen von Abtreibung bis Wahlrecht. Ihr Blick war auf die Bücher gerichtet, während sie dicht beisammenstanden, um miteinander zu reden.

Sarah stieß ein leises, doch herausforderndes Lachen aus. »Also, wenn es der Wolf geschafft hat, sich diesen ganzen

Schwachsinn anzuhören ...« Sie sprach den Satz nicht zu Ende. Selbst Jordan, die stets so angespannt wirkte, rang sich ein schwaches Grinsen ab.

Sarah schüttelte den Kopf. »Hegt hier irgendjemand Zweifel daran, wer das gestern Abend am Telefon war?«

Eine Antwort von Jordan und Karen erübrigte sich.

»Ist hier jemand der Meinung, die Sache könnte vielleicht nicht damit enden, dass der Wolf bekommt, was er will?«

Schweigen auch auf diese Frage.

»Ich meine, hat eine von euch schon mal ernsthaft in Erwägung gezogen, dass er uns vielleicht gar nicht wirklich zu töten beabsichtigt, wie er behauptet, sondern uns nur gehörig Angst einjagen will?«

»Hältst du uns wirklich für solche Glückspilze?«, beantwortete Jordan die Frage mit einer Gegenfrage.

»Er hat jedenfalls seine Hausaufgaben gemacht«, sagte Sarah.

Das Wort »Hausaufgaben« weckte bei allen dreien dieselben Assoziationen. Er hat uns beobachtet. Er hat uns ausgekundschaftet. Er kennt uns, wir ihn nicht. Wir sind hilflos, er nicht.

»Habt ihr beide das Gefühl, dass er uns immer näher kommt?«, fragte Sarah. »Ich meine, manchmal bekomme ich kaum noch Luft, weil ich denke, er lauert im Dunkeln oder um die nächste Ecke oder in einem Wagen und beobachtet mich.«

Karen und Jordan nickten, auch wenn Karen sagte: »Letztlich können wir nicht sagen, wen von uns er wann im Visier hat. Er spielt Katz und Maus mit uns.«

»Glaubt ihr nicht, er schleicht sich immer näher heran?«, wiederholte Sarah mit etwas mehr Nachdruck.

Karen holte tief Luft und sagte: »Doch, schon.«

»Er könnte im Prinzip ewig damit weitermachen«, sagte Jordan. »Vielleicht gibt ihm genau das den Kick.«

»Wohl kaum«, erwiderte Sarah. »Ich meine, klar, dass er dieses Spielchen genießt. Aber ich denke, er hat ›Größeres‹ mit uns vor, und das genießt er noch viel mehr.« Sie brauchte nicht zu erläutern, was sie unter »Größerem« verstand.

Alle drei Frauen starrten unverwandt geradeaus, als stünde die Antwort auf einem der Buchrücken im Regal.

»Ist euch auch aufgefallen, dass er alles jeweils dreifach macht?«, fuhr sie fort. »Wir bekommen alle am selben Tag einen Brief. Wir bekommen alle gleichzeitig ein Video. Eine nach der anderen kriegen wir einen Anruf …«

»Stimmt«, bestätigte Jordan. »Aber wieso auch nicht?«

Sarah ließ die Frage unbeantwortet. Vielmehr fuhr sie jetzt schneller in ihren Überlegungen fort, wenn auch fast im Flüsterton.

»Er hat eindeutig ein System. Ganz offensichtlich hat er einen Plan. Wir sind die drei Teile dieses Plans.« Ihre Worte überschlugen sich fast. »Er tut alles in dreifacher Ausführung, um den dreifachen Genuss daraus zu ziehen. Als glichen wir uns wie ein Ei dem anderen. Ich hab darüber nachgedacht, ich meine, seit dem Anruf gestern Abend. Was ist als Nächstes dran? Noch eine Kontaktaufnahme, damit wir vor Angst halb tot sind? Oder fängt er jetzt mit dem Morden an? Ihr wisst, dass es jeden Moment so weit sein kann, nicht wahr? Fühlt ihr euch nicht auch wie ein gejagtes Tier?«

Karen sagte nichts, doch der Vergleich hätte es nicht besser treffen können. Sie spähte zu Jordan hinüber. Die Jüngste von ihnen starrte geradeaus. Ins Gesicht stand ihr eine Mischung aus Zorn und Hoffnungslosigkeit geschrieben.

Sarah nahm den Faden wieder auf. »Je mehr ich darüber nachdenke, desto mehr erinnert es mich an die Situation in der Schule. Wir lernen alle etwas über Mord, nicht wahr? Ich hab als Lehrerin viel Zeit im Klassenzimmer verbracht, und ich habe einen sechsten Sinn dafür, wenn etwas passiert, was die ganze Stunde durcheinanderbringt. Das ruiniert jeden Unterrichtsplan, den man sich zurechtgelegt hat. Alles, was du dir für diese Stunde vorgenommen hast, geht den Bach runter.«

Ihre eindringliche Rede verstummte plötzlich, als hinge sie ihren Erinnerungen nach. Jordan vermutete, dass Sarah daran dachte, wieso sie einmal vor all diesen Schülern gestanden hatte.

»Eine kleinere Störung, die bekommt man schnell und wirkungsvoll in den Griff. Man schickt einen aufsässigen Schüler zum Direktor. Ein bisschen Durchsetzungskraft, schon ist die Ordnung wiederhergestellt. Und der Unterricht kann weitergehen.«

Jordan wusste genau, wovon sie sprach. Schließlich hatte sie selbst an diesem Morgen genau das getan.

»Aber manchmal gibt es Störungen, die man nicht so leicht unter Kontrolle bringt. Wo sozusagen alles auf einmal in die Luft fliegt.«

»Und was passiert dann?«, fragte Karen.

»Dann ist deine ganze Planung unwiderruflich zum Teufel.«

»Und was willst du uns damit sagen?«, fragte Jordan dazwischen.

»Wir sitzen sozusagen in seinem Klassenzimmer. Wir müssen den Plan, den er für uns ausgeheckt hat, bei dem ein Schritt auf den anderen folgt, stören. Mehr als nur Sand ins Getriebe werfen – wir müssen sein ganzes perfides Unternehmen, was immer der Mistkerl mit uns vorhat, durchkreuzen.«

Karen nickte, flüsterte jedoch: »Klingt gut, allerdings leichter gesagt als getan.«

»Nein«, sagte Sarah. Sie packte Karen am Handgelenk und zog sie ein wenig näher zu sich heran. »Ich weiß, wie ich ihm das Konzept gründlich versauen kann. Wie ich den Bösen Wolf am Arsch kriegen kann, wie ich dafür sorgen kann, dass ihm der ganze Scheiß, den er mit uns vorhat, um die Ohren fliegt.«

Die unflätige Sprache ging ihr wie Honig über die Lippen.

»Und wie?«, platzte Jordan heraus. Sie war verwirrt und schöpfte gleichzeitig Hoffnung. Allein der Gedanke, etwas zu tun, statt zu warten, bis einem etwas angetan wurde, machte ihr Mut.

Sarah standen auf einmal die Tränen in den Augen, während sie den Mund zu einem Grinsen verzog. Sie streckte die Hand aus und streichelte Jordan ganz leicht über die Wange, eine unerwartete Geste der Zuneigung für jemanden, den man kaum kannte.

»Eine von uns muss sterben«, sagte sie.

Die anderen sahen sie entsetzt an. Karen schnappte nach Luft und versuchte, einen Schritt zurückzutreten, doch Sarah hielt sie am Arm fest und schüttelte den Kopf.

»Nein«, antwortete sie auf die unausgesprochene Frage. »Ich.«

26

Mrs Böser Wolf musste schnell erkennen, dass man über ein Verbrechen nur wenig herausfindet, wenn man am Schreibtisch sitzt und im Internet surft. Bei dem Versuch, dem Rätsel des Mannes auf die Spur zu kommen, den sie liebte, versagte die elektronische Hilfe fast ganz.

Als Verwaltungssekretärin, die Ordnung und Routine schätzte, lag es nahe, eine Tabelle einzurichten, um alle Fakten übersichtlich festzuhalten. Vier Bücher. Vier Morde. Dann ihre Eheschließung. In der obersten Zeile der Grafik listete sie die Erscheinungsdaten der Bücher ihres Mannes auf sowie die Daten, an denen die Morde geschehen waren. Es folgten Unterkategorien mit den Szenen und Figuren aus den Büchern, die sie den echten Opfern und Tatorten gegenüberstellte. Sie hielt die bei den realen Morden benutzten Waffen fest und in einer Spalte daneben diejenigen, die sie aus den Romanen ihres Mannes in Erinnerung hatte. Sie sammelte jedes Detail, das sie den diversen Artikeln zu den Morden im Internet entnehmen konnte, und nahm es wie ein übereifriger Literaturkritiker unter die Lupe. Bei ihrer beharrlichen Suche nach Übereinstimmungen und Mustern, nach irgendwelchen Gesichtspunkten, die Romane und reale Verbrechen verbinden und vielleicht Licht ins Dunkel bringen könnten, surrte unablässig der Drucker neben dem Schreibtisch.

Es war ein hartes Stück Arbeit.

Sie kaute am Radiergummiende ihres Bleistifts, lutschte harte Pfefferminzbonbons und schaute immer wieder über die Schulter, um sich zu vergewissern, dass niemand etwas von ihren Nachforschungen mitbekam, auch wenn sie wusste, dass außer ihr niemand im Büro war. Wie es der Zufall wollte, war der Direktor diese Woche zu einer Fortbildungskonferenz in New York. Da er ihr für die Zeit seiner Abwesenheit kaum Aufgaben zugeteilt hatte, konnte sie sich fieberhaft in ihre persönlichen Angelegenheiten stürzen, die ihr keine Sekunde Ruhe ließen.

Im Lauf des Vormittags kam ein Zehntklässler herein, der um nähere Informationen zu einem Sommersprachkurs im Ausland bat. Nachdem sie behauptet hatte, sie wisse von keinem solchen Programm, obwohl in ihrer obersten Schublade eine große Broschüre lag, die erschöpfend darüber Auskunft gab, war der Junge so schnell wieder draußen, wie er gekommen war.

Ein wenig später, kurz bevor sie normalerweise Mittagspause gemacht hätte, tauchten zwei Mädchen aus der Oberstufe auf, um sich die Erlaubnis des Direktors zum Besuch eines weiterführenden College mit Übernachtung einzuholen. Dies war ein uralter Trick, der weniger dem Kennenlernen des zukünftigen Bildungsinstituts diente als einer Nacht mit einem der Jungen, die im letzten Jahr ihren Abschluss gemacht hatten.

Mrs Böser Wolf entließ die Mädchen mit verächtlichem Schnauben und zwei einfachen, peinlichen Fragen: »Glauben Sie wirklich, Sie wären die Ersten, die mit diesem genialen Einfall kommen?« Und: »Wissen Ihre Eltern von Ihrem geplanten kleinen Ausflug?«

Das Mittagessen ließ sie aus. Unter gewöhnlichen Umständen hätte sie viel zu großen Hunger gehabt, doch heute verdarb ihr die Angst den Appetit.

Als es Nachmittag wurde und ihr Arbeitstag allmählich zu Ende ging, dämmerte ihr, dass sie, wie sehr sie sich auch bemühte, die Wahrheit herauszufinden, letztlich im Trüben fischte. Hier und da erkannte sie Überschneidungen zwischen einem der Bücher und einem der Verbrechen, zugleich aber mindestens ebenso viele Abweichungen. Das Verhalten eines Mörders in einem der Romane, der seine Opfer erstach, ähnelte so sehr den Presseberichten zu den wahren Delikten, dass es unheimlich war. Eine junge Prostituierte, die im Roman in einer Seitenstraße aufgefunden wurde, erinnerte an eine, die in einer realen Kleinstadt am Straßenrand lag.

Mrs Böser Wolf wurde immer klarer, dass sie sich auf dünnem Eis bewegte. Alles, was sie aufdeckte, mochte übereinstimmen oder auch nicht. Sie schärfte sich ein, genau zu sein, sich an die Fakten zu halten und analytisch vorzugehen.

Bei zwei Morden, die sie sich näher angesehen hatte, war jeweils ein Mann des Verbrechens überführt und zu einer langen Freiheitsstrafe verurteilt worden. Bei zwei anderen hatte die Polizei die Morde als ungelöste Fälle zu den Akten gelegt, die, soweit sie aus dem Reality-TV wusste, in gewissen Abständen von einem Ermittler wieder hervorgekramt wurden. Tauchte wie durch ein Wunder irgendein neuer Beweis auf, führte er vielleicht zu einer sensationellen Verhaftung. Sie war klug genug, um zu begreifen, dass solche seltenen Ausnahmen für einen Hollywooderfolg herhalten mochten, jedoch nur über die Vielzahl der ungelösten Mordfälle in der realen Statistik hinwegtäuschen konnten.

Mrs Böser Wolf war ratlos.

Bei der Erkenntnis, dass zwei der von ihrem Mann ausgewählten Morde zur Verurteilung anderer Männer geführt hatten, war sie so erleichtert gewesen, dass sich ihr Puls wieder normalisierte und sie sich leise zuflüsterte: »Siehst du? Hab ich's dir nicht gesagt? Kein Grund zur Panik. Keine große Sache.« Dass andererseits zwei der Morde bis zu diesem Tage unaufgeklärt waren, machte ihr zu schaffen. Hinzu kam, dass einer der verurteilten Männer im Gefängnis einem Reporter ein ausführliches Interview gegeben und darin überzeugend seine Unschuld beteuert hatte. Die Anklage gegen ihn, so versicherte er, habe sich ausschließlich auf Indizien gestützt. Der andere ließ sich, einem kürzeren Artikel in einem kleinen Blatt zufolge, vom New Yorker *Innocence Project* vertreten, das sich darum bemühte, mithilfe von neu gewonnenen DNA-Beweisen juristische Fehlurteile zu kippen.

Sie hasste das Wort »Indiz«. Vielleicht gaben sich die Beteiligten im Gerichtssaal damit zufrieden, doch für sie warf es mehr Fragen auf, als es beantwortete. Und ihr machte der Gedanke Angst, dass kaum jemand besser darin war, irreführende »Indizien« zu erfinden, als ihr Mann. *Schließlich gehört das zum Handwerkszeug eines Krimiautors.*

Aber das tut er doch nur, hielt eine Stimme in ihrem Kopf dagegen, weil seine Bücher ausgeklügelt sind und die Handlung real wirken soll. Nicht mehr und nicht weniger – keine anderweitigen Motive.

Mrs Böser Wolf klammerte sich an die Kante der Schreibtischplatte, als täte sich unter ihr der Boden auf. Sie starrte auf den Zeitungsartikel über einen besonders blutrünstigen Mord, der sich mit Messern, Verstümmelungen und jeder Menge Blut über ihren Bildschirm ausbreitete.

Ohne sich darum zu scheren, ob sie jemand hören konnte, platzte sie heraus: »Woher sonst soll er denn bitte schön die nötigen Details für seine Bücher bekommen?« Die Frage schien ihr völlig berechtigt, und sie sackte auf ihrem Stuhl zurück. Ohne besonderen Grund tippte sie einen weiteren Eintrag in ihre Tabelle:

Den Tag, an dem sie ihren künftigen Mann kennenlernte.

Sie wippte ein wenig auf ihrem Sessel und summte einzelne Melodien aus den *Top 40 Love Songs* der Achtziger, während ihr die grausigen Details der vier echten Morde vor Augen standen. Ihr leiser Gesang widersetzte sich den schrillen Bildern von Leichen, die in blutgetränkten Kleidern an einsamen Orten versteckt worden waren.

Sie sah verkrustetes blondes Haar und roch verwesendes Fleisch. Sie schloss die Augen, doch statt sich weiter mit Zwangsvorstellungen von Mord und Totschlag zu quälen, kam ihr in den Sinn, wie sie an einem Abend im Frühsommer die Treppe zur örtlichen Bücherei hinaufgegangen war und zum ersten Mal in jenem Jahr aus der Ferne Grillengezirpe herüberdrang. Sie konnte nicht sagen, wieso sie sich an dieses Detail erinnerte, doch in ihrem Kopf war es mit dem Moment verschmolzen, in dem sie sich an einen der vorderen Tische gesetzt hatte.

Bis zu diesem Abend war ich ganz und gar allein.

Nach dem Vortrag in der Bibliothek hatte sie sich an mehreren anderen Frauen vorbeigedrängelt, die versuchten, mit dem Bösen Wolf zu sprechen.

Sie wusste noch, wie er darüber geschmunzelt hatte und es ihr ein wenig peinlich gewesen war; in der Öffentlichkeit benahm sie sich selten so forsch.

»Und? Sie mögen Geschichten über Mord und Totschlag?«, hatte er sie gefragt, während er lauwarmen Kaffee getrunken und an altbackenen Schokoladenkeksen gekaut hatte.

»Ich mag Mordgeschichten«, hatte sie geantwortet, »für mein Leben gern.«

Und dann staunte sie selbst über die Worte, die sie hinzufügte: »Besonders Ihre.«

Zuerst hatte er gelächelt, dann gelacht und sich mit einem Kotau bedankt. Dann hatte er die Unterhaltung auf Pulp-Autoren wie Jim Thompson gelenkt und ihn mit der jüngeren Garde von Verfassern wie Patricia Cornwell oder Linda Fairstein verglichen, die besonderes Gewicht auf detailgenaue Schilderungen legten. Über ihrer gemeinsamen Vorliebe für den Roman noir waren sie sich nähergekommen. *Der Mörder in mir*, da waren sie sich einig, bot weitaus bessere Unterhaltung als alles, was derzeit auf dem Markt war.

Mrs Böser Wolf riss die Augen auf und setzte sich senkrecht auf. Sie versuchte sich daran zu erinnern, wer von ihnen beiden den Titel zuerst genannt hatte.

Auf einmal schien das wichtig – viel wichtiger als das Grillenzirpen, doch ihr fiel nicht auf Anhieb ein, wer was zu dem Gespräch beigetragen hatte. Das war erstaunlich. Bis jetzt hatte sie gedacht, der gesamte erste Wortwechsel hätte sich ihr für immer ins Gedächtnis eingeprägt, und sie fragte sich, ob sie vierundzwanzig Stunden zuvor nicht Wort für Wort und Satz für Satz alles, was sie an jenem Abend zueinander gesagt hatten, wie einen berühmten Shakespeare-Monolog hätte rezitieren können.

Sie hielt einen Bleistift in der Hand und brach ihn entzwei. Einen Moment lang betrachtete sie die zersplitterten Enden. Dann machte sie sich wieder an ihre Arbeit, so unendlich deprimierend sie auch war.

Nichts, dachte der Böse Wolf, fördert die Konzentration so sehr wie der Tod.

Ihm war bewusst, dass dies in gleichem Maße für den fünfundneunzigjährigen Rentner galt, der seinen Lebensabend im Altenheim beschloss, wie für die Krankenschwestern, die in der pädiatrischen Intensivstation über winzigen Frühchen wachten. Oder auch für den Teenager, der zu viel gebechert hatte und in jenem Bruchteil einer Sekunde nüchtern wurde, in dem er auf der nassen Fahrbahn die Kontrolle über den Wagen seines Vaters verlor und den dicken Baumstamm sah, auf den er unaufhaltsam zuraste. Dasselbe traf auf den Soldaten zu, der sich an eine staubige Mauer duckte, während ihm die Salven aus Maschinengewehren um die Ohren sausten.

Ganz ähnlich, stellte er sich vor, gerieten Rote Eins, Rote Zwei und Rote Drei in diesen hellwachen Geisteszustand. Er schrieb:

Es besteht eine seltsame Symbiose zwischen dem Mörder und seinem Opfer. Wir werden derselben Prüfung unterzogen, mit denselben Antworten auf dieselben Fragen konfrontiert. Der einzige Unterschied besteht darin, dass sich einer von uns als stärker erweist. Und der andere auf der Strecke bleibt.
In vielen primitiven Kulturen glaubten die Krieger, dass sich die Kraft und die Fähigkeiten des besiegten Feindes auf sie übertrugen. Dazu verzehrte man beispielsweise dessen Herz oder schlug dem armen Tropf – wie David dem ungelenken Goliath – das Haupt ab.
Unser Militär ist heute zu »aufgeklärt«, um an solche Mythen zu glauben. Jammerschade. Was damals richtig war, stimmt auch heute noch.

Der moderne Mörder ähnelt dem Krieger von damals. Jeder Erfolg macht ihn stärker. Er muss deshalb nicht gleich das Hirn oder das Herz verzehren oder sich aus den Genitalien des besiegten Opfers ein Sandwich machen. Die Wirkung erzielt er auch ohne ein deftiges Essen.

Der Böse Wolf stand von seinem Schreibtisch auf und hieb wie ein Schattenboxer mit den geballten Fäusten in die Luft. Er zog den Stapel mit den Ausdrucken aus der Ablage und fächelte ihn durch die Luft, als könnte er so die Zahl der Seiten zählen. Er war davon überzeugt, dass die letzten Kapitel, in denen er genau beschrieb, wie er jede Rote terrorisierte, die Leser fesseln würden. Er wusste instinktiv, dass die Faszination, die er empfand, auf die Leser überspringen würde. Der Leser würde dieselbe Obsession für sein Werk entwickeln, die er selbst für jede Rote empfand.

So wie ich es kaum erwarten kann, sie zu töten, werden sie dem Augenblick entgegenfiebern, in dem sie erfahren, wie sie sterben. Sie werden neben mir stehen wollen, um ihn genauso zu erleben wie ich.

Der Mord würde ihn reich machen, auf vielfältige Weise, dachte er. Er spürte, wie ihn eine Woge der Energie durchströmte. Herrschte draußen nicht so trostloses, nasskaltes Wetter, dachte er, hätte ich wahrscheinlich ein paar alte Laufschuhe und einen Trainingsanzug hervorgekramt und wäre joggen gegangen. Schon seit Jahren hatte er keinen Sport mehr getrieben, doch auf einmal hatte er das Bedürfnis danach. Dann musste er laut lachen.

»Das ist es nicht«, sagte er laut.

Es ist die Nähe. Du bist ganz kurz davor, etwas Großes zu vollbringen.

In diesem Moment fühlte er sich nicht mehr alt, nicht mehr verkannt.

Er spürte eine unbändige Kraft.

Der Böse Wolf sah auf die Uhr. Seine Frau käme bald heim. Dann würden sie wie gewohnt zu Abend essen. Dann wie gewohnt fernsehen. Dann wie gewohnt ins Bett.

Er rechnete nach: gerade genug Zeit, um kurz vorbeizufahren, dachte er. Aber wem soll ich einen kleinen Besuch abstatten? Rote Drei war keine gute Wahl, da er nicht seiner Frau auf dem Heimweg begegnen wollte. Sie würde ihn fragen, wieso er am Feierabend in die falsche Richtung fuhr. Rote Eins war vermutlich noch nicht mit der Sprechstunde fertig. An manchen Wochentagen arbeitete sie bis in die Abendstunden, und heute war so ein Tag. *Sie ist viel zu gewissenhaft, selbst so kurz vor ihrem Tod.* Er hatte keine Lust, vor der Praxis herumzuhängen, nur um sie für einen Moment vorbeifahren zu sehen.

Der Böse Wolf lächelte. Dann also Rote Zwei. Er wusste, dass sie am wenigsten mobil war, da ihre Emotionen sie lähmten und ans Haus fesselten.

Armes Mädchen, dachte er. Wahrscheinlich wird sie den Tod mehr als die anderen willkommen heißen.

Er fuhr seinen Computer herunter, verließ das Arbeitszimmer und suchte nach seinem Anorak.

Wahrscheinlich wird sie mir sogar dankbar sein, wenn wir unser spezielles kleines Rendezvous haben.

Eigentlich war Büroschluss und Zeit zu gehen, doch Mrs Böser Wolf zögerte ihren Aufbruch hinaus. Sie hatte viel und zugleich wenig herausgefunden. Die Fakten, die sie zusammengetragen hatte, konnten, wenn sie nicht auf der Hut war, zu Trugschlüssen und weiteren Fantastereien verleiten.

Vor Zweifeln und Verwirrung krampfte sich ihr der Magen zusammen.

Wenn ich nur diese eine eindeutige Tatsache wüsste! Wenn ich absolute Gewissheit haben könnte, so oder so: Ist er ein Mörder? Oder ist er nur ein Schriftsteller, der seine Ideen dem wahren Leben entlehnt? So wie jeder andere Schriftsteller auch.

Sie sah zur Wanduhr auf, als böte die Zeit den einzigen zuverlässigen Bezugsrahmen in ihrer Situation.

Dann griff sie zum Telefon. Sie hatte sich einen Namen aus einem Zeitungsartikel notiert und im Internet schnell die passende Nummer dazu gefunden. Als sie die Zahlenfolge eintippte, zitterten ihre Finger nur leicht.

»Kripozentrale«, meldete sich eine forsche Stimme.

»Ah. Guten Abend. Ich würde gerne mit einem Detective Martin Young sprechen«, antwortete Mrs Böser Wolf ein wenig hastig.

»Geht es um einen Notfall?«

»Nein, um einen alten Fall, in dem er ermittelt hat.«

»Zu dem Sie Informationen haben?«

»Ja, richtig.«

Das war gelogen. In Wahrheit hoffte sie ihrerseits auf Informationen.

»Detective Young müsste im Lauf der nächsten halben Stunde eintreffen. Er hat diese Woche Abendschicht. Soll ich ihn bitten, Sie anzurufen?«

»Hat er auch eine Durchwahl?«

»Ich geb Ihnen die Nummer. Ich würde vorsichtshalber eine Dreiviertelstunde warten.«

Mrs Böser Wolf notierte sich die Nummer und wartete.

Sie starrte weiter auf die Uhr. Eigentlich war sie immer davon ausgegangen, dass die Zeit langsamer verging, wenn man verfolgte, wie der Sekundenzeiger auf dem Ziffernblatt kreiste. Zu ihrer Überraschung war das Gegenteil der Fall. Ihr geisterten wirre Gedanken und beunruhigende Bilder durch den Kopf. Die Minuten vergingen wie im Flug. Sie tippte die Durchwahl ins Telefon.

Diesmal meldete sich eine andere, etwas barsche Stimme.

»Detective Martin Young.«

»Guten Abend«, sagte Mrs Böser Wolf. »Mein Name ist Jones«, log sie. »Ich bin Lehrerin an einer Privatschule hier in Neuengland.« Immerhin teilweise korrekt.

»Und was kann ich für Sie tun?«

Mrs Böser Wolf holte einmal tief Luft und ließ die Geschichte vom Stapel, die sie sich für ihn ausgedacht hatte. Es war eine wohldurchdachte Unwahrheit, glaubte sie, noch dazu eine, die der Polizist ihr bereitwillig abkaufen würde.

»Eine Oberschülerin hier an der Schule hat einen Aufsatz über ein Verbrechen geschrieben, das vor ein paar Jahren in ihrer Heimatstadt verübt wurde. Darin wird Ihr Name erwähnt. Ich möchte einfach nur sicherstellen, dass sie die Fakten richtig wiedergegeben hat, bevor ich sie benote.«

»Was für ein Aufsatz?«, fragte der Detective.

»Also«, log Mrs Böser Wolf weiter, »sie sollten über ein Verbrechen schreiben. Etwas, worüber sie gelesen hatten oder worüber in der Familie diskutiert wurde, oder auch etwas, das ihnen aus der Kindheit haften geblieben war. Bei der Aufgabenstellung geht es darum, dass sie etwas aus dem Gedächtnis schildern und mit dem vergleichen, was die Medien darüber berichten.«

»Klingt nach einer ziemlich seltsamen Aufgabenstellung.«

Mrs Böser Wolf gab sich amüsiert.

»Na ja, heutzutage müssen wir uns schon was einfallen lassen, damit sie es nicht aus dem Internet plagiieren oder bei einem Dienstleister einkaufen. Haben Sie Kinder, Detective?«

»Schon, aber die gehen inzwischen ans College. Und Sie haben schon recht, wahrscheinlich kaufen sie gerade die Seminararbeit für morgen mit einer meiner Kreditkarten.«

»Na ja, dann sag ich Ihnen ja nichts Neues.«

Der Detective stimmte ihr mit einem halb belustigten Schnauben zu.

»Also, um was für einen Fall geht es denn?«, fragte er.

Mrs Böser Wolf lief ein Schauder den Rücken herunter, als sie einen Namen auf ihrer Tabelle vorlas.

Der Detective stieß einen langen Seufzer aus. »Oh, Mann, einer meiner frustrierendsten Fälle«, sagte er. »So was vergisst man sein ganzes Leben nicht mehr. Und Sie sagen, Ihre Schülerin hat darüber geschrieben? Muss damals noch ein Baby gewesen sein.«

»Offenbar ist es ganz in ihrer Nähe passiert, und in ihrer Kindheit hat die Familie des Öfteren darüber gesprochen. Hat einen tiefen Eindruck bei ihr hinterlassen.«

»Na ja, kein Wunder. Mädel aus der achten Klasse verschwindet auf dem Heimweg von der Schule. So was kommt vor, aber gewöhnlich woanders, Sie wissen schon. Schließlich sind wir hier nicht in der Großstadt. Na, jedenfalls waren die Leute in der Gegend völlig aufgelöst. Haben Nachbarschaftswachen organisiert. Haben ihre Kinder zur Schule gefahren und wieder abgeholt. In sämtlichen Gemeindezentren wurden diese Treffen abgehalten, Sie wissen schon, diese endlosen Diskussionen: ›Was können wir tun?‹ Das Dumme war nur, dass ich und all die anderen Ermittler, die an dem Fall gearbeitet haben, ohne Zeugen und ohne

Leiche ziemlich aufgeschmissen waren. Und als drei Jahre später ein Jäger die Knochen im Wald entdeckte, ging natürlich wieder die Angst um.«

»Und gab es Verdächtige?«, fragte sie und setzte alles daran, beiläufig zu klingen.

»Es fiel der eine oder andere Name. Diejenigen, die mit dem Schulweg des Mädchens vertraut waren, haben wir uns genauer angesehen. Aber für eine Anklage hat es nie gereicht.«

»Und inzwischen?«

»Schmort der Fall in den Akten.«

Mrs Böser Wolf fröstelte, als sie den Hörer auflegte. Sie versuchte, sich Notizen zu machen, doch es kostete sie Mühe. Alles, was der Polizist erzählt hatte, flößte ihr noch mehr Angst ein, auch wenn sie sich fragte, wieso.

Der Böse Wolf fuhr langsam am Haus vorbei und spähte verstohlen zu den Fenstern hinüber, um einen kurzen Blick auf Rote Zwei zu erhaschen. Er hatte kein Glück. Er trat aufs Gas und fuhr um die Ecke.

Nur noch ein Mal, sagte er sich. Vielleicht klappt es dann.

Er wusste, dass er sich zusammenreißen musste. Ein Wagen, der mehr als zwei Mal vorbeifuhr, fiel ganz bestimmt auf. Zwei Mal war das Äußerste. Das sah so aus, als hätte er eine Hausnummer verpasst und führe die Straße noch einmal ab. Alles darüber hinaus konnte Verdacht erregen. Er verzog das Gesicht und rollte noch einmal langsam an ihrem Haus vorbei. Er merkte, wie sein Herz höherschlug und ihm der Schweiß in den Achseln stand. Er hätte laut lachen können. Wie ein hoffnungslos verknallter Teenager, musste er denken, während er im Schneckentempo dahinkroch und nur dunkle Fenster sah.

Rote Zwei saß an ihrem Küchentisch. Sie hatte ein Blatt rosa geblümtes Briefpapier vor sich und hielt einen Füllfederhalter zwischen den Fingern.

Die Nacht kroch allmählich von draußen herein, doch sie stand nicht auf, um Licht zu machen, sondern arbeitete lieber im Halbdunkel weiter.

Sarah wählte jedes Wort, das sie zu Papier brachte, mit größter Sorgfalt.

Wenn du zum allerletzten Mal schreibst, verleihe deiner Botschaft Gewicht.

Die Seite füllte sich langsam. Traurige Worte über ihren Mann. Qualvolle Worte über ihr Kind und über die unerträgliche Trauer um beide.

All die wütenden Worte über den Mann, der sie töten und den sie hereinlegen wollte, behielt sie dagegen zurück.

27

Rote Eins hielt eine sehr kurze Liste in der Hand.
Tu dies. Dann tu das.

Einen Moment überwog bei Karen die Skepsis, und sie wagte nicht zu hoffen, dass irgendetwas von dem, was sie geplant hatte, funktionieren konnte, dann wieder war sie voller Zuversicht, dass ihre Rechnung aufgehen würde. Sie war zwischen Zweifel und Hoffnung hin und her geworfen wie ein Querschläger, der von glatten Stahlflächen abprallt.

Sie saß am Steuer eines Leihwagens, eines unauffälligen grauen, viertürigen Chevrolet, den ihre Assistentin am Vormittag in ihrem Auftrag besorgt hatte. Dann hatte sie mit der jungen Frau die Autoschlüssel getauscht und sie gebeten, mit Karens eigenem Wagen eine Erledigung zu übernehmen, die sie sich aus den Rippen gesogen hatte.

Die Assistentin hatte ein wenig gestaunt, vor allem als Karen sie in ihren eigenen Mantel steckte und ihr eine Strickmütze über die blonden Haare zog. Karen war erleichtert, dass die junge Frau mitgespielt hatte. Krankenschwestern waren es gewohnt, die Anweisungen von Ärzten zu befolgen, egal wie exzentrisch, dämlich oder unverständlich sie erscheinen mochten. Die Mitarbeiterin hatte sich mit der Erklärung zufriedengegeben: »Ich glaube, dieser Kerl, dem ich gerade den Laufpass gegeben habe, beobachtet mich, und ich möchte eine unschöne Auseinandersetzung vermeiden.« Da die Schwester mit ihrer eigenen einschlägigen Erfahrung, immer wieder an die falschen Männer zu geraten, dieses Problem mühelos einordnen konnte, dachte sie nicht lange über den bizarren Auftrag nach. So war sie bereitwillig mit Karens Wagen in die entgegengesetzte Richtung aufgebrochen und hatte ihrer Chefin Gelegenheit gegeben, hoffentlich unerkannt die Praxis zu verlassen. Karen war sich darüber klar geworden, dass sie sich inzwischen fast immer vom Bösen Wolf beobachtet fühlte, und zwar unabhängig von Ort und Zeit. Längst schrieb sie ihm übermenschliche Fähigkeiten zu: Er kam ohne Schlaf, Essen und Trinken aus. Er konnte sich unsichtbar machen oder wie ein Falke auf der Jagd nach Beute aus der Luft herabstürzen. Als Wolf konnte er mit dem zartesten Lufthauch ihre Witterung aufnehmen.

Allerdings hoffte sie, dass er an diesem Abend einer falschen Fährte folgen würde.

Sie blickte durch die beschlagenen Fenster und redete sich gut zu: Du bist allein.

Der Leihwagen parkte an einer dunklen, abgelegenen Straße nicht weit von einer Reihe halb verfallener Lagerhallen, die früher einmal kleinere Fabriken und Gewerbebetriebe untergebracht hatten. Jetzt waren die Fenster mit Brettern vernagelt, die Türen mit rostigem Maschen- und Stacheldraht gesichert, an riesigen Wandflächen prangten Graffiti. Seit fast einer halben Stunde war kein anderes Fahrzeug an ihr vorbeigekommen, und niemand war den rissigen, zerbröselnden Bürgersteig entlanggelaufen. Es war ein trostloser, einsamer und verlassener Teil der kleinen Stadt – besonders bei einsetzender Dunkelheit wenig vertrauenerweckend. Der verblasste rote Ziegelstein der angrenzenden Gebäude war verdreckt, und an diesem Abend prasselte auch noch der kalte Regen gnadenlos auf den Schotter. Das gesamte Terrain empfahl sich als Schauplatz für einen Hollywoodmord. Das gelbliche Licht einer Straßenlaterne richtete wenig gegen die Düsternis aus.

Karen stand an einer unsäglich einsamen und heruntergekommenen Stelle, an der, so schien es, eine Krankheit alles Leben ausgelöscht hatte. Von einem solchen Ort war nichts Gutes zu erwarten.

Doch für ihre Aufgabe war er perfekt.

Sie sah auf die Uhr. Kurz erfasste sie eine namenlose Traurigkeit.

Auch wenn sie den Gedanken *In diesem Moment passiert es* verdrängte, merkte sie doch, wie sich ihr Puls beschleunigte.

Sarah fuhr in eine Bushaltestelle und sorgte dafür, dass sie sich im Parkverbot befand.

Eine Sekunde schloss sie die Augen. Sie hatte Angst, aus dem Fenster zu sehen. Es war das erste und einzige Mal, dass sie zu der Kreuzung fuhr, die ihr Leben binnen Sekunden zunichtegemacht hatte.

Andererseits wusste sie mit absoluter Sicherheit, dass sie genau hier ihre letzte Botschaft hinterlassen musste. Dieser Ort selbst sprang als stumme, letzte Botschaft mehr ins Auge als alle letzten Worte.

Mit gesenktem Kopf und dem Rücken zur Kreuzung stieg sie aus dem Wagen und begab sich hinter den Unterstand aus Plexiglas, in dem die Leute bei schlechtem Wetter auf den Bus warteten. Wie gehofft, war sie allein.

Auf der gegenüberliegenden Seite des Bürgersteigs stand

eine große Eiche, die im Sommer ein wenig mehr Schutz und Schatten bot. Sarah betrachtete die kahlen Zweige und dachte: An dem Tag müssen sie frisches, helles Laub getragen haben. Sicher haben sie im Wind geraschelt, ein angenehmes Geräusch, das von der bevorstehenden warmen Jahreszeit gekündet hatte.

Sarah hatte eine große Umhängetasche dabei. Als sie den Baumstamm erreichte, zog sie einen kleinen Hammer und ein paar Nägel heraus.

Wie ein Handwerker stellte sie sich entschlossen mit leicht gegrätschten Beinen vor den Stamm und zog ein Hochglanzfoto im Format 20 x 25 von ihrem Mann, von ihr selbst und ihrer Tochter, das etwa ein Jahr vor dem Unfall entstanden war, heraus. Um es vor dem Nieselregen zu schützen, hatte sie es in eine transparente Plastikhülle gesteckt. Sie nagelte das Bild an den Baum. In Augenhöhe.

Jetzt musste alles zügig gehen. Sie holte einen großen, rosa Briefumschlag aus ihrer Handtasche, den sie ebenfalls in Klarsichtfolie gesteckt hatte. Den Brief befestigte sie direkt unter dem Foto – mit zwei Nägeln, damit er nicht herunterfallen konnte. Das Hämmern klang ihr im abendlichen Zwielicht wie Pistolenschüsse in den Ohren.

Die Aufschrift in Großbuchstaben auf dem Umschlag war denkbar einfach.

ÜBERGEBEN SIE DIES DER POLIZEI

Nicht besonders höflich, dachte sie, kein »Bitte« und kein »Danke«. Sie drehte sich um und warf einen Blick auf die Kreuzung. Wie hypnotisiert blieb sie stehen. Plötzlich stockte ihr der Atem.

Sie sind von da gekommen. Der Tankwagen ist bei Rot über die Kreuzung gerast. Wahrscheinlich haben sie gerade gelacht, als es passierte. Vielleicht hat er gesungen. Un-

terwegs hat er unserer Tochter gerne etwas vorgesungen. Es war albern, und er hat sich die Texte zu den Liedern ausgedacht, aber sie hat jedes Mal vor Vergnügen gegluckst, weil auf der ganzen Welt niemand so witzig war wie ihr Daddy.

Sarah schluckte. Sie glaubte, das Quietschen der Reifen zu hören und den Knall des Aufpralls und das Verbeulen von Metall. Die Erinnerung schien sie wie eine Explosion zu zerreißen. Ihr zitterten die Hände, ohne dass sie etwas dagegen machen konnte, und es fühlte sich an, als hätte es ihr plötzlich sämtliche Muskeln im Leib zerfetzt. Wie ein Andächtiger in der Kirche fiel sie auf die Knie und starrte auf den Ort, an dem all ihre Hoffnungen zunichtegemacht worden waren.

Unwillkürlich vergrub sie das Gesicht in den Händen. Wie ein kleines Kind beim Versteckspiel blieb sie reglos sitzen und glaubte, sich nie wieder bewegen zu können.

Im selben Moment hörte sie in ihrem Kopf eine energische Stimme, die sie nicht sofort erkannte und die brüllte: Mach schon, Sarah, worauf wartest du noch!

Sie musste ihre ganze Willenskraft zusammennehmen, um aufzustehen.

Ihr Puls raste. Sie hatte immer noch weiche Knie. Sie wusste, dass ihr Gesicht so bleich war wie bei einem Herzinfarkt.

Sie kehrte ihrem ganzen Elend den Rücken und machte zuerst einen, dann einen weiteren Schritt. Im ersten Moment schwankte und stolperte sie, während sie wie betrunken unsicher einen Fuß vor den anderen setzte, dann kam sie zügiger voran.

Und dann rannte Sarah.

Der Panik nahe, doch mit wachsender Gewissheit, dass

ihr keine andere Wahl blieb, rannte Sarah in die einbrechende Nacht.

Sie spürte den Nieselregen auf den Wangen.

Zumindest glaubte sie, dass es der Regen war; ebenso gut mochten es Tränen sein. Für sie machte es keinen Unterschied. Sie hätte schwören können, dass sie sich laut anfeuerte: »Mach schon! Mach schon! Mach schon!«, doch sie hörte nur das schnelle Tappen ihrer Sohlen auf der Straße. Ein Häuserblock flog an ihr vorbei, dann der nächste. Sarah versuchte gar nicht erst, einen Rhythmus zu finden; sie sprintete, sodass sie kaum die Häuser sah, die sie hinter sich ließ.

Zum Fluss, dachte sie.

Verzweifelt rannte sie vor ihren Erinnerungen davon. Am Zugang zur Brücke wurde der Bürgersteig ein wenig schmaler, doch sie lief hinauf bis zum ersten Pfeiler. Dort blieb sie stehen und schnappte nach Luft.

Die Brücke hatte vier Fahrbahnen. In der Nähe war eine Kläranlage, die sich die natürliche Strömung zunutze machte. Das Wasser war dunkel, schnell, turbulent und gefährlich; mehr als ein Angler war an der Böschung ausgerutscht und in der Strömung ums Leben gekommen. Doch die Kläranlage hatte ihren Betrieb praktisch eingestellt, auch die Fabriken, die sich in der Umgebung angesiedelt hatten, existierten nicht mehr, und so war hier bis auf die schwarzen, regengepeitschten Strudel alles tot.

Selbst der niedrige Zaun, der verhindern sollte, dass sich jemand der Gefahrenzone zu weit näherte, war reparaturbedürftig. Ein verblichenes gelbes Schild warnte die Passanten vor der Gefahr. Der Fußweg neben der Brücke wurde kaum benutzt. Es war ein guter Ort für jemanden, dem eine unablässig anwachsende Verzweiflung keine andere Wahl zu lassen schien, als in den rasend dahinströmenden Wassern den Freitod zu suchen.

Sarah beugte sich keuchend nach vorn und atmete ein paar Mal durch. Dann sah sie auf. Gleich, dachte sie.

Jeden Moment, Rote Zwei.

Es war so weit.

Vierzehn Punkte, acht Boards, ein Paar erfolgreich verwandelte Zuspiele, und wir haben mit elf Punkten Vorsprung gewonnen.

Rote Drei hatte wie gewohnt ihren einsamen Platz auf der Rückbank des Schulbusses eingenommen. Selbst nach ihrem beträchtlichen, geradezu spektakulären Beitrag zum Sieg der Mannschaft war sie auf der Heimfahrt allein. Unmittelbar nach dem Spiel hatte es ein bisschen schulterklopfenden Zuspruch gegeben – »Sauberes Spiel« und »Weiter so« –, doch kaum hatte sich in den Duschen der Gastmannschaft der Dampf verzogen, kaum hatten die Mädchen ihre Sachen gepackt, war Jordans Außenseiterstatus wiederhergestellt, womit sie gerechnet hatte.

Sie saß auf ihrem Platz und drückte das Gesicht an die Fensterscheibe. Da sie immer noch schwitzte, empfand sie die Kühle an der Stirn als angenehm. Die anderen Mädchen ihrer Mannschaft waren in Gespräche vertieft.

Jordan hatte, seit sie auf das Internat ging, mindestens fünf, sechs Mal an jener anderen Schule gespielt, und so kannte sie die Route, die der Bus nehmen würde. Sie wusste, wie lange die Fahrt dauern und an welchen Straßen sie vorbeikommen würden.

Sie machte ein geistesabwesendes Gesicht, als sei sie mit den Gedanken ganz weit weg, während sie in Wahrheit angestrengt nach draußen spähte.

An der Ampel biegen wir nach rechts ab.

Fünf Minuten, höchstens.

Sie merkte, wie sich ihr ganzer Körper anspannte. Die Muskeln an ihren Armen fühlten sich hart an, und ihr war, als würden ihre Beine wie Bänder bis zum Zerreißen in die Länge gezogen. Dieser Grad an Nervosität ähnelte der Stimmung in der Kabine kurz vor einem großen Spiel.

Jetzt liegt es bei dir. Es lag immer bei dir.

Zusammen mit der Angst beschlichen sie Zweifel.

Er gibt erst Ruhe, wenn wir alle tot sind.

Jordan riss sich vom Fenster los. Der Trainer saß am Steuer. Er fuhr langsam und vorsichtig, da der klobige Kleinbus auf glatter Fahrbahn schwer zu lenken war. Der Assistent neben ihm überflog beim Licht des Armaturenbretts das Statistikblatt des Spiels und las die Zahlen vor. Jordans Mannschaftskameradinnen redeten weiter über Jungen und Partys und Schulfächer und Klausuren und Musik und Hausaufgaben – das Übliche eben, registrierte sie, alles und doch nichts.

Sie wandte sich wieder dem Fenster zu.

Jetzt biegen wir links ab, dann kommen wir an den Wohnblocks und der Bodega vorbei, in der sie vermutlich zusammen mit den viel zu teuren Lebensmitteln unter der Theke Drogen verkaufen. Da ist ein Stoppschild, an dem er nur kurz langsamer fahren wird, weil uns diese Abkürzung durch eins der Problemviertel der Stadt führt – eine heikle Sache mit einem Minibus voller reicher, weißer Mädchen. Also gibt er trotz des miesen Wetters an den verlassenen Lagerhallen bis zur Brücke wahrscheinlich sogar ein wenig Gas.

Sie biss sich auf die Lippen. Jordan hatte das Gefühl, als sähe sie alles bereits Sekunden, bevor es passierte. Der Böse

Wolf war zum Greifen nahe, fast, als säße er auf dem Platz neben ihr und sie spüre seinen Atem im Ohr.

Sowie der Bus schneller fuhr, wurde der Motor lauter.

Jetzt!, sagte sich Jordan. Jetzt oder nie!

Sie sog die Lungen voll und entlud sie in einem so schrillen Entsetzensschrei, dass er in der Enge des Busses zu explodieren schien.

Sarah warf einen letzten Blick zurück auf die Straße, dann sprang sie über den Zaun.

Oberhalb des schwarzen, strudelnden Wassers zögerte sie einen Moment. Auf Nimmerwiedersehen, Rote Zwei, war ihr letzter Gedanke.

Der Kleinbus schlingerte bedenklich über die leere Fahrbahn, als der Trainer den durchdringenden Schrei vom Rücksitz hörte und um ein Haar die Kontrolle über das Fahrzeug verlor. Jordan war halb aufgesprungen. Außer sich deutete sie abwechselnd mit dem Finger aus dem Fenster in die hereinbrechende Nacht und fuchtelte wild mit den Armen in der Luft.

»Sie ist runtergesprungen! Sie ist runtergesprungen! Hilfe! Hilfe! O mein Gott! Die Frau! Ich hab gesehen, wie sie da neben der Brücke stand. Und dann ist sie auf einmal gesprungen!«

Der Trainer brachte den Kleinbus mit Mühe zum Stehen und schaltete sein Standlicht ein. »Alle bleiben auf ihren Plätzen!«, brüllte er. Der Assistent kämpfte mit seinem Sitzgurt und versuchte, die Tür auf seiner Seite zu öffnen. »Jemand muss den Notruf wählen!«, rief er, während er hinaussprang und zu der Betonmauer an der Brücke lief, um die brodelnde, tintenschwarze Brühe in der Tiefe abzusuchen. Die anderen Mädchen reckten die Hälse in die Richtung, in die Jordan gedeutet hatte, und riefen wild durcheinander – eine Kakofonie der Angst und Panik. Eine hatte ein Handy aus dem Rucksack gezogen und tippte hektisch die Notrufnummer ein, um Hilfe zu holen. Jordan sackte, den Kopf immer noch an der Scheibe, stöhnend wieder auf ihren Sitz. Dann schluchzte sie hemmungslos. Zwischen ihren tiefen, verzweifelten Lauten wiederholte sie unaufhörlich: »Ich hab's gesehen. Gott! Ich hab's gesehen. Sie ist gesprungen, sie ist da einfach runtergesprungen. Ich hab sie springen sehen …«

28

Mrs Böser Wolf waren die emotionalen Turbulenzen, denen sie sich hilflos ausgeliefert sah, nur allzu vertraut. Die naive Hoffnung, ihr Leben könnte zur Normalität zurückkehren und so sein wie früher, hielt der Erkenntnis, dass sich unwiderruflich alles geändert hatte, nicht stand. Sie hatte eine lebensbedrohliche Krankheit überstanden und dabei befürchtet, dass ihr eigener Körper sie jeden Moment im Stich lassen würde – sie hatte sich der Möglichkeit gestellt, nicht mehr lange zu leben.

Sie hatte es überstanden.

Bei dem, was sie jetzt erwartete, war sie sich nicht so sicher. *Kann mich die Wahrheit umbringen?*

Sie kannte die Antwort auf diese Frage. *Selbstverständlich.*

Sie war so wütend auf sich, sie tobte innerlich. *Vollidiot! Vollidiot! Vollidiot! Wieso musstest du diese Bürotür aufmachen! Bis dahin warst du glücklich und zufrieden. Hüte dich, je wieder eine verschlossene Tür aufzumachen! Nie wieder, hast du verstanden?*

Ihr gegenüber ging der Böse Wolf die Post durch und warf so gut wie alles in den Papierkorb; hier und da verzog er das Gesicht, wenn zwischen den Werbebroschüren, Katalogen und Briefen mit der Kennzeichnung »wichtig«, hinter denen nichts weiter steckte als trügerische Kreditkartenangebote, vielleicht auch Spendenaufrufe für einen guten Zweck oder eine politische Partei, eine Rechnung auftauchte. Mrs Böser Wolf entging nicht, dass er ein paar der Aufrufe behielt, und sie wusste, dass er kleinere Zuwendungen an Krebs- und Herzforschung machte. Nichts weiter als ein paar Dollar hier, ein paar Dollar dort, über die er witzelte: »Nur der Versuch, uns beiden einen Platz im Himmel zu sichern.«

Sie war sich nicht mehr sicher, ob der Himmel für sie beide noch eine Option war.

»Und? Machen wir die Glotze an?«, fragte der Böse Wolf, während er mit schwungvoller Geste den letzten Brief zerknüllte.

Eigentlich lautete, wie Mrs Böser Wolf sehr wohl wusste, die richtige Antwort *ja*. Daraufhin würden sie ihre gewohnten Plätze einnehmen und sich durch die üblichen Sender zappen, um bei einer der vertrauten Sendungen hängen zu bleiben. Es war ungeheuer verlockend, einfach nur Ja zu sagen und es sich hinter dem Rücken ihres Mannes wieder in ihrem vertrauten Leben bequem zu machen. Mit Popcorn.

Sie war hin- und hergerissen. Eine mächtige innere Stimme legte ihr dringend ans Herz, egal was passiert war, den Mund zu halten und die Dinge einfach laufen zu lassen, bis sich das Leben, das sie so glücklich machte, von selbst wieder einstellte. Eine viel leisere Stimme beharrte darauf, dass nichts auf der Welt so unerträglich war wie die Ungewissheit. Mit der Krankheit hatte sie diese Erfahrung gemacht, und jetzt fragte sie sich auf einmal, ob sie je wieder die Hand ihres Mannes halten könne, ohne dass quälende Zweifel an ihr nagten.

Und während dieser Zwiespalt noch in ihr tobte und ihr vor Angst fast schwindelig wurde, hörte sie sich sagen: »Es gibt da etwas, worüber wir reden müssen.«

Ein bisschen kam es ihr so vor, als hätte eine Fremde den Raum betreten und eine andere Mrs Böser Wolf spräche laut vernehmlich und in einem theatralischen, unheilvollen Ton. Am liebsten hätte sie diesen Eindringling angeschnauzt: *Halt den Mund! Wie kannst du es wagen, dich in Angelegenheiten einzumischen, die nur meinen Mann und mich etwas angehen?*

Der Böse Wolf drehte sich langsam zu ihr um.

»Reden?«, fragte er.

»Ja.«

»Ist was passiert? Geht's dir nicht gut? Soll ich dich zum Arzt fahren?«

»Nein, mir geht's gut.«

»Gott sei Dank, hast du mir einen Schrecken eingejagt! Hast du Probleme in der Schule?«

»Nein.«

»Verstehe. Also, reden wir. Dann muss es wohl was anderes sein. Was hast du auf dem Herzen?«

Er klang, wenn überhaupt, ein wenig verwirrt. Mit einem leichten Achselzucken und einer Handbewegung forderte er sie stumm auf fortzufahren.

Mrs Böser Wolf fragte sich, was sie für eine Miene machte. War sie blass? Standen ihr Sorgenfalten auf der Stirn? Zitterte ihr die Lippe, oder zuckte ein Augenlid? Wieso sah er ihr die Angst und Hilflosigkeit, die ihr mit Sicherheit ins Gesicht geschrieben standen, nicht an? Sie glaubte, keine Luft mehr zu bekommen, und fürchtete, keuchend umzufallen.

»Ich …«, fing sie an und kam nicht weiter.

»Ja? Was?«, versuchte er, ihr auf die Sprünge zu helfen. Immer noch schien der Böse Wolf nicht zu merken, dass seine Frau vor Seelenqual in einem rotglühenden Schraubstock steckte.

»Ich habe gelesen, was du gerade schreibst«, sagte sie.

Augenblicklich wich das Grinsen aus dem Gesicht ihres Mannes. »Was?«

»Du hast die Schlüssel zu deinem Arbeitszimmer dagelassen, als wir gestern Abend die Autos getauscht haben. Ich bin reingegangen und hab ein paar von den Seiten gelesen, die neben deinem Computer lagen.«

»Mein neues Buch«, sagte er.

Sie nickte.

»Dazu hattest du kein Recht«, sagte der Böse Wolf. Sein Ton hatte sich schlagartig gewandelt: Er klang nicht mehr nachsichtig amüsiert, sondern nüchtern und ausdruckslos, wie ein ständig wiederkehrender Missklang auf einem ungestimmten Klavier. Sie hatte damit gerechnet, dass er vor Wut und Empörung schreien würde. Der Gleichmut in seiner Stimme machte ihr Angst. »Mein Arbeitszimmer, das, woran ich arbeite, das gehört mir. Das ist privat. Ich bin nicht bereit, es irgendjemandem zu zeigen. Nicht einmal dir.«

Mrs Böser Wolf hatte schon eine Entschuldigung auf den Lippen – es tut mir leid, kommt nicht wieder vor. Sie war plötzlich durcheinander. In diesem Moment war ihr nicht klar, wer von ihnen beiden den schlimmeren Fehler begangen hatte. Sie selbst, indem sie die Privatsphäre ihres Mannes missachtet hatte, oder er – weil er möglicherweise ein Mörder war.

Doch sie schluckte alle ihre Entschuldigungen wie sauer gewordene Milch herunter.

»Wirst du sie töten?«, fragte sie.

Sie konnte nicht glauben, dass sie diese Frage stellte. Sie war mehr als direkt. Und was, wenn er nun Ja sagte? Was hieß das für sie? Und konnte sie ihm glauben, falls er es verneinte?

Er lächelte.

»Was werde ich deiner Meinung nach tun?«, fragte er. Erneut hatte sein Ton gewechselt. Jetzt sprach er wie jemand, der eine Einkaufsliste durchgeht.

»Ich glaube, du hast vor, sie umzubringen. Ich verstehe nicht, wieso.«

»Was du gelesen hast, mag diesen Eindruck vermitteln«, antwortete er.

»Es sind drei …«, fing sie an, verstummte jedoch, als sie nicht mehr sagen konnte, wie genau die Frage lauten sollte.

»Ja. Drei. Es ist eine einmalige Situation«, antwortete er auf etwas, das sie nicht gefragt hatte.

»Doktor Jayson und dieses Mädchen an meiner Schule, Jordan …«

»Und noch eine Frau«, unterbrach er sie. »Sarah. Du kennst sie nicht. Aber sie ist etwas Besonderes. Sie sind alle drei etwas ganz Besonderes.«

Dieses Wort, *Besonderes*, hatte für sie einen falschen Klang, auch wenn sie nicht wusste, wieso und warum. Sie schüttelte den Kopf.

»Ich versteh's nicht«, sagte sie. »Ich versteh rein gar nichts.«

»Wie viel hast du gelesen?«, fragte er.

Mrs Böser Wolf zögerte. Die Unterhaltung lief nicht so wie erwartet. Sie hatte ihren Mann zur Rede gestellt und ihn gefragt, ob er ein Mörder sei, und dieses Gespräch hätte Klärung bringen sollen, stattdessen ging es um Worte.

»Nur ein bisschen«, sagte sie. »Vielleicht ein, zwei Seiten.«

»Mehr nicht?«

»Nein.« Auch wenn Mrs Böser Wolf wusste, dass es die Wahrheit war, hatte sie das Gefühl zu lügen.

»Demnach weißt du natürlich nicht, worum es in dem Buch geht, nicht wahr? Oder was ich in welchem Zusammenhang zu erreichen versuche. Wenn ich dich nach der Handlung oder den Figuren oder dem Stil fragen würde, müsstest du passen, oder?«

Mrs Böser Wolf zuckte die Achseln. Ihr war zum Heulen zumute. »Es geht ums Töten.«

»In all meinen Büchern geht es ums Töten. Das ist bei Krimi- und Thrillerautoren nun mal so. Ich dachte, du magst meine Bücher.«

Diese Bemerkung, die Kritik, die darin mitschwang, saß. »Natürlich mag ich sie, das weißt du doch«, antwortete sie. Es klang wie eine flehentliche Bitte. Eigentlich wollte sie sagen: Deine Bücher haben uns zusammengebracht. Diese Bücher haben mir das Leben gerettet.

»Aber du hast nur – wie viel sagtest du? – ein paar Seiten gelesen. Und du meinst, du weißt, was in dem Buch steht?«

»Nein, nein, natürlich nicht.«

»Dir ist schon klar, dass dieses Manuskript mehrere Hundert Seiten umfasst, die du *nicht* gelesen hast?«

»Ja.«

»Nur mal angenommen, du schnappst dir einen Spionageroman von, sagen wir, John le Carré und liest darin irgendwo mittendrin zwei, drei Seiten, meinst du, dass du mir danach sagen kannst, worum es in dem Buch geht?«

»Nein.«

»Weißt du überhaupt, ob mein Buch in der ersten oder der dritten Person geschrieben ist?«

»Offenbar in der ersten Person. Du hast über Mord gesprochen ...«

»Ich oder meine Figur?«, fiel er ihr ins Wort.

Wieder war ihr zum Weinen. Am liebsten hätte sie losgeschluchzt und sich auf dem Boden gewälzt, weil sie die Antwort nicht wusste. Ein Teil von ihr fürchtete *du*, ein anderer flehte *deine Figur*.

»Ich weiß es nicht«, war alles, was sie wimmernd über die Lippen brachte.

»Vertraust du mir nicht?«, fragte er.

Jetzt standen Mrs Böser Wolf die Tränen in den Augen.

»Natürlich vertraue ich dir«, sagte sie.

»Und liebst du mich nicht?«

»Ja, ja«, schluchzte sie, »das weißt du doch ...«

»Dann sehe ich nicht, wo das Problem liegt«, sagte er.

Mrs Böser Wolf schwirrte der Kopf. Es lief völlig anders, als sie es sich vorgestellt hatte.

»Die Bilder an der Wand. Die Tabellen, Termine, Grafiken. Und dann diese Worte, die ich gelesen habe ...«

Er lächelte nachsichtig. »Da hast du zwei und zwei zusammengezählt, und es gab nur noch eine Erklärung ...«

Sie nickte stumm.

»... dabei könnte es auch vollkommen anders sein«, schloss er seine Bemerkung ab.

Sie nickte heftig.

»Alles, was du gesehen hast«, fuhr er in einem Ton fort, als hätte er ein unverständiges Kind vor sich, »das alles hat dir Angst gemacht, stimmt's?«

»Ja.«

Er lehnte sich im Sessel zurück. »Aber ich bin Schriftsteller«, sagte er und setzte ein breites Grinsen auf. »Und manchmal schöpft man ein bisschen aus der Realität, um die

Fantasie zu beflügeln. Man erfindet etwas, das so aussieht, als passierte es direkt vor den eigenen Augen – zum Greifen nahe. So läuft das beim Schreiben, kannst du das nicht nachvollziehen?«

Wieder glaubte sie, kaum noch Luft zu bekommen. »Ich denke schon«, sagte Mrs Böser Wolf, als kostete sie jedes Wort große Mühe. Sie wischte sich ein paar Tränen aus den Augenwinkeln. »Ich würde nur zu gerne glauben …«, fing sie an, verstummte jedoch sofort. Dann holte sie noch einmal Luft. Sie hatte das Gefühl, als drücke sie jemand unter Wasser.

»Denk doch nur mal an die großen Schriftsteller, Hemingway, Faulkner, Dostojewski, Dickens … oder die zeitgenössischen Autoren, die wir ganz gerne lesen, Grisham und Connolly und Thomas Harris. Meinst du, die hätten es anders gehalten?«

»Nein«, erwiderte sie unsicher.

»Ich meine, wie erfindest du einen Raskolnikow oder auch einen Hannibal Lecter, wenn du dich nicht mit Haut und Haaren in die Figur hineinversetzt? Wie sie denkt. Wie sie handelt. Bis sie ein Teil von dir wird.«

Der Böse Wolf schien keine Antwort auf seine Frage zu erwarten. Seine Frau wusste überhaupt nicht mehr, was sie von alledem halten sollte. Was so offensichtlich erschienen war und ihr einen solchen Schock versetzt hatte, als sie sich heimlich Zugang zu seinem Büro verschaffte, konnte man ganz anders verstehen. War sie, als sie in seinem Manuskript las, bereits misstrauisch gewesen oder ahnungslos und naiv? Plötzlich erinnerte sie sich, wie sie in einer nüchtern und steril eingerichteten Arztpraxis gesessen und einen Vortrag über komplizierte Behandlungspläne über sich ergehen lassen hatte, in Wahrheit aber nur begriffen hatte, wie gering die Überlebenschancen waren. Die Unterhaltung mit ihrem Mann weckte ähnliche Gefühle in ihr. Sie nahm nur die Dinge wahr, die sie beruhigten, auch wenn mit jedem Wort alles noch komplizierter wurde. Während Mrs Böser Wolf nach jedem Strohhalm griff, kreischte in ihr eine Stimme so laut und unerbittlich, dass sie schließlich nachgab und ohne Umschweife fragte: »Hast du schon mal jemanden getötet?«

Sie wünschte, sie hätte diese Frage mit größerem Nachdruck, in forderndem Ton gestellt, wie jemand, der in seiner Empörung das Recht hat, die Wahrheit zu erfahren, doch sie merkte, wie ihre Entschlusskraft dahinschmolz. An der Schule war es so einfach, gegenüber all den albernen Bitten verwöhnter, egoistischer Teenager aus betuchtem Elternhaus streng und unnachgiebig zu sein. Da fiel es ihr leicht, hart zu bleiben, doch das hier war etwas anderes.

»Glaubst du, dass ich jemanden umgebracht habe?«, fragte er. Jedes Mal, wenn sie ihm eine Frage stellte und er den Spieß herumdrehte, wurde sie schwach. Es war wie in einem Spiegelkabinett, in dem ihr Körper vor ihren Augen mal dick und fett wirkte und dann wieder dünn und lang gezogen, und sie zwar wusste, dass sie in Wahrheit nicht so aussah, aber Angst hatte, dieses missgestaltete, monsterhafte Zerrbild nie mehr loszuwerden. Schwankend stand Mrs Böser Wolf auf, ging zu ihrer Tasche hinüber und zog ein paar Bündel Papiere heraus – sämtliche Tabellen und Ausdrucke ihrer Internetrecherche. Mit zitternder Hand hielt sie sich die Ausbeute des Tages vor Augen und war plötzlich verwirrt. Bevor sie das Büro verlassen hatte, hatte sie alles sortiert – nach Uhrzeit und Datum sowie den jeweiligen Informationen, als ob diese Erkenntnisse für sich genommen irgendetwas bewiesen. Doch jetzt hatte Mrs Böser

Wolf plötzlich das Gefühl, als wären sie durch Zauberhand völlig durcheinandergewirbelt, ohne jeden logischen Zusammenhang.

»Was hast du da?«, fragte der Böse Wolf abrupt. Wieder war sein Ton eine Spur gereizt.

»Wozu hast du Zeitungsausschnitte von diesen Verbrechen aufbewahrt?«, stellte sie ihm eine naheliegende Frage, die hoffentlich Klarheit bringen würde.

»Recherchen«, antwortete er prompt. »Meine Romane basieren auf wahren Begebenheiten«, fuhr er fort, indem er jedes Wort einzeln betonte. »Ich habe Zeitungsausschnitte aufgehoben. Als Erinnerungsstütze für Methoden, die funktionieren.«

Er sah sie durchdringend an. »Du hast also nicht nur in meinem neuen Buch gelesen, sondern dir auch meine persönlichen Alben angesehen.«

Sie kam sich vor wie im Kreuzverhör. Da sie das Wort *Ja* nicht über die Lippen brachte, nickte sie stattdessen.

»Was noch?«, fragte er.

Sie schüttelte den Kopf.

Er wiederholte seine Frage: »Was noch?«

»Sonst nichts«, krächzte sie leise.

»Aber das ist noch nicht alles, oder?«

Jetzt ließ sie den verzweifelten Tränen, die ihr auf den Wangen brannten, freien Lauf.

»Ich habe versucht, etwas darüber rauszukriegen«, brachte sie im Flüsterton heraus.

Worüber, verstand sich von selbst.

»Herauszufinden? Wie?«

»Ich hab einen Detective angerufen, der in diesem Fall ermittelt hat.«

Sie reichte ihm einen der Zeitungsausschnitte über jenes

junge Mädchen, das auf dem Heimweg von der Schule verschwunden war. In platter Journalistensprache war darin die unsägliche Schreckenstat beschrieben. Dieser Fall war schlimmer als der schlimmste Alptraum, und Mrs Böser Wolf zuckte ein wenig zurück, als sie versehentlich die Hand ihres Mannes berührte. Sie war wie gefangen zwischen der distanzierenden Zeitungsmeldung und der schrecklichen Wahrheit über die letzten Minuten des vermissten Mädchens. Mrs Böser Wolf beobachtete ihren Mann, während er den Artikel überflog. Sie rechnete jeden Moment damit, dass er in selbstgerechte Wut ausbrach, auch wenn sie streng genommen keinen Grund dafür sah. Oder für sonst eine Reaktion.

Der Böse Wolf blätterte ihre Ausdrucke durch und zuckte die Achseln. Dann gab er sie seiner Frau zurück.

»Und was hat er dir gesagt?«

»Nicht viel. Es ist ein ungelöster Fall, den sie längst zu den Akten gelegt haben. Er rechnet nicht mehr mit einem Durchbruch.«

»Hätte mich auch gewundert. Hätte ich dir gleich sagen können. Weißt du, dass du wahrscheinlich mit demselben Detective gesprochen hast, mit dem ich mich seinerzeit unterhalten habe, damals, als ich das Buch schrieb?«

Auf den Gedanken war Mrs Böser Wolf nicht gekommen.

»Erinnerst du dich nicht? In meinem Buch geht das Mädchen in die achte Klasse. Sie ist blond und kommt aus einem zerrütteten Elternhaus.« Jetzt dozierte der Böse Wolf wie ein Lehrer vor einer Klasse mit besonders begriffsstutzigen Kindern. »Aber sieh mal, auf dem Foto hier ist das Opfer älter und dunkelhaarig und stammt aus einer Großfamilie.«

Mrs Böser Wolf lief ein Schauder den Rücken herunter.

Natürlich. Wie konnte dir das entgehen! Es ist doch alles anders!

Der Böse Wolf verschränkte die Arme vor der Brust.

»Ich dachte, wir hätten uns immer vertraut«, sagte er. »Als du krank warst, hast du mir da nicht vertraut, dass ich dir helfe und mich um dich kümmere?«

»Doch«, murmelte sie.

»Ist zwischen uns nicht vom allerersten Tag an, seit wir uns begegnet sind, wie soll ich sagen, etwas ganz Besonderes gewesen?«

»Ja, ja, ja«, bestätigte sie in schuldbewusstem Ton.

»Wir sind immer Partner gewesen, oder? Wie lautet noch mal dieses alberne Wort, das die Leute heutzutage benutzen? Seelenverwandte, richtig. In dem Moment, in dem wir uns begegnet sind, hast du gewusst, dass du für mich auf diese Welt gekommen bist, und ich wusste, dass ich für dich hier bin …«

Mrs Böser Wolf konnte gar nicht oft genug leise und aus tiefstem Herzen *Ja* sagen.

Der Böse Wolf lächelte.

»Dann versteh ich das Ganze nicht«, sagte er. »Was macht dir dann solche Angst?«

»Die anderen …«, stammelte sie.

»Was für andere?«

»Bevor wir geheiratet haben, bevor wir uns begegnet sind.«

»Andere Frauen?«

»Nein …«

»Was denn?«

Er sprach in samtweichem Ton. Die Worte schienen wie eine Wolke zwischen ihnen zu schweben.

»Die Frauen in den Zeitungsartikeln.«

»Ach so, was soll mit denen sein?«

»Hast du sie getötet und dann über sie geschrieben?«

Der Böse Wolf antwortete nicht gleich. Er deutete auf das Sofa und forderte seine Frau mit einer freundlichen Geste auf, ihren gewohnten Platz einzunehmen. Sie erfüllte ihm den Wunsch und ließ die Frage wie fernes Donnergrollen, das sich unter prasselndem Regen allmählich verzieht, im Raum widerhallen. Während sie sich steif auf der Couch niederließ, machte es sich der Böse Wolf in dem Sessel bequem, in dem er gewöhnlich die Abende verbrachte. Er lehnte sich entspannt zurück, warf jedoch einen Blick zur Decke, als hoffte er auf eine Eingebung von oben.

»Ist es nicht sinnvoll, darüber zu lesen und dann darüber zu schreiben?«, fragte er schließlich und senkte den Blick, um ihr in die Augen zu sehen.

Mrs Böser Wolf versuchte, ihre Gedanken zu ordnen, indem sie die Tage, an denen die Opfer gestorben waren, mit den Publikationsdaten zu den Büchern ihres Mannes verglich und dabei die Zeit mit einkalkulierte, die er jeweils fürs Schreiben brauchte. Sämtliche mathematischen Größen hatte sie erfasst, und so verstand sie nicht, wie Zahlen und Fakten, die sie sich klar ins Gedächtnis eingeprägt hatte, plötzlich bis zur Unkenntlichkeit verblassten.

»Glaubst du wirklich, ich hätte jemanden ermordet? Egal wen? Traust du mir so was zu?«

Sie war sich nicht sicher. Eine Stimme in ihr sagte Ja, eine andere wehrte sich entschieden. Sie merkte nicht, wie sie auf dem Sofa unwillkürlich nach vorne rutschte, sodass sie nur noch auf der Kante hockte und beinahe herunterfiel. Ihr war übel, schwindelig, und im ganzen Körper durchzuckten sie scheinbar grundlose Schmerzen. Ihr Herz raste, sie spürte den heftigen Druck in der Brust, und ein Schraubstock drückte ihr die Schläfen zusammen. Sie hatte Durst, ihre Kehle war wie ausgedörrt, und in diesem Moment kam ihr der Gedanke: Was ist, wenn er mir die Wahrheit sagt? Muss er dann nicht auch mich umbringen?

Vielleicht wäre es das Beste.

»Natürlich nicht«, sagte sie.

Der Böse Wolf betrachtete seine Frau jetzt mit einem sanfteren Blick, so wie ein Kind vielleicht ein Katzenjunges. In seinem Kopf arbeitete es heftig. Einerseits gratulierte er sich dazu, wie geschickt er das Gespräch gelenkt hatte, andererseits war er schon mit neuen Plänen beschäftigt. Auch wenn er den Zeitpunkt nicht vorhergesehen hatte, so war ihm immer klar gewesen, dass seine Frau ihm einmal auf die Schliche kommen musste. Wenn er allein in seinem Arbeitszimmer saß oder von irgendeinem Versteck aus eine der drei Roten beobachtete, hatte er sich den Moment vorgestellt und sich zurechtgelegt, wie er reagieren würde. Und er war stolz darauf, wie geschickt er die Lügen in Grenzen gehalten hatte. Er hielt dies für eine wichtige Überlegung: Halte dich so weit wie möglich an die Wahrheit, damit die Lügen möglichst untergehen.

Doch so zufrieden er damit war, die Situation dank seiner gründlichen Vorbereitung gut gemeistert zu haben, war er in Gedanken schon bei seinen nächsten Schritten. Ein Kapitel mit dem Titel *Überzeugendes Rollenspiel* merkte er sich vor. *Der Schlüssel zu einem erfolgreichen Mord war eine gute Camouflage. Es war nicht sinnvoll, als Eigenbrötler irgendwo in der Einöde zu leben, sodass der erste Cop, der vorbeischaute und ein wenig herumschnüffelte, sofort witterte, dass man ein Verbrechen begangen hatte. Den besten Mördern sah man ihr Handwerk mit bloßem Auge nicht an.* Niemand würde je von ihm sagen: Dass mit dem was nicht stimmte, hat man gleich gemerkt. Nein. Über den Bösen Wolf würde es heißen: Wir hatten keine Ahnung, mit wem wir es zu tun hatten. Er schien so normal zu sein. War er aber wohl doch nicht, oder?

Wir hätten nie gedacht, dass er ein so außergewöhnlicher Mensch war.

Das werden sie über mich sagen.

Er spähte zu seiner Frau hinüber und sah die Zweifel und Qualen, mit denen sie immer noch kämpfte, als seien sie Lichtblitze in ihren Augen.

Der Böse Wolf beugte sich zu ihr hinüber und nahm ihre Hand. Sie zitterte.

»Ich glaube, ich habe aus meiner Arbeit ein zu großes Geheimnis gemacht«, sagte er. »Ein viel zu großes Geheimnis«, wiederholte er mit Nachdruck. »Du kennst mich so gut«, fuhr er mit einer dieser kleinen unerlässlichen Lügen fort. »Wahrscheinlich wäre es sinnvoller, wenn ich dich ein wenig mehr einbezöge. Du verstehst so viel vom Schreiben, du liebst Worte, und du kennst mich so gut, es wäre also nur von Vorteil, wenn du ein bisschen helfen würdest. Immerhin warst du schon immer mein größter Fan. Vielleicht solltest du mir bei diesem Buch auch ein bisschen zur Hand gehen. Du könntest so etwas wie eine Produktionsassistentin sein oder die inoffizielle Lektorin.«

Er sah, wie seine Frau ein wenig den Kopf hob. Die Zuneigung, die aus seinen Worten sprach, zeigte deutliche Wirkung.

»Wisch dir die Tränen ab«, sagte er und nahm aus einem Karton auf dem Beistelltisch ein Bündel Papiertücher, um ihr damit die Augenwinkel abzutupfen.

Mrs Böser Wolf nickte. Es gelang ihr, sein Lächeln schüchtern zu erwidern.

»Aber ich weiß nicht so recht, wie ich dir …«, fing sie an, doch er zerstreute ihre Bedenken mit einer Handbewegung. »Mir fällt schon was ein«, sagte er.

Er hievte sich aus seinem gewohnten Sessel hoch und setzte sich neben sie.

»Ich bin froh, dass wir über das Ganze geredet haben«, sagte er. »Ich möchte, dass es dir besser geht, und ich weiß, wenn du dir so viel Sorgen machst, ist das nicht gut für dein Herz.«

»Ich hatte solche …« Wieder verstummte sie mitten im Satz.

Angst? Zweifel? Sorgen?, dachte er. Dazu hattest du auch allen Grund.

Er lachte, drückte ihr aufmunternd die Schultern und legte ihr, wie ein Zwölfjähriger beim ersten Date im Kino, locker den Arm um die Schulter. »Es ist schwer, mit einem Schriftsteller zusammenzuleben«, stellte er fest.

Mrs Böser Wolf nickte heftig.

»Also«, sagte der Böse Wolf grinsend, »du hilfst mir dabei, sie umzubringen?«

Das Wort »umzubringen« betonte er so, dass Anführungszeichen mitschwangen. Noch eine Lüge, stellte er fest. *Und dann können wir schauen, was im Fernsehen läuft.*

Mrs Böser Wolf nickte.

»Natürlich nur fiktiv«, fügte der Böse Wolf mit einem zufriedenen Lachen hinzu.

29

Der Polizist, der die Aussage von Rote Drei aufnahm, sah bei ihr Anzeichen einer Hysterie, doch mit dreiundzwanzig Dienstjahren auf dem Buckel und vierzehnjährigen Zwillingstöchtern daheim war der Sergeant an die schrillen Laute gestresster Teenager gewöhnt, auch wenn er heimlich davon träumte, dass sie über einen Lautstärkeregler verfügten, den er einfach ein wenig herunterdrehen konnte. Er schrieb sich Sätze in sein Notizbuch wie *Ich hab sie springen sehen* und *Plötzlich ist sie über dem Brückengeländer verschwunden* und *Eben stand sie noch da, und einen Moment später war sie einfach weg,* Aussagen, die Jordan unter Schluchzen hervorstieß. Er versuchte, eine vernünftige Beschreibung der Person zu bekommen, die sich vor den Augen des Mädchens von der Brücke gestürzt hatte, doch mehr als »eine Frau mit irrem Blick, die wild mit den Armen herumfuchtelte, dunkel gekleidet, Mantel, Mütze, mittelgroß, vielleicht Mitte dreißig« war aus Jordan nicht herauszuholen.

Der Polizist befragte auch den Trainer, den Assistenten und die übrigen Spielerinnen; doch niemand hatte etwas von dem mitbekommen, was Jordan beobachtet hatte. Sie alle hatten einleuchtende Erklärungen dafür, dass ihre Aufmerksamkeit anderen Dingen gegolten hatte.

Der Sergeant erbot sich, einen Krankenwagen zu rufen, da er fürchtete, dass Jordan, die immer noch abwechselnd in Tränen ausbrach und zu einer ausdruckslosen Miene erstarrte, einen Schock erlitten hatte. Tatsächlich war der Polizist davon überzeugt, dass die heftige Reaktion des jungen Mädchens der sicherste Beweis dafür war, dass tatsächlich jemand von der Brücke gesprungen war. Wenn die nicht wirklich was gesehen hat, dann hol mich der Teufel, dachte er.

Von den Kollegen, die mit einem halben Dutzend Streifenwagen quer über die Brücke verteilt waren, hatte niemand etwas Hilfreiches beizusteuern. Die blau rot flackernden Lampen an den Fahrzeugen spiegelten sich im feuchten Asphalt und erschwerten die Arbeit der Polizisten, die den schmalen Fußgängerstreifen nach Beweisstücken absuchten. Bei genauem Hinsehen fanden sie immerhin ein paar spärliche Indizien für den Selbstmord: Dort, wo der Fußweg über die Brücke begann, entdeckten die Beamten den lehmigen Abdruck eines Laufschuhs in Frauengröße, und an der Stelle, an der die Unbekannte sich laut Jordans Aussage über die Brüstung gestürzt hatte, zeigten sich Schleifspuren. Dabei überraschte es die Polizisten nicht, dass es bei diesen spärlichen Indizien blieb. Nicht zum ersten Mal wurde der Sergeant wegen einer Selbstmordmeldung zu dieser Brücke gerufen. Sie war eine beliebte Stelle. Zwischen den heruntergekommenen, ehemaligen Textilfabriken hatte der Drogenhandel die Arbeitsplätze in den Betrieben ersetzt. Wie die meisten Anwohner wusste er, dass die starke Strömung eine Leiche bis zum Klärwerk spülen, vielleicht sogar darüber hinaus an den Wasserfällen dahinter in die Tiefe reißen würde. In diesem wilden Gewässer konnte ein Toter in kurzer Zeit meilenweit den Fluss hinuntertreiben oder aber auch an Strandgut und Geröll hängen bleiben, von dem das Flussbett übersät war. Zuweilen hatte es Wochen gedauert, die Leichen der Selbstmörder zu bergen, die sich an dieser Stelle hinabgestürzt hatten, und nicht wenige waren verschollen geblieben.

Im Kopf verfasste er schon seinen Bericht, den er den Detectives der Frühschicht hinterlegen würde. Alles Weitere fiel in deren Zuständigkeit: *Findet ihren Namen heraus. Verständigt die nächsten Angehörigen.* Die Tatsache, dass keine stichhaltigen Beweise vorlagen, war für den Polizisten kein Grund, an dem Vorfall zu zweifeln. Seinen Teil erledigen und den Fall abhaken, mehr hatte der Sergeant nicht im Sinn. Polizeitaucher und ein Boot würden bis zum Morgengrauen warten und dann die Suche nach der Leiche aufnehmen. Sie werden von diesem Auftrag nicht gerade begeistert sein, dachte er. Es war eine gefährliche Arbeit in diesem schwarzen, strudelnden Gebräu, und höchstwahrscheinlich vergeblich.

Erfahrungsgemäß war es wahrscheinlicher, dass die Leiche zufällig irgendwo auftauchte. Vielleicht ginge sie im Sommer einem Fischer ins Netz, der sich über diesen besonderen Fang nicht freuen dürfte.

Er legte Jordan eine Hand auf die Schulter.

»Soll ich einen Krankenwagen holen? Vielleicht reden Sie mal mit den Sanitätern?«, fragte er sie freundlich und wechselte vom professionellen in den väterlichen Ton.

Jordan schüttelte den Kopf. »Geht schon«, antwortete sie.

»Wir haben am Internat psychologisch geschultes Personal«, mischte sich ihr Trainer ein. »Das für sie da ist, falls sie Hilfe braucht. Traumaspezialisten.«

Der Polizist nickte langsam. Die Bemerkung klang überheblich. »Bestimmt?«, fragte er noch einmal, an Jordan gewandt, nicht an den Trainer. Er mochte den Mann nicht, den der Vorfall ein wenig verärgert zu haben schien – *musste sich diese Frau auch ausgerechnet in dem Moment das Leben nehmen, da wir vorbeikommen?* »Es wäre nur ein kurzer Anruf«, versicherte der Sergeant Jordan, die sich mit dem Handrücken die Tränen abwischte und deren hechelnder Atem sich zu normalisieren schien. Er hatte nichts dagegen, den Trainer auf der Brücke im Nieselregen warten zu lassen, und seiner Erfahrung nach kannte sich niemand so gut mit Schocks aus wie die Rettungssanitäter.

»Danke«, sagte Jordan. Ihre Stimme klang schon ein wenig fester. »Aber es geht schon wieder. Ich möchte nur ins Wohnheim.«

Der Polizist zuckte die Achseln. Er konnte nie ganz verhindern, dass er ein Ereignis, bei dem ein junger Mensch mit traumatischen Eindrücken konfrontiert war, mit den Augen seiner eigenen Kinder sah, doch im Lauf der Jahre als Cop hatte er sich ein dickes Fell und eine raue Schale zugelegt. Er hatte seine Zeugenaussagen in der Tasche, die Telefonnummern aller Insassen des Busses notiert und die Streifenpolizisten angewiesen, die fruchtlose Suche im weiteren Umkreis fortzusetzen.

Fürs Erste hatte er getan, was er konnte.

Der Sergeant sah, dass der Trainer auf seinem Handy eine Nummer eintippte. »Wen rufen Sie an?«, fragte er in gebieterischem Ton.

»Die Schulleitung«, antwortete der Trainer. »Die werden sich wundern, wo wir bleiben. Müssen den Speisesaal länger geöffnet halten. Und dafür sorgen, dass Jordan einen Ansprechpartner hat.«

Vermutlich, dachte der Polizist, will er vor allem sicherstellen, dass er für die Verspätung nicht verantwortlich gemacht wird. »Also«, sagte er, »Sie können nach Hause fahren. Sollten wir noch Fragen haben, meldet sich jemand von uns.«

»Wenn Sie mit einer der Schülerinnen sprechen wollen, müssen Sie sich an das Büro des Direktors wenden«, sagte der Trainer.

»Ach ja?«, fragte der Polizist. Er verkniff sich den Zusatz, *einen Teufel werden wir tun,* sondern beschränkte sich auf einen beißend ironischen Ton.

Dann sah er zu, wie die Mannschaft wieder in den Kleinbus stieg. Bei einigen der Schülerinnen hatte sich die Aufregung noch nicht gelegt, und sie hielten einander die Hand oder umarmten sich. Dabei entging ihm nicht, dass niemand Jordan den Arm um die Schulter legte, um sie zu trösten, und er hoffte, dass sich seine eigenen Töchter in einer solchen Situation feinfühliger verhalten würden.

Der Polizist bemerkte auch, dass Jordan zur hintersten Sitzreihe ging und dort alleine saß. Er winkte ihr noch einmal freundlich zu, was nicht sehr professionell war, aber seinem spontanen Bedürfnis entsprach. Er freute sich, als ein scheues Lächeln über Jordans Gesicht huschte und sie zurückwinkte. Kinder können verdammt grausam sein, dachte er. Zwar wären seine eigenen Töchter längst im Bett, wenn er nach Hause kam, doch er nahm sich vor, bei ihnen vorbeizuschauen und wenigstens ein paar Minuten ihre schlafenden Gesichter zu betrachten. Seine Frau würde ihn verstehen, ohne Fragen zu stellen.

Erst am nächsten Morgen bekamen die Detectives, die mit den weiteren Ermittlungen zu dem Selbstmord betraut waren, einen Anruf von zwei Angestellten der örtlichen Kfz-

Zulassungsstelle. Sie hatten an der Bushaltestelle gewartet und an dem Baumstamm den Brief von Rote Zwei entdeckt; sie waren der Bitte auf dem Umschlag gefolgt und hatten sich bei der Polizei gemeldet. Sie waren so klug, nichts anzurühren, und so pflichtbewusst zu warten, bis ein Detective eintraf und den Brief mitsamt dem Foto in Empfang nahm, auch wenn sie dadurch zu spät zur Arbeit kamen.

Mehr oder weniger zur gleichen Zeit saß Rote Eins einer Frau gegenüber, die kaum jünger war als sie, dafür doppelt so schwer. Die Frau trug kurz geschnittenes Haar, hatte mächtige Arme und den passenden Leibesumfang. Ein Ohr war von mindestens sechs, sieben Ringen gespickt, während unter ihrer Bluse ein Tattoo herauslugte. Die Frau erweckte den Eindruck, dass sie mit einer Harley-Davidson zur Arbeit fuhr und sich als Freizeitvergnügen mit Holzfällern im Armdrücken maß und dabei nur selten unterlag. Umso erstaunlicher fand Karen den angenehm weichen Ton, in dem sie sprach.

»Wir können Folgendes tun«, sagte die Frau. »Wir können Ihre Freundin beschützen. Wir können auch ihre Kinder beschützen. Wir können ihnen einen sicheren Ort für den Übergang in ein neues Leben bieten. Wir können ihnen in der ersten Zeit in Fragen der Sozialfürsorge und in juristischen Angelegenheiten helfen. Außerdem können wir ihnen allen mit Therapeuten zur Seite stehen – einige wirklich hochgeschätzte Psychiater in der Stadt helfen hier ehrenamtlich mit. Wir können ihnen, kurz gesagt, zu einem Neustart verhelfen.«

»Tatsächlich?«, hakte Karen nach, da sie am Ende ein »Aber« heraushörte.

»Garantieren können wir nichts«, räumte die Frau ein.

Entferntes Kinderlachen drang durch die Wände. Karen vermutete, dass es aus einer Tagesstätte über ihnen kam.

»Wie meinen Sie das?«

Die Frau lehnte sich in ihrem Schreibtischsessel zurück und wippte entspannt, während sie Karen aufmerksam beobachtete, um sich ihre Reaktionen nicht entgehen zu lassen.

»Ich bin gesetzlich verpflichtet, das zu sagen.«

»Aber das ist nicht alles, stimmt's?«, fragte Karen.

Die stattliche Frau seufzte. »Hier im *Safe Space* sind wir nur drei Blocks von der Polizeistation entfernt. Sie ist dreihundertfünfundsechzig Tage im Jahr rund um die Uhr besetzt. Bei einem Notruf aus unserem Haus ist die Polizei in weniger als neunzig Sekunden da. Wir haben eine Übereinkunft mit der Polizei. Es gibt ein Codewort, das alle Beamten der Station, unsere Mitarbeiter und unsere Klienten kennen – es bedeutet, dass ein Mann aufgetaucht ist und sich offensichtlich gewaltbereit verhält; darauf reagiert die Polizei augenblicklich und schickt mehrere Beamte mit gezogener Waffe. Dieses System haben wir letztes Jahr nach einem Vorfall eingerichtet. Sie erinnern sich vielleicht?«

Und ob, dachte Karen. Mehrere Tage lang beherrschte das Drama die Schlagzeilen: ein Mann, die von ihm getrennt lebende Frau, zwei Kinder im Alter von sechs und acht Jahren – und drei Polizisten. Am Ende der Schießerei waren die Frau und einer der Polizisten tot sowie eines der Kinder schwer verletzt. Der Ehemann versuchte, sich das Leben zu nehmen, hatte jedoch alle Kugeln in seinem Revolver verschossen, und so kniete er, die Waffe im Mund, auf dem Bürgersteig und drückte immer wieder vergeblich ab, bis er in Handschellen weggeführt wurde. Das Gerichtsverfahren in dem Fall war noch nicht abgeschlossen. Der Mann plädierte auf vorübergehende Unzurechnungsfähigkeit.

»Meine Freundin macht sich wegen der Neigung ihres Mannes zur Gewalttätigkeit Sorgen«, sagte Karen. Dann schüttelte sie den Kopf. »Das klingt wie ein kleiner Schnupfen«, fügte sie hinzu. »Der Mann ist schlicht und ergreifend brutal. Er hat sie immer wieder geschlagen und übel zugerichtet. Von blauen Augen bis zu Knochenbrüchen. Er hat ihr damit gedroht, sie umzubringen. Sie weiß einfach keinen Ausweg.«

»Dafür sind wir ja da«, sagte die stattliche Frau. Karen merkte, dass in ihren eigenen Worten aufrichtige Wut mitschwang, die sich gegen einen Unbekannten richtete, ein Phantom, aus dem sie in ihrer frei erfundenen Version einen gewalttätigen Ehemann gemacht hatte, vor dem die Frau – ihre Freundin – zusammen mit ihren beiden kleinen Kindern flüchten wollte, bevor er sie tötete. Sie wusste, dass die Leiterin von *Safe Space*, für die diese Geschichte Alltag war, nicht allzu viele Fragen stellen würde.

»Wir hätten es demnach mit drei Personen zu tun, Ihrer Freundin und den Kindern …«

»Die Kinder können offenbar zu nahen Verwandten, wo sie sicher sind. Seine Frau dagegen wird der Kerl bis ans Ende der Welt verfolgen, wenn es sein muss. Er ist besessen und unzurechnungsfähig …«

»Ich weiß nicht, ob es ratsam ist, die Kinder von der Mutter …«

»Die Kinder sind ihm egal, sind sowieso nicht von ihm, sie wären ihm lediglich im Weg, wenn er sich an ihr rächen will. Gefährlich ist es nur für meine Freundin.«

»Verstehe. Ist er bewaffnet?«

»Keine Ahnung. Vermutlich schon.«

Karen fragte sich, über was für ein Waffenarsenal der Böse Wolf verfügte. Handfeuerwaffen. Gewehre. Schwerter. Messer. Bomben. Pfeil und Bogen. Gift. Steine und angespitzte Stöcke. Rasierklingen. Seine Hände. Alle konnten tödlich sein. Jede davon konnte er für die drei Roten vorgesehen haben.

»Und Ihre Freundin? Besitzt sie eine Waffe?«

Karen dachte an den Revolver von Rote Zwei. Sie fragte sich, ob sie überhaupt herausfinden würde, wie man ihn lud, zielte und schoss.

Das Töten selbst, um das es dabei ging, wollte sie gar nicht erst in Betracht ziehen.

»Nein«, sagte sie.

Die Leiterin legte eine Pause ein. »Eigentlich darf ich das nicht sagen.« Sie senkte die Stimme, beugte sich vor und fuhr fast im Flüsterton fort: »Aber ich werde nicht zulassen, dass je wieder so etwas wie letztes Jahr passiert.«

Sie hob die Hand und legte eine große halbautomatische Pistole auf den Schreibtisch. Sie war schwarz und herzlos.

Karen starrte sie einen Moment an und nickte.

»Da fühlt man sich doch schon bedeutend besser«, sagte sie mit einem schüchternen Lachen.

Die Frau verstaute die Waffe wieder in ihrer Schublade.

»Ich übe regelmäßig am Schießstand.«

»Eine sinnvolle Freizeitbeschäftigung.«

»Inzwischen bin ich eine versierte Schützin.«

»Das ist beruhigend.«

»Wann bringen Sie Ihre Freundin?«

»Bald«, sagte Karen, »sehr bald.«

»Wir haben keine festen Aufnahmezeiten. Die Frauen kommen rund um die Uhr, ob zwei Uhr nachmittags oder morgens, ist egal. Verstehen Sie?«

»Ja.«

»Ich werde den Mitarbeitern Bescheid geben, dass wir jederzeit mit einem Neuzugang rechnen.«

»Das wäre sehr freundlich.«

Karen packte ihre Sachen, da das Gespräch offenbar zu Ende war, doch die Frau hatte noch eine letzte Frage.

Sie sah Karen eindringlich an. »Die Rede ist von einer Freundin, verstehe ich Sie richtig?«

Bevor sie sich für den Rest des Tages in ihre Praxis begab, hatte Rote Eins einen weiteren Termin zu absolvieren. Auch wenn sie als Ärztin oft dort gewesen war, fand sie den Ort jedes Mal aufs Neue traurig.

Schon immer war ihr aufgefallen, dass das Licht im Eingangsbereich zum Hospiz grell, kalt und unangenehm in den Augen war, dass es aber, je weiter man sich in das Innere begab, weicher und milder wurde, dass dort mehr schattige Nischen auf einen warteten und die weiß getünchten Wände ein gelbliches Grau annahmen. Das Gebäude selbst schien den fortschreitenden Tod widerzuspiegeln.

Dudelsack, fiel ihr von ihrem letzten Besuch ein.

Die Schwestern im Hospiz wirkten ein wenig überrascht, Karen zu sehen. Sie hatten sie nicht gerufen.

»Wollte nur in einer alten Akte etwas überprüfen«, sagte Karen in beiläufigem Ton, als sie zügig an den Tischen vorbeiging, an denen die Schwestern zusammensaßen, wenn sie sich vom Sterben, das in sämtlichen Zimmern vor sich ging, eine kurze Pause gönnten. Diese Erklärung würde dafür sorgen, dass sie unbehelligt blieb.

Sie betrat ein kleines Nebenzimmer mit einer Kaffeemaschine auf einem Schreibtisch sowie drei großen schwarzen Aktenschränken aus Stahl. Sie brauchte nicht lange, um den beigefarbenen Ordner mit der Patientenakte zu finden, die sie benötigte.

Sie nahm die Mappe mit zum Schreibtisch. Für einen Moment kam sie beim Anblick der Zigaretten, die – sorgfältig markiert – in der obersten Schublade lagen, in Versuchung. Ihr wurde bewusst, dass sie seit Tagen nicht mehr geraucht hatte.

Wie nett von dir, Mr Böser Wolf, dachte sie. Vielleicht hast du mir endlich dieses Laster ausgetrieben – Rauchen kann tödlich sein. Wenn du mich dann umbringst, ersparst du mir ein wirklich jämmerliches Ende. Wie soll ich dir nur danken!

Sie suchte nach Krebs. Nicht speziell nach der Krankheit, sondern nach der Frau, deren Akte sie vor sich ausgebreitet hatte und die daran gestorben war.

Cynthia Harrison. Ein ganz gewöhnlicher Name, dachte Karen. Umso besser.

Achtunddreißig Jahre alt. *Für Brustkrebs ziemlich jung. Das war traurig. Andererseits nur drei Jahre älter als Rote Zwei.* Verheiratet. Keine Kinder. *Wahrscheinlich hat sie es erfahren, weil sie nicht schwanger wurde. Sie haben ein paar Fruchtbarkeitstests durchgeführt und sind auf die alarmierenden Werte gestoßen. Danach kam wahrscheinlich die Tretmühle der Ärzte, der Therapien und der endlosen Schmerzen.*

Nur drei Wochen im Hospiz, nachdem ihr die Bestrahlung ebenso wenig geholfen hatte wie der anschließende chirurgische Eingriff. *Sie haben sie hierher geschickt, weil es der kostengünstigste Ort zum Sterben ist. Hätten sie die Frau stattdessen im Krankenhaus behalten, hätte es zigtausend Dollar gekostet. Und sie wussten, dass sie nur noch so lange zu leben hatte, wie ihre Angehörigen brauchten, um alles zu regeln.*

Sie überprüfte die Formulare des Beerdigungsinstituts und stellte fest, welcher Kollege den Totenschein ausgestellt hatte. Es war der Chirurg. Wahrscheinlich wollte er mit der Unterschrift den Fall hinter sich bringen und vergessen, dass er versagt hatte. Sie notierte sich alle notwendigen Informationen. Sämtliche Angaben zur Person: Geburtsdatum; Geburtsort. Letzte Anschrift. Beruf. Nächste Angehörige. Sozialversicherungsnummer. Das Wichtigste zur Krankengeschichte. Größe, Gewicht, Augenfarbe. Haarfarbe. Karen hielt jede Kleinigkeit fest, die sie der umfangreichen Akte entnehmen konnte.

Dann ging sie durch den Flur zu einer der Stationstheken. Sie brauchte nur einen roten Plastikbeutel mit der Aufschrift *Achtung, ansteckender medizinischer Abfall!* sowie einen großen Einwegbehälter für Nadeln, benutzte Probebecher und sonstiges Material, an dem möglicherweise irgendein gefährlicher Virus oder tödliche Bakterien hafteten.

»Tut mir leid, Cynthia«, flüsterte sie. »Ich wünschte, ich hätte dich gekannt.«

Was von jetzt an der Fall ist, fügte sie in Gedanken hinzu. Sie rollte die Akte fest zusammen, steckte sie in den Plastikbeutel, dessen Öffnung sie sorgfältig versiegelte, bevor sie ihn in den Behälter warf, der dem besonderen Zweck diente, andere vor einer Ansteckung zu bewahren.

Rote Zwei tanzte.

Mit einem unsichtbaren Partner legte sie einen Walzer hin, dann zu elektrischem Beat einen Tango. Wie bei einer kunstvollen elisabethanischen Quadrille schritt sie majestätisch durch den Raum und verneigte sich vor leeren Wänden. Als die Musik wechselte, zuckte ihr geschmeidiger Körper, und sie schwang die Hüften wie in der Disko. *Dancing with the Stars*, dachte sie. Nein. *Die mit dem Wolf tanzt.* Sie parodierte lächerliche Tänze aus den Sechzigerjahren wie *The Frug* und *The Watusi*, die ihre Eltern in übermütigen Momenten vorgeführt hatten. Einmal legte sie sogar eine Macarena hin und kreiste verführerisch mit den Hüften. Als sie sich allmählich verausgabt hatte, wechselte sie zu Ballerinaposen, hob langsam die Arme über den Kopf und vollführte *Schwanensee*-Pirouetten. Als Teenager hatte sie einmal eine Aufführung gesehen. Hinreißend. Traumhaft schön. Es gehörte zu den Erinnerungen, die ein empfängliches fünfzehnjähriges Mädchen nicht vergaß. Sie hatte sich vorgestellt, eines Tages ihre Tochter zu einer ähnlichen Aufführung mitzunehmen. Vorbei. In der kleinen Welt des Kellers hob sie noch einmal die Arme über den Kopf und versuchte, wie der weiße Schwan im Ballett auf den Zehenspitzen zu tanzen, doch das war unmöglich.

Ihre Musik war ungeordnet und widersprüchlich. Keiner der Songs, die ihr in den Ohren dröhnten, passte zu ihren Bewegungen. Rock and Roll hatte nichts mit Squaredance zu tun, doch genau das hörte und tanzte sie.

Rote Drei hatte ihr einen iPod mit mehreren Playlists überlassen, die sie als *Wartemusik* gekennzeichnet hatte. Sie kannte längst nicht alle Musiker und Sänger der Sammlung – wer zum Teufel waren *The David Wax Museum* oder *The Iguanas* oder auch Silina Musango? Wer *The Gourds*? Dennoch war die Musik, die Rote Drei für sie ausgesucht hatte, unwiderstehlich, sie machte Mut und gute Laune, und ihr gefielen die fröhlichen Rhythmen, die wilde Energie in jedem der Songs.

Sarah erkannte, dass Rote Drei versuchte, ihr zu helfen. *Verdammt einfühlsam von ihr. Sie wusste, dass ich nach meinem Selbstmord ein bisschen einsam und desorientiert sein würde.*

Kluges Mädchen.

Rote Drei hatte eine weitere Playlist zusammengestellt, doch die hörte sich Sarah nicht an, weil sie spürte, dass die Zeit dafür noch nicht reif war. Sie wusste, dass sie dort eine vollkommen andere Zusammenstellung erwartete. Diese Sammlung trug den Titel *Killer-Musik.*

Als sie schließlich erschöpft war, zog sich Sarah die Ohrstöpsel heraus und ließ sich auf den Zementboden in Karens Keller fallen. Er kühlte ihr die Wange. Es war ihr egal, dass sie sich, schweißgebadet, wie sie war, in dem staubigen, dreckigen Raum schmutzig machte. Der Brenner in der Ecke, der das Haus über ihr heizte, verbreitete eine stickig abgestandene Luft. Nirgends war ein Fenster nach draußen, doch das gab ihr das Gefühl, sicher versteckt zu sein, sodass der Böse Wolf sie, selbst wenn er vor der Haustür parkte, nicht sehen konnte.

Für einen Moment überlegte sie, wie es sich anfühlen würde, wenn sie die Glühlampe an der Decke ausknipste, die mit ihrem schwachen Licht den Raum erfüllte, und sie dachte an die tiefschwarzen Wasserstrudel zu ihren Füßen, in die sie sich vermeintlich gestürzt hatte.

Als sie danach zu der Stelle gerannt war, an der sie mit Rote Eins verabredet war, hatte sie sich eingebildet, den schrillen Schrei von Rote Drei zu hören. *Jede Wette, dass sie überzeugend war.*

Sie rollte sich zusammen und schlang die Arme um die Unterschenkel.

Sarah ist gestern Abend gestorben, dachte sie. Abschiedsbrief und ein letztes Lebewohl. Sie werden mich neben meinem Mann und meiner Tochter bestatten. Nur dass ich es nicht bin, sondern ein leerer Sarg.

Sie wusste, dass sie gar keine andere Wahl hatte, als eine

neue Identität anzunehmen; ob ihr die Aussicht gefiel, stand auf einem anderen Blatt.

Doch bis zu ihrer Wiedergeburt wäre sie nur noch Rote Zwei.

Eine tödliche Rote Zwei, rief sie sich ins Gedächtnis. Eine mörderische Rote Zwei. Eine wilde Entschlossenheit, bei der es ihr eiskalt den Rücken herunterlief, verdrängte ganz langsam die rasende Wut.

Doch im nächsten Moment brachen all die widersprüchlichen Emotionen wie eine meterhohe Welle über ihr zusammen, und statt sich zur Wehr zu setzen, schluchzte sie hemmungslos auf dem nackten Kellerboden und starrte auf ihre Hände, die sich nicht an ein Bild ihrer Familie klammerten, sondern an den Schaft einer .357 Colt Magnum.

30

Der Böse Wolf schnappte nach Luft, dann stieß er einen Schwall von Flüchen aus. Er fuhr herum und hätte um ein Haar gegen die Küchenwand geboxt. Stattdessen zerknüllte er mit geballter Faust den Lokalteil der Tageszeitung und schloss gequält die Augen; es war, als kratze jemand mit den Fingernägeln über eine Tafel und verursache dabei ein derartiges Quietschen, dass ihm davon sämtliche Nervenenden schmerzten. Das Zeitungsknäuel in seiner Hand enthielt einen kurzen Artikel mit der Überschrift: *Mutmaßlicher Freitod ehemaliger Lehrerin.*

»Nein, verdammt noch mal, nein!«, brüllte er in einem Anfall namenloser Wut.

Der Fluss glitzerte in strahlendem Licht. Der Regen hatte endlich aufgehört, und es war ein wenig wärmer geworden. Der Wind hatte sich gelegt, und die Sonne war an einem wolkenlosen, blauen Himmel aufgegangen. Auf der Brücke hatte sich eine kleine Menschentraube gebildet, die sich an die niedrige Brüstung drängte und die Aktivitäten unter sich verfolgte. Ein Nachrichtenteam, dessen Schulterkamera nutzlos am Rad seines Kastenwagens lehnte, schien gelangweilt. Wer die Brücke im Auto passierte, drosselte das Tempo, um zu gaffen, bevor er aufs Gas drückte und weiterfuhr. Drei Latinofrauen, die mit Kleinkindern in ihren Buggys unterwegs waren, standen zusammen und redeten wild durcheinander, während sie nach unten auf die glatte, dunkle Wasseroberfläche zeigten. Eine von ihnen bekreuzigte sich drei Mal rasch hintereinander.

Der Böse Wolf gesellte sich unauffällig zu zwei Männern in seinem Alter. Er wusste, dass sie die Vorgänge aufmerksam verfolgten und ihre Meinungen bereitwillig mit ihm teilen würden. Sie rauchten und bliesen den Qualm in die windstille Luft.

»Ich sag Ihnen, die finden nix«, vertraute einer der Männer ihm ungefragt an. Er trug einen verschlissenen grauen Mantel und einen zerbeulten alten Filzhut, den er tief in die verwitterte Stirn gezogen hatte. Gegen die grelle Morgensonne hielt er sich die Hand über die Augen.

»Mann, mich bekämen keine zehn Pferde da rein«, sagte sein Gefährte. »Auch nicht mit einer Sicherheitsleine.«

»Die hätten längst die ganze Strecke entlang Schwimmverbotsschilder aufstellen müssen.«

»Klar, nur dass sie hier nicht nach einem Schwimmer suchen.«

Beide grunzten zur Bekräftigung.

Etwa dreißig Meter von den Stützpfeilern der Brücke entfernt waren zwei Außenborder aus Aluminium. Zwei Polizisten in schwarzen Taucheranzügen und mit Sauerstoffbehältern auf dem Rücken glitten abwechselnd ins Wasser, während andere die Seile hielten und die Boote gegen die starke Strömung manövrierten.

Der Böse Wolf sah gebannt zu. Es war faszinierend, wenn ein Taucher verschwand und nur eine Spur Luftblasen und ein paar Wellenkräusel hinterließ, bis er nach wenigen Minuten wieder an die Oberfläche kam und gegen die tückischen Strudel ankämpfte. Er sah die Frustration und Erschöpfung in den Gesichtern der Männer, wenn sie an Bord gezogen wurden und die Boote zu einer anderen Stelle weiterfuhren. Eine Rastersuche, dachte der Böse Wolf. Standardverfahren der Polizei: Teile die Gegend in überschaubare Segmente auf und suche sie systematisch ab.

»Haben sie schon irgendwas gefunden?«, fragte er die beiden Beobachter, die offenbar schon seit dem Morgen hier ausharrten, in beiläufig neugierigem Ton.

»Irgendwelches unbrauchbares Zeug. 'ne Jacke in Kindergröße oder so. Zuerst waren sie darüber aus dem Häuschen, und beide Männer sind fast eine Viertelstunde unten geblieben. Aber das war's dann auch. Deshalb versuchen sie es jetzt an anderen Stellen und fahren den Fluss ein ganzes Stück ab. Vielleicht werden sie ja doch noch fündig.«

»Manchmal gehe ich hier an der Stelle angeln«, fügte sein Gefährte hinzu. »Aber keiner ist so blöd und kommt dem Fluss zu nahe, bevor im Sommer der Wasserstand um einiges gesunken ist. Es sei denn, er ist lebensmüde.« Dieser alte Mann trug eine marineblaue Baseballkappe mit dem Namen der USS Oriskany darauf, eines im Vietnamkrieg eingesetzten Flugzeugträgers, der später als künstliches Riff im Meer versenkt worden war. Der Schirm der Kappe war ausgefranst, und der Blick des Bösen Wolfs fiel auf die vernarbten, knorrigen Hände des Mannes, die an eine alte Eiche erinnerten.

»Ich wette, die finden nix«, wiederholte der andere. »Die vergeuden da unten nur unsere Steuergelder. Kaufen diese teure Taucherausrüstung, für die sie kaum je Verwendung haben.«

»Die geben sowieso jeden Moment auf«, sagte Baseballkappe Filzhut voraus.

Der Böse Wolf beschloss, weiter zuzusehen, auch wenn er dem Skeptiker recht gab.

Die finden sowieso nichts.

Vielleicht, fügte er hinzu, weil es da nichts zu finden gibt.

Er konnte sich nicht sicher sein, was ihm mächtig zu schaffen machte. Er wusste, dass bei Mord nichts so sehr zählte wie Gewissheit. Jede kleine Einzelheit sowie ein präzises Urteil waren von unschätzbarem Wert. Manchmal betrachtete er sich als einen Buchhalter im Töten. In solchen Momenten war es von entscheidender Bedeutung, dass einem nichts entging – wie eine Steuererklärung in mörderischer Währung.

Vielleicht hab ich sie ja getötet, überlegte er. Allein der Druck, den ich ausgeübt habe, kann jemanden in den Selbstmord treiben. *Würdest du, wenn du weißt, dass du in nächster Zukunft ermordet wirst, deinem Leben nicht lieber selbst ein Ende setzen?* Jedenfalls war es eine nachvollziehbare Reaktion. Er dachte an Gefangene, die auf ihre Exekution warten und sich vorher in ihrer Zelle erhängen, oder auch Leute, bei denen eine tödliche Krankheit diagnostiziert wird. Ihm kamen die Finanzmakler und Büroangestellten in den Sinn, die am 11. September in ihrer aussichtslosen Lage von den Zwillingstürmen gesprungen waren. *Zu wissen, dass man umkommt, aber nicht zu wissen, wann genau und wie, kann unendlich viel schlimmer sein als die Qual eines Selbstmords.* Außerdem wusste er, dass Rote Zwei unter den drei Roten die Schwächste war. Wenn sie sich in den Fluss gestürzt hatte, war das streng genommen fast so gut, als hätte er sie mit eigenen Händen erwürgt. Einen Moment lang spürte er, wie sich seine Finger anspannten, als lege er sie Rote Zwei um den Hals und sie ersticke langsam unter ihm. Auf jeden Fall eine Kerbe an der Kanone wert, dachte er in der Manier eines Revolverhelden im Wilden Westen.

Der Tod ist wie die Wahrheit. Er beantwortet Fragen.

Den Gedanken merkte er sich für sein nächstes Kapitel vor. Vielleicht konnte er ihren Tod mit vollem Recht für sich verbuchen. Diese Möglichkeit kam tatsächlich in Betracht, vielleicht war seine erste Wut unbegründet. *Die Leser werden davon fasziniert sein, dass ich jemanden in den Freitod treiben konnte. Das wird sie schockieren – genau wie all diese Leute auf der Brücke langsamer fahren, weil sie sich einen Blick auf etwas Schreckliches erhoffen, werden die Leser sehen wollen, was als Nächstes passiert. Umso mehr werden sie von da an um Rote Eins und Rote Drei bangen. Und schließlich wird es für mich – mit einer Station weniger auf dem Weg zum Tod – ein bisschen leichter, die letzten Tage für die anderen beiden Roten zu meistern.*

Wie ein Journalist, der für einen Artikel, den er bald abliefern muss, Material zusammenstellt, blickte der Böse Wolf sich um. Er sah die Polizisten, die im Fluss arbeiteten, er zahlte die Leute, die von der Brücke aus zuschauten, und registrierte das Nachrichtenteam, das seine Kameras und Mikrofone zusammenpackte, um zu einem wichtigeren, spektakuläreren Ereignis weiterzuziehen. Der Böse Wolf schmunzelte. Auch wenn sie es nicht wissen, dachte er, ist das hier die beste Story, die sie kriegen können, mit Abstand die beste!

Er grinste. *Aber die Exklusivrechte dazu habe ich.*

Der Böse Wolf beschloss, den Tauchereinsatz noch eine halbe Stunde zu verfolgen und abzuwarten, ob sie Rote Zwei aus der schwarzen Strömung fischten, aber keine Minute länger. Er richtete sich auf die Wartezeit ein, auch wenn sein Beobachtungsposten auf der Brücke wenig Erkenntnisse versprach. Während er zusah, dachte er sich andere Möglichkeiten aus, um sich Klarheit zu verschaffen.

Der Direktor stand in der Tür und begrüßte Mrs Böser Wolf mit einem trockenen Lächeln. Er wirkte bedrückt, was sich sowohl in seinem Ton als auch in seiner gebeugten Haltung zeigte.

»Haben Sie den Bericht des Basketballtrainers gelesen? Die Heimfahrt von ihrem Auswärtsspiel werden die Mädchen so schnell nicht vergessen.« Dabei schüttelte er betrübt den Kopf.

Mrs Böser Wolf hatte die etwa dreißig Zeilen umfassende Schilderung des Vorfalls auf ihrem Monitor – nicht viel mehr als eine kurze Begründung für die verspätete Rückkehr nach dem Sieg. Sie hatte das deutliche Gefühl, dass der Trainer lieber über das gewonnene Spiel berichtet hätte als über das, was danach passiert war. Sie nickte auf die Frage des Direktors.

»Schicken Sie bitte Jordan Ellis' Geschichtslehrer eine SMS und eine E-Mail. Bei dem hat sie ihre nächste Stunde. Er soll sie bitten, noch vor der Mittagspause in mein Büro zu kommen.«

»Wird gemacht«, erwiderte Mrs Böser Wolf beschwingt.

Der Direktor überlegte einen Moment und fügte hinzu: »Schreiben Sie ihm, sie soll unter allen Umständen zu mir kommen.«

Sie tippte die entsprechenden Botschaften. Nachdem sie beide verschickt hatte, rief sie Jordans Stundenplan auf ihrem Computer auf. Dann sah sie auf die Uhr an der Wand und schätzte, dass Jordan um elf Uhr zur Tür hereinkommen würde.

Wie sich zeigte, lag sie zwei Minuten daneben.

Jordan wirkte gehetzt und geistesabwesend.

Mrs Böser Wolf setzte die verständnisvollste Miene auf und sagte in mitfühlendem Ton: »Oje, das war gestern Abend sicher ganz entsetzlich für Sie. Wenn ich mir vorstelle, was Ihnen das für einen Schrecken eingejagt haben muss, einfach furchtbar. Und so traurig.«

»Es geht schon wieder«, erwiderte Jordan kurz angebunden. »Ist er da?« Sie deutete auf das Büro des Direktors.

»Er erwartet Sie. Gehen Sie ruhig rein.«

Mrs Böser Wolf spürte, dass ihr Herz schneller schlug. Bis jetzt war ihr nicht klar gewesen, wie aufregend es für sie sein würde, Jordan so nahe zu sein – nachdem sie nun wusste, dass sie das Vorbild für ein Mordopfer war. Als Geheimnisträgerin und Mitverschworene, zu der sie so unverhofft geworden war, fühlte sie sich quicklebendig. Mit einem Mal war ihr klar, wieso Jordan mit ihren mürrischen Antworten und ihrer schlaksigen, ein wenig herablassenden Körperhaltung die ideale Kandidatin war. Sie ist perfekt, dachte sie. Kein Wunder, dass er auf sie verfallen ist. Plötzlich konnte sie tausend Gründe erkennen, Jordan umzubringen.

Töte sie, dachte Mrs Böser Wolf. Auf dem Papier.

Dieses prickelnde Gefühl, an einem kleinen Komplott mitzuwirken, war so überwältigend, dass ihr die Hände ein wenig zitterten. Es ist, als befände ich mich auf einmal mitten in meinem eigenen Roman, dachte sie.

Mrs Böser Wolf schien in eine Welt hinüberzudriften, in der Fiktion und Wirklichkeit nicht mehr klar geschieden waren. Es fühlte sich an, als stiege sie in ein warmes, wohltuendes Bad.

Jordan ging zügig an ihrem Schreibtisch vorbei, und Mrs Böser Wolf blickte ihr hinterher. Plötzlich sah sie Arroganz und Egoismus, Absonderung und Boshaftigkeit in jedem von Jordans Schritten.

Sie atmete flach und musste sich ein Lachen verkneifen. Nachdem sie in dieses wundervolle Geheimnis eingeweiht war, konnte sie sich plötzlich eine Vorstellung davon machen, wie ein Schriftsteller vorging, wie er ein ichbezogenes, verwöhntes junges Mädchen in eine Romanfigur verwandelte. Ein wenig war es so, als schaute sie ihm beim Schreiben über die Schulter, auch wenn sie einräumen musste, dass sie damit wohl ein bisschen übertrieb.

Jordan hatte die Tür zum Büro des Direktors nicht geschlossen, wie es eigentlich Vorschrift war. Normalerweise wäre Mrs Böser Wolf aufgestanden und hätte die Tür ihrerseits zugezogen, damit der Direktor ungestört unter vier Augen mit dem Schüler sprechen konnte, insbesondere bei einer Schülerin wie Jordan, die mit ihren Leistungen in solchen Schwierigkeiten steckte. Sie hatte sich schon halb aus ihrem Sessel erhoben, als Mrs Böser Wolf sich ins Bewusstsein rief, dass sie durch die geöffnete Tür die gesamte Unterhaltung nebenan verfolgen konnte. Und im selben Moment erkannte sie, dass sie möglicherweise etwas Hilfreiches erfahren würde.

Schließlich bin ich mehr als eine einfache Sekretärin.

Sie reckte den Kopf Richtung Tür, um möglichst viel zu verstehen, und legte sich auf dem Schreibtisch einen Notizblock zurecht, um interessante Informationen festzuhalten. Als Erstes hörte sie: »Ehrlich, mir fehlt nichts. Ich brauche mich nicht mit jemandem auszusprechen, schon gar nicht mit einer ach so einfühlsamen Psychologin. Es geht mir gut.« Jordans Ton war ärgerlich und herablassend.

»Sehen Sie, Jordan«, erwiderte der Direktor bedächtig, »solche traumatischen Vorfälle hinterlassen Spuren, die wir zunächst gar nicht wahrnehmen mögen. Mit anzusehen, wie sich eine Frau in den Tod stürzt, das steckt man nicht einfach mal so weg.«

»Mir fehlt nichts«, wiederholte Jordan trotzig. Innerlich hatte sie nur den einen Gedanken, möglichst schnell aus diesem Büro zu kommen. Jede Sekunde, die sie sich von der wahren Bedrohung ablenken ließ, konnte gefährlich für sie werden. Sie wusste, dass die Stunden auf dem Basketballfeld die einzigen Gelegenheiten waren, bei denen sie vor dem Wolf sicher war und sich einfach der körperlichen Anstrengung hingeben konnte. Es kostete sie äußerste Beherrschung, dem Direktor nicht ins Gesicht zu schreien: Weißt du was? Ich habe verdammt noch mal Wichtigeres im Kopf als irgendeine Unterrichtsstunde oder ein Treffen mit einer Seelenklempnerin oder sonst irgendwas, das in deine kleine heile Internatswelt passt!

Sie sagte nichts dergleichen. Dafür merkte sie, wie die Anspannung in ihrem Kopf und ihrem ganzen Körper immer unerträglicher wurde, und sie wusste, dass sie das Richtige sagen musste, um hier einen Abgang zu machen und, wenn irgend möglich, zu verhindern, dass sie ermordet wurde.

»Sicher, schon«, fuhr der Direktor fort. »Und ich glaube Ihnen. Trotzdem muss ich darauf bestehen, dass Sie mit jemandem reden. Wenn Sie das tun und der Arzt oder die Ärztin derselben Meinung ist und sagt, Sie sind okay, dann sei's drum. Aber ich bestehe darauf, dass ein Psychologe hinzugezogen wird. Haben Sie letzte Nacht überhaupt geschlafen?«

»Ja. Acht Stunden, wie ein Murmeltier«, tischte Jordan dem Direktor ein Klischee auf, das er vermutlich nicht schlucken würde.

Er schüttelte den Kopf. »Das wage ich zu bezweifeln, Jordan«, sagte er, ohne hinzuzufügen: »Wieso lügen Sie mich an?«, auch wenn ihm genau diese Frage durch den Kopf ging. Er reichte ihr einen Zettel. »Um achtzehn Uhr. Heute Abend, im Gesundheitszentrum. Die erwarten Sie.«

»Schon gut, meinetwegen geh ich hin, wenn Sie drauf bestehen«, antwortete Jordan.

»In der Tat bestehe ich darauf«, antwortete der Direktor, »aber Sie sollten begreifen, dass es in Ihrem eigenen Interesse liegt.« Er versuchte, einen weicheren, verständnisvolleren Ton in seine Worte zu legen, hatte jedoch das Gefühl, dass sie auf felsigen Boden fielen.

»Kann ich jetzt gehen?«

»Ja«, seufzte der Direktor. »Wie gesagt, Punkt achtzehn Uhr. Sollten Sie nicht erscheinen, gehen wir das Ganze morgen noch mal von vorne durch, nur dass Sie dann jemand zu der Verabredung begleiten wird.«

Jordan steckte den Terminzettel in ihren Rucksack. Sie stand auf und ging ohne ein weiteres Wort. Der Direktor sah ihr nach und stellte fest, dass er noch nie jemanden gesehen hatte, der so entschlossen schien, seine Zukunft wegzuwerfen, wie Jordan.

In ihrem Büro beeilte sich Mrs Böser Wolf aufzuschreiben, was sie mitgehört hatte. *18:00 Uhr Gesundheitszentrum.* Als Jordan an ihr vorbeistürmte, blickte sie kurz auf und griff nach dem Telefon. Das Mädchen sah sich nicht einmal zu ihr um.

31

Jordan blickte zum Fenster hinaus und konnte in der zunehmenden Dunkelheit nur noch verschwommen die leeren Spielfelder vor den ersten Bäumen des dahinter liegenden Naturschutzgebiets erkennen. Die Lage war typisch für Neuenglands Privatschulen: eine ländliche, bewaldete Umgebung, die Besuchern den Eindruck vermittelte, an diesem Ort der Gelehrsamkeit gebe es nichts, was die Schüler vom Lernstoff, der Unterweisung in den Künsten und der sportlichen Ertüchtigung ablenken konnte. Natürlich wusste Jordan, dass es auf der anderen Seite helle Lichter, laute Musik und alle möglichen Aktivitäten gab, mit denen sich ihre Altersgenossen regelmäßig in Schwierigkeiten brachten. Sie selbst jedoch steckte in ganz anders gearteten Schwierigkeiten.

Sie wartete geduldig, bis die Psychologin, die ihr gegenüber am Schreibtisch saß, das Gespräch mit einem ortsansässigen Psychiater beendet hatte, der sich auf pharmazeutische Lösungen für jugendliche Angststörungen spezialisierte. Sie sprachen gerade über eine Verschreibung von Ritalin, dem Medikament der Wahl gegen ADHS. Die Psychologin, eine etwas ungepflegte, hagere junge Frau, die vielleicht gerade mal zehn Jahre älter war als Jordan, achtete darauf, in ihrer Gegenwart keine Namen zu nennen. Offenbar ging es um ein verfrühtes Folgerezept. Jordan wusste genau, wieso diesem anonymen Schüler das Ritalin ausgegangen war: entweder, weil er einen Teil verkauft oder weil es ihm jemand gestohlen hatte. Es war eine begehrte Partydroge.

Irgendwer hat seinen Spaß damit, dachte sie, und jetzt kann sich der Schüler nicht auf seine Hausarbeit in Geschichte konzentrieren.

Es war zum Lachen, wie der Schüler versucht hatte, der Psychologin mehr davon abzuschwatzen. Jordan wusste, dass die Schule die Zahl der Pillen, über die ein Patient verfügen durfte, kontrollierte: gerade genug für einen Tag Konzentration.

Die Psychologin gestikulierte in der Luft und machte dann – das Telefon immer noch am Ohr – Jordan ein stummes Zeichen, dass sie gleich für sie da sei, woraufhin sich Jordan wieder dem Fenster zuwendete. Vage konnte sie in der Scheibe ihr Spiegelbild ausmachen – ein bleiches Gesicht, wie von einer Fremden. Das ist Rote Drei, nicht Jordan, stellte sie fest.

Die Psychologin legte mit einem betonten »Okay, okay, okay« auf, sackte im Stuhl zurück und wandte sich ihrem Gegenüber zu. Sie lächelte.

»Also, Jordan, dann erzählen Sie mir mal, was Sie gestern Abend gesehen haben.«

Gleich zur Sache, dachte Jordan.

»Wenn mir Ritalin verschrieben würde …«, fing Jordan an. Die Psychologin gab ein gekünsteltes Lachen von sich. »Das war eine ziemlich durchschaubare Unterhaltung, nicht wahr?«

Jordan nickte.

»Aber es ist etwas anderes, seinen Arzt erfolglos um ein Rezept für ein bewusstseinserweiterndes Medikament anzugehen, als mit anzusehen, wie sich eine Frau das Leben nimmt, nicht wahr?«, bemerkte die Psychologin.

Hier wurde keine Zeit verloren, stellte Jordan fest.

»Wir waren nach dem Spiel auf der Rückfahrt zur Schule. Ich war die Einzige, die aus dem Fenster geschaut hat. Ich hab gesehen, wie die Frau auf die Brüstung der Brücke stieg und sprang. Dann hab ich geschrien. Wohl eine instinktive Reaktion, nehme ich an.«

Die Psychologin beugte sich vor, in der Erwartung, mehr zu hören.

Jordan zuckte die Achseln. »Ich hab sie ja nicht etwa umgebracht.«

Aber jetzt ist sie frei, fügte Jordan in Gedanken hinzu. Es war ein bisschen so, als sähe man zu, wie jemand etwas geschenkt bekommt, das man sich selbst besonders gewünscht hat. Sie beneidete Rote Zwei.

Jordan rutschte auf ihrem Stuhl herum. Die Psychologin stellte Fragen, versuchte, ihre Gefühle zu ergründen, sich ein Bild davon zu machen, welche Eindrücke der Vorfall bei der Zeugin hinterlassen hatte. Es war absolut vorhersagbar gewesen, dass sie das Gespräch irgendwann auf ihre Eltern lenken würde, auf ihre schulischen Leistungen und ihre negative Haltung. Jordan wartete, bis es so weit war, und antwortete kurz und bündig. Sie wollte die Sache so schnell und so unbeschadet wie möglich hinter sich bringen und sich wieder darum kümmern, ihr Leben zu retten. Sie war bereit, alles zu sagen, jedes erwünschte Verhalten an den Tag zu legen und den Erwartungen der Frau entgegenzukommen, solange es ihr dabei half.

Was ich hier sage, ist vollkommen belanglos.

Für einen Moment malte sie sich aus, der Psychologin alles zu erzählen: von den Briefen, dem Video, davon, wie sie zu

Rote Drei geworden war. Es war, als erzählte sie sich selbst einen Witz, und sie musste ein Schmunzeln unterdrücken.

Und was würde die Frau tun? Sie würde denken, ich wäre übergeschnappt. Oder sie meldet es dem Direktor. Der ist ein wohlmeinender Trottel und ruft bestimmt die Polizei. Noch mehr wohlmeinende Trottel. Unterdessen zieht sich der Böse Wolf einfach in den Wald zurück und wartet, bis ich wieder allein bin und er machen kann, was er will. Vielleicht gewinne ich ein wenig Zeit, aber ich bleibe die Rote Drei. Und ich weiß, was er mit mir machen wird.

Jordan hörte, wie sie die Fragen der Psychologin beantwortete, auch wenn sie kaum bei der Sache war. Was ihr über die Lippen kam, war durchschaubar und dürftig und hatte nicht das Geringste mit dem zu tun, was in ihr vorging. Den eigentlichen Schutzschild, ihren Eisenpanzer, den versteckte sie gut in ihrem Innern, bis sie ihn wirklich brauchte. Und das wird nicht mehr lange dauern, sagte ihr ein untrüglicher Instinkt.

Der Böse Wolf ist unser Problem, sagte sie sich. Und das lösen wir selbst.

Sie lächelte die Psychologin an und überlegte zugleich, ob Lächeln der Situation angemessen war und ob sie nicht am schnellsten hier herauskäme, wenn sie ein klitzekleines Trauma zugab, damit die Seelenklempnerin etwas für ihren Bericht an den Direktor in der Hand hatte und alle sich bescheinigen konnten, ihre Pflicht getan zu haben. Also dachte Jordan einen Moment nach und sagte: »Ich hab ein bisschen Angst davor, richtig schlimme Alpträume zu bekommen. Ich meine, ich sehe die Frau noch vor mir, wie sie springt. Es war so traurig. Ich fände es entsetzlich, selbst so traurig zu sein.«

Die Psychologin nickte. Sie schrieb etwas auf einen Block.

Schlaftabletten, schätzte Jordan. *Sie stellt mir ein Rezept über Schlaftabletten aus, aber nur ein paar, damit ich mich damit nicht umbringen kann.*

Über dem Eingang zum Gesundheitszentrum brannte ein einziges schwaches Licht, und Jordan blieb, bevor sie hinausging, einen Moment stehen und spähte in die Dunkelheit. Das Gebäude lag etwas abseits an einer Nebenstraße am Rande des Campus, und Jordan wurde klar, dass sie eine erhebliche Strecke mit abendlichen Schatten zu durchqueren hatte, bis sie auf andere Studenten stieß, die um diese Zeit noch auf den Pfaden unterwegs waren.

Sie überkam ein flirrendes, waberndes Gefühl der Einsamkeit, das sie an die Hitzewellen erinnerte, die an brütend heißen Sonnentagen aus dem Asphalt aufsteigen. Das war nicht logisch; es war kalt. Sobald sie aus der Tür trat, hätte sie einen kühlen Kopf und glasklaren Verstand haben müssen, doch es war anders.

Sie beugte den Oberkörper vor, zog die Schultern ein und eilte gegen den schneidenden Wind voran.

Sie war nur ein paar Schritte weit gekommen, als sie im Schatten einer großen Eiche, die mit ihren Zweigen die Rückseite eines der verlassenen Unterrichtsgebäude streifte, eine Gestalt erkannte.

Es war, als sähe sie ein Gespenst. Jordan stolperte und wäre fast gestürzt. Sie hatte das Gefühl, als setze für den Bruchteil einer Sekunde ihr Herzschlag aus.

Die Gestalt war schwarz gekleidet. Das Gesicht war von einem Schal und einer Mütze verhüllt. Nur die Augen des Mannes waren zu sehen und blitzten wach und lebendig.

Sie hob eine Hand und wedelte damit hin und her, als könnte sie die Erscheinung im nächtlichen Dunkel verbannen. Doch die Gestalt rührte sich nicht, sondern blickte sie an. Langsam hob der Mann die Hand und zeigte mit dem Finger auf sie.

Die Stimme klang gedämpft, als wehte sie in Böen aus wechselnden Richtungen zu ihr herüber.

»Hallo, Rote Drei.«

Eine Panik erfasste sie, die sie aus jeglicher Verankerung riss und vollkommen lähmte. Sie wollte wegrennen, doch plötzlich waren ihr die Füße so schwer, als steckten sie tief im Morast. Die Angst war wie eine scharfe Klinge, die ihren Körper in einem einzigen Hieb in zwei Hälften zu spalten schien. Dann wieder fühlte sie sich wie Quecksilber, das auf den Boden tropfte und augenblicklich verdampfte. Ihr schossen widersprüchliche Befehle durch den Kopf, über die sie keine Kontrolle hatte. Sie bekam weiche Knie, und von unten breitete sich die Schwäche wie eine Infektion im ganzen Körper aus. Sie fürchtete, dass sie zusammenbrechen, sich einrollen und nur mehr warten würde. Jetzt, dachte sie, er ist gekommen, um mich zu töten!

Wie vom Schlag gerührt, taumelte Jordan zurück.

Die Gestalt schien mit dem dicken schwarzen Baumstamm zu verschmelzen. Jordan trübte sich der Blick, sie konnte nicht mehr zwischen dem Mann und dem Schatten unterscheiden. Unwillkürlich erhob sie beide Arme und hielt sie sich vors Gesicht, als wollte sie einen Schlag abwehren.

Sie hörte ein seltsames Geräusch in ihrer unmittelbaren Nähe, das sie zunächst nicht erkannte, bis sie begriff, dass es ihr eigener Atem war, der hechelnd und keuchend kam und in ein kindliches Wimmern überging.

Verzweifelt sah sie sich nach Hilfe um, doch sie konnte das Wort nicht mit Zunge und Lippen formen, über ihre Stimme hatte sie keine Macht. Es herrschten nur Dunkelheit und Schweigen. Als sie wieder zu der Gestalt hinüberspähte, war sie verschwunden. Wie beim Bühnenauftritt eines Magiers hatte sie sich in Luft aufgelöst.

Nichts wie weg, brüllte sie sich innerlich zu.

Sie merkte kaum, wie sie sich umdrehte und aus Leibeskräften rannte.

Sie war Sportlerin, und sie war schnell. Diesmal hatte sie keinen Rucksack mit schweren Büchern dabei. Die Wege waren nirgends vereist, und so holte sie mit jedem Schritt noch weiter aus. Das Klatschen ihrer Sohlen auf dem schwarzen Asphalt klang ihr in den Ohren wie das ferne Echo von Pistolenschüssen. Sie schwang die Arme mit, und während sie in ihrer Verzweiflung immer schneller lief, konnte sie nur den einen Gedanken fassen, dass sie ihm trotz allem nicht entkam. Sie spürte den Wolf hinter sich, merkte, wie er sie einholte, wie er mit seinen Raubtierzähnen nach ihren Fersen schnappte. Der Gedanke, dass sie nur noch wenige Sekunden zu leben hatte, war niederschmetternd, und sie wollte brüllen: Das ist nicht fair, ich will weiterleben, ich will nicht hier und jetzt, an diesem Abend, auf dem Gelände einer verhassten Schule, inmitten von Menschen, die nicht meine Freunde sind, sterben! Sie keuchte die Worte heraus: Mutter, hilf mir! Dabei wollte sie die Hilfe ihrer Mutter gar nicht, da ihre Mutter nie jemandem half außer sich selbst. Sie fühlte sich wie ein kleines Kind, kaum mehr als ein Baby, das Angst vor der Dunkelheit hatte und sich schutzlos Blitz und Donner ausgeliefert sah, obwohl ringsum nächtliche Stille herrschte.

Genau in dem Moment, als eine Hand von hinten nach Jordan griff, stolperte sie. Alles drehte sich, und wie ein Schlittschuhläufer, der aus der Spur gerät, fiel sie der Länge nach hin. Sie streckte die Hände aus, um den Sturz abzufangen, und stieß einen kurzen Schrei aus. Die harte Teerdecke schürfte ihr die Handballen auf, und sie schlug sich das Knie wund. Für einen Moment war sie vom Schmerz, der sie durchzuckte, wie benommen. Sie lag flach auf dem Boden, war jedoch so geistesgegenwärtig, sich auf den Rücken zu rollen und dem Wolf, der nach ihr geschnappt hatte, einen Tritt zu verpassen. Sie hörte ihre Schreie »Weg! Hau ab!«, als kämen sie von ferne und nicht aus ihrem eigenen Mund. Alles schien bruchstückhaft, zusammenhangslos, unwirklich und fremd.

Sie wehrte sich. Ihr kamen die Tränen, sie boxte und kämpfte, spannte jeden Muskel, jede Sehne bis zum Zerreißen an und holte Schlag um Schlag gegen die bedrohliche Dunkelheit aus. Unter jedem Hieb spürte sie Fell, Fleisch und scharfe, gebleckte Zähne an den Fingerknöcheln; Speichel und warmes Blut spritzten ihr in die Augen und trübten ihr die Sicht. Sie merkte, wie jemand sie packte und in die Höhe hob, sie kratzte und krallte, denn sie wollte nicht sterben. Sie kämpfte mit letzter Kraft.

Gegen nichts.

Es waren die längsten Momente in Jordans Leben, länger als das Ende eines Spiels, das bis zuletzt unentschieden ist, bei dem die Anspannung mit den Sekunden verschmilzt und alles wie im Flug oder aber in Zeitlupe vergeht, als seien für diesen einen Moment die Naturgesetze außer Kraft gesetzt. Schließlich begriff Jordan: Ich bin allein.

Kein Wolf.

Kein Mörder.

Ich sterbe nicht.

Zumindest nicht jetzt.

Jordan breitete Arme und Beine auf dem kalten Boden aus. Sie spürte die angenehme Kühle am überhitzten Körper. Sie starrte in den schwarzen Nachthimmel und sah die Sterne aufblitzen. Sie schloss die Augen und horchte. Vertraute Laute drangen an ihre Ohren: das ferne Aufheulen eines Motors, laute Stimmen aus einem Wohnheim, ein paar Akkorde auf einer E-Gitarre zu den rülpsenden Tönen eines Saxofons. Sie kniff die Augen zu, um sie im nächsten Moment wieder zu öffnen.

Schritte.

Sie schnappte nach Luft und setzte sich auf. Sie blickte nach rechts, nach links und wandte den Kopf wiederholt in alle Richtungen.

Niemand.

»Aber ich habe ihn doch gehört …«, sagte sie im Flüsterton, als müsste sie sich selbst überzeugen. Rote Drei dachte eines, Jordan Ellis etwas anderes.

Sie horchte angestrengt und bildete sich ein, wie von ferne das leise Heulen eines Wolfs zu hören – unverkennbar, unmöglich. Sie wusste, dass es eine Halluzination sein musste, doch für sie war es Wirklichkeit. Es kam ihr ein wenig so vor, als sei sie in eine frühere Zeit geraten, in eine andere Welt, in der nach Sonnenuntergang Raubtiere ihr Unwesen trieben. Sie wusste, dass sie einer modernen Zeit angehörte, einer Zivilisation, in der nachts die Lichter angingen und in der der Fortschritt pulsierte, dass der einsame Schrei, den sie hörte, zu einer anderen Zeit gehörte. Er war real und auch wieder nicht.

Jordan rappelte sich hoch. Ihre Jeans war zerrissen, und sie fühlte klebriges Blut an den Händen und am Knie. Eilig suchten ihre Augen das Dunkel auf dem einsamen Campus ab, um festzustellen, ob sich der Böse Wolf immer noch irgendwo versteckte.

Doch um sie herum nichts als schwarze Schatten.

Sobald die lähmende Panik wich, erwachte wieder der Fluchtinstinkt, und Jordan rannte los, um so schnell wie möglich in die beleuchteten Bereiche zu kommen.

Als in ihrer Tasche das Handy klingelte, stand Rote Eins, ein Tablett mit Salat und einem Schinkensandwich sowie einer Flasche Wasser in der Hand, an der Treppe zu ihrem Keller. Sie hatte Rote Zwei, die sich dort unten vor jedermann verbarg, zugerufen, dass sie käme.

Sie stellte das Tablett ab und holte das Handy aus der Tasche. »Ja? Jordan?«, meldete sich Karen.

»Er war da, er stand da, er hat mich erwartet und mich dann verfolgt, denke ich jedenfalls, aber ich bin ihm entkommen. Hoffe ich …« Jordans Worte überschlugen sich und waren kaum zu verstehen, sie war völlig aufgelöst, so viel war deutlich.

Das Mädchen verstummte und wusste nicht weiter.

Die Ärztin übernahm und versuchte es mit Rationalität.

»Was genau hast du gesehen?«

»Ich war im Gesundheitszentrum. Sie haben mich zu dieser Seelenklempnerin geschickt, weil sie meinten, ich wäre traumatisiert, nachdem ich ihnen Sarahs Selbstmord gemeldet habe …«

»Nur dass du natürlich wusstest …«

»Klar, ich wusste natürlich, dass sie lebt, dass alles nach Plan lief, aber als ich rauskam, stand da ein Mann im Schatten, ich hab ihn gesehen, aber dann war er auf einmal verschwunden …«

»Bist du sicher?«

Rote Drei zögerte. Jordan war sich in keiner Sache mehr sicher. Angst, dessen war sie sich bewusst, stiftet Verwirrung. Sie war also nicht ganz aufrichtig.

»Ich bin mir sicher, ziemlich sicher. Und er hat mich angesprochen. Ich habe gehört, wie er ›Rote Drei‹ zu mir sagte. Glaube ich jedenfalls.«

»Woher konnte er wissen, dass du im Gesundheitszentrum warst?«

»Keine Ahnung. Vielleicht ist er mir davor schon gefolgt, und ich hab's nicht gemerkt. Dann hat er eben einfach dort gewartet.«

»Verstehe«, erwiderte Karen gedehnt.

»Karen«, sagte Jordan plötzlich.

»Ja?«

»Ich fühle mich so allein.«

Karen hätte ihr gerne etwas Beruhigendes gesagt, doch ihr fielen nicht die passenden Worte ein. Vielmehr schwirrte ihr der Kopf vor Ideen.

»Du bist dir so sicher, wie man es nur sein kann, dass er es war?«

»Ja, so sicher, wie man es nur sein kann.«

»Du bist nicht allein. Wir drei stehen das zusammen durch«, sagte sie, auch wenn sie selbst nicht so recht daran glauben konnte. »Hör mal, Jordan, halte die Ohren steif. Ich ruf dich nachher zurück.« Sie trennte die Verbindung und sah Sarah an.

»Schnapp dir deine Sachen«, sagte sie im Feldwebelton. »Uns bleiben ein paar Minuten. Der Böse Wolf hat gerade Jordan aufgelauert, das heißt, er schleicht im Moment nicht hier ums Haus. Wir müssen weg.«

»Wie geht es ihr? Sollten wir nicht nach ihr sehen?«

»Sie hatte Angst. Aber ich denke, sie packt das schon. Wir müssen uns an den Plan halten. Er kann nicht wissen, dass du am Leben bist. Wir müssen dich weiterhin verstecken, anders geht es nicht.«

Sarah nickte. Sie besaß ohnehin nicht mehr als eine kleine Reisetasche mit ein paar Kleidern zum Wechseln, die Karen ihr geliehen hatte, Karens Comedy-Laptop und ein paar Blättern mit Informationen über eine tote Frau namens Cynthia Harrison. Außerdem befand sich darin der Revolver ihres toten Mannes. Diese Waffe war der einzige Gegenstand aus Sarah Locksleys früherem Leben, der ihr geblieben war.

Beide Frauen waren nach dem dramatischen Ereignis an diesem Abend in höchste Alarmbereitschaft versetzt, und so stürzten sie aus dem Haus und rannten durch den Garten zu Karens Auto. Hektisch steckte Karen den Zündschlüssel ins Schloss und fuhr so schnell los, dass unter ihren Reifen Kies und Erde spritzten.

»Sie rechnen jederzeit mit dir«, erklärte sie Sarah, »und selbst für den Fall, dass er Verdacht schöpfen sollte, hat er von jetzt an keine Möglichkeit mehr, nach dir zu suchen. Wenigstens du bist in Sicherheit, während wir beide tun werden, was zu tun ist.«

Weder Rote Eins noch Rote Zwei glaubten voll und ganz an diese Behauptung. Bestenfalls, dachten sie beide, gab es in ihrem Leben kleine Nischen, die ein wenig Sicherheit boten. Mehr nicht.

Die Haustür fiel mit einem dumpfen Schlag zu. Sie hörte, wie eine Jacke über einen Haken geworfen und Schuhe in den Wandschrank geschoben wurden.

»Hi, Liebes, tut mir leid, dass ich ein bisschen spät dran bin.«

»Kein Problem. Wir können in ein paar Minuten essen.«

»Ich mach mir nur ein paar Notizen, bin gleich wieder da.«

»Wie ist es gelaufen?«

»Hätte nicht besser sein können, einfach unglaublich. Sie kam, so wie du gesagt hast, zu diesem Termin. Ich hab gesehen, wie sie reingegangen ist. Es war toll. Ich meine, wirklich toll – die perfekte Szene für das Buch. Ich wünschte mir nur, ich hätte in diesem Büro Mäuschen spielen können. Aber natürlich kann ich den Teil erfinden, Kinderspiel. Diesen Teenagerjargon richtig zu treffen, das ist allerdings nicht leicht, war es noch nie, seit Salinger da für alle Zukunft Maßstäbe gesetzt hat. Aber von solchen kleinen Details lebt die Geschichte, wenn ich sie erst alle zusammenbringe. Du hast was bei mir gut.«

Mrs Böser Wolf war überglücklich. Als sie ihn am Vormittag deswegen angerufen hatte, war sie nicht sicher gewesen, ob ihr Mann überhaupt von dem Termin wissen wollte, doch jetzt fühlte sie sich wirklich wie ein Teil des Schaffensprozesses.

»Das hatte ich gehofft. Wenn ich also was bei dir guthabe, übernimmst du heute Abend vielleicht den Abwasch?«

Der Böse Wolf küsste seine Frau auf die Wange, kniff sie dann ins Hinterteil, sodass sie vor Vergnügen quiekte und ihm in gespielter Empörung einen Klaps auf die Hand gab. »Wird erledigt.« Beide lachten. »Ich mach nur noch ein paar kurze Notizen fürs nächste Kapitel und wasch mir die Hände. Dann komm ich zum Essen. Ich sterbe vor Hunger.«

Der Böse Wolf konnte selbst kaum glauben, was für einen Appetit er hatte. Diese Nähe zu Rote Drei – wenn auch nur für ein paar Sekunden – hatte bei ihm einen wahren Heißhunger geweckt. Und nicht nur auf Essen. Er musste sich mühsam beherrschen, um nicht seine Frau zu packen und ihr die Kleider vom Leib zu reißen. Er staunte über die Intensität seiner Gefühle. Dass Leidenschaft und Tod Hand in Hand gingen, bestätigte sich wieder einmal.

»Lässt du mich bald noch ein bisschen mehr lesen?«

Er grinste.

»Bald. Wenn es allmählich aufs Ende zugeht.«

Einen Moment trat Stille ein, dann ging der Böse Wolf hinaus. Bevor er sein Büro erreichte, drehte er sich noch einmal zu Mrs Böser Wolf um, die am Herd stand und kochenden Reis in einem Topf umrührte. Sie summte eine Melodie, und er versuchte, sich zu erinnern, was es war. Es klang vertraut, der Titel des Songs lag ihm auf der Zunge. Er brauchte nur noch ein paar Töne zu hören. Einen Moment lang schaute er sich um. Er betrachtete den Tisch mit zwei Gedecken, roch den Hühnerbraten im Ofen. Er genoss die Banalität des Ganzen in vollen Zügen. Das macht das Töten zu so einem einzigartigen Erlebnis, dachte er. Eben noch sitzt du im Cockpit und gehst routinemäßig die Checkliste durch, absolut alltäglich, zum tausendsten Mal dieselben Kontrollen. Und im nächsten Moment jagst du die Startbahn entlang, wirst immer schneller und hebst ab – jedes Mal eine vollkommen neue Erfahrung. Du befreist dich von allen irdischen Fesseln.

Mit einem großen Holzlöffel klopfte Mrs Böser Wolf an den Rand des siedenden Topfs. Wie ein Drummer, der sich an einem neuen Beat versucht, erkannte sie, dass der Rhythmus ihres Lebens sich auf rätselhafte und recht angenehme Weise geändert hatte. Schreiben, Töten und Liebe, dachte sie, sind jeweils auf ihre Art im Grunde doch dasselbe, wie unterschiedliche Maschen im selben Gewebe. Sie schlug den Löffel in einem geläufigen Takt schwungvoll an den Topf: bum tata bum tata bum bum. Die berühmte Bassmelodie zu Buddy Hollys immer wieder gecovertem *Not Fade Away*.

32

In den folgenden Tagen ließ der Böse Wolf keine Nachrichtensendung aus, las jedes Wort in den Lokalzeitungen und ging sogar die Regionalsender im Radio durch, um auch nicht den kleinsten Hinweis auf das Schicksal von Rote Zwei zu verpassen. Er machte es sich zur eisernen Gewohnheit, in regelmäßigen Abständen am Ort ihres Selbstmords vorbeizufahren und zu sehen, ob die Polizei inzwischen ihre Leiche geborgen hatte. Als sie die Suche nach ihr einzustellen schienen, war er verärgert. Es war immer noch möglich, dass sie irgendwo am Grund des Flusses lag. Aber er konnte es nicht sicher wissen. Er verfluchte die Cops wegen ihrer Inkompetenz. Er brauchte Klarheit, und es war ihre Pflicht, die zu schaffen.

Zwei Tage nach dem prickelnden Vergnügen, Rote Drei nach ihrem Besuch bei der Schulpsychologin zu verfolgen, brachte er eine frustrierende Stunde damit zu, im Wohnviertel von Rote Zwei herumzulaufen. Seit dem Abend, an dem sie angeblich von der Brücke gesprungen war, konnte er – abgesehen von einem weißen Blumenstrauß, den jemand an ihre Haustür gelegt hatte und der bereits zu welken begann – kein Lebenszeichen von ihr entdecken.

Als er auf der Straße vor ihrem Haus stehen blieb, begriff

er, dass er sich nicht länger vor ihr zu verstecken brauchte. Sie war weg, so viel stand fest.

Er fühlte sich ausgetrickst und war wütend.

Letzte Nacht war er, ohne seine Frau zu wecken, aus dem Bett geschlichen und hatte sich im Arbeitszimmer eingeschlossen, um sein umfangreiches Dossier über Rote Zwei zum soundso vielten Male bis ins Letzte durchzusehen. Bei seinen gesamten Recherchen hatte er keinen Hinweis auf irgendjemanden – ob entfernte Angehörige oder Freunde – gefunden, die sie vor ihm verstecken könnten. Es ärgerte ihn, dass er womöglich irgendeine Verbindung übersehen hatte.

Doch dann dachte er an die Grabstätte mit den beiden Namen, zu denen jetzt ein dritter hinzukommen würde. Diese beiden Namen waren einer der entscheidenden Gründe dafür, dass seine Wahl überhaupt auf Rote Zwei gefallen war. Nie im Leben wäre sie weggegangen und hätte dieses Grab zurückgelassen. Das hätte sie nicht über sich gebracht. Es gab für sie nur zwei Möglichkeiten, ihnen auf ihrem Weg zu folgen: mich oder diese verdammte Brücke über den verdammten Fluss.

Es war ein harter Schlag für den Bösen Wolf. Er wusste, dass er alles getan hatte, um sie in den Selbstmord zu treiben. Allerdings hatte er geglaubt, er hätte sie nur an den Rand des Abgrunds getrieben, sodass sie, wenn es so weit war, den Tod einfach hinnehmen würde.

Er wusste, dass ihn die neue Situation beim Schreiben vor Schwierigkeiten stellen würde. Seine Leser wollten zweifellos über jeden Schritt, den er unternommen hatte, im Bilde sein. Sie wollten mitfiebern und sich bei der Lektüre vor die gleiche Wahl wie Rote Zwei gestellt sehen: auf die eine oder die andere Weise zu sterben.

Verliere nie die Leser aus dem Blick, rief er sich ins Gedächtnis.

Gewohnheitsgemäß überprüfte er Rote Eins. Wie erwartet, hielt sie sich an ihre Alltagsroutine. Sosehr sie sein Katz-und-Maus-Spiel in Panik versetzt haben mochte, gab dies Rote Eins eine gewisse Sicherheit, die Fassade aufrechtzuerhalten, was ihn beruhigte. Sie ging nicht mehr in die Comedyclubs, schlich sich nicht auf eine halbe Zigarettenlänge heimlich auf den Parkplatz. Sie traute sich inzwischen nicht mal mehr, ihrer Sucht zu frönen, dachte er. Sie kam früh zur Arbeit, machte spät Feierabend und fuhr von dort direkt nach Hause. Das fand er gut. Es stand auch nicht zu befürchten, dass Rote Eins – oder Drei – weglaufen würden. Das gehört zu den großen Rätseln, auf die man bei der Planung eines Mordes stößt, musste er unwillkürlich denken, als er durch die dunklen Fenster im Haus von Rote Zwei spähte. Die Logik legt nahe, dass wir fliehen, uns verstecken, Freunde um Hilfe bitten – dass wir irgendetwas unternehmen, um uns in Sicherheit zu bringen. Aber genau das tun wir eben nicht. Sowie sich Jäger und Beute näher kommen, wird der eine Part dieser Konstellation konzentrierter, geschickter und vor allem zielstrebiger, während der andere hilflos zusieht, wie sich die Schlinge immer enger um ihn zieht, sodass er immer weniger in der Lage ist, klar zu denken.

Ihm kamen Fernsehaufnahmen von Löwen in den Sinn, die Antilopen jagen, oder Wölfe wie er, die sich an ein Rentier anschleichen. Die Gejagten geraten in ihrer Panik völlig außer Kontrolle und laufen ziellos hin und her. Der Jäger dagegen bleibt unbeirrt, entschlossen; er ist Herr der Situation und schneidet seiner Beute jeden Fluchtweg ab. Dies alles traf auf ihn zu. Er sollte das in seinem Buch betonen.

Ihm kam ein seltsamer Gedanke: Männliche Löwen überlassen den Weibchen die Jagd, aber sie bekommen das erlegte Tier als Erste zum Fraß. Er überlegte, ob Wölfe genauso waren. Wohl kaum. Wir sind nicht faul.

Der Böse Wolf warf einen letzten Blick auf das Haus von Rote Zwei. Er bezweifelte, dass er je wieder herkommen würde, merkte jedoch sofort, dass er sich nur mit Mühe losreißen konnte. Er führte sich noch einmal vor Augen, welches Vergnügen es ihm bereitet hatte, immer wieder an diesem Haus vorbeizufahren, ihr wochen- und monatelang nachzuspionieren. Er tat sich schwer mit dem Gedanken, dass diese Phase vorbei sein sollte. Es war Zeit, nach Hause zu fahren, doch er wurde das frustrierende Gefühl nicht los, unverrichteter Dinge abzuziehen. Er konnte nur hoffen, dass sich die lang ersehnte Befriedigung einstellte, wenn er Rote Eins und Rote Drei tötete. Schweren Schrittes, als habe er etwas von seiner Sprungkraft eingebüßt, stapfte er über den Bürgersteig. Dann kehrte er leise murmelnd zu seinem Wagen zurück.

»Da steckt man harte Arbeit rein, und dann passiert etwas Unvorhergesehenes und versaut einem das Konzept.«

Gleichzeitig tröstete er sich: Alles andere lief nach Plan. Trotzig beharrte er in seiner aufkeimenden Wut darauf, dass ab sofort nichts mehr schiefgehen würde. Laut deklamierte er: »Der beste Plan, ob Maus, ob Mann, geht oftmals ganz daneben.«

Der Böse Wolf prustete. Flexibilität. Er musste ein paar Seiten über Flexibilität verfassen. *Sei immer auf Überraschungen eingestellt. Wie sehr die Dinge auch nach Wunsch verlaufen mögen, muss man stets auf plötzliche Wendungen gefasst sein.*

Als er zu seinem Wagen kam, sackte er hinters Lenkrad.

»Es ist nur noch eine Sache von Tagen«, sagte er laut und deutlich. Er führte gerne Selbstgespräche, er mochte die Eindringlichkeit seiner Stimme. Als er den Gang einlegte, wendete er sich der Frage der Waffen und der Tatorte zu. Dabei huschte ihm der Gedanke durch den Kopf, dass er sein Manuskript in zwei Teile gliedern sollte: *Die Jagd* und *Das Erlegen.*

Karen saß steif dem Bestattungsunternehmer gegenüber.

»Das ist zwar eine ungewöhnliche Bitte«, sagte er stockend, »aber machbar.«

Das Büro war angemessen düster, mit viel dunklem Holz und, dank halb geschlossener Jalousien, nur spärlichem Licht. Der Mann mit der gedrungenen Figur, den Wurstfingern und der Glatze vermittelte selbst in seinem makellosen schwarzen Anzug einen freundlichen, jovialen Eindruck. Ein fester Handschlag, ein offenes Lächeln und ein aufmunternder Tonfall, wenn es um den Tod geht, resümierte Karen. Sie war auf ein Klischee eingestellt gewesen, einen großen, spindeldürren Uriah Heep mit sonorer Stimme.

»Im denkbar kleinsten Kreise«, sagte Karen. »Seit dem Unfall, bei dem sie Mann und Kind verlor, hatte Sarah leider fast jeden Kontakt zu anderen Menschen abgebrochen. Sie lebte sehr einsam und zurückgezogen. Doch natürlich könnte der eine oder andere Freund sich blicken lassen, um ihr die letzte Ehre zu erweisen. Vielleicht auch einige der Lehrer ihrer ehemaligen Schule oder ein Kollege ihres verstorbenen Mannes von der Feuerwehr.«

»Ja, das leuchtet ein«, sagte der Bestattungsunternehmer. »Und wie steht es mit Angehörigen?«

»So gut wie keine, fürchte ich. Sie war ein Einzelkind, ihre Eltern leben nicht mehr. Und die noch lebenden Cousins weigern sich offenbar, an ihren Tod zu glauben. Vielleicht ist es ihnen auch egal.«

Karen vermied das Wort Selbstmord, so wie es zweifellos auch der Mann im schwarzen Anzug tun würde.

»Wie bedauerlich«, sagte er, auch wenn das Gegenteil durchklang, da es die Abwicklung sehr erleichterte.

»Ich hatte mir überlegt, es bei mir zu Hause auszurichten, wissen Sie«, fuhr Karen fort, »eine kleine, private Feier, um ein Zeichen unserer Zuneigung zu setzen, aber dann fand ich es doch zu formlos.«

Sie wusste, dass auch er von dieser Idee nichts halten würde. »Nein, nein, in einer Kirche oder in einer unserer kleineren Räumlichkeiten ist es auf jeden Fall besser. Es wäre wahrlich nicht das erste Mal, dass Leute, deren Freundschaften scheinbar eingeschlafen waren, über die Zahl der Trauergäste nur staunen konnten.«

Das heißt, sie hätten staunen können, wären sie nicht tot gewesen, dachte Karen. Sie nickte. »Wie wahr«, sagte sie. Und bei mir zu Hause spränge für dich nichts heraus. »Könnten Sie mir vielleicht die Räume zeigen, die Sie anzubieten haben?«

»Selbstverständlich«, sagte der Mann mit einem Lächeln. »Ich hol am besten gleich meinen Terminkalender.«

Er führte Karen einen schmalen Flur mit dickem Teppichboden und vornehm cremefarbenen Wänden entlang. Vor einer Flügeltür mit einem Schild und der Aufschrift *Ewiger Frieden* blieb er stehen.

»Kein Sarg?«

»Nein«, sagte Karen. »Die Polizei hat ihre Leiche noch nicht geborgen – es ist fraglich, ob man sie je findet. Ich hatte eigentlich nur an Blumenarrangements rund um eine Fotomontage gedacht.«

Er nickte. »Ja, das klingt sehr schön.«

Hätte Karen gesagt, »Ich möchte selbst gedrehte pornografische Filme vorführen«, hätte der Mann vermutlich geantwortet: »Was für eine nette Idee.«

Der Unternehmer hielt ihr die Tür auf.

Es war ein kleiner Raum für etwa fünfzig Personen. Aus Lautsprechern, die in die Wände eingelassen waren, drang leise, traurige Orgelmusik. In den Ecken standen Blumenvasen – ein äußerst künstliches und seelenloses Ambiente. Karen fand es ideal. »Oh, das gefällt mir«, sagte sie, während sie im Stillen dachte: Falls es dem Wolf gelingt, mich zu töten, kann ich mir keinen scheußlicheren Ort vorstellen, um aufgebahrt zu werden. Himmel, sollte er den Sieg davontragen, kann ich nur hoffen, dass jemand mich nimmt, auf eine Bühne packt und sämtliche Komiker im Land zusammentrommelt, damit sie über meiner Leiche die wüstesten, unpassendsten Witze reißen, sodass alle auf meine Kosten noch einmal was zu lachen haben. »Das sind schöne Vorhänge«, sagte sie und zeigte auf die Rückwand. Sie waren aus Kunstseide.

»Ja«, sagte der Bestatter. »Dahinter befindet sich noch ein kleiner Raum. Manchmal wollen die Angehörigen, Sie wissen schon, einen Moment ungestört sein.«

»Natürlich«, sagte Karen. Der Vorhang war für das, was sie vorhatte, perfekt.

Wie der Böse Wolf dachte auch Rote Drei über Waffen nach, als der Kleinbus ihrer Schule auf den Parkplatz des Einkaufszentrums fuhr.

»Also, zwei Stunden, nicht mehr, behaltet die Uhr im Auge«, erklärte der junge Lehrer, bevor er für das Dutzend Schüler, die sich in dem Fahrzeug drängten, die Tür öffnete. »Und bleibt zusammen, in Gruppen. Passt auf euch auf.«

Die Schule beförderte regelmäßig ihre Schutzbefohlenen zum Einkaufen hierher. Jordan war nur selten auf diesen Ausflügen dabei gewesen. Für das grelle Licht und die Musikberieselung, der man nirgends entkam, hatte sie ebenso wenig übrig wie für einen Schaufensterbummel oder das Anprobieren billiger Fetzen, die sich Teenagermode nannten.

Der Lehrer, Anfang dreißig, der Geografie unterrichtete, würde sich in irgendeiner Snackbar eine überteuerte Tasse Kaffee bestellen und sich in eine Ecke setzen, wo er ungestört lesen konnte, bis die zwei Stunden herum waren. Er war im Wesentlichen mitgekommen, um dafür zu sorgen, dass am Ende durchgezählt wurde und niemand gegen eine Vorschrift der Schule oder der Mall verstieß.

Jordan kam in der festen Absicht, gegen eine fundamentale Vorschrift zu verstoßen.

Sie hatte eine Kreditkarte von Rote Eins in der Tasche und eine genaue Einkaufsliste im Kopf. Sie stand unter Zeitdruck – nicht nur, weil der Lehrer den Besuch auf zwei Stunden beschränkt hatte, sondern auch, weil Karen noch am selben Abend bei der Kreditkartenfirma anrufen würde, um die Karte als gestohlen zu melden und sperren zu lassen. Ihr erster Einkauf führte sie in ein Elektrogeschäft. Der Videorekorder, den der Verkäufer ihr aufschwatzte, war kaum größer als ihr Handy und ließ sich mit einer Hand bedienen. Er war mit einer Weitwinkelkamera ausgestattet, was sich als hilfreich erweisen mochte. Die Kreditkarte von Rote Eins wurde problemlos akzeptiert und der Rekorder eingepackt.

Der nächste Artikel auf Jordans Einkaufsliste war nicht

mit Karen abgestimmt. Ein wenig plagte sie das schlechte Gewissen, als sie das Modegeschäft betrat. Es war ein Laden der gehobenen Klasse für junge Berufstätige. Sie steuerte zielstrebig die Regale mit den überteuerten Kaschmir- und Baumwollpullovern an und entschied sich für einen schwarzen Rollkragenpulli in ihrer Größe, der ihr gefiel. Sie ging damit zur Kasse, an der ein Mädchen, kaum älter als sie selbst, stand.

»Ein Geschenk für meine Mutter«, sagte Jordan mit einem aufgesetzten Lächeln.

Die Kassiererin zog die Kreditkarte durch und fragte: »Möchten Sie einen Geschenkkarton dafür?«

»Ja, bitte«, antwortete Jordan. Sie hatte mit diesem Detail, dass die Geschäfte im Einkaufszentrum die Waren nicht mehr selbst verpackten, gerechnet. Inzwischen steckten sie einfach die Ware zusammen mit einer gefalteten Pappschachtel in eine Papiertüte mit dem Logo des Ladens. Jordan unterschrieb die Kreditkartenquittung mit einem Schnörkel, der an Karens Namen erinnerte. Sie sah auf die Uhr. Sie musste sich beeilen.

Im Papierwarenladen hielt sie sich nicht lange auf, sondern war im Nu mit einer Geburtstagskarte und kitschigem, silbrigem Geschenkpapier sowie Klebeband wieder draußen. Von hier aus begab sie sich über die Gänge der Mall ans gegenüberliegende Ende, an dem sich die große Filiale eines Sportgeschäfts befand.

Vorbei an sämtlichen T-Shirts und Sweatern von Nike, Adidas und Under Armour und den Schaufensterpuppen mit dem neuesten Schrei an Joggingkleidung begab sich Jordan zielstrebig in die Abteilung Jagd- und Angelsport. Ein Verkäufer mittleren Alters lungerte zwischen Tarnanzügen, Angelruten und -ködern, leuchtend roten, blauen und gelben Kajaks sowie stapelweise Schwimmwesten und Helmen.

»Hi«, sagte Jordan forsch. »Können Sie mir helfen?«

Der Verkäufer schien nicht ganz bei der Sache. Er war gerade dabei, Pfeile und Bögen mit Preisschildern zu versehen. Er sah kurz zu ihr auf, und Jordan registrierte sofort, dass er sie nicht für voll nahm. Teenager wie sie zog es normalerweise in die Sportschuhabteilung, oder sie suchten nach Kopfhörern für ihren iPod.

»Mein Dad ist ein leidenschaftlicher Jäger und Angler«, sagte Jordan mit einem Lachen. »Ich suche ein Geburtstagsgeschenk für ihn.«

»Und an was hatten Sie so gedacht?«, fragte der Angestellte. »Er bringt zum Abendessen gern mal frischen Fisch mit«, antwortete sie. »Er hat ein Boot, mit dem er rausfährt.«

Jordans Vater war leitender Angestellter bei einer Investmentfirma an der Wall Street. Ihres Wissens hatte er noch nie eine Nacht im Freien verbracht, und das Kernigste, wozu er sein Büro verließ, war ein Geschäftsessen in einem französischen Restaurant mit zwei Martinis.

Sie zeigte auf eine Auslage. »Was halten Sie davon? Meinen Sie, das könnte er gebrauchen?«

Der Verkäufer folgte ihrem Blick. »Also«, sagte er, »Sie werden keinen Angler finden, der frischen Fisch zum Abendessen mitbringt und nicht stolz auf so ein Messer wäre. Die sind echt gut. Spitzenqualität. Nicht ganz billig, aber ich wette, darüber würde er sich freuen.«

Jordan nickte. »Dann nehme ich das.«

Der Verkäufer nahm das zwanzig Zentimeter lange Filetiermesser von der Auslage. »Die kommen aus Schweden, mit einer lebenslangen Schärfegarantie.«

Jordan bewunderte die schmale, gebogene Klinge und den schwarzen Griff. Rasiermesserscharf, dachte sie.

Ihr blieb nicht viel Zeit, bevor der Aufsicht führende Lehrer die Schüler für die Rückfahrt einsammeln würde, daher eilte sie, so schnell sie konnte, zu den Toiletten im zweiten Stock, wo sie mit weniger Betrieb rechnete als in den größeren Toiletten bei den Imbissständen im Erdgeschoss. Sie stürmte hinein und war zu ihrer Erleichterung allein.

Sie zog das Filetiermesser aus der Lederscheide. Dann riss sie ein Blatt Klopapier ab und schnitt es durch, als wäre es Luft. Sie schwang die Waffe wie ein Schwertkämpfer über dem Kopf. Das bringt's, dachte sie. Sie steckte das Messer in die Lederscheide zurück und wickelte es behutsam in den schwarzen Rollkragenpulli, den sie anschließend in die aufgeklappte Geschenkschachtel packte. In fieberhafter Eile nahm Jordan das glänzende Geschenkpapier sowie das Band und verpackte die Schachtel, wobei sie jede Ritze sorgfältig verklebte. Sie nahm die Geburtstagskarte und schrieb hinein: »Herzlichen Glückwunsch zum Geburtstag, Mom! Hoffe, er passt! Deine Jordan« Die Karte kam in den dazugehörigen Umschlag, das Ganze klebte sie auf den Karton.

An der Schule war jeglicher Waffenbesitz streng verboten, doch Jordan wusste, dass sie eine brauchte. Sie hegte nicht die Absicht, den Pullover ihrer Mutter zu schicken, die ohnehin erst in einigen Monaten Geburtstag hatte. Doch kein Aufsicht führender Lehrer würde sie auffordern, ein solches Geschenk auszupacken, und selbst dann würde er darin nichts anderes als den Pullover entdecken und wohl kaum zwischen die Falten greifen, um zu überprüfen, ob sich noch etwas darin verbarg.

Jordan huschte die Frage durch den Kopf, ob der Böse Wolf ein so guter Schmuggler war wie sie.

Wie fühlte es sich wohl an, ihm das Messer zwischen den Rippen ins Herz zu stoßen? Unter dem Brustbein ansetzen und nach oben ziehen, dachte sie. Wirf alle Hemmungen ab. Leg dein ganzes Gewicht rein, nimm deine ganze Kraft zusammen und zögere keine Sekunde. Erwische ihn, bevor er dich erwischt. Allein bei dem Gedanken, dem Bösen Wolf mit einer so tödlichen Waffe wie dem Filetiermesser entgegenzutreten, fühlte sie sich sicherer. Wann immer sie den Bösen Wolf in ihrer Fantasie tötete, überrumpelte sie ihn, und er war ihr gnadenlos ausgeliefert. Der Böse Wolf hatte seinerseits nie eine Pistole oder ein Messer oder irgendeine andere Waffe dabei. Letztlich wusste Jordan auch in ihrer Vorstellung nicht, wie sie ihn bezwingen sollte. Doch irgendeinen Weg musste es geben.

Zu Sarahs ersten Lernerfahrungen im *Safe Space* gehörte es, dass ein paar der Grundregeln, welche die meisten Menschen für selbstverständlich hielten, hier ständig missachtet wurden. Das gefiel ihr. Sie ging davon aus, dass sie in den nächsten Tagen einige weit fundamentalere Gesetze und Regeln in den Wind schreiben würde. Als sie beispielsweise am Laptop saß und damit begann, sich aus den Informationen von Rote Eins über Cynthia Harrison eine neue Identität zu basteln, versuchte sie, das geheim zu halten, bis sie merkte, dass die Mitarbeiterinnen im Frauenhaus ausgesprochen versiert darin waren, aus dem elektronischen Äther eine völlig neue Person zu erschaffen.

Im null Komma nichts hatten sie ihr geholfen, aus der kleinen Stadt, in der Cynthia Harrison das Licht der Welt erblickt hatte, die Geburtsurkunde der Toten zu bekommen und sie anschließend illegal beglaubigen zu lassen. Simsalabim – schon hatte sie ein offizielles Dokument. Es folgte der Antrag auf einen neuen Sozialversicherungsausweis und einen Ersatzführerschein – beides schwindelerregende Taschenspielereien am Computer. In der Filiale einer großen überregionalen Bank – nichts Lokales, das man zurückverfolgen konnte – wurde mit ein wenig Geld, das Karen beigesteuert hatte, ein Konto für sie eingerichtet.

Während sich Sarah langsam, aber sicher in Luft auflöste, nahm die neue Cynthia immer konkretere Gestalt an.

Nicht zum ersten Mal, erklärte ihr die Leiterin des Hauses, bestand für eine misshandelte Frau der einfachste Ausweg darin, jemand anderes zu werden. Die örtliche Polizei wusste über diese Nebentätigkeit des Frauenhauses Bescheid, ohne etwas dagegen zu unternehmen. Es herrschte die stille Übereinkunft, dass die Cops wegschauten, solange es darum ging, eine Gewalttat zu verhindern.

In erster Linie bot das Haus ein Versteck.

In zweiter bot es Schutz.

Kaum hatte Karen sie vor der Haustür abgesetzt, war Sarah mit offenen Armen und ermutigenden Worten empfangen worden. Bevor ihr ein schlichtes, helles Zimmer im dritten Stock des alten viktorianischen Hauses zugewiesen wurde, hatte sie im Hauptbüro die Leiterin kennengelernt. Sie stellte Fragen, taktvolle, zurückhaltende Fragen über das Ausmaß der Gefahr, die von ihrem vermeintlichen Ehemann ausging.

Sarah verlor kein Wort über Rote Eins, Rote Zwei und Rote Drei. Auch den Bösen Wolf erwähnte sie mit keinem Wort. Vielmehr hielt sie sich an die Geschichte, die Karen für sie umrissen hatte: misshandelt und verfolgt.

Dann fragte die Frau: »Sind Sie bewaffnet?«

Fast hätte sie sich vom ersten Impuls leiten lassen und von der Schusswaffe in ihrer Handtasche nichts gesagt. Doch nach all den Lügen bereitete ihr diese zusätzliche Unaufrichtigkeit ausgesprochenes Missbehagen, und so antwortete sie: »Ich habe einen Revolver gestohlen.«

»Lassen Sie mal sehen«, hatte die Leiterin gesagt.

Sarah hatte die Waffe hervorgekramt und sie ihr, mit dem Kolben zuerst, in die Hand gedrückt. Die Leiterin hatte mit geübtem Griff die Trommel aufgeklappt und die Patronen herausgeholt. Fast andächtig hatte sie die Munition in der Hand gehalten und mit dem Finger die glatte Bronzeoberfläche gestreichelt, bevor sie den Revolver wieder lud, zielte, leise »Peng!« sagte und Sarah die Faustwaffe zurückreichte. »Beachtliches Ding«, hatte sie gesagt.

»Ich habe noch nie damit geschossen«, hatte Sarah geantwortet.

»Also, das lässt sich ändern«, entgegnete die Leiterin. »Wir müssen nur streng auf die Kinder achten, die mit ihren Müttern hier sind. Wir wollen ja nicht, dass es einen Unfall gibt. Und die älteren Kinder, ich meine, die acht-, neun- und zehnjährigen, könnten in Versuchung kommen, weil sie solche Angst davor haben, dass eines Nachts irgendwelche Männer hier auftauchen.«

Dann griff sie in ihren Schreibtisch, holte ein Abzugsschloss heraus und reichte es Sarah. »Die Kombination lautet sieben sechs sieben«, erklärte sie. »Leicht zu merken: Die numerische Entsprechung zu SOS. Sind Sie überhaupt im Umgang mit einer Waffe geübt?«

Wieder entschied sich Sarah für die Wahrheit, und diesmal fiel es ihr nicht schwer. »Nein. Ehrlich gesagt nicht.«

Die Leiterin schmunzelte. »Ich bringe es Ihnen bei«, sagte

sie. »Bedeutend besser zu wissen, was man tun muss, und es nicht tun zu müssen, als nicht zu wissen, was man tun muss, wenn man keine Wahl hat.«

Bei diesen Worten stand für Sarah fest, dass sie für den Rest der Zeit als Rote Zwei genau das beherzigen würde.

33

Hintertür. Blumentopf. Ersatzschlüssel.

Karen hatte einen Block von Sarahs leer stehendem Haus entfernt geparkt und bis zum Eintritt der Dunkelheit gewartet, war zwei weitere Blocks in die entgegengesetzte Richtung gelaufen und hatte dabei immer wieder über die Schulter geblickt, um sich zu vergewissern, dass ihr auch niemand folgte. Ihr war klar, dass allein ihre Anwesenheit in der Wohngegend von Rote Zwei verriet, wohin sie wollte. Wahrscheinlich lauerte der Böse Wolf in irgendeinem Winkel und beobachtete sie. Einmal mehr folgte sie dem Verhaltensmuster, das ihr Widersacher seinen drei Opfern aufgenötigt hatte und das sie schier in den Wahnsinn trieb: Schlage die falsche Richtung ein. Rechne jeden Moment damit, dass ein Mörder vor deinem Fenster lauert. Halte immer die Ohren offen. Sieh genau hin. Sei immer auf der Hut – eine einzige Unachtsamkeit, und du bist tot. Aber auch wenn du noch so wachsam bist, kann es jeden Augenblick so weit sein.

Karen blieb auf der Straße stehen und atmete langsam ein. Sie hatte einen kleinen Rucksack auf der Schulter und rückte ständig die Gurte zurecht, als seien sie ihr unbequem, dabei wusste sie, dass es um etwas ganz anderes ging. Ihr wissenschaftlicher Verstand analysierte, wie nachhaltig die Verunsicherung und Angst inzwischen bei jeder von ihnen Denken und Handeln zersetzte. *Ich kann keine Ärztin und kein Comedian mehr sein. Sarah kann keine Witwe mehr sein. Jordan kann kein normaler Teenager mehr sein, falls es das überhaupt gibt.* Das Bewusstsein überwältigte sie, dass es zwar für jedermann irgendwann zu Ende ging, die meisten Menschen aber die Ungewissheit darüber aufrechterhielt, wann und wie der letzte Akt beginnen würde. Ändere in der Gleichung des Sterbens nur diesen einen Faktor – durch eine letale Krankheit oder einen plötzlichen Unfall oder einen anonymen Mörder –, und nichts ist mehr, wie es war.

Sie versuchte, sich zu beruhigen. Es gelang ihr nicht.

Rote Eins ist fortwährend von Angst und Zweifeln geplagt. Wie im Märchen: »Aber Großmutter, was hast du für ein entsetzlich großes Maul.«

»Dass ich dich besser fressen kann.«

So viel war ihr klar.

Aber wer oder was ist Karen?

Sie stellte sich die Frage wieder und wieder. Bis ihr die Worte im stetigen Takt ihrer Schritte auf dem Gehweg im Kopf widerhallten. Sie machte abrupt kehrt und ging die Straße, die hinter Sarahs Haus verlief, zurück.

»Die Nachbarn auf der Gartenseite haben blaue Fensterläden und eine rot gestrichene Tür. Das Haus selbst ist strahlend weiß. Sehr patriotisch das Ganze. Sie haben keinen Zaun – du kommst von der Straße aus einfach in den Garten. Ganz hinten in der Ecke steht ein Klettergerüst. Du brauchst die Leiter nur halb hochzusteigen und von da aus über den Maschendrahtzaun zu springen, der die beiden Grundstücke voneinander trennt. Am Rand steht ein Baum. Versteck dich da eine Weile und lauf dann zur Küchentreppe rüber. Niemand wird dich sehen.«

Sarahs Instruktionen waren klar und präzise, ein gut durchdachter Plan, wie von einer Lehrerin zu erwarten: *Tu dies. Tu das. Alle mal herhören!* Karen hielt den Kopf gesenkt und warf verstohlene Blicke auf die Häuser in der Straße, um das rot weiß blaue nicht zu verpassen. Als sie es entdeckte, blieb sie stehen und vergewisserte sich, dass niemand sie beobachtete, auch wenn ihr wie immer klar war, dass sie sich niemals sicher sein konnte. An der Seitenwand des Hauses entlang huschte sie geduckt in den Garten.

Sie lief so schnell sie konnte, fast im Sprint, sah das Klettergerüst und rannte darauf zu. In der Ferne bellte ein Hund – *wenigstens ist es nicht das Heulen eines Wolfs* –, und gemäß Sarahs Anweisung stieg sie die Leiter auf halbe Höhe hinauf. Das Gerüst schwankte ein wenig, als sie den rechten Fuß zur Oberkante des Maschendrahtzauns hob, dann stieß sie sich ab und sprang hinüber.

Karen verlor das Gleichgewicht und fiel hinter dem dunklen Haus von Rote Zwei ins feuchte Gras. Sie krabbelte zu dem Baum, an dem sie sich verstecken sollte, und wartete, bis ihr Atem sich normalisierte. Das Adrenalin, das ihr in den Ohren rauschte, klang wie ein Wasserfall, und sie brauchte ein paar Minuten, um sich so weit zu beruhigen, dass sie die nächtlichen Geräusche unterscheiden konnte: ein paar Häuserblocks entfernt ein Auto, irgendwo eine Sirene. Wieder Hunde, aber nicht so laut, als schlügen sie an.

Warte!, befahl sie sich.

Sie horchte auf gedämpfte Schritte und spitzte die Ohren, um nicht das kleinste Geräusch eines möglichen Verfolgers zu verpassen.

Nichts.

Es reichte nicht, um sie zu beruhigen.

Was sie aus dem Haus von Rote Zwei brauchte, war nicht weiter kompliziert. Hätte sie einen klaren Kopf gehabt, dann hätte sie Sarah vorgeschlagen, es gleich mitzubringen, als sie ihren Selbstmord inszenierte. Doch so vorausschauend war Karen nicht gewesen, und jetzt musste sie das Versäumnis gutmachen.

Sie hatte überlegt, ob sie einfach zur Haustür gehen und aufschließen sollte, egal ob der Wolf sie sah oder nicht. Doch das wäre kein Wagemut, sondern purer Leichtsinn gewesen. Besser heimlich, sagte sie sich, auch wenn sie es nicht begründen konnte.

Es geht aufs Ende zu, spürte sie. Und das machte jedes Manöver umso riskanter.

Hintertür. Blumentopf. Ersatzschlüssel.

Karen rappelte sich auf und lief gebückt wie ein Soldat, der dem feindlichen Kugelhagel ausweicht, zum Haus.

An der Treppe zur Küche grub sie die Hände in die kalte Erde des Blumentopfs. Sie brauchte einige Sekunden, bis sie den Schlüssel gefunden, sauber gewischt und damit zur Tür hochgegangen war. In der Dunkelheit brauchte sie ein Weilchen, um ihn ins Schloss zu stecken, doch dann drehte sie ihn, hörte, wie das Riegelschloss aufschnappte, und stürzte ins Haus.

Drinnen musste sie sich an die Schatten gewöhnen, die in allen Winkeln lauerten. Von nebenan und von einer Straßenlaterne drang ein wenig Licht herein, gerade mal genug, um verschiedene Schattierungen von Schwarz zu erkennen. Karen hatte vernünftigerweise eine Taschenlampe dabei, da sie nicht beabsichtigte, Licht zu machen, und so schlich sie wie eine Diebin durch den Flur und folgte dem nadeldünnen Strahl ihrer Stiftlampe, die sie im Halbkreis schwenkte.

Sie wusste, dass sie nichts Falsches oder Unrechtes tat, doch im Haus herrschte ein abweisender, modriger Geruch, als störte sie die Totenruhe.

Sie sah, wie das kümmerliche Licht in ihrer Hand zitterte. Sarah hatte ihr gesagt, wo sie suchen sollte, doch sie fühlte sich, als irrte sie durch eine unzugängliche Landschaft in einer fremdartigen Welt, als könnte sie mit dem kleinsten Geräusch die Geister wecken, die überall in den Ecken schlummerten.

Karen zerrte sich den Rucksack von der Schulter und begann damit, einzusammeln, was sie brauchte. Sie ging von Zimmer zu Zimmer, mied aber, entsprechend Sarahs Bitte, das Arbeitszimmer des toten Ehemannes und das Zimmer der toten Tochter. Ein gerahmtes Bild aus der Diele, eines, das mit einem Magneten am Kühlschrank befestigt war; Fotos für eine Montage. *Es muss der Anschein erweckt werden, dass sie tot ist. Die Bilder müssen eine Zeit heraufbeschwören, als Sarah noch voller Zuversicht war. Auf den Kontrast kommt es an.*

Darauf hatten sie sich verständigt.

Sie war fast fertig und suchte nur noch nach einem letzten Familienporträt, das, wie Sarah gesagt hatte, im Schlafzimmer an der Wand hing, als sie plötzlich ein Geräusch hörte, das von der Vorderseite des Hauses zu kommen schien.

Sie konnte es nicht einordnen, etwas zwischen Scharren und Rascheln. Zuerst kam ihr der entsetzliche Gedanke, es wäre noch jemand im Haus.

Nicht jemand. Er.

Er wird mich hier töten.

Doch das ergab keinen Sinn. Wenn überhaupt, dann hätte Sarah hier sterben müssen, schließlich war es ihr Zuhause. Aber auch das ergab keinen Sinn – als ob der Böse Wolf nicht morden würde, wo er wollte. Vielleicht war es ihm völlig egal, wo sie starben, Hauptsache, von seiner Hand.

Karen erstarrte und blieb, nachdem sie ihre Stiftlampe ausgeknipst hatte, reglos stehen. Sie hatte das Gefühl, als hallte jeder ihrer stockenden, flachen Atemzüge wie ein Tosen durch die Nacht.

Das Warten wurde zur Qual. Sie wusste nicht, ob sie sich unter dem Bett oder im Schrank verstecken oder sich einfach in einen dunklen Winkel kauern und den Tod erwarten sollte.

Sie horchte. *Nichts.*

Deine Nerven spielen dir einen Streich.

Sie holte das letzte Foto von der Wand und steckte es in den Rucksack. Als sie den Reißverschluss zuzog, dröhnte es ihr wie eine Kettensäge in den Ohren.

Mit winzigen Schritten schlich sie in die Diele und spähte durch die Dunkelheit. Durch das Panoramafenster im Wohnzimmer konnte sie nach draußen sehen.

Sie starrte angestrengt hinaus. Es kam ihr so vor, als ob die Schatten dort zu einer Gestalt verschmolzen. Die Gestalt nahm schwarze Konturen an, in denen Karen Arme, Beine, Rumpf und Kopf ausmachen konnte. Und ein Augenpaar, dessen glühender Blick sie durch das Fenster traf.

Der Wolf.

Sie wusste, dass sie sich das alles nur einbildete. Eine harmlose Sinnestäuschung. Andererseits wusste sie auch, dass Raubtiere die stillen Stunden nach Sonnenuntergang liebten, und sie hatte nicht vergessen, was Jordan auf dem Schulgelände gesehen hatte, und so setzte sich vor Karens geistigem Auge dasselbe Bild zusammen.

Sie starrte auf die Gestalt und flüsterte: »Du bist nicht

da«, als könnten ihre Worte die Erscheinung, die sie vor sich hatte, zum Verschwinden bringen.

Die Schatten bewegten sich. Nie hätte sie gedacht, dass es so viele Nuancen von Schwarz gab.

Auf Zehenspitzen trat sie den Rückzug an und spürte die Nebelgestalt des Wolfs bei jedem Schritt im Nacken. Als sie die Küchentür erreichte, blieb sie noch einmal stehen, drehte sich um und blickte hinter sich.

Die Gestalt war weg.

Sie wirbelte wieder zur Tür.

Nein, er ist da draußen und wartet dort auf dich.

Sie versuchte, sich einzureden, jetzt sei sie völlig übergeschnappt. *So also fühlt es sich an, wenn man nicht mehr ganz bei Trost ist.*

Es kostete Karen ungeheure Willenskraft, die Tür aufzumachen und hinauszustürzen. Beinahe wäre sie auf der Treppe gestolpert, und auch auf dem Weg durch den Garten rechnete sie jeden Moment damit, hinzufallen. Es gelang ihr, sich am Zaun festzuhalten und hinüberzuklettern, obwohl sich der Maschendraht wie Finger in ihre Kleidung krallte.

Im rot weiß blauen Haus ging Licht an.

Sie ignorierte es und rannte in die Nacht, die sie mit offenen Armen empfing.

Zum zweiten Mal an diesem Abend zitterten Karen die Hände. Sie ließ die Autoschlüssel fallen und fluchte laut, als sie sich bückte und auf dem Boden danach tasten musste. Widersprüchliche Befehle hallten ihr durch den Kopf: *Nichts wie weg!* Andererseits: *Immer sachte! Schön langsam und unauffällig.*

Erst einige Minuten und Meilen später merkte sie, wie

sich ihr rasender Herzschlag beruhigte. Sie fühlte sich wie ein Reh, das einem Rudel Hunde entkommen ist. Am liebsten hätte sie sich in einen sicheren, dunklen Winkel gekauert, bis sie sich wieder gefasst hatte.

Ein Auto raste an ihr vorbei. Sie kämpfte gegen den Instinkt an, blitzartig auszuweichen, weil das andere Fahrzeug ihr zu nahe gekommen war, dabei hatte es sie in Wahrheit ganz normal und ordnungsgemäß überholt. Sie schüttelte den Kopf und versuchte, die Angst, die ihr die Kehle zuschnürte, in einem einzigen Willensakt abzuschütteln. Das hier gehörte zu den Auswirkungen ihrer Panik: Ganz normale, unspektakuläre Dinge erschienen in ihrer verzerrten Sicht bedrohlich. Kein Psychologiekurs an der Universität oder in der Facharztausbildung hatte ihr auch nur ansatzweise vermittelt, was panische Angst mit einem Menschen machte.

Sie hing diesem Gedanken nach, ohne sich gegen den Tumult in ihrem Kopf zu wehren, als ihr Handy klingelte.

Wieder wäre sie beinahe ins Schleudern geraten. Das Klingeln erschreckte sie, und als sie nach dem Handy griff, verlor sie fast die Kontrolle über das Steuer. Es war nicht das Handy mit der Nummer, die nur Jordan und Sarah kannten, sondern ihr normales. Es lag auf dem Beifahrersitz. Ein medizinischer Notfall, war ihr erster und einziger Gedanke.

»Doktor Jayson?« Eine selbstbewusste Stimme in knappem, sachlichem Ton.

»Am Apparat.«

»Alpha Alarm Systems. Sind Sie zu Hause?«

Karen brauchte eine Weile, bis ihr die Alarmanlage mit dem teuren Überwachungssystem einfiel, die sie nach dem ersten Brief vom Bösen Wolf im Haus installiert hatte.

»Nein, ich bin unterwegs. Was gibt es für ein Problem?«

»Ihr System zeigt an, dass jemand bei Ihnen gewaltsam eingedrungen ist. Und Sie sind im Moment nicht zu Hause?«

»Nein, verdammt, sagte ich doch. Was für ein gewaltsames Eindringen?«

»Vorschriftsgemäß muss ich Sie auffordern, nicht nach Hause zurückzukehren, bevor ich die Polizei verständigt habe, damit die Beamten sich vor Ihrem Haus mit Ihnen treffen und Sie hineinbegleiten können. Falls noch jemand im Haus ist, wollen wir schließlich nicht, dass Sie einen Straftäter in flagranti überraschen. Das ist Aufgabe der Polizei.«

Karen versuchte, etwas zu erwidern, brachte aber kein Wort heraus.

In der Kurve zu ihrer Einfahrt wartete bereits ein Streifenwagen. Sie hatten einen jungen Beamten abgestellt, der auf sie wartete. Er lehnte lässig an seinem Fahrzeug und schien es nicht eilig zu haben.

»Ich bin die Eigentümerin«, sagte Karen, während sie die Scheibe herunterließ. »Was ist passiert?«

»Können Sie sich bitte ausweisen?«, fragte der Cop.

Sie hielt ihm ihren Führerschein hin. Er nahm ihn, offenbar, ohne das Zittern ihrer Hand zu bemerken, warf einen Blick darauf, glich das Foto mit ihrem Gesicht ab und reichte ihn ihr zurück.

»Wir haben das Haus schon überprüft«, sagte er. »Wir haben einen zweiten Streifenwagen da oben. Würden Sie mir bitte folgen?« Die Frage klang eher wie ein Befehl.

Karen gehorchte. Tatsächlich stand vor ihrer Garage ein zweites Auto der Polizei. Darin saßen zwei Beamte – eine nervös wirkende junge Frau, eine Hand am Kolben ihrer

Neun-Millimeter-Pistole, und ein wesentlich älterer Mann, dem sich graue Haarbüschel um den Rand seiner Dienstmütze kringelten.

Erst beim Aussteigen merkte Karen, dass sie weiche Knie hatte, und sie fürchtete zu stolpern und der Länge nach hinzufallen oder aber vor Angst nur noch ein Krächzen herauszubringen.

»Hallo, Doktor«, begrüßte sie der alte Polizist in aufmunterndem Ton. »Ein Glück, dass Sie nicht früher nach Hause gekommen sind.«

»Glück?«, fragte Karen. Mehr als das eine Wort brachte sie nicht heraus.

»Kommen Sie, ich zeig's Ihnen.«

Er führte Karen an der Haustür vorbei – die sperrangelweit offen stand – zu einem angrenzenden Fenster. Der Einbrecher hatte es offenbar eingeschlagen, und die Scherben lagen über den Boden verstreut.

»Hier ist er rein«, sagte der Polizist. »Als dann das Telefon klingelte – das macht die Sicherheitsfirma, sie rufen bei dem Eigentümer an, und falls er rangeht, fragen sie ihn nach einem Code, aber wenn sich nach vier Mal Klingeln niemand meldet, rufen sie bei uns an –, na, jedenfalls, das Telefon klingelt, der Einbrecher sieht die Anruferkennung, gerät in Panik, schnappt sich vielleicht noch schnell irgendwas, rennt zur Haustür raus und verschwindet, so schnell er kann, im Wald oder zu seinem Wagen. Wir haben nur ein paar Minuten gebraucht, bis wir hier waren, aber da war er schon über alle Berge und …«

»Wie viele Minuten?«, unterbrach ihn Karen. Ihre Stimme wirkte blass, als könnten Worte ihre Farbe verlieren.

»Vielleicht fünf, allerhöchstens zehn. Wir waren schnell. Einer von unseren Jungs war zufällig gerade drüben auf der

Hauptstraße und hat Raser geblitzt, als der Anruf bei uns einging. Er hat sofort gewendet und ist mit Signalleuchte und Sirene hierhergekommen.«

Karen nickte.

»Ich hab schon jemanden angerufen, der Ihnen das Fenster repariert. Hoffe, das ist Ihnen recht. Wir haben im Revier eine Liste mit ein paar Handwerkern, von denen wir wissen, dass sie rund um die Uhr kommen.«

»Ja, das ist mir recht.«

»Der müsste jeden Moment da sein. Ihre zerbrochene Scheibe reparieren und Ihre Alarmanlage wieder instand setzen. Aber so lange wir auf ihn warten, würden wir Sie bitten, im Haus nachzusehen, was der Kerl hat mitgehen lassen, bevor er geflüchtet ist. Sie wissen schon, wegen der Versicherung und so. Wenn Sie Ihren Schadensersatz geltend machen, wollen die immer so viel wie möglich im Polizeibericht sehen.«

Wieder nickte Karen. Ihr fiel keine Antwort ein. Ihr kreiste zu viel auf einmal durch den Kopf:

Es war der Wolf

Nein, dafür war es viel zu ungeschickt. Er würde es raffinierter anstellen. Klüger.

Wieso aber sollte jemand anders einbrechen? So ein Zufall wäre äußerst unwahrscheinlich.

War er da, um mich zu ermorden?

Sie wusste nicht, was sie zu dem Polizisten sagen sollte, und so ging sie langsam durch ihr Haus und suchte nach irgendeinem Zeichen dafür, dass etwas fehlte. Doch abgesehen von den Scherben unter dem zerbrochenen Fenster konnte sie nichts Ungewöhnliches entdecken. Fast sah es so aus, als hätte der Einbrecher augenblicklich kehrtgemacht.

Das kann nicht der Wolf gewesen sein. Er würde nicht mit leeren Händen gehen. Und er hätte gewusst, dass ich nicht da bin.

Dicht gefolgt von dem Polizisten, schritt sie ihre Räume ab, sah in jedem Schrank nach, öffnete jede Tür, knipste jeden Lichtschalter an. Es fehlte nichts. Was sie nur noch mehr verwirrte.

Mitten in ihrer Bestandsaufnahme tauchte ein etwa vierzigjähriger Techniker von Smith 24 Hours Glass Repair auf und machte sich sofort daran, eine neue Scheibe einzusetzen. Der Handwerker hatte die Polizisten wie Verwandte begrüßt, was sie womöglich auch waren.

»Und?«, fragte der grauhaarige Beamte Karen.

»Nichts. Soweit ich sehen kann, ist alles da, wo es hingehört.«

»Suchen Sie weiter«, sagte der Polizist. »Manchmal sieht man es nicht auf den ersten Blick. Es ist nicht immer der Breitbildfernseher, den sie aus der Wandhalterung reißen. Hatten Sie irgendwo Bargeld oder Schmuck?«

Karen durchsuchte die Schubladen der Schlafzimmerkommode. Ihre bescheidene Kollektion an Ohrringen und Halsketten war unangetastet.

»Fehlt nichts«, sagte sie und wusste, dass sie das eigentlich beruhigen sollte. Das Gegenteil war der Fall.

»Glück gehabt. Schätze, das verdanken Sie dieser Alarmanlage.«

Wer Glück gehabt hatte, fühlte sich anders.

Karen inspizierte weiter das Haus. Irgendetwas stimmte trotz allem nicht, und sie brauchte einen Moment, bis ihr dämmerte, dass Martin und Lewis nirgends zu sehen waren. »Ich habe zwei Katzen …«, fing sie an.

Der Polizist sah sich in alle Richtungen um. »Wenn Sie

alleine leben, sollten Sie sich besser einen großen, scharfen Hund zulegen.«

»Ich weiß. Aber sie sind nicht da«, erwiderte sie. »Es sind reine Hauskatzen, wissen Sie, die gehen nie raus.«

Der Polizist zuckte die Achseln. »Wahrscheinlich hatten sie genauso viel Schiss wie dieser Kerl und sind hinter ihm her zur Haustür rausgerannt. Schätze, die verstecken sich irgendwo in der Nähe im Gebüsch. Stellen Sie, wenn wir weg sind, einfach einen Napf mit Futter auf die Gartenterrasse. Sollen mal sehen, wie schnell die wieder da sind. Katzen kommen ziemlich gut allein zurecht, da machen Sie sich mal keine allzu großen Sorgen. Die lassen sich blicken, sobald sie Hunger haben oder es ihnen draußen zu kalt wird. Aber ich schreib's für alle Fälle in meinen Bericht.«

Karen dachte, dass sie nach Martin und Lewis rufen sollte. Doch sie wusste, sie würden nicht kommen.

Nicht weil sie ihr nicht gehorcht hätten, sondern weil Karen absolut, hundertprozentig sicher war, dass sie nicht mehr am Leben waren.

34

Der Böse Wolf hielt ein dreiundzwanzig Zentimeter langes Jagdmesser in der flachen Hand. Es hatte ein überzeugendes Gewicht – nicht so schwer, dass es dadurch unhandlich wurde, aber schwer genug, um glatt durch Haut, Muskeln, Sehnen und sogar Knochen zu dringen. Er legte den Daumen auf die gezahnte Klinge, widerstand jedoch der Versuchung, über die rasiermesserscharfe Schneide zu streichen. Vielmehr fasste er die stumpfe Seite mit dem Zeigefinger und zog sie behutsam bis zur Spitze nach. Dann kratzte er an einer Stelle am Rand des Griffs ein wenig getrocknetes Blut ab, bevor er unter seinen Schreibtisch griff, eine Sprühflasche mit desinfizierendem Küchenreiniger hervorholte und die Flüssigkeit großzügig auf dem ganzen Messer verteilte, um es anschließend sorgfältig von allen Seiten trocken zu wischen und sämtliche Spuren von DNA zu entfernen.

»Wir vermischen doch das Blut der Roten nicht mit dem von Katzen«, sagte er, wenn auch im Flüsterton, da er nicht wollte, dass Mrs Böser Wolf irgendetwas mitbekam. Und sie hätte es ganz bestimmt nicht gutgeheißen, niedliche Miezekätzchen zu töten, selbst wenn er ihr klargemacht hätte, dass es für den Gesamtplan wichtig war.

Sie hatten nicht einmal versucht, sich mit den Krallen gegen ihn zu wehren. Einen Moment lang spekulierte er, wie sie wohl hießen. Ein solches Detail hätte in die Recherchen über Rote Eins gehört. Er hasste Nachlässigkeiten.

Dann grinste er. *Sie mag sich nicht ganz sicher sein, ob es hier um Mord geht, aber Katzen zu töten wäre ihr ein Greuel.*

Der Widerspruch war so komisch, dass er beinahe losgeprustet hätte. Er wechselte ein paarmal die Stellung auf seinem Drehstuhl, blickte abwechselnd auf das Messer und den Computerbildschirm und rief sich ins Gedächtnis: *Sei akribisch.*

Die Einzelheiten des Todes müssen Schritt für Schritt, wohldosiert, umsichtig und minutiös geplant werden. Ebenso wichtig ist die präzise Dokumentation. Deine Beschreibung muss absolut perfekt sein.

»Vergiss nicht«, sagte er, »du bist auch Journalist.«

Er saß in seinem Arbeitszimmer, umgeben von seinen Bildern, seinen Worten, seinen Plänen und seinen Büchern. Er war nicht nur in seiner vertrauten Welt, sondern schöpfte aus allem, was seit jenem ersten Brief an die drei Roten geschehen war, immense Kraft und Zuversicht.

»Wir sind beim Endspiel angekommen«, sagte er laut und wandte sich jetzt an die drei Roten an der Wand. Er zielte mit der Messerspitze auf die Bilder.

Am liebsten hätte er einen auf Muhammad Ali gemacht, *Ich bin der Größte!* gebrüllt und einen Siegestanz vollführt, doch er beherrschte sich, denn die letzte Runde stand noch aus.

Der Böse Wolf schwang die Klinge noch einmal in der Luft und schlitzte imaginäre Kehlen durch, bevor er die Waffe wieder auf den Schreibtisch legte. Dann stieß er sich leicht an der Tischkante ab und wandte sich dem Bücherregal zu. Er zog mehrere Bände heraus: John Gardner, *Wie man Romanschriftsteller wird,* Alice LaPlantes *Wie man eine Geschichte schreibt,* Stephen Kings *Das Leben und das Schreiben.* Er legte diese Bücher neben Strunk und Whites *Stilelemente,* die er immer griffbereit hatte. Er schmunzelte bei dem Gedanken, dass manche übergeschnappten Mörder zur Rechtfertigung und Inspiration für ihre Taten die Bibel oder den Koran zurate zogen. *Sie glauben, dass in jedem heiligen Wort eine Botschaft steckt, die nur für ihre Ohren bestimmt ist. Für Schriftsteller dagegen ist Strunk und White das Buch der Bücher. Mir ist John Gardner am liebsten, da seine Ratschläge so reflektiert sind, auch wenn er selbst ein wenig irre war. Vielleicht war er ja auch nur exzentrisch – er fuhr eine Harley-Davidson, lebte in der Einöde im Norden des Bundesstaats New York und trug sein Silberhaar schulterlang – und wirkte deshalb ein bisschen verrückt.*

So wie ich.

Er legte das Messer zu den Büchern, als gehörten sie untrennbar zusammen.

Dann schrieb er:

Ein Messer ist als Mordwaffe zugleich eine gute und eine schlechte Wahl. Einerseits bietet es den engen Kontakt, der für das unmittelbare Erlebnis des Tötens unverzichtbar ist. Psychologen und Hobby-Freudianer glauben, es sei eine Art Penisersatz, doch das ist ein bisschen zu platt. Tatsächlich aber schafft es beim Mord diese einmalige Intimität, sodass es im letzten Moment zwischen Mörder und Opfer – dem Nektar, den wir trinken – keinerlei Barriere mehr gibt. Die Verbindung, die es zwischen uns schafft, ist stärker als die zwischen Lebenspartnern oder Zwillingen oder einem Liebespaar.

Zugleich ist es natürlich eine ziemliche Schweinerei.

Blut ist das, wonach sich der Mörder einerseits sehnt und was ihm andererseits zum Verhängnis werden kann. Es spritzt in alle Richtungen. Es strömt sehr schnell. Es sickert an Stellen, wo man es nicht brauchen kann – in die Schuhsohlen zum Beispiel oder die Manschetten an den Ärmeln –, und es hinterlässt winzig kleine Andenken an den Moment des Tötens, die irgendeine trübe Tasse bei der Polizei auch noch zu einem späteren Zeitpunkt unter dem Mikroskop finden kann. Insofern ist es die gefährlichste Substanz, mit der man in Berührung kommen kann.

Zu den besten Theorien über die berüchtigten Morde von Fall River, die Lizzie Borden 1892 verübte – »Lizzie Borden griff zur Axt und hieb vierzig Mal auf ihre Mutter ein … als sie sah, was sie getan hatte, noch einundvierzig Mal auf ihren Vater« –, gehört die These, dass sie sich nackt auszog, bevor sie ihre Eltern ermordete, anschließend ein Bad nahm und sich ankleidete, sodass die Polizei, als sie auf dem Plan erschien, nichts Belastendes gegen sie fand.

Außer natürlich den zwei Leichen im Haus.

Du kannst nichts von einem Tatort mitnehmen, ohne ein Risiko einzugehen – egal ob es sich um ein Kleidungsstück oder eine Haarsträhne handelt –, und du musst dir jede Sekunde darüber im Klaren sein, dass dich dieser Gegenstand irgendwann überführen könnte.

Er hielt einen Moment inne, und seine Finger schwebten über der Tastatur. Ich bin nicht wie so viele primitive Mörder, dachte er, ich brauche kein blutrünstiges Souvenir. Ich habe meine Erinnerungen und all diese ausführlichen Zeitungsartikel – im gewissen Sinne Rezensionen über meine Arbeit. Gute Rezensionen. Positive Rezensionen. Hymnische, höchst erfreuliche Rezensionen. Fünf-Sterne-Rezensionen. Er beugte sich wieder zum Schreiben vor.

Natürlich hat das Risiko immer seinen Reiz. Ein echter Mörder muss verstehen, wie süchtig seine Seele danach wird. Er darf das weder ignorieren, noch darf er ihm verfallen. Kalkuliertes Risiko ist die Lösung.

Auf die richtige Balance kommt es an. Jemanden mit einer Schusswaffe zu töten, meinetwegen auch archaisch mit Pfeil und Bogen, schafft eine Distanz zum Opfer, die die Gefahr verringert, sich durch ein noch so unscheinbares Indiz zu verraten, doch bei dieser Variante gibt es durchaus andere Fallen, in die man tappen kann. Hast du die Schusswaffe gestohlen? Sind deine Fingerabdrücke an den Patronenhülsen? Meine Abneigung gegen Handfeuerwaffen hat allerdings einen anderen Grund; ich brauche die Tuchfühlung. Jeder Schritt, den du dich von deiner Roten entfernst, vermindert die emotionale Intensität. Und dass dich ein sorgfältig vorbereiteter Mord am Ende nicht ganz befriedigt oder gar frustriert, ist das Letzte, was du willst.

Also kalkuliert der umsichtige Mörder Probleme ein und setzt alles daran, sie zu vermeiden. Und jede Wahl birgt irgendeine Gefahr. Zum Beispiel OP-Handschuhe. Du willst ein Messer benutzen? Eine gute Wahl, aber risikobehaftet. Diese Handschuhe gehören dann jedenfalls zur Grundausstattung.

Einige Minuten lang bereiteten ihm diese Worte Kopfzerbrechen. Er hatte Bedenken, dass sein Ton ein wenig zu vertraulich geraten war und dass er seine künftige Leserschaft zu direkt ansprach. Er fragte sich, ob er die letzten Abschnitte umformulieren sollte. Ganz besonders John Gardner, aber auch Stephen King ließen sich lang und breit über die sorgfältige Planung aus und hielten eine Menge davon, einen Text gegebenenfalls umzuschreiben. Aber nicht, hielt er dagegen, auf Kosten der Spontaneität! Die wird dafür sorgen, dass die Leser in die Buchläden strömen. Sie sollen wissen, dass sie mir auf Schritt und Tritt über die Schulter schauen.

Rote Eins. Rote Drei.

Er wirbelte herum, rollte zu seinem Bücherregal und strich mit dem Finger über die Buchrücken, die sich dort aneinanderreihten. Auf dem dritten Fach, das er durchging, fand er, was er suchte: die Erinnerungen des Journalisten Tom Wicker über den blutig niedergeschlagenen Aufstand im Gefängnis Attica: *Zeit zu sterben.* Er überflog die ersten Seiten, bevor er die Stelle fand, um die es ihm ging. Es war das Bedauern des Verfassers darüber, dass er bei allem Erfolg und aller Anerkennung als Reporter und Schriftsteller in seinen eigenen Augen wenig getan hatte, um seinem Leben einen »Sinn« zu verleihen.

Er lachte lauthals.

Das ist bestimmt nicht mein Problem.

Er wandte sich wieder seinem Computer zu und schrieb fieberhaft.

Ich bin in die Materie eingedrungen. Ich habe tiefe Einblicke gewonnen. Ich habe genau beobachtet. Ein Mörder ist wie ein Psychologe und Liebhaber zugleich. Man muss seine Zielperson genauestens kennen. Rote Eins ist am schutzlosesten auf dem Weg von ihrer Haustür bis zu der Stelle, an der sie ihren Wagen abstellt. Der Abend eignet sich besser als der Morgen, denn wenn sie nach Hause kommt, hat sie Angst vor dem, was sie drinnen erwartet. Auf das

Stück zwischen ihrem Auto (Sicherheit) und ihrer Haustür (möglicherweise Sicherheit, vielleicht aber auch Bedrohung) achtet sie nicht. Das war ein Nebeneffekt meines kleinen Einbruchs. Von jetzt an muss sie sich wohl oder übel darauf konzentrieren, was sie in ihren eigenen vier Wänden erwartet. Wie Rotkäppchen wird sie drinnen mit mir rechnen. Zwischen dem Wagen und dem Eingang sind es keine sechs Meter. An der Haustür brennt helles Licht, das sich abends, bevor sie eintrifft, einschaltet. Sie hat eine Zeitschaltuhr. Behalte das im Auge! Wenn ich diese Außenlampe zerstöre, um mir zusätzlich Deckung zu verschaffen, schöpft sie am Ende noch Verdacht. Vielleicht steigt sie dann gar nicht erst aus, sondern wendet auf der Stelle und braust davon. Nein, auch wenn es für mich weniger schattige Winkel gibt, in denen ich mich verstecken kann, muss ich dieses Licht anlassen.

Er hörte zu schreiben auf und rief sich ins Gedächtnis: Der Wolf schleicht sich aus dem Wald an. Sie wird mich nicht kommen sehen.

Das größte Problem besteht tatsächlich darin, wie viel Zeit zwischen den Morden liegt.

Er nahm seinen Faden wieder auf:

Auch Rote Drei ist abends besonders gefährdet, wenn sie allein über den Campus läuft. Doch die zweite Gelegenheit, bei der sie mir schutzlos ausgeliefert ist, ist dienstagmorgens. Da hat sie erst um 9:45 Unterricht. Für alle anderen Schüler in ihrem Wohnheim fängt er eine Stunde früher an. Dienstags schläft meine kleine Rote Drei ein bisschen aus, ohne zu ahnen, dass sie in diesem alten, kleinen Haus ganz allein ist, weil Mrs Gonzales, die Vertrauenslehrerin im Wohnheim, an diesem Tag ebenfalls frühe Termine hat.

Rote Drei quält sich aus dem Bett und tappt, ziemlich verschlafen, mit Zahnbürste und Shampoo zur Dusche am Ende des Flurs. Während sie sich noch den Sand aus den Augen reibt, hat sie keine Ahnung, was sie dort erwartet.

Er schmunzelte und nickte. Und führte Selbstgespräche.

»Dann muss es also ein Dienstag sein: Rote Drei am Morgen und Rote Eins am Abend.«

Das gefiel dem Bösen Wolf. Eigentlich hätte es Morgen, Abend und Nacht sein sollen, was ihn frustrierte. *Rote Zwei hätte ich mir nach Mitternacht vorgenommen.* Doch daran war nun nichts mehr zu ändern.

Eine Schwierigkeit lag auf der Hand: *Wenn Rote Eins durch den Medienzirkus erfährt, dass eine andere Rothaarige ermordet wurde, könnte sie auf den Gedanken kommen, dass auch für sie das letzte Stündlein geschlagen hat.*

Der Zeitraum zwischen den Morden ist ein echtes Dilemma. Folglich muss es so aussehen, als wäre Rote Drei nicht tot, sondern als nähme sie nur unentschuldigt nicht am Schulalltag teil. Am Unterricht. Am Basketball. An den Mahlzeiten in der Kantine. Dabei wird sie zu diesem Zeitpunkt definitiv außerstande sein, sich dafür zu entschuldigen, dass sie nicht mehr am Leben teilnimmt.

Er griff zu Strunk und White auf seinem Schreibtisch. *Sie brechen immer eine Lanze für einen einfachen, direkten Zugang. Dasselbe gilt fürs Töten.*

Der Böse Wolf wandte sich wieder seinem Computer zu.

Rote Drei wird Tag für Tag schöner. Jetzt, da sie zur erwachsenen Frau heranreift, wird ihr Körper immer ranker und geschmeidiger. Sie hat am allermeisten zu verlieren.
Bei Rote Eins ist es das Gegenteil. Sie scheint, wenn auch nur für den geschärften Blick, stündlich zu altern. Sie ergraut und weiß, dass sie jeden Moment der Tod erwartet, das zehrt an ihrer Figur wie an ihren Nerven.

Der Böse Wolf arbeitete noch ein bisschen weiter, bevor er die Seiten ausdruckte. Er wünschte sich, ein Dichter zu sein, um seine zwei verbliebenen Opfer eloquenter zu schildern. Der Gedanke an Rote Zwei stimmte ihn ein wenig traurig. *So hart es ist,* machte er sich klar, *du wirst ihre Grabinschrift in einem eigenen Kapitel schreiben müssen.* Er nickte, tippte rasch ein paar Notizen in eine eigene Datei mit der Bezeichnung *Rote Zwei und ihr Letzter Wille.* Bevor er das Kapitel schloss, an dem er gerade schrieb, überlegte er einen Moment, ob noch die Notwendigkeit bestand, seine Dateien zu verschlüsseln. Doch er glaubte nicht, dass er von Mrs Böser Wolf etwas zu befürchten hatte. Eigentlich hatte er wohl nie etwas von ihr zu befürchten gehabt. Sie liebte ihn. Er liebte sie. Das Übrige war einfach Teil des Zusammenlebens.

Während ihm diese Überlegungen durch den Kopf gingen, klickte er sich ins Internet, zunächst, um eine Partie Solitaire zu spielen. Er übersprang die Flut täglicher Angebote, die er von *Writer's Digest* und *Script* wie auch von ähnlichen Heften und Foren bekam, die ihn drängten, in ihre »Webinare« zu investieren oder DVDs zu kaufen und sämtliche Tricks seiner Zunft zu erlernen – wie man einen Verlag fand oder Optionen auf weitere Textverwertungen bekam. Alternativ konnte er Schritt für Schritt und Dollar für Dollar lernen, sein eigenes E-Book zu erstellen. Stattdessen öffnete der Böse Wolf eine regionale Seite mit der Wettervorhersage für die kommende Woche. Ein unablässiger, kalter Regen wäre für seine Pläne am Dienstag ideal, doch bevor er zum Wetterbericht kam, sprang ihm in den Kurznachrichten eine Schlagzeile ins Auge:

Samstag Gedenkgottesdienst für
ehemalige Lehrerin geplant.

35

Rote Zwei überlegte: *Was sollte man über den eigenen Tod sagen? Oder vielmehr: Was möchte man von jemand anderem darüber hören? War ich ein guter Mensch? Vielleicht nicht.*

Sarah versuchte, die Gedanken zu ordnen, die sie bestürmten. Sie fühlte sich in einem Schwebezustand zwischen Leben und Tod. Die Schüsse, die gedämpft durch die dicken Ohrenschützer drangen, klangen wie ferner Donner. Im Stand neben ihr feuerte die Leiterin von *Safe Space* eine Salve aus ihrer Neun-Millimeter-Pistole ab, die sich wie geballte Wut entlud. Sarah hob die Waffe ihres toten Mannes auf Augenhöhe, hielt sie so, wie man es ihr gezeigt hatte, ruhig und mit beiden Händen, und nahm die schwarze Silhouette einer männlichen Cartoonfigur ins Visier. Die Pappfigur hielt ein großes Messer in der Hand, blickte ihr mit einem bösartigen Grinsen im vernarbten Gesicht entgegen und war auf der Brust mit einer deutlich sichtbaren Zielscheibe markiert. Sarah drückte drei Mal ab. Sie bezweifelte, dass der Pappkamerad dem Bösen Wolf irgendwie ähnlich sah, aber wer wusste das schon.

Vom Rückstoß spürte sie Schockwellen in den Armen, doch insgeheim war sie stolz darauf, dass sie nicht wie befürchtet nach hinten stolperte oder gar zu Boden ging.

Sie sah auf und spähte zur Pappfigur. Zwei Schuss hatten ein wenig außerhalb der Zielscheibe getroffen, der dritte dagegen hatte das Papier genau in der Mitte zerfetzt. Sie wusste nicht, ob es der erste oder der letzte gewesen war, doch es freute sie, dass immerhin einer tödlich gewesen wäre.

»Gut gemacht«, sagte die Leiterin, während sie sich um die Trennwand herum in Sarahs Schießstand lehnte. »Versuch mal, die Waffe in den Griff zu bekommen, wenn sie beim Schnellfeuer nach links und rechts ausschlägt. Und nicht vergessen: Immer die ganze Kammer abfeuern. Alle sechs Patronen hintereinander weg. Das erhöht deine Chancen. Wir haben jede Menge Munition und jede Menge Zeit.«

Jede Menge Munition mag stimmen, dachte Sarah. Jede Menge Zeit wohl nicht.

Sie ließ die Trommel aufschnappen, um sie aus einer Schachtel auf dem Schützenstand in Taillenhöhe neu zu laden.

Sarah Locksley, vor dreiunddreißig Jahren geboren. Früher einmal glücklich. Dann nicht mehr. In einem Fluss geendet, weil ein Psychopath, der sie zu ermorden drohte, sie in noch größere Verzweiflung trieb, auch wenn sie ohnehin schon alles verloren hatte, wofür es sich zu leben lohnte, als ein gottverdammter Tankwagenfahrer ein Stoppschild überfuhr.

Sie hob die Waffe und zielte erneut.

So geht das nicht. Immerhin ist es ein Gedenkgottesdienst. Ein wenig Trauer und ein paar nette, unverfängliche Worte über einen Menschen, dessen Leben durch eine Tragödie zu früh geendet hat.

Das bin ich. Ich bin dieser Mensch. Oder vielleicht mein Ex-Ich.

Die Zielfigur ragte vor ihr auf. Sie konzentrierte den Blick und summte etwas vor sich hin, um nicht den Lärm der anderen Schüsse zu hören.

Kein wahres Wort über Sarah Locksley.

Sie schmunzelte. Irgendwie hätte sie es schön gefunden, heimlich zu der Gedenkfeier zu gehen. Mit Sicherheit hätte es ihr geholfen, von sich Abschied zu nehmen.

Mach's gut, Sarah. Hallo, Cynthia Harrison. Nett, deine Bekanntschaft zu machen. Und ich bin hocherfreut, dein Leben zu übernehmen.

Die Schüsse hallten ihr wie ein Echo in den Ohren, und die Waffe in ihren Händen schlug heftig aus.

Cynthia Harrison, ich frage mich, ob du peinlich berührt oder enttäuscht oder wütend wärst, wenn du wüsstest, dass ich unter deinem Namen einen Mann töten werde. Einen ungewöhnlichen Mann. Einen Bösen Wolf, der mit absoluter Sicherheit den Tod verdient. Immerhin hat er mich schon umgebracht.

Diesmal landeten vier der sechs Schüsse in der Mitte, und der fünfte riss ein Loch in die Stirn der Zielfigur.

Zwanzig Minuten vor Beginn der Feierstunde nahm Rote Drei die Videokamera, die sie im Einkaufszentrum erworben hatte, und brachte sie an einer Stelle an, wo die Linse alle erfasste, die zur Tür hereinkamen, stehen blieben und sich in ein »Gedenkbuch« eintrugen, bevor sie in dem kleinen Raum Platz nahmen. Sie war so eingestellt, dass sie zwei Stunden lang filmen würde, was Jordan für mehr als ausreichend hielt.

Sie warf einen prüfenden Blick nach vorn. Karen hatte aus Fotos von Sarah und ihrer toten Familie eine Montage zusammengestellt. Die Bilder waren auf weißen Plakatkarton geklebt und an einem Stativ befestigt. Flankiert wurde die Tafel von weißen Liliengestecken, und davor hatte das Bestattungsunternehmen ein paar Stuhlreihen aufgestellt. Es gab ein kleines Podium mit einem Mikrofon, von dem aus Karen ein paar Worte an die Trauergäste richten würde.

Einerseits verspürte Rote Drei den Drang zu bleiben. Sie spielte mit dem Gedanken, sich hinter einem Vorhang zu verstecken, stocksteif stehen zu bleiben und die Luft anzuhalten.

Doch sie wusste, dass es sträflicher Leichtsinn wäre, selbst wenn sie sich versteckte.

Und so raffte sie sich wenige Minuten, bevor die ersten Autos in den Parkplatz des Beerdigungsinstituts einbogen, auf und stahl sich davon. Sie trug ein dunkles Sweatshirt unter ihrem alten Parka und lief, die Kapuze des Sweaters tief ins Gesicht gezogen, zur nächsten Bushaltestelle.

Zum ersten Mal seit Tagen wusste sie, dass ihr niemand folgte. Auch wenn sie keine logische Erklärung dafür fand, zog sie die Überzeugung nicht in Zweifel, weil ihr der kleine Beitrag zu der Totenfeier das gute Gefühl gab, dass sie ein wenig zum eigenen Schutz vor ihrem Mörder beigetragen hatte.

Als der Bus mit einem schnaubenden Geräusch neben ihr anhielt und sich mit dem vertrauten hydraulischen Zischen die Türen öffneten, stieg sie ein. Jordan war sich wohl bewusst, dass sie jede Menge Schulvorschriften übertrat, indem sie an einem Samstag unerlaubt den Campus verließ. Es war ihr egal. Sie ging davon aus, dass solche schwerwiegenden Verstöße in den nächsten Tagen ihr geringstes Problem sein würden.

Karen saß in einem adretten, puritanisch züchtigen Kleid im Nebenzimmer und brütete über zwei Blättern, auf denen sie sich – nach Sarahs Angaben zu ihrem Lebenslauf – Notizen für eine kleine Ansprache gemacht hatte.

Die Worte auf der Seite verschwammen ihr vor den Augen. Sie fühlte sich wie eine Legasthenikerin, als die Buchstaben auf dem Papier willkürlich hin und her zu springen schienen und sie völlig aus dem Konzept zu bringen drohten. Wie immer, wenn sie zum ersten Mal mit einer neuen Comedynummer auf die Bühne trat, nahm sie auch jetzt zu ein paar Atemübungen Zuflucht. Langsam ein. Langsam aus. Beruhige deinen Herzschlag.

»Ich weiß, dass du hier bist«, flüsterte sie. Ein Mitarbeiter des Instituts, der ihr gegenübersaß, blickte mit gekonnt kummervollem Blick zu ihr auf, und sie begriff, dass er glaubte, sie spräche mit ihrer toten Freundin und nicht mit einem Mörder.

»Die ersten Leute treffen ein«, sagte der Bestattungsunternehmer. Er war deutlich jünger als der Mann, mit dem sie vor einigen Tagen gesprochen hatte, beherrschte aber den feierlich ernsten Ton seiner Zunft schon recht gut. Sie vermutete, dass er ein Sohn oder Neffe des älteren Mannes war, der ins Familienunternehmen eingeführt wurde, und diese kleine Gedenkfeier stellte für ein Bestattungsinstitut ganz gewiss keine Herausforderung dar. Die Anwesenheit des Chefs erübrigte sich. Kein Sarg. Keine Leiche. Wenig Blumen. Schlimmstenfalls hier und da eine Gefühlsaufwallung. *Falls er da draußen ist, dann nur, weil er sehen und hören will, was hier läuft.* Karen merkte, wie sich bei dem Gedanken, da hinauszugehen und sich vor den Wolf hinzustellen, ihr Puls wieder beschleunigte.

»Ich geh jetzt raus«, sagte sie in kläglichem Ton.

Zuvor hatte sie einen Stuhl mit gerader Rückenlehne hinter das Mikrofon gestellt. Während sie zum Podium ging, begrüßte sie jeden, der vom Parkplatz hereinkam, mit einem freundlichen Lächeln und stummen Nicken. Die Gesichter, die ihre Geste erwiderten, waren ihr alle unbekannt. Mit jedem Schritt hatte sie das Gefühl, ins Scheinwerferlicht zu treten. Sie wusste, in welche Gefahr sie sich begab. Nicht zu ändern. Wie ein orientalisches Mantra wiederholte sie unablässig den Gedanken, dass er sie nicht hier und jetzt töten würde. Jedenfalls hatte sie noch nie davon gehört, dass jemand in einem Bestattungsinstitut vor den versammelten Trauergästen ermordet worden war. Die Vorstellung war so abwegig, dass diese Logik ihr genügte, um die Nerven zu bewahren.

Karen hatte noch nie eine Trauerrede gehalten, und schon gar nicht für jemanden, den sie kaum kannte und der in Wahrheit gar nicht tot war. Die Farce wäre urkomisch gewesen, wäre es dabei nicht um den Versuch gegangen, am Leben zu bleiben.

Über die Toten soll man nichts Schlechtes sagen, dachte sie und fragte sich, woher diese Maxime ursprünglich stammte. Karen war von der Besucherzahl angetan. Sie hatte nicht gewusst, ob fünf oder fünfzig Leute kommen würden. Auch dass überhaupt niemand auftauchte, wäre im Bereich des Möglichen gewesen, doch die Zahl der Menschen, die zu der kleinen Feier strömten, übertraf ihre kühnsten Erwartungen. Das war gut. Perfekt. *In einer größeren Menschenmenge wird er sich sicher fühlen. Er wird davon ausgehen, dass er sich gefahrlos unters Volk mischen kann. Wäre niemand erschienen, hätte er sich wahrscheinlich wieder verdrückt, um nicht zu riskieren, in dem leeren Raum aufzufallen.*

Sie fühlte sich wie unter Strom, ein wenig so wie sonst beim Betreten der Bühne unter freundlichem Applaus.

Mach deine Sache gut. Sei überzeugend. Stelle klar, dass Sarah tot ist.

Sooft sie auch vor einer erwartungsvollen Menschenmenge gestanden hatte, dies hier war ihr wichtigster Auftritt.

Karens Blick fiel auf eine Frau und einen Mann sowie einen kleinen Jungen in einem zu engen weißen Hemd und mit einer roten Fliege um den Hals, die locker gebunden herabhing. Der Junge lehnte sich an eine ältere Schwester von vielleicht dreizehn, vierzehn Jahren, die sich mit einem Taschentuch die Augen tupfte. Die Familie blieb respektvoll vor dem Fotoarrangement stehen und betrachtete die Bilder, bevor sie ihre Plätze einnahm. *Eine ehemalige Schülerin,* stellte Karen fest, *und ein kleiner Bruder, der überall lieber wäre als hier.*

Kein Wolf.

Der Raum füllte sich allmählich – eine bunte Vielfalt an Männern und Frauen aller Altersgruppen in Begleitung einiger Kinder. Die getragene Musik, die aus den verdeckten Lautsprechern drang, umnebelte sie wie Rauch, und sie hatte das Gefühl, als trübte ihr die Musik die Sicht. Sie wartete, bis die Letzten in der Schlange die Gelegenheit ergriffen hatten, etwas ins Gedenkbuch zu schreiben, dann stand sie auf. Aus dem Augenwinkel heraus sah sie, wie der junge Bestattungsunternehmer einen Schalter an der Wand ausknipste und die Musik abrupt zum Verstummen brachte. Sie warf einen kurzen Blick über die Trauergäste und stürzte sich in ihre Rede.

»Zunächst einmal möchte ich Ihnen allen danken, dass Sie gekommen sind. Es ist wunderbar, wie zahlreich Sie erschienen sind, und meine Freundin Sarah hätte sich sehr gefreut, so viele Menschen zu sehen.«

Am liebsten hätte sie jedem einzelnen Zuhörer im Raum ins Gesicht gesehen, als könnte sie den Bösen Wolf am Funkeln seiner Augen erkennen, doch stattdessen sprach sie mit gesenktem Kopf, als ginge ihr der traurige Anlass dieser inszenierten Feier zu nahe. Sie hoffte, dass Jordans Kamera die Gäste an ihrer Stelle ins Visier nahm. Sie las Worte vor, die nichts als leere Phrasen waren, und bemühte sich um einen andächtigen, respektvollen Ton, während sie am liebsten laut geschrien hätte.

Es war ein riskantes Spiel, keine Frage. *Vielleicht ist er zu gerissen und bleibt weg, dann ist das alles hier für die Katz gewesen.*

Vielleicht aber auch nicht.

Vielleicht zieht es ihn hierher, und er kann, nachdem er einmal Witterung aufgenommen hat, nicht widerstehen.

Darauf bauten die drei Roten.

Sie dachte an die alte Redensart: Neugier ist der Katze Tod. *Vielleicht bricht sie auch einem Wolf das Genick.*

36

Schon komisch, dachte er, dass ich nach all den Morden, die ich begangen habe, einfach ungern zu Beerdigungen gehe. Die schlagen mir wirklich aufs Gemüt. Zu viel Druck auf die Tränendrüse und geheuchelte Anteilnahme.

Er pfiff eine zusammenhangslose Tonfolge vor sich hin, keine erkennbare Melodie. *Reale Menschen wie die Roten. Erfundene Charaktere in meinen Büchern. Eine Vielfalt an Möglichkeiten, von meiner Hand zu sterben. Ob auf einer Romanseite oder aufgebahrt in einer Leichenhalle, bevor man im Krematorium oder unter der Erde verschwindet – so oder so ist man mausetot. Ob man an Altersschwäche, Krankheit oder eines plötzlichen Todes stirbt, durch ein Messer oder eine Pistole oder gar nach Lust und Laune eines Autors, am Ende läuft es aufs selbe hinaus.*

Er schnaubte verächtlich, als ihm bewusst wurde, dass er wie ein Pfaffe klang, der sich selbst eine Predigt hielt. »Asche zu Asche. Staub zu Staub«, sagte er in aufgesetzt feierlichem Ton.

Der Böse Wolf war stolz darauf, wie er seine fiktionalen Welten perfekt mit der Realität in Deckung brachte. In beiden Welten war er ein Mörder. Für ihn gab es kaum noch einen Unterschied zwischen den drei Roten und ihrer Verarbeitung zu Romanfiguren. Beide Welten, die Wirklichkeit und die Fiktion, meisterte er souverän. Die Gewissheit, an beiden Schauplätzen so routiniert zu sein, erfüllte ihn mit einer diebischen Freude.

»Ticktack, ticktack. Die Uhr tickt, meine Damen«, sagte er leise. Er kicherte und überlegte, was letztlich verlockender war: zu töten oder darüber zu schreiben. Beides hatte einen unwiderstehlichen Reiz.

Das Einzige, was ihm nach wie vor zu schaffen machte, war die Frage, wie er in seinem Buch den Tod von Rote Zwei behandeln sollte. Eine jener Verwicklungen, die Schriftsteller so oft zu lösen versuchten. James Ellroy zum Beispiel, einer seiner Lieblingsautoren. *Stadt der Teufel. Er fügt die Erzählfäden gerne zu komplizierten Szenarien zusammen und windet sich dann mit einer stringenten, treffsicheren Sprache spielend leicht wieder heraus. Und mit Gewalt. Jeder Menge Gewalt. Die Brutalität, die er in sein Ende packt, bleibt einem immer vor Augen.* Der Böse Wolf wusste, dass er ihre letzten Sekunden am Rand der Brücke ebenso lebendig schildern musste wie das, was er Rote Eins und Rote Drei zugedacht hatte. Nur war er leider nicht dabei gewesen. Er fluchte laut. Auf jeden Fall mussten die Leser begreifen, dass er ihr, als sie sich in die dunklen Fluten stürzte, den entscheidenden Stoß versetzt hatte.

»Du weißt genug. Du kennst die Einzelheiten. Es ist nur eine Frage der angemessenen Beschreibung«, sagte er. Es tat ihm immer gut, sich in der zweiten Person anzusprechen.

Er ging die Liste durch: *Panik: ist dir bestens vertraut. Zweifel: verstehst du. Angst: Wer kennt sich darin besser aus als du? Bring sie alle in den letzten Gedanken von Rote Zwei zusammen, und du triffst den Nagel auf den Kopf.*

Er beschloss, später zu Hause ein Bad zu nehmen und mit dem Kopf ganz unter Wasser zu tauchen, um die Erfahrung des Ertrinkens zu simulieren. *Ist zwar nicht dasselbe – keine schwarzen Wassermassen und Strömungen, die dich nach unten ziehen. Aber du wirst es so weit nachvollziehen können, dass die Darstellung überzeugt.*

Halte so lange die Luft an, bis du fast ohnmächtig wirst, dann weißt du's.

So müsste es funktionieren.

Du musst kennen, worüber du schreibst. Hemingway kannte den Krieg. Dickens kannte die britische Klassengesellschaft. Faulkner kannte den Süden.

In allen guten Schriftstellern steckt ein Journalist.

Er hatte seinen Wagen auf einem kleinen unbefestigten Parkplatz am Eingang eines Wildgeheges abgestellt, unweit des Hauses von Rote Eins. Der Park grenzte an die Rückseite ihres Grundstücks. Es gab einen Wanderweg, den die Körnerfresser und Naturapostel der Gegend liebten und der zunächst in den Wald und anschließend einen steilen, aber nicht allzu unwegsamen Pfad zu einem Hügel hinaufführte, wo er einen mit einem herrlichen Blick über das Tal belohnte, in dem er selbst und die drei Roten lebten. Es war ein beliebtes Ausflugsziel, und der Parkplatz war an einem Sonntagmorgen nicht selten mit einem guten Dutzend Autos zugeparkt, und man hörte das Lachen der Wanderer auf ihrem Auf- oder Abstieg. An Wochentagen dagegen war der Platz meist leer, da es nicht viele gab, die nach einem langen, öden Arbeitstag die Energie für eine noch so kleine Wanderung aufbrachten. An diesem Nachmittag standen gerade mal drei Autos auf dem Parkplatz, obwohl es Samstag war. Der grau verhangene Himmel kündigte Regen an, und es war so kalt, dass er seinen Atem sehen konnte, als er die Scheibe herunterließ. In höheren Lagen konnte es Schneegestöber geben. Das war bedenklich. Er wollte keine Spuren auf gefrorenem Boden hinterlassen. Auf nassem, weichem Grund würden seine Spuren schnell verwischt, doch Matsch, der später, mit sinkender Temperatur gefror, würde sein Profil fast so gut erhalten wie eine Gipsform. Er hatte von mehr als einem Mörder gelesen, der durch einen gut erhaltenen Schuhabdruck überführt worden war, und er war sich bewusst, dass selbst die Dorftrottel vom hiesigen Revier wussten, wie man Schuh- und Reifenabdrücke identifizierte.

Er sah sich um. Auch wenn nur ein paar unentwegte Wanderer unterwegs waren, musste er sichergehen, dass ihn keiner dabei beobachtete, wie er etwas ungeschickt einen billigen blauen Anzug gegen Jeans, einen Fleecepullover und einen Regenmantel wechselte – Alltagskleidung gegen Wanderkluft. Er musste sich auf dem Vordersitz seines Wagens verrenken, als er aus der Hose schlüpfte, und wieder einmal wurde ihm bewusst, dass er nicht jünger wurde. Es knirschte in seinen Knien, und er bekam einen steifen Rücken, da war nichts zu machen. Er schüttelte seine schicken Schuhe ab, zog sich dicke Wollsocken an und schlüpfte in derbe, wasserdichte Wanderstiefel.

Nachdem er sich umgekleidet hatte, überprüfte er den falschen Lippen- und Kinnbart im Rückspiegel, um sich zu vergewissern, dass er ihm noch richtig im Gesicht saß und nicht verrutscht war, als er sich in den Rollkragenpullover gezwängt hatte.

Aus den guten alten Zeiten vor der Einführung von Überwachungskameras hatte er von einem Bankräuber gelesen, der sich nie hinter irgendwelchen Masken versteckte, sondern sich vor jedem Überfall mit Theaterschminke eine brutale falsche Narbe im Gesicht verpasste, die von einer Augenbraue über die Wange bis unters Kinn verlief.

Der kannte sich mit der Psychologie des Verbrechens aus, dachte der Böse Wolf. Jedes Mal, wenn die Polizei Kassierer und andere Zeugen um eine Personenbeschreibung des Täters bat, hatten sie einhellig erklärt: »Den können Sie nicht verfehlen, denn er hat diese Narbe ...«, die sie anschaulich beschrieben. Sie sahen nichts weiter als diese falsche Narbe. Weder Haar- noch Augenfarbe, die Form seiner Wangenknochen, die Konturen von Nase und Kinn. Die Geschichte hatte ihm schon immer gefallen. Die Leute sahen nur das, was ins Auge sprang, die Feinheiten entgingen ihnen.

Doch die Feinheiten waren sein leidenschaftliches Credo.

Aus dem Kofferraum seines Autos holte er einen Rucksack in grellem Pink, den er in einer Drogerie gekauft hatte. Er war mit einem galoppierenden Einhorn geschmückt. Mädchen im Kindergartenalter liebten so etwas. Außerdem holte er einen knorrigen Wanderstock heraus, um den er einen Schal in Regenbogenfarben wickelte, ein klassisches Accessoire der hiesigen Schwulen und Lesben. Über den Kopf zog er sich eine marineblaue Strickmütze mit dem Logo der Footballmannschaft New England Patriots.

Diese Verkleidung stellte ein Sammelsurium an Ungereimtheiten dar, das ihn genau deshalb für jeden, dem er im Wald zufällig begegnete, praktisch unsichtbar machte. *Sie werden sich an all die falschen Dinge erinnern.*

In seinen Rucksack hatte er sechs Gegenstände gepackt: ein Butterbrot, eine kleine Taschenlampe, eine Thermoskanne mit Kaffee und ein Nachtsichtgerät für den Fall, dass er beschloss, bis zum Einbruch der Dunkelheit zu bleiben, ein einklappbares Fernglas und ein Exemplar von Audubons *Vögel Amerikas.*

Das Buch – das er nie gelesen oder auch nur aufgeschlagen hatte – war für jemanden wie einen Parkwächter bestimmt, der neugierig genug war, ihn anzuhalten, auch wenn der Böse Wolf bezweifelte, dass an diesem Nachmittag einer von ihnen auf den Wanderwegen unterwegs sein würde. Er hegte nicht wirklich die Absicht, einen Weißkopfadler oder eine Weißkehleule zu beobachten.

Er fing wieder an zu pfeifen. Eine unbeschwerte, fröhliche Melodie. Er sah auf die Armbanduhr. Das Timing ist wichtig, rief er sich ins Gedächtnis. Er wartete, bis der Sekundenzeiger auf zwölf sprang, dann machte sich der Böse Wolf so schnell er konnte an den Aufstieg. Er suchte nach der Kerbe, die er in einen Baumstamm am Wegesrand geschnitten hatte, um die Route durch den Wald zu markieren, die den Hang hinunter am Haus von Rote Eins vorbeiführte.

Probelauf, dachte er. Das nächste Mal wäre es kein rosa Kinderrucksack und kein Schwulenwanderstock. Das nächste Mal würde er nur sein Jagdmesser mitbringen.

Er fasste seinen Plan noch einmal zusammen: *Dienstag. Ein ganz gewöhnlicher Wochentag, langweilig, mitten in der Arbeitswoche. An einem Dienstag war nichts Besonderes.*

Der kommende Dienstag würde da allerdings eine Ausnahme bilden.

Er zählte gewissenhaft die Minuten, die er brauchte, um sich seinen Weg durch das Dickicht des Waldes zu bahnen. Von da an würde er die Stunden bis Dienstag zählen.

Durch die Seitentür aus dem Haus. Am Eckladen und der Pizzeria vorbei. *Lauf geduckt, mit gesenktem Kopf und zügigen Schritten.*

Rote Zwei eilte durch das dämmrige Licht des Spätnachmittags. Es hatte wieder zu nieseln begonnen. Sie zog gegen die Kälte die Schultern ein und drückte das Kinn an die Brust. Sie trug eine alte, schwarze Baseballkappe, die schon ein wenig zerfleddert war und ihren Haarschopf kaum verbarg, aber besser war als nichts. Auf dem Schirm bildeten sich ein paar Tropfen.

Die Episkopalkirche war ihnen als ein guter Treffpunkt erschienen. Sie lag vier Blocks von dem Frauenhaus entfernt, in dem sich Sarah versteckte, fast unmittelbar an der Buslinie, die an Jordans Schule vorbeiführte. Zugleich war sie von dem Parkhaus aus, in dem Karen ihren Wagen abstellen und ein paarmal mit dem Fahrstuhl hinauf- und hinunterfahren konnte, um einen potenziellen Verfolger abzuschütteln, in einem kurzen Fußmarsch durch die Einkaufsstraßen in der Innenstadt bequem zu erreichen.

»Der Pastor hat im Kellergeschoss einen Raum, den wir benutzen dürfen«, hatte Rote Eins am Telefon gesagt. »Ich hab ihm erzählt, dass wir einer Freundin in *Safe Space* helfen müssten – dir, Sarah – und einen ungestörten Treffpunkt bräuchten. Er war äußerst verständnisvoll. Er sagte, er würde häusliche Gewalt oft in seinen Predigten anprangern, deshalb habe ich so getan, als ginge es um einen gewalttätigen Ehemann.«

Sie hatte nicht gesagt, »Kein Wolf wird uns in eine Kirche folgen«, ein Gedanke, der Sarah beflügelte, als sie den schwarzen, im Regen glitzernden Parkplatz überquerte. Irgendein absurder Gedanke über geweihten Boden geisterte ihr durch den Kopf, doch das betraf Vampire und nicht Wölfe.

Rote Eins hatte sie angewiesen, die Kirche nicht durch das Hauptportal zu betreten, und so lief sie zur Rückseite. Es gab einen kleinen Eingang zum Keller mit einem Schild und der Aufschrift: *Kein Zutritt während der Sonntagsgot-*

tesdienste. Die AA-Gruppe trifft sich montags, mittwochs, freitags, 19 – 21:00.

Sie trat in eine Pfütze, fluchte und hastete weiter. Sie fühlte sich fast wie ein Gespenst, als wäre sie plötzlich unsichtbar. *Liegt es an der Gedenkfeier? Eine Menge Leute halten mich für tot. Niemand, der die alte Sarah kannte, darf die neue Cynthia sehen.*

Sie öffnete die Tür und betrat das Kellergeschoss der Kirche. Nicht weit von ihr zischte ein Heizkörper, und irgendwo schepperten verborgene, dampfgefüllte Rohre. Sarah lief zielstrebig unter dem kalten Licht nackter Glühbirnen einen schmalen, weißgetünchten Flur entlang. Am Ende öffnete sich der Korridor in einen größeren Raum mit einer niedrigen, schalldichten Decke und Linoleumboden. An einer Wand war ein leeres Podium, vor dem mehrere Reihen stählerner Klappstühle standen. Es war ein schäbiger, trostloser Raum, und sie vermutete, dass hier die Treffen der Anonymen Alkoholiker stattfanden.

In einer Ecke stand eine Tür offen, und sie hörte Stimmen. Sie folgte ihnen und entdeckte Karen an einem massiven Eichentisch. An den Wänden hingen Fotos von einem grauhaarigen Mann in Priesterrobe beim Gottesdienst sowie ein paar gerahmte Theologiediplome, doch von dem Priester war nichts zu sehen. Jordan stand neben Karen und hantierte mit einer Kamera, ein paar Kabeln und einem Laptop.

Jordan sah auf und sagte grinsend: »Hey, wandelnde Tote. Wie geht's?«

»Nicht schlecht. Gewöhne mich allmählich daran«, sagte Sarah.

»Cool.«

Karen kam herüber und umarmte Sarah, was die jüngere Frau überraschte, auch wenn sie die Wärme in der Geste spürte. Nicht direkt die Umarmung einer Freundin, doch ein unausgesprochenes *Wir stehen das zusammen durch.*

»Wie ist es gelaufen?«, fragte Sarah. Was konnte absurder sein, als sich danach zu erkundigen, wie die eigene Totenfeier aufgenommen worden war, doch sie verdankten es dem Wolf, dass sie Fragen stellten, die außerhalb aller vertrauten Normen lagen.

Karen zuckte die Achseln und verzog das Gesicht zu einem süßsauren Lächeln. »Gut. Etwas seltsam, aber gut. Du hattest viel mehr Freunde, als du gedacht hast. Die Leute waren offenbar wirklich traurig darüber …« Sie führte den Satz nicht zu Ende, doch Jordan sprang ein.

»… dass du dir das Leben genommen hast.«

Der Teenager grinste und lachte.

Sarah brachte ein schwaches Lächeln zustande. Sie fand ihre Situation nicht im Mindesten komisch, weder was sie getan hatten, noch was sie zu tun gedachten, auch nicht ihren Abschied von ihrem alten Leben. Andererseits traf Jordans Reaktion das Ganze im Kern: Es war zum Totlachen, ein toller, gelungener Streich.

Die drei Roten schwiegen einen Moment.

»War er da?«, fragte Sarah.

»Wenn ich das wüsste«, erwiderte Karen. »Es waren eine ganze Reihe Männer da, auch Familien, aber mir ist kein bestimmter Mann ins Auge gesprungen. War ja nicht zu erwarten, dass er sich ein Schild umhängt, *Gestatten, böser Wolf,* oder dass er sonst irgendwie aus dem Rahmen fällt. Ich hab versucht, mit jedem Blickkontakt aufzunehmen, aber das war schwerer als gedacht.«

»Er muss da gewesen sein«, sagte Jordan im Brustton

der Überzeugung und dem jugendlichen Selbstvertrauen, sich einer Sache hundertprozentig sicher zu sein. Die anderen beiden Roten waren älter und neigten daher eher zu Zweifeln. »Also mal ehrlich, wie könnte er wegbleiben, wo doch die Feier letztlich sein Werk war? Die ganze Zeit haben wir den Scheißkerl im Nacken, und so eine Gelegenheit soll er sich entgehen lassen? Das wäre wie sechs Richtige im Lotto, und du hältst es nicht für nötig, den Schein einzulösen.«

Karen hingegen fielen tausend Gründe ein, weshalb der Wolf beschlossen haben könnte fernzubleiben. Oder auch nur einer, dachte sie, ohne es auszusprechen. *Weil er clever ist und es gar nicht nötig hatte, dort zu sein, weil er irgendwo da draußen auf uns lauert. Um die nächste Ecke oder in meinem Haus oder in meiner Praxis oder ganz woanders, wo ich nicht mit ihm rechne und wo ich sterben werde.*

Sie schüttelte den Kopf, nicht über Jordans Gewissheit, sondern um die Ängste abzuschütteln, die sie bestürmten.

Plötzlich blitzte in ihrem Kopf ein seltsamer Gedanke auf, eine Erinnerung aus einem Literaturkurs am College, an dem sie Jahre vor ihrer Ausbildung in organischer Chemie, in Statistik und Physik und der endlosen Facharztausbildung teilgenommen hatte. Es war ein Kurs über die Literatur des Existenzialismus gewesen, und sie hatte seit Jahrzehnten nicht mehr daran gedacht.

Mutter ist heute gestorben. Vielleicht auch gestern; ich weiß es nicht genau.

Sie hätte schreien können.

Karen stirbt morgen. Vielleicht auch übermorgen; ich weiß es nicht genau.

Jordan tippte in die Computertastatur und sah dann zu ihnen auf. »Hey, es funktioniert. Es kann losgehen!« Sie stieß ein sarkastisches Lachen aus. »Fehlt nur noch das Popcorn.«

Die drei Frauen beugten sich über den Schreibtisch und starrten auf den Bildschirm, der sich mit Leben füllte: Menschen, die zum Gedenkgottesdienst hereinkamen. Im Hintergrund spielte die Musikkonserve. Da die Besucher sich still und respektvoll verhielten, war kaum etwas anderes zu hören, während sie, ohne es zu wissen, vor die Linse der Kamera traten und wieder verschwanden.

»Stellt euch ein Dreieck vor«, sagte Karen leise. »Wenn man sich über einen Ort einen Überblick verschaffen will, denkt man an ein Dreieck, das gibt einem die Antwort, die man braucht.«

»Das sind wir«, sagte Jordan. »Rote Eins, Rote Zwei und Rote Drei. Drei Schenkel eines Dreiecks.«

»Seht genau hin«, fuhr Karen fort. »Sarah, du solltest jeden identifizieren, den du kennst.« Sie schlug das Gedenkbuch auf, das sie vom Bestattungsinstitut bekommen hatten, in das die Leute kurze Bemerkungen eingetragen oder auch nur ihre Unterschrift gesetzt hatten.

Sarah starrte auf die erste Person, die auf dem Video zum Buch ging.

»Also, das ist mein Nachbar mit seiner Frau und ihren beiden Söhnen. Der rot weiß blaue Superpatriot, durch dessen Garten du geschlichen bist«, sagte sie zu Karen.

Karen nahm einen Bleistift und machte hinter dem Namen im Buch ein Häkchen.

»Das sind die Eltern einer meiner Schülerinnen. Und das ist sie selbst. Sie war in meiner letzten Klasse, bevor ich gekündigt habe. Sie ist ganz schön gewachsen.«

Sarah war kurz davor, zu weinen. »Sie ist so hübsch geworden«, fügte sie im Flüsterton hinzu.

Abgehakt.

»Weiter«, sagte Karen linkisch.

Ein Gesicht nach dem anderen zog über den Bildschirm, und Sarah gab ihnen Namen und Zusammenhänge. Jordan ließ das Video zwischendurch per Maustaste langsamer laufen und hielt es bei ein, zwei Gelegenheiten an, bis Sarah die Person eingeordnet hatte. Mal stellte sie die Verbindung spontan, mal erst nach einigem Nachdenken her. Es erinnerte ein wenig an ein experimentelles Theaterstück, bei dem es keinen Dialog und keine Handlung gab, sondern nur einzelne Bilder, die einen unverwechselbaren, tiefen Eindruck hinterließen. Mehrfach musste Sarah eine Pause einlegen, im Zimmer auf und ab laufen und tief in ihrer Erinnerung kramen, bis ihr einfiel, wer es war. Besondere Aufmerksamkeit widmeten die drei Roten jedem Mann in der Besucherschlange.

»Komm schon, verdammt noch mal«, flüsterte Jordan. »Ich weiß, dass du da bist.«

Der Strom verebbte und kam schließlich zum Stillstand.

»Mist, Mist, Mist«, fluchte Jordan, als auf dem Computerbildschirm nur noch das Gedenkbuch zu sehen war. Die Musik verstummte, und sie hörten die ersten Worte von Karens Trauerrede. »Scheißkerl«, fügte Jordan hinzu.

»Sehen wir es uns noch mal an«, sagte Karen ruhig. Dabei kämpfte sie gegen eine Woge der Panik an.

»Er ist nicht gekommen«, sagte Sarah. Sie fühlte sich wie über einem Abgrund – als rutsche ihr Finger, der sich mit letzter Kraft um den Felsvorsprung krallte, ab und sie stürze in die Tiefe.

Karen sah, wie Jordan die Fäuste ballte und in die Luft boxte, als hätte sie dort das Gesicht des Wolfs vor sich, das auf dem Video nicht zu sehen war.

»Schauen wir es uns noch einmal an«, wiederholte Karen leiser, doch mit der Entschlossenheit der blanken Wut. »Wir haben etwas übersehen.«

Innerlich nagte der Zweifel an ihr – vielleicht hatten sie ja doch nichts übersehen. Sie merkte, wie ihr vor Angst und Anspannung die Stimme versagte und ihr Puls zu rasen begann. *Das kann nicht umsonst gewesen sein.* Es war schließlich nicht so, dass sie noch einen Haufen Ideen im Ärmel hatte. Sie war kurz davor, in Tränen auszubrechen, und es kostete sie eine gewaltige Willensanstrengung, dagegen anzugehen. »Noch mal von vorne. Und, Jordan, halte das Video diesmal bei *jedem* an, der sich einträgt.«

Es war eine mühselige Angelegenheit. Langsam und bedächtig. Mit jedem Besucher, der als Wolf nicht infrage kam, wuchs die Anspannung im Raum. Im Grunde wusste keine von ihnen, wonach sie suchten. Vielmehr ließen sie sich von der absurden Vorstellung leiten, auf etwas Eindeutiges zu stoßen – während jede von ihnen insgeheim fürchtete, dass das Gegenteil der Fall war.

Jordan hätte sich am liebsten irgendeinen Gegenstand geschnappt und gegen die Wand geschleudert. Karen war danach zumute, so lange lauthals zu schreien, bis sie nicht mehr konnte. Sarah, die das Gefühl hatte, die anderen beiden zu enttäuschen, war den Tränen nahe.

Jordan hielt den Film bei einer Familie an, die vor dem Buch verweilte. »Also gut«, sagte sie in frustriertem Ton. »Wer zum Teufel ist das?«

»Der Mann ist Notarzt bei der Feuerwehrstation, bei der mein Mann Schichtleiter war. Ich glaube, den haben sie zu …«

Sie sprach nicht weiter, da sie das Wort *Unfall* nicht über die Lippen brachte. Sarah stand auf und lief ein paar Schritte im Raum hin und her, als hätte sie Angst, sich die Bilder noch einmal anzusehen.

Karen verstand augenblicklich, was mit ihr los war. Sie versuchte, Sarah über diese schwierige Hürde hinwegzuhelfen. »Gut, er hat mit deinem Mann zusammengearbeitet. Und wer sind die anderen neben ihm?«

Sarah blieb stehen und drehte sich wieder zum Bildschirm, diesmal allerdings in einigem Abstand, als könne sie die räumliche Distanz vor den Erinnerungen bewahren.

»Das muss seine Frau sein, die mit dem kleinen Kind an der Hand und dem Baby auf dem Arm. Sie waren ein, zwei Mal zum Essen bei uns. Die Frau direkt dahinter ist wohl die Schwiegermutter. Daran kann ich mich erinnern. Die Schwiegermutter wohnte bei ihnen. Mein Mann stöhnte ein paar Mal, er sei es leid, sich ständig die Klagen über sie anzuhören …«

»Okay, weiter geht's«, sagte Jordan. »Es sei denn, du hältst einen Notarzt für den Wolf.«

Karen hob die Hand. Irgendetwas machte ihr zu schaffen, auch wenn sie nicht wusste, was.

»Nein«, sagte sie bedächtig. »Spul bitte ein bisschen zurück, und dann spiel es noch mal ganz langsam ab.«

Sie sah sich die Familie ein zweites Mal an. Der Mann trug einen blauen Anzug. Er saß etwas zu eng, und der Mann wirkte ein wenig steif, als er sich zu dem Tisch mit dem Buch begab. Seine Krawatte schien ihn fast zu erdrosseln, und sein Gesichtsausdruck war betrübt. Die Frau in Sarahs Alter war hübsch, aber etwas nachlässig frisiert und in Eile geschminkt; sie trug ein geschmackvolles, geblümtes Kleid unter dem Mantel und eine Tasche an einem Riemen, zweifellos mit einer Flasche Milch, Windeln und einer Rassel. Sie hatte Mühe, das sich windende Baby auf dem Arm zu halten und das ältere Kind am Handgelenk zu fassen, damit es ihr nicht entwischte. Es war eine altbekannte Mutter-Kind-Choreografie – zu viel auf einmal, zu viel Verantwortung für einen Anlass unter Erwachsenen, der für kleine Kinder nicht geeignet war.

»Da stimmt was nicht«, sagte Karen.

Sarah schüttelte den Kopf. »Nein, ich kenne ihn. Ich meine, er liebt seinen Beruf. Er rettet Leben. Er ist kein Mörder.«

»Sicher weiß man so was nie«, sagte Jordan in ihrer Frustration. »Jeder könnte der Wolf sein.«

Doch Karen störte etwas ganz anderes an der Szene, auch wenn sie immer noch nicht sagen konnte, was es war. Sie beugte sich vor und starrte genauer hin. »Spul es ein winziges Stück weiter«, sagte sie.

Jordan hantierte mit der Computermaus.

Die Schwiegermutter erschien auf dem Bildschirm, doch als sie sich über das Buch beugte, war sie halb von dem Mann, der Frau und den Kindern verdeckt.

»Da stimmt was nicht«, wiederholte Karen.

»Was denn?«, fragte Sarah.

»Die junge Frau müht sich mit den Kindern ab. Wieso überlässt sie nicht eins davon ihrer Mutter, während sie sich ins Buch einträgt? Tut sie nicht. Ich meine, ist die Mutter nicht mitgekommen, um ihr zu helfen? Sie wird doch offensichtlich gebraucht …«

Karen schwieg.

Alle drei reckten die Hälse.

»Ich kann ihr Gesicht nicht deutlich sehen«, sagte Sarah. »Verdammt! Dreh dich um!«, brüllte sie die Gestalt auf dem Bildschirm beinahe an.

»Hast du die Schwiegermutter jemals kennengelernt?«, fragte Karen.

»Nein.«

»Dann wissen wir also nicht mit Sicherheit …«

Sie sprach nicht weiter, sondern verrenkte unwillkürlich ihren Körper, als würde so die Aufnahme der Frau schärfer. Jordan zoomte sie ein kleines bisschen heran und berührte mit dem Gesicht fast den Bildschirm.

»Weißt du, wer das ist?«, fragte Karen abrupt.

»Nein«, sagte Sarah.

Karen holte tief Luft, als es ihr plötzlich dämmerte.

»Aber ich«, sagte sie.

Es herrschte Schweigen im Raum. Sie überlegte: eine Frau, die zu einer Trauerfeier kommt, ohne die Tote zu kennen. Alle drei Roten hörten das Zischen der Heizungsrohre in der Decke über ihnen.

»Ich auch«, sagte Jordan leise. Im selben Moment verließ sie alles jugendliche Ungestüm, und sie wurde kreidebleich.

37

Sie schrieb alles, woran sie sich erinnern konnte, auf einen billigen Notizblock, den sie in einem nahe gelegenen Drugstore gekauft hatte. Sie war aufgeregt wie ein Teenager vor dem Abschlussball. Zum ersten Mal hatte sie das Gefühl, wirklich Teil des geheimnisvollen Schreibvorgangs zu sein. Sie führte sich die Trauergäste, denen sie begegnet war, vor Augen und beschrieb sie mit Akribie: *Dieser ältere Herr trug einen blauen Anzug, der ihm nicht passte, und eine lindgrüne Krawatte dazu; jene Frau war mindestens im siebten Monat schwanger, und die Teilnahme an der Veranstaltung war für sie beschwerlich.* Sie zitierte jede Formulierung, die sie sich aus der Traueransprache der Ärztin eingeprägt hatte: »Niemand außer Sarah weiß, weshalb sie diese letzte Entscheidung getroffen hat ...« Sie zählte, soweit sie ihr bekannt waren, die Musikstücke auf – *Jesus bleibet meine Freude* von Bach, eine Sonate von Mendelssohn. Sie gab jeden noch so banalen Gesprächsfetzen wieder, den sie aufgeschnappt hatte, als sie an der Tür in der Schlange der Gäste stand. »Ich hasse Beerdigungen«, und »Das ist so traurig«, und »Psst, Kinder, jetzt müsst ihr eine Weile still sein«.

Ganz am Ende ihres Berichts fügte Mrs Böser Wolf hinzu: *Ich bin sicher, dass mich Dr. Jayson nicht erkannt hat.*

Ich habe den Blick abgewandt und mich hinter anderen Leuten versteckt. Ich saß dann in der letzten Reihe und bin hinausgeschlichen, sobald sie mit ihrer Rede zu Ende war. Danach habe ich gegenüber dem Parkplatz auf der anderen Straßenseite gewartet, bis alle, einschließlich Dr. Jayson, gegangen waren. Sie hat nicht einmal in meine Richtung geschaut.

Und noch eine Anmerkung fügte sie hinzu: *Zu keinem Zeitpunkt war Jordan zu entdecken. Falls sie zu der Feierstunde erschienen wäre, hätte ich sie sofort bemerkt.*

Mrs Böser Wolf hatte sich mit ihren unscheinbaren Zügen immer als graue Maus empfunden und darunter gelitten. Nie stach sie zwischen anderen heraus, und ein Leben lang war sie auf die beliebten Mädchen – später dann Frauen – eifersüchtig gewesen, die man nicht übersehen konnte. Sie war sogar ein wenig verletzt, dass nicht einmal ihre Ärztin sie bemerkt hatte. Doch dieser Anflug von Verärgerung wich der Erkenntnis, dass sich ihr Erscheinungsbild – ihr Allerweltsgesicht, mit dem sie unbemerkt in jeder Gruppe verschmolz – plötzlich als Vorteil erwies.

Sie wusste nicht, dass ihr Mann, der Mörder, schon zu Beginn seines Buchs eine ganz ähnliche Überlegung angestellt hatte.

Ich war wie eine Fliege an der Wand, dachte sie, die alles sieht und hört und die keiner bemerkt.

Sie betrachtete die Seiten mit ihrem Bericht: in sauberer, leserlicher Handschrift und im präzisen Stil einer Sekretärin. Das hier war eine andere Art, sich bemerkbar zu machen. Man braucht weder vorlaut noch ungewöhnlich schön sein, sagte sie sich. Man braucht nicht wie die Frauen, die in das Buch kommen, eins achtzig groß zu sein und rote Haare zu haben. Solange man mit Worten umzugehen weiß, ist man schon etwas Besonderes. Der Gedanke war in ihren Augen äußerst verführerisch, geradezu magisch und romantisch. Sie betrachtete ihre Anmerkungen auf den linierten Seiten und hoffte, dass ihre Sprache anschaulich und treffend war. Plötzlich wurde ihr bewusst, dass ihr Mann sie noch nie darum gebeten hatte, etwas für ihn zu schreiben. Das gab dem Auftrag noch mehr Gewicht.

Dass er sie mit der Aufgabe betraut hatte, die Trauerfeier zu besuchen, hatte sie mit tiefer Befriedigung erfüllt.

»Die Feier ist von zentraler Bedeutung für das neue Buch«, hatte ihr Mann gesagt, während er ihr dabei zusah, wie sie sich fertig machte. Sie hatte sich für einen schlichten, unauffälligen grauen Blazer entschieden, dazu eine dunkle Hose und eine getönte Brille – keine Sonnenbrille, aber Gläser, die ihre Augen ein wenig abdunkelten. »Ich kann nicht selbst hingehen, aber ich muss alles wissen, was passiert.«

Sie hatte ihn nicht nach den Gründen gefragt – auch nicht, als er ihr einschärfte, während der gesamten Veranstaltung unerkannt zu bleiben. Vielmehr hatte sie sich völlig anders als sonst frisiert, sodass sie selbst erstaunt war, als ihr aus dem Spiegel eine Fremde entgegenblickte.

Schließlich hatte er sie für den Fall präpariert, dass sie doch von jemandem erkannt wurde. »Gib dich einfach überrascht«, hatte er gesagt, »erzähle ihnen, du hättest Sarahs Ehemann von früher gekannt, aus der College-Zeit. Das wird genügen. Da hakt niemand nach.«

Mit einem Lächeln hatte er sie informiert, an welcher Schule und welchem College der Mann gewesen war, bevor er zur Feuerwehr ging. In dem Zusammenhang fügte er hinzu, Sarahs Ehemann habe abends an der Volkshochschule Schreibkurse besucht. »Sag einfach, da hättet ihr euch kennengelernt. Ein gemeinsames Hobby, bis er den tragischen Unfall hatte.«

Sie hatte jede Instruktion bis ins letzte Detail befolgt und ihre Sache, wie sie glaubte, besser gemacht, als er sich hätte erträumen können.

Sie beglückwünschte sich zu ihrer kleinen Vorstellung. *Du hättest Schauspielerin werden sollen. Du gehörst auf die Bühne. Das hier war dein erster Auftritt, und du hast dich großartig geschlagen.*

Einen Moment lang fühlte es sich fast so an, als schreibe sie ein eigenes Kapitel, das Wort für Wort in sein Buch eingehen würde. Ein Wonneschauer lief ihr über den Rücken.

Sie konnte kaum still sitzen, als sie sich über ihre Notizen beugte, sich noch einmal sämtliche Einzelheiten ins Gedächtnis rief und jedes zusätzliche Detail, das ihr in den Sinn kam, an der passenden Stelle einfügte, da sie wusste, dass selbst eine noch so kleine Beobachtung genau das Puzzleteil sein konnte, das die ganze Szene, letztlich das Kapitel und am Ende gar das ganze Buch zusammenhielt.

Als sie aufblickte, war es dunkel; ein Scheinwerferpaar schwenkte in die Einfahrt. Beflügelt stand sie auf.

Mrs Böser Wolf ging zur Tür, um ihrem Mann zu öffnen. Es war, als fielen die Jahre, die das Alter einläuteten, in diesem Moment von ihr ab.

Sie fühlte sich nicht mehr als die scheue, kränkliche, von Ängsten geplagte Frau, dazu bestimmt, ihrem Mann still und unauffällig den Rücken zu stärken. Sie war immer noch mit derselben glühenden Leidenschaft erfüllt wie in den Nächten nach ihrer ersten Begegnung. Sie war Mata Hari. Eine Femme fatale.

Jetzt, da sie etwas wussten, bekamen sie es umso mehr mit der Angst zu tun, da es ihnen vor Augen führte, wie lückenhaft ihr Wissen tatsächlich war.

Die drei Roten lieferten sich einen lautstarken Schlagabtausch.

»Sie hat nicht den geringsten Grund, da zu sein«, sagte Jordan mit Nachdruck. »Sie hat etwas mit der Sache zu tun.«

»Das können wir nicht mit Sicherheit sagen«, antwortete Karen ebenso heftig. »Jordan, verdammt! Wir können es uns nicht leisten, voreilige Schlüsse zu ziehen, schließlich könnten wir uns irren.«

»Du hast von den drei Schenkeln eines Dreiecks gesprochen. Die bräuchten wir, um zu verstehen, wer der Böse Wolf ist. Aber ich sehe nur zwei«, mischte sich Sarah in den Streit ein. »Ich habe keinen Schimmer, wer diese Frau ist und wieso sie zu meiner Trauerfeier gekommen ist. Also, wo bleibt der dritte Schenkel?«

»Die Tatsache, dass wir wissen, wer sie ist, und du nicht, das ist der dritte Schenkel«, schnaubte Jordan.

»Du redest Unsinn«, erwiderte Karen.

»Vielleicht kannst du mir dann folgende Frage beantworten: Ergibt es irgendeinen logischen Sinn, drei Fremde zu verfolgen und zu töten, die rein zufällig rote Haare haben, nur weil du so eine beschissene Märchenobsession hast? Mal im Ernst?«

»Muss es wohl. Irgendwie. In irgendeiner Hinsicht. Ja.«

»Na toll. Soll das vielleicht heißen, wir sind diesem Scheißwolf keinen Deut näher gekommen und wissen folglich auch genauso wenig wie bisher, was wir machen sollen, nur weil wir uns nicht sicher sind? Wirklich toll. Ich meine, ich bin begeistert.«

Jordan lief im Zimmer hin und her und fuchtelte frustriert mit den Händen. Sie wusste nur eins: Sie musste etwas unternehmen. Irgendetwas. Der Gedanke, tatenlos auf den Tod zu warten, brachte sie um – ihr wurde nicht einmal die Ironie der Formulierung bewusst. Sie wusste, dass sie sich von ihren Gefühlen beherrschen ließ. Sie hielt das nur nicht mehr für einen Fehler.

Sarah ließ sich in einen Sessel fallen und versuchte zu ergründen, weshalb eine Fremde zu ihrer Beerdigung kam und wieso sie darüber so aufgebracht war. Sie sagte sich, dass es auch andere geben musste, die nicht zu ihren früheren Freunden, Bekannten oder den Familien ehemaliger Schüler zählten. Zweifellos gab es Leute, die ihr eigenes armseliges Leben damit füllten, alle möglichen Beerdigungen und Feierlichkeiten zu besuchen, von denen sie zufällig erfuhren, damit sie ein paar Krokodilstränen vergießen und sich glücklich schätzen konnten, weil für sie das letzte Stündlein noch nicht geschlagen hatte.

Sie starrte auf das Standbild der teilweise verdeckten Frau. Wieso konnte sie nicht einfach eines von diesen bedauernswerten Geschöpfen sein?

Natürlich war das möglich.

Vielleicht aber war sie das genaue Gegenteil.

Sarah musterte Karen und Jordan. Die beiden waren wie Feuer und Wasser. Der einen konnte es nicht schnell genug gehen, die andere war übervorsichtig. Es wäre schön, dachte sie, wenn ich als Stimme der Vernunft zwischen beiden vermitteln könnte. Doch dazu war sie nicht in der Lage. Eine innere Stimme sagte ihr, hier und jetzt das Weite zu suchen, sich ihr neues Leben als Cynthia zunutze zu machen und die anderen beiden allein mit dem Wolf herumschlagen zu lassen. Sie konnte sich in Sicherheit bringen, er würde sich mit den zwei verbliebenen Roten zufriedengeben. Sie wäre frei. Sarah packte eine Mischung aus Panik und Selbsterhaltungstrieb.

Sie kämpfte dagegen an.

»Uns bleibt nur eine Möglichkeit«, sagte sie in festem Ton wie eine Lehrerin, die eine unbändige Klasse zur Ordnung ruft. »Wir werden selbst zu Stalkern.«

Jordan wartete, bis das Zuschlagen der Tür durch das Wohnheim hallte. Sie trat an ihr Fenster und sah, wie die Lehrerin, die zugleich Vertrauensperson für ihr Wohnheim war, in die abendliche Dunkelheit davontrippelte.

Ihr folgte eine schnatternde Schar von Mädchen. Sie strömten zu einer Tanzveranstaltung in der Kunstgalerie der Schule. Schon jetzt dröhnten die Akkorde einer lokalen Rockband über den Campus, die *In the Midnight Hour*, den alten Song von Wilson Pickett, coverte. Jordan griff zu einem kleinen Schraubenzieher und ihrem eingeschweißten Schülerausweis. Sie hatte bereits die Schuhe ausgezogen, sodass sie leise über den Flur schleichen konnte.

Es hatte einen erheblichen Vorteil, in einem hundertfünfzig Jahre alten Haus zu wohnen, das in Einzelzimmer für Oberstufenschüler umgebaut worden war. Die Türschlösser waren notorisch veraltet und hielten keiner Sicherheitsvorschrift stand. Es gehörte zu den offenen Geheimnissen, die eine Generation von Bewohnern an die nächste weiterreichte, wie man mit der Plastikkante des Schülerausweises jedes Schloss knacken konnte.

Sie hoffte, dass die Tür zur bescheidenen Einzimmerwohnung der Lehrerin im Erdgeschoss dieselben Sicherheitsmängel aufwies.

Ihre Hoffnung ging in Erfüllung. Sie steckte die Kante

zwischen Türpfosten und Schloss, drehte die Karte mit einer geschickten Bewegung, und das Schloss sprang auf. Der Zufall wollte es sogar, dass die Frau ihre Schreibtischlampe angelassen hatte, sodass Jordan sich zügig durch das Zimmer bewegen konnte, ohne über Möbel zu stolpern. Was sie suchte, musste entweder auf dem Schreibtisch oder in der Nähe des Telefons auf dem Nachttisch sein. Jordan brauchte gerade einmal anderthalb Minuten, um fündig zu werden.

Es war eine Mappe mit blauem Deckel, der die Aufschrift *Vertrauliches Personalverzeichnis* sowie Name und Logo der Schule trug. Die Schüler hatten keinen Zugang zu diesem Verzeichnis. Wenn sie – oder ihre ständig alarmierten Eltern – jemanden in der Verwaltung oder vom Lehrkörper erreichen wollten, so fanden sie auf der Website E-Mail-Adressen und offizielle Telefonnummern. Die Informationen dagegen, die Jordan unter einem Stapel Hausarbeiten hervorzog, waren nicht für die Allgemeinheit gedacht.

Sie blätterte darin, bis sie die Seite mit der Überschrift *Direktorat* fand.

Neben der Bezeichnung *Verwaltungssekretärin* stand ein Name. Es folgten die Telefonnummern von Büro- und Privatanschluss sowie eine Adresse und praktischerweise in Klammern der Name eines Mannes – des Ehemanns der Sekretärin.

Ihre Hand zitterte, als sie ihn las.

Bist du der Wolf?

Einen Moment lang drehte sich ihr der Kopf. Sie atmete ein paarmal tief ein, um ihren jagenden Puls zu normalisieren und den verkrampften Magen zu beruhigen. Dann schrieb sie sich den Eintrag aus dem Verzeichnis mit schwarzem Filzstift auf die Hand. Sie traute sich nicht über den Weg, wenn es darum ging, einen Zettel sicher aufzubewahren. Diese Information trug sie lieber wie ein Tatoo auf der eigenen Haut.

In Jordans Brust schlugen Ängste und Hoffnungen wie tosende Wellen aus unterschiedlichen Richtungen aufeinander. Sie kämpfte tapfer gegen alle Emotionen an und mahnte sich, ruhig und umsichtig vorzugehen und das Verzeichnis genau an die Stelle zurückzulegen, an der sie es vorgefunden hatte. Sie überprüfte, ob sie in der Wohnung der Lehrerin auch nichts durcheinandergebracht und keinerlei Spuren hinterlassen hatte, nicht einmal die Ausdünstung ihrer Angst. Es lag ein herber Geruch in der Wohnung, wie ein Hauch von beißendem Rauch. Sie schärfte sich ein, ebenso unbemerkt und leise hinauszukommen, wie sie eingedrungen war.

Dass dich ja keiner sieht, Jordan, flüsterte sie sich innerlich zu.

Mach dich unsichtbar.

Für einen winzigen Augenblick konnte sie der Situation sogar etwas Komisches abgewinnen. Sie war eingebrochen und verhielt sich wie ein Dieb, beging einen derart schwerwiegenden Verstoß gegen die Schulvorschriften, dass sie, käme die Sache heraus, augenblicklich von der Schule fliegen würde. Dabei hatte sie nichts weiter gestohlen als eine kleine Auskunft. Die allerdings mochte bedeutsamer sein als alles, was sie je in Händen gehalten hatte. Was sie gestohlen hatte, war entweder völlig wertlos oder unbezahlbar.

Sie schlich auf Zehenspitzen durchs Zimmer und legte das Ohr an die Tür. Sie hörte nichts. Wie ein Taucher, der sich ins schwarze Wasser stürzt, atmete sie einmal tief ein und drehte ganz langsam den Knauf. Seltsamerweise wünschte sie sich in diesem Moment, sie hätte ihr Filetiermesser mitgenommen. Sie beschloss, es von jetzt an immer griffbereit zu haben.

Inzwischen coverte die Band *She's So Cold* von den Rolling Stones – eine passable Imitation von Mick, Keith und den Übrigen, bis hin zu den schmachtenden Bitten des Leadsängers. Die Gruppe hatte sich im größten Raum der Kunstgalerie in eine Ecke gezwängt. Gewöhnlich wurden hier Schüler-, Lehrer- und Alumniarbeiten ausgestellt, doch der weitläufige Bereich ließ sich leicht in einen Tanzboden umfunktionieren. Jemand hatte eine Deckenlampe durch eine riesige Silberkugel ersetzt, von der Lichtblitze in die dichte Schar der Tänzer zuckten. Die Musik hallte von den Wänden wider; die Schüler drehten sich zu den Rhythmen oder rückten in einzelnen Trauben eng zusammen und versuchten sich trotz der ohrenbetäubenden Musik durch Zurufe zu verständigen. Es war heiß und laut. An der Wand stand ein Tisch, an dem zwei jüngere Lehrkräfte Plastikbecher mit verwässertem roten Punsch austeilten. Ein paar andere Lehrer standen am Rande und warfen ein wachsames Auge auf die Schüler, um dafür zu sorgen, dass sich keine Paare heimlich Hand in Hand verdrückten, weil sie ihre eigenen Vorstellungen davon hatten, was sie mit dem Rest des Abends anfangen wollten. Die Lehrer standen auf verlorenem Posten. Jordan wusste, dass die Hitze im Raum unweigerlich zu intimem Kontakt führen würde. Irgendjemand ist morgen früh nicht mehr Jungfrau, dachte sie.

Drei Mal hatte sie sich mit Ellbogen diagonal durch die Horde kreisender, tanzender Schüler gekämpft, wobei sie ein, zwei Mal selbst die Hüften geschwungen und mitgetanzt hatte, um unter den Partygästen nicht aufzufallen.

Stets hatte sie dabei die Ausgänge und die Lehrer im Visier, die sich dazwischenwarfen, wenn zwei Schüler einen ruhigen, dunklen Schlupfwinkel suchten.

Jordan hatte genügend Erfahrung mit diesen Tanzabenden, um die üblichen Abläufe zu kennen. Die Lehrer würden ein Paar entdecken, das versuchte, zusammen zu verschwinden. Oder sie durchschauten, dass die Zehntklässlerin, die auf der rechten Seite frische Luft schnappen wollte, sich draußen mit dem Zwölftklässler treffen würde, der nach links verschwand.

Sie wartete auf einen günstigen Moment. Als sie sah, wie ein Pärchen versuchte, einen Abgang zu machen, begab sie sich unauffällig hinter die beiden. Sie wusste, was jetzt folgen würde.

»Wo soll's denn hingehen, ihr zwei?«, kam prompt die Frage eines Lehrers.

Immerhin waren die beiden so geistesgegenwärtig, nicht länger Händchen zu halten. Kleinlaut und verlegen behaupteten sie, sie hätten nichts Unerlaubtes im Sinn, sie hätten doch gar nichts gemacht und keine Ahnung, was ihnen der Lehrer unterstellte.

In diesem Moment schlüpfte Jordan zur Tür hinaus.

Sie lief zügig durch den Flur. Mit jedem Schritt wurde die Musik hinter ihr leiser. Am Ende des Gangs blieb sie stehen. Rechts von ihr war eine Treppe, links ein weiterer Flur, der zu den Toiletten führte. Vor den Toiletten wachte jemand vom Personal, ein zu offensichtlicher Ort, um zu fummeln, sich eine Pille einzuwerfen oder Kokain zu schnupfen. Die Jugendlichen, die den Tanzabend zu einem Joint nutzen wollten, waren ausnahmslos so klug, nach draußen zu gehen, damit die trainierten Spürnasen der Lehrer nicht den verräterischen Duft der Droge an ihnen rochen.

Die Treppe nach rechts führte über zwei Stockwerke zu den Werkstatträumen hinunter.

Jordan blickte sich um – es war ihr zur zweiten Natur geworden, sich zu vergewissern, dass ihr niemand folgte –, dann rannte sie zwei Stufen auf einmal nehmend nach unten.

Die Werkstätten würden im Viertelstundentakt von Lehrern inspiziert, da sie ein beliebtes Versteck zum Knutschen waren. Jordans Weg führte sie an diesen Hotspots vorbei ins Chemie- und Physikgebäude nebenan. Sie fühlte sich wie in einem Kriegsgefangenenlager bei dem Versuch, Lichtmasten und Wachposten zu umgehen.

Es hatte seine Vorteile, im letzten Schuljahr zu sein. Bis dahin war man mit sämtlichen Marotten und Eigenheiten der Schule vertraut – und wusste zum Beispiel, welche Türen nicht abgeschlossen waren.

Jordan ließ die Klassenzimmer links liegen und lief eine Treppe zu den Laborräumen hinunter; sie lagen nicht an den Hauptwegen und Innenhöfen der Schule, sondern gingen auf die Sportplätze hinaus. Es war dunkel – nur vom hell erleuchteten Kunstgebäude drang etwas Licht herüber. Hier drinnen war es still. Die einzigen Geräusche in unmittelbarer Nähe waren ihre Sportschuhe auf dem Boden und ihr eigener Atem – alles andere war Rhythm and Blues und Rock and Roll von der Band im anderen Gebäude.

An der dritten Labortür blieb Jordan stehen und drehte den Knauf. Hinter der Tür war es dunkel. Sie konnte die Konturen der Laborgeräte auf den breiten Tischen erkennen, an denen die Schüler ihre Experimente durchführten.

Sie flüsterte: »Karen? Sarah?«

Aus einem dunklen Winkel kam die Antwort: »Hier.«

38

Schon der Raum wirkte konspirativ.

Dunkle Schatten in jeder Ecke, fahles Licht vom benachbarten Kunstgebäude, die teils bizarren Formen der wissenschaftlichen Behälter, Geräte und Apparaturen – diese Hexenküche bildete den passenden Rahmen, um böse Ideen und kühne Pläne auszuhecken. Es war viele Jahre her, seit Karen das letzte Mal ein Schullabor von innen gesehen hatte. Und auch Sarahs Lehrtätigkeit in den Naturwissenschaften hatte sich auf das Studium von Enten, Fröschen und Tieren auf dem Bauernhof beschränkt. Jordan dagegen liebte diesen Raum, nicht aus wissenschaftlichem Eifer, sondern weil man darin seltsame Chemikalien und Substanzen zu übel riechenden Fehlschlägen oder explosiven Erfolgen zusammenbrauen konnte – was sich aus ihrer Sicht recht gut auf die Situation übertragen ließ, in der sie sich befanden. Außerdem machte ihr der Gedanke Mut, dass die Ordnung und die logischen Zusammenhänge, wie sie die Naturwissenschaften offenlegten, ihnen vielleicht bei der Planung der nächsten Schritte helfen könnten.

Die drei Roten saßen im Schneidersitz auf dem Boden hinter einem langen Tisch. Sie beugten sich über Karens Laptop in ihrer Mitte, während Jordan verschiedene Informationen eintippte.

»Hier«, sagte Jordan und zeigte auf den Bildschirm. »Google-Bilder muss man einfach lieben.«

Aus dem Computer starrte ihnen das unscheinbare Konterfei eines Mannes im Alter von etwa sechzig Jahren entgegen. Um die Ohren hatte er grau meliertes, zotteliges Haar, das sich auf dem Schädel bereits gelichtet hatte, und er trug eine Schildpattbrille auf der Nase. Das Bild war vor einigen Jahren bei einer Lesereihe in einem Buchladen der Stadt entstanden. Er war offensichtlich knapp unter eins achtzig groß und nicht wirklich korpulent, aber ebenso wenig der sportliche Typ. Das Bemerkenswerteste an ihm war seine Durchschnittlichkeit.

»Meint ihr, das ist der Mörder?«, fragte Jordan.

»Ich hatte mir den Wolf völlig anders vorgestellt«, gestand Karen.

»Wie sehen Mörder denn aus?«, fragte Jordan. »Und wie sähe ein Wolf aus?«

»Groß. Stark, mit raubtierhaften Zügen. Das kann ich bei dem Kerl nicht sehen«, erwiderte Karen ruhig.

»Er ist Schriftsteller. Krimis und Thriller«, rief ihnen Sarah ins Gedächtnis.

»Sagt uns das was?«, fragte Karen.

»Na ja, zunächst mal, dass er sich mit Verbrechen auskennt«, erwiderte Sarah. »Muss nicht jeder Krimischriftsteller, der gut genug ist, einen Verlag für sein Buch zu finden, einiges darüber wissen, wie man ein Verbrechen begeht?«

»Ja, vermutlich schon«, erwiderte Karen in etwas spitzem Ton. »Aber er wüsste auch, wodurch sich Verbrecher erwischen lassen.«

Sie wandte sich zu Jordan.

»Erzähl uns was über die Ehefrau«, sagte sie.

»Ein Biest«, schnaubte Jordan.

»Das besagt nicht viel«, warf Karen ein.

»Doch«, widersprach ihr Sarah.

»Die Frau sitzt im Vorzimmer des Direktors und kriegt die Zähne nie zu einem Lächeln auseinander«, führte Jordan ihre Beschreibung weiter aus. »Grüßt nicht. Macht jedes Mal ein pikiertes Gesicht, wenn der Direx einen antanzen lässt und zusammenscheißt, egal was man angestellt hat, als hätte man ihr ganz persönlich den Tag versaut.«

»Du meinst, nur weil sie ein bisschen ruppig ist …«, fing Karen an, sprach jedoch nicht weiter. Teenager denken nun mal schwarz-weiß, rief sie sich ins Gedächtnis, ein bisschen zu vereinfachend. Außer sie kommen plötzlich mit atemberaubenden, hellsichtigen Ideen und Beobachtungen. Sie sah Jordan im Dunkeln an und versuchte zu ergründen, ob dies hier ein solcher Moment war.

Jordan war von ihnen dreien die Wütendste. Selbst im Dämmerlicht dieses Raums sah Karen, wie das Gesicht des jungen Mädchens vor kaum bezähmtem Zorn glühte. Karen fürchtete, dass diese Wut Jordan zu einem Risikofaktor machte. Zugleich machte es sie so unwiderstehlich. Sie wurde nicht von Zweifeln geplagt – zumindest nicht, soweit Karen das beurteilen konnte. Sie überlegte, ob sie selbst einmal wie Jordan gewesen war. Vermutlich konnte die Antwort nur *Ja* lauten, da die Grenze zwischen Wut und Zielstrebigkeit oft fließend war. Mit einem Schlag fühlte sie sich alt, doch dann korrigierte sie sich. Nein, das ist es nicht. Ich fühle mich entmutigt, weil ich daran denke, was wir vielleicht tun müssen.

»Ich bleibe dabei, die Frau ist ein Biest«, bekräftige Jordan. Dann stockte sie einen Moment, und in dieser Sekunde schnappte sie so heftig nach Luft, dass es im Labor widerhallte.

»Was hast du?«, fragte Sarah.

Plötzlich zitterte Jordan die Stimme, als wäre etwas Furcht einflößendes zu ihnen eingedrungen und lauerte fauchend und mit scharfen Krallen in einer Ecke. Der Wandel vom ungestümen, grimmigen Mädchen, an das sich die anderen beiden Roten gewöhnt hatten, hätte kaum krasser sein können. »Mir ist nur gerade bewusst geworden, dass das Biest zu jedem Basketballspiel kommt.«

»Na ja, aber was …«, wollte Sarah nachhaken und löste damit einen aufgeregten Wortschwall aus.

»Zu jedem Spiel. Ich meine, sie ist immer da, mitten auf der Tribüne. Ich hab schon tausendmal bemerkt, dass sie uns zusieht. Nur dass ich bis jetzt angenommen habe, *uns*. Vielleicht beobachtet sie eigentlich *mich*. Und wenn sie kommt, wette ich zehn zu eins, dass ihr Mann auch da ist, direkt neben ihr.«

»Und hast du ihn schon mal gesehen?«

»Klar. Sicher, wahrscheinlich. Aber woher sollte ich wissen, wer er ist?«

Das leuchtete ein.

»Und wartet, das ist noch nicht alles«, geriet Jordan immer mehr in Fahrt. »Im Büro des Direx hat sie Zugang zu meiner Schulakte. Sie weiß haargenau, wann ich wo bin, ob ich Unterricht habe und welchen, ob ich beim Mittagessen in der Kantine bin, beim Basketballspielen oder in der Bibliothek. Die weiß so gut wie alles. Oder kann es sich zumindest mühelos zusammenreimen.«

Sarah lehnte sich zurück. Sie war aufgewühlt. *Du fängst mit einer Sache an, stellst zu einer anderen Beobachtung einen Zusammenhang her, und in null Komma nichts kommt einem alles bedeutsam vor, selbst wenn es noch so banal sein mag.*

Für Jordan lag es plötzlich auf der Hand. Fiese Sekretärin. Ehemann. Basketball. Ihr Weg zur Turnhalle. All die gescheiterten Termine mit der Psychologin, um sie wieder auf Kurs zu bringen. Wenn man das zusammennahm, war eine Linie darin zu erkennen. Jordan tippte plötzlich wie wild in die Computertastatur, und schon erschienen Fotos von den Einbänden der vier Romane, die der Mann geschrieben hatte.

Die Umschläge waren reißerisch, suggestiv und schrill. Auf einem schwang ein Mann ein blutiges Messer, beim nächsten stach eine riesige Handfeuerwaffe auf einem Tisch ins Auge. Bei einem dritten lauerte eine schattenhafte Gestalt in einer schmalen Gasse. Bei diesem Bild lief Karen ein Schauder über den Rücken.

»Er hat seit Jahren nichts mehr veröffentlicht. Vielleicht ist er im Ruhestand«, bemerkte Karen, ohne sich selbst ein einziges Wort davon zu glauben.

»Sicher. Könnte man aber auch anders sehen«, schnaubte Jordan. »Vielleicht wurde es ihm langweilig, nur über Mörder zu schreiben, und er wollte es mal in echt ausprobieren.«

Die drei Roten schwiegen eine Weile; Jordans Bemerkung jagte jeder von ihnen auf unterschiedliche Weise Angst ein. Aus der Ferne hörten sie die Musik von der Tanzveranstaltung. Der pulsierende, stampfende Rhythmus stand in krassem Gegensatz zu ihren eigenen düsteren Gefühlen.

»Und was machen wir jetzt?«, flüsterte Sarah. »Vielleicht ist er es, vielleicht auch nicht. Ich meine, was zum Teufel können wir unternehmen? Was haben wir für Optionen?«

Wieder hüllten sich die drei Frauen in Schweigen.

Karen, die Organisatorin unter ihnen, nahm sich mit ihrer Antwort ein paar Minuten Zeit. »Erste Möglichkeit, wir tun gar nichts …«

»Genialer Plan«, fiel ihr Jordan ins Wort. »Und warten, bis er uns abmurkst?«

»Hat er schließlich noch nicht. Hat er vielleicht nicht einmal vor. Nicht auszuschließen, dass das alles nur, keine Ahnung«, sie deutete mit der Hand vage auf die Ausstattung des Labors, »ein abartiges Experiment ist, eine bizarre Idee, auf die nur ein Schriftsteller verfallen kann und …«

Sie sprach den Satz nicht zu Ende.

»Außer seiner eigenen Aussage haben wir keinerlei Beweis dafür, dass der Wolf uns umbringen will.«

»Blödsinn! Er hat uns monatelang beobachtet und …«, warf Sarah ein.

»Und was ist mit deinen toten Katzen?«, fiel Jordan ein.

»Ich kann nicht mit Sicherheit sagen, dass sie tot sind. Ich weiß nur …« Karen wusste, dass sie das Gegenteil von dem sagte, was sie glaubte.

»Blödsinn!«, unterbrach sie Jordan wie ein Echo von Sarah. »Und das weißt du ganz genau.«

Sie hatten recht, doch Karen fuhr mit ihren an den Haaren herbeigezogenen Argumenten und ihrer Verdrehung der Tatsachen fort.

»Vielleicht geht es ihm nur darum. Vielleicht steht er darauf, uns jahrelang zu verhöhnen und zu bedrohen.«

Jordan schüttelte aus tiefster Überzeugung den Kopf. »Jeder von diesen Seelenklempnern, zu denen mich meine Alten über die Jahre geprügelt haben, hätte gesagt: ›Das ist reine Verdrängung‹, und dazu haben sie dieses gottverdammte Grinsen aufgesetzt, als wäre das eine spitzenmäßige Weisheit und das beste Rezept, um mich augenblicklich auf Vordermann zu bringen. Hör auf zu verdrängen, und schon bist du angepasst, glücklich und stinknormal, als ob es das irgendwo auf der Welt gäbe.«

Karen und Sarah waren dankbar für die Dunkelheit im Raum, weil sie beide, trotz ihrer Ängste, schmunzeln mussten. Genau das gefiel Karen an Jordan. Wenn sie das hier einigermaßen unbeschadet übersteht, dachte sie, wird etwas ganz Besonderes aus ihr.

Das Wörtchen *wenn* bereitete ihr beinahe physische Schmerzen, wie ein Magenkrampf oder ein Schlag ins Gesicht.

»Also, nichts tun und abwarten, ob er uns umbringt, ist eine Option«, nahm Sarah ihren Gedanken wieder auf. »Noch eine Idee?«

»Wir könnten es mit Konfrontation versuchen«, sagte Karen. »Und sehen, ob ihm das Angst macht.«

»Du meinst«, warf Jordan ein, »wir klopfen bei ihm an die Tür und sagen ›Hallihallo, wir sind die drei Roten. Eine von uns hat schon ihren Tod vorgetäuscht, aber wir wären Ihnen doch ausgesprochen dankbar, wenn Sie ab jetzt bitte schön nicht mehr sagen würden, dass Sie uns umbringen wollen.‹ Also, das ist mal ein Plan, den wir alle voll und ganz unterstützen können.«

Jordans Sarkasmus schien von den Wänden widerzuhallen.

Sarah nickte. »Wenn wir das tun oder etwas Vergleichbares, ihm zum Beispiel stecken, dass wir wissen, wer er ist, zwingen wir ihn geradezu, etwas zu unternehmen. Sein Vorhaben vielleicht sogar zu beschleunigen. Denkt nur an all die Filme, in denen die Kidnapper der Familie des Opfers sagen *Keine Polizei*, und entweder tun sie's doch, oder sie lassen es bleiben, aber so oder so können sie es nur falsch machen, denn in jedem Fall setzen sie die Entführer unter Druck. Es ist, als hätte uns jemand entführt.«

»Und noch was«, fügte Jordan hinzu. »Wenn wir ihn einfach nur zur Rede stellen, geben wir jeden Vorsprung, den wir haben, aus der Hand. Er leugnet einfach, dass er der Wolf ist, knallt uns die Tür vor der Nase zu, und wir fangen von vorne an. Vielleicht sind wir dann morgen oder die Woche drauf oder meinetwegen nächstes Jahr tot. Vielleicht schmiedet er lediglich einen neuen Plan, und auch dann stehen wir wieder am Anfang. Jedenfalls machen wir die Ungewissheit in unserem Leben nur noch schlimmer.«

Karen legte einen Moment den Kopf in die Hände. Sie stocherte im Nebel verschiedener Möglichkeiten. Es war, als sichtete sie die Symptome eines schwerkranken Patienten. Ein falscher Schritt, eine Fehldiagnose konnte für den Patienten tödlich sein.

»Wir wissen nicht mit absoluter Sicherheit, dass er der Wolf ist«, sagte sie. »Wie können wir etwas unternehmen, wenn wir diese Gewissheit nicht haben?« Sie wunderte sich selbst ein wenig über den zögerlichen Ton, der sich bei diesem Einwand eingeschlichen hatte. Sie versuchte, aggressiv, entschlossen zu sein. Es fiel ihr schwer. Es kam ihr so vor, als hätte sie einen Witz gemacht, der beim Publikum nicht zündete, und statt dass die Leute darüber lachten, verspotteten sie Karen.

Jordan zuckte die Achseln. »Und? Wir sind doch kein Gericht. Wir haben auch nicht vor, mit einer irren Geschichte über anonyme Briefe und einen Wolf, der uns die ganze Zeit hinterherschleicht, zur Polizei zu gehen, damit die uns für vollkommen übergeschnappt halten.«

Jordans Worte überschlugen sich. Wir müssen einen kühlen Kopf bewahren, dachten die anderen beiden Roten.

»Es geht doch entscheidend darum, ihm ein Stück voraus

zu sein, die Situation unter Kontrolle zu bekommen. Und da fällt mir nur eins ein, was wir tun können.«

Karen wusste, was Jordan sagen wollte. Doch sie ließ sie ausreden.

»Wir schlagen ihn mit seinen eigenen Waffen.«

»Und wie?«, fragte Sarah, obwohl sie die Antwort kannte. Sie machte ihr einfach nur Angst.

Auch Karen war klar, worauf die Sache hinauslief. Sie lehnte sich zurück und spürte, wie sich ihre Muskeln vom Kopf bis in die Zehenspitzen verspannten. Das letzte bisschen Vernunft zwang sie, etwas zu sagen.

»Wir können nicht da auftauchen und ihn töten. Einfach so. Indem wir uns an seiner Haustür postieren, bis er rauskommt, um die Morgenzeitung reinzuholen. Wir knallen ihn ab und versuchen zu verschwinden? Oder vielleicht in Mafiamanier aus einem vorbeifahrenden Auto? Das passt nicht zu uns. Wir kämen alle hinter Gitter, weil das keine Notwehr ist, sondern Mord, und soweit mir bekannt ist, sind wir alle drei keine Meisterganoven.« Ihr Sarkasmus klang um einiges schwächer als Jordans Teenagerversion.

»Wie kriegen wir es hin, dass es Notwehr ist?«, fragte Sarah. »Ich meine, wie stellen wir ihm eine Falle? Warten wir, bis er versucht, uns umzubringen? Nur dass er vielleicht längst dabei ist.«

»Keine Ahnung«, antwortete Karen. »Keiner von uns hat in so etwas Erfahrung.«

»Bist du dir da sicher?« Sarah versuchte gar nicht erst, die Frustration in ihren Worten zu überspielen. »Wir haben meinen Tod vorgetäuscht. Wir haben doch alle zu irgendeinem Zeitpunkt in unserem Leben manipuliert, intrigiert, was weiß ich. Das tut jeder. Jeder lügt. Jeder schummelt. Jedes Kind lernt das. Wir müssen etwas machen, inszenieren, mit dem der Wolf im Traum nicht rechnet. Wieso sollte uns das nicht gelingen?«

»Was verstehst du unter *etwas* …«, fing Karen an, doch Sarah unterbrach sie.

»Etwas, das für ihn völlig unerwartet kommt.«

»Und was …«

»Habt ihr nicht auch das Gefühl, dass alles, was er tut, selbstverständlich voraussetzt, dass wir uns wie nette, normale, vernünftige und freundliche Menschen benehmen? Hören wir einfach auf zu tun, was zu uns passt, was uns entspricht. Oder dem, was wir mal waren.«

Die drei Roten schwiegen eine ganze Weile.

»Ich will ihn umbringen«, sagte Jordan gedehnt in die tödliche Stille hinein. »Ich will, dass es endgültig vorbei ist. Und mir ist alles egal, Hauptsache, wir handeln, und zwar schnell. Und Gefängnis ist immer noch besser als das Grab.«

»Bist du dir da sicher?«, fragte Karen.

Jordan schwieg. Gute Frage, dachte sie und beantwortete sie im nächsten Moment mit der klassischen Reaktion Jugendlicher auf alle großen Zweifel: *Ach, scheiß drauf.*

»Aber wie?«, fragte Sarah eindringlich. »Was sollen wir tun?«

Sie konnte nicht fassen, dass sie tatsächlich einem Mord zustimmte. Sie war sich nicht einmal ganz sicher, dass von Mord die Rede war, nur dass es ganz danach klang. Es kam ihr so vor, als verflüchtige sich in der dunklen Hexenküche des Chemielabors jeder rationale Gedanke.

Karen wollte etwas sagen, hielt aber plötzlich inne.

Steckt eine Mörderin in dir?, fragte sie sich.

Sie kannte die Antwort nicht, sie wusste nur, dass sie es sehr bald herausfinden würde.

Jordan nickte. Sie tippte einige Zahlen in die Suchmaschine auf dem Laptop ein.

Ein Google-Earth-Bild von einem bescheidenen, unauffälligen Vorstadthäuschen in einem durchschnittlichen Viertel erschien auf dem Bildschirm. Jordan klickte Street View an, und schon liefen sie die Straße auf und ab, in der die Sekretärin mit ihrem Schriftsteller wohnte. Sie ähnelte Sarahs ehemaligem Wohnviertel: ordentliche, weiße Schindelhäuser mit gepflegten Gärten. Es war der Allerweltsstil in Neuengland – kein Motiv für Ansichtskarten oder Reisebroschüren, die mit stattlichen alten Villen oder Bauernhäusern aufwarteten. Hier handelte es sich um Häuser, die vor dreißig Jahren gebaut worden waren und von der zweiten oder dritten Generation einer Arbeiterfamilie, für die das Eigenheim Teil des amerikanischen Traums vom sozialen Aufstieg war, liebevoll in Schuss gehalten wurden. In solchen Wohngegenden gingen die Leute freitagabends zur örtlichen Highschool, um die Football-Mannschaft anzufeuern, und sonntags gab es nach dem Kirchgang Hackbraten zum Mittagessen. Hier lebten die glühendsten Fans der Red Sox und der Patriots, auch wenn sie sich die sündhaft teuren Eintrittskarten, wenn es hochkam, ein Mal im Jahr leisten konnten. Ihre Kinder wuchsen mit der Hoffnung auf, einen guten Job mit Flächentarifvertrag zu bekommen, sodass sie in die Fußstapfen ihrer Eltern treten, es aber ein bisschen weiterbringen würden, genauso wie ihre Eltern es ein bisschen weitergebracht hatten als die Generation vor ihnen. Solche Viertel, solche Häuser waren der Inbegriff dessen, was in Amerika gleichzeitig gut und falsch lief, denn hinter den kurz gemähten Rasenflächen und frisch gestrichenen Aluminiumverkleidungen verbargen sich mehr als ein paar Alkohol- und Drogenprobleme, häusliche Gewalt und andere Bedrängnisse, die sich so oft unter der trügerischen Oberfläche der Normalität finden. Die drei Roten sahen sich die Bilder vom Haus und von der Straße aus allen Perspektiven an und versuchten nachzuvollziehen, wie der Wolf, wie das personifizierte Böse, an einem solchen Ort leben und gedeihen konnte. Es schien unmöglich, dass dort ein Mörder wohnte.

Rote Eins dachte: Das sind die Leute, die zu mir in die Praxis kommen, wenn sie krank sind. Rote Zwei dachte: Die sind wie ich. Rote Drei dachte: Mich trennen Welten von diesen Leuten; sie würden mich hassen, wenn sie meine Privatschule, meine teuren Klamotten und mein reiches Elternhaus sähen.

Sarah meldete sich als Erste zu Wort.

»Ich weiß zwar nicht, ob der Wolf da tatsächlich wohnt, aber im Moment haben wir keine anderen Anhaltspunkte. Keine anderen Ideen. Wie die Dinge liegen, kommt nur er infrage. Ich denke, da sollten wir hin.«

»Ich stimme dir zu«, sagte Karen.

»Wisst ihr was«, sagte Jordan leise, »als das Rotkäppchen dem Bösen Wolf gegenübersteht, macht es nicht kehrt und rennt weg, sondern stellt ihm konkrete Fragen. *Großmutter, was hast du für ein entsetzlich großes Maul?*«

Die anderen schwiegen.

»Wir müssen dem Schriftsteller und seiner Frau ein paar harte Fragen stellen. Wir dürfen nicht länger warten. Wir können uns keinen Aufschub leisten. Jede Minute, die verstreicht, ohne dass wir etwas unternehmen, gibt dem Wolf die Gelegenheit, uns in die Enge zu treiben. Wir müssen den Spieß herumdrehen, und zwar von diesem Augenblick an. Wir müssen die Situation beherrschen. Wenn wir auch nur eine Sekunde länger warten, kann es zu spät sein. Eigentlich ist es von Anfang an so gewesen, und wir haben unser Glück ein bisschen überstrapaziert. *Großmutter, was hast du für ein entsetzlich großes Maul?* Wir müssen die Frage so stellen, dass die zwei uns unmöglich anlügen können. Dann kriegen wir die Wahrheit aus ihnen raus. Und dann wissen wir auch, was wir tun müssen, denn wenn wir erst mal so weit sind, wird es auf der Hand liegen.«

Sie schwieg einen Moment und flüsterte. »Keine Lügen, keine Lügen, keine Lügen mehr. Von jetzt an.«

»Wie können wir das sicherstellen?«, fragte Sarah. »Wie stellt man eine Frage, die der andere nicht mit einer Lüge beantworten kann?«

Sie wusste die Antwort selbst.

Genau wie Karen.

Jordan griff nach unten und hatte plötzlich das Messer in ihrer Hand. Die dünne, scharfe Klinge fing einen matten Streifen Licht auf, das durch eins der Laborfenster hereindrang und schimmerte wie Quecksilber.

39

Rote Eins kam es so vor wie die Arbeit an einer ausgefallenen Bühnennummer für ein eigenwilliges Publikum. Für Rote Zwei war es wie eine Pappmachébastelei mit Klebeband und Faden. Rote Drei fühlte sich, als büffelte sie für eine schwierige Prüfung in einem Fach, das sie zu oft geschwänzt hatte.

Keine von ihnen nannte ihr Vorhaben beim Namen: Sie bereiteten sich darauf vor, einen Menschen zu töten.

Zu diesem Zweck hatten sie verschiedene Aufgaben unter sich verteilt, sodass jede mit etwas anderem betraut war. Die Idee kam von Karen, und sie hatte darauf bestanden, obwohl sie den anderen beiden Frauen nicht einmal hätte erklären können, wieso. Für sie war diese Art von Teamarbeit einfach naheliegend und irgendwie demokratisch. Keine der drei Roten ahnte, dass der Böse Wolf diesen Aspekt ihres hastig zusammengeschusterten Plans nicht nur höchst amüsant, sondern auch überaus clever gefunden hätte. Er hätte bewundert, welche Verwirrung drei Menschen, die unabhängig voneinander einen gemeinsamen Mord vorbereiteten, zwangsläufig bei den späteren Ermittlern stiften würden.

Der Böse Wolf hatte unterdessen seinen eigenen Plan perfektioniert und vereinfacht. Er fühlte sich an das Brettspiel erinnert, das in jedem Spielzimmer und in jedem Ferienhaus auf irgendeinem Regal Staub ansetzte: Cluedo. Nur dass es hier nicht um Dennis Gatow mit dem Leuchter im Speisezimmer gehen würde. In seinem Fall würde der Wolf mit dem Jagdmesser kommen, wenn sie am wenigsten damit rechneten. Tatsächlich hatte der Wolf eine Phase des Geschehens erreicht, die an Zen erinnerte. Die Deutung war wichtiger als die Taten selbst. Als er, vor Erregung zappelnd, an seinem Computerbildschirm hockte, kam ihm der Gedanke: *Im Grunde sind sie schon tot. Viel wichtiger sind die Worte, die das Geschehen begleiten. Es geht darum, den Leser auf diese Reise mitzunehmen. Wenn wir zu den eigentlichen Morden kommen, muss er selbst in Versuchung sein; statt sich abgestoßen zu fühlen, soll er Lust empfinden. Es muss so ähnlich sein wie bei einem Unfall auf der Autobahn, an dem man zufällig vorbeikommt: Man kann einfach nicht wegsehen, obwohl man weiß, dass diese morbide Neugier kein besonders ehrenwerter Zug ist.*

Die drei Roten und der Böse Wolf hatten denselben Entschluss gefasst: so schnell wie möglich zu töten.

Für alle hing die Zukunft davon ab.

Jordan verließ am späten Nachmittag die Bibliothek mit einem Exemplar von Truman Capotes *Kaltblütig* im Rucksack. Ihr Interesse galt nur den ersten Kapiteln, die sie zwei Mal gelesen hatte, um dann in der Buchmitte herauszufinden, was Perry Smith und Richard Hickock zu Fall brachte. Außerdem hatte sie sich in der bescheidenen Filmsammlung der Schule umgesehen und die Originalversion von Sam Peckinpahs *Wer Gewalt sät* sowie die erste Staffel von Wes Cravens *Scream – Schrei!* in einem Fach entdeckt. Die Ausleihe musste auf einem Formular notiert und unterschrieben werden, doch als sie schon zu ihrem Namen ansetzte, wurde ihr bewusst, dass sie diese Vorschrift besser ignorierte.

Kaum war sie in ihrem Zimmer, legte sie den ersten Film ins CD-Laufwerk ihres Computers ein und zückte einen Block, um sich Notizen zu machen. Zuvor hatte sie Stunden über Beiträgen im Internet gebrütet, in denen die unterschiedlichsten Verbrechen beschrieben wurden, die eine Gemeinsamkeit besaßen: Es ging um willkürlichen Mord.

Jordan schärfte sich ein, am Ende alles zu vernichten, was sie aufgeschrieben hatte.

Als im Film das idyllische ländliche England auf ihrem Bildschirm erschien, wusste sie, dass sie später auch ihren Laptop demolieren musste. Sie hielt den Film an und schrieb in Eile eine E-Mail an ihre getrennt lebenden Eltern:

Mom und Dad, mein verdammter Computer bleibt irgendwie ständig hängen, und gerade eben habe ich eine wichtige Hausarbeit, an der ich die ganze Zeit arbeite, verloren, und ich muss noch mal von vorne anfangen, sodass ich vielleicht den Termin nicht schaffe und eine schlechtere Note bekomme. Ich schicke Euch diese E-Mail vom Laptop einer Freundin. Ich brauche so schnell wie möglich einen neuen Laptop, so kurz vor dem Examen. Ich kann mir heute einen im Einkaufszentrum besorgen, mit einer Kreditkarte von Euch, okay?

Sie wusste, dass ihr weder ihre Mutter noch ihr Vater die Bitte abschlagen würde. Vielmehr würden sie sich freuen, überhaupt von ihr zu hören, und sei es auch nur die Nachricht, dass sie zweitausend Dollar springen lassen mussten. Die Idee mit der Hausarbeit fand sie clever, da sie ihr nie etwas verweigern würden, das über das Bestehen eines Kurses entschied. Im Übrigen gab ihnen Jordans Anliegen vielleicht Zündstoff für einen neuen Streit, und so sollten sie ihr dankbar sein.

Der Laptop, den sie vor sich hatte, hatte Spuren auf seiner Festplatte, die den Fingerabdrücken an einem Tatort in nichts nachstanden.

Jordan grinste und wandte sich wieder dem Film zu.

Der Gedanke, dass sie gerade zur Straftäterin wurde, hatte etwas. *All die harte Arbeit und die Büffelei zahlt sich endlich aus.*

Drei Paar Herrensportschuhe in drei verschiedenen Größen. Gleiche Marke, gleiches Modell. Jedes in einem anderen Sportgeschäft gekauft und bar bezahlt.

Ihre Einkaufsliste war lang, und die Vorsichtsmaßnahme, sich scheinbar spontan für einen Artikel zu entscheiden, machte es noch komplizierter. Normalerweise hätte sie sich bei diesen Erledigungen und den umständlichen Methoden, die sie entwickelt hatte, um keine Spuren zu hinterlassen, an den Kopf gefasst, doch jetzt war unberechenbares, widersinniges Verhalten eine Stärke. Sie sah den Ermittler vor sich, der sich am Kinn kratzte, wenn er hörte, dass ein Mörder denselben Artikel in drei verschiedenen Geschäften gekauft hatte statt alle drei in einem. Dies ging auf einen Vorschlag von Jordan zurück.

»Tut nichts, was auf den ersten Blick logisch ist.«

Der verrückte Hutmacher aus *Alice im Wunderland*, das Kommando der Herzkönigin: »Ihre Köpfe ab! Der Ausspruch der Geschworenen nachher.« Sarah sah sich in der alltäglichsten Einrichtung Amerikas – dem Einkaufszentrum – um und hatte das Gefühl, in eine Welt geraten zu sein, in der alles auf dem Kopf stand. *Ich bin eine Tote, die Dinge kauft, um damit zu töten.*

Die Situation war so absurd, dass sie plötzlich einen Lachanfall bekam, womit sie sich einige irritierte Blicke einfing, bevor sie sich erneut ihren Pflichten zuwandte.

Sarah arbeitete systematisch die Liste ab, die ihr zugefallen war. Sie kaufte die erste schwarze Sturmmütze in einem Sportgeschäft, das auf Kletterausrüstung und Kajaks spezialisiert war. Im selben Geschäft besorgte sie drei identische Sets schwarze, knöchellange Synthetikunterwäsche sowie drei kleine, starke Taschenlampen. Bei der Konkurrenz erstand sie zwei weitere Sturmmützen. Auch die Fischkeule besorgte sie – einen fünfundvierzig Zentimeter langen Holzknüppel mit einer Lederschlaufe fürs Handgelenk, mit dem Sportangler besonders große, wehrhafte Fische bezwangen. Weiter ging es in einen Laden für Trikots und Ballettkleidung, in dem sie drei Paar Tanzschläppchen erwarb. In einem Haushaltswarengeschäft fand sie eine Rolle graues Isolierband, ein Schraubenzieherset und einen schweren Gummihammer.

Anschließend kehrte sie wie aus einer plötzlichen Eingebung heraus zu dem ersten Sportartikelgeschäft zurück und kaufte drei schwarze Kapuzensweatshirts. In einem nahe gelegenen Spezialgeschäft für Koffer und Taschen entschied sie sich für die drei billigsten, kleinen Matchbeutel aus Segeltuch, die sie vorrätig hatten: einen in Blau, einen in Gelb und einen in Grün.

Als Sarah in das Gewimmel der Käufer trat, deren übergroße Einkaufstüten – von billigen Kleidern made in China bis zu elektronischen Geräten made in Hongkong – vollgestopft waren mit allem, was das Herz begehrt, vollführte sie eine kleine Pirouette. Falls jemand sie deswegen anstarrte, konnte sie damit leben. Sie fühlte sich frei. Im Unterschied zu den anderen beiden Roten konnte sie jederzeit flüchten.

Es war zum Brüllen. Für eine neue Identität und eine neue Zukunft war sie nur eine kleine Gegenleistung schuldig: Mord.

Die Gleichung hatte etwas: Tod spendet Leben.

Irgendwie leuchtete ihr die Logik sogar ein. Auch wenn es vielleicht nicht der klügste erste Schritt zu einem Neuanfang war, richtete sie sich, je mehr ihr Leben als Sarah verblasste, in einer Welt ohne Vergangenheit ein. In dieser Welt verband sie nichts als zwei rothaarige Frauen, die ihr noch vor kurzem fremd gewesen, inzwischen aber vertrauter waren als ihre engsten Freunde von einst – und ein Mann, der sich für den Wolf im Märchen hielt.

Sie griff in eine ihrer Einkaufstüten und legte die Hand um die Keule. Sie hatte ein ordentliches Gewicht und eine glatte Oberfläche. Sie fühlte sich tödlich an. Sarah grinste. Sie selbst fühlte sich auch todbringend.

Falls er mich sieht, sind wir dran.

Das war der einzige klare Gedanke, den Karen in ihrer Angst fassen konnte.

Sie saß einmal wieder in einem Leihwagen. Trotz des grau verhangenen Nachmittags trug sie eine Sonnenbrille. Ihr auffälliges rotes Haar hatte sie unter einer Skimütze versteckt. In der rechten Hand hielt sie die Videokamera, die linke war am Lenkrad. Auf der Beifahrerseite hatte sie die Scheibe heruntergelassen, und während sie langsam durch die Straßen in unmittelbarer Nachbarschaft des Hauses fuhr, in dem der Böse Wolf wohnte oder auch nicht, hielt sie die Kamera hoch und filmte die Umgebung. Sie wusste, dass ein ruckelndes, unprofessionelles Video herauskäme, von dem einem schwindelig werden konnte, dennoch würde es den anderen beiden vermutlich dabei helfen, das Viertel kennenzulernen.

Nur wenige Häuser von seinem Domizil entfernt fuhr sie an den Bordstein. Sie vergewisserte sich, dass in beiden Richtungen niemand auf der Straße war. Observation war wichtig, doch nicht annähernd so sehr wie Geheimhaltung und das Überraschungsmoment. Die Aufnahmen vom Haus machte sie aus sicherer Entfernung.

Karen merkte, wie ihr das Herz bis zum Halse pochte, und sie ermahnte sich: Nachher darf dir das nicht passieren. Ihr zitterten die Hände, und sie sah voraus, wie die anderen Roten, wenn sie ihnen das verwackelte Video zeigte, merken würden, wie groß ihre Angst war, und das beunruhigte sie umso mehr, da sie jetzt einen eisernen Willen brauchte.

So geht das nicht, dachte sie. Ich bin diejenige, die alles unter Kontrolle haben sollte.

Ihren Doktortitel trug sie nur mehr für das Spezialgebiet Zweifel. Vielleicht auch die Fachrichtung Tod.

Ein Stück die Straße hinunter sah sie einen Teenager aus einem der Häuser kommen und in einen unscheinbaren, silberfarbenen Pick-up steigen. Der Junge hatte nicht das Geringste mit ihr und der Situation zu tun, doch er machte ihr trotzdem so viel Angst, dass sie sich wegduckte und, kaum dass er an ihr vorbeigerast war, Vollgas gab und so schnell sie konnte aus dem Viertel fuhr. Die ganze Zeit hatte sie das Gefühl, dass ihr jemand folgte, mehr noch, dass sich Augen in ihren Rücken und den Hinterkopf brannten. Erst als zwischen ihr und dem Haus einige Meilen lagen, normalisierte sich ihr Atem, und sie merkte, dass sie in eine ihr völlig unbekannte Gegend geraten war.

Sie hatte sich verfahren.

Sie brauchte fast eine Stunde, bis sie wieder auf Straßen kam, die sie kannte, da sie nicht daran dachte, anzuhalten und jemanden nach dem Weg zu fragen. Eine weitere Stunde verging, bis sie den Leihwagen zurückgegeben und mit ihrem eigenen Auto im Dunkeln den Heimweg angetreten hatte.

Sie bog in ihre Einfahrt und tauchte in das Wäldchen ein, das ihr Haus von der Straße aus verbarg. Mehr als je zuvor hasste sie die isolierte Lage ihres Hauses. Sie hielt davor an.

Die automatische Beleuchtung ging an.

Sie war drauf und dran, den Motor abzuschalten und ins Haus zu eilen, doch plötzlich zögerte sie und geriet fast in Panik, als ihr bewusst wurde, dass ihr Refugium, in dem sie sich geborgen fühlen sollte, zugleich ihre größte Bedrohung war.

Im selben Moment legte Karen energisch den Rückwärtsgang ein und wendete mit quietschenden Reifen.

Sie fuhr wie bei einer Verfolgungsjagd, auch wenn auf den von ihr gewählten Landstraßen kein anderes Fahrzeug zu sehen war. Es kam ihr vor, als wäre es dem Wolf gelungen, alle anderen zu töten außer ihr. Sie war allein auf der Welt, die letzte Überlebende, die auf das Unvermeidliche wartete. Sie schrie aus Leibeskräften, und ihre schrille Stimme hallte so laut durch das Wageninnere, dass es ihr noch mehr Angst einflößte.

Als sie ihre Gefühle halbwegs unter Kontrolle hatte, wechselte sie auf einen der größeren Highways. Binnen Sekunden sah sie ein Schild: Tankstelle-Raststätte-Hotel.

Das Motel, das an der Ausfahrt lag, gehörte zu einer landesweiten Kette. Der Parkplatz war nicht voll besetzt. Es stand nur eine einzige Angestellte an der Rezeption. Sie wirkte jung, vielleicht eine Praktikantin, die nach dem Collegeabschluss eine Ausbildung in Betriebsführung machte und zu deren Aufgaben es gehörte, auch ihre Überstunden mit einem unerschütterlichen, gewinnenden Lächeln zu absolvieren, egal wie müde sie war. Die junge Frau erledigte die üblichen Formalitäten und fragte Karen, ob sie ein Kingsize-Bett oder zwei Doppelbetten wünschte. Karen flüchtete sich in nervösen Sarkasmus. »Ich kann nicht in zwei Betten gleichzeitig schlafen«, antwortete sie.

Die junge Frau lachte. »Da haben Sie recht. Also ein Kingsize?«

Karen reichte ihr die Kreditkarte. Das war gefährlich. Es dokumentierte ihren Aufenthalt, doch daran war nun nichts zu ändern.

»Eine Nacht?«, fragte die junge Frau.

Karen rieselte es kalt über den Rücken. »Nein, zwei. Geschäftlich.«

Die Frau am Empfang schien nicht zu bemerken, dass Karen kein Gepäck dabeihatte, sondern nur eine Computertasche.

In dem kleinen, bedrückend ordentlichen und keimfreien Motelzimmer gönnte sich Karen als Erstes eine heiße Dusche. Sie fühlte sich schmutzig, verschwitzt. Sie überlegte, ob man sich vor Angst schmutzig fühlen konnte. Es schien ihr wesentlich plausibler, dass ihr vermeintlicher Körpergeruch von der Nähe eines Menschen kam, in dem sie alle den Wolf vermuteten.

Mit nassen Haaren und in ein großes Handtuch gewickelt trat sie an den kleinen Schreibtisch im Zimmer und holte ihren Comedycomputer aus der Tasche. Mit den Witzen ist es vorbei, dachte sie und begann ihre Suche auf einer Reihe von Immobilienportalen wie Trulia und Zillow und wechselte dann zu anderen Websites, die von großen Hypothekenbanken unterhalten wurden. Sie brauchte nicht lange, um das Haus zu finden, in dem die Sekretärin und ihr Mann wohnten. Eines dieser Portale lieferte sogar die dazugehörigen Innenfotos und eine virtuelle Führung dazu.

Wie ein potenzieller Käufer betrachtete sie die Fotos auf dem Bildschirm und folgte der Kamera durchs Haus. Eingangstür. Nach rechts. Wohnzimmer, Wohnküche. Arbeitszimmer im Erdgeschoss. Die Treppe hoch ins Obergeschoss. Zwei kleine Schlafzimmer »perfekt für die junge Familie« und ein Elternschlafzimmer mit angrenzendem Bad. Ausgebautes Kellergeschoss.

Sie starrte auf die Fotos. Bescheidene Vorstadtidylle mit Neuengland-Charme. Das große Versprechen an die amerikanische Mittelschicht, der Traum vom Eigenheim. Sie fand sogar heraus, wie viel die Sekretärin und ihr Mann im Vorjahr an Grundsteuer gezahlt hatten.

Der Anblick des Hauses, dem sie einen Besuch abzustatten gedachten, weckte eine Assoziation – ein alter Rocksong, der oft auf den Radiosendern mit den »Golden Oldies« lief. Im Takt zu der Musik in ihrem Kopf murmelte sie: »Monday, Monday. Can't trust that day.«

Karen ignorierte die Warnung und schickte eine SMS an die anderen beiden Roten: *Morgen 14 und 2.*

Das sollte reichen; sie würden wissen, wie die Zeitangabe zu verstehen war.

40

14 Uhr

Er führte sie zum Mittagessen aus – ein unverhofftes Vergnügen.

Mrs Böser Wolf ließ auf ihrem Schreibtisch Lehrergutachten und Disziplinarberichte zurück, die in die entsprechenden Aktenordner einzuheften waren. Sie legte die langatmige Analyse eines Kuratorenkomitees über mögliche neue Einnahmequellen beiseite sowie ein Schreiben vom Fachleiter für Englisch mit einer ausführlichen Begründung, weshalb das Angebot in seinem Fach über die traditionelle Literatur von Dickens bis Faulkner hinaus um Kurse über moderne Kommunikationsmittel wic Twitter und Facebook erweitert werden müsse. Gut gelaunt traf sie sich mit ihrem Mann in einem chinesischen Restaurant in der Innenstadt, wo sie zu scharf gewürzte Gerichte aßen und dünnen, grünen Tee dazu tranken. Sie hegte die Vermutung, dass er einen besonderen Grund hatte, mit ihr essen zu gehen – denn wie in jeder langjährigen Ehe bekamen spontane Gesten der Zuneigung immer größeren Seltenheitswert –, doch das machte ihr nichts aus. Sie ließ sich die gedünsteten Klöße in Miso-Soße auf der Zunge zergehen.

Die Kellnerin kam und fragte, ob sie ein Dessert bestellen wollten.

»Ich denke, ein Eis«, sagte der Böse Wolf und sah seine Frau an.

»Nein, nichts Süßes. Muss auf die Figur achten.«

»Ach, komm schon«, sagte er in neckendem Ton. »Einmal ist keinmal.«

Sie lächelte. Er griff über den Tisch und nahm ihre Hand. Wie Teenager, dachte sie.

»Also gut«, sagte sie lächelnd zu der Kellnerin. »Dann nehme ich auch ein Eis.«

»Vanille, nichts Besonderes«, sagte der Böse Wolf. »Wir sind ein bisschen fade.«

Der Witz ging an der Kellnerin vorbei, und so lachten sie miteinander, als die Bedienung fort war.

Er ließ ihre Hand nicht los, sondern beugte sich über den schmalen Tisch zu seiner Frau vor.

»In den nächsten Tagen«, sagte er so vage, wie er konnte, aber mit einem verhaltenen Grinsen im Gesicht, »stelle ich vielleicht meinen Tagesrhythmus ein bisschen um. Möglicherweise stehe ich früh auf oder bleibe abends länger weg, bin nicht immer zum Essen zurück.«

»In Ordnung«, sagte sie und nickte.

»Kein Grund zur Sorge.«

»Ich bin auch nicht besorgt. Ist es wichtig?«

»Letzte kleine Recherchen.«

Sie lächelte. »Die letzten Kapitel?«

Statt einer Antwort kam ein noch strahlenderes Lächeln, was sie als ein Ja verstand. Es war ihr recht. *Kreativität hält sich nicht an Bürozeiten.* Sie sah ihn an. Tief in ihrem Innern formte sie Worte, in denen sich Zweifel und Ängste artikulierten. *Wird er töten?* Mit erstaunlicher Wendigkeit wich sie diesen Anwandlungen aus, und die kleinen Plagegeister in ihrem Kopf gaben Ruhe. Es war ihr egal, was er tat oder wem er etwas anzutun gedachte. *Es ist nichts weiter als Recherche, hat er selbst gerade gesagt.* Was früher gewesen sein mochte, womit sie künftig zu rechnen hatte, was er vielleicht einmal gewesen war oder einmal werden würde, das alles zählte nicht im Vergleich zu diesem Moment, in dem sie in einem billigen Chinarestaurant Händchen hielten.

Liebe ist niemals fade, dachte sie.

Der Böse Wolf setzte seine Frau an der Schule ab und winkte ihr ausgelassen hinterher, als sie im Verwaltungsgebäude verschwand. Doch schon im nächsten Moment hatte er Wichtigeres im Kopf.

Zwei Besorgungen musste er noch machen, beide nicht besonders kompliziert. Einen wasserfesten Tarnanzug für Jäger aus jenem Sportgeschäft, in dem, was er nicht wissen konnte, einen Tag zuvor Rote Zwei eingekauft hatte, sowie einen preiswerten blauen Blazer und eine graue Hose aus dem Secondhand-Laden der Heilsarmee. Für Rote Eins sollte er nahtlos mit dem Wald hinter ihrem Haus verschmelzen. Für Rote Drei wollte er wie ein Lehrer erscheinen oder wie ein Vater auf Besuch, wozu er auf die geringe Gefahr hin, dass ihn auf dem Campus jemand sah, Jackett und Krawatte tragen musste. Natürlich würde er niemandem ins Auge springen. Ein falscher Bart. Brille. Mit Gel zurückgekämmtes Haar. Die Gefahr, dass ihn jemand erkannte, ging gegen null, und wer würde der Beschreibung irgendeines Teenagers Glauben schenken, noch dazu von jemandem, den man nur für ein paar Sekunden aus der Ferne gesehen hatte? Außerdem würde es Stunden dauern, bis sie die Leiche von Rote Drei entdeckten. Das war in seinen

Augen das wirklich Bemerkenswerte an beiden Morden. Beide Male wäre er so gut wie unsichtbar.

Der Böse Wolf ging im Kopf noch einmal seine Liste durch. Kleider. *Erledigt.*

Verkehrsmittel. *Gestohlene Nummernschilder wären hilfreich.*

Waffe. *Er hatte sein Messer rasierklingenscharf gewetzt.*

Jetzt ging es nur noch darum, seine ganze Konzentration auf seine Beute zu richten, um die er immer engere Kreise zog. Auf dem Rückweg nach Hause kostete er die Vorfreude aus und malte sich aus, was der kommende Tag für ihn bereithalten würde. Es würde sein wie ein unerwarteter Anruf von einem alten Freund, der zwar weit weg wohnte, aber immer noch ein lieber und wichtiger Mensch war. Er rief sich Erlebnisse ins Gedächtnis, die, obwohl fünfzehn Jahre her, frisch und lebendig waren, so vertraut wie eine Stimme, die man seit einer Ewigkeit kennt.

Der Priester arbeitete in seinem Kellerbüro an einer Predigt für den nächsten Sonntag, und so trafen sich die drei Roten in den Kirchenbänken vor einer riesigen Skulptur des gekreuzigten Jesus, der im Sterben unter seiner Dornenkrone den Kopf senkte.

Als Karen ihnen das Straßenvideo vorführte, saßen sie auf den unbequemen Bänken und rutschten auf dem harten Holz herum. Sie versuchten, sich Einzelheiten und Orientierungspunkte einzuprägen. Alle hatten sie Mühe, bei der Sache zu sein. Sie wussten, dass sie sich von heute auf morgen als versierte Mörder bewähren mussten, doch gerade jetzt, wo sich ihre Aufmerksamkeit wie ein Laserstrahl hätte bündeln sollen, schweiften ihre Gedanken zu allen möglichen, wenig sachdienlichen Überlegungen ab, als ob sie die Auseinandersetzung mit dem, was sie gerade planten, dazu zwang, innerlich eine andere Richtung einzuschlagen. Karen setzte zu einer Entschuldigung für die Qualität des Videos an, verstummte aber sofort, weil sie ihrer Stimme nicht traute.

Für jemanden, der sich etwas auf Umsicht und Organisationstalent zugutehielt, schien alles planlos, desorganisiert und vieles einfach dem Zufall überlassen. Karen hatte das Gefühl, nicht die disziplinierte Ärztin, sondern die verrückte, wilde Komikerin in ihr habe die Planung des Mordes übernommen. Sie fühlte sich außerstande, ihrem nüchternen Medizinerverstand die Führung zu überlassen. Und so flüchtete sie sich in ihre Computertastatur, um mit wenigen Klicks das Anschauungsmaterial des Immobilienportals vorzuführen, das sie am Vorabend aufgespürt hatte.

Als sie fertig waren, lehnten sich alle drei Frauen stumm zurück.

Sarah bückte sich und hob die drei Taschen hoch. Sie reichte den anderen beiden je eine mit den für sie bestimmten Einkäufen. Die gelbe behielt sie für sich.

Obgleich die Situation Dutzende von Fragen nahelegte, schwiegen sie mehrere Minuten lang. Ein zufälliger Beobachter hätte gedacht, sie beteten zusammen.

Jordan sah vom Laptop auf und betrachtete die religiösen Bildnisse, die sie umgaben. Die Skulptur war aus dunkelbraunem Holz, mit goldenen Streifen, wo rotes Blut hätte sein müssen. An der Decke spiegelte sich das Blau, Grün und Gelb großer Buntglasfenster. Ihr wurde bewusst, dass es ein ungewöhnlicher Ort war, um einen Mord zu planen, doch dann zuckte sie unwillkürlich die Achseln und räumte ein, dass jeder Ort, an dem eine verwöhnte Internatsschülerin aus reichem Hause einen Mord plante, ungewöhnlich wäre. Sie schielte zu Karen hinüber. *Sie ist Ärztin. Sie hat Tote gesehen. Sie muss wissen, was sie tut.* Als sie sich zu Sarah umdrehte, kam ihr mehr oder weniger der gleiche Gedanke. *Bei ihr hat der Tod brutal und ungerecht an die Tür geklopft. Das muss sie so wütend gemacht haben, dass sie jetzt bereit ist zu töten.*

Jordan dachte daran, dass sie die Einzige von ihnen war, die nicht schon unmittelbar mit dem Tod konfrontiert worden war. Sie rechnete nicht damit, dass diese Jungfräulichkeit die Nacht überdauern würde.

2 Uhr

Karen schlich sachte zur Hintertür ihres Hauses hinaus und ließ sich augenblicklich fallen. Sie krabbelte auf allen vieren über die kleine Veranda, indem sie hinter Gartenmöbeln Deckung suchte, die sie vor dem Winter nicht hereingeholt hatte, um schließlich auf die feuchte, kalte Erde zu gleiten. Das Haus hinter ihr lag in völliger Dunkelheit, und sie klammerte sich an die tiefen Schatten wie ein Bergsteiger an das Seil. Sie richtete sich etwas auf und sprintete geduckt zur Eingangsseite.

Falls er mich beobachtet, dann versteckt er sich dort.

Doch das durfte natürlich nicht sein. Falls der Wolf sie beobachtete, wäre er nicht da, wo sie hinwollten, und alles, was sie in dieser Nacht vorhatten, wäre vergebens, wenn nicht schlimmer. Wild schwirrten ihr die Gedanken durch den Kopf. Mittlerweile hatte ihr verrücktes Alter Ego von jeder Faser ihres Wesens Besitz ergriffen, und so versteckte sie sich vor Augen, die sie unmöglich beobachten konnten, wenn denn ihr Plan gelingen sollte.

Sie warf sich ans Steuer ihres Wagens und ließ die blaue Segeltuchtasche neben sich auf den Sitz fallen. Zunächst bekam sie den Schlüssel nicht ins Zündschloss, doch schließlich rollte sie im bleichen Mondlicht die Einfahrt hinunter, ohne die Scheinwerfer anzumachen. Wieder wusste sie, wie albern das war.

An der Straße blieb Karen einen Moment stehen, bevor sie abbog. Sie wollte sich fünf Minuten geben. Falls sie in dieser Zeit einen anderen Wagen sah, würde sie davon ausgehen, dass es der Wolf war.

Sie fragte sich: Würde ein Mörder so handeln?

Sie zitterte und holte ein paar Mal tief Luft, um sich zu beruhigen. *Man liest Bücher. Man sieht fern. Man geht ins Kino. Du hast schon tausend Geschichten gesehen, wo die Bösen oder Guten ein Mordkomplott geschmiedet haben. Mach es ihnen einfach nach. Nur dass das hier real ist.*

Natürlich war das nichts weiter als lächerlicher Selbstbetrug.

Egal wie viele Morde du im Fernsehen gesehen hast, sie alle zusammengenommen können dir nicht sagen, was du machen musst.

Sie legte den Gang ein, behielt sämtliche Rückspiegel im Auge und fuhr zügig Richtung Stadt. Eine entscheidende Zwischenstation stand noch auf dem Programm, bevor sie die anderen abholte: ihre Praxis.

Jordan hatte nicht geschlafen.

Kurz nach ein Uhr morgens, als sie lange genug reglos auf dem Bett gelegen und an die Decke ihres Zimmers gestarrt hatte, war sie aufgestanden und hatte sich angezogen. Die schwarze lange Unterwäsche kam unter die Jeans. Dann schlüpfte sie in das schwarze Sweatshirt. Sie steckte das Handy und ihr Messer in die grüne Leinentasche und zog sich die schwarze Sturmmütze über den Kopf. Die neuen Sportschuhe, die Sarah gekauft hatte, packte sie zuoberst, um sie griffbereit zu haben. Vorerst zog sie die Tanzschläppchen an.

Sie stand auf und drehte sich langsam um die eigene Achse. Die Kleidung, die sie trug, raschelte nicht einmal.

Jordan warf einen prüfenden Blick durchs Zimmer und versuchte, sich noch einmal alles Wichtige ins Gedächtnis zu rufen. Von einer Straßenlaterne direkt hinter ihrem Fenster drang gelber Schimmer in ein paar Ecken. Es war wie das Packen für eine Ferienreise; sie hatte Angst, etwas Wesentliches zurückzulassen. Allerdings ging es nicht um einen Pass oder den Badeanzug.

Allein bei der Vorstellung, sich für einen Mord bereit zu machen, durchzuckten sie solche Wogen der Angst, dass ihr die Hände zitterten und der Atem stockte. Ihre Kehle war trocken, und es schien, als finge ihr rechtes Augenlid zu zucken an.

Sie fragte sich, wo all ihre Zuversicht, ihr Gepolter und Draufgängertum geblieben waren. Es kam ihr so vor, als läge es Lichtjahre zurück, dass sie darauf bestanden hatte, den Bösen Wolf zu töten. Jetzt, wo er einen Namen und eine Adresse hatte und nicht mehr nur eine diffuse Bedrohung war, sondern ein Mensch aus Fleisch und Blut, war all ihre Zuversicht dahin. Sie fühlte sich wie ein kleines Kind, das Angst im Dunkeln hat. Am liebsten hätte sie geweint.

Unendlich viel klüger schien ihr, die Mördersachen auszuziehen, unter die Bettdecke zu kriechen und geduldig abzuwarten, bis der Wolf sie holte. Sie kämpfte gegen die Versuchung an und rief sich ins Bewusstsein, dass die anderen beiden Roten auf sie zählten.

Nur dass sie sich inzwischen nicht mehr vorstellen konnte, wie sie sich bei diesem Vorhaben nützlich machen sollte, und sie nur noch Angst und Zweifel quälten.

In der Annahme, dass dies die letzte Nacht ihres vertrauten Lebens sein würde, ging Jordan zur Tür. Es war ein lähmendes, entsetzliches Gefühl. Fast hatte sie sich in der Zeit, seit sie der Wolf verfolgte, an eine Form von Angst gewöhnt, und diese Nacht versprach nur, sie durch eine völlig andere zu ersetzen, mit der sie ebenso wenig zurechtkommen würde. Ihr war zum Schreien zumute. Doch stattdessen horchte sie aufmerksam, um sich zu vergewissern, dass keins der anderen Mädchen im Haus auf war, sei es, weil es noch am Schreibtisch saß oder zur Toilette musste.

Irgendwann im Lauf der Schulzeit schlich sich jeder Schüler einmal nachts aus dem Wohnheim, verstieß damit gegen eherne Regeln und riskierte, von der Schule zu fliegen. Niemand aber, dachte sie, hat das aus demselben Grund getan wie ich. Das hier war keine heimliche Verabredung mit einem Jungen. Auch kein nächtlicher Drogen- oder Alkoholtrip. Kein an Sadismus grenzender Streich, den man einem Neuling spielte. Das hier war etwas anderes.

Die Stille, die Heimlichkeit – die waren dieselben. Doch damit endeten die Gemeinsamkeiten.

Sie drehte den Knauf und öffnete die Tür mit dem Gedanken, dass eine neue Jordan in eine fremde Welt treten würde. Die alte Jordan bliebe für immer zurück.

Sie huschte aus dem Zimmer. Dank der Schläppchen waren ihre Schritte nicht zu hören, und sie trat behutsam auf, weil die alten Holzdielen im Flur bei jedem Schritt verräterisch knarren und ächzen konnten.

Mit jedem Schritt ließ sie das Mädchen, das sie bis jetzt gewesen war, hinter sich. Wie einen Schatten.

Als sie schließlich zur Haustür hinaustrat, schlug ihr die Kälte entgegen. Sie zitterte, als sie die Schläppchen auszog und ihre neuen Laufschuhe zuschnürte. Obwohl sie den Schweiß unter den Armen spürte, fror sie entsetzlich in der bitteren Kälte. Jordan hatte Angst, zu Eis zu gefrieren, und so rannte sie durch die Nacht zu ihrem Treffen mit den anderen Roten.

Sarahs Aufbruch aus dem Frauenhaus war ebenso verstohlen. Ihr Problem bestand darin, es am Wachposten der Nachtschicht vorbei zu schaffen – einer Ehrenamtlichen aus einem der benachbarten Colleges, die von neun Uhr abends durchhielt, bis zur Frühschicht ein pensionierter Streifenpolizist mit frischem Kaffee und Donuts kam. Die Herausforderung bestand für Sarah darin, hinauszukommen, ohne dass die Studentin sie bemerkte, die sich über einen Stapel Lehrbücher beugte und die drückende Stille fürs Studium nutzte. Die Freiwilligen im Nachtdienst waren im Schnitt gerade mal um die zwanzig, und man hatte ihnen eingebleut, im Zweifelsfall lieber übervorsichtig zu sein. Jede kleine Störung, irgendeine Abweichung von der Normalität konnte zu einem Anruf bei der Leiterin des Frauenhauses oder bei der Polizei führen.

Und so wartete Sarah über eine Stunde außer Sichtweite im Flur des zweiten Stocks. Sie wusste, dass die junge Frau irgendwann aufstehen würde, um die Glieder zu strecken, zur Toilette zu gehen oder sich im Büro nebenan eine Tasse Kaffee aufzubrühen – oder einfach den Kopf auf die Bücher legen würde, um ein Nickerchen zu halten.

Zusammen mit ein paar Kleidern zum Wechseln hatte

sie den Revolver ihres Mannes in der Tasche verstaut. Sie war genauso angezogen wie Jordan, schalldämpfende Ballettschuhe eingeschlossen. Karen würde im gleichen Outfit kommen.

Sarah sah nicht einmal auf die Armbanduhr. Sie betete darum, dass die Aufpasserin zur Toilette ging. Sie merkte, wie sich vor Erwartung ihr ganzer Körper anspannte.

Sie leckte sich über die Lippen, die plötzlich trocken und spröde waren. Sie schämte sich ihrer Dummheit. All ihre Gedanken hatten darum gekreist, was sie tun würden, wenn sie an dem Haus eintrafen, in dem sie den Bösen Wolf vermuteten.

In diesem Moment wäre sie beinahe in schallendes Gelächter ausgebrochen, doch sie unterdrückte den Impuls. Sie konnte nichts Komisches an ihrer Situation erkennen, es war nur die geballte, nervöse Angst.

Wir gehen die Sache falsch an, dachte sie. Der Wolf geht zu den drei Schweinchen und pustet ihre Häuser um, außer das von dem schlauen, das sein Haus aus Stein gebaut hat.

Falsches Märchen.

Es war ihr nicht in den Sinn gekommen, dass ihr erstes Problem schon darin bestehen könnte, unbemerkt ein Haus zu verlassen, das dazu eingerichtet war, Leute zu schützen und unsichtbar zu machen. Plötzlich kam sie sich vor, als säße sie in einem höchst seltsamen Gefängnis.

Von unten kamen Geräusche. Es tat sich etwas.

Dann wurde lautstark ein Buch zugeschlagen. »Gott verdammt, der Mist ist unmöglich. Ich hasse organische Chemie, ich hasse organische Chemie, ich hasse organische Chemie«, wiederholte die junge Frau in wütendem, frustriertem Ton.

Nach ein, zwei Sekunden bekam der Refrain *Ich hasse or-*

ganische Chemie eine aus dem Stegreif komponierte Melodie, die mal mit heller, schriller Stimme, mal im tiefen Bass vorgetragen wurde. Sarah hörte Schritte das Foyer durchqueren. Die Tür zur Toilette ging auf, dann zu. Auf Zehenspitzen hastete sie die Treppe hinunter, um so schnell wie möglich, aber lautlos nach draußen zu kommen, bevor sie jemand entdeckte. Unter allen Umständen musste der Eindruck gewahrt bleiben, dass die Frau, die sich Cynthia Harrison nannte, in ihrem Bett lag und schlief.

41

Hundert Meter vom Haus entfernt warteten die drei Roten in ihrem Leihwagen. Sie hätten eigentlich die letzten Einzelheiten ihres Plans, wenn davon überhaupt die Rede sein konnte, noch einmal durchgehen sollen, doch die meiste Zeit schwiegen sie, und jede hing ihren eigenen Gedanken nach. Es war kurz vor drei Uhr morgens. Karen war einfach an den Bordstein gefahren und unter einer hohen Eiche stehen geblieben. Jordan saß hinten, Sarah auf dem Beifahrersitz. Karen legte die Autoschlüssel auf den Boden und machte die anderen darauf aufmerksam, wo sie waren. Dann verteilte sie drei Paar OP-Handschuhe, die sie sich mit zitternden Fingern überzogen. Alle drei Augenpaare suchten immer wieder die Häuserreihen rechts und links ab. Abgesehen von der einen oder anderen Außenlampe, die ein Hausbesitzer versehentlich angelassen hatte, lag die Straße im Dunkeln und in tiefem Schlaf.

Sie beschränkten ihre Kommunikation auf das Nötigste, keine von ihnen konnte das Zittern in ihrer Stimme verbergen, und so brachten sie nur mühsam einzelne Worte heraus, als gäbe es, je näher der Mord rückte, umso weniger zu sagen.

»Zwei Türen«, sagte Karen. »Sarah und ich brechen hinten durch die Küchentür ein. Jordan, falls der Wolf versucht, durch die Haustür zu fliehen, musst du ihn daran hindern. Sobald wir drinnen sind, machen wir dir auf.«

Sie nickten alle.

Keine von ihnen sprach den Gedanken aus, der ihnen allen auf der Zunge lag: *Falls es der Wolf ist.*

Jordan fragte auch nicht: *Und wie halte ich ihn auf? Und was genau verstehst du darunter, ihn daran zu »hindern«?* Und schließlich: *Was machen wir, wenn er uns doch entwischt?* Alle diese Fragen lagen auf der Hand. Mit der Unausweichlichkeit der Konfrontation war jede Gewissheit verflogen; alle drei Roten hatte ein seltsamer Schwebezustand jenseits jeglicher Vernunft erfasst. Es war ein Märchen, das sie sich selbst ausgedacht hatten.

»Die Treppe hoch und nach rechts. Sie können nur im Elternschlafzimmer sein. Dort müssen wir hin. Es muss schnell gehen. Sie werden schlafen, wir haben das Überraschungsmoment auf unserer Seite, aber wahrscheinlich haben wir sie mit unserem Einbruch schon geweckt.«

»Mal angenommen …«, setzte Sarah zu einer Frage an, verstummte aber sofort. Ihr wurde bewusst, dass es hundertfach *mal angenommen* gab und es unmöglich war, alle Eventualitäten vorauszusehen.

Jordan sprach mit erstickter Stimme.

»In *Kaltblütig* von Capote trennen sie die Familie Clutter, sobald sie drinnen sind. Sollen wir …«

Auch sie brachte ihren Satz nicht zu Ende.

Keine von ihnen sprach das Wort *Hausfriedensbruch* aus, auch wenn es exakt ihr Vorhaben beschrieb: ein brutales Verbrechen, da es die amerikanische Befindlichkeit im Innersten traf – die Vorstellung, im eigenen Haus vollkommen sicher zu sein. Banküberfälle, Schüsse aus dem fahrenden Auto, Revierkämpfe zwischen Drogenbanden, selbst Paare, die ihre Scheidungsfehde mit Feuerwaffen austrugen – dies alles war halbwegs nachzuvollziehen und einzuordnen. Hausfriedensbruch nicht. In den meisten Fällen war er durch bizarre Fantasien von Vergewaltigung oder vermeintlichen Reichtümern motiviert, die es dann doch nicht zu holen gab. Dieses Verbrechen hatte Jordan in den letzten Tagen gründlich studiert. Nur dass es nach Jordans Recherchen normalerweise der böse Psychopath war, der unschuldige Menschen in ihren eigenen vier Wänden überfiel. In dieser Nacht war es umgekehrt – die Unschuldigen drangen in das Haus des Wolfs ein. So jedenfalls stellte es sich im Schutz des Wagens dar, doch waren sie erst einmal dort draußen in der Kälte, würde sich vielleicht alles ins genaue Gegenteil wenden.

»Möchte jemand noch etwas sagen?«, fragte Karen.

»Antworten«, sagte Sarah heiser. »Wir sollten Antworten verlangen.«

Die drei Roten tauchten aus dem Wagen auf wie schwarze Tintenkleckse im Dunkel der Nacht. Sie zogen die Kapuzen über den Kopf, rückten sich die Sturmmützen zurecht und steuerten zielstrebig das Haus an. Ein Hund bellte in einem der benachbarten Domizile. Allen drei Frauen kam ein beängstigender Gedanke. *Wenn er nun einen Hund hat? Einen Pitbull oder Dobermann, der seinen Besitzer verteidigen will?* Sie behielten ihre Sorge für sich. Karen hatte das Gefühl, dass jeder Schritt ihnen vor Augen führte, wie wenig sie davon verstanden, ein Verbrechen zu begehen, geschweige denn ein so schweres.

Jede von ihnen hätte am liebsten die anderen gepackt und gesagt: *Was zum Teufel treiben wir da eigentlich?* Doch keine sprach es aus. Es war, als stürzten sie alle drei kopfüber eine steile Böschung hinunter, und es gab nichts, woran sie sich festhalten und ihren Fall abbremsen konnten.

Karen war speiübel.

Sarah drehte sich vor lauter Zweifeln alles im Kopf.

Jordan hatte weiche Knie.

Jede Rote war auf ihrem Weg durch die Nacht vor Anspannung wie gelähmt. Die Kälte richtete wenig gegen die heißen Wogen der Angst aus, die in ihnen tobten. Nach allem, was sie in den letzten Wochen durchgemacht hatten, fühlten sie sich klein und hilflos.

An der Vorderseite des Hauses deutete Karen stumm auf das Gebüsch seitlich von der Haustür. Jordan schlüpfte geduckt hinein und machte sich, so gut sie konnte, unsichtbar. Die anderen beiden Roten liefen unauffällig ums Haus zur Gartenseite.

So plötzlich mitten in der Nacht allein zu sein, war für Jordan ein erdrückendes Gefühl. Sie horchte auf ein Geräusch und hatte gleichzeitig Sorge, dass sie mit ihrem lauten Atem die Bewohner des Hauses und sogar die Nachbarn, ja, die Polizei und die Feuerwehr wecken würde. Sie rechnete jeden Moment damit, von Sirenen und blitzenden Warnlichtern eingekesselt zu werden, während laute Stimmen ihr befahlen, mit erhobenen Händen aufzustehen.

Langsam und so leise sie konnte zog sie den Reißverschluss ihrer Leinentasche auf. Sie nahm ihr Messer heraus und legte die Finger fest um den Griff.

Sie glaubte nicht mehr daran, dass sie damit umgehen konnte. War es ihr noch vor wenigen Tagen so leicht und selbstverständlich erschienen, mit einer scharfen Klinge zuzustoßen, schien es jetzt ein Ding der Unmöglichkeit. Wo war Jordan, die Athletin, die Schnellste und Stärkste in der Mannschaft, die gewitzte, hübsche und von allen gemobbte Jordan? Und wer war diese Fremde, die an ihre Stelle getreten war und der sie nicht über den Weg traute? Hätte sie ein Gebet gekannt, wäre jetzt der Moment dafür gewesen. Doch wie die Dinge lagen, kauerte sie neben der Eingangstreppe, und obwohl ihre schwarze Kleidung sich wie ein Puzzleteil nahtlos in die Nacht einfügte, zuckten und bebten ihre Muskeln, und sie konnte nur hoffen, dass diese nicht wiederzuerkennende Jordan, wenn es so weit war, den nötigen Zorn aufbrachte.

Schlag das Fenster ein und fasse durch das Loch. Lege das Riegelschloss um. Greif an.

Karens Plan war nicht gerade subtil. Im Film wirkte es immer so einfach: Die Akteure sind ruhig, intelligent, tun nichts Überhastetes, sondern handeln klug und entschlossen. *So einfach ist es im realen Leben aber nicht. Da hat sich alles gegen dich verschworen. Am meisten stehst du dir selbst im Weg – weil du nicht über deinen eigenen Schatten springen kannst. Das hier hat mit dem, was wir sind, nichts zu tun. Ich bin Ärztin, verflucht noch mal, keine Einbruchskünstlerin. Und eine Mörderin schon gar nicht.* Sie hielt den Gummihammer in der Hand, bereit, das Haus zu stürmen, als Sarah sie genau in dem Moment, als sie zum Schlag ausholte, mit aller Macht am Arm festhielt. Karen hörte, wie ihre Komplizin heftig nach Luft schnappte.

Sarah sagte nichts, sondern deutete nur stumm auf ein Fenster, hinter dem sie die Küche vermutete, mit einem Schild in der Scheibe. Sie las: Alpha Alarm Systems.

Karen fühlte sich einen Moment benommen, doch die offensichtliche Ironie entging ihr nicht: Dies war dieselbe Firma, die sie nach dem ersten Brief des Wolfs mit der Alarmanlage an ihrem eigenen Haus beauftragt hatte.

Sie zögerte. Dann flüsterte sie: »Also gut, Folgendes: Wir brechen ein, das löst bei der Firmenzentrale einen stummen

Alarm aus. Sie rufen beim Eigentümer an, der mit einem vereinbarten Signal reagieren muss, das entweder bedeutet *Alles in Ordnung, Fehlalarm* oder *Es gibt Probleme.* In dem Fall ruft die Firma die Polizei, die in wenigen Minuten da ist.«

Sarah nickte. Die beiden Roten waren für einen Moment wie vor den Kopf gestoßen.

»Was sollen wir machen?«, fragte Sarah.

»Wenn ich das wüsste«, erwiderte Karen. Ihr wurde bewusst, dass ihr Risiko mit jeder Sekunde, die sie draußen blieben und die Jordan allein in ihrem Versteck vor der Haustür saß, sprunghaft stieg. Es war, als sähe man im Labor unter dem Mikroskop zu, wie sich gefährliche Zellen vereinten, vergrößerten, vermehrten und immer komplexere Strukturen bildeten.

»Entscheide dich«, sagte Sarah. »Vor oder zurück.«

In dem Moment erfasste Karen eine schwelende Wut. *Wenn wir wegrennen, laufen wir vielleicht geradewegs in den Tod. Vielleicht nicht heute Nacht. Vielleicht morgen. Oder übermorgen. Oder nächste Woche. Oder in einem Monat. Wir werden es niemals wissen.*

Sie holte tief Luft. »Hast du deinen Revolver?«, fragte sie.

»Ja.«

»Gut. Sobald wir drin sind, rennst du ins Schlafzimmer hoch. Ich bin direkt hinter dir. Ich lass zuerst Jordan rein. Und, Sarah …«

»Was?«

»Nicht zögern.«

Sarah nickte. Leichter gesagt als getan.

Unausgesprochen blieb, wobei sie nicht zögern sollte. *Sie beide zu töten? Einfach das Feuer zu eröffnen? Und wenn er nun nicht der Wolf ist?*

Karen wusste, dass sie die blanke Panik überwältigen würde, wenn sie auch nur einen Moment länger wartete. Sie packte den Gummihammer und holte kräftig aus.

Vor dem Haus hörte Jordan das Klirren von Glas. Hatte sie eben noch ihren eigenen Atem tosen gehört, so erschien ihr das Geräusch, das von der Rückseite kam, wie eine gewaltige Explosion. Sie zuckte zurück und klammerte sich mit der Verzweiflung des Ertrinkenden an das dunkle Gebüsch.

Eine Scherbe riss einen Fetzen in Karens Sweatshirt. Einen Moment lang fürchtete sie, sie hätte sich den Arm aufgeschlitzt, und sie stieß einen kehligen Laut aus. Jeden Augenblick rechnete sie damit, dass dunkles, arterielles Blut durch den Stoff sickern würde. Doch nichts dergleichen geschah, was ihr wie ein Wunder erschien. Nicht einmal einen Kratzer hatte sie abbekommen. Sie griff in das zerbrochene Fenster und legte den Riegel um. In wenigen Sekunden stürzte sie zur offenen Tür hinein.

Sarah drängte an ihr vorbei. Sie rannte, die Taschenlampe in einer Hand, die Waffe in der anderen, ins Haus und schwenkte wie besessen den Lichtstrahl hin und her.

Nach oben und nach rechts. Nach oben und nach rechts.

Sarah war nicht sicher, ob sie das dachte, sagte, schrie oder sang. Sie stürzte voran, die Treppe hoch.

Karen eilte zur Eingangstür und fummelte an den Schlössern herum. Sie brauchte eine Sekunde, dann riss sie die Tür auf.

»Jordan, komm!«, flüsterte sie so eindringlich, wie sie konnte.

Jordan hockte immer noch in ihrem Versteck neben der

Treppe. Die Nacht schien sich wie eine Schlingpflanze um sie zu legen und sie so einzuschnüren, dass sie sich nicht bewegen konnte. Sie erteilte ihren Muskeln Befehle, doch die befolgten sie nicht. Im nächsten Moment aber sah sie, als schwebe sie – wie eine Art Geist plötzlich in der Luft und sähe sich von oben zu –, wie die fremde Jordan aufstand und so schnell ins Haus stürmte, dass sie fast über die Eingangsstufen stolperte. Sie griff nach Karens Hand, um nicht hinzufallen.

Karen fing die Jüngste der drei Roten auf und knallte die Haustür hinter ihnen zu, bevor sie die Treppe hinaufhechtete und Rote Zwei einzuholen versuchte.

Eigentlich machten sie nicht viel Lärm.

Aber genug.

Als ihn die Geräusche des Einbruchs aus dem Zustand zwischen Schlafen und Wachen rissen, zuckte dem Bösen Wolf die Angst wie ein Stromschlag durch die Brust. Er saß augenblicklich senkrecht im Bett und merkte, dass er kaum Luft bekam. Er hob die Faust, schlug im Dunkeln ins Leere, würgte in seiner Panik Worte hervor, die eher an den Schrei eines Tiers erinnerten, und konnte nicht sagen, ob er einen Alptraum abwehrte oder etwas Reales, doch gespenstisch Unsichtbares. Neben ihm stieß seine Frau einen Schrei aus, der eher wie ein Gurgeln klang. Mrs Böser Wolf merkte, wie es ihr die Kehle zuschnürte, als hätte sie jemand im Würgegriff.

Die Schlafzimmertür flog auf, und eine Gestalt – im Dunkeln konnten sie nicht sehen, ob es ein Mensch oder etwas anderes war, das mit der Nacht verschmolz – stürzte ihnen entgegen. Ein Lichtstrahl schnitt wie eine Klinge kreuz und quer durch den dunklen Raum, als Sarah ihre Taschenlampe schwenkte.

Sie hob die Waffe und versuchte, alles zu bedenken, was ihr die Leiterin des Frauenhauses beigebracht hatte.

Nimm sie in beide Hände.

Entsichere sie.

Halte die Luft an.

Ziele genau.

Sieh zu, dass jeder Schuss ein Treffer ist.

Um beide Hände für die Waffe frei zu haben, ließ sie die Taschenlampe zu Boden fallen, und das Paar vor ihr im Bett verschwand in einem Gewirr von Schatten. Sie war davon überzeugt, dass sie schrie *Töte ihn! Töte ihn! Töte ihn!*, doch auch diesmal konnte sie die Worte nicht hören oder auch nur fühlen, ob sie die Lippen bewegte.

In dieser Sekunde des Zögerns explodierte in ihren Augen ein glühend rotes Feuerwerk, als der Mann, den sie erschießen wollte, sie mit einem Faustschlag mitten ins Gesicht traf. Der Wolf, dessen Kampfgeist voll entfacht war, hatte sich auf Sarah gestürzt und sie zur Seite geworfen, während Mrs Böser Wolf sich in die Kissen kauerte.

Sarah taumelte, und im selben Moment traf sie ein zweiter Hieb in der Brust, sodass ihr die Luft wegblieb. Sie prallte von einer Kommode ab, stürzte und landete auf dem Bett. Plötzlich spürte sie, wie eine Hand nach ihrem Revolver griff. Sie wusste, dass sie sich wehren musste, nur dass ihr nicht einfiel, wie. Sie hatte einen einzigen Gedanken: *Lass ja nicht los! Lass ja nicht los.* Sie wurde hin und her geworfen und wie ein Kreisel gedreht, bis sie merkte, wie ihre Füße wegrutschten und sie über die Bettkante auf den Boden fiel. Ein ungeheures Gewicht drückte sie nieder, und scharfe Nägel versuchten, ihr die Maske vom Gesicht zu reißen.

Hinter ihr stürmten zwei andere schwarze Gestalten

ins Zimmer. Karen hatte die Fischkeule in der Hand und schwang sie wild, aber wirkungslos. Sie traf eine Nachttischlampe, Porzellan zerbrach. Ein zweiter schlecht gezielter Hieb fegte klirrend den Nippes von der Kommode.

Die Dunkelheit täuschte sie alle.

Der Böse Wolf und seine Frau wehrten sich verzweifelt und mit aller Macht. Sie traten, bissen, boxten, kämpften mit Zähnen und Klauen. Decken und Laken landeten auf dem Boden, das hölzerne Bettgestell ächzte unter der Raserei. Inzwischen hatte Mrs Böser Wolf den Revolver in Sarahs Hand am Lauf gepackt und zog und zerrte daran, um ihn in ihre Gewalt zu bekommen. Dabei war ihr nur vage bewusst, was es war, sie wusste nur, dass es sie töten konnte und dass sie es in die Finger bekommen musste und nicht mehr loslassen durfte. Mit dem Selbsterhaltungsinstinkt eines Tiers kämpften sie, aus dem tiefen Schlaf gerissen, um ihr Leben.

Der Böse Wolf war in dem dunklen Zimmer mit einem Satz bei Karen. Er versetzte ihr einen Schlag aufs Ohr. Ihr drehte sich alles im Kopf. Ein zweiter Hieb traf Karen in den Oberkörper, und die Ärztin merkte, wie ihr eine Rippe brach und höllische Schmerzen bereitete. Sie rechnete mit einem dritten Schlag, der ihr das Bewusstsein rauben würde, und so schwang sie die Fischkeule mit der Kraft der Verzweiflung. Sie spürte, wie sie auf Haut und Knochen traf, und hörte einen Schmerzensschrei, doch sie war nicht sicher, ob er von der Gestalt kam, mit der sie kämpfte, oder von ihren eigenen Lippen.

Plötzlich drang ein lautes Gellen durch den Raum. Jordan hatte mit ihrem Filetiermesser ausgeholt und den Wolf am Arm getroffen, als er zum erneuten Schlag gegen Karen ansetzte. Brüllend packte der Böse Wolf Karen und schleuderte sie brutal gegen Jordan, sodass die jüngste Rote gegen ein gerahmtes Bild an der Wand schlug, das in Scherben zerbrach.

Der Wolf kämpfte. Er wusste jetzt, dass es eine Keule, ein Messer und eine Schusswaffe gab, die seine Frau im Griff zu haben schien. Das einzige Licht im Raum kam von der Taschenlampe, die nutzlos in eine Ecke gerollt war, sodass es weiterhin ein blindwütiger Kampf war, ein Hauen und Stechen ohne Sinn und Verstand. Es floss Blut, und im Gewirr der Schatten versuchte jeder, den Sieg davonzutragen und zu überleben.

Er wusste immer noch nicht, wer seine Gegner waren. Hätten sie ihm auch nur einen Moment Zeit zum Nachdenken gegeben, hätte er drei Gestalten, ausnahmslos Frauen, erkannt und zwei und zwei zusammengezählt. Doch die Schläge, die auf ihn niederprasselten, die Schmerzen in seinem Unterarm und der Schock des Überfalls mitten im Schlaf trübten ihm den Verstand. Der einzige klare Gedanke, den er fassen konnte, war der an sein Jagdmesser auf dem Schreibtisch unten im Arbeitszimmer – eine Chance, in dem ungleichen Kampf für Ausgleich zu sorgen.

Er stieß Karen zur Seite, sodass sie gegen dieselbe Wand geschleudert wurde, an der Jordan reglos lag. Dann stürzte er auf die beiden Gestalten zu – seine Frau und ein Schatten –, die um die Pistole rangen. Er warf sich auf das Knäuel von Armen, Beinen und Leibern, ohne zu wissen, welcher Körperteil zu wem gehörte, und drosch auf alles ein, was ihm unter die Finger kam.

In dem Wirrwarr hörte der Böse Wolf das deutliche Klappern der Waffe, die auf den Holzboden fiel. Er tastete danach, konnte sie aber nicht finden.

Im nächsten Moment wurde ihm brutal der Kopf zurückgezogen. Er spürte eine Klinge an der Kehle.

Wie aus der Ferne hörte er jemanden sagen: »Wenn du dich rührst, bringe ich dich um.«

Jordan stand mit gegrätschten Beinen über ihm und hielt mit einer Hand seine Stirn, mit der anderen das Messer, wie ein Bauer, der ein Tier fürs Abendessen schlachtete.

Sein erster Impuls war es, nach vorne auszubrechen. Der Druck der Klinge am Hals hielt ihn zurück.

Und dann klingelte das Telefon.

42

Zuerst wirkte das beharrliche Klingeln des Telefons absolut bizarr, ein Stück Alltäglichkeit in einer aus den Fugen geratenen Welt. Es setzte dem Kampf ein Ende, und wie in einem Kinderspiel erstarrten alle in ihrer Position.

Karen war die Einzige, die sofort begriff, wie brisant dieses Klingeln war. Es musste sich augenblicklich jemand melden. Es kam ihr keinen Moment in den Sinn, selbst abzunehmen. Hastig hob sie die Taschenlampe in der Ecke, in die sie gerollt war, vom Boden auf und richtete dem Wolf den Strahl in die Augen. »Geh ran!«, brüllte sie. Das war unmöglich – er kniete neben dem Bett und konnte sich, von Jordan und ihrem Messer eingeklemmt, nicht rühren. Das Telefon stand auf einem Nachttisch an der gegenüberliegenden Wand. Mit jedem Klingeln wurde es schriller. Karen schwenkte ihre Lampe zu Mrs Böser Wolf, die mit Sarah verknäult war. »Dann eben du!«, schrie sie. Sie hob bedrohlich die Keule, als wolle sie der Frau den Schädel einschlagen – was dem Zweck ihrer Drohung, das war ihr bei aller Panik klar, nicht dienlich gewesen wäre. »Das ist die Sicherheitsfirma. Geh an das verdammte Telefon!«

Sarah, die mit einem Schlag die Dringlichkeit begriff, riss Mrs Böser Wolf hoch und schubste sie angewidert zum Telefon. Die Waffe, die im Kampfgetümmel halb unter einen

Haufen Bettzeug gerutscht war, schien auf einmal nicht mehr so wichtig, doch Sarah nahm sie schnell an sich. Auch sie richtete ihre Waffe auf die Frau.

Mrs Böser Wolf zögerte. Als sie das Messer sah, dessen scharfe Seite sich ihrem Mann in die Kehle drückte, riss sie entsetzt die Augen auf; den Revolverlauf, der auf sie gerichtet war, ignorierte sie. Der Wolf brachte ein angedeutetes Nicken zuwege, sie warf sich übers Bett und griff zum Hörer.

»Hallo?«, sagte sie mit zitternder Stimme.

»Alpha Alarm Systems. Wir haben hier einen Fernalarm von Ihrem Haus. Sind Sie die Eigentümerin?«

Mrs Böser Wolf stammelte, als sie gleichzeitig versuchte, Luft zu holen und zu sprechen.

»Ja, ja. Die Alarmanlage, ehm, was …«

»Ihre Alarmanlage zeigt an, dass bei Ihnen gewaltsam eingedrungen wurde.«

Sie hielt das Telefon ans Ohr, richtete den Blick jedoch auf ihren Mann.

»Eingedrungen?«

»Ja, ein Einbruch.«

»Wir haben geschlafen«, sagte sie. Ihre Gedanken rasten. »Sie haben uns geweckt. Das Klingeln des Telefons hat uns beiden einen ganz schönen Schrecken eingejagt. Wir haben einen neuen Welpen«, log sie. »Vielleicht hat der den Alarm ausgelöst. Bleiben Sie einen Moment dran, damit ich nachsehen kann?«

»Sie müssen mir Ihren Sicherheitscode durchgeben«, sagte die Stimme am anderen Ende forsch.

»In Ordnung, ich seh nach«, wiederholte sie, »dauert nicht lang. Ich muss runtergehen. Ich weiß, dass ich den Code auf einem Zettel in einer Schublade habe …«

Wieder bat sie ihren Mann mit einem stummen Blick um Instruktionen.

Doch jetzt zischte Karen dazwischen. »Wenn du ihm den Code nicht gibst, und zwar ein bisschen plötzlich, ruft er die Polizei. Umso besser.« Sie grinste selbstgefällig. »Wir bleiben hier einfach alle sitzen und warten, bis die Cops vorfahren. Und dann erzählen wir ihnen alles hübsch der Reihe nach. Überleg mal: Willst du das?«

Die letzte Frage richtete sich an den Bösen Wolf.

Karen entdeckte eine schadenfrohe Seite an sich, die diese Situation plötzlich genoss. *Und, Mr Wolf, Mr Killer, Mr Wer-immer-du-bist, möchtest du vielleicht ein paar staunenden Polizisten erklären, was hier heute Nacht vor sich geht?*

Karen merkte, wie sie kurz davor war, einem ungeahnten Drang zum Sadismus freien Lauf zu lassen. Sowohl Karen, die Komikerin, als auch Karen, die Ärztin, gab es nicht mehr. Dabei ahnte sie nicht, dass die anderen beiden Roten gerade eine ähnliche Verwandlung erlebten.

Sie setzte ein süßliches Lächeln auf und sprach in verhaltenem, grimmigem Ton. »Sie werden gespannt sein, wie drei Frauen, die sich vollkommen fremd sind, auf die Idee kommen, sich miteinander zu verabreden und in dieses Haus einzubrechen. Nicht irgendein schickes Haus, wo Geld oder Schmuck oder teure Kunstwerke zu holen sind, denn dass wir nicht gekommen sind, um zu stehlen, liegt auf der Hand. Nein, genau dieses Haus, ein Allerweltshaus, nicht wahr? Und dann kriegen sie von uns dreien eine Geschichte zu hören, bei der sie sich die Augen reiben. Es wird sie nur noch neugieriger machen. Und dann werden sie Fragen an dich haben. Ernste Fragen. Willst du ihnen Rede und Antwort stehen? Ist dir danach?«

Er riss die Augen auf.

»Wenn du also nicht der Wolf bist«, fuhr Karen langsam fort, »nur zu, mach die Notfallmeldung. Hol so schnell wie möglich die Cops, damit sie uns alle in Handschellen abführen können. Solltest du es aber doch sein ...«

Sie hob die Hand und zog ihre schwarze Maske vom Kopf, sodass ihr das rote Haar über die Schulter fiel. Die anderen Roten folgten ihrem Beispiel.

Mrs Böser Wolf, immer noch den Hörer in der Hand, rang nach Luft.

Der Wolf war unschlüssig. Nach wie vor kitzelte ihn die Klinge an der Kehle. Er sah die Angst in den Augen seiner Frau. Er überlegte, welche Möglichkeiten ihm blieben, und sah nur eine. Zeit gewinnen. Und zwar gewiss nicht durch ein Plauderstündchen mit der Polizei. So unfähig das hiesige Revier auch sein mochte, die Cops waren nicht ganz und gar Vollidioten.

»Gib den Code durch«, murmelte er wütend. »Sag, bei uns ist alles in bester Ordnung. Es war der Hund, den wir nicht haben, genau, wie du vermutet hast.«

Mrs Böser Wolf nahm die Hand vom Hörer. »Uns fehlt nichts, alles bestens. War wohl ein Fehlalarm. Der Hund hat ihn ausgelöst«, betonte sie noch einmal. »Unser Entwarnungscode lautet Inspektor Javert, Julius-Anton-Viktor-Emil ...«

»Danke«, sagte die Stimme. »Cooler Code. Sehr literarisch. Ich hab *Les Misérables* letztes Jahr am Broadway gesehen. Ich setze Ihre Anlage von hier aus zurück.«

Mrs Böser Wolf legte den Hörer auf die Gabel.

»Jetzt sollten wir sie einfach beide töten«, sagte Jordan. Sie konnte es selbst nicht fassen, dass ihr diese Worte über die Lippen kamen. Die schwache, verängstigte Jordan, die draußen vor jedem Schatten zusammengezuckt war, war einer wild entschlossenen, kompromisslosen, mörderischen Jordan gewichen, und das innerhalb weniger Sekunden. Wahrscheinlich hatte der körperliche Kontakt die Schleusen geöffnet, mutmaßte sie. *Gegen eine Wand geschmettert zu werden, kann ungeahnte Kräfte wecken.* Wie dem auch sein mochte: Sie spürte plötzlich einen Blutrausch, und so strich sie mit der Messerklinge ganz sacht hin und her und ritzte die Haut des Bösen Wolfs, bis eine dünne, rote Linie entstand, aus der ihm das Blut auf die Brust tropfte und ins Oberteil seines Pyjamas sickerte. Sie beugte sich vor, senkte den Kopf und sprach ihm direkt ins Ohr. »Du hattest es dir andersherum vorgestellt, nicht wahr? Hast gedacht, du setzt mir das Messer an die Kehle, hey? Und wie sollte es dann weitergehen?«

Er antwortete nicht. Sein Gesicht war wutverzerrt, und es kostete ihn die größte Beherrschung, sich im Zaum zu halten. Am liebsten hätte er ihr die Gurgel zugedrückt. Irgendeine Gurgel. Doch er konnte weder vor noch zurück.

Sarah rappelte sich auf die Knie. Sie hielt die Waffe in beiden Händen und richtete sie geradeaus. Sie befand sich direkt vor dem Wolf, und die Mündung zielte ihm zwischen die Augen. *Wenn du jetzt abdrückst, ziehst du einen Schlussstrich unter alles, was dein Leben ausgemacht hat. Fang ein neues Leben an, und dein neues Ich ist für immer sicher.* Der Wolf saß in der Falle, eingezwängt zwischen den beiden Roten – wie in einer tödlichen Parenthese.

»Ich dachte, du wärst tot«, sagte der Wolf bitter.

»Ich war bei Ihrer Trauerfeier«, fügte Mrs Böser Wolf kläglich hinzu. Dann sackte sie plötzlich aufs Bett, legte die Arme um die Knie und rollte sich wie ein unglückliches kleines Mädchen ein. Ihr weinerlicher Ton wirkte, als fühlte sie sich ausgetrickst und ungerecht behandelt.

»Ich bin auch tot«, antwortete Sarah kaltblütig, ohne den Wolf aus den Augen zu lassen.

Sie hob den Lauf an die Augen.

»Jordan hat recht«, sagte sie nüchtern. »Bringen wir sie hier und jetzt um.«

»Nein, bitte nicht«, stöhnte Mrs Böser Wolf. Aus ihrem Mundwinkel tröpfelte dank eines Treffers von Sarah ein wenig Blut. Ihr Haar war kraus und verfilzt. Sie war bleich, und die Ärztin in Karen diagnostizierte, dass die Frau binnen Sekunden um Jahre gealtert war. Plötzlich dachte Karen an ihr Herz. *Es kann jederzeit versagen, dann haben wir einen Herzinfarkt verursacht. Ist das Mord? Oder höhere Gerechtigkeit?*

Mrs Böser Wolf wandte sich an Karen. »Doktor Jayson, bitte ...« Dann drehte sie sich zu Jordan um. »Jordan, Sie sind ein nettes Mädchen, Sie können doch nicht ...«

»Nein, bin ich nicht«, unterbrach Jordan sie wütend. »Vielleicht war ich das mal, aber jetzt nicht mehr. Und ich *kann*.« Die Frage, *was* sie konnte, überließ sie jedermanns Fantasie. Sie legte die Finger fester um den Messerschaft.

»Wartet«, sagte Karen.

Die anderen beiden Roten fuhren mit den Köpfen herum.

»Wir wissen noch nicht genug.«

Rote Zwei und Rote Drei blickten sie fragend an.

»Bevor wir sie töten«, sagte sie, »will ich alles wissen.«

Karen war eiskalt, als ob sie zum ersten Mal, seit sie den Brief des Bösen Wolfs erhalten hatte, wieder scharfe Konturen in ihrem Leben erkennen könne. Endlich schimmerte dicht unter der Oberfläche wieder eine gewisse Klarheit durch, die sie mit Händen greifen konnte. Sie beugte sich so dicht zu ihm hinunter, dass sie ihm den Atem ins Gesicht blies.

»Ei, Großmutter, was hast du für große Augen.«

Dabei grinste sie ihn mit einem Sarkasmus an, den sie an sich bisher nicht kannte.

»Das ist eine Frage. Du erinnerst dich doch, nicht wahr? Und du weißt, woher sie stammt. Aus einem Märchen. Ist das zu fassen? Ein gottverdammtes Märchen, das wir seit unserer Kindheit nicht mehr gelesen haben. Jedenfalls lautet die richtige Antwort: *Dass ich dich besser sehen kann.*«

Isolierband ist eine großartige Erfindung, dachte Karen, als sie es Mrs Böser Wolf um Hände und Füße wickelte. Besser als Stricke und Knoten. Einfache Handhabung, hohe Klebkraft. Möchte wetten, dass echte Kriminelle es ständig benutzen.

Die beiden Wölfe saßen, in graues Isolierband gewickelt, Seite an Seite auf der Wohnzimmercouch. Sie hatten etwas von einem Teenagerpaar beim ersten Date – dicht beisammen, aber ohne sich zu berühren. Mit Mrs Böser Wolf gingen ein bisschen die Gefühle durch, und sie konnte nichts dagegen machen. Ihr Mann dagegen versteckte seine Wut unter einer verdrießlichen Miene. Er sagte nicht viel, doch er verfolgte jede der Roten mit Blicken, als überlege er, welche er zuerst töten sollte, sobald er sich auf wundersame Weise aus seiner misslichen Lage befreit, eine Waffe beschafft und, Simsalabim, den Spieß umgedreht hatte.

»Das wär's«, sagte Karen, während sie zurücktrat und ihr Werk begutachtete.

Rote Zwei und Rote Drei standen dicht hinter ihr, nach wie vor mit gezückten Waffen.

»Und nun?«, fragte Jordan.

Keine der drei Roten hatte den Gezeitenwechsel bemerkt, der in dem kleinen Haus stattgefunden hatte. Nur der Wolf war sich des Unterschieds bewusst. Es gehörte zu seinem Fachgebiet.

Er lachte verhalten.

»Ihr habt einen Fehler gemacht«, sagte er und hielt seine verklebten Handgelenke hoch. »Einen Kardinalfehler, könnte man sagen.«

»Was für einen Fehler?«, platzte Jordan heraus.

Der Böse Wolf grinste.

»Ihr habt keine Ahnung vom Töten, hab ich recht?«

Die drei Roten antworteten nicht. Hatte er auch nicht erwartet.

»Bei einem Kampf, wenn es um Selbstverteidigung geht«, dozierte der Böse Wolf bedächtig in leisem, gleichmütigem Ton, der seine Kennerschaft unterstrich, »kriegt man fast alles hin. Es hängt davon ab, wie verzweifelt man ist. Egal ob du mit dem Messer zustichst, die Kanone abdrückst oder jemandem den Schädel einschlägst. Im Nahkampf rettest du deine Haut. In der Hitze des Gefechts ist es eine einfache Sache, sich zu wehren. Im Kampfgetümmel, wenn Blut fließt, wächst jeder über sich hinaus.«

Er lehnte sich ein wenig zurück.

»Nur dass wir jetzt nicht mehr kämpfen. Das Gefecht ist vorbei. Ihr habt gewonnen. Aber nicht wirklich, denn wenn ihr diese Nacht überleben wollt, dann müsst ihr töten. Kaltblütig töten. Klingt ein bisschen abgedroschen, nicht wahr? Aber ihr wisst alle, was ich meine. Bildet sich eine von euch ein, sie hätte diese besondere Gabe? Ein Kampf ist eine Sache, Mord eine andere.«

Die drei Roten schwiegen.

Der Böse Wolf entspannte sich auf der Couch. Die Situation schien ihm keine Angst zu machen, ihn nicht einmal besonders zu irritieren.

»Eine Mutter kann töten, um ihre Kinder zu verteidigen. Ein Mann vielleicht, wenn es darum geht, sein Heim und seine Familie zu beschützen. Ein Soldat zögert nicht, seine Kameraden zu verteidigen. Aber der Fall hier liegt wohl ein bisschen anders, oder? Wer von euch hält sich für einen Mörder?«

Er brach in Gelächter aus. Karen war sprachlos, als habe ihr die Logik des Wolfs einen Schlag ins Gesicht versetzt. Jordan merkte, dass ihr Atem stoßweise, fast schmerzhaft kam. Aber wir haben gewonnen!, sagte sie sich. In diesem Moment der Unsicherheit drängte Sarah energisch an den anderen beiden Roten vorbei.

»Du glaubst, wir könnten nicht töten?«, brüllte sie. Sie war mit wenigen Schritten am Sofa und drückte dem Bösen Wolf die Mündung an die Stirn. Seine Frau wimmerte, doch er hatte nur ein Grinsen für sie übrig.

»Ich lass mich gern eines Besseren belehren«, forderte er sie heraus. Er sah Rote Zwei eindringlich in die Augen, dem Risiko, das er einging, zum Trotz.

Sarah zog mit dem Daumen den Hahn zurück, legte den Finger an den Abzug. Mit einem langen, wütenden Stöhnen ließ sie los.

Sie trat zurück.

»Nicht so leicht, hab ich recht?«, bekräftigte der Böse Wolf. Augenblicklich stieß sie ihm die Mündung wieder an den Kopf. »Ich kann, wenn ich will«, sagte sie.

»Wenn du es könntest, hättest du's schon getan«, erwiderte er.

Rote Zwei und der Wolf zitterten ein wenig.

Karen und Jordan waren sicher, dass sie abdrücken würde, und zugleich, dass sie es nicht tun würde. Sie schwankten zwischen entgegengesetzten Gewissheiten.

Karen meldete sich zu Wort. »Sarah, lass mal.«

Eine Sekunde verstrich, dann eine zweite, und Sarah ließ langsam den Hahn ihres Revolvers los. Dann drehte sie sich um.

»Seht ihr? Ihr glaubt, ihr hättet heute Nacht etwas erreicht. Habt ihr aber nicht. Ihr habt keine Ahnung vom Töten, ich bin auf dem Gebiet Experte. Das heißt, ihr seid und bleibt die Verlierer, und ich bin und bleibe der Sieger.«

Wieder lächelte er. »Soll ich euch verraten, was jeder weiß, der sich wirklich mit Mord auskennt?«

Die drei Roten antworteten nicht, doch der Böse Wolf sprach trotzdem weiter.

»Es gibt keinen wackeren Jägersmann, der mit dem Messer zur Tür hereinspaziert. Es gibt auch keine liebe Großmama, die sich im Schrank versteckt, um herauszukommen und Rotkäppchen in die Arme zu schließen. Die Geschichte kann nur ein einziges Ende nehmen, das ursprüngliche Ende.«

Es herrschte Schweigen.

»Ihr konntet euch niemals retten. Nicht, nachdem ich angefangen hatte.«

Der Wolf machte es sich wieder auf dem Sofa bequem. Er grinste.

»Ihr seid alle intelligent«, bescheinigte der Wolf den Roten. Fast war sein Ton freundlich und von einer Vertrautheit wie bei einer Plauderei unter Freunden, die sich unverhofft wiedersehen. »Deshalb bin ich überhaupt auf euch verfallen. Und ihr seid intelligent genug, um zu wissen, dass ihr hier heute Nacht nicht rauskommt. Ihr hättet besser einen großen Bogen um mich und dieses Haus gemacht. Ihr hättet akzeptieren sollen, was ich mit euch vorhatte. Oder ihr hättet uns beide noch oben umbringen müssen. Das hättet ihr vielleicht geschafft. Vielleicht stimmt es sogar, wenn Rote Zwei sagt, ihr könntet es auch jetzt noch. Nehmen wir einmal an, ihr habt genug Angst und Wut in euch, um es zu tun. Aber bringt ihr es fertig, auch sie zu ermorden?« Er deutete mit dem Kopf auf seine Frau. »Sie ist nämlich unschuldig. Sie hat nichts getan.«

Der Böse Wolf zuckte die Achseln.

»Da muss man schon um einiges abgebrühter sein, wenn man jemanden töten will, nur weil er zur falschen Zeit am falschen Ort ist. Traut ihr euch das zu? Seid ihr so abgebrüht?«

Karen schwirrte der Kopf. Es war, als hätte jemand im Raum einen Duftstoff verbreitet, der ihr das Denken vernebelte. Sie ahnte, dass alles, was der Wolf sagte, seine Richtigkeit hatte. Sie wären niemals frei. *Töten wir den Mann, laufen wir für den Rest unseres Lebens mit Schuldgefühlen herum. Lassen wir ihn ungeschoren, fragen wir uns für den Rest unseres Lebens, ob er gerade irgendwo auf uns lauert. Töten wir die Frau, sind wir nicht besser als er.* Bei dem Gedanken drehte sich ihr fast der Magen um. Sarahs Hand neben ihr zuckte. Die Waffe war plötzlich unendlich schwer, und Sarah wusste nicht, wie lange sie noch die Kraft aufbringen würde, sie zu halten. Sie war sich nicht einmal sicher, ob sie die physische Kraft besäße abzudrücken. Mit einem Schlag hatte sie alle Energie verlassen. Jordan sackte mit dem Rücken an die Wand. Sie stellte sich Fragen, auf die es keine Antworten gab.

Und genau in diesen Moment der allgemeinen Ratlosigkeit platzte Mrs Böser Wolf.

»Es ist doch nichts weiter als ein Buch. Es geht nur um das Buch, das er schreibt. Niemand muss heute Nacht sterben.«

Alle Schriftsteller brauchen Geschichten, dachte Karen. Sie klauen sie aus ihrem eigenen Leben und dem der Menschen in ihrer Umgebung. Sie klauen von ihrer Familie und von Freunden. Sie entlehnen ihren Stoff der Geschichte und dem aktuellen Weltgeschehen. Sie schlachten Zeitungsartikel aus oder Gespräche, und manchmal kupfern sie auch voneinander ab.

In diesem Moment hörte sie Jordan aufschreien.

Es war halb Schrei, halb Weinen, eine Mischung aus Schreck und Schmerz. Karens Blick richtete sich sofort auf den Bösen Wolf, der wütend knurrte und einen guten Teil seiner aufgesetzten, unerschrockenen Fassade eingebüßt hatte. Sie erkannte: *Er weiß, was sie hat.*

»Geh du«, sagte Sarah. Sie fuchtelte mit dem Revolverlauf in die Richtung, aus der Jordans Ausbruch kam. Sarah saß, den Rücken an die Wand gelehnt, den beiden Wölfen gegenüber auf dem Boden.

Karen hörte Jordan rufen: »Hier drinnen!« Sie folgte der Stimme, die von einer neuen Anspannung zu beben schien. Als sie den Raum betrat, hörte sie Jordan schluchzen. Da stimmt was nicht, dachte sie. Rote Drei ist stark. Sie war von Anfang an hart im Nehmen.

Tränen liefen Jordan die Wangen herunter. Das Mädchen brachte kein Wort heraus. Sie zeigte nur auf die Wand.

Sie hatte nicht lange gebraucht, um die verschlossene Bürotür zu finden und den Schlüssel dazu; er war am Bund des Bösen Wolfs, und das hing neben der Haustür.

Erst als Karen sah, was er dort angesammelt hatte, verlor sie die Beherrschung.

Bilder. Zeitpläne. Skizzen. Ein Jagdmesser.

Zum Leben einer jeden von ihnen eine detaillierte Studie.

Und die Mittel, ihm ein Ende zu bereiten.

Karen sah sich mit der heimlichen Zigarette. Jordan auf dem Basketballplatz. Sarah vor dem Spirituosenladen. Ein Bild neben dem anderen, die Montage einer todbringenden Obsession. Doch über den Schock hinaus, ihre persönliche Geschichte ausgebreitet zu sehen, ging die Erkenntnis, welche Energie in diesen perversen Schrein geflossen war. Es war, als stünden alle drei Roten nackt im Arbeitszimmer des Bösen Wolfs. Die Verletzung ihrer Privatsphäre war kaum zu überbieten. Als hätten sie nie einen ungestörten Moment gehabt, als wäre er ihnen nicht einen Augenblick von der Seite gewichen – sie hatten es nur nicht gewusst.

Die Hingabe, mit der er sich dem Tod gewidmet, die schiere Zeit, die er darauf verwendet hatte, erschütterte sie bis ins Mark. Karen merkte, dass ihre Beine nachgaben, und wie zum Gebet in der Kirche sackte sie auf die Knie.

Von nebenan rief Sarah: »Was gibt's denn?«

Karens Antwort war nur ein Flüstern. »Uns.«

Jordan war außer sich vor Wut. Sie packte Karen an der Schulter und schüttelte sie. »Wir müssen ihn töten!«, sagte sie heiser. »Uns bleibt gar keine andere Wahl!«

Karen antwortete nicht. Sie hatte nur einen Gedanken: *Wie kämen wir damit durch? Er ist der Mörder, nicht wir.*

Kraftlos hingen ihre Schultern herab. Jordan ließ sie los, und mit einem heftigen, gequälten Schrei sprang sie auf und machte sich daran, die Bilder von den Wänden zu reißen. Jeder Zeitplan, jede Dokumentation ihres Lebens wurde zerfetzt. Kein Detail des Gebildes an der Wand blieb verschont. Während sie tiefe Laute ausstieß, ohne dass Karen Worte ausmachen konnte, flogen die Fetzen.

Sie streckte die Hand aus, um Jordan in ihrer Zerstörungswut zu bremsen, doch dann überlegte sie es sich anders. Sie packte mit an, schnappte sich ein Foto und warf die Schnipsel wie Konfetti in den Raum, als könnten sie sich retten, indem sie alles vernichteten, was der Wolf aufgebaut hatte, um sie zu töten.

Während Jordan weiter wie besinnungslos auf die Galerie von Fotos und Dokumenten losging und die Schnipsel ihrer geplanten Ermordung über den Boden verstreute, drehte sich Karen zum Schreibtisch um und entdeckte den Computer und einen Stapel Manuskriptseiten unter einem ledernen Album. Sie griff nach ihrer Fischkeule, um den Bildschirm zu zerschmettern, als Jordan sagte: »Moment.«

Sie hielt die Keule über dem Kopf.

»Wenn das alles hier an den Wänden war«, sagte sie und zeigte auf das Schlachtfeld am Boden, »ist vielleicht noch mehr da drauf?« Jordan zeigte auf den Laptop.

Karen nickte. Wieder holte sie mit der Keule aus.

»Was noch?«, fragte Jordan.

Und im selben Moment kam Karen die Antwort.

43

Dreierlei breitete Karen unmittelbar vor dem Bösen Wolf auf dem Boden aus. Wäre er in der Lage gewesen, den Fuß auszustrecken, hätte er sie mit den Zehen berühren können.

Seinen Laptop.

Sein Manuskript.

Sein Album.

Sie sagte nichts. Sie wollte nur, dass der Böse Wolf sich diese Dinge ein paar Minuten lang ansah und begriff, was sie damit anstellen konnte.

Er wechselte mit sichtlichem Unbehagen die Stellung.

Hat jemals jemand eine solche Nacht mit einem Serienmörder verbracht und überlebt?, fragte sich Karen. Sie hegte den Verdacht, dass die Antwort negativ ausfiel.

Sie betrachtete den Wolf mit einem schiefen Grinsen, das ihn, wie sie hoffte, noch mehr aus der Fassung bringen würde. Innerlich warnte sie sich: *Treib ihn in die Enge, aber mit Augenmaß. Tu was, aber übertreibe nicht. An der Uni habe ich nicht das Geringste über die Bühne gelernt, das musste ich mir selbst beibringen.* Sie hätte gerne gewusst, ob je ein Komiker einem derart feindseligen Publikum gegenübergestanden hatte.

Sie ließ Rote Zwei und Rote Drei bei den Wölfen, während sie zuerst in die Küche und dann ins Bad ging. Sie fand prompt, was sie suchte. Kleine Plastiktüten. Eine Schere. Ein großes Brotmesser. Wattestäbchen. Einen schwarzen Marker.

Als sie ins Wohnzimmer zurückkehrte, hätte man meinen können, sie wäre kurz einkaufen gewesen. Obwohl ihr von dem Faustschlag die Rippen pochten, grinste sie, und als sie sich dem Bösen Wolf zuwandte, ließ sie ihn spüren, dass sämtliche Zweifel, die sie eben noch gehegt haben mochte, verflogen waren. Dies alles war gespielt, doch sie hatte Erfahrung darin, sich von einer widerspenstigen Meute nicht die Schau stehlen zu lassen. *Reiße ungerührt deine Witze. Behalte die Oberhand. Verweise den Zwischenrufer oder den Störenfried in seine Schranken. Du hast das Sagen.* Die anderen beiden Roten konnten ihre Neugier kaum verbergen. Sie hatten keine Ahnung, was Karen im Schilde führte. Sie fing an, ein paar Takte eines Hits aus den Sechzigern zu summen. Egal wie schräg es klingen mochte, konnte sie darauf zählen, dass der Böse Wolf den Song erkennen würde, den *Sam the Sham and the Pharaohs* berühmt gemacht hatten: den Rotkäppchensong »Hey Little Red Riding Hood«. Sie wollte ihn damit verunsichern.

Sie wartete einen Moment und fragte dann: »Also, wie viele Menschen hast du umgebracht?«

Der Böse Wolf antwortete nicht sofort. Er kniff die Augen zusammen und grinste noch breiter. Er schien wieder Oberwasser zu haben. Auch wenn er an Händen und Füßen gefesselt war, verwickelte ihn Rote Eins in ein Gespräch. Das war verführerisch.

»Keinen. Einen. Hundert. Was schätzt du?«, antwortete er.

Karen musterte den Wolf. Sie versuchte, irgendeinen Zug in seinem Gesicht auszumachen, etwas in seiner Körperhaltung, in der Art, wie er auf dem Sofa saß, einen Körpergeruch, eine Eigenheit in seiner Stimme oder seinem Tonfall – irgendetwas, das zu erkennen gab, was er war. Es kam ihr vor, als starre sie im letzten Licht vor Einbruch der Dunkelheit auf die eintönige Weite der graublauen See. Die kleinen Wellenkräusel an der Oberfläche verbargen die Strömungen, die bei Einbruch der Nacht im Bund mit dem Wind und den Gezeiten zu einer heimtückischen Gefahr werden konnten. Hier lag offensichtlich seine Stärke: in seinem unscheinbaren Erscheinungsbild, hinter dem seine wahre Natur nicht zu erkennen war.

Neben ihm bebte Mrs Böser Wolf vor Empörung. Mit finsterer Miene beantwortete sie in schrillem Ton die Frage: »Wie kommen Sie nur darauf, er könnte je einen Menschen getötet haben!«, brach es aus ihr heraus. »Ich habe es überprüft! Ich hab sogar mit der Polizei gesprochen. Nirgends irgendwelche Beweise! Er ist Schriftsteller. Das sagte ich Ihnen doch bereits. Er muss recherchieren!«

Karen nickte und ignorierte die Einlassung von Mrs Böser Wolf. »Du lässt dich nie erwischen, stimmt's?«

Der Böse Wolf zuckte die Achseln.

Sie wandte sich an seine Frau. »Und Sie …«, fing sie an, schluckte ihre Frage jedoch hinunter. Jede Antwort, die sie sich von ihr erhoffen mochte, stand der Frau des Wolfs deutlich ins Gesicht geschrieben. *Auch dein Leben wird sich von heute an dramatisch ändern, nicht wahr?* Manche Fragen erübrigten sich.

Karen schauderte. Sie holte tief Luft und wandte sich wieder dem Wolf zu.

»Was benutzt du am liebsten?«, fragte sie. »Schusswaffen? Messer? Deine Hände? Oder was anderes? Auf wie viele unterschiedliche Arten kann man töten?«

»Jede Waffe hat ihre Vor- und ihre Nachteile«, erwiderte er. »Das kann dir jeder Thrillerautor sagen.« Er deutete mit einem Blick auf das Manuskript am Boden. »Steht alles da drin«, sagte er gereizt.

Als Ärztin und als Comedian hatte Karen eine Lektion gelernt, die ihrer nächsten Frage zugrunde lag.

»Kannst du jemanden töten, indem du ihn im Ungewissen lässt?«, fragte sie.

Alle drei Roten beobachteten, dass in diesem Moment das Gesicht des Bösen Wolfs erstarrte. Zum ersten Mal sahen sie, wie sich bei ihm dieselben Zweifel einzunisten begannen, mit denen sie sich seit ihrer ersten Berührung mit ihrem Widersacher herumgeschlagen hatten. Seine Frau dagegen war verwirrt und schien die Frage nicht zu verstehen.

Karen wartete keine Antwort ab.

Sie trat vor. Als Erstes schnitt sie ihm mit der Schere eine Haarsträhne ab. Die wanderte in einen Plastikbeutel. Dann wischte sie mit einem Wattestäbchen über das Blut, das von Jordans dünnem Messerschnitt an seinem Hals gerann, und auch das kam in einen Plastikbeutel. Auf beiden Beuteln vermerkte sie mit dem schwarzen Marker gewissenhaft Uhrzeit und Datum. Dann hielt sie eine Hand in die Höhe und schnippte an dem sterilen, elastischen OP-Handschuh. Sie flüsterte dem Bösen Wolf zu: »Schätze, dein Laptop wimmelt nur so von deinen Fingerabdrücken. Von uns sind keine dran.« Sie ließ den Handschuh ein weiteres Mal vor seinem Gesicht zurückschnappen und holte ein neues Wattestäbchen heraus. »Den Mund weit öffnen«, sagte sie, als wäre sie in ihrer Praxis.

Der Böse Wolf biss die Zähne zusammen. Karen sah ihn an. »Aber, aber, sag mal A!«, ermunterte sie ihn in liebenswürdigem Ton, der ihre geballte Wut kaschierte. So hätte sie mit einem Kind gesprochen, das der ärztlichen Anweisung nicht nachkommen wollte. Sie ging so in ihrer Nummer auf, dass sich der pochende Schmerz von ihrer gebrochenen Rippe verflüchtigte.

Er öffnete den Mund. Sie entnahm ihm eine Speichelprobe, und wieder wanderte ein Wattestäbchen in einen Beutel. »Noch ein paar Zellen«, sagte sie. Dann stellte sie sich vor Mrs Böser Wolf. »Und noch einmal die gleiche Prozedur«, sagte sie.

Mrs Böser Wolf schien aufrichtig erstaunt, als eine Strähne ihres Haars in einem Beutel verschwand, gefolgt von einer Blutprobe und einem Abstrich im Mund.

Karen nahm die ganze Sammlung und steckte die Plastiktüten in Sarahs Tasche. Dann griff sie zu einem der Handys und knipste ein paar Fotos von den Wölfen. Bei den Nahaufnahmen achtete sie darauf, sie sowohl von vorne als auch im Profil festzuhalten.

Als sie damit fertig war, wandte sie sich wieder an den Bösen Wolf.

»Erklär deiner Frau, was wir eben gemacht haben«, sagte sie.

»Blut, Haar, DNA. Sozusagen das, was wir aus medizinischer Sicht sind«, sagte er leise.

»Medizinisch trifft es nicht ganz«, sagte Karen. »Forensisch wäre vielleicht präziser, oder? Ich überlege gerade«, fügte sie hinzu, »ob sich da draußen vielleicht irgendjemand für diese Proben interessieren könnte. Meinst du, der eine oder andere Ermittler in einem ungeklärten Fall könnte sie … wie soll ich sagen … aufschlussreich finden?«

Sie lächelte.

»So sieht's aus: Das gesamte Material kommt an einen sicheren Ort. Vielleicht in ein Schließfach, vielleicht in den Safe einer Anwaltskanzlei. Schauen wir mal. Eins steht fest: Es wird irgendwo deponiert, wo du es nie im Leben finden wirst. Dein Laptop, das Album, die Fotos … alles, was wir heute Nacht mitnehmen werden. Drei Personen haben Zugang zu dem Versteck. Rote Eins, Rote Zwei und Rote Drei. Wir werden es Sarah überlassen, weit weg für die geeignete Unterbringung zu sorgen, denn sie ist diejenige, der du nie und nimmer auf die Spur kommen wirst. Für den höchst unwahrscheinlichen Fall, dass sich jemals wieder eine von uns kleinen Rotkäppchen auch nur im Mindesten bedroht fühlt, wissen die Verbliebenen, was sie zu tun haben. Hast du das verstanden?«

Der Böse Wolf nickte. Sein Gesicht hatte eine beängstigend dunkle Farbe angenommen. Die drei Roten vermuteten, dass er jeden Muskel am Leib anspannte, um sich von den Klebebändern zu befreien. Zweifellos brodelte eine mörderische Wut in ihm. Doch noch während sie diese Beobachtungen anstellten, sahen sie, wie sich die hervorgetretenen Adern an seinem Hals entspannten und ihm stattdessen Angst und Resignation ins Gesicht geschrieben standen. Es war, als dämmerte ihm, dass er von jetzt ab für den Rest seines Lebens mit einer anderen Art von Fesseln leben musste, die ungleich stärker waren als Isolierband.

Alles, was er ihnen angetan hatte, würde jetzt mit ihm passieren. Karens Lächeln war verflogen. Noch einmal dachte sie: *Wie viele Menschen hast du ermordet?* Und so vertraut, wie sie als Ärztin mit dem Tod war, wusste sie, dass sie für seine früheren Opfer nichts mehr tun konnte. Doch sie und die anderen zwei Roten wären von dieser Sekunde an immun. Und so wechselte sie in eine Tonlage, die sie angeschlagen hätte, wenn sie einem verhassten Menschen mitteilen müsste, dass er an einer unheilbaren Krankheit litt.

»Du hast uns die ganze Zeit im Ungewissen gelassen, in ständiger Angst, und dann wolltest du uns töten. Jetzt machen wir dasselbe mit dir. Du wirst nie wieder das Klopfen an der Haustür hören, ohne zu denken, es wäre die Polizei. Du wirst nie wieder einen Streifenwagen im Rückspiegel sehen, ohne daraus zu schließen, dass es vorbei ist, oder die Straße entlanggehen, ohne dich zu fragen, ob dir ein Ermittler folgt. Wenn du morgens aufwachst, wirst du wissen, dass es dein letzter Tag in Freiheit sein könnte. Wenn du abends schlafen gehst, wirst du nicht sagen können, ob dein erbärmliches Leben am Morgen vorbei ist. Und es sind nicht nur die Cops, musst du wissen. Ich könnte mir gut vorstellen, dass sich auch ein paar Angehörige der Opfer für diese Zusammenhänge interessieren werden. Oder Verteidiger, die mit diesem Material einen unschuldigen Klienten aus dem Knast bekommen. Und ich wage mir gar nicht auszumalen, wie so ein armes Schwein, das fünfzehn Jahre in der Todeszelle gesessen hat, zu dir steht. Ich glaube kaum, dass er über den kleinen Irrtum großzügig hinwegsieht.«

Sie deutete auf die Gegenstände.

»Stell es dir als eine Krankheit vor, eine tödlich verlaufende Krankheit.«

Sie schwieg einen Moment und fügte dann hinzu: »Versuche nicht, unterzutauchen. Wenn du verschwindest, werden wir es erfahren – und das alles hier … gelangt in die zuständigen Hände. Und glaub ja nicht, dass du uns Lebewohl sagen und dir eine andere arme Frau suchen kannst, die du ermordest, um dir deinen Kick zu verschaffen. Es ist schlicht aus und vorbei. Was du bis zu diesem Moment gewesen bist, ist Schnee von gestern. Von jetzt an bist du einfach nur ein ganz gewöhnlicher Mann, an dem nichts, aber auch gar nichts Besonderes ist. Klingt ziemlich schlimm, nicht wahr?«

Karen holte tief Luft. Es wäre nicht verwunderlich, dachte sie, wenn ein so tiefer Fall vom grandiosen Wolf zu einem bloßen Nichts tödlich verlaufen würde. Es war zu hoffen. Demütigung war eine gefährliche Waffe.

»Ich frage noch einmal: Kannst du jemanden töten, indem du ihn im Ungewissen lässt?«

Es herrschte Schweigen im Raum. Der Böse Wolf kannte die Antwort auf diese Frage und wusste, dass er sie nicht auszusprechen brauchte.

Karen wandte sich an die anderen Roten. »Meine Damen«, sagte sie, »wir müssen los.«

Sie nahm das Brotmesser mit der gezackten Schneide, das sie aus der Küche entwendet hatte, und legte es auf den Fernsehapparat. »Hier«, sagte sie. »Ihr werdet eine Weile brauchen, bis ihr drankommt, um euch loszuschneiden.«

Sie konnte sich einen sarkastischen Witz nicht verkneifen. »Es ist schon fast Morgen. Hey, kommt nicht zu spät zur Arbeit.«

Sie nahmen alles mit. Als sie kurz vor dem Aufbruch waren, konnte sich auch Jordan nicht mehr zurückhalten und flüsterte den anderen Roten zu: »Wisst ihr was? Mir ist klar geworden, dass ich Märchen verdammt noch mal nicht leiden kann.« Sie kicherte unbeherrscht. An der Türschwelle drehte sie sich noch einmal zum Bösen Wolf um und sagte: »Schätze, das letzte Kapitel muss ein bisschen umgeschrieben werden?«

8 Uhr

Rote Drei packte sich zur Feier des Tages ihr Frühstückstablett mit Müslischalen, einem Teller mit Toast und Rührei, mit Obst, Kaffee und Orangensaft voll. Sie wartete am Ende der Schlange, bis ein Muskelprotz, der an ihrer Schule in der Football-Mannschaft spielte, vor ihr an die Theke trat, und kam ihm mit ihrem Tablett gezielt in die Quere. Es fiel scheppernd zu Boden, Geschirr ging zu Bruch, das Ganze war eine Schweinerei.

Es befanden sich an diesem Morgen fast fünfundsiebzig Schüler und Lehrer im Speisesaal. Die Schüler spendeten – wie immer, wenn ein Tablett zu Boden ging – Applaus, und die Lehrer traten, ebenso reflexhaft, augenblicklich in Aktion, um einen Hausmeister zu holen, der sauber machte, und die feixenden Schüler zur Ruhe zu bringen. Jordan wusste nur, dass sich an diesem Morgen jeder an sie erinnern würde. Die Vorstellung, dass sie sich fast die ganze letzte Nacht einem Mörder entgegengestellt hatte, wäre so absurd, dass jeder, der einigermaßen bei Verstand war, sie für das Hirngespinst eines überspannten Teenagers halten musste.

Rote Zwei mischte sich unter eine Gruppe Frauen, die eine Kinderschar für den Schulbus fertig machten.

Trotz aller Belastung und der Bedrohung, die von den Exmännern oder -freunden ausging, mussten die Kinder zur Schule gehen. Es war immer eine Zeit, der die Frauen mit gemischten Gefühlen entgegensahen: Einerseits konnte einer dieser Männer auf der Bildfläche erscheinen, andererseits bedeutete der Aufbruch mit den üblichen Ermahnungen, nicht zu spät zu kommen, ein Stück Normalität. Es herrschte Gedränge, und die anderen Frauen wussten ein Paar zusätzliche Augen und Hände, um in einem von häuslicher Gewalt zerrütteten Leben ein gewisses Maß an Ordnung aufrechtzuerhalten, zu schätzen.

Niemandem war aufgefallen, dass sich Sarah nicht von drinnen zu der Gruppe gesellte, sondern von draußen. Sie wussten nur, dass die alleinstehende Frau namens Cynthia an diesem Tag ausgesprochen hilfsbereit war, mit ihnen darauf achtete, dass die Kinder ihre Lunchpakete und ihre Hausaufgaben nicht vergaßen. Sie lachte mit den Kindern und behielt gleichzeitig die Umgebung im Blick, weil man nie wissen konnte, woher die nächste Gefahr drohte. Niemand bemerkte, dass Cynthia an diesem Morgen zum ersten Mal seit Tagen das Gefühl hatte, endlich und wahrhaftig frei zu sein.

Rote Eins begrüßte ihre erste Patientin an diesem Morgen mit einem Überschwang, der angesichts der schmerzhaften Gürtelrose, an der sie litt, vielleicht ein wenig unangemessen war.

Während der Untersuchung plauderte sie mit der Frau und stellte ihr zum Schluss ein Rezept aus. Sie vergewisserte sich, dass alle ihre Bemerkungen zu dem Fall in der elektronischen Patientendatei mit Datum und Uhrzeit versehen wurden.

Als sie die Konsultation beendet hatte, begleitete sie die Patientin ins Wartezimmer, damit alle anderen Patienten, die für diesen Morgen Termine hatten, sehen konnten, dass dies ein durch und durch normaler Tag mit der üblichen Praxisroutine war. Bevor sie sich ihrem zweiten Patienten widmete, wandte sie sich an ihre Sprechstundenhilfe.

»Ach, eh ich's vergesse«, sagte sie zu der Frau hinter der

kleinen Theke, als ginge es um die natürlichste Sache der Welt. Sie reichte ihr die Patientenakte von Mrs Böser Wolf. »Ich würde Sie bitten, diese Patientin heute Nachmittag anzurufen und mit ihr einen Termin in ein paar Wochen abzusprechen. Ich mache mir wirklich Sorgen um ihr Herz.«

Epilog

Er nahm den Revolver und klappte die Trommel auf. Es war eine Smith & Wesson, Kaliber .38 mit kurzem Lauf, wie sie in der Noir-Literatur der Vierziger- und Fünfzigerjahre typischerweise die Kommissare bevorzugten, da sie bequem in ein Achselholster passte, das sie dezent unter dem Jackett verstecken konnten. Ein Anzug mit Schulterpolstern und eng zulaufenden Hosen, dachte der Böse Wolf. Ermittler, die flotte weiche Filzhüte auf dem Kopf trugen und Dinge sagten wie: »Vergiss es, Jake. Das hier ist Chinatown.«

Der Böse Wolf wusste, dass es eine unpassende Waffe war, dafür aber mit einer großen Durchschlagskraft auf kurze Distanz. Sie war kaum noch in Umlauf. Heutzutage bevorzugten die echten Cops schwerere halbautomatische Pistolen, mit mehr Patronen und einer größeren Wirkung auf alle Entfernungen. Er hatte diese Waffe bei einem privaten Händler in der Nähe von Vermont gekauft und wegen ihres ein wenig antiken, romantischen Appeals einen Aufpreis bezahlt. Als er Bares sah, hatte der Mann sich nicht mit Fragen aufgehalten.

Der Böse Wolf nahm fünf der sechs Kugeln aus der Trommel und stellte sie in Reih und Glied vor sich auf. Seit über einem Monat tat er das Morgen für Morgen.

Dann klappte er die Waffe mit einem laut vernehmlichen Klicken zu.

Er streckte die Arme aus und hielt inne.

Hemingway, Mishima, Kosinski, Brautigan, Thompson, Plath, Sexton. Er legte eine kurze Gedenkminute für sie und all die anderen ein.

Ein plötzlicher Stich in der Brust ließ ihn heftig zusammenzucken. Irgendwo in seinem Viertel hörte er eine Sirene. Polizei, Feuerwehr, Krankenwagen – er konnte sie nicht unterscheiden. Er vergaß zu atmen, während er horchte. Die Sirene wurde lauter, kam näher, bis sie sich, zu seiner großen Erleichterung, in die andere Richtung entfernte und irgendwann verstummte.

Der Böse Wolf durchquerte das Schlafzimmer und starrte in den großen Spiegel.

Er hob die Waffe und setzte die Mündung an die Schläfe. Er zog mit dem Daumen den Hahn zurück und spielte mit dem Zeigefinger am Abzug. Wie viel Druck wohl nötig war, um abzufeuern? Ein kräftiger Ruck oder eine zarte Berührung? Gut dreißig Sekunden blieb er so stehen. Dann wechselte er die Stellung und steckte sich den Lauf in den Mund. Er schmeckte das bittere Metall auf der Zunge. Noch einmal dreißig Sekunden verstrichen. Dann setzte er die Waffe in einem Ritual, das ihm inzwischen so wie das Haarekämmen oder Zähneputzen zur festen Gewohnheit geworden war, ein drittes Mal an, diesmal am weichen Fleisch unter dem Kinn.

Wieder blieb er so lange reglos stehen, bis er nicht mehr wusste, ob es Sekunden, Minuten oder gar Stunden waren. Als er die Waffe langsam sinken ließ, sah er an der Stelle, wo sich ihm der Lauf in die Haut gedrückt hatte, eine rötliche Vertiefung.

Mit beiden Händen stützte er sich auf die Frisierkommode und betrachtete sich weiter im Spiegel.

Er hatte das Gefühl, als blickte er in das Gesicht eines Fremden.

So wie die Sirene verhallt war, schien auch er langsam zu verblassen. Er wusste, dass er in absehbarer Zeit ganz aus seinem Blick verschwinden würde. Und wenn dieser Moment gekommen war, würde er abdrücken.

Mrs Böser Wolf starrte durch das Bürofenster auf die Abschlussfeier, die im Innenhof begann. Sie konnte sich nicht aufraffen hinunterzugehen, obwohl ihr Chef, der Direktor, sie ausdrücklich dazu ermuntert hatte. Sie riss das Fenster auf, sodass sie von oben die Dudelsackspieler hören konnte, die mit Glanz und Gloria die Absolventen zu ihren Stühlen begleiteten.

Durch das dichte grüne Blätterwerk der Bäume, die sich an diesem schönen Junimorgen in der sonnigen Brise wiegten, ließ Mrs Böser Wolf den Blick über die Reihen der Eltern, Freunde und Familien schweifen, die zu Ehren der Absolventen erschienen waren. Sie brauchte nicht lange, um die beiden rothaarigen Frauen zu erspähen. Sie saßen nebeneinander und beobachteten die Dritte im Bunde, die glücklich auf die Bühne stolzierte, um ihr Zeugnis in Empfang zu nehmen.

Das Schöne an den Abschlussfeiern ist, dachte Mrs Böser Wolf, dass sich dabei alles um die Zukunft dreht.

Ohne das Fenster zu schließen, kehrte sie zu ihrem Schreibtisch zurück. Sie hatte viele einsame Tage und Nächte verbracht, seit sie das Isolierband an Händen und Füßen gerade noch rechtzeitig aufgeschnitten hatte, um, wie die Ärztin gesagt hatte, pünktlich zur Arbeit zu kommen.

Mit ihrem Mann hatte sie kein einziges Mal über diese Nacht gesprochen.

Wozu auch.

»Wie sich die Dinge ändern«, flüsterte sie.

Mrs Böser Wolf brachte sich vor ihrem Computer in Stellung.

Sie war voller Ängste und Zweifel und spürte, dass ihr Vorhaben auf eine verquere Weise schrecklich falsch und richtig zugleich war. Sie merkte, wie sie vor Nervosität feuchte Achseln bekam, während sie die Tastatur zurechtrückte. Sie vergewisserte sich, dass niemand sie beobachtete, dann machte sie ein paar Klicks.

Ein neues, leeres Dokument blitzte auf dem Bildschirm auf. Sie zögerte erneut und rief sich ins Gedächtnis, dass es nie einen besseren Zeitpunkt geben würde.

Sie schrieb:

Die Drei Roten. Kapitel eins.

Sie ließ ein paar Leerzeilen, dann fing sie an.

In meiner Hochzeitsnacht wusste ich nicht, dass der Mann, der neben mir ins Bett kroch, ein brutaler Mörder war.

Mrs Böser Wolf betrachtete den Satz.

Nicht schlecht, bescheinigte sie sich. Vielleicht klappt es ja. Mit Sachbüchern oder Memoiren kannte sie sich nicht aus, doch dieser Anfang schien angemessen.

Sie horchte in sich hinein und hoffte, irgendwo noch so einen Satz mit den passenden Formulierungen zu finden. Und in diesem kostbaren Moment brach aus ihrer Fantasie plötzlich ein spektakuläres Aufgebot an Worten hervor.

Sie tobten und tollten, prangten und protzten, hüpften ihr, wie entfesselt, übermütig im Kopf umher und wollten sich frei entfalten. Sie explodierten wie ein Feuerwerk und ordneten sich fast von selbst zu einer großartigen Formation von Sätzen.

Mrs Böser Wolf rieselte es wohlig durch den ganzen Körper. Aufgeregt beugte sie sich vor und ging ans Werk.